BLUE MOON

LUCINDA RILEY

HARRY WHITTAKER

CELE ȘAPTE SURORI

ATLAS

POVESTEA LUI PA SALT

Traducere din limba engleză și note
GABRIELA GHIRCOIAȘ

LITERA
București

LITERA®
Editura Litera
tel.: 0374 82 66 35; 021 319 63 90; 031 425 16 19
e-mail: contact@litera.ro
www.litera.ro

Editor: Vidrașcu și fiii
Redactor: Monica Nedelcu
Corector: Cătălina Călinescu
Copertă: Flori Zahiu-Popescu
Tehnoredactare și prepress: Ofelia Coșman

Seria de ficțiune a Editurii Litera este coordonată
de Cristina Vidrașcu Sturza.

Descrierea CIP a Bibliotecii Naționale a României
RILEY, LUCINDA
Atlas: Povestea lui Pa Salt / Lucinda Riley, Harry Whittaker;
trad. din limba engleză și note: Gabriela Ghircoiaș. – București: Litera, 2023
ISBN 978-630-319-000-6

I. Whittaker, Harry
II. Ghircoiaș, Gabriela (trad.; note)

821.111

Lucinda dedică acest roman cititorilor săi din întreaga lume.

Eu i-l dedic mamei mele, Lucinda,
care m-a inspirat din toate punctele de vedere – H.W.

CUVÂNT-ÎNAINTE

Dragă cititorule,

Permite-mi să mă prezint. Mă numesc Harry şi sunt fiul cel mare al Lucindei Riley. Nu cred, dar poate că ai fost surprins să vezi două nume pe coperta acestui roman mult aşteptat.

Cu puţin timp înainte de lansarea romanului *Sora pierdută* în 2021, Lucinda a anunţat că avea să existe un al optulea şi ultim episod-surpriză din seria „Cele şapte surori", care să spună povestea enigmaticului Pa Salt. În *Nota autoarei* de la sfârşitul celei de-a şaptea cărţi, ea a scris: *O am în minte de opt ani şi abia aştept s-o aştern în sfârşit pe hârtie.*

Din păcate, mama a murit în iunie 2021, în urma unui cancer esofagian diagnosticat în 2017. Poate că te gândeşti că n-a mai apucat să scrie nimic. Dar nebănuite sunt căile sorţii! În 2016, a fost chemată la Hollywood de către o companie de producţie care era interesată să cumpere drepturile de ecranizare ale seriei de romane „Cele şapte surori". Ca atare, echipa îşi dorea cu disperare să afle cum vedea autoarea finalul seriei – cu patru cărţi înainte de termen.

Astfel, mama s-a văzut silită să-şi adune într-un document gândurile fragmentate. A scris treizeci de pagini de dialoguri de scenariu – care au loc în punctul culminant al naraţiunii – pentru potenţialii producători. Sunt sigur că nu trebuie să te conving că acele pagini au fost, în mod previzibil, magnifice: pline de dramă, suspans... și conținând o surpriză enormă.

În plus, fanii seriei știu că Pa Salt are o apariție în fiecare carte. Mama a păstrat o cronologie a mișcărilor personajului de-a lungul deceniilor, alcătuind un ghid complet de reperare. Astfel, Lucinda a pus „pe hârtie“ mai mult decât a crezut vreodată că avea s-o facă.

În 2018, eu și mama am creat seria pentru copii „The Guardian Angels“ și am fost coautorii a patru cărți. În acest răstimp, m-a rugat să închei seria „Cele șapte surori“ în cazul în care s-ar fi întâmplat ce era mai rău. Conversațiile noastre vor rămâne întotdeauna confidențiale, dar doresc să subliniez faptul că mama a făcut din mine un mecanism de siguranță, desemnat să acționeze în cazul în care s-ar fi întâmplat ceva de neconceput. Și de neconceput a fost. Nu cred că ea chiar s-a gândit vreodată că avea să moară *cu adevărat*. Și nici eu nu m-am gândit. De mai multe ori, mama a sfidat cumva legile științei și pe cele ale naturii, revenindu-și de pe buza prăpastiei. Dar, pe de altă parte, a fost întotdeauna un pic fermecată.

După moartea ei, n-a încăput nici o îndoială că aveam să mă țin de cuvânt. Mulți oameni m-au întrebat despre marea presiune pe care o presupunea o astfel de sarcină. În cele din urmă, *Atlas* promite să dezvăluie secretele care i-au ținut pe cititori în suspans timp de un deceniu. Cu toate astea, am văzut întotdeauna demersul ca pe un omagiu. Am dus la bun sfârșit sarcina încredințată de cel mai bun prieten și de cel mai mare erou al meu. Astfel, n-a existat nici un fel de presiune și s-a dovedit a fi o muncă făcută cu dragoste. Prevăd că, în mod firesc, unii cititori vor dori cu tot dinadinsul să depisteze care dintre elementele intrigii îi aparțin mamei și care îmi aparțin mie, dar nu cred că asta e important. Pur și simplu povestea trebuie luată ca atare. Și *știu* că tu, cititorule, o să fii satisfăcut din punct de vedere emoțional la finalul acestei cărți. Mama s-a asigurat de asta.

Se poate spune că cea mai mare realizare a Lucindei e faptul că nimeni n-a identificat corect forța motrice secretă din spatele seriei – și au existat *mii* de ipoteze! *Atlas* e menit să-i răsplătească pe cei care au iubit romanele încă de la început, dar există și o nouă poveste (deși a fost întotdeauna acolo, ascunsă discret printre primele patru mii cinci sute de pagini). Poate că, urzind încheierea acestei serii, n-am făcut altceva decât să înlătur ceața…

Să lucrez la *Atlas. Povestea lui Pa Salt* a fost provocarea și privilegiul vieții mele. Iată cadoul de despărțire al Lucindei Riley, pe care mă bucur din suflet să li-l ofer cititorilor.

Harry Whittaker, 2023

„Mult mai multe lucruri se petrec în cer și pe pământ, Horațio, decât cele pe care le închipuie filosofia ta."

William Shakespeare

PERSONAJE

ATLANTIS

Pa Salt – tatăl adoptiv al surorilor
Marina (Ma) – guvernanta surorilor
Claudia – menajeră la Atlantis
Georg Hoffman – avocatul lui Pa Salt
Christian – căpitan de vas

SURORILE D'APLIÈSE

Maia
Ally (Alcyone)
Star (Asterope)
CeCe (Celaeno)
Tiggy (Taygete)
Electra
Merry (Merope)

PROLOG

Tobolsk, Siberia, 1925

Vântul năprasnic a aruncat o pală de zăpadă în calea lor, iar cei doi băieți și-au ascuns fețele în hainele de blană zdrențuite.

– Haide! a strigat cel mare, care, cu toate că abia împlinise unsprezece ani, avea deja în voce o inflexiune aspră, răgușită. Ajunge! Ne întoarcem acasă!

Cel mic, în vârstă de numai șapte ani, a ridicat grămada de vreascuri pe care o adunaseră și a alergat după celălalt, care deja se îndepărta cu pași mari.

La jumătatea drumului, copiii au deslușit un ciripit firav între copaci. Băiatul mai mare s-a oprit în loc.

– Auzi și tu? a întrebat el.

– Da, a răspuns celălalt, pe care-l dureau brațele de la greutatea lemnelor și care, chiar dacă rămăseseră nemișcați doar o clipă, începuse să tremure. Putem să mergem acasă, te rog? Sunt obosit!

– Nu te smiorcăi! s-a răstit cel mare. Mă duc să investighez.

S-a îndreptat spre un mesteacăn din apropiere și a îngenuncheat. Reticent, băiatul mai mic s-a dus după el. În fața lor, pe țărâna înghețată, se zvârcolea, neajutorat, un pui de pasăre nu mai mare decât o rublă.

– A căzut din cuib, a gemut băiatul mai mare. Sau, mă întreb… ascultă! a spus el, după care au rămas neclintiți în zăpadă și, în cele din urmă, au auzit un țipăt strident, care venea de sus. Aha! Ăsta-i cuc!

– Pasărea din pendulă?

– Da. Dar nu sunt creaturi prietenoase. Cucul își depune ouăle în cuiburile altor păsări. Pe urmă, după ce iese din ou, puiul îi împinge afară pe ceilalți, a explicat băiatul mai mare, trăgându-și nasul. Asta s-a întâmplat aici.

– O, nu! a exclamat băiețelul, aplecându-se și mângâind ușurel, cu degetul mic, capul păsării. Nu-i nimic, prietene, acum nu mai ești singur! a adăugat el, ridicându-și ochii la tovarășul său. Cred că dacă ne cățărăm în copac, îl putem pune la loc, a murmurat, uitându-se după cuib. Trebuie să fie foarte sus!

Dintr-odată, ceva a pârâit sinistru în țărână. Băiețelul și-a coborât privirea și a văzut că băiatul cel mare strivise puiul sub cizmă.

– Ce-ai făcut?! a strigat micuțul, îngrozit.

– Mama lui nu l-ar mai fi primit. Mai bine să moară acum!

– Dar… n-aveai de unde să știi! a spus băiețelul, iar ochii căprui i s-au umplut de lacrimi. Am fi putut încerca!

Cel mare a ridicat mâna, făcând un gest care însemna că respingea orice ceartă.

– N-are rost să încerci să faci ceva ce e sortit eșecului. Pur și simplu, e pierdere de timp! a spus el, pornind la vale. Haide! Ne întoarcem!

Cel mic s-a aplecat ca să se uite la puiul neînsuflețit.

– Îmi pare rău pentru fratele meu, a spus el printre sughițuri de plâns. Suferă. N-a vrut să facă asta!

JURNALUL LUI ATLAS

1928–1929

CAPITOLUL 1

Boulogne-Billancourt, Paris, Franța

Jurnalul e un cadou de la *monsieur* și *madame* Paul Landowski. Ei spun că, deoarece nu vorbesc, dar își dau seama că știu să scriu, ar fi o idee bună să încerc să consemnez ceea ce-mi trece prin minte. La început au crezut că eram pur și simplu sărac cu duhul, că mi-am pierdut mințile, ceea ce, în multe privințe, s-a și întâmplat. Ori, mai precis, poate că doar i-am adus la epuizare locuind de atât timp la ei. Sunt foarte obosiți, ca și mine.

Totuși, ei știu că sunt încă în mințile mele, drept pentru care mă și rugaseră să scriu. Pentru început, încercaseră să mă facă să-mi scriu numele, vârsta și locul din care venisem, dar am învățat de multă vreme că, dacă pui așa ceva pe hârtie, poți da de bucluc. Și numai buclucuri nu mai vreau în viața asta! Așa că mă așezasem la masa din bucătărie și scrisesem o poezie învățată de la Papa. Firește, era una care nu putea să trădeze locul din care venisem, ajungând, în cele din urmă, sub gardul viu din grădina lor. Poezia nu era nici măcar una dintre preferatele mele, însă simțisem că versurile se potriveau cu starea mea de spirit și că erau suficiente ca să-i arate acelui cuplu cumsecade, pe care soarta mi-l scosese în cale atunci când fusesem gata să mor, că eram capabil să comunic. Așa că scrisesem:

Astă-seară am privit
luna și apoi
Pleiadele
scăpătând

Noaptea e deja
pe jumătate dusă; tinerețea
se duce. Sunt

singur, în pat

Scrisesem în franceză, engleză și germană, nici una dintre acele limbi nefiind cea pe care o folosisem de când învățasem să vorbesc (ceea ce bineînțeles că pot face, numai că, precum cuvintele așternute pe hârtie, orice spui – mai ales în pripă – poate fi folosit împotriva ta). Recunosc că mă bucurasem să văd expresia de mirare de pe fața lui *madame* Landowski în timp ce citea, chiar dacă poezia aceea n-o ajutase defel să afle cine sau al cui eram. În momentul în care îmi trântise castronul cu mâncare în față, Elsa, servitoarea, avea o privire care sugera că ar fi trebuit să fiu expediat înapoi, cât mai repede posibil.

Nu-i deloc greu să nu vorbești. A trecut mai bine de un an de când am părăsit casa pe care o cunoscusem de când mă știam. În tot acest răstimp, mi-am folosit glasul doar atunci când a fost absolut necesar.

Din locul în care scriu acum, mă pot uita pe ferestruica mansardei. Mai devreme, i-am văzut pe copiii Landowski venind pe alee. Fuseseră la școală și păreau foarte eleganți în uniformă – Françoise, cu mănuși albe și cu o pălărie de pai care se numește „panama“, iar frații ei, în cămăși albe și sacouri. Cu toate că-l aud adesea pe *monsieur* Landowski plângându-se de lipsa banilor, casa mare, grădina superbă și frumoasele rochii pe care le poartă doamnele din casă îmi spun că e foarte bogat, cu siguranță.

Am mai și ros creionul, obicei de care Papa încercase să mă dezvețe punând pe capătul lui tot soiul de substanțe cu gust îngrozitor. Odată, îmi spusese că substanța din ziua aceea avea gust destul de bun, dar că era otravă, așa că, dacă aș fi băgat-o în gură, aș fi murit. Totuși, în timp ce mă gândeam la traducerea pe care mi-o dăduse de făcut, creionul îmi ajunsese drept în gură. Tata mă văzuse și țipase, mă luase de guler și mă scosese din casă, iar apoi îmi umpluse gura cu zăpadă și după aceea mă pusese s-o scuip. Nu murisem, dar de atunci încolo mă întrebasem de multe ori dacă întreaga poveste fusese doar un șiretlic dur, care să mă forțeze să mă dezvăț de rosul creioanelor, sau dacă zăpada și scuipatul chiar mă salvaseră.

Cu toate că mă străduiesc să-mi amintesc de tata, au trecut atât de mulți ani de când nu l-am văzut, încât imaginea lui se estompează în mintea mea…

Poate că e mai bine așa. Da, cel mai bine e să uit tot ce s-a întâmplat înainte. Astfel, dacă o să mă tortureze cineva, n-o să am ce să spun. Iar dacă *monsieur* sau *madame* Landowski au impresia că o să scriu în jurnalul pe care mi l-au dăruit cu atâta amabilitate, având încredere în lăcățelul cu cheie pe care-l pot ține în punguța de piele, atunci se înșală amarnic.

– Jurnalul e un loc în care poți scrie tot ce simți sau ce gândești, îmi explicase cu blândețe *madame* Landowski. E totodată un loc intim, numai pentru ochii tăi. Promit să nu ne uităm niciodată la cele scrise de tine!

Dădusem din cap exagerat de tare, iar apoi îi zâmbisem și-i aruncasem o privire plină de recunoștință, după care o zbughisem sus, în camera mea de la mansardă. N-o crezusem. Știam din experiență că, așa cum lacătele se pot sparge, promisiunile se pot lesne încălca.

„Îți jur pe viața iubitei tale mame că o să mă întorc după tine… Roagă-te pentru mine, așteaptă-mă…"

Clatin din cap, încercând să uit ultimele vorbe pe care mi le-a spus Papa. Și totuși, orice aș face, în vreme ce, în clipa în care încerc să le cuprind, altele pe care aş vrea să mi le amintesc îmi zboară din minte asemenea pufului de păpădie, acele vorbe ale tatei nu se clintesc.

Jurnalul e legat în piele şi făcut din cea mai subţire hârtie. Probabil că i-a costat pe cei doi Landowski cel puţin un franc (aşa se numesc banii aici) şi a fost, cred, un gest menit să mă ajute, aşa că o să-l folosesc. Şi apoi, chiar dacă am învăţat să nu vorbesc, în lunga mea călătorie m-am întrebat adesea dacă nu cumva n-o să mai ştiu să scriu. Neavând hârtie şi nici creion, una dintre modalităţile prin care supravieţuiam acelor nopţi geroase de iarnă era să recit în gând pasaje din poezii, după care să-mi imaginez că scriam literele „cu ochiul minţii".

Îmi place foarte mult expresia asta – Papa spunea că era fereastra imaginaţiei noastre. Drept pentru care, atunci când nu recitam poezii, dispăream adesea în acel loc întortocheat despre care Papa spunea că n-avea hotare. Era cât de vast îţi doreai tu să fie. Oamenii cu mintea îngustă, adăuga el, aveau prin definiţie o imaginaţie limitată.

Şi chiar dacă blajinii Landowski se dovediseră a fi salvatorii mei umani, având grijă de fiinţa mea întrupată, tot simţeam nevoia să dispar înlăuntrul sinelui meu, să strâng din pleoape şi să depăn gânduri care n-ar trebui scrise cu nici un preţ, fiindcă dacă aş face-o, n-aş mai putea avea nicicând încredere în alt om.

„Prin urmare", îmi spusesem eu, „ceea ce ar vedea vreunul dintre ei dacă ar citi ce scriu acum" – şi cumva eram convins că ar fi încercat, măcar din curiozitate – „ar fi un jurnal început în ziua în care îmi spusesem deja ultimele rugăciuni".

De fapt, poate că nu le rostisem niciodată. Delirasem atât de intens din pricina febrei, a foamei şi a epuizării, încât poate că visasem – dar, în orice caz, aceea fusese ziua în care privisem cel mai frumos chip feminin din câte văzusem vreodată.

În timp ce scriam un rezumat faptic despre frumoasa doamnă care mă primise, îmi şoptise cuvinte pline de afecţiune şi îmi îngăduise să dorm în casă pentru prima dată după cine ştie cât timp, mă gândisem la cât de tristă păruse ultima oară când o văzusem. De atunci, aflasem că o chema Izabela – Bel, pe scurt. Ea și asistentul de atelier al lui Landowski, *monsieur* Brouilly (care mă rugase să-i spun „Laurent", nu că în starea mea actuală de muțenie i-aș fi spus cumva), se îndrăgostiseră nebunește unul de celălalt. Iar în seara aceea când părea tristă, ea venise să-și ia rămas-bun. Nu doar de la mine, ci și de la el.

Cu toată vârsta mea fragedă, citisem destul de mult despre dragoste. După plecarea tatei, cotrobăisem prin biblioteca lui și aflasem câteva lucruri extraordinare despre felul de a fi al adulților. La început, presupusesem că actul fizic care era descris acolo trebuia să facă din întreaga poveste un soi de comedie, dar apoi, pentru că autorii – despre care știam că nu erau umoriști – îl descriau în repetate rânduri, îmi dădusem seama că trebuia să fie adevărat. Ei, bine, despre *asta* chiar că nu urma să scriu în jurnalul meu!

Gândindu-mă la acel subiect, am chicotit și mi-am pus mâinile la gură. M-am simțit foarte ciudat, pentru că un chicot exprima un anumit nivel de fericire. Reacția firească a corpului fizic.

– O, Doamne..., am șoptit.

Era ciudat să-mi aud propria voce, care părea mai pătrunzătoare decât ultima dată când rostisem vreun cuvânt. Nimeni nu m-ar fi auzit aici, în mansardă. Ambele servitoare erau jos, frecând, lustruind și ocupându-se de nesfârșitele șiruri de rufe care atârnau pe frânghiile legate în spatele casei. Oricum, chiar dacă nu mă puteau auzi, era mai bine să nu-mi fac un obicei din a mă simți fericit, fiindcă dacă puteam chicoti, atunci însemna că aveam glas și că, fără îndoială, puteam vorbi. Am încercat să mă gândesc la lucruri care să mă întristeze, ceea ce mi s-a părut foarte ciudat, având în vedere că singurul mod în care – culmea! – izbutisem să-mi păstrez mintea întreagă și să ajung în Franța fusese să mă cufund în imaginația mea și să am gânduri optimiste. Apoi mi-am amintit de cele două cameriste, pe care le auzeam mereu pălăvrăgind noaptea, prin peretele subțire care ne despărțea.

Se plângeau că salariul lor era groaznic de mic, programul de lucru – prea lung, saltelele – cu gâlme, și că iarna înghețau în acel dormitor de la mansardă. Îmi venea să lovesc în peretele subțire și să le strig că ar fi trebuit să se simtă foarte norocoase fiindcă exista un perete care să ne despartă, că familia care le angajase nu locuia într-o singură cameră, că *aveau* salarii, oricât de proaste ar fi fost. Cât despre faptul că ar fi fost frig în camerele lor... ei, bine, studiasem clima Franței și, chiar dacă Parisul, la periferia căruia ne aflam, era în nord, îmi venea să râd la gândul că o temperatură două grade sub zero ar fi fost o problemă.

Am terminat primul paragraf în noul meu jurnal „oficial" și l-am recitit, prefăcându-mă că eram *monsieur* Landowski, cu barba lui ciudată și cu mustața mare și stufoasă.

Locuiesc la Boulogne-Billancourt. Sunt găzduit de amabila familie Landowski. Soțul și soția se numesc monsieur *Paul și* madame *Amélie Landowski, iar copiii lor sunt Nadine (douăzeci de ani), Jean-Max (șaptesprezece ani), Marcel (treisprezece ani) și Françoise (unsprezece ani). Cu toții sunt foarte amabili cu mine. Mi-au spus că am fost foarte bolnav și că, în timp, o să-mi recapăt forțele. Pe servitoare le cheamă Elsa și Antoinette, iar pe bucătăreasă, Berthe. Aceasta din urmă îmi oferă din ce în ce mai mult din minunatele ei plăcinte, ca să mă îngrașe, spune ea. Prima oară când mi-a dat o farfurie plină, am înfulecat până la ultima firimitură și, cinci minute mai târziu, mi s-a făcut îngrozitor de rău. Medicul a venit să mă vadă și i-a spus lui Berthe că stomacul mi se micșorase din pricina subnutriției și că trebuia să-mi dea porții mai mici, ca să nu mă îmbolnăvesc iarăși foarte tare și să mor. Cred că asta a supărat-o pe Berthe, dar sper că acum, când mănânc din nou aproape așa cum trebuie, ea a înțeles că prețuiesc cum se cuvine și calitatea bucatelor ei. Există un membru al personalului pe care încă nu l-am cunoscut, dar despre care familia vorbește foarte mult. E vorba despre menajeră, al cărei nume e* madame *Evelyn Gelsen. Acum e în vacanță, în vizită la fiul ei, care locuiește la Lyon.*

Sunt îngrijorat că, la cât mănânc acum, îmi pun gazdele să cheltuiască. În plus, mai e și medicul care trebuie să vină și să mă consulte. Știu cât de costisitori pot fi medicii! N-am bani și nici nu muncesc, așa că nu văd cum aș putea să-i răsplătesc pe binefăcătorii mei, lucru care, bineînțeles, e de așteptat din partea mea și ar fi normal să-l fac. Nu-mi dau seama cât timp o să mi se permită să stau aici, dar încerc să mă bucur de fiecare zi petrecută în casa asta frumoasă. Îi mulțumesc Domnului pentru bunătatea acestor oameni și mă rog pentru ei în fiecare seară.

Am continuat să rod capătul creionului în timp ce dădeam din cap, cu satisfacție. Simplificasem limbajul, adăugând și câte o greșeală elementară de ortografie, doar ca să par un băiat normal, în vârstă de zece ani. Nu se făcea să dau de înțeles ce fel de educație primisem cândva. După plecarea tatei, făcusem tot posibilul să mă țin de învățătură, așa cum mă îndemnase el, numai că, fără el ca mentor, avusesem de suferit destul de mult la capitolul ăsta.

Scoțând o coală frumoasă de hârtie albă și curată din sertarul biroului vechi – iar pentru mine, să am un sertar și un loc de scris numai al meu era dincolo de orice lux pe care mi-l imaginasem vreodată –, am început să scriu o scrisoare.

Atelierul Landowski
Rue Moisson Desroches
Boulogne-Billancourt
7 august 1928

Dragă monsieur *și* madame *Landowski,*

Doresc să vă mulțumesc amândurora pentru cadou. E cel mai frumos jurnal pe care l-am avut vreodată și voi scrie în el în fiecare zi, așa cum mi-ați cerut.

De asemenea, vă mulțumesc că m-ați primit în casă.

Era cât pe ce să adaug politicosul Al dumneavoastră și numele meu, dar n-am făcut-o. Am împăturit frumos hârtia în două și apoi în patru, după care am scris numele lor pe micul dreptunghi rezultat din împăturire. Urma ca a doua zi să așez scrisoarea pe tava de argint pe care se colecta corespondența.

Chiar dacă nu ajunsesem în locul spre care plecasem, mă aflam destul de aproape. În comparație cu distanța pe care o parcursesem deja, era echivalentul unei plimbări pe Rue Moisson Desroches și înapoi. Dar încă nu voiam să plec. După cum îi spusese doctorul lui Berthe, trebuia să-mi recapăt forțele. Și era necesar ca asta să se întâmple nu doar la nivel fizic, ci și la cel psihic. Chiar dacă doctorul n-avea cum să înțeleagă, aș fi putut să-i spun că cel mai rău lucru nu era pedeapsa corporală pe care o primisem, ci spaima care încă mă chinuia. Ambele servitoare, probabil pentru că se plictisiseră să se plângă de toți ceilalți din casă, îmi reproșaseră că noaptea strigam în somn și le trezeam. În timpul lungii mele călătorii, mă obișnuisem atât de mult cu asta și, în plus, fusesem atât de extenuat, încât izbuteam să adorm la loc, dar aici, fiindcă eram odihnit și aveam un pat cald, devenisem mai sensibil. De multe ori, nu mai puteam adormi după ce aveam coșmaruri. Nici măcar nu eram sigur că era potrivit să le descriu prin cuvântul „coșmaruri". Mintea mea nemiloasă era cea care mă făcea să retrăiesc lucruri care mi se întâmplaseră cu adevărat.

M-am ridicat, m-am îndreptat spre pat cu jurnalul în mână și m-am băgat sub cearșaf și sub pătura de care n-aveam nevoie, fiindcă vremea era *sufocantă*. Am ascuns jurnalul în pantalonii de pijama, ca să-mi stea confortabil pe interiorul coapsei. Apoi am scos punguța de piele de la gât și am pus-o în același loc în care ascunsesem jurnalul, pe cealaltă coapsă. În timpul lungii mele călătorii, învățasem care era locul în care puteai ascunde cel mai bine lucruri atât de prețioase.

M-am întins pe saltea și m-am lăsat pe spate – calitatea saltelei fiind un alt lucru de care se plânseseră Elsa și Antoinette, însă pentru mine era ca și cum aș fi dormit pe un nor alcătuit din aripi de înger –, am închis ochii și am spus repede o rugăciune pentru Papa și mama, oriunde s-ar fi aflat ea în ceruri, după care am încercat să dorm.

Dar un gând continua să mă sâcâie. Nu-mi plăcea să recunosc, însă mai aveam un motiv pentru care așternusem pe hârtie acea scrisoare prin care le mulțumeam soților Landowski: deși știam că trebuia să-mi continui călătoria, încă nu eram pregătit să renunț la cea mai minunată dintre toate senzațiile – siguranța.

CAPITOLUL 2

– Ei, cum ți se pare, tinere? m-a întrebat *monsieur* Landowski în timp ce mă uitam în ochii Domnului nostru, care era aproape cât mine de mare.

Tocmai desăvârşise capul lui *Cristo Redentor*[1], aşa cum îi ziceau brazilienii, sau Isus Hristos, aşa cum îl ştiam eu. *Monsieur* Laurent Brouilly îmi spusese că statuia avea să fie aşezată pe piscul unui munte dintr-un oraş numit Rio de Janeiro. După asamblarea tuturor elementelor, statuia urma să aibă o înălțime de treizeci de metri. Văzusem versiunile în miniatură ale sculpturii finite și știam că Hristosul brazilian (și francez) avea să stea în picioare, cuprinzând orașul în brațele larg deschise. Mi se părea foarte ingenios faptul că, de la distanță, ai fi zis că era o cruce. Cum să ducă statuia pe munte și cum s-o asambleze fuseseră principalele subiecte de discuție și motivele de îngrijorare din ultimele săptămâni. *Monsieur* Landowski părea să aibă multe altele pe cap, fiindcă lucra în același timp la statuia unui chinez pe nume Sun Yat-sen și se frământa din pricina ochilor. Era un perfecționist, după părerea mea.

În zilele lungi și fierbinți de vară, fusesem atras de atelierul lui *monsieur* Landowski. Mă furișam acolo și mă ascundeam în spatele numeroșilor bolovani care așteptau să prindă formă.

---

[1] Hristos Mântuitorul (în limba portugheză în original)

De obicei, atelierul era plin de ucenici și de asistenți care, la fel ca Laurent, se aflau acolo ca să învețe de la marele maestru. Majoritatea mă ignorau, deși *mademoiselle* Margarida îmi zâmbea întotdeauna dimineața, după ce sosea. Era bună prietenă cu Bel, așa că știam că era unul dintre oamenii de încredere.

Monsieur mă zărise într-o zi în atelier și, ca orice tată, îmi reproșase că nu-i cerusem permisiunea înainte de a intra. Clătinasem din cap și îmi întinsesem brațele în față, îndreptându-mă cu spatele spre ușă, dar amabilul domn se înduioșase și îmi făcuse semn să vin la el.

– Brouilly mi-a spus că îți place să ne privești când lucrăm. E adevărat?

Încuviințasem din cap.

– Ei, bine, atunci nu-i nevoie să te ascunzi! Atât timp cât juri să nu atingi nimic, ești binevenit, băiete. Mi-aș fi dorit ca și copiii mei să arate la fel de mult interes față de munca mea.

Din acel moment, mi se îngăduise să mă așez la masa de lucru, mi se dăduse o bucată de steatit de prisos și mi se pusese la dispoziție propriul set de unelte.

– Privește și învață, băiete, privește și învață! mă sfătuise Landowski.

Și așa făcusem. Nu că mi-ar fi ieșit ceva după ce loveam cu ciocanul în daltă, încercând să modelez piatra mea. Indiferent de felul în care încercam s-o modelez – în cele mai simple forme –, mă alegeam mereu cu o grămăjoară de moloz.

– Deci, băiete, ce părere ai? a întrebat *monsieur* Landowski, arătând spre capul lui *Cristo*.

Am încuviințat energic din cap, ca întotdeauna, simțindu-mă vinovat că acel om bun, care mă primise în casa lui, încă aștepta să-i răspund în cuvinte. Doar datorită perseverenței lui, merita să rostesc măcar unul, dar știam că, de îndată ce aș fi deschis gura și aș fi vorbit, m-aș fi pus în pericol.

Madame Landowski, dându-și seama la un moment dat că scriam și că înțelegeam ce mi se spunea, îmi dăduse un teanc de hârtie veche.

– Să înțeleg că dacă îți pun o întrebare, poți scrie răspunsul, da?

Dădusem din cap în semn de încuviințare. De atunci, comunicarea devenise foarte simplă.

Acum, ca răspuns la întrebarea lui *monsieur* Landowski, am scos creionul din buzunarul pantalonilor, am scris un cuvânt care ocupa aproape întreaga pagină și i l-am arătat.

El l-a citit și a chicotit.

– *Magnifique*[1], zici? Ei, bine, îți mulțumesc, tinere, și să sperăm că aprecierea ta e cea de care o să aibă parte acest *Cristo* atunci când o să stea, maiestuos, în vârful Muntelui Corcovado, de cealaltă parte a lumii! *Dacă* izbutim să-l ducem vreodată acolo...

– Aveți încredere, domnule! a răspuns Laurent din spatele meu. Bel îmi spune că sunt în plină desfășurare pregătirile care se fac ca să putem folosi funicularul.

– Zău? a întrebat *monsieur* Landowski, ridicând dintr-o sprânceană grizonantă și stufoasă. Se pare că știi mai multe decât mine! Heitor da Silva Costa îmi tot zice că o să discutăm despre cum să expediem sculptura și s-o punem în picioare, dar discuția la care se referă nu pare să mai aibă loc. E deja ora prânzului? Am nevoie de niște vin ca să-mi calmez nervii! Încep să simt că proiectul ăsta, *Cristo*, ar putea fi sfârșitul carierei mele. Am fost un neghiob să accept o asemenea nebunie!

– Mă duc să aduc mâncarea, a răspuns Laurent, iar apoi s-a îndreptat spre bucătăria minusculă, pe care o să mi-o amintesc veșnic în detaliu, acea încăpere fiind primul meu refugiu de când, cu multe luni în urmă, plecasem de acasă.

Am zâmbit în timp ce îl priveam pe Laurent deschizând o sticlă de vin.

Ori de câte ori mă trezeam devreme, în zori, mă strecuram în atelier doar ca să mă aflu printre frumusețile de-acolo. Stând

[1] Magnific (în limba franceză în original)

în acel spațiu cu totul deosebit, mă gândeam că Papa ar fi râs la aflarea veștii că, dintre toate locurile în care aş fi putut ajunge – ca, de pildă, fabrica Renault, aflată la doar câțiva kilometri de aici –, ajunsesem, în schimb, într-un loc pe care el însuși l-ar fi numit un templu al artei. Știam că Papa, cumva, s-ar fi bucurat.

Azi-dimineață, stând printre blocurile de piatră și privind fața blândă a lui *Cristo*, auzisem un zgomot în spatele unei draperii ce masca intrarea într-o cameră în care mâncam de obicei. Mergând tiptil și aruncând o privire dincolo de draperie, văzusem două picioare ieșind de sub masă. Se dovedise că sunetul era sforăitul ușor al lui Laurent. De când Bel se întorsese în Brazilia, observasem că Laurent arăta mai rău dimineața, din pricina băuturii, cu ochii roșii și împăienjeniți, cu pielea de o nuanță bolnăvicioasă, pământie, de parcă ar fi fost mereu pe cale să dea afară tot ce avea în stomac. (Și aveam *multă* experiență, știind când anume un bărbat sau o femeie depășea cu mult limitele normale în ceea ce privea băutura.)

Acum, uitându-mă cum Laurent își umplea paharul până la buză, mi-am făcut griji pentru ficatul lui, despre care Papa spunea că era organul cel mai afectat de băutură. Dar nu numai ficatul lui Laurent mă îngrijora, ci și inima lui. Chiar dacă înțelegeam că era imposibil ca organul în sine să fie distrus fizic de dragoste, ceva în sufletul lui chiar se frânsese. Poate că într-o zi aveam să înțeleg de ce ai vrea să-ți îneci amarul în băutură.

– *Santé!*[1] au spus cei doi bărbați în timp ce ciocneau.

Câtă vreme ei au șezut la masă, eu mi-am făcut de lucru la bucătărie, luând pâinea, brânza și pătlăgelele roșii pe care doamna ce locuia la capătul drumului le creștea în grădina ei.

Știam asta pentru că o văzusem pe Evelyn, menajera, apărând în bucătărie cu o ladă plină cu legume. Cum nu era o doamnă zveltă și nici nu era deloc tânără, dădusem fuga ca să-i iau lada din mâini și s-o pun deoparte.

---

[1] Noroc (în limba franceză în original)

– O, Doamne, ce cald e azi! spusese ea gâfâind, în timp ce se aşeza greoi pe unul dintre scaunele de lemn.

Îi adusesem un pahar cu apă înainte să mi-l ceară şi, scoţând din buzunar hârtie şi un creion, îi pusesem o întrebare.

– *De ce nu sunt trimise servitoarele?* citise ea, după care se uitase la mine. Pentru că, băiete, nici una n-ar deosebi o piersică stricată de una perfectă. Amândouă servitoarele sunt fete de la oraş, n-au noţiunea de fructe şi legume proaspete.

Luându-i bucata de hârtie, scrisesem o altă propoziţie:

Data viitoare, vin eu cu dumneata ca să car lada.

– E foarte amabil din partea ta, tinere, iar dacă vremea nu se schimbă, s-ar putea să profit de ofertă.

Vremea nu se schimbase şi mă dusesem cu ea ca s-o ajut. Pe stradă, îmi vorbise despre fiul ei, spunându-mi cu mândrie că el studia ingineria la universitate.

– Într-o bună zi o să ajungă mare, o să vezi! adăugase ea în timp ce ne făceam loc printre legumele expuse la tarabă, iar eu ţineam lada pentru cele care trecuseră testul ei.

Dintre toţi cei din casa Landowski, Evelyn era preferata mea, chiar dacă mă temusem de întoarcerea ei după ce auzisem prin pereţi pălăvrăgeala servitoarelor despre „balaur“. Îi fusesem prezentat ca „băiatul fără nume, care nu vorbeşte“. (Cel care spusese asta fusese Marcel, fiul în vârstă de treisprezece ani al familiei Landowski. Ştiam că el mă privea cu suspiciune, lucru pe care-l înţelegeam pe deplin – era firesc ca sosirea mea bruscă în mijlocul familiei să deranjeze pe unul sau pe altul.) Cu toate astea, Evelyn pur şi simplu îmi strânsese mâna şi îmi zâmbise cu căldură.

– Cu cât mai mulţi, cu atât mai bine, eu aşa zic! Ce rost are o ditamai casa dacă nu umpli toate camerele?

Apoi îmi făcuse cu ochiul şi, mai târziu în acea zi, văzând că mă uitam lung la o *tarte tatin* rămasă de la prânz, îmi tăiase o felie.

Era ciudat, într-adevăr, să leg un soi de prietenie secretă şi evident nedeclarată (din partea mea, cel puţin) cu o doamnă între două vârste, dar știam că asta se întâmplase. Observasem în ochii ei o privire pe care o cunoșteam prea bine și care îmi spunea că suferise profund. Poate că și ea recunoștea ceva similar în mine.

Hotărâsem că singura modalitate de a mă asigura că nimeni din casă n-avea să găsească motiv să se plângă de mine era fie să mă fac invizibil (pentru copiii Landowski și, într-o măsură mai mică, pentru *monsieur* și *madame* Landowski), fie să fiu foarte disponibil pentru cei care aveau nevoie, categorie pe care, în principiu, o reprezentau servitorii. Bănuiesc că Evelyn, Berthe, Elsa și Antoinette știau deja că, la nevoie, aveau în preajmă un mic colaborator. Acasă, eu fusesem cel care făcea ordine în modesta noastră locuință. Încă de mic simțisem nevoia să știu că totul era la locul lui. Tata observase că îmi plăcea rânduiala, nu haosul, și spusese în glumă că aveam să devin o soție foarte bună cândva. Pe vremuri, fusese imposibil să-mi pun talentele în practică, pentru că fiecare activitate a noastră se desfășura într-o singură cameră, dar aici, în casa Landowski, ordinea în sine mă încânta. Cred că treaba mea preferată era să le ajut pe Elsa și pe Antoinette să strângă cearșafurile și hainele de pe frânghie după ce acestea se uscau la soare. Ambele femei râseseră de nevoia mea de a vedea că toate colțurile se întâlneau perfect, iar eu nu mă puteam abține și-mi vâram nasul în fiecare rufă pe care o dădeam jos, ca să trag pe nări acel miros de curat, care pentru mine era cel mai frumos dintre toate parfumurile.

În orice caz, după ce am tăiat roșiile cu aceeași precizie cu care împătuream rufele, m-am dus să iau masa împreună cu *monsieur* Landowski și cu Laurent. I-am privit în timp ce rupeau bagheta proaspătă și tăiau o felie de brânză, însă nu m-am înfruptat din festin decât după ce *monsieur* Landowski m-a invitat să le urmez exemplul. Papa îmi spusese cât de minunată era mâncarea franțuzească și avusese dreptate. Totuși, după crizele de greață de pe vremea când înfulecam extrem de iute, ca și cum ar fi fost ultima masă care mi s-ar mai fi oferit vreodată, începusem să mănânc ca un domn, aşa cum fusesem educat, nu ca un sălbatic, aşa cum o auzisem odată pe Berthe spunând despre mine.

La masă încă se vorbea despre *Cristo* şi despre ochii lui Sun Yat-sen, dar asta nu mă deranja. Am înţeles că *monsieur* Landowski era un adevărat artist – câştigase medalia de aur la concursul olimpic de artă din vară şi se pare că harul lui îl făcuse renumit lumea întreagă. Ceea ce admiram cel mai mult la el era faptul că faima nu-l schimbase. Sau, cel puţin, aşa îmi imaginam, pentru că muncea oră de oră, lipsind adesea de la cină, motiv pentru care *madame* Landowski îl mustra, fiindcă ea şi copiii aveau nevoie să-l vadă. Atenţia lui la detalii şi faptul că se străduia să atingă perfecţiunea, când ar fi putut foarte uşor să-l pună pe Laurent să termine lucrarea, mă inspiraseră. Indiferent de ceea ce aş fi fost menit să fac sau să fiu pe lumea asta, îmi promisesem că aveam să dau tot ce era mai bun în mine.

– Şi tu, băiete? Băiete...?

Încă o dată, m-am smuls din gânduri. Ele însemnau pentru mine un loc în care mă obişnuisem atât de mult să poposesc, încât trebuia să mă obişnuiesc cu faptul că oamenii mă băgau în seamă.

– Nu erai atent, aşa-i? a continuat *monsieur* Landowski, iar eu, cerându-mi scuze din priviri, am clătinat din cap. Te-am întrebat dacă eşti de părere că ochii lui Sun Yat-sen sunt cum trebuie! Ţi-am arătat fotografia lui, îţi aminteşti?

Am luat creionul, gândindu-mă bine la răspuns înainte de a-l scrie. Fusesem învăţat să spun doar adevărul, dar trebuia să fiu şi diplomat. Am scris cuvintele cuvenite, iar apoi i-am dat caietul lui *monsieur* Landowski.

Aproape, domnule.

El a luat o gură de vin, după care şi-a dat capul pe spate şi a râs.

– Întocmai, băiete, întocmai! Aşadar, după-amiază mai fac o încercare.

După ce mesenii au terminat de mâncat, am strâns resturile de pâine şi de brânză. Apoi le-am făcut cafea, aşa cum ştiam că-i plăcea lui *monsieur* Landowski. Între timp, mi-am îndesat resturile de pâine şi de brânză în buzunarele pantalonilor scurţi. Era un obicei de care nu apucasem să mă dezvăţ – n-aveai de unde să ştii când se terminau proviziile de mâncare. După ce le-am dus cafeaua, am salutat dând din cap şi m-am întors în mansarda mea. Am pus bine pâinea şi brânza în sertarul biroului. De obicei, orice puneam acolo ajungea la coşul de gunoi, în secret, a doua zi. Dar, după cum ziceam, n-aveai de unde să ştii.

După ce m-am spălat pe mâini şi m-am pieptănat, am coborât la parter ca să-mi încep programul de la amiază, prin care mă făceam util. În ziua aceea trebuia să lustruiesc argintăria, treabă la care, mulţumită preciziei şi răbdării mele, până şi Evelyn spusese că mă pricepeam. Radiasem imediat de mândria unui om care vreme îndelungată nu primise nici un compliment. Însă bucuria mea nu durase mult, fiindcă Evelyn se oprise la uşă şi se întorsese spre Elsa şi Antoinette, care tocmai puneau cuţitele şi furculiţele în cutiile lor de catifea.

– Aţi putea învăţa amândouă de pe urma dibăciei acestui tânăr! spusese ea înainte să iasă, motiv pentru care cele două se uitaseră urât la mine.

Dar, fiindcă erau leneşe şi nu aveau răbdare, ele se bucurau să lase lustruitul pe seama mea. Îmi plăcea să stau cufundat în liniştea din salonul cel mare, la masa din lemn de mahon, care sclipea întotdeauna perfect, cu mâinile ocupate şi cu mintea liberă să rătăcească oriunde dorea.

Principalul meu gând, acum şi aproape în fiecare zi de când începusem să-mi revin la trup şi la minte, era cum să fac bani. Oricât de cumsecade ar fi fost cei din familia Landowski, ştiam că mă aflam la mila lor. Chiar şi în seara aceea mi-ar fi putut spune că, din cine ştie ce motiv, nu mai puteam locui la ei. Încă o dată, aş fi fost azvârlit pe o stradă oarecare, vulnerabil şi singur. Instinctiv, mi-am dus degetele la punguţa de piele pe care o purtam pe sub cămaşă. Atingerea şi forma ei bine cunoscute erau de ajuns ca să mă liniştească, deşi ştiam că ceea ce se afla în ea nu-mi aparţinea, ca să pot vinde. Faptul că supravieţuise călătoriei era un miracol în sine, şi totuşi prezenţa acelui obiect era atât o binecuvântare, cât şi un blestem. Era însuşi motivul pentru care mă aflam acum la Paris şi trăiam sub acoperişul unor străini.

După ce am terminat de lustruit ceainicul de argint, am hotărât că în casă se afla un singur om în care să am atâta încredere încât să-i cer sfatul. Evelyn locuia în ceea ce familia numea „căscioară", dar care în realitate era o anexă cu două camere a casei principale. După cum îmi spusese Evelyn, cel puţin avea baie proprie şi, lucrul cel mai important, intrare separată. Încă nu intrasem în „căscioară", dar voiam ca în seara aceea, după cină, să-mi fac curaj şi să bat la uşă.

M-am uitat pe fereastra salonului la Evelyn, care se îndrepta spre casă. Ea pleca întotdeauna după ce se servea felul principal, lăsându-le pe cele două servitoare să se ocupe de desert, apoi de spălatul vaselor. Am luat cina și am ascultat discuțiile familiei. Nadine, sora mai mare, nu era încă măritată şi-şi petrecea mare parte din timp ieşind din casă cu un şevalet, cu pensule şi cu o paletă. Nu văzusem nici unul dintre tablourile ei, dar ştiam că se ocupa şi de decoruri pentru teatru. Încă nu văzusem o piesă de teatru jucată pe o scenă şi, bineînţeles, nu puteam să vorbesc cu Nadine ca s-o întreb despre munca ei. Întrucât petrecea foarte puţin timp în casă şi părea foarte absorbită de viaţa ei, nu mă băga prea mult în seamă, aruncându-mi câteodată un zâmbet dacă ne intersectam dimineaţa devreme. Mai era Marcel, care într-o zi mă oprise din drum, îşi umflase pieptul, îşi pusese mâinile în şolduri şi îmi spusese că nu mă plăcea. Ceea ce bineînţeles că era o prostie, fiindcă nu mă cunoştea, dar îl auzisem numindu-mă „lingău" în faţa surorii mai mici, Françoise, pentru că dădeam câte o mână de ajutor la bucătărie înainte de cină. Înţelegeam cum se simţea. Faptul că părinţii lui luaseră în primire un coate-goale, care fusese găsit în grădina lor şi care refuza să vorbească, ar fi făcut pe oricine să aibă suspiciuni.

Cu toate astea, îi iertasem totul din momentul în care auzisem prima dată sunetul unei muzici frumoase, care venea dintr-o cameră de la parter și care se auzea în bucătărie. Mă oprisem din ceea ce făceam și încremenisem, fermecat. Chiar dacă tata îmi cântase la vioară pe potriva cunoștințelor lui, nu auzisem niciodată sunetul pe care-l puteau scoate clapele pianului atunci când erau mânuite cu măiestrie de o ființă umană. Și era minunat! De atunci, devenisem ușor obsedat de degetele lui Marcel, întrebându-mă cum de izbuteau să traverseze clapele pianului atât de repede și într-o ordine desăvârșită. În perioada următoare, trebuise să fac eforturi ca să-mi iau privirea de la acele degete. Într-o zi, aveam să-mi iau inima-n dinți și să-l întreb pe Marcel dacă puteam să-l privesc atunci când cânta. Indiferent de felul în care mă trata, îl consideram un magician.

Fratele cel mare, Jean-Max, părea indiferent față de mine, fiind în pragul maturității. Nu știam prea multe despre ce făcea după ce pleca de acasă, dar el încercase într-o bună zi să-mi arate cum stătea treaba cu jocul de *boules*: distracția națională a Franței. Trebuia să arunci bile în pietrișul din curte, iar eu învățasem destul de repede.

Mai era Françoise, fiica cea mică a familiei Landowski, nu cu mult mai mare de vârstă decât mine. Fusese prietenoasă la început, deși foarte timidă. Îmi stârnise recunoștința atunci când, aflându-ne amândoi în grădină, îmi dăduse o bomboană, un fel de zahăr pe băț, după care ne așezaserăm unul lângă altul și linseserăm bunătățile în timp ce priveam cum albinele își adunau nectarul. Repeta la pian împreună cu Marcel și, ca și lui Nadine, îi plăcea să picteze. O vedeam adesea stând afară, la șevalet, cu fața spre casă. Habar n-aveam dacă se pricepea sau nu, pentru că nu văzusem niciodată ce picta, dar bănuiam că ea era autoarea frumoasei priveliști pastorale cu un câmp și un râu, expuse pe unul dintre pereții coridorului de la parter. N-aveam să devenim buni prieteni, bineînțeles – oricine s-ar fi plictisit de o persoană cu care nu se putea vorbi –, dar ea îmi zâmbea adesea, iar în ochi îi citeam înțelegere. Rareori – de obicei duminica, ziua în care *monsieur* Landowski era liber –, jucau *boules* sau mergeau împreună la picnic. Întotdeauna mă chemau și pe mine, dar refuzam, din respect pentru timpul petrecut în familie și fiindcă învățasem pe pielea mea ce putea face ranchiuna.

După cină, le-am ajutat pe Elsa și pe Antoinette cu vasele și, după ce au urcat la mansardă ca să se culce, m-am strecurat pe ușa bucătăriei și m-am furișat prin spatele casei, pentru ca plecarea mea să treacă neobservată.

Am ajuns la ușa lui Evelyn cu inima bătându-mi puternic în piept. Oare să fi fost o greșeală? Oare ar fi trebuit să fac pur și simplu cale întoarsă și s-o las baltă?

– Nu, mi-am șoptit eu în barbă.

La un moment dat, trebuia să am încredere în cineva. Instinctele care mă ținuseră în viață atâta vreme îmi spuneau că făceam bine ce făceam.

Mâna îmi tremura în clipa în care am întins-o și am bătut timid. Nici un răspuns – sigur că nu, nimeni nu m-ar fi auzit decât dacă ar fi stat lipit de cealaltă parte a bucății de lemn. Așa că am bătut mai tare. În câteva clipe, Evelyn a tras perdeaua la fereastră, apoi a deschis.

– Măi, să fie, ce-avem noi aici? a întrebat ea, zâmbindu-mi. Haide, intră! Nu-mi prea bate nimeni la ușă, asta-i sigur! a conchis, chicotind.

Am intrat în cea mai plăcută încăpere din câte văzusem. Chiar dacă mi se spusese că odinioară fusese garaj pentru mașina lui *monsieur* Landowski și nu era decât un simplu cub de ciment, privirea mea întâlnea ceva frumos oriunde m-aș fi uitat. Două scaune tapisate, acoperite de pleduri viu colorate, erau așezate cu fața spre centrul camerei. Pereții erau decorați cu portrete de familie și cu tablouri înfățișând natură moartă și la fereastră se afla o masă curată, din lemn de mahon, pe care trona un aranjament floral. Mai era o ușiță care, bănuiam, ducea în dormitor şi la baie, iar pe un raft de deasupra unei comode pline cu ceşti de porţelan şi cu pahare se afla un teanc de cărţi.

– Aşa, ia loc! a spus Evelyn, arătând spre unul dintre scaune şi luând un soi de goblen de pe scaunul ei. Vrei o limonadă? Reţetă proprie!

Am încuviinţat din cap cu putere, în semn că voiam. Nu băusem niciodată limonadă înainte de a veni în Franţa şi acum nu mă mai săturam de ea. Evelyn s-a dus la dulap şi a luat două pahare. Apoi a turnat lichidul galben, lăptos, dintr-un urcior plin cu gheaţă.

– Poftim! a spus ea în timp ce se aşeza, abia încăpând în scaun. *Santé!* mi-a urat, ridicând paharul.

L-am ridicat şi eu, dar n-am spus nimic, ca de obicei.

– Prin urmare, cu ce te pot ajuta?

Scrisesem deja ce voiam s-o întreb. Am scos hârtia din buzunar şi i-am dat-o. A citit şi s-a uitat la mine.

– Cum să câştigi bani? Asta vrei să mă întrebi? s-a mirat ea, iar eu am încuviințat din cap. Ei, bine, tinere, nu cred că știu. Ar trebui să mă gândesc. Dar de ce simți nevoia să câştigi bani? m-a iscodit, iar eu i-am făcut semn să întoarcă foaia. *În caz că buna familie Landowski decide că nu mai e loc pentru mine în casă*, a citit ea cu glas tare. Păi, având în vedere succesul domnului şi numeroasele comenzi pe care le primeşte, mă îndoiesc că o să fie nevoiţi să se mute într-o casă mai mică. Aşa că o să aibă mereu loc pentru tine aici. Dar cred că ştiu la ce te referi. Te temi ca într-o bună zi să nu cumva să te dea afară din senin, aşa-i? a continuat ea să mă chestioneze, drept pentru care am dat energic din cap în semn că da. Şi astfel tu ai deveni încă unul dintre orfanii nevârstnici şi înfometaţi de pe străzile Parisului! Ceea ce mă face să-ţi pun o întrebare foarte importantă: eşti orfan? E suficient să răspunzi cu „da“ sau „nu“! m-a instruit, iar eu am dat din cap în semn că nu, la fel de viguros ca atunci când o făcusem în sens afirmativ. Unde sunt părinţii tăi? a întrebat ea, dându-mi hârtia.

Am luat-o și am scris răspunsul:

Nu știu.

– Înțeleg, a murmurat ea. Mă gândeam că i-ai pierdut în Marele Război, dar războiul s-a sfârșit în 1918 și poate că ești prea mic pentru ca ăsta să fi fost cazul.

Am ridicat din umeri, încercând să nu-mi schimb expresia. Problema legată de bunătate era că, în fața ei, aveai tendința de a lăsa garda jos. Iar eu știam că, orice s-ar fi întâmplat, nu trebuie să fac asta. Evelyn m-a privit fără să scoată o vorbă.

– Tinere, știu că, dacă vrei, poți vorbi! Doamna din Brazilia care a fost aici ne-a spus tuturor că i-ai mulțumit într-o franceză perfectă în noaptea în care te-a găsit. Întrebarea e: de ce nu vrei să vorbești? Singurul răspuns la care mă pot gândi – mai puțin în cazul în care vei fi amuțit între timp, lucru de care mă îndoiesc foarte tare – e că ești prea speriat ca să ai încredere în cineva. Am dreptate?

În sinea mea se dădea o luptă. Voiam să-i confirm concluzia la care ajunsese, fiindcă avea perfectă dreptate, la urma urmei, și să mă arunc apoi în brațele ei ocrotitoare, s-o las mă țină la piept și să-i mărturisesc totul, dar știam că încă... *încă* nu puteam. Am arătat că aveam nevoie de hârtie și am scris câteva cuvinte, după care i-am înapoiat hârtia.

Am avut febră. Nu-mi amintesc să fi vorbit cu Bel.

Evelyn a citit și a zâmbit.

– Înțeleg, băiete! Știu că minți, dar totodată îmi dau seama că, indiferent de trauma pe care ai suferit-o, nu mai poți avea încredere în nimeni. Poate că într-o bună zi, după ce o să ne cunoaștem mai bine, o să-ți povestesc câte ceva despre viața mea. Am fost infirmieră pe front în timpul Marelui Război. Ce suferință mi-au văzut ochii... N-o să uit în veci! Și, da, ca să fiu sinceră, o vreme mi-am pierdut credința – și încrederea – în umanitate. Și în Dumnezeu. Crezi în Dumnezeu?

Am încuviințat din cap, dar cu o mișcare mai puțin viguroasă. Pe de o parte, pentru că nu știam dacă mai era credincioasă după acel episod mărturisit chiar de ea, iar pe de alta, pentru că nu eram sigur nici în privința mea.

– Cred că te afli la aceeași răspântie la care eram și eu atunci. Mi-a luat mult până să-mi pun din nou încrederea în ceva. Știi ce mi-a redat credința și încrederea? Dragostea. Dragostea pentru iubitul meu fiu. Asta a îndreptat lucrurile. Desigur, dragostea vine de la Dumnezeu sau cum vrei să numești spiritul care unește toți oamenii cu El, într-o rețea invizibilă. Chiar dacă uneori simțim că ne-a abandonat, El n-a făcut-o niciodată. Oricum, mă tem că n-am răspuns la întrebarea ta. Sunt mulți băieți ca tine pe străzile Parisului, ființe ce reușesc să supraviețuiască în moduri la care chiar nu vreau să mă gândesc. Dar... o, Doamne, aș vrea măcar să-mi mărturisești care e numele tău! Îți jur că *monsieur* și *madame* Landowski sunt oameni buni și amabili și că nu te-ar da niciodată afară din casa lor.

Am arătat că aveam din nou nevoie de hârtie și, după ce am scris, i-am dat-o înapoi.

Atunci, ce o să facă ei cu mine?

– Păi, dacă ai vorbi, ți-ar îngădui să locuiești în casă oricât de mult timp și te-ar trimite la școală, ca pe copiii lor. Dar așa..., a murmurat ea, gânditoare, ridicând din umeri, ... e imposibil, nu? Mă îndoiesc că vreo școală ar primi un băiat mut, indiferent de instrucția pe care ar fi primit-o până acum. Din câte știu despre tine, bănuiesc că ești un copil școlit și că ai dori să continui în direcția asta. E adevărat?

Am ridicat din umeri cu un gest pe care l-am socotit imitația perfectă a celui autentic franțuzesc, la care toată lumea din casă părea să se priceapă de minune.

– Însă nu-mi plac mincinoșii, băiete! m-a mustrat Evelyn dintr-odată. Știu că ai motivele tale să păstrezi tăcerea, dar ai putea măcar să fii sincer. Vrei sau nu vrei să-ți continui învățătura? m-a chestionat ea, iar eu am încuviințat din cap, șovăind, totuși, ceea ce n-a oprit-o pe ea să se plesnească peste coapsă și să spună pe un ton pragmatic: Păi, ne-am înțeles! Trebuie să te hotărăști să începi să vorbești, moment în care viitorul tău în casa Landowski o să devină mult mai sigur. Ai fi un copil normal, care se poate duce la o școală normală și știu că ei s-ar bucura să te aibă în familie în continuare. Bun, a mormăit ea, căscând, mâine mă trezesc devreme, dar mi-au plăcut seara asta și compania ta. Te rog să-mi bați la ușă oricând dorești!

M-am ridicat numaidecât, am mulțumit printr-o înclinare din cap și m-am îndreptat spre ușă, urmat de Evelyn, care se ridicase ca să mă conducă. În clipa în care mă pregăteam să pun mâna pe clanță, am simțit pe umeri atingerea plăcută a mâinilor ei, care m-au răsucit și m-au apucat de mijloc ca să mă strângă în brațe.

– Ai nevoie doar de puțină dragoste, *chéri*! Noapte bună!

CAPITOLUL 3

26 octombrie 1928

Astăzi, înainte de cină, au aprins focul în șemineul din sufragerie. E foarte emoționant să vezi așa ceva, deși nu înțeleg de ce toată lumea se plânge de frig. Toți membrii familiei sunt sănătoși și foarte ocupați. Monsieur *Landowski se frământă în legătură cu transportul la Rio de Janeiro al prețioasei lui sculpturi, Cristo. De asemenea, trebuie să-l termine de sculptat și pe Sun Yat-sen. Încerc să ajut prin casă cât pot de mult și sper că sunt considerat util, nu o povară. Sunt foarte mulțumit de noile mele haine de iarnă, care au fost ale lui Marcel. Țesătura din care sunt făcute cămașa, pantalonii scurți și puloverul e neînchipuit de fină și de moale. În bunătatea ei,* madame *Landowski a hotărât că, deși nu pot merge la școală în momentul de față fiindcă sunt mut, ar trebui să am, totuși, parte de învățătură. Mi-a pregătit câteva întrebări de matematică, precum și un test de ortografie. Mă străduiesc din răsputeri să dau răspunsurile corecte. Sunt fericit și recunoscător că mă aflu alături de oameni buni, adăpostit în casa asta minunată.*

Am lăsat stiloul din mână și am închis jurnalul și lăcățelul, în speranța că nici un ochi indiscret n-ar fi putut găsi ceva de reproșat dacă ar fi citit cele scrise de mine. Am căutat sub sertar micul teanc de hârtii pe care-l tăiasem la aceeași dimensiune cu paginile jurnalului, pe foile acelea fiind așternute gândurile mele *reale*. La început, scrisesem în jurnal doar ca să le fac pe plac celor care mi-l dăduseră, în cazul în care m-ar fi întrebat vreodată dacă îl folosisem, dar constatasem că îmi venea din ce în ce mai greu să nu-mi exprim gândurile și sentimentele, pe când să le consemnez era o despovărare necesară, o eliberare. Mă gândisem că aș fi putut, într-o bună zi, atunci când n-aveam să mai locuiesc împreună cu familia Landowski, să introduc acele pagini în partea relevantă a jurnalului, ceea ce ar fi oferit o imagine mult mai autentică a vieții mele.

Cred că din pricina lui Evelyn îmi fusese și mai greu să plec, fiindcă de când mă rugase s-o vizitez în voie, chiar asta făcusem. Și credeam sincer că ea avea un fel de sentiment matern față de mine, unul care părea autentic, real. De multe ori în ultimele săptămâni, pe când stăteam împreună în camera ei plăcută, o ascultasem vorbind despre viața ei, în care, după cum bănuisem, avusese parte de multă suferință. Soțul și fiul ei cel mare nu se mai întorseseră din Marele Război. Învățasem multe despre conflict de când locuiam în casa familiei Landowski, dar, cum mă născusem în 1918, acela era un război pe care nu-l apucasem. Mă cutremurasem atunci când Evelyn îmi povestise cât de mulți bărbați muriseră pe câmpul de luptă, forțați să iasă din tranșee, urlând de durere în timp ce exploziile cumplite le smulgeau bucăți din trup.

– Ceea ce mă tulbură cel mai mult e faptul că dragii mei Anton și Jacques au murit singuri, fără nimeni care să-i consoleze!

Ochii i se umpluseră de lacrimi, iar eu întinsesem mâna spre a ei. De fapt, voiam să-i spun vorbe precum:

„Îmi pare foarte rău! Cred că îți e tare greu. Și eu i-am pierdut pe toți cei dragi..."

Evelyn îmi explicase că de aceea era atât de mândră și de protectoare față de singurul fiu care-i rămăsese. Dacă nu l-ar mai fi avut, și-ar fi pierdut mințile. Voisem să-i spun că eu chiar mi le pierdusem, dar că, spre surprinderea mea, îmi reveneam încetul cu încetul.

Îmi era din ce în ce mai greu să păstrez tăcerea, mai ales că știam foarte bine că, dacă aș fi vorbit, aș fi fost trimis la școală. Și, mai presus de toate, voiam să-mi continui studiile. Dar, vai, mi s-ar fi pus întrebări despre situația mea. Întrebări la care, pur și simplu, nu puteam răspunde sau ar fi trebuit să mint, iar acei oameni buni, care mă primiseră în casa lor, mă îmbrăcaseră și mă hrăniseră, meritau mai mult.

– Intră, intră! a spus Evelyn în timp ce deschideam ușa.

Știam că avea un picior vătămat, care cred că o durea mai mult decât voia ea să spună. Nu eram singurul îngrijorat de posibilitatea ca, la un moment dat, să nu mai aibă loc în casa Landowski.

– Tinere, fă niște ciocolată caldă, bine? Am pregătit tot ce-ți trebuie! a adăugat ea.

Așa am făcut, inhalând aroma minunată de ciocolată, pe care desigur că o mai savurasem la un moment dat în trecut, dar de care acum nu mă mai săturam. Ciocolata băută împreună cu Evelyn devenea rapid momentul preferat al zilei.

Am luat cele două căni și am așezat una pe masa de lângă ea, iar pe cealaltă am pus-o pe șemineu, unde focul firav ardea vesel. Așezându-mă, mi-am trecut mâna peste față, aproape amețit de căldură.

– Ai trăit într-un ținut foarte rece, nu-i așa?

Ea m-a privit pătrunzător și am știut că pândea informații, în caz că m-ar fi prins pe picior greșit.

Mi-am luat ciocolata și am sorbit din ea ca să-i dovedesc că puteam tolera o băutură fierbinte în trupul meu înfierbântat, chiar dacă îmi doream cu disperare să mă dezbrac de puloverul de lână.

– Ei, las' că-mi răspunzi tu într-o zi! a spus Evelyn zâmbind. Dar deocamdată rămâi o enigmă! a exclamat, iar eu am privit-o curios, fiindcă „enigmă“ era un cuvânt pe care nu-l mai auzisem, dar care suna interesant. „Enigmă“ înseamnă că nimeni nu știe cine ești cu adevărat, mi-a explicat ea. Ceea ce te face interesant, cel puțin o vreme. Apoi devine mai degrabă plictisitor.

Au! Asta zău că m-a durut.

– În orice caz... iartă-mi frustrarea, dar îmi fac griji pentru tine. La un moment dat, s-ar putea să le treacă răbdarea lui *monsieur* și lui *madame* Landowski. I-am auzit vorbind zilele trecute, pe când ștergeam praful în salon. Se gândesc să te trimită la un psihiatru. Știi ce-i aia? a întrebat ea, clătinând din cap. E – sau sunt – doctori de cap. Îți pun întrebări și decid care îți e starea psihică și motivele din care ești așa. De pildă, dacă ai anumite tulburări mintale, ar însemna că trebuie să fii internat într-un spital anume.

De groază, am făcut ochii mari. Știam exact la ce se referea. Unul dintre vecinii de acasă, pe care-l auzisem de multe ori răcnind și urlând și pe care-l văzusem cândva rătăcind dezbrăcat pe strada principală din orașul nostru, fusese dus la ceea ce se numea „sanatoriu“. Se pare că acelea erau niște locuri îngrozitoare. Pline de bărbați și de femei care răcneau și urlau sau care zăceau și se holbau în gol, ca și cum ar fi fost deja morți.

– Scuze, nu trebuia să-ți zic așa ceva! a spus acum Evelyn. Știm cu toții că nu ești nebun și că, de fapt, ascunzi cât de inteligent ești. Motivul pentru care se gândeau să te trimită la un psihiatru era ca să afle de ce te simți incapabil să comunici cu noi toți, când știm că poți.

Ca întotdeauna, am clătinat din cap cu hotărâre. Știau cu toții că răspunsul meu la acea întrebare era că avusesem febră și că nu-mi aminteam să fi vorbit cu Bel. Ceea ce nu era neapărat o minciună.

– Ei doar încearcă să te ajute, dragul meu, nu să-ți facă rău. Te rog, nu mă privi cu atâta groază! Uite, a spus Evelyn în timp ce întindea mâna spre un pachet maro de lângă scaunul ei, asta-i pentru tine, pentru iarnă!

Am luat pachetul din mâinile ei şi m-am simţit ca şi cum ar fi fost ziua mea de naştere. Trecuse mult de când nu mai avusesem ce pachet să deschid. Mai că-mi venea să savurez momentul, dar Evelyn mi-a făcut semn să rup hârtia. Înăuntru erau un fular cu dungi colorate şi o căciulă de lână.

– Probează-le, băiete! Vezi dacă-ţi vin.

Cu toate că eram încins ca un cuptor, m-am supus. Fularul mi se potrivea perfect – cum să nu? Dar căciula de lână era puţin prea mare şi mi-a căzut peste ochi.

– Dă-mi-o, a spus Evelyn, iar apoi a suflecat partea din faţă a căciulii. Aşa! Acum stă. Ce părere ai?

„Că s-ar putea să mor de căldură dacă le mai ţin mult pe mine..."

Am dat din cap cu entuziasm, m-am ridicat şi m-am dus s-o îmbrăţişez. După ce m-am desprins, mi-am dat seama că aveam lacrimi în ochi.

– Of, prostuţule, ştii cât de mult îmi place să tricotez! Am făcut sute pentru băieţii noştri de pe front, a spus Evelyn.

M-am întors ca să mă duc la scaunul meu, cu un „Mulţumesc!" pe buze, dar n-am deschis gura. Mi-am scos căciula şi fularul, le-am împăturit şi, plin de respect, le-am înfăşurat în hârtia maro.

– Haide, e timpul să ne culcăm! a spus Evelyn, uitându-se la ceasul de pe şemineu. Dar mai întâi trebuie să-ţi spun că astăzi am primit nişte veşti minunate, a adăugat ea, arătând spre o scrisoare aşezată în spatele ceasului. E de la fiul meu, Louis. Vine să mă viziteze în ziua mea liberă. Ce zici de asta?

Am dat din cap cu putere, încercând să sugerez că eram entuziasmat, dar în sinea mea mi-am dat seama că, într-un fel, eram gelos pe acel magnific Louis, care, în ochii mamei lui, n-avea cum să facă nimic rău. M-am gândit că aş fi putut să-l urăsc.

– Aş vrea să treci pe la mine ca să-l cunoşti. Mă scoate în sat ca să prânzim şi ne întoarcem la ora la trei şi jumătate. Ce-ar fi să treci pe-aici la patru?

Am încuviințat din cap și am încercat să nu par atât de îmbufnat pe cât mă simțeam. Am fluturat vag din mână și i-am zâmbit larg lui Evelyn, bătând cu degetul în pachet, iar apoi am ieșit. În acea noapte m-am ghemuit în pat, neliniștit de sosirea acestui concurent la afecțiunea lui Evelyn și de psihiatrul la care Landowski m-ar fi putut obliga să merg.

N-am dormit bine.

Duminică după-amiază m-am spălat pe față în vasul cu apă pe care mi-l punea la dispoziție în fiecare zi una dintre servitoare. Sus, în mansardă, n-aveam „instalații“ (alt inconvenient de care se plângeau Elsa și Antoinette, pentru că erau silite să coboare noaptea ca să-și facă nevoile). M-am pieptănat și am decis să nu-mi pun pulover de lână, fiindcă existau șanse ca, dacă fiul ei era acolo, Evelyn să fi aprins cel mai zdravăn foc. Odată ajuns la parter, am ieșit pe ușa bucătăriei și am pornit spre casa ei. Apoi m-am oprit brusc, din pricina unui sunet. Am ascultat și am închis ochii, iar pe buze mi s-a înfiripat un zâmbet pe care pur și simplu n-am putut să mi-l înăbuș. Cunoșteam piesa muzicală și mi-am dat seama că era cântată nu tocmai de un maestru precum tatăl meu, dar de cineva care exersa de mulți ani.

După ce s-a oprit muzica, m-am adunat, m-am dus la ușă și am bătut. Imediat mi-a deschis un bărbat înalt și zvelt, despre care știam că avea nouăsprezece ani.

– Bună ziua! a spus el, zâmbind. Bănuiesc că tu ești tânărul oropsit care s-a alăturat familiei de când am fost în vizită aici ultima dată.

M-a poftit înăuntru și am căutat din priviri instrumentul la care tocmai cântase. Vioara era așezată pe scaunul pe care stăteam eu de obicei. Fără să vreau, m-am uitat lung la ea.

– Bună ziua! a spus Evelyn. El e Louis, fiul meu!

Am salutat dând din cap, dar tot nu-mi puteam lua ochii de la acea simplă bucată de lemn, care fusese transformată în mod magic dintr-un copac, într-un instrument care putea scoate cele mai minunate sunete de pe lumea asta. După părerea mea, cel puțin.

– L-ai auzit pe fiul meu cântând?

Lui Evelyn nu-i scăpase felul în care mă uitam la instrument.

Am încuviințat din cap, fiecare părticică din mine dorind să ajungă la vioară și să mi-o pun frumușel sub bărbie, să ridic arcușul și să scot notele din ea.

– Vrei s-o ții în mână?

M-am uitat la Louis, versiunea masculină a mamei lui și având același zâmbet dulce. Am dat din cap cu vehemență. El mi-a înmânat vioara, iar eu am luat-o cu același respect cu care aș fi ținut în mâini lâna de aur. Apoi, aproape automat, am pus instrumentul sub bărbie.

– Așadar cânți, a spus Louis, pe un ton afirmativ, nu interogativ, iar eu, drept răspuns, am încuviințat din cap. Păi, să te auzim! a adăugat el, întinzându-se după arcuș și oferindu-mi-l.

După ce îl auzisem cântând, știam că vioara era perfect acordată, dar tot am trecut arcușul peste corzi, încercând s-o simt. Era mai grea decât cea pe care cântaserăm eu și Papa, cumva mai solidă, și mă întrebam dacă aveam să pot să cânt notele acelea. Trecuse extrem de mult timp de când nu mai ținusem o vioară în mâini. Închizând ochii, am făcut ceea ce mă învățase tata să fac întotdeauna și am început să mângâi corzile. Înainte să încep să cânt, nici măcar n-am fost sigur ce piesă anume să abordez, dar frumoasele note ale „Allemandei“ din *Partita pentru vioară* a lui Bach au început să izvorască dinlăuntrul meu. M-a surprins liniștea care s-a așternut după ce am terminat de cântat. Și au urmat aplauze.

– Ei, bine, numai la asta nu mă așteptam! a exclamat Evelyn, făcându-și vânt cu evantaiul.

– Tu, *monsieur*..., a spus Louis, ... ești, ce să zic, de-a dreptul remarcabil! *Ai cântat* de-a dreptul remarcabil pentru un băiat de vârsta ta! Spune-mi, unde ai învățat?

N-aveam de gând să las vioara din mână ca să caut hârtie, așa că am ridicat din umeri, în speranța că tânărul acela avea să-mi ceară să mai cânt ceva.

– Louis, ți-am spus că nu vorbește!

– Ceea ce-i lipsește la coardele vocale e compensat de sunetele pe care le scoate cu vioara, i-a spus Louis mamei lui, zâmbind, iar apoi s-a întors spre mine. Ești excepțional, zău, pentru cineva atât de tânăr! Haide, dă-mi-o, ia loc și bea o ceașcă de ceai!

În timp ce el se îndrepta spre mine, parcă îmi venea să strâng pur și simplu vioara la piept și apoi să dau bir cu fugiții.

– Nu-ți face griji, băiete! a spus Evelyn. Acum știu cât de frumos cânți, așa că o să te încurajez s-o faci cât mai des posibil. Vezi tu, vioara a fost a soțului meu. Și el cânta frumos. Așa că o țin aici, sub pat. Poți s-o pui la loc, a adăugat ea cu blândețe, arătând spre cutia rămasă pe dușumea.

În vreme ce Louis pregătea ceaiul, am așezat ușurel vioara în culcușul ei. Numele producătorului era scris pe interiorul capacului. Nu auzisem niciodată de el, dar nu era important. Calitatea sunetului n-o fi fost la fel de bună precum în cazul viorii tatei, însă mie îmi era de ajuns. M-aș fi mulțumit cu orice vioară. Evelyn nu mi-a cerut să pun cutia deoparte, așa că aceasta a rămas lângă mine câtă vreme am băut ceai și l-am ascultat pe Louis vorbind cu mama lui despre cursul pe care-l făcea.

– Poate că într-o zi o să creez conceptul următoarei mașini Renault! a spus el.

– Păi, pe lângă faptul că aș fi mândră dacă ai face-o, știi cât mi-ar plăcea. Ai locui aproape, nu atât departe ca acum, la Lyon.

– Nu mai e mult – mai am doar optsprezece luni până la absolvire, iar apoi o să scriu tuturor companiilor auto și o să văd care dintre ele decide că are nevoie de mine și de talentul meu.

– Încă de mic a fost obsedat de mașini, mi-a explicat Evelyn. Pe vremea aceea nu erau atât de multe pe drumuri, dar Louis desena ce își imagina că ar fi fost un vehicul modern. Știi, erau foarte apropiate ca aspect de ceea ce produc acum companiile auto. Bineînţeles, astfel de lucruri sunt doar pentru cei bogaţi...

– Ei, dar în curând situaţia asta o să se schimbe, *Maman*! Într-o bună zi, fiecare familie o să aibă un automobil, inclusiv eu.

– E bine să visezi, nu? a răspuns Evelyn cu bunătate. Băiete, poţi să termini plăcinta, sau vrei s-o pună Louis în cutie, pentru mâine?

Am hotărât că mai aveam loc în stomac şi am luat ultima felie de pe platou.

– Spune-mi, ce anume te pasionează? m-a întrebat Louis.

Am scos hârtia şi am scris trei cuvinte:

Mâncarea!

Vioara.

Cărţile.

Am adăugat „lectura" în paranteză şi i-am dat hârtia, iar el a citit-o şi mi-a zâmbit larg.

– Înţeleg! Azi te-am văzut ocupându-te de primele două. Ai vorbit vreodată?

N-am vrut să pară că stăteam pe gânduri, aşa am decis să spun adevărul şi am încuviinţat din cap.

– Pot să te întreb ce te-a făcut să păstrezi tăcerea? a vrut să ştie Louis.

Am ridicat din umeri şi am clătinat din cap.

– Ei, nu-i treaba noastră, nu? l-a întrerupt Evelyn. O să ne spună atunci când e pregătit, nu-i aşa? a întrebat ea, iar eu am încuviinţat din cap, după care mi l-am am plecat în semn de regret, bucuros că, deşi nu-mi foloseam glasul, eram din ce în ce mai iscusit ca actor. Ce-ar fi să mai pui lemne pe foc, Louis? a continuat ea. Începe să se întunece mai repede! a exclamat, înfiorându-se dintr-odată. Nu-mi place iarna, ţie îţi place, băiete? a întrebat, ceea ce m-a făcut să neg clătinând din cap cu vehemenţă. Dar Crăciunul, cel puţin, ne aduce lumina în case şi în inimi şi merită aşteptat cu nerăbdare! Îţi place Crăciunul?

M-am uitat lung la ea și am închis ochii, amintindu-mi de o zi în care focul luminase puternic încăperea și de niște cadouri infime care ni se împărțiseră după slujba de la biserică. Primiserăm carne la cină, precum și câteva bunătăți pregătite anume pentru acea sărbătoare. Îmi plăcuse, dar acum amintirea îmi apărea ca o imagine văzută într-o carte, ca și cum nu mi-ar fi aparținut cu adevărat.

– Sper să-mi pot permite biletul ca să vin să te văd, *Maman*! O să economisesc cât de mult pot, a spus Louis.

– Știu că așa o să faci, *chéri*! Bineînțeles, a adăugat Evelyn, adresându-mi-se și mie, acum e cea mai aglomerată perioadă a mea aici. Lui *monsieur* Landowski îi place să dea petreceri pentru prieteni, așa că ar fi mai bine să lăsăm totul pentru perioada de după Crăciun, când mai scad prețurile biletelor de tren.

– Bine, rămâne de văzut. Iar acum, nu-mi place s-o spun, dar trebuie să plec.

– Bineînțeles! a zis Evelyn, deși îi vedeam tristețea în ochi. Stai puțin, așteaptă să-ți pun niște mâncare la pachet!

– *Maman*, stai acolo, te rog! s-a împotrivit Louis, făcându-i semn lui Evelyn să nu se ridice de pe scaun. Am mâncat enorm la prânz și sunt burdușit de plăcinte, nu ajung flămând acasă, crede-mă. După cum ai observat, lui *Maman* îi place să hrănească oamenii, a adăugat el doar pentru mine.

Era evident că despărțirea îi întrista pe mamă și pe fiu, așa că m-am ridicat, nevrând să le stau în cale. Am luat-o în brațe pe Evelyn și i-am strâns mâna lui Louis. El mi-a spus, zâmbind:

– Mă bucur să te cunosc și îți mulțumesc că-i ții companie mamei. Are nevoie de un pui pe care să-l cocoloșească, nu-i așa?

– Ce bine mă cunoști! a chicotit Evelyn. La revedere, băiete, ne vedem mâine!

– Și când vin data viitoare, poate că o să ai și un nume, ca să știm cum să-ți spunem, a zis Louis în timp ce mă îndreptam spre ușă.

M-am întors în casă, gândindu-mă la spusele lui. De când devenisem mut, deseori îmi pusesem și eu întrebări referitoare la acel subiect. Cert era că nu mai aveam de gând să spun cuiva adevăratul meu nume. Ceea ce însemna că îmi puteam alege orice nume doream. Nu că ar fi fost mai bun decât cel real, dar era interesant să mă gândesc la unul nou. Necazul consta în faptul că, odată ce *aveai* un nume, chiar dacă acesta era cel mai îngrozitor din lume, cu el rămâneai. Și adeseori ăsta era primul lucru pe care-l aflau oamenii despre tine. Așa că, oricare ți-ar fi fost numele, a te detașa de el era mult mai dificil decât părea. În ultimele săptămâni îmi spusesem multe nume în șoaptă, fiindcă nu-mi plăcea că oamenii se chinuiau, neștiind cum să mi se adreseze. I-ar fi ajutat dacă aș fi avut un nume, unul destul de ușor de scris. Totuși, oricât încercam, cel potrivit nu-mi venea în minte.

După ce am tăiat o felie sănătoasă de baghetă și am pus gem la mijloc (familia se servea singură duminică seara), am urcat în camera mea de la mansardă și m-am așezat pe pat, privind de la ferestruica mea cum se lăsa noaptea. Apoi mi-am luat jurnalul ca să adaug câteva rânduri la paragraful anterior.

Tocmai am cântat la vioară pentru primă oară după multă vreme. A fost o senzație minunată să simt din nou arcușul în mână și să fac instrumentul să cânte...

Am rămas cu creionul în aer, dându-mi seama că tocmai găsisem numele perfect.

CAPITOLUL 4

– Aşadar, statuia e gata, în sfârşit! a exclamat *monsieur* Landowski, uşurat, bătând cu palma în masa de lucru. Dar brazilianul ăla nebun vrea să fac acum o machetă a capului şi a mâinilor lui Hristos. Capul o să aibă o înălţime de aproape patru metri, aşa că abia o să încapă în atelier, iar degetele aproape că o să ajungă până la căpriori. Noi, toţi cei din atelier, o să simţim la propriu mâna lui Hristos asupra noastră! a glumit el. Apoi, după cum îmi spune da Silva Costa, el o să-mi tranşeze creaţiile imediat ce termin, ca pe nişte muşchi de vită, ca să le expedieze la Rio de Janeiro. Niciodată n-am mai lucrat astfel. Dar..., a adăugat, oftând, ... poate că ar trebui să am încredere în nebunia lui...

– Poate că n-ai de ales, a spus Laurent pe un ton aprobator.

– Ei, bine, aşa plătesc facturile, Brouilly, deşi nu mai pot accepta comenzi decât după ce capul şi mâinile Domnului pleacă din atelierul meu. Pur şi simplu, nu mai e loc. Prin urmare, începem! Adu-mi mulajele pe care le-ai făcut pentru mâinile celor două doamne acum câteva luni. Trebuie să am de unde începe.

M-am uitat după Laurent, care s-a dus la magazie ca să ia mulajele şi am decis că era timpul să mă fac nevăzut. Simţeam tensiunea ambilor bărbaţi. Am ieşit din atelier şi m-am aşezat pe banca de piatră, uitându-mă la cerul frumos şi senin al nopţii. M-am cutremurat de frig dintr-odată, bucurându-mă pentru prima oară că purtam puloverul de lână. Avea să fie ger în acea noapte, dar nu credeam că urma să ningă. Și ar fi trebuit să știu. Am întors capul spre un anumit loc din cer, știind că acum, în noiembrie, stelele care mă călăuziseră până aici, la noua mea casă, aveau să apară în emisfera nordică. Le mai văzusem de câteva ori, atunci când pâlpâiseră slab, fiind adeseori acoperite de nori, dar în seara asta...

Am tresărit, ca de fiecare dată când auzeam pași în apropiere, și am încercat să-mi dau seama cine putea fi. Silueta familiară a lui Laurent și-a făcut apariția, iar apoi el s-a așezat lângă mine, în timp ce continuam să privesc cerul.

– Îți plac stelele? m-a întrebat Laurent, iar eu am zâmbit și am încuviințat din cap. Uite Centura lui Orion! a spus el, arătând spre cerul nopții. Iar în apropiere se află Cele șapte surori, adunate într-un ciorchine, împreună cu părinții lor, Atlas și Pleione, care le veghează.

I-am urmărit degetele în timp ce trasa liniile dintre stele, neîndrăznind să mă uit la el ca să nu-mi bage de seamă mirarea.

– Tatăl meu era pasionat de astronomie și ținea un telescop într-o cameră de la mansardă, adică la ultimul etaj al castelului nostru, mi-a explicat Laurent. Uneori, tata urca pe acoperiș în serile senine și mă învăța despre stele. La un moment dat, am văzut o stea căzătoare, ceea ce mi s-a părut cel mai magic lucru din lume! mi-a mărturisit el, iar apoi și-a coborât privirea și s-a uitat la mine cu multă atenție, după care m-a întrebat: Ai părinți?

Am rămas cu ochii la stele, prefăcându-mă că nu-l auzisem.

– Ei, bine, trebuie să plec, a spus el, bătându-mă ușurel cu palma peste cap. Noapte bună!

L-am petrecut cu privirea și mi-am dat seama că fusesem cât pe ce să vorbesc – după episodul cu vioara, cel puțin. Dintre toate stelele pe care ar fi putut să le numească Laurent, în toate constelațiile... Știam că erau faimoase, dar, cumva, întotdeauna simțisem că erau secretul *meu* și nu prea știam dacă îmi convenea faptul că și altcineva le considera deosebite.

„Caută Pleiadele, Cele şapte surori, fiule! Ele o să fie întotdeauna undeva, veghind asupra ta şi protejându-te atunci când eu nu pot…"

Cunoşteam pe dinafară toate poveştile despre ele. Pe vremea când eram mult mai mic, îl ascultasem pe tata povestindu-mi despre străvechea şi miraculoasa lor existenţă. Ştiam că nu erau doar simple creaturi ale mitologiei greceşti, ci şi ale multor legende din întreaga lume, iar, în minte, le consideram cât se poate de reale: şapte femei care vegheau asupra mea. În timp ce alţi copii învăţau despre îngeri care-i îmbrăţişau cu aripi pufoase, Maia, Alcyone, Asterope, Celaeno, Taygete, Electra şi Merope îmi erau cu toatele ca nişte mame. Mă simţeam foarte norocos să am şapte, fiindcă dacă una nu strălucea prea tare într-o anumită noapte, o făceau celelalte. Fiecare avea calităţile ei, puteri diferite. Uneori mă gândeam că, dacă le-ai fi pus pe toate laolaltă, poate că ai fi obţinut femeia perfectă, precum Sfânta Fecioară. Şi chiar dacă în prezent eram – sau trebuia să fiu – băiat mare, fantezia că surorile erau reale şi că veneau să mă salveze la nevoie nu dispărea, pentru că n-o lăsam. M-am uitat din nou la ele, iar apoi m-am ridicat de pe bancă şi am alergat până în camera mea de la mansardă, ca să mă uit pe fereastră. Şi da… DA! Erau vizibile şi de acolo.

Cred că în acea noapte am avut parte de cea mai bună odihnă de când mă ştiam, simţind că ocrotitoarele erau la datorie, veghind asupra mea.

Toată casa aflase că ştiam să cânt la vioară.

– Vor să te audă! spusese Evelyn. Şi o să cânţi duminică!

Mă bosumflasem, mai mult de teamă decât de supărare. Una era să-i cânt lui Evelyn, menajera, şi alta – familiei Landowski, mai ales că Marcel era un pianist extrem de talentat.

– Nu-ţi face griji, poţi exersa cu asta, spusese Evelyn în timp ce îmi dădea vioara. Vino în timpul zilei, când toată lumea are treabă. Nu că ar fi nevoie să repeţi, dragul meu, dar poate că ai prinde mai multă încredere. Ştii destule piese pe de rost? se interesase ea, iar eu dădusem din cap în semn că da. Atunci, trebuie să alegi cel puţin două-trei! mă sfătuise, deşi nu reuşisem să înţeleg de ce.

Aşa că, în următoarele zile, mă dusesem în căsuţa lui Evelyn câtă vreme ea lucra alături, mă asigurasem că toate ferestrele erau închise – în caz că cineva ar fi tras cu urechea – şi cântasem toate piesele mele preferate. Evelyn avusese dreptate: începusem să uit, degetele mele îşi pierduseră din agilitate, probabil că din pricina celor îndurate de-a lungul călătoriei până aici. După ce mă gândisem bine, alesesem trei piese. Prima, pentru că suna impresionant, dar era, de fapt, destul de simplă. Următoarea, pentru că era tehnic dificilă, în cazul în care vreun membru al familiei Landowski avea suficiente cunoştinţe de vioară ca să-mi judece dibăcia. Şi ultima, pentru că era, probabil, piesa mea preferată de vioară şi îmi plăcea s-o cânt.

„Spectacolul" urma să aibă loc duminică, înainte de prânz. Chiar şi servitorii fuseseră invitaţi. Fără îndoială că gazdele mele fuseseră doar amabile şi încercaseră să mă facă să mă simt deosebit, dar aveam senzaţia că eram cumva testat, ceea ce nu-mi plăcea deloc. Oricare ar fi fost motivele lor, şi eram sigur că *o făceau* din bunătate, ştiam că n-aveam de ales şi că trebuia să cânt. Într-adevăr, era destul de înfricoşător, pentru că nu mai cântasem decât în faţa fostei mele familii şi, în afară de Papa, nu mai conta cu adevărat părerea altcuiva. Dar acum era vorba de un sculptor celebru şi de familia lui cea talentată, unii dintre membrii ei având cunoştinţe muzicale temeinice.

N-am dormit bine în noaptea de dinainte, întorcându-mă pe toate părţile şi dorindu-mi doar să dau fuga jos şi să intru în căsuţa lui Evelyn, ca să pot exersa până când vioara ar fi devenit o prelungire a mâinilor mele, aşa cum spusese tata că ar fi trebuit să fie.

Mi-am petrecut dimineaţa de duminică cântând până când aproape că mi-au căzut degetele, iar apoi Evelyn a venit să mă caute şi mi-a cerut să urc în mansardă ca să mă schimb. Pe urmă ea m-a dus la bucătărie, unde mi-a făcut ceea ce numea „lins și scuipat“, adică mi-a udat părul și mi l-a dat pe spate, iar apoi m-a șters pe față cu prosopul.

– Așa, am terminat! Ești gata! mi-a spus Evelyn zâmbind, iar apoi m-a tras spre ea. Nu uita cât de mândră sunt de tine!

Mi-a dat drumul și am văzut lacrimi în ochii ei.

Am fost primit în salon, unde familia se adunase în jurul șemineului, în care ardea un foc foarte mare. Cu toții aveau în mâini pahare de vin și m-au poftit să stau în fața lor.

– Haide, băiete, n-ai de ce să fii emoționat, nu? Cântă doar atunci când ești pregătit! m-a încurajat *monsieur* Landowski.

Mi-am pus vioara sub bărbie și mi-am potrivit-o. Apoi am închis ochii și le-am rugat pe cele despre care Papa îmi spusese că mă protejau – și, bineînțeles, l-am rugat și pe el – să se adune în jurul meu. Am ridicat arcușul și am început să cânt.

După ce am terminat de cântat ultima piesă, s-a așternut o tăcere înfiorătoare. Toată încrederea mi se dusese în degetele de la picioare. Ce știa Papa? Ce știau menajera și fiul ei inginer? De stânjeneală, începusem să roșesc și îmi venea să fug și să plâng. În nefericirea mea, cred că nici nu mai auzeam bine. Dar de îndată ce mi-am revenit, am auzit aplauzele. Până și Marcel părea însuflețit și impresionat.

– Bravo, tinere! Bravo! m-a felicitat *monsieur* Landowski. Mi-aș dori doar să ne poți spune unde ai învățat să cânți așa. Ne spui? a adăugat el, aruncându-mi o privire aproape disperată.

– Serios vorbind, ești foarte, foarte iscusit, mai ales pentru vârsta ta! a exclamat Marcel, reușind să-mi facă un compliment și, în același timp, să mă trateze condescendent.

– Foarte bine! a adăugat *madame* Landowski, bătându-mă pe umăr și oferindu-mi unul dintre micile ei zâmbete afectuoase. Iar acum, a adăugat ea când a sunat clopoțelul din hol, trebuie să mergem la masă!

La aperitive, s-a vorbit mult despre incredibila mea dibăcie, iar apoi, la felul principal, familia s-a distrat punându-mi întrebări la care trebuia să răspund dând din cap. Chiar dacă în parte mă simțeam stânjenit pentru că îmi priveau viața, despre care nu știau nimic, ca pe un simplu joc, știam că nici unul dintre ei n-avea vreo intenție rea. Dacă nu doream să răspund la una dintre întrebările lor, nu trebuia să dau din cap.

– Trebuie să-ți găsim un meditator la muzică, tinere! a spus Landowski. Am un prieten la conservator. Cu siguranță că Rahmaninov cunoaște un profesor bun.

– Papa, la conservator nu primesc decât elevi mari! a intervenit Marcel.

– Ei, dar tânărul nostru prieten are un talent excepțional, așa că n-ar fi un elev oarecare. Iar vârsta, oricare ar fi ea, nu-i o barieră atunci când vine vorba despre talent. O să văd ce pot face, a adăugat *monsieur* Landowski făcându-mi cu ochiul.

L-am văzut pe Marcel bosumflându-se.

Chiar înainte ca toată lumea să se ridice în picioare după desert, am luat o decizie. Îmi doream cu disperare să-i ofer lui *monsieur* Landowski un cadou care să răsplătească tot ceea ce făcuse pentru mine. Așa că am luat hârtie și am scris câteva cuvinte. În timp ce toată lumea se ridica de la masă, am întins mâna ca să-l opresc pe stăpânul casei. Apoi, cu mâinile tremurând ușor, i-am dat hârtia. L-am privit cum citea cele patru cuvinte.

– Măi, măi, măi! a chicotit el. După prestația ta de mai devreme, parcă așa a fost să fie! Să presupun că porecla e legată de talentul tău? Pentru că ești un *BON violoniste*[1]? a întrebat, iar eu am încuviințat din cap. Foarte bine, atunci o să le spun și celorlalți. Îți mulțumesc că ai avut încredere în noi. Înțeleg cât îți e de greu.

Am ieșit pe coridor și am fugit în camera de la mansardă. M-am așezat în fața oglinzii și m-am privit în ochi. Apoi am deschis gura și am rostit:

– Numele meu e Bo.

---

[1] Bun violonist (în limba franceză în original). *Bon* se pronunță aproape la fel ca *bow* („arcuș") și *Bo* în limba engleză.

*

Se părea că îmi găsiseră un profesor de vioară și că trebuia să plec la Paris după Crăciun, ca să cânt în fața lui. Nu-mi dădeam seama prea bine ce anume mă bucura mai mult: să cânt pentru un adevărat violonist, sau să plec la oraș însoțit de Evelyn.

– Paris..., am murmurat eu de sub pătură.

Evelyn le ceruse servitoarelor să-mi dea o pătură de lână mai groasă, iar să mă cuibăresc în pat, la căldură, devenise deja unul dintre punctele culminante ale zilei. Aveam și o senzație ciudată în stomac, pe care îmi aminteam că o mai simțisem pe vremea când eram mult mai mic și inima nu-mi era cuprinsă de teamă. Era ca și cum o mică bulă mi se ridica din pântec și apoi îmi ajungea în piept, făcându-mi buzele să se arcuiască într-un zâmbet. Termenul pentru acea senzație era, credeam eu, „entuziasm". Ceva ce parcă nici nu mă încumetam să simt, fiindcă pe urmă ar fi venit fericirea, iar eu nu voiam să fiu prea fericit, fiindcă dacă aș fi fost, s-ar fi întâmplat ceva cumplit, ca, de pildă, familia Landowski să decidă că nu mă mai voia sub acoperișul ei, iar apoi mi-ar fi fost și mai greu să înfrunt nefericirea de a fi din nou singur, fără un sfanț și flămând. Vioara mă salvase, mă făcuse și mai „captivant", așa cum îi spusese *monsieur* Landowski a doua zi lui Laurent în atelier (fusesem nevoit să caut cuvântul „captivant" în dicționar, fiindcă îmi lipsea din vocabular).

Astfel că, dacă voiam să rămân, trebuia să continui să fiu cât se putea de captivant, precum și util, ceea ce, de fapt, era extrem de obositor. Deja se făceau și planurile pentru sărbătorirea Crăciunului și se șușotea mult despre cadouri, lucru care mă îngrijorase foarte mult, fiindcă, evident, n-aveam bani să cumpăr nimic pentru nimeni și eram îngrozit la gândul că ceilalți, fiind atât de buni la suflet, aveau să-mi facă daruri. În timpul uneia dintre vizitele mele zilnice, mă sfătuisem cu Evelyn în privința asta.

Ea citise întrebarea pe care i-o pusesem:

Cum fac rost de bani pentru cadouri?

Se uitase la mine, gânditoare.

– Ți-aș putea împrumuta câțiva cenți ca să cumperi câte ceva pentru fiecare, dar știu că ai refuza și că, dacă n-ai face-o, familia Landowski s-ar putea întreba, totuși, de unde ai banii…: înțelegi tu, adăugase ea, dându-și ochii peste cap.

Cred că se referea la faptul că aș fi putut să fiu suspectat de furt, lucru care nu m-ar fi făcut deloc să le fiu simpatic membrilor familiei Landowski. Evelyn mi-a cerut să prepar o ciocolată fierbinte cât timp se gândea ea la o soluție pentru problema mea. I-am dat ascultare și, după ce am așezat cana lângă ea, mi-am dat seama că avea deja un plan.

– Știi cum încerci mereu să dai formă pietrei în atelier?

Am încuviințat din cap, după care am scos hârtia și am scris:

Dar nu mă pricep deloc.

– Păi, cine se pricepe, în afară de un geniu precum *monsieur* Landowski? Dar tu exersezi și creezi forme, așa că mă gândeam să încerci un material mai simplu, cum ar fi lemnul, ca să vezi dacă poți sculpta pentru fiecare membru al familiei câte ceva, drept cadou de Crăciun. Asta i-ar face plăcere lui *monsieur* Landowski, fiindcă ar simți că lunile pe care le-ai petrecut urmărind și învățând ți-au oferit un dar util.

Am încuviințat din cap cu nerăbdare în semn că mă învoiam, pentru că, deși Evelyn spunea mereu că n-avea multă școală, uneori îi veneau cele mai bune idei. Așa că am plecat de la ea și apoi am găsit niște bucăți de lemn într-o grămadă din hambar.

În fiecare dimineață, înainte să se trezească ceilalți, mă așezam la masa de lucru și exersam. Evelyn avusese dreptate și în privința alegerii lemnului în locul pietrei. Era ca și cum aș fi învățat să cânt la un fluier de tinichea în loc de flaut. Și apoi, îi văzusem pe alții făcând asta în fosta mea casă.

Fosta mea casă… așa începusem să mă gândesc la ea.

Și astfel, în cele trei săptămâni de dinaintea Crăciunului, am izbutit să sculptez pentru fiecare membru al familiei ceea ce speram să fie un lucru drăguț, pe care respectivul să-l aprecieze.

Făurirea celui al lui *monsieur* Landowski a durat cel mai mult, fiindcă voisem să fac o copie din lemn a îndrăgitei lui statui, *Cristo*. De fapt, mi-a luat la fel de mult timp ca s-o fac cât mi-a luat pentru toate celelalte sculpturi la un loc.

Monsieur Landowski trecuse prin momente dificile în ultimele săptămâni, fiindcă arhitectul lui *Cristo* spusese că singura modalitate de a expedia ceea ce eu numeam „paltonul lui Hristos" (betonul menit să susțină statuia în întregime) era să-l taie în bucăți. Din câte auzisem, în lunga călătorie din Franța până la Rio, ar fi fost mai puține șanse ca o parte din el să se fisureze. *Monsieur* Landowski se neliniștea teribil, fiindcă simțea că ar fi trebuit să călătorească alături de statuia prețiosului său Hristos și s-o supravegheze, dar drumul dus-întors era unul extrem de lung – timp pe care simțea că nu-l putea irosi, pentru că încă nu era mulțumit de Sun Yat-sen și de ochii săi.

Bineînțeles, mă gândisem la soluția perfectă pentru toată lumea: Laurent ar fi trebuit să facă acea călătorie în calitate de dădacă a lui *Cristo*. Asta ar fi însemnat nu numai că *monsieur* Landowski ar fi putut rămâne aici, ci și că Laurent ar fi avut, poate, șansa să-și vadă iubita la Rio... ceea ce l-ar fi făcut să fie mai fericit și l-ar fi împiedicat să-și petreacă nopțile pe străzile din Montparnasse (un loc pe care îmi doream cu disperare să-l văd, chiar dacă *monsieur* Landowski se plânsese de multe ori că era plin de pretinși artiști, de cerșetori și de hoți). Tocmai mă pregăteam să-i sugerez asta gazdei mele, când, din fericire, Laurent își venise în simțiri și o făcuse el însuși. La început, *monsieur* Landowski nu-și dăduse consimțământul, fiindcă în ultima vreme nu se putuse bizui prea mult pe Laurent. Dar, după ce acesta din urmă jurase de nenumărate ori ca, dacă avea să fie necesar, să doarmă în cală alături de bucățile statuii și promisese ferm să nu pună picătură de alcool în gură cât timp *Cristo* avea să se afle în grija lui, toată lumea decisese că era mai bine ca el să meargă în Brazilia. Îmi plăcea să văd privirea nerăbdătoare a lui Laurent și chiar speram ca într-o zi să fiu suficient de norocos încât să trăiesc acel lucru fascinant numit dragoste, care-l aprindea pe dinlăuntru pe Laurent ori de câte ori se gândea că urma s-o revadă pe frumoasa Bel, pe care o consideram îngerul meu.

„Plăcere și durere!“, îmi spuneam, în timp ce împachetam cu grijă propria mea sculptură a lui *Cristo* în hârtia maro pe care Evelyn mi-o dăduse pentru cadouri.

– Nu ești perfect, dar cel puțin ești întreg!

I-am zâmbit în timp ce împătuream hârtia peste fața lui nu tocmai simetrică.

După ce am terminat de împachetat toate sculpturile, le-am depozitat în scrinul meu. Apoi, văzând că se lăsa noaptea, am coborât scările și am intrat în vârful picioarelor în salon, ca să mă uit la bradul adus mai devreme, fiindcă în ziua aceea era Ajunul Crăciunului. Mai devreme privisem cum fiecare membru al familiei agățase de ramuri conuri de pin atârnate de panglici, iar apoi așezaserăm cu toții sub brad câte o pereche de încălțări, pentru ca *Père Noël*[1] să le umple cu cadouri. *Monsieur* Landowski îmi spusese că asta era o tradiție franceză foarte veche, de care adulții se bucurau deopotrivă cu cei mici. Apoi prinseseră lumânări la capetele crengilor și, la lăsarea întunericului, le aprinseseră. Era cel mai frumos lucru pe care-l văzusem vreodată, mai ales acum, pe întuneric.

– Încă te mai uiți la el, băiete?

Vocea persoanei la care tocmai mă gândeam m-a făcut să tresar și m-am întors spre *monsieur* Landowski, care nu se obișnuise să mă strige pe noul meu nume de împrumut.

– Ori de câte ori mă uit la brad în Ajunul Crăciunului, mă gândesc la muzica lui Ceaikovski. Cunoști partitura de la *Spărgătorul de nuci*?

Am făcut semn din mână că da, dar nu prea bine. Papa nu se prea omora după Ceaikovski, plângându-se că acesta își compunea muzica astfel încât să mulțumească publicul, în loc să-și scrie partiturile mai tehnic.

---

[1] Moș Crăciun (în limba franceză în original)

– Pun pariu că nu ştiai că, în perioada în care s-a aflat la Paris, Ceaikovski a avut un instrument numit „celestă", care se mai numeşte şi „pian cu clopoţei", datorită sunetului pe care-l scoate. Asta i-a inspirat „Dansul Zânei prunelor de zahăr" şi l-a făcut să se întoarcă în Rusia cu o energie reînnoită în ceea ce privea compoziţia lui.

Nu ştiusem și am dat din cap cu nerăbdare, dorind ca *monsieur* Landowski să continue.

– Ştii să cânţi uvertura? a vrut el să afle, iar eu am ridicat încă o dată din umeri, ca să sugerez un „poate", întrucât o ştiusem cândva, însă acum ar fi trebuit să exersez mai întâi. Poate că asta o să te ajute să-ţi aminteşti! Urma să urc la tine şi să ţi-o dau, fiindcă m-am gândit că te-ar putea stânjeni dacă ţi-aş fi dat-o în faţa familiei.

În lumina slabă a lumânărilor din brad, a scos de la spate un toc de vioară şi mi l-a întins.

– Părinţii mi-au dăruit vioara asta pe vremea când eram mic, dar mă tem că n-am dat niciodată dovadă de talent. Totuşi, am păstrat-o, aşa cum se face cu cadourile primite de la părinţi. Valoare sentimentală... ştii tu... Ştiam. Preţ de o clipă, am rămas suspendat între tristeţea pe care mi-o provoca amintirea a tot ceea ce lăsasem în urmă, şi bucuria iminentă a ceea ce îmi oferea *monsieur* Landowski. Poftim, mai bine în mâinile tale talentate, decât să stea pe dulapul meu, unde adună praf!

Am deschis gura în mod automat, atât de copleşit de generozitatea lui şi de posibilităţile care mi se ofereau având propria vioară, încât a fost cât pe ce să vorbesc. Am privit instrumentul pe care-l ţineam în mâini şi l-am sărutat, iar apoi m-am dus la *monsieur* Landowski şi l-am îmbrăţişat cu stângăcie. După câteva secunde, el m-a împins uşor de umeri, zicând:

– Poate că într-o zi, băiete, o să poţi să ai cu adevărat încredere în mine şi să spui cuvintele de recunoştinţă care îţi stau pe buze. Deocamdată, îţi urez Crăciun fericit!

La rândul meu, am dat din cap cu putere în semn că îi întorceam urarea, iar apoi l-am petrecut cu privirea în timp ce ieșea din încăpere.

La etaj, știind că servitoarele erau încă jos, la bucătărie, bând un lichior care mirosea a petrol și cântând melodii care nu prea semănau cu colindele, am pus tocul pe pat și l-am deschis, cu inima bătându-mi iute în piept. Înăuntru se afla o vioară care fusese făcută pentru o persoană micuță, precum eram eu și precum fusese primul ei proprietar. Ar fi fost mult mai ușor de manevrat decât instrumentul pentru adulți pe care mi-l împrumutase cu amabilitate Evelyn. Ridicând vioara din toc, am văzut că purta urmele timpului – luciul lemnului de nuc era brăzdat de zgârieturi, iar coardele erau acoperite de praf.

M-am așezat și, plin de reverență, am scos-o cu respect din cutie, am dus-o la gură și am suflat, privind cum firele de praf se eliberau din închisoarea lor și dansau în dormitorul meu. A doua zi aveam să deschid fereastra și să le dau drumul afară. Apoi mi-am scos batista din buzunar și am șters coardele. Am luat arcușul și mi-am pus vioara sub bărbie. O simțeam așezată exact așa cum trebuia. Am ridicat arcușul, am închis ochii și am cântat.

La auzul sunetului suav al acelei viori bine făcute, inima mi-a ieșit din piept în pași de dans și li s-a alăturat firelor de praf. Da, după ani de nefolosire, coardele aveau nevoie de câteva reglaje, dar era simplu. Inspirat de povestea lui *monsieur* Landowski despre *Spărgătorul de nuci*, am cântat primele măsuri din uvertură. Apoi am chicotit cu voce tare și am dansat prin cameră, interpretând un cântec popular vesel, așa cum făceam acasă pe vremuri, ori de câte ori viața devenea mai grea decât de obicei. Gâfâind de emoție, m-a luat dintr-odată cu leșin și a trebuit să mă întind pe pat. În timp ce-mi trecea amețeala, m-am ridicat și am băut puțină apă din urciorul aflat în dulapul de lângă mine.

M-am gândit că anul trecut, pe vremea asta, crezusem că n-aveam să mai apuc vreun Crăciun. Dar acum trăiam un deznodământ fericit, ca și Clara în clipa în care își dăduse seama că tot ceea ce văzuse nu fusese decât un vis. Ori poate că era un nou început.

Am trecut încă o dată, maiestuos, arcușul peste instrumentul... *meu*, iar apoi l-am pus la loc și l-am așezat sub așternuturi, la picioare, astfel încât să pot întinde degetele și să ating tocul.

Punând capul pe pernă, am zâmbit și am spus:

– Eu sunt Bo și *o să am* parte de un deznodământ fericit!

CAPITOLUL 5

După o perioadă foarte veselă în casa Landowski, în special cu prilejul petrecerii din Ajunul Anului Nou, când *monsieur* Landowski îi invitase pe mulți dintre prietenii lui artiști, număram zilele până la proba cu posibilul meu profesor de vioară. Nimeni nu se obosise să-i pomenească numele și nici nu-mi păsa, fiindcă dacă era angajat la conservatorul la care fusese Rahmaninov, nu putea să fie decât un profesor impresionant.

Exersasem cât de mult putusem, atât de des încât servitoarele mă dojeniseră că „scârțâitul“ meu la „chestia“ aceea le făcea să-și pună pernele în cap și, oricum, era „trecut de miezul nopții“.

Îmi cerusem mii de scuze după ce mă uitasem la ceas și îmi dădusem seama că aveau dreptate. Pierdusem complet noțiunea timpului.

A venit ziua cea mare și Evelyn a dat buzna în camera mea, aducându-mi un sacou gri al lui Marcel, pe care să-l pun peste cămașă și puloverul de lână.

– Bun, trebuie să plecăm! Autobuzul vine când dă Dumnezeu, nu după programul afișat în stație.

A continuat să sporovăiască pe drumul până în sat, dar n-o prea ascultam, nici măcar atunci când, odată ajunși în stație, ea a început să se fâțâie de frustrare, vorbind cu ceilalți pasageri care așteptau, despre lipsa de fiabilitate a autobuzelor noastre și despre cât de ridicol era faptul că la Boulogne-Billancourt se fabricau atât mașini, cât și avioane, dar nu se putea face nimic ca autobuzul să vină la timp. Eram cu gândul în altă parte, vedeam notele muzicale cu ochii minții, încercând să-mi amintesc ce mă învățase tata cu ani în urmă despre „a trăi muzica" și a-i simți sufletul. Chiar și în drum spre Paris, orașul despre care tata îmi povestise atât de multe, am închis ochii, știind că urma să am o altă ocazie să-l văd și să-i admir frumusețea, dar că, deocamdată, importante erau vioara de pe genunchiul meu și muzica pe care ea urma s-o cânte.

– Haide, tinere, ține pasul! m-a mustrat Evelyn văzând că insistam să țin vioara cu ambele mâini, lipită de piept, ca să nu mă poată ține ea de mână.

Am observat că pe trotuarele late mergeau o mulțime de oameni, am mai văzut câțiva copaci și... da! O construcție care era imediat recognoscibilă! Turnul Eiffel. Încă îl priveam atunci când s-a oprit Evelyn.

– Am ajuns. Rue de Madrid 14. Să intrăm, așadar! a spus ea.

M-am uitat la clădirea mare, placată cu piatră, care se întindea pe aproape toată lungimea străzii, și am numărat trei etaje de ferestre înalte și niște niveluri mai mici de mansardă. O plăcuță de alamă anunța că acesta era într-adevăr celebrul Conservatoire de Paris.

Chiar dacă Evelyn spusese că trebuia să intrăm, am așteptat până când ea și-a împrospătat rujul și și-a aranjat părul care-i ieșise de sub cea mai bună pălărie pe care o avea. Înăuntru era o sală de așteptare grandioasă, în care se aflau portretele unor compozitori de demult. În mijlocul podelei de lemn lustruit se afla o femeie care ședea la un birou rotund, la care Evelyn s-a dus imediat. Lumina pătrundea prin ferestrele ce dădeau spre stradă și spre un parc mare, în spate.

M-am bucurat foarte mult atunci când doamna cea sobră de la recepție a dat din cap, binevoitoare, spunându-ne să ne prezentăm la camera patru de la etajul doi. A arătat spre un soi de cușcă în care puteai băga un urs și, în timp ce mă îndreptam spre scările de alături, Evelyn m-a tras în fața acelei cuști și a apăsat pe un buton lateral.

– În cazul în care ai impresia că, dacă există lift, o să urc două etaje, ești nebun!

Am vrut s-o întreb ce era acela un „lift", dar apoi am văzut o altă cutie coborând în interiorul celei dintâi și cuvântul a căpătat noimă. Chiar dacă părea interesant, nu voiam să risc. Am arătat spre trepte și am început să le urc două câte două. Am ajuns lângă altă cușcă, identică cu cea de la parter, și n-am văzut nici urmă de Evelyn. M-am îngrijorat, dar deodată am auzit un vâjâit și cutia dinăuntrul celei mai mari a ieșit din pământ. Ușa s-a deschis, Evelyn a tras de partea din față a cuștii și a ieșit cât se poate de nevătămată.

– Să înțeleg că n-ai mai văzut așa ceva, nu? a întrebat ea, iar eu, încă minunându-mă de miracol, am clătinat din cap în semn că avea dreptate. Poate că vii cu mine la coborâre! Asta o să însemne un eveniment pe care să-l aștepți cu nerăbdare, orice s-ar întâmpla la întrevederea care urmează. Așa, trebuie să găsim camera patru!

Evelyn s-a îndreptat spre un coridor în care reverbera sunetul diferitelor instrumente la care se cânta în spatele ușilor închise. Ne-am oprit în fața camerei cu numărul patru, iar Evelyn a bătut la ușă cu mișcări iuți. N-a primit nici un răspuns. După câteva secunde bune, a bătut din nou.

– Nu, nu-i nimeni! a exclamat ea ridicând din umeri, iar apoi a apăsat pe clanță cât de lent și de silențios a putut, a împins ușa cât să-i încapă capul, sau, mai bine zis, pălăria, și s-a uitat înăuntru. Nu, nu-i nimeni aici! Trebuie să așteptăm, nu-i așa?

Așa că am așteptat. Știu că oamenii exagerează atunci când vorbesc despre cel mai fericit, cel mai grav sau cel mai lung moment din viața lor, dar, într-adevăr, timpul petrecut la ușa camerei cu numărul patru, în așteptarea celui care urma să-mi spună dacă eram suficient de bun ca să-mi fie profesor, chiar că a părut că abia se scurgea. Și mai enervant era faptul că, din locul în care mă aflam, vedeam ușa liftului, drept pentru care ori de câte ori acesta urca și apoi își elibera pasagerul, îmi imaginam că *acela* era cel care urma să-mi decidă soarta. Cu toate astea, pasagerii respectivi ori se îndreptau în direcția opusă, ori treceau drept pe lângă noi.

– Nu, serios vorbind, a spus Evelyn, iar eu am văzut că își muta greutatea de pe un picior pe altul fiindcă o durea să stea în picioare, oricine ar fi profesorul ăsta, manierele lui sunt de-a dreptul nepoliticoase!

În cele din urmă, tocmai în timp ce ea bombănea că voia să plece și că, evident, venirea noastră acolo fusese o greșeală, s-a deschis o ușă. În fața ochilor noștri s-a ivit un tânăr subțire, cu pielea foarte albă și cu părul negru. S-a îndreptat spre noi, părând un pic cherchelit, după părerea mea, iar apoi s-a oprit în fața noastră.

– Vă rog să mă iertați, mai devreme am avut o lecție cu un elev, după care am decis să iau o scurtă pauză. Mă tem că am ațipit, a adăugat el întinzându-i lui Evelyn o mână pe care ea a strâns-o cu reticență. *Madame, petit monsieur*[1], vă cer încă o dată scuze! Zilele de lucru sunt lungi aici și somnul mă ocolește adeseori noaptea. Ei, *madame*, din moment ce mi-ați adus prețioasa dumneavoastră comoară, ce-ar fi să coborâți cu liftul și să așteptați în holul de la intrare, unde există un scaun confortabil? Spuneți-i Violetei că Ivan o roagă să vă aducă un ceai sau o cafea, după bunul dumneavoastră plac!

Ușurată, dar puțin reticentă la ideea de a mă lăsa cu un om pe care era limpede că îl considera destul de ciudat, Evelyn a primit, totuși, propunerea care i se făcuse – mai ales pentru că o dureau picioarele.

– După ce termini, trebuie să cobori imediat! Ai înțeles, Bo? a spus ea, iar eu am încuviințat din cap. Știți că e mut? l-a întrebat apoi pe *monsieur* Ivan.

---

[1] Doamnă, tinere domn (în limba franceză în original)

– Da, dar muzica o să vorbească în locul lui, nu-i așa? mi s-a adresat el.

Acestea fiind zise, *monsieur* Ivan a deschis ușa și m-a poftit înăuntru.

Chiar și atunci când am scris, serile, în jurnalul meu – și în jurnalul secret imediat după aceea, paginile de față făcând parte din acesta din urmă –, am avut doar amintiri vagi despre timpul pe care l-am petrecut în ziua aceea împreună cu *monsieur* Ivan. Știu că mai întâi m-a pus să cânt ceea ce el numea „piesele mele de petrecere" și că apoi mi-a arătat o partitură ca să vadă dacă știam s-o citesc, după care a luat propria vioară și a cântat un șir de game și de arpegii pe care a trebuit să le repet. Toate astea s-au întâmplat foarte repede. Pe urmă, el m-a condus la o masă mică de lemn, cu scaune de jur împrejur, și mi-a cerut să mă așez.

În timp ce trăgea scaunul, a înjurat și s-a uitat la deget. A mai spus ceva și mi-am dat seama că vorbea în rusă.

– Se pare că am o așchie pe care trebuie s-o scot diseară acasă! Cele mai mici chestii provoacă cele mai mari dureri, nu crezi?

Am dat din cap în semn că eram de acord, fiindcă indiferent dacă credeam sau nu spusele lui *monsieur* Ivan, n-avea nici o importanță. Voiam să-i fac pe plac acelui om mai mult decât oricui altcuiva pe care-l întâlnisem de când plecase Papa.

– Dacă nu vorbești, cum comunicăm? a întrebat el.

Deja pregătit, am scos hârtia și creionul din buzunar.

– Te cheamă Bo?

Da.

– Câți ani ai?

Zece.

– Unde sunt părinții tăi?

Mama a murit și nu știu unde e tata.

– De unde vii?

Nu știu.

– Nu te cred, *petit monsieur*, și deja am suspiciunile mele, dar nu mă cunoști, iar noi, *les émigrés*[1], nu prea dăm informații despre noi atât de ușor, corect?

Impresionat că înțelesese și că nu mă considera ciudat, ca toată lumea, am scris:

Da.

– Cine te-a învățat să cânți la vioară?

Papa.

– Când a fost ultima lecție?

Am încercat să-mi amintesc, dar nefiind sigur de răspuns, am scris:

Acum trei sau patru ani.

– N-am întâlnit niciodată un elev atât de tânăr care să cânte cu atâta iscusință. E remarcabil, într-adevăr! Armonia îți vine natural, ceea ce maschează hibele tehnice. M-a impresionat și faptul că nu te-au lăsat nervii, deși îmi imaginez că șansa asta de a studia la conservator înseamnă totul pentru tine.

Da.

– Hmmm..., a murmurat el, ducându-și mâna la bărbie, iar apoi mișcând-o în sus, în jos, la dreapta și la stânga, în timp ce se întreba în sinea lui dacă meritam sau nu să mă învețe. După cum îți poți imagina, mulți părinți vin la mine cu copiii lor geniali, copii care au avut cele mai bune viori și cei mai buni profesori din suburbii și care sunt obligați să exerseze cu orele. Chiar dacă din punct de vedere tehnic sunt mai pricepuți decât tine, de multe ori am impresia că ei nu pun suflet în muzica pe care o interpretează. Cu alte cuvinte, sunt niște maimuțe care cântă, pur și simplu o extensie a orgoliului părinților lor. În ceea ce te privește, cu siguranță că nu e cazul, pentru că ești orfan și n-ai părinți și pentru că tutorele tău e un om care n-are nevoie de copilul altcuiva ca să-și impresioneze prietenii, când el *însuși* e atât de impresionant. Așa că... deși există hibe în modul în care cânți și, fără să fiu lipsit de respect față de tatăl tău, pot să-ți

[1] Emigranții (în limba franceză în original)

spun că bănuiesc că n-a fost un profesionist..., a continuat el, iar vorbele lui m-au făcut să clatin din cap, simțind că eu *eram* cel lipsit de respect, indiferent de ceea ce spunea *monsieur* Ivan. Nu fi atât de trist, *petit monsieur*, zău așa! Văd că tatăl tău te-a învățat cu drag. Și, la rândul său, a descoperit un talent mult mai mare decât al lui, pe care a dorit să-l cultive. La ce școală înveți în prezent?

La nici una. Nu pot vorbi, așa că nu mă pot duce la școală.

– Deși nu-i treaba mea, afirm cu tărie că asta nu-i bine. Știu că poți să vorbești, nu doar pentru că mi s-a spus, ci și prin modul instinctiv în care te-ai abținut să-mi răspunzi în cursul discuției ăsteia. Cred că ești înconjurat de oameni buni și amabili și, indiferent de lucrurile cumplite care poate că ți s-au întâmplat în trecut, întâmplări care te-au afectat atât de mult încât nu îndrăznești să comunici, sper, pentru binele tău, că o să vină un moment în care o s-o faci. Dar să știi că spun asta doar ca un om care a suferit și el mult de când a plecat din Rusia. Atât de multă suferință, atât de multe războaie în doar cincisprezece ani pe care i-a parcurs umanitatea... Eu și cu tine suntem rezultatul lor. Un singur sfat, micul meu prieten: nu-i lăsa pe oamenii ăia răi să câștige, bine? Ți-au luat atât de multe – trecutul, familia! Nu-i lăsa să-ți ia și viitorul.

În mod stânjenitor, ochii mi s-au umplut de lacrimi. Am dat încet din cap și apoi mi-am scos batista.

– Of, te-am făcut să plângi, îmi cer scuze! a adăugat *monsieur* Ivan. Sunt cam slobod la gură. Partea bună e că, dacă nu te duci la școală, o să fie mult mai ușor să te încadrez în programul meu. Iar acum, stai să verific! a spus el, scoțând din buzunarul jachetei o agendă subțire și întorcând paginile, care nu erau multe, fiindcă ne aflam doar în ianuarie. Așadar, o să începem cu două lecții pe săptămână. Pot să ți le dau marțea, la ora unsprezece, și vinerea, la ora două. Vedem cum merge, dar am o presimțire bună în ceea ce te privește. Zău că da! Iar acum o să te conduc la guvernanta care te-a adus aici. Pare om bun! a declarat el în timp ce ieșea din încăpere și se îndrepta spre lift.

Am încuviințat din cap. Apoi mi-am adus aminte și am scris degrabă:

Cât costă lecția?

– O să vorbesc cu *monsieur* Landowski, dar noi, emigranții, trebuie să ne ajutăm reciproc, nu-i așa?

M-a bătut pe umăr atât de tare, încât aproape că am căzut în cutia din cușcă. *Monsieur* Ivan a tras de ușă, a apăsat pe un buton și am coborât. M-am întrebat dacă nu cumva așa se simțeau păsările în zbor, dar cumva mă îndoiam. Totuși, mersul cu liftul era distractiv și abia așteptam ca, în viitor, s-o fac de două ori pe săptămână. Dacă *monsieur* Landowski și *monsieur* Ivan se puteau pune de acord asupra unui preț.

– *Madame*, băiatul a fost trăsnet! Îl primesc cu siguranță și am stabilit deja lecțiile: marțea, la ora unsprezece și vinerea, la ora două. Spuneți-i lui *monsieur* Landowski că o să-i telefonez ca să discutăm amănuntele. Drum bun spre casă!

După ce a făcut cu ochiul și a zâmbit, *monsieur* Ivan s-a întors la lift.

MERRY

ÎN TRANZIT: DE LA DUBLIN LA NISA

IUNIE 2008

CAPITOLUL 6

Am închis paginile jurnalului vechi, legat în piele, și m-am uitat pe fereastra avionului. După ce citisem scrisoarea ce mă dusese la jurnalul care se afla acum în poala mea, renunțasem la ideea de a dormi. Atlas, bărbatul care pretindea că era tatăl meu, scrisese cu profund regret:

Nu pot să exprim sau să explic dragostea pe care am simțit-o pentru tine de când am aflat despre sosirea ta neîntârziată. Nici nu pot să-ți spun în scrisoarea asta cât de mult m-am străduit să vă găsesc pe tine și pe mama ta, după ce v-am pierdut într-un mod atât de crud înainte ca tu să te naști...

Povara emoțională a ultimelor săptămâni s-a revărsat asupra mea și am simțit că ochii mi se umpleau de lacrimi. În acel moment nu mi-am mai dorit decât îmbrățișarea lui Jock, soțul meu, care parcă fusese luat de lângă mine în momentul în care aveam cea mai mare nevoie de el.

– De-ai fi aici..., am murmurat, tamponându-mi ochii cu unul dintre șervețelele de mătase care fuseseră puse în buzunarul lateral al scaunului luxos, de piele. Ți-ar fi plăcut serviciile astea de cinci stele, sunt sigură!

Scrisoarea de la Atlas îmi promitea să găsesc în jurnalul lui răspunsurile despre adevăratul meu trecut, dar povestea din jurnal era de-a dreptul extraordinară și de neînțeles. După ce citisem prima parte, eram încă departe de a înțelege istoria acelui personaj misterios sau legătura mea cu ea. Oricine ar fi fost „tata", era clar că dusese o viață pe cinste. Cu toate că prima parte a jurnalului fusese scrisă de un copil de zece ani, eul care răzbătea din acele pagini era unul matur și înțelept, ca și cum în trupul băiatului ar fi sălășuit un suflet bătrân.

Am clătinat din cap, observând că tiparul ultimelor săptămâni se repeta. De fiecare dată când se părea că mă apropiam de adevărul trecutului meu, apăreau alte mistere. De ce se prefăcea băiatul că era mut? De ce simțea că nu-și putea dezvălui adevăratul nume? Și cum naiba ajunsese să fie descoperit, fără nimeni pe lume, sub un gard viu, în mijlocul Parisului? În orice caz, se părea că, pentru mine, povestea din jurnalul lui Atlas începuse prea târziu ca să înțeleg imaginea de ansamblu.

Dar mă gândeam că, la urma urmei, dacă tot e să te trezești la ușa cuiva, nu-i rău deloc ca acela să fie celebrul sculptor al uneia dintre Cele șapte noi minuni ale lumii – *Hristos Mântuitorul.*

Am suspinat, simțindu-mă oarecum ciudat fiindcă Atlas îmi încredințase mie – după cât se părea, fiica lui biologică, pe care n-o cunoscuse niciodată –, povestea vieții lui, înainte să le permită iubitelor fiice adoptate s-o citească. Ele erau, bineînțeles, cele care-l cunoscuseră și care-l iubiseră enorm pe „Pa Salt" al lor. Normal că ar fi meritat să fie primele care să-i descopere secretele.

Am încercat să-mi stăpânesc emoțiile și m-am gândit îndelung la situația în care mă aflam. Iată, plecam cu avionul ca să mă alătur unui grup de străini într-un pelerinaj întreprins la bordul unui iaht luxos, străini alături de care urma să depun o coroană de flori pentru un om cu care, deocamdată, nu simțeam nici o conexiune. Da, pe unele dintre acele fiice adoptive le întâlnisem, dar asta nu era suficient ca să mă destind. Nici măcar nu știam dacă celelalte femei erau conștiente de faptul că, aparent, mă înrudeam genetic cu tatăl lor adoptiv. Asta, împreună cu faptul că Atlas stabilise ca eu să fiu prima care-i citea jurnalul, ar fi putut să le stârnească ranchiună.

Am încercat să mă consolez gândindu-mă la faptul că ele fuseseră cele care încercaseră să-mi dea *mie* de urmă și nu invers. „Te vor alături, Merry!“ mi-am spus.

Desigur, cea mai mare alinare a mea consta în faptul că mă îndreptam spre copiii mei, Jack și Mary-Kate, care se aflau deja pe *Titan*. Știam cât de încântați aveau să fie de hotărârea mea de a merge în croazieră împreună cu ei. Iar dacă cele șase surori se dovedeau nebune de legat, cel puțin familia mea avea să mă protejeze și să mă țină întreagă la cap pe tot parcursul călătoriei. Din cât se părea, croaziera urma să dureze șase zile în total – trei ca să călătorim de la Nisa până la Delos și să depunem coroana, celelalte trei însemnând drumul de întoarcere. Mai mult de-a-tât, dacă n-aș mai fi suportat, puteam să „abandonez nava“ pe insula Mykonos, aflată în apropiere, care se fălea cu un aeroport internațional.

S-a auzit o bătaie în ușile trase din stânga și din dreapta cabinei astfel încât să formeze un paravan între partea din față și cea din spate.

– Da? am întrebat, smulsă din gânduri.

Paravanul s-a deschis și în fața mea s-a ivit silueta înaltă și bronzată a lui Georg Hoffman. Purta un costum închis la culoare, care rămășese impecabil. Georg nici măcar nu-și desfăcuse cravata în timpul celor trei ore de zbor.

– Bună seara, Merry! Ori, mai degrabă, bună dimineața..., a spus el uitându-se la locul de lângă mine, unde se aflau pătura și perna pe care mi le dăduse însoțitorul de zbor și care rămăseseră nefolosite. Aha, să înțeleg că nu te-ai odihnit prea mult? Ai... deschis pachetul?

– Da, Georg! Am citit scrisoarea și, bineînțeles, a trebuit să încep să citesc jurnalul. E foarte lung, după cum știi, desigur.

O urmă de zâmbet a apărut pe fața mustăcioasă a lui Georg.

– Îl port cu mine de multă vreme, dar îți jur că nu l-am răsfoit nici măcar o dată. Ar fi fost o indiscreție din partea mea.

– Adică îmi spui că, sincer vorbind, n-ai nici o idee despre povestea lui Atlas?

– A, nu! N-am spus asta. Doar că n-am citit jurnalul, a răspuns Georg, care apoi a șovăit. Îl cunosc... L-am *cunoscut* foarte bine pe Atlas – pe tatăl tău. A fost cel mai curajos și cel mai bun om pe care am avut privilegiul să-l întâlnesc vreodată.

– Cât mai avem până la aterizare?

– Pilotul tocmai m-a anunțat că începem aterizarea la Nisa în câteva momente. Ne așteaptă o mașină care o să ne ducă direct în port, unde e acostat *Titan*.

M-am uitat pe fereastra cabinei.

– Încă e întuneric, Georg! Cât e ceasul?

El și-a privit ceasul de la mână și a ridicat din sprâncene.

– Se face trei și jumătate în Franța. Îmi cer scuze, înțeleg ce nebunie trebuie să fie pentru tine!

– Asta așa-i! Încă nu știu dacă e bine ce fac. Aș vrea să știu dacă celelalte fiice au habar că... mă rog... potrivit tuturor informațiilor pe care le-am aflat... că sunt fiica lui biologică?

Georg și-a plecat privirea.

– Nu. Eu presupun... Ele presupun că ți se spune „fiica dispărută" pentru că Atlas a avut intenția să te adopte, dar n-a izbutit. Trebuie să mărturisesc că, oricât de ciudat ar suna, ele nici măcar nu-i cunosc adevăratul nume. După cum știi, îi spuneau pur și simplu „Pa Salt".

– O, Doamne, Georg! am exclamat, sprijinindu-mi fruntea între degetul mare și arătător. Totuși, îmi amintesc că, atunci când am cunoscut-o, Tiggy dezlegase anagrama! am adăugat, uitându-mă din nou la el. Adică măcar una dintre ele chiar știe! am conchis, cu un strop de sarcasm.

Georg a dat din cap în semn că era de acord.

– Merry, trebuie să înțelegi că eu nu sunt decât un simplu angajat. Chiar dacă îl cunoșteam pe tatăl tău de o viață și l-am considerat un prieten drag, e de datoria mea să-i urmez ordinele, chiar și după moartea lui.

– Și totuși, pari să știi totul despre mine, Georg! Ai știut unde să mă găsești. Știi că, după cât se pare, sunt urmașa lui Atlas. Și zici că toate astea au ieșit la iveală în ultimele câteva săptămâni?

– Ăăă... da!

Georg s-a fâstâcit.

– Deci, având în vedere că Atlas a murit acum un an, de unde naiba ai luat toate informațiile? Cine ți-a spus despre inelul cu care am fost găsită? am întrebat eu, simțind cum epuizarea și frustrarea din ultimele săptămâni începeau să mă copleșească. Și cum rămâne cu Casa Argideen? Cum ai aflat că m-am născut acolo?

Georg a scos batista și a început să-și tamponeze fruntea.

– Merry, pui niște întrebări foarte pertinente, la care îți promit că o să primești răspuns. Dar nu de la mine.

Reacția lui n-a fost tocmai pe placul meu.

– Nu vreau să jignesc vreuna dintre surori, dar sunt mirată că ele nu s-au întrebat niciodată de ce acel bărbat ciudat a decis să adopte șase fete și să le numească după Cele șapte surori! Și nu li s-a părut straniu că numele lor de familie, D'Aplièse, e o anagramă a numelui de „Pleiades"?

– Ba da, și-au pus toate întrebările astea. Și nu doar o dată. Așa cum o să descoperi după ce le cunoști, cu toatele sunt la fel de inteligente ca și bărbatul care le-a crescut. Pur și simplu l-au crezut pe cuvânt că au fost botezate după roiul lui stelar preferat și că numele lor de familie era o dovadă în plus a iubirii lui pentru lumea celestă. Nu și-au dat seama de legătură, adică de faptul că au fost numite astfel fiindcă erau fiicele lui Atlas.

Am închis ochii, perspectiva de a pătrunde în propriul meu basm creat pe *Titan* devenind din ce în ce mai puțin atrăgătoare.

– Unde ai ajuns cu cititul jurnalului?

– Nu prea departe. Atlas e încă mic. A fost luat în primire de sculptor și de familia lui.

Georg a dat din cap și a spus:

– Înțeleg. Mai ai multe de aflat. Crede-mă, Merry, cu cât citești mai mult, cu atât imaginea urmează să se limpezească. O să înțelegi cine a fost el, cine ești tu... și de ce a adoptat cele șase fete.

– Păi, tocmai asta e problema, Georg! Nu știu dacă e drept ca eu să fiu prima care citește. Așa cum ai spus chiar tu, celelalte șase fete au fost crescute de Atlas. L-au iubit. Eu nici măcar nu l-am cunoscut. Cred că ele ar trebui să aibă acces la jurnal înaintea mea.

– Eu... pricep, Merry! E o situație foarte dificilă pentru tine. Dar te rog să înțelegi că a fost dorința lui Atlas ca tu să-i afli povestea imediat ce reușeam să te găsim. Pentru că e și povestea ta. El a trăit toată viața cu un sentiment de vinovăție fiindcă tu ai crezut că te-a abandonat, ceea ce nu putea fi mai departe de adevăr. Doar că... întâmplările s-au precipitat, așa cum, dintr-un motiv oarecare, se pare că se petrece întotdeauna. N-aș fi putut prevedea că aveam să dăm de tine exact atunci când celelalte surori plănuiau să depună o coroană cu ocazia comemorării lui Atlas. S-ar zice că stelele s-au aliniat, a conchis Georg, iar zâmbetul i-a revenit pe față.

– Ei, bine, poate că așa vezi tu lucrurile! Eu simt mai degrabă că ricoșează, decât că se aliniază. Scrisoarea zice că mama a dispărut și că Atlas nici măcar n-a putut afla dacă ea trăia sau murise. Așa că bănuiesc că el n-avea de unde să știe că am fost abandonată la ușa părintelui O' Brien.

Georg a clătinat din cap.

– Nu. Încă o dată, nu pot decât să te sfătuiesc să citești jurnalul. Pentru ca surorile să înțeleagă de ce au fost adoptate, trebuie mai întâi să priceapă cine ești tu.

– Ai auzit de parabola fiului risipitor, Georg?

– Știu câte ceva, dar trebuie să recunosc că...

– În Evanghelia după Luca, Isus povestește despre un fiu care îi cere tatălui său moștenirea, pe care o risipește ca un nesăbuit, trăind o viață de lux și de desfrâu. După ce rămâne fără bani, se întoarce la taică-său și-i cere iertare, dar, în loc să fie supărat, tatăl se bucură nespus de mult de întoarcerea fiului și pregătește un ospăț în cinstea lui. Și știi care e cea mai relevantă parte a poveștii, Georg? Fratele fiului risipitor nu e deloc încântat de întoarcerea acestuia. Pentru că acel frate a fost loial și a rămas alături de tată de-a lungul anilor, neprimind nici o recompensă pentru asta. Nu vreau să fiu fiica risipitoare, dacă înțelegi ce vreau să spun!

Georg s-a încruntat, deranjat de poziția mea fermă.

– Merry, te rog să înțelegi că fetele sunt extrem de încântate să te primească în familia lor, dacă asta alegi! Știu și ele cât de mult și-a dorit tatăl lor s-o găsească pe sora dispărută și te asigur că fiicele lui Atlas n-o să-ți arate decât dragoste. Cred că le-ai întâlnit deja pe Tiggy și pe Star. Ai simțit altceva decât dragoste și emoție din partea lor?

M-am întins în stânga și am deschis un compartiment tapisat cu piele crem, în care erau sticle de apă. Am luat una și am desfăcut-o.

– Din partea lui Tiggy, nu. Atitudinea ei e o mare parte din motivul pentru care sunt în avion. Dar Star se dădea drept Lady Sabrina nu-știu-cum, ca să mă tragă de limbă. Ideea e, Georg, că eu cunosc mai bine decât oricine amărăciunea pe care o poate provoca o dispută în familie. Ce se întâmplă dacă unele dintre surori sunt fericite să afle că „Pa Salt“ are o fiică de sânge, iar altele nu se bucură nici pe departe?

M-am dus cu gândul la recenta descoperire cum că eu și bărbatul care mă făcuse inițial să fug din Irlanda, Bobby Noiro, aveam aceeași bunică, pe Nuala.

– Știi, din conversațiile mele cu Mary-Kate am înțeles că acea Electra, care e fotomodel internațional, n-are cea mai… plăcută personalitate, am adăugat.

Am luat o gură mare de apă.

– Te asigur, Merry, că fiecare dintre surori s-a aflat în ultimul an într-o călătorie personală de autocunoaștere. A fost marele meu privilegiu să le văd maturizându-se și devenind niște ființe magnifice. Cu toatele..., a spus Georg, iar eu am observat că înghițea în sec, luptându-se vizibil cu emoția, ... cu toatele au avut revelația pe care cei mai mulți dintre noi o au prea târziu... și anume că viața e mult prea scurtă.

Am suspinat și m-am frecat la ochi.

– Tu afirmi că Atlas a fost un om grozav și înțelept. Ei, bine, dacă am moștenit genetic ceva din acea înțelepciune, poate că ar fi bine s-o pun la lucru acum, în absența lui. După cum spui, Georg, el a vrut ca eu să-i citesc povestea imediat ce am fost găsită. Ceea ce o să și fac. Dar aș vrea să copiezi jurnalul în șase exemplare, câte unul pentru fiecare dintre celelalte fete. Ca să putem citi despre tatăl nostru în același timp.

Georg s-a uitat la mine și am intuit, în spatele privirii lui, mecanismele mentale care lucrau de zor. Indiferent de motiv, era hotărât să urmeze întocmai instrucțiunile lui Atlas. Oare ce-mi ascundea?

– Da... da, ar putea fi o idee bună. E alegerea ta, Merry!

– Deși îmi imaginez că o să fie o provocare să găsești un centru de fotocopiere la ora patru dimineața, în sudul Franței.

– A, nu te teme! *Titan* e dotat cu tot confortul modern. La bord există un birou în care sunt computere și câteva imprimante industriale. Mă bucur că e așa, fiindcă jurnalul conține... – a spus el, iar apoi a făcut o scurtă pauză, căutându-și cuvintele – informații personale. Nu pot să risc ca așa ceva să cadă în mâinile cui nu trebuie.

– Un întreg birou la bordul vasului? O, Doamne! Aș fi zis că scopul unui iaht de lux e să te relaxezi și să te deconectezi, să lași în urmă stresul cotidian! Mă rog, zic „cotidian", dar dacă ai un iaht de lux, atunci Dumnezeu știe ce presupune termenul ăsta, „cotidian". Spune-mi, Georg, ce a făcut Atlas de-a strâns atâția bani?

El a ridicat din umeri și a arătat spre jurnalul cu coperți de piele uzată, care mi se odihnea în poală.

– Răspunsurile se află acolo.

Cineva a bătut în paravan. Era însoțitorul de zbor, care apoi a aruncat o privire prin deschizătură.

– Îmi pare rău că vă întrerup, dar căpitanul vă roagă să vă pregătiți de aterizare. Să vă puneți centurile de siguranță, vă rog! Aterizăm la Nisa în doar câteva minute.

– Da, bineînțeles, mulțumesc! a răspuns Georg. Merry, te rog să-mi dai jurnalul pentru ceva vreme, ca să-l copiez în șase exemplare după ce ne îmbarcăm pe *Titan*.

I l-am dat, dar am păstrat scrisoarea. El mi-a zâmbit larg și a adăugat:

– N-ai de ce să te temi, crede-mă!

– Mulțumesc, Georg! Ne vedem după aterizare.

Georg a plecat, iar eu m-am uitat din nou pe fereastră. La aterizare, am văzut cum lumina răsăritului dansa pe unduirile Mediteranei azurii. Speram ca apa să fie ceva mai caldă decât cea a Atlanticului de pe plaja Inchydoney din West Cork. M-am lăsat pe spate și am închis ochii, întrebându-mă cum îmi dăduse viață într-o zi acel orfan găsit sub un gard viu din Paris.

CAPITOLUL 7

TITAN

Ally se uita la tavanul de mahon lustruit care împodobea toate cabinele de la bord. Însuși termenul de „cabină" o amuza, deoarece era obișnuită să stea în cele mai înghesuite încăperi, împreună cu bărbați voinici și transpirați, pe ambarcațiuni Contessa, lungi de opt metri. Dormitoarele de pe *Titan* semănau mai degrabă cu apartamentul prezidențial de la Grand Hotel din Oslo. Pe deasupra, vasul era imaculat. Chiar dacă familia nu-l folosise în ultimul an, loialul său echipaj era tot acolo și continua să-l mențină la cele mai înalte standarde. Ally bănuia că acei angajați erau plătiți de trustul pe care Pa îl înființase înainte de a muri. Ca multe altele din lumea lui, astfel de lucruri se... întâmplau, pur și simplu, iar ea nu le punea aproape niciodată la îndoială.

O rază de soare s-a strecurat printre perdele și a poposit pe chipul ei. Se întreba cât mai avea până când strigătele lui Bear, din pătuțul așezat la capătul patului ei, să anunțe începutul zilei.

Mare minune dacă reușise să doarmă o jumătate de oră noaptea trecută. Chiar dacă în luna iunie valurile blânde ale Mediteranei nu prea legănau iahtul, ea se adaptase atât de mult la senzația dată de apa de sub ambarcațiune, încât simțea cea mai ușoară undă. Asta, laolaltă cu zarva gândurilor care nu-i dădeau pace, nu era deloc o combinație perfectă pentru odihnă. Însăși situația în care se afla era destul de încordată, cu surorile ei și cu partenerii lor adunați ca să aducă împreună un omagiu tatălui lor. Numai că ea, Ally, trebuia să se confrunte cu multe altele.

Până la urmă, ea fusese cea care văzuse iahtul în largul coastei Delos, la scurt timp după ce murise Pa. Își amintea extrem de bine că se afla pe puntea lui *Neptune*, Sunseekerul[1] lui Theo, când acesta îi spusese, entuziasmat, că prietenul lui zărise de pe catamaran un iaht de lux Benetti, cu un nume pe care ea l-ar fi putut recunoaște. Stomacul îi zvâcnise de emoție la gândul de a i-l prezenta pe Theo lui Pa. Dar, știind deja că era îndrăgostită până peste cap, nu prea văzuse de ce ar fi amânat inevitabilul. Încercase să ia legătura prin stație cu *Titan*, așteptându-se să audă tonul calm al căpitanului Hans, dar nu primise nici un răspuns. De fapt, se părea că cel care conducea iahtul luase decizia de a se îndepărta de ea cu toată viteza.

– Se pare că tatăl tău fuge de tine! spusese Theo.

După ce Georg și Ma le anunțaseră pe surori că, în cazul morții sale, Pa ceruse o înmormântare discretă pe mare (ca să nu-și tulbure fiicele), Ally presupusese că peste asta dăduse. De fapt, trăise chiar și un sentiment de vinovăție la gândul că nu respectase ultimele dorințe ale tatălui ei. Cu toate astea, având în vedere recentele întâmplări, începuse să pună sub semnul întrebării povestea care îi fusese spusă.

Își amintea că *Titan* nu fusese singura navă ancorată în largul coastei Delos în acea zi. Atunci când prietenul lui Theo îi spusese prin stație că văzuse iahtul *Titan*, adăugase că lângă acesta se mai afla încă un „palat plutitor“: *Olympus*, vasul infamului Kreeg Eszu, proprietarul companiei Lightning Communications. Și mai ciudate fuseseră relatările despre moartea magnatului în aceeași zi, care făcuseră titluri de primă pagină în întreaga lume. Cadavrul fusese adus la țărm în urma unei aparente sinucideri.

[1] Marcă de iahturi de lux

Dintr-odată, lui Ally i se făcuse rău. Oare de ce nu investigase cu mai multă atenție?

Nu era singurul lucru ciudat care părea să-l lege pe Pa Salt de Kreeg Eszu. Coordonatele lui Merry – care fuseseră gravate pe sfera armilară și descoperite recent de către surori – indicau Casa Argideen din West Cork, în Irlanda. Ally tocmai aflase de la Jack un amănunt îngrijorător, și anume că proprietatea era deținută de un anume „Eszu". Deși se părea că imobilul fusese abandonat de mult timp, acela era ultimul nume consemnat al proprietarului.

Ceea ce Ally respinsese în ultimul an ca fiind o coincidență bizară, începuse dintr-odată să intre în sfera misterului. Nu era un secret faptul că Zed, fiul lui Kreeg, avea o pasiune soră cu obsesia pentru fetele D'Aplièse. Pe Ally încă o scotea din minți felul în care, cu înfățișarea lui frumoasă și cu farmecul insinuant, o ademenise în brațele lui pe Maia, o adolescentă, pentru ca apoi s-o abandoneze în clipa în care ea avusese mai mare nevoie de el. Ally se gândise de multe ori că se părea că Zed îi făcuse dinadins rău surorii ei. Și era sigură că nu întâmplător „Dubiosul", așa cum îl numea ea în bătaie de joc, trecuse la Electra. Neîndoielnic, Zed își făcuse calculele că, dacă vreuna dintre surori l-ar fi acceptat ca amant după felul în care o tratase pe Maia, aceea ar fi fost Electra. Pentru un prădător de teapa lui, vulnerabilitatea indusă de un stil de viață bazat pe băutură și pe droguri trebuia să fi fost prea tentantă ca s-o ignore. Era logic să fi pus ochii și pe Tiggy. Înclinația acesteia de a vedea binele din fiecare om, laolaltă cu cea către spiritualitate, îi făcuse pe alții, în trecut, să profite de ea. Ally era nespus de mulțumită că Tiggy nu se lăsase păcălită de avansurile lui Zed și că, în schimb, îl găsise pe minunatul Charlie Kinnaird.

Ally era sigură că Pa nu pomenise niciodată numele de Eszu. De fapt, fusese una dintre primele întrebări pe care ea i le pusese Maiei atunci când, cu un an în urmă, aceasta se întorsese la Atlantis.

– Sunt sigură că nu există nici o legătură! insistase Maia. El și Papa nici măcar nu se cunoșteau, nu-i așa? Delos e pur și simplu o insulă foarte frumoasă, o destinație pentru multe ambarcațiuni.

Ally începuse să se îngrijoreze la gândul că răspunsul prompt al Maiei nu se datora doar negării față de grozăvia fără precedent a situației în care se afla. Ally se dojenea că prezența lui *Olimp* nu-i dăduse de bănuit. Până la urmă, ce știa oricare dintre surori despre viața lui Pa dincolo de casa și de iahtul lui? În copilărie, nu-i cunoscuseră prea mulți prieteni și asociați de afaceri. Cu siguranță că nu era imposibil ca Pa Salt și Kreeg Eszu să se fi cunoscut.

A închis ochii, sperând să doarmă forțat o oră sau două. Așa cum făcea de multe ori atunci când era neliniștită, și-a imaginat vocea profundă și liniștitoare a tatălui. S-a dus cu gândul la Atlantis, unde, pe vremea când era copil, în weekenduri, se uita la Pa, care naviga cu Laserul lui pe apele lacului Geneva. Eleganța cu care ambarcațiunea străbătea lacul în zilele liniștite, creând doar o undă pe apa cristalină, parcă îl descria pe Pa însuși. Întotdeauna fusese un reazem de nădejde și o forță, părând să se strecoare prin lume cu o grație și cu o prestanță pe care toți cei din jurul lui le admirau profund.

Într-un weekend de toamnă, Pa o văzuse pe țărm, de unde-i privea cu nostalgie barca, așa că venise lângă pontonul de lemn care ieșea din grădină.

– Bună, *petite princesse*[1]! E un frig de îngheață apele. Cred că Maia citește în salon. N-ai vrea să te duci la ea și să stați împreună la căldură?

– Nu, Pa! Îmi place să te privesc navigând.

– Aha! exclamase el, aruncându-i acel zâmbet afectuos care îi era propriu și care izbutea mereu s-o înveselească, indiferent de problemele ce s-ar fi ivit în ziua respectivă. Păi, atunci, ai vrea să fii secundul meu?

– Ma spune că e prea periculos.

---

[1] Mică prințesă (în limba franceză în original)

– Atunci, noroc că pregătirea cinei o ține ocupată pe Claudia! spusese el făcând cu ochiul, iar apoi o ridicase de pe ponton cu brațele lui musculoase, făcând-o să se simtă ușoară ca o pană, și și-o așezase în poală. Așa, ai văzut că atunci când barca se întoarce, se înclină într-o parte. Dacă vreau să merg în cealaltă parte, trebuie să mă mut dincolo, strecurându-mă pe sub vela asta.

– Da, Pa! răspunsese Ally, extaziată.

– Excelent!

El își scosese vesta portocalie de salvare și i-o dăduse ei. Firește, Ally înota în ea, iar Pa chicotise în timp ce strângea curelele cât mai bine.

– Pa, dar tu ce te faci fără vestă?

– Ei, lasă-mă pe mine, micuțo! Vântul e slab și o să mergem foarte încet. Vezi adâncitura asta? întrebase el, arătând spre o scobitură deloc adâncă, făcută în coca albă. Pare să fie mare cât tine, nu? adăugase el, iar fata dăduse din cap în semn de încuviințare și se așezase acolo unde-i era locul, în mijlocul ambarcațiunii. Nu trebuie decât să te uiți înainte și să ții brațele întinse, pentru echilibru! Dăm roată și ne întoarcem la ponton, ceea ce înseamnă că mă aplec doar spre stânga, uite, în felul ăsta! Vezi? îi arătase el, iar ea, plină de nerăbdare, dăduse din cap ca să-i arate că înțelesese. Bine, atunci!

El își ridicase piciorul de pe ponton și Laserul începuse să lunece. Apoi Pa apucase mânerul mare și negru pe care Ally îl observase ca fiind principala metodă de dirijare a ambarcațiunii.

– Nu înaintează, Pa! spusese ea, oarecum dezamăgită.

– Nu totul se află sub controlul marinarului, Ally! Trebuie să așteptăm să adie vântul.

Ca la un semn, Ally simțise un val care trăgea Laserul de lângă ponton. Vântul începuse să i se strecoare în părul castaniu, des, iar bătăile inimii i se întețiseră.

– Și ne ducem! strigase Papa.

Ally își amintea de entuziasmul pe care-l simțise atunci când fusese atât de aproape de apă și de felul în care navigase Laserul, propulsat doar de aer pe lacul liniştit. Ea privise peste umăr la Atlantis, magnificul castel de basm. Munţii acoperiţi de zăpadă se ridicau abrupt în spatele zidurilor zugrăvite în roz pal, iar Ally simţise cât de norocoasă era fiindcă trăia într-un loc atât de magic.

– Acum măresc virajul! spusese Pa. Asta înseamnă că barca o să se încline un pic mai mult spre mine. Nu uita să întinzi braţele! o sfătuise el, iar ea făcuse întocmai. Perfect, Ally, perfect! Pa radiase de bucurie în timp ce ea se adapta fără probleme la schimbarea unghiului şi la denivelare.

Soarele strălucea pe oglinda sticloasă a apei, iar Ally închisese ochii. În acea zi, pentru prima dată, avusese o senzaţie de libertate pe care mai târziu o retrăise ori de câte ori navigase. După ce Pa dusese Laserul la ponton şi se asigurase că fetiţa coborâse cu bine, zâmbetul ei îi dezvăluise totul.

– Aşadar, prinţesa mea, şi tu o simţi… nimic nu se compară cu senzaţia pe care o ai atunci când eşti pe lac! Nu-i loc mai bun pe lume în care să cugeţi.

– De-asta vii aici atât de des?

El chicotise, plin de afecţiune.

– Aşa-i, poate că nu-i o coincidenţă! De altfel, nu prea există coincidenţe, murmurase el luându-şi privirea de la ea şi îndreptându-şi-o spre lac, ochii lui înnegurându-se ca şi în alte dăţi, ceea ce-i dădea lui Ally senzaţia că mintea lui rătăcea în alte locuri. În fond, coincidenţa înseamnă doar că o anumită conexiune n-a fost încă făcută! exclamase el, uitându-se din nou la ea. Îmi pare rău, micuţo… Dar sunt foarte fericit să ştiu că ai aceeaşi dragoste faţă de navigaţie ca şi tatăl tău!

– Crezi că aş putea lua lecţii? gângurise Ally.

– Hmmm… cred că se poate rezolva. Numai să-ţi faci timp şi pentru lecţiile de flaut.

Îi făcuse iarăşi cu ochiul.

– Normal, Pa! Crezi că într-o zi o să fiu la fel de pricepută ca tine?

– Nu, Ally! Cred că o să fii şi mai pricepută. Haide, du-te înăuntru, la căldură! Şi nu-i spune lui Ma despre mica noastră escapadă.

– Nu-i spun, Pa! răspunsese Ally în timp ce-şi scotea vesta de salvare.

Apoi ea fugise pe ponton, spre silueta casei cu turle.

Gânguritul lui Bear a scos-o pe Ally din visare. S-a frecat la ochi, bucuroasă că în sfârşit reuşise să se odihnească puţin, s-a dat jos din pat şi s-a dus la el. La vederea mamei, Bear şi-a ridicat braţele şi a scos un chiot de încântare.

– Bună dimineaţa şi ţie! a spus Ally, ridicându-şi fiul din pătuţ. Ne e foame astăzi, domnule? Mă tem că meniul pentru micul-dejun e puţin cam sărac.

Cu o singură mână, şi-a descheiat cu îndemânare bluza de pijama, iar Bear a început să sugă, fericit, în timp ce ea privea pe hublou.

Nu putea domoli furtuna de vinovăţie care se isca înlăuntrul ei. Incontestabil, era plăcut să-l revadă pe Jack. Imaginea lui păşind pe verandă noaptea trecută fusese suficientă ca să confirme faptul că sentimentele ei pentru el nu numai că existau, dar că erau şi profunde. Şi totuşi, iată, era pe cale să navigheze exact în locul în care, cu un an înainte, fusese copleşitor de fericită împreună cu Theo. Dacă acum el ar fi fost cu ea, călătoria ar fi devenit mult mai uşoară. N-avea o predispoziţie spre autocompătimire, dar ştia foarte bine că era singura dintre surori care n-avea cui să se destăinuie sau de la cine să împrumute un dram de putere. Deşi era cu adevărat fericită să-şi vadă surorile şi pe partenerii lor la bord, tot simţea sare pe rana încă prea proaspătă pe care i-o făcuse moartea prematură şi crudă a lui Theo.

„Până şi Electra s-a cuplat cu un avocat pentru drepturile omului!“ şi-a zis Ally în gând, ştiind că ironiile ei veneau din dragoste de soră, nu din amărăciune.

S-a uitat la Bear, care avea ochii blânzi ai lui Theo şi părul lui şaten, rebel.

„Ce dezastru!"

Ally credea că era posibil să-și fi distrus orice șansă de a avea o relație cu Jack doar pentru că nu-i pomenise acestuia nimic despre fiul ei. Privirea întrebătoare pe care el i-o aruncase seara trecută în momentul în care i-l prezentase pe Bear fusese de ajuns ca să-i arate că nu făcuse bine.

– Probabil crede că sunt complet nebună, Bear! Mai întâi, apar incognito în Provența ca să aflu informații despre familia lui și, tocmai după ce el m-a iertat pentru asta, îi trimit mesaje zile întregi și uit complet să-i spun despre tine. Iar dacă *el* mă crede țicnită, stai să vezi ce părere o să aibă mama lui despre mine!

Ally s-a uitat la ceas. Era aproape cinci dimineața. Dacă Georg reușise s-o convingă să se urce în avion, Merry urma să se îmbarce foarte curând. Ultimul lucru pe care-l auzise de la Jack fusese că „sora dispărută" nu era nici pe departe interesată să li se alăture în croazieră. Deși, după privirea pe care o avea la plecare, Georg dăduse de înțeles că ar fi fost în stare s-o bage în avion cu forța. Văzând în ce hal de panică plecase la Dublin în după-amiaza zilei trecute, Ally se neliniștise și mai mult. Foarte rar îl văzuse atât de neliniștit.

Ea a gemut de frustrare. Uneori își dorea să poată face cu Georg ceea ce făcea cu echipajul ei cu câteva zile înainte de orice regată, adică să-l scoată în oraș și să-l îmbete bine. De-a lungul carierei, descoperise că nu exista o modalitate mai bună de a construi o relație bazată pe încredere decât aceea de a bea cantități copioase de alcool și de a împărtăși apoi povești și secrete.

„Sunt șanse foarte mici să se întâmple asta!"

Bear a scheunat, mulțumit, iar Ally s-a dus să-l așeze în pătuțul lui. Apoi a traversat camera și s-a dus la baie, a pornit dușul și a început să se pregătească mental ca să-și cunoască sora dispărută. Se gândea cât de ciudat avea să fie s-o vadă fizic, în fața ochilor. Copilul misterios despre care Pa spunea mereu că nu-l găsise! Cele șase surori străbătuseră tot globul în căutarea ei, iar Ally spera că Pa, oriunde s-ar fi aflat, era cât se putea de mândru de ceea ce izbutiseră să facă fiicele lui. Bineînțeles, încă nu aflaseră motivul misterios pentru care Merry „dispăruse". Oare ceva mersese prost în procesul de adopție? Și de ce fusese Pa obsedat de acea fată?

În timp ce se lăfăia sub jetul de apă fierbinte, bucurându-se de presiunea superbă a dușului – lucru care nu înceta s-o uimească, dat fiind faptul că se aflau pe mare –, Ally a încercat să-și dea seama când anume ar fi putut Merry să intre în viața lui Pa. Ea avea acum cincizeci și nouă de ani. Pa murise anul trecut, la vârsta de optzeci și nouă de ani, ceea ce însemna că avusese în jur de treizeci la momentul în care încercase s-o adopte. Având în vedere că el o găsise pe Maia în perioada în care se apropia de șaizeci de ani, Ally începea să se întrebe ce se întâmplase cu Merry astfel încât Pa să fie împiedicat, vreme de mai bine de douăzeci și cinci de ani, să încerce din nou s-o adopte.

Totuși, vârsta lui Merry chiar o făcea pe Ally să se liniștească puțin din pricina faptului că ea, Ally, dezvolta cu repeziciune sentimente puternice față de fiul acesteia, Jack. Și-a îngăduit să chicotească din pricina unei astfel de situații stranii.

„Și credeam că familia noastră n-avea cum să devină mai ciudată de-atât!"

CAPITOLUL 8

MERRY

Mașina care ne-a dus de la aeroport la Port de Nice era la fel de luxoasă ca și avionul. Trebuia să recunosc că, deși nu mă omoram după călătoria asta, îmi plăcea luxul. Am coborât toate geamurile și m-am bucurat de mirosul proaspăt al pinilor. Soarele abia răsărise, dar deja simțeam că urma să fie o zi sufocantă.

Întrucât era foarte devreme, lipsa traficului rutier i-a permis limuzinei să meargă întins până la docuri. Fiecare centimetru pătrat de apă era ocupat de un vas, unul mai jenant de opulent decât altul. Era infimă distanța dintre iahturile uriașe, care acum stăteau cu spatele la țărm, în spații inimaginabil de mici. Mă cutremuram gândindu-mă la costul reparației unei ambarcațiuni zgâriate. Cu toatele păreau să aibă propriul echipaj care lustruia, mătura, așeza mesele pentru micul-dejun. Îmi dădeau o incredibilă senzație de claustrofobie, poate pentru că eram prea obișnuită cu spațiul vast al podgoriilor din Gibbston Valley sau, mai recent, cu câmpurile verzi și vălurite din West Cork.

– Știi, Georg, dacă aș avea toți banii ăștia, aș cumpăra un loc imens în pustietate, n-aș veni aici ca să mă îngrămădesc ca sardinele și să n-am parte de liniște și pace!

– Tind să fiu de acord. Mi se pare că majoritatea celor din port își petrec toată vara la țărm, plecând rareori pe mare. Pentru ei, iahturile sunt doar simboluri ale statutului și nimic mai mult.

– Păi, nu asta e și *Titan*?

– Nu. Aici trebuie să te contrazic. Pentru Atlas, *Titan* era un refugiu.

– Refugiu?!

M-am uitat lung la el.

– Exact. Dacă avea vreodată nevoie să… scape de… stresul și de apăsările vieții, știa că se putea îmbarca pe iahtul lui, împreună cu fiicele, și să se ducă oriunde în lume.

Am remarcat felul în care pronunțase „să scape". Limuzina s-a oprit la capătul docului.

– Deci, care e? Trebuie să recunosc că mă mulțumesc cu oricare. Nu sunt pretențioasă!

Șoferul mi-a deschis portiera și apoi mi-a scos valiza din portbagaj. Slavă Domnului că trebuia să mă aflu într-un tur prin lume, asta însemnând că aveam în valiză tot ce-mi trebuia! Până una-alta, un alt bărbat, îmbrăcat într-un tricou polo de culoare bleumarin, a luat valiza de la șofer.

– Ăsta e? Chiar la capăt? am întrebat, arătând spre ultimul iaht de pe doc.

– Nu, Merry! mi-a răspuns Georg în timp ce tânărul care îmi luase geanta a trecut direct pe lângă ceea ce presupusesem că era *Titan* și mi-a cărat bagajul pe un ponton de lemn. De fapt, *Titan* e ancorat mai departe de golf! Facem până acolo o plimbare foarte scurtă cu gigul.

Georg a arătat dincolo de capătul docului, spre o ambarcațiune care le făcea pe celelalte să pară jucării făcute să plutească într-o cadă.

– O, Doamne!

Nu puteam să neg faptul că iahtul arăta absolut magnific. Am numărat nu mai puțin de patru niveluri, iar enormul turn radio cu o grămadă de antene de satelit îl deosebea de oricare altă navă din apropiere.

– Jack și Mary-Kate îmi spuseseră cât de imens e... dar... uau! Îmi retrag comentariul cum că m-aș înghesui ca sardinele.

Georg mi-a zâmbit.

– Bună dimineața, domnule! a spus tânărul care îmi luase valiza mai devreme. E singurul bagaj?

– Da, mulțumesc! a răspuns Georg.

– Foarte bine. Căpitanul a adus chiar el gigul, a spus tânărul, iar apoi s-a uitat la mine. Vă rog să mă urmați până la capătul pontonului, doamnă!

Așa am făcut, iar la bord ne aștepta un bărbat chipeș, bronzat, cu părul cărunt și cu ochelari cu ramă de baga.

– Trebuie să recunosc că sunteți foarte elegant la o oră atât de matinală! am spus eu.

– Mărturisesc că, în mod normal, l-aș fi trimis pe Victor să vă recupereze, dar sunteți un pasager cu totul deosebit. E plăcerea mea să vă însoțesc personal la bord. Numele meu e Hans Gaia, a spus el întinzându-mi mâna și ajutându-mă să urc în gig. Sunt comandant pe *Titan*.

– Mulțumesc foarte mult, Hans! Îmi pare rău dacă înfățișarea mea te dezamăgește. N-am mai dormit de patruzeci și opt de ore.

– Vă asigur, doamnă McDougal, că numai o dezamăgire nu sunteți! E o mare onoare să vă primim la bord. Îl cunoșteam pe tatăl dumneavoastră de mulți ani și a fost foarte bun cu mine. Știu cât de fericit ar fi fost să vă vadă în sfârșit în casa lui de pe ocean.

– Atunci... vă mulțumesc din nou că v-ați trezit atât de devreme!

– Bună dimineața, domnule Hoffman! Bine ați revenit!

Hans Gaia i-a făcut semn din cap lui Georg.

– Mulțumesc, Hans!

– Bine, dacă suntem prezenți cu toții, să ne întoarcem la iaht! Victor, parâma! a strigat comandantul, iar matelotul a desfăcut bucla din jurul pilonului de beton și a urcat pe gig. Durează doar câteva momente, doamnă McDougal.

– S-a mai trezit cineva?

– Nu, din câte știu eu, nu. Victor, s-a trezit cineva?

– Nu, căpitane.

M-am simțit ușurată. Sincer vorbind, primirea pe care mi-o făcuse căpitanul Hans fusese destul de intensă, iar el era doar omul care pilota iahtul. Dar deja aveam o certitudine: oricine ar fi fost Atlas, se vedea că generase o loialitate feroce în rândurile tuturor celor pe care îi angajase. Nu eram sigură că aveam să fiu în stare să fac față unei „reuniuni de familie“ imediat ce puneam piciorul la bord. Nu-mi doream decât un pat în care să mă odihnesc vreme de câteva ore.

– O să aranjez ca, de îndată ce ajungem la bord, jurnalul lui Atlas să fie copiat în șase exemplare, m-a asigurat Georg în timp ce parcurgeam acea scurtă distanță pe apa lină.

– Mulțumesc, Georg! Nu-i nici o grabă. Crede-mă, vreau doar să dorm!

După ce Victor a dus geanta pe punte, iar căpitanul Hans m-a ajutat să urc la bord, am fost condusă pe scările de la pupa și apoi în salonul principal, unde Georg mi-a arătat planul cabinelor, fixat pe un uriaș panou de plută.

– Ia să vedem... puntea doi, apartamentul unu. Excelent! O să locuiești chiar lângă copiii tăi. Ei sunt cazați în cele două cabine aflate imediat în dreapta.

– Vai, Georg, ce de nume! Toate surorile și-au adus partenerii?

– Da, bineînțeles! După cum îți imaginezi, călătoria asta are o încărcătură emoțională semnificativă, iar fetele au decis că ar fi cel mai bine ca fiecare să vină cu perechea.

– Toate surorile au *pereche*?

Am ridicat dintr-o sprânceană, mama prea protectoare din mine gândindu-se imediat la Jack. Știam foarte bine că principalul lui motiv de a lua parte la croazieră era o anumită tânără cu părul arămiu.

– Toate în afară de Ally, cea de-a doua soră. Dar a venit împreună cu fiul ei, Bear.

Din pricina oboselii, mi-am trădat mirarea.

– S-a întâmplat ceva, Merry?

– Ei, nu, nimic! Sunt mulți copii la bord?

– Încă doi. Valentina, fiica lui Floriano, partenerul Maiei, și Rory, care e fiul lui Mouse – partenerul lui Star. Ar trebui să-ți destăinui, de asemenea, că tânărul Rory e surd, deși citește pe buze incredibil de bine.

– Vai, câtă lume! Cred că o să trebuiască să fiți cu toții înțelegători cu mine în privința numelor.

– Nu mă îndoiesc nici o clipă că toată lumea o să fie. Vrei să te conduc în cabină?

– Da, mulțumesc, eu..., am murmurat, iar salonul a început dintr-odată să mi se învârtă prin fața ochilor, am avut o senzație familiară de amețeală și mi-am dat seama că, pe lângă lipsa somnului, nici nu mâncasem nimic, ultimul lucru pe care-l consumasem fiind o cafea irlandeză băută la Belfast în după-amiaza zilei trecute. Pot să iau puțin aer, Georg? Am cam amețit...

– Da, cum să nu! Ia-mă de braț!

Georg m-a condus pe punte, în spate, iar apoi m-am așezat pe niște perne enorme, care formau o vastă zonă de relaxare.

– Dă-mi voie să-ți aduc o sticlă cu apă! Îmi pare rău, e atât devreme încât personalul încă doarme. Te descurci singură o clipă?

– Fără îndoială!

Georg a plecat iute. Am încercat să-mi reglez respirația și să-mi încetinesc ritmul cardiac, care era accelerat de parcă inima urma să-mi explodeze în piept. Chiar mă simțeam copleșită, după cum mă temusem. Gândul de a fi blocată în larg alături de acele străine, de partenerii lor și de toți ceilalți, ca să nu mai vorbim de dezvăluirile pe care fusesem însărcinată să le fac, era prea mult. Tocmai închideam ochii, când am auzit un alt sunet în afară de respirația mea profundă – ritmul unor tălpi care călcau pe punte. Am deschis ochii, așteptându-mă să-l văd pe Georg venind sprinten, cu o sticlă de Evian în mână, dar în fața mea s-a ivit un bărbat pe care nu-l mai întâlnisem niciodată. Era înalt, plesnind de mușchi care se vedeau perfect prin echipamentul de alergare mulat. După argintiul care-i înspica părul puternic cârlionțat, aș fi zis că avea spre patruzeci de ani.

– A, 'neața, a spus el cu accent american.

– Bună! i-am răspuns eu cu sfială.

– Te simți bine? Pari cam... năucă.

– Da, da. Georg a dat fuga după apă.

– Georg e avocatul, nu?

– Da. Nu știai?

– Scuze, permite-mi să mă prezint. Eu sunt Miles. Am venit cu Electra.

– Doamna care e fotomodel, nu-i așa?

– Exact. Cu siguranță că tu ești Mary.

– Da, așa-i. Dar toată lumea îmi spune „Merry".

– Poftim, ia o înghițitură din asta! m-a îmbiat el, întinzându-mi o sticlă în care era un lichid de un albastru atât de viu, încât ar fi putut să fie un amestec chimic. E Gatorade. M-am gândit că poate n-aveau așa ceva pe vas, drept pentru care am avut grijă să aduc o provizie îndestulătoare din Statele Unite.

Am luat o înghițitură din lichidul rece și dulce. N-avea un gust atât de cumplit pe cât îl arăta culoarea.

– Mulțumesc!

– Pentru puțin. Obișnuiesc să mă trezesc foarte devreme, ca să fac mișcare. Aveam de gând să folosesc una dintre benzile de alergare din sala de sport, dar locul ăsta e imens și, nefiind nimeni în jur, mi s-a părut păcat să pierd răsăritul. Câteva ture pe fiecare punte și pot să-mi încep ziua.

– Felicitări! am spus, luând încă o gură mare de Gatorade. Îmi pare rău, probabil că te las fără prețioasa ta rezervă!

– Nici o problemă. Cred că ai avut douăzeci și patru de ore neplăcute.

– Să știi că da, Miles!

– Ei, bine, știu cât e de încântată Electra să te cunoască. La fel ca toată lumea de la bord, de altfel. Hei, ești mai căutată decât celebrul fotomodel!

Mi-a zâmbit larg.

– Ca să fiu cinstită, Miles, tocmai asta mă îngrijorează!

– Înțeleg. Știu că situațiile noastre nu se compară, dar și pentru mine totul e nou. O cunosc pe Electra doar de câteva săptămâni. M-am cam mirat că m-a invitat. Ca s-o spun pe șleau, sunt foarte stresat de câteva zile.

– Cu ce te ocupi? Ești actor? Fotograf, sau ceva de genul ăsta?

– Nu, doamnă, mă tem că nimic atât de interesant. Sunt avocat.

M-am mustrat pentru presupunerea pe care o făcusem doar fiindcă el avea o relație cu un fotomodel. De fapt, Miles avea ceva care mă liniștea. Încercam să-mi dau seama dacă mi se limpezise mintea mulțumită sucului, sau prezenței acelui bărbat politicos, cu picioarele pe pământ, care îmi arăta puțină înțelegere.

– Și cum v-ați cunoscut tu și Electra?

Miles s-a uitat spre ocean.

– Ei, aveam… ăăă… interese comune. Drumurile noastre s-au intersectat la o fermă din Arizona. Apropo, a fost o adevărată plăcere să-ți cunosc copiii aseară, Merry! Jack și Mary-Kate au fost sarea și piperul la cină. M-am bucurat de prezența lor, au făcut în așa fel încât să nu stagneze conversația. Ar fi fost cam ciudat, știi? O mulțime de străini, un moment atât de emoționant pentru surori…

– Așa sunt copiii mei. Cei „de la antipozi“ se pricep de minune să vorbească.

– Așa-i! Prietena lui CeCe – Chrissie, cred că o cheamă – e din Australia. Și este exact la fel.

– Așa, deci tu ești din America, Chrissie din Australia… Mai vine cineva dintr-un loc îndepărtat, despre care ar trebui să știu?

– Păi, asta depinde de ceea ce înseamnă pentru tine „dintr-un loc îndepărtat“. Partenerul Maiei, Floriano, și fiica lui, Valentina, sunt din Brazilia. Dar toate surorile au o poveste uimitoare. Tatăl lor – tatăl *tău* – a lăsat indicii pe care ele să le descopere după moartea lui. Omul avea coordonatele tuturor locurilor lor natale gravate pe sculptura aceea din grădina lor, numită „sferă armilară". Se pare că el a adoptat copii din toate colțurile lumii...

– O, Doamne! A dus o viață pe cinste, zău așa!

– Ca și tine, după cât se pare. Jack și Mary-Kate ne-au povestit despre călătoria voastră în ultimele săptămâni. Merry, îmi pare foarte rău să aflu prin câte ai trecut! Nu știu cum te-ai descurcat. Cred că surorile, urmărindu-te prin toată lumea, te-au speriat de moarte. Și mai cred că dacă te afli aici, pe iahtul ăsta, înseamnă că ești o persoană incredibil de puternică. Copiii tăi sunt de aceeași părere. Aseară te tot ridicau în slăvi.

Nu știu exact ce anume, dar ceva din sinceritatea lui calmă mi-a adus lacrimi în ochi.

– Mulțumesc, Miles! E foarte generos din partea ta să spui asta.

– Și încă ceva, Merry... Nu-i cunosc de mult timp pe cei adunați pe iaht, dar sunt oameni buni. Mă pricep cât de cât la caractere. Lucrez în domeniul drepturilor omului, vezi tu, așa că a trebuit să învăț să citesc oamenii. Îți jur că ești în siguranță aici și că toată lumea e foarte încântată să te cunoască!

– Sper doar să mă ridic la înălțimea așteptărilor.

M-am simțit din nou copleșită.

– Eu zic că surorile te cunosc de o viață. Mă rog, cel puțin au știut de existența ta. Se pare că tatăl tău vorbea deseori despre tine. Mereu spunea că te-a pierdut și că nu te găsea. Așa că ele sunt foarte încântate că au reușit să te aducă aici, îndeplinind astfel marea lui dorință.

– Miles, ești avocat, așa că înțelegi sensibilitățile care există în familii, mai ales după moartea unei persoane dragi.

– Fără doar și poate.

– Poate că ai observat deja că eu sunt puțin mai în vârstă decât celelalte fete.

– N-aș fi zis, dar, evident, am auzit de la ele.

– Chiar *ești* avocat, Miles! Ai spus-o foarte delicat. Oricum, îmi imaginez că, având în vedere profesia ta, poți păstra un secret?

Miles a chicotit și a încuviințat din cap.

– O, da! Am câteva cu care mă duc în mormânt.

– Ei, bine, din fericire n-o să fie nevoie, dar aș aprecia opinia ta despre un anumit lucru.

El s-a uitat o clipă în ochii mei.

– Te poți bizui pe discreția mea.

Am băgat mâna în geantă și am scos scrisoarea de la Atlas.

– Vrei să citești asta, Miles?

– Bineînțeles. Ești sigură că vrei s-o fac?

– Am nevoie de o opinie din afară, alta decât cea a lui Georg. E un bilet de la tatăl meu, pentru mine. Pare să confirme că sunt a lui... citește și tu!

Miles a citit, timp în care i-am studiat chipul. Curând, el era cel cu lacrimi în ochi.

– Scuze! a spus, dându-mi scrisoarea. E o chestie destul de emoționantă.

– Da.

– Pot să te întreb de ce ești atât de îngrijorată? De faptul că asta înseamnă că ești fiica lui biologică?

– Da! Și de faptul că mi-a încredințat povestea vieții lui și că a vrut ca eu s-o cunosc înaintea celorlalte surori.

Miles a stat o clipă pe gânduri înainte să-și formuleze răspunsul.

– Cred că înțeleg. Mă rog, nu pot vorbi în numele tuturor, dar gândește-te din perspectiva lor – ești un răspuns la o întrebare fundamentală. Surorile s-au întrebat mereu de ce misteriosul lor tată își făcuse o misiune de viață din a le adopta din întreaga lume. Dacă și-a pierdut soția și fiica pe vremea când era mult mai tânăr, asta ar putea să fie o explicație?

M-am rezemat de perne și am cumpănit.

– Nu m-am gândit la asta.

– În orice caz, în privința relaxării atmosferei de aici, de pe iaht, Jack și Mary-Kate au dus greul. Toată lumea îi iubește atât de mult, încât s-au integrat deja!

– Îmi imaginez. Mulțumesc, Miles!

– Nu-i bai. Iar dacă lucrurile devin puțin prea emoționante în următoarele zile și ai nevoie de o părere din afară, anunță-mă!

Am auzit din nou zgomotul unor pași de alergare și m-am întors spre Georg, care ieșea din salon, cu o sticlă de apă în mână.

– Îmi cer scuze, Merry! A trebuit să mă aventurez în bucătărie. Se pare că e mai ușor să obții o diplomă în drept de la Universitatea din Basel, decât să cauți în cămările intendentului-șef!

– Nu-i nimic, Georg! Miles a reușit să mă salveze cu preparatul lui albastru.

Am ridicat sticla de Gatorade.

– La sfârșitul șederii, îl pun pe nota de plată, doamnă! a răspuns Miles făcându-mi cu ochiul. Te las să te instalezi, Merry. Mai am de făcut câteva ture de alergare înainte să se trezească Electra și e rândul meu să duc cafeaua, a adăugat el, iar apoi s-a ridicat și a dat din cap în direcția lui Georg. Nu uita, sunt aici! Puntea trei, apartamentul patru, cred.

Miles a râs, iar eu i-am făcut cu mâna înainte ca el să se întoarcă și să-și continue tururile pe *Titan*.

– Îmi pare rău, Merry, nu mi-am dat seama că era cineva treaz!

– Stai liniștit, Georg! Mi-a făcut plăcere să-l cunosc. Prezența lui m-a calmat.

– Da. A depășit multe obstacole la viața lui. Cred că e partenerul perfect pentru Electra. În sfârșit, te simți puțin mai bine?

– Da, mulțumesc, Georg! Suficient de bine cât să ajung în cabina mea.

– Ia-mă de braț. Te conduc la parter. Victor a avut grijă să ai bagajele la îndemână.

M-am sprijinit de Georg în timp ce ne aventuram în pântecul uriașei nave. Nu știu dacă din cauza stării mele delirante sau a faptului că fiecare coridor era placat cu același lemn maro închis – lustruit în așa măsură, încât fiecare suprafață părea oglindă –, dar mă simțeam ca și cum aș fi traversat un tablou de M.C. Escher. În drum spre cabină, am trecut pe lângă numeroși membri ai personalului, care se treziseră ca să se pregătească pentru călătoria ce urma. Unii purtau tricouri polo, iar alții, cămăși albe cu mânecă scurtă, împodobite cu epoleți. Georg mormăia ceva despre „echipajul de punte“ și „echipajul de interior“, dar nu prea dădeam atenție spuselor lui. Însă toate uniformele aveau un numitor comun – cămășile erau brodate cu numele de *Titan*, iar imediat dedesubt, cusută cu auriu intens, era imaginea unei sfere armilare. Câteva scări și coridoare mai târziu, Georg a făcut semn către o ușă de pe puntea a doua.

– Asta e cabina ta, a șoptit el. Mary-Kate și Jack sunt chiar aici, la dreapta.

A deschis ușa.

– Minunat, Georg! Mai am vreun motiv să stau trează înainte să mă prăbușesc pe pat și să plec de pe tărâmul celor vii vreme de câteva ore?

– Nici unul, Merry! Te rog să te odihnești cât de mult ai nevoie. Dar plecăm în curând de la Nisa și ar trebui să te avertizez că motoarele pot fi oarecum... deranjante, a adăugat el pe un ton sfios.

– Nu-i nimic, Georg, cred că sunt destul de obosită ca să dorm orice s-ar întâmpla. Îmi imaginez că și tu vrei să tragi un pui de somn, dar, dacă nu te deranjează să rogi pe cineva să-i anunțe pe copiii mei că mama lor a ajuns la bord, ar fi minunat.

– Nici o problemă, mă ocup de asta și de pregătirea jurnalelor. Noapte bună, Merry!

– Bună dimineața, mai degrabă!

Am suspinat, obosită, iar apoi am intrat în cabină și am închis încetișor ușa în urma mea. Nu m-a mirat deloc să constat că încăperea semăna cu ceea ce vedeai într-un hotel de cinci stele. De fapt, cred că era și mai frumoasă decât apartamentul în care stătusem recent la Claridge's din Londra. Valiza mea fusese așezată lângă pat, dar n-aveam energia necesară s-o deschid și să caut lenjerie de noapte. În schimb, mi-am aruncat pantofii din picioare, am împins pe jos prosoapele (frumos aranjate și împăturite în formă de mici elefanți) și m-am trântit pe saltea. Am tras bine pătura peste mine, am închis ochii și am dormit.

CAPITOLUL 9

Maia s-a întins și a căscat, privind masa goală. S-a uitat la ceas și a văzut că se făcuse ora zece și cincizeci de minute. Planul era să se vadă cu toții pe punte la unsprezece, însă după cum stăteau lucrurile, avea să mănânce singură. Trecuse aproximativ o oră de când porniseră motoarele și începuse călătoria spre Delos și spre Pa. Cu toate astea, bănuia că din pricina cantității de vin băut cu o seară în urmă, zgomotul nu-i trezea pe cei care se desfătaseră, întrecând puțin măsura. Bineînțeles, ea nu pusese un strop în gură. Din fericire, toți o crezuseră atunci când spusese că voia „să aibă capul limpede zilele astea".

Inițial, își făcuse griji că n-avea să se bucure de ocazionalul pahar de Provençal rozé pe care se bizuia în croaziere, dar, după seara trecută, nu mai considera că vinul acela urma să-i lipsească prea mult. De fapt, trăise o senzație de profundă mulțumire fiindcă se înțeleseseră cu toții de minune la cină. În sinea ei, se temea de călătoria asta de câteva luni – ca și ceilalți pasageri, după părerea ei. Ea și surorile făcuseră progrese uriașe în ultimul an, fiecare învățând să se adapteze la viața trăită fără lumina călăuzitoare a lui Pa Salt.

Cea mai mare dintre surorile D'Aplièse se temea că acea croazieră n-avea decât să le reamintească de pierderea enormă pe care o suferiseră. Chiar și sosirea la doc, cu o zi în urmă, se dovedise dificilă, pentru că *Titan* fusese întotdeauna un simbol al reunirii familiei pe timpul verii, un refugiu în care să se relaxeze cu toții și să-și povestească ce se mai întâmplase între timp. Dar, sorbind din apă, Maia recunoscuse în sinea ei că seara trecută aproape că – să îndrăznească s-o spună? – se distraseră.

Într-adevăr, prezența „partenerilor" făcuse ca seara să fie extrem de veselă. O distribuție destul de eclectică se adunase pentru acea călătorie, ceea ce Pa ar fi apreciat cu siguranță. Harnicul doctor Charlie Kinnaird, care făcuse o treabă minunată aducând-o cu picioarele pe pământ pe Tiggy, sora ei care avea înclinații către spiritualitate. Electra îl avea pe Miles, un bărbat calm și perspicace, care n-o vedea ca pe o vedetă internațională, ci ca pe o ființă vulnerabilă și totuși pătimașă, după cum și era. Chrissie izbutea să nu se lase mai prejos decât CeCe (deși Maia se bucura că nu trebuia să trăiască sub acel acoperiș, unde atmosfera era deosebit de zgomotoasă). Până și Mouse cel reticent din punct de vedere social se dovedise seara trecută un stâlp de elocvență și de bun-simț. Împreună cu fermecătorul lui fiu, Rory, îi dăduse liniștitei Star încrederea de care ea avea nevoie ca să înflorească.

Pe urmă, desigur, era Ally. Maia nici nu-și putea imagina noua suferință pe care sora ei fusese nevoită s-o îndure în ultimul an, după pierderea iubitului ei, Theo. Admira enorm puterea și dârzenia surorii care izbutea să facă față provocării de a fi mamă în cele mai dificile momente. Lucru pe care, cândva, ea însăși nu reușise să-l facă.

– 'Neața, Maia! a spus Tiggy, venind pe punte și trăgând un scaun în fața ei.

– Bună dimineața, Tigs!

Tiggy și-a trecut mâinile prin părul des, castaniu, care sclipea în soare.

– Ce zi frumoasă!

Maia s-a gândit că sora ei arăta foarte bine. Tiggy avusese dintotdeauna o grație și o dezinvoltură naturale, numai că moartea lui Pa, cu un an în urmă, parcă o afectase mai mult decât pe oricine. Acum, avându-l lângă ea pe Charlie cel de neclintit și obținând slujba de vis care-i îngăduia să repopuleze munții Scoției cu pisici sălbatice, zâmbetul părea să se fi întors pe buzele ei o dată pentru totdeauna.

– Se pare că la micul-dejun o să fie mai multă liniște decât mă așteptam, a suspinat Maia.

– Ei, n-aș fi atât de sigură! Se aud bufnituri sub puntea inferioară. Charlie tocmai a intrat în birou. Se uită la niște analize de sânge sau ceva de felul ăsta. Mă bucur că nu sunt medic, se pare că n-ai dreptul la un minut de liniște! Cei doi ai tăi unde sunt?

– Floriano tocmai s-a dus s-o caute pe Valentina. Până la urmă, echipajul a trebuit să pregătească aseară o cabină pentru ea și pentru micul Rory, ca să doarmă împreună. Au insistat. Rory a început s-o învețe pe Valentina limbajul semnelor și, în schimb, ea îl învață portugheză.

Maia și Tiggy au chicotit.

– Parcă sunt frate și soră! a exclamat cea dintâi.

Tiggy a ridicat din sprâncene, iar apoi s-a întors și a iscodit cu privirea ca să vadă dacă nu cumva mai apăruse careva pe punte.

– Ei, apropo de frați și surori, Maia...

Tiggy a aruncat o privire la pântecul Maiei și a zâmbit cu toată gura. Maia a răsuflat adânc, a clătinat din cap și i-a zâmbit surorii mai mici.

– În mod normal, m-aș supăra că faci comentarii despre greutatea mea! Dar, pentru că te cunosc, bănuiesc că nu de-asta întrebi.

Tiggy a chiuit de bucurie și a zis:

– Știam eu! Le-ai spus?

– Șștt! Da, i-am spus lui Floriano. Dar nu și Valentinei. Cum de știi mereu, Tiggy? a întrebat ea, iar fata a ridicat din umeri, cu o expresie incredibil de satisfăcută. Nu, haide! Întotdeauna te-am lăsat în pace atunci când a venit vorba de subiectul ăsta, încă de când eram mici. Nu pot să uit când mi-ai spus că Madeleine, pisica, urma să facă exact șase pui, iar în seara aceea au apărut șase pui smiorcăiți. Și cu toatele am aflat de la Ally povestea despre naşterea lui Bear. Ally jură că nici ea, nici copilul n-ar mai fi pe lumea asta fără tine şi Angelina. Spune-mi, ce vezi şi alţii, nu?

Tiggy s-a uitat la oceanul din spatele iahtului, unde motorul imens făcea o dâră de spumă albă, fremătătoare.

– E un har ancestral. Sunt *bruja.*

– Stai aşa, eşti vrăjitoare? a întrebat Maia.

Tiggy a râs.

– A, da, trebuia să mă gândesc că eşti traducătoare! Nu, Maia. Nu sunt vrăjitoare. A fi *bruja* înseamnă să vii dintr-un neam cu înclinaţii către spiritualitate.

Maia şi-a luat un aer spăşit.

– Îmi pare rău, Tiggy, n-am vrut să bat câmpii, doar că aşa funcţionează mintea mea.

– Păi, să-ţi pară rău! Fii atentă câtă vreme îţi explic, ca să nu-ţi dau cu mătura în cap! a glumit Tiggy, iar apoi a arătat spre apă. Când te uiţi la ocean, vezi albastrul, undele, valurile. Dar asta nu-i tot. Nu vezi dincolo de suprafaţă, unde *Titan* creează un curent. Pentru viaţa marină – peşti, plante –, acel curent e o forţă pe care peştii şi plantele n-o pot controla, venită dintr-un loc pe care nu-l înţeleg, a explicat ea închizând ochii, de parcă ar fi văzut ceea ce descria. Aşa e şi la suprafaţă! De jur împrejurul nostru, există energii şi forţe pe care majoritatea oamenilor nu le cercetează sau nu le înţeleg. Dar eu văd o parte dintre ele. Tiggy a deschis ochii din nou şi s-a uitat la Maia. Nu-i magie, nimic de felul ăsta. Totul e la vedere. Doar că eu ştiu cum să mă uit.

– Eşti incredibilă, Tiggy! Şi întrebarea e… vezi dacă o să fii mătuşă de nepoată sau de nepot?

Tiggy a ridicat dintr-o sprânceană.

– Îţi sugerez o frumoasă culoare neutră pentru camera copilului, a răspuns, făcându-i Maiei cu ochiul.

O angajată blondă şi zâmbitoare a ieşit pe puntea superioară. Maia i-a aruncat o privire lui Tiggy şi aceasta a tăcut de îndată. Nici una dintre surori n-o mai văzuse până acum pe acea angajată.

De fapt, personalul de interior se schimba la fiecare anotimp pe *Titan*, un nou echipaj de „iahtangii“ apărând an de an.

– Bună dimineața, domnișoară D'Aplièse și domnișoară... D'Aplièse! Vă aduc o cafea? Un suc, poate? a întrebat fata pe un ton timid.

Maia o compătimea. Își imagina că, în general, cei care navigau pe iahturile de lux nu erau cei mai plăcuți indivizi pentru care să lucrezi. A dat s-o liniștească.

– Te rog, spune-ne pe nume! Și, da, mulțumesc, eu aș vrea un espresso cu mult lapte, dacă se poate.

– Mulțumesc, și eu vreau tot asta! a adăugat Tiggy. Cu lapte de ovăz, te rog!

– Minunat, vi le aduc imediat! Iar bucătarul-șef vrea să știe dacă s-a schimbat planul sau dacă luați micul-dejun cu toții la ora unsprezece.

– Da, bineînțeles, poți să începi să aduci mâncarea, te rog! Sunt sigură că mirosul de șuncă și de cafea o să-i îmbie și pe ceilalți să iasă din bârlog. Iar dacă nu, ne ducem după ei, a promis Maia.

– Perfect! a răspuns angajata, iar apoi s-a retras.

Maia a răsuflat adânc.

– Știi, chiar mi se pare straniu să trăiesc acum în asemenea bogăție și lux. Mi-e puțin jenă, sinceră să fiu!

– Știu ce zici. Eu, una, mă simt mai bine sub un coviltir, în mijlocul unei poienițe din pădure, a spus Tiggy.

– Mă rog, nu știu dacă mie personal mi-ar plăcea așa ceva. Nu știu cât aș supraviețui fără căldura din Brazilia. În orice caz, nu trebuie să uităm să mai și dăm din ce avem, ori de câte ori putem s-o facem. De fapt, am început să mă duc săptămânal într-o favelă din Rio, ca să le predau engleză și spaniolă copiilor.

– Uau, Maia, e fantastic! În fond, acolo ți-ai început viața, a spus Tiggy cu glas blajin.

– Așa-i, da! Îmi place enorm să-i ajut și să le ofer perspective mai bune. E puțin probabil să apară printre ei un miliardar enigmatic care să-i salveze, așa cum a fost cazul nostru.

– Da, ai dreptate! Pa ne-a oferit tuturor o traiectorie în viață. Parcursul nostru ar fi fost cu totul altul dacă el nu ne-ar fi adunat din toate colțurile lumii, a spus Tiggy, iar apoi a clătinat din cap și s-a uitat din nou la sora ei. Mi-e tare dor de el, Maia! Parcă mi-am pierdut ancora. Indiferent de problema pe care o aveam, el știa exact ce să-mi spună ca să mă simt mai bine. Bănuiesc că și în cazul tău a fost la fel.

– Da. Pentru toate a fost la fel, cred.

– Ironia sorții face ca acum să avem nevoie de el mai mult ca niciodată, iar el să nu fie aici, ca să ne ajute.

– Fizic, nu, dar într-un fel cred că-i aici, a răspuns Maia.

Tiggy s-a uitat la sora ei.

– Maia, ești cât pe ce să-i oferi din înțelepciunea ta spirituală unei *bruja*?

– N-aș merge până-ntr-acolo, dar uite ce am reușit să facem – ne-am găsit sora dispărută. N-am fi izbutit dacă nu ne călăuzea el.

– Pa s-ar bucura foarte mult de venirea ei, a spus Tiggy zâmbind.

– Așa-i.

– Doar că... – a murmurat Tiggy, luându-și capul în mâini – știi ce ziceam, că simt diversele energii care ne influențează viețile?

– Da...

– Te rog să nu mă crezi nebună! a spus Tiggy pe un ton rugător.

– Jur că nu te consider așa, Tiggy, niciodată n-a fost cazul!

– Mă bucur că gândești astfel. Ei, bine, de obicei, când cineva e pe moarte, o simt. Dintotdeauna am avut darul ăsta. La fel cum simt și o viață care începe, precum cea care e în tine acum, a spus ea, iar Maia încuviințat din cap, plină de sinceritate, în semn că o credea întru totul. Apoi, când mor oamenii pe care i-am cunoscut de-a lungul vieții, întotdeauna îmi pot lua... rămas-bun de la ei. Adică de la spiritul lor, ori de la forța lor vitală sau cum vrei să-i zici. Asta m-a liniștit de fiecare dată. Și cred că și pe ei.

– Înțeleg.

– Dar, Maia, în cazul lui Pa n-am simțit-o! N-am simțit că urma să ne părăsească și de-atunci nici că i-am mai simțit prezența.

De-asta mi-a fost atât de greu anul trecut. N-am reușit să-mi iau rămas-bun de la el.

– O, Doamne, îmi pare foarte rău! Tiggy, cred că ți-e incredibil de greu!

– Da. El era totul pentru mine – pentru noi toate – și nu-mi vine să cred că n-a venit să mă vadă pentru ultima oară.

Tiggy și-a plecat capul și a început să-și privească mâinile, așa cum făcea ori de câte ori contempla lucruri de dincolo de lumea materială. Maia nu știa ce să-i spună.

– Poate că asta s-a întâmplat fiindcă el știa cât de mult te-ar fi tulburat, Tiggy?

– E posibil. Începusem să cred că el mi-l trimisese pe Charlie și că *ăsta* a fost modul lui de a-și lua adio.

– Pa era genul care să facă așa ceva, a răspuns Maia.

– Da. Numai că în ultimele săptămâni am început din nou să simt neliniște.

– S-a întâmplat ceva cu Charlie?

– Nici vorbă. Zic doar că, dintr-odată, am început să simt neliniște atunci când mă gândeam la Pa. Nu-i ceva la care să mă fi așteptat, având în vedere că el a murit anul trecut.

– Nu, îmi închipui! Dar, Tiggy, cred că e firesc, având în vedere ce anume facem acum. Sunt sigură că noi toate am simțit ceva de felul ăsta.

Tiggy a rămas puțin pe gânduri.

– Da. Ai dreptate, fără îndoială. Scuze, Maia, n-am vrut să devin prea serioasă și să fac pe *bruja*. Mai ales după seara trecută. Ce nebunie a ieșit!

– O, Doamne, știu! Jack și Mary-Kate sunt nemaipomeniți!

– Așa e. Apropo, știm dacă Georg s-a întors aseară împreună cu Merry?

– Ceva îmi spune că da. Au apărut încă două scaune la masă. Aseară eram șaisprezece, iar acum suntem optsprezece.

– O, nu-mi vine să cred că, în sfârșit, o s-o cunoaștem pe sora dispărută! După atât amar de vreme… În trecut, ea era doar o legendă. Și în dimineața asta o să bea suc de portocale alături de noi!

– Biata Merry! A trecut prin multe, Tiggy. Nu-mi vine să cred că Georg a convins-o să urce la bord. Trebuie să ne asigurăm că-i oferim tot confortul zilele astea.

– De acord. Are un suflet foarte frumos, Maia! Cu toate că am văzut-o extrem de puțin la Dublin, știu că ne seamănă incredibil de mult.

S-a așternut liniștea în timp ce fetele reflectau asupra semnificației noului pasager. În cele din urmă, Maia a spus:

– A fost destul de amuzant să-l vedem ieri pe Georg luând-o la sănătoasa de pe iaht, așa-i? Nu cred că l-am mai văzut să se agite vreodată așa. Chiar că era disperat s-o vadă pe Merry la bord! Vreau să spun că și noi, surorile, avem același sentiment, dar că, pe de altă parte, știm și să acceptăm un refuz.

Tiggy s-a uitat din nou în depărtare.

– Maia, nu cred că-i dădea mâna s-o lase în pace, a spus ea zâmbind larg. Știi, am strania senzație că…

Tiggy a fost întreruptă de niște voci care veneau din salon.

– Tati zice că *Ore Brasil* e mai mare decât vaporul ăsta! tocmai îi spunea Valentina lui Rory, pe un ton plin de mândrie.

– Uaauu…! Știi ce-i aia *Titanic*? a întrebat Rory.

Cei doi au apărut pe punte, urmați de Floriano.

– Bine, bine, nu-i nevoie să vorbim despre acel vapor, tinere!

Floriano i-a zâmbit larg Maiei și a ridicat din sprâncene.

– *Bom dia*[1], Maia!

– *Bom dia*, Valentina! *Apenas Inglês, por favor!*[2] În timpul excursiei ăsteia, vorbim doar în engleză!

– Bine…

– Mulțumesc, Valentina! a spus Tiggy. Nu toți suntem atât de deștepți ca tine. Sau de frumoși!

---

[1] Bună ziua (în limba portugheză în original)

[2] Doar engleză, te rog! (în limba portugheză în original)

– Te rog, mătuşă Tiggy, şi aşa e destul de orgolioasă..., a spus Floriano, luând-o în braţe pe Valentina şi gâdilând-o.

– Ceilalţi au dat vreun semn de viaţă, Floriano? a întrebat Maia.

– Ne-am dus şi am bătut la toate uşile, nu-i aşa, Valentina? a intervenit Rory. Pe urmă ne-am întrecut la alergat şi le-am găsit pe Ma şi pe Ally, împreună cu Bear, pe puntea din faţă. Vin încoace. Mâncăm cârnăciori la micul-dejun?

– O, sunt sigură că bucătarul ne trimite şi nişte cârnăciori, Rory! Bună alegere! Asta îţi place să mănânci cel mai mult la micul-dejun? a întrebat Tiggy.

– Aş zice că da, nu-i aşa, bătrâne?

Vocea lui Mouse răsunase din salon. Apoi el ieşi pe punte, ţinând-o de mână pe Star.

– 'Neaţa, Star! 'Neaţa, tati!

– Bună, Rory! 'Neaţa, tuturor! i-a salutat Star pe cei aşezaţi la masă, făcându-le cu mâna. M-am întâlnit cu Mary-Kate pe drum. Zicea că ea şi Jack se duc s-o vadă pe mama lor şi că ar trebui să începem să mâncăm fără ei, a anunţat ea.

– Bine. Eşti stresată, Star? a întrebat Maia.

– Da. Sinceră să fiu, m-a durut stomacul toată dimineaţa. Evident, ultima oară când am vorbit cu Merry, intrasem „în pielea personajului", ca parte din complotul stupid al lui Orlando. Mă simt groaznic din cauza asta!

– Zău, Star, nu-ţi face griji! Atunci când m-am văzut cu Merry la Dublin, mi-a lăsat impresia că a trecut peste incident, a asigurat-o Tiggy.

– Nu mă îndoiesc! a adăugat Maia, luând-o de mână pe Star. Momentul de faţă e unul foarte important, a spus ea uitându-se la toţi cei de faţă. Cele şase surori urmează să devină şapte.

CAPITOLUL 10

MERRY

Chiar dacă am dormit doar șase ore, somnul a fost profund și odihnitor. În Gibbston Valley, în mijlocul vastelor podgorii care înconjurau casa noastră, nopțile erau în întregime liniștite. Singurul dezavantaj al obișnuinței cu liniștea era faptul că, ori de câte ori nu dormeam în patul meu, somnul îmi era de-a dreptul îngrozitor. În hoteluri, descoperisem că până și cel mai mic pas pe coridor era suficient ca să mă trezească. Dar pe *Titan* mă cufundasem numaidecât într-un somn greu. De fapt, abia după ce m-am dat jos din pat și m-am apropiat de hublou, mi-am dat seama că vaporul se deplasa. Nici măcar zgomotul motoarelor nu mă deranjase. Am deschis hubloul cât am putut de tare și am inspirat aerul cald și sărat care venea dinspre Marea Mediterană, ceea ce m-a revigorat și mai mult. După moartea lui Jock, îmi promisesem o aventură. Și iată că aveam parte de ea! Nu, nu era chiar turul lumii, așa cum îmi imaginasem, dar mă aflam pe un iaht de lux, în căutarea adevăratei mele obârșii. Da, ziua de astăzi avea să fie… imprevizibilă, însă discuția cu Miles și cele câteva ore bune de odihnă mă făceau să mă simt mult mai optimistă.

Mi-am luat telefonul de pe noptieră și am găsit două mesaje, unul de la Jack și unul de la Mary-Kate. Amândoi îmi ceruseră să-i anunț când mă trezeam. Le-am răspuns că erau bineveniți peste o jumătate de oră, după ce făceam un duș.

M-am spălat și pe păr, după care am scos din valiză o rochie de in curată și un uscător. Privindu-mă în oglindă, m-am gândit la desenul în cărbune pe care Georg mi-l arătase seara trecută. Fără doar și poate, femeia din portret aș fi putut fi eu. M-am întrebat care era povestea mamei mele biologice și ce o făcuse să mă lase la ușa părintelui O'Brien cu atâția ani în urmă. Pur și simplu, nu-mi puteam imagina ce m-ar fi putut determina să le fac așa ceva lui Jack sau lui MK. M-am înfiorat toată.

La câteva minute după ce oprisem uscătorul de păr, s-a auzit o bătaie familiară în ușă – mâna care bătuse la ușa dormitorului meu cu mai bine de un sfert de secol în urmă, atunci când fiul meu avusese un coșmar și voise să vină în pat alături de mine și de Jock.

– Intră, Jack! am strigat.

Ușa s-a deschis și am văzut părul lui blond, ondulat, ochii albaștri, pătrunzători, și figura veselă ca întotdeauna.

– Bună, mamă! Bine ai venit la bordul mărețului *Titan*! a spus el, bucuros.

– Mamă! Ai ajuns! Mă bucur atât de mult să te văd!

Mary-Kate, care purta bikini și un caftan, a venit în urma lui. I-am îmbrățișat pe amândoi deodată și i-am ținut îndelung la pieptul meu. Chiar dacă pluteam în mijlocul unei mări imense, într-o altă emisferă, în acel moment eram din nou acasă.

– Și eu mă bucur să te văd, Mary-Kate! Nici nu-ți dai seama cât de mult! Luați loc!

Am arătat către cele două fotolii așezate de o parte și de alta a măsuței și m-am așezat la capătul patului.

– Deci, mamă... ce te-a făcut să te răzgândești? Ally ne-a spus că Georg a fugit de pe vapor aseară, ca să te răpească. Presupunând că nu te-a băgat într-un sac, cum de te-a convins să vii?

– Nu el, ci vechiul meu prieten, Ambrose. Știi cât de multă încredere am în el. Mă cunoaște de mai mult timp decât oricine altcineva care e încă în viață. Mi-a spus că ar trebui să vin. Și l-am ascultat.

– Ei, bine, ești o celebritate la bord! Mai ceva decât *însăși* vedeta! O cunoști pe Electra, mamă? În prezent, e una dintre cele mai renumite vedete de pe planetă. A ținut un discurs la Concertul pentru Africa, imediat după Obama, și...

– Da, da, cred că am citit ceva despre asta în NZ, am răspuns, iar apoi m-am întors spre fiul meu. Și ce mai face tânăra Ally, Jack?

– A, da! E cât se poate de bine! a răspuns fiul meu, dar eu am rămas cu privirea ațintită la el. Mă rog, da, are un copil!

– Mai devreme, Georg mi-a șoptit ceva de genul ăsta, am spus eu. Și ce părere ai despre un astfel de lucru? E un pic ciudat că ea n-a spus nimic.

– Copilul nu reprezintă o problemă. E un băiețel drăguț, îl cheamă Bear.

Mary-Kate i-a dat un ghiont în braț lui Jack.

– Cert e că Ally nu-i căsătorită, mamă. Să-i vezi pe mamă și pe fiu împreună! Sunt adorabili!

– Ei, haide, MK! Ally l-a pierdut pe tatăl lui Bear abia acum un an. Dacă mă întrebi pe mine, ea nu mi-a spus despre copil pentru că n-a vrut să-mi rănească sentimentele, atâta tot. O să supraviețuiesc. Oricum, nu eu sunt atracția principală aici, mamă! Ești gata să vii și să faci cunoștință cu familia?

Am tras aer adânc în piept.

– Știi, de fapt am aflat recent câteva lucruri despre care aș vrea să discutăm. Mai ales înainte de toate prezentările astea oficiale.

Simțindu-mi neliniștea, Mary-Kate s-a ridicat și s-a așezat pe pat, lângă mine, punându-și mâna peste a mea.

– Sigur că da, mamă!

Mi-am luat geanta și am scos din ea scrisoarea lui Atlas, alături de desenul în cărbune.

– Vai de mine, mamă! Cam multe de cuprins cu mintea! Mai ales după toate întâmplările prin care ai trecut în ultimele săptămâni. Cum te simți? m-a întrebat Jack cu blândețe, ținându-mă de umăr.

– Neplăcut, la început. Dar mai bine acum, după un somn odihnitor. L-am cunoscut pe acel tip pe nume Miles...

– Iubitul Electrei?

– Chiar pe el. Și m-a liniștit. Georg copiază jurnalul în șase exemplare pe care o să li le dea tuturor surorilor, pentru ca ele să poată citi simultan.

– Atunci, chiar ești fiica biologică a acestui Pa Salt? a întrebat Mary-Kate.

– Așa se pare. Atlas e tatăl meu. Și bunicul vostru.

Preț de câteva clipe, s-a așternut tăcerea.

– Da, firește! Deși voi doi sunteți, de fapt, de-a dreptul și oficial, înrudiți cu el, a spus MK, referindu-se la faptul că ea fusese adoptată. Ce nebunie! a exclamat, trecându-și mâinile prin părul lung și blond.

– O, Doamne, nu-i de mirare că Georg era atât de disperat să te aducă la bord, mamă! Ești... suntem carnea și sângele lui Pa Salt, s-a bâlbâit Jack.

– Toate astea au fost, știi tu, verificate? a întrebat Mary-Kate.

– Te referi la testele ADN? Ar fi cam greu, având în vedere unde ne aflăm în momentul de față și ce avem de făcut aici.

– Oricum, nu cred că e nevoie de așa ceva. Tu și femeia din desen sunteți leite, mamă! Bănuiesc că n-ai idee despre ce s-a întâmplat cu ea? a întrebat Jack.

– Nu. Sper că jurnalul o să ofere niște răspunsuri.

– Da. Iar eu sper să ne spună și ceva mai multe despre Casa Argideen din Cork.

Mary-Kate a arătat spre tavan.

– Și ele? Cum crezi că o să reacționeze?

– Nu știu. E important să ne amintim că n-am căutat să mă aflu aici. Femeile astea au bătut lumea în lung și-n lat după mine, la modul propriu, am răspuns eu, privind de jur împrejurul acelei cabine grandioase și contemplând candelabrul ornamentat, precum și tăblia de nuc a patului făcut pe comandă. Nici n-am de gând să le cer nimic din toate astea!

Jack părea abătut.

– O să-ți spun pe șleau, mamă: cred că revelația că sunt nepotul secret al lui Ally o să eclipseze faptul că ea nu mi-a mărturisit că are un băiețel.

– Nu fi neghiob, Jack! Ally a fost adoptată. E fiica unui muzician din Norvegia. Nu există absolut nici un fel de legătură de sânge, i-a reamintit Mary-Kate cu fermitate. Oricum, nu asta contează. Te simți bine, mamă? Te putem ajuta cu ceva?

– Poate să furăm o barcă de salvare, dacă cele șase surori se hotărăsc să mă azvârle peste bord!

– Părerea mea e că n-o s-o facă, a spus Mary-Kate punându-mi o mână pe spate. Toate șase sunt destul de simpatice. Apropo, care-i planul? Ai de gând să te duci direct la ele și să le spui?

– Cred că n-am de ales, am răspuns eu, oftând. Nu mi se pare drept să păstrez nici o informație pentru mine. După cum le-am spus tuturor, acest Atlas e un străin în ceea ce mă privește. Dar pentru ele, e totul.

– Știi, mamă, ești uimitoare! După toate cele prin care ai trecut – și *încă* treci – tot îi mai pui pe ceilalți pe primul loc!

– Mulțumesc, Mary-Kate! Pe de altă parte, tatăl tău m-a pus mereu să-i promit că, dacă vreodată i se întâmpla ceva, eu trebuia apoi să caut să am parte de o aventură fulminantă. Și iată-ne aici! am exclamat, iar apoi ne-am luat toți trei de mâini și am rămas așa pentru o clipă. În plus, asta ar fi făcut și tata! Era cel mai altruist individ din întreaga lume. Dumnezeu știe că noi trei cam avem habar de starea prin care trec ele acum. Așa că dacă eu – dacă *noi* le putem ajuta pe aceste șase tinere în cel mai dificil moment al vieții lor, atunci o s-o facem! am făgăduit, strângându-le cu putere mâinile fiului și fiicei mele. Își văd toți de-ale lor?

– De fapt, nu. Toată lumea s-a așezat la un mic-dejun târziu. Am spus că mergem și noi după ce venim să te vedem.

– Bine! am exclamat, trăgând apoi aer în piept, plesnindu-mă pe genunchi şi ridicându-mă. Haideţi să-i salutăm!

Jack şi Mary-Kate m-au condus sus. Cu cei doi copii ai mei formând o infanterie în miniatură, m-am simţit liniştită. Indiferent de ceea ce urma să se întâmple, erau lângă mine şi mă protejau.

Scara centrală a iahtului ne-a purtat spre saloane mari, spre spaţii de luat masa şi spre biroul despre care pomenise Georg în timpul călătoriei noastre cu avionul. Acum, după ce mă odihnisem, puteam să remarc cu adevărat ce fortăreaţă plutitoare era, de fapt, nava.

După ce am urcat nu mai puţin de trei etaje, am ajuns pe puntea superioară, formată dintr-un salonaş cu pereţi de sticlă într-o nuanţă pală. Unele dintre geamuri fuseseră glisate, lăsând să pătrundă razele strălucitorului soare francez.

– Eşti pregătită, mamă? Pe aici! a spus Jack, aruncându-mi unul dintre zâmbetele lui liniştitoare.

Inima a început să-mi bată ceva mai tare în clipa în care am auzit vocile.

„Probabil că aşa te simţi atunci când eşti aruncat în cuşca leilor!" mi-am zis.

În mijlocul mulţimii, am auzit glasul cumpătat al lui Georg, ceea ce mi-a dat încrederea de care aveam nevoie ca să trec pragul. Mary-Kate m-a luat de mână şi mi-a strâns-o, în timp ce intram toţi trei.

Masa era complet ocupată şi am fost întâmpinată de o mare de feţe. Jack a vorbit primul:

– 'Neaţa, tuturor! Daţi-mi voie să v-o prezint pe mama mea, Mary. Poate că aţi mai auzit de ea...

A urmat o tăcere ciudată. Probabil că a durat doar câteva secunde, dar mie mi s-a părut o eternitate. Am simţit că mulţimea mă absorbea şi măsura, ca şi cum prezenţa mea era cumva greu de înţeles. Câteva dintre femei s-au uitat una la alta şi au zâmbit. Celelalte doar se uitau lung la mine, cu ochii mari şi cu buzele uşor întredeschise, ca şi cum ar fi fost copleşite. În orice caz, se părea că nimeni nu știa ce anume să spună, așa că am rupt tăcerea încordată:

– Bună ziua! Toată lumea îmi spune „Merry", ca în „Merry Christmas"[1]. Dacă vreți, puteți să-mi spuneți și voi la fel, așa că...

De emoție, mi-am recăpătat numaidecât accentul de West Cork. O femeie cu păr des, roșcat, care legăna un copil în poală, a fost prima care s-a ridicat în picioare. Era lesne de ghicit care dintre surori era. Avea pielea albă și ochii mari, captivanți, iar sprâncenele delicate și pomeții înalți îi sporeau frumusețea. Era limpede de ce Jack fusese fascinat de ea.

– Merry! Bună! Eu... noi, cu toții... suntem foarte încântați să te avem la bord!

– Mulțumesc! E minunat că v-ați dat atâta osteneală să mă aduceți.

În acel moment, o altă femeie, cu ochii căprui și cu părul negru, a început să aplaude. Aproape instantaneu, întreaga adunare a imitat-o. S-au ridicat apoi cu toții, iar eu, fără să vreau, am râs drept răspuns la reacția lor entuziastă. Georg, aflat în capul mesei, m-a privit lung și a dat din cap. Oare vedeam o lacrimă în ochii lui? Nu se putea! Cert era că fiecare chip zâmbea, căldura autentică pe care o emanau acei oameni fiind cu adevărat încurajatoare.

O femeie înaltă s-a îndreptat spre mine. Am estimat că avea în jur de șaizeci și cinci de ani. Era elegantă, cu trăsături puternice, acviline.

– Bună, Merry! Numele meu e Marina. Fetele – iartă-mă, așa le spun eu – mă strigă „Ma". Eu le-am crescut. Nu pot să-ți spun ce privilegiu e pentru noi faptul că ni te-ai alăturat! Ai făcut o mulțime de oameni incredibil de fericiți și de mulțumiți, *chérie*!

– Ai accent franțuzesc?

– O, ce auz fin! Sunt franțuzoaică, dar știi, poate, că locuiesc în Elveția.

---

[1] Crăciun fericit (în limba engleză în original). *Mary* și *merry* (care înseamnă „vesel", „fericit") se pronunță identic.

– Bineînțeles. Am auzit de fermecătoarea ta casă de pe malul lacului Geneva.

– *Oui, chérie!*[1] Trebuie să vii în vizită!

Entuziasmul acelei doamne m-a făcut să chicotesc fără să vreau.

– Haide, Ma, n-o speria, pentru numele Domnului! Dacă o ții tot așa, Merry o să sară peste bord și o să înoate spre țărm!

De data asta vorbise o femeie statuară, cu o piele frumoasă, neagră ca abanosul, și cu o coamă încâlcită, puternic cârlionțată. Era izbitor de frumoasă și aproape că mi-am pierdut cuvintele la vederea ei.

– Bună, eu sunt Electra! Mă simt onorată să te cunosc!

Ochii ei galben-aurii s-au uitat într-ai mei. Fără îndoială că ea era fotomodelul.

– A, desigur! Te-am văzut la televizor! De fapt, ai apărut recent într-o reclamă la un parfum?

Electra a chicotit și a clătinat din cap.

– Probabil că da. Îmi pare rău că, înainte să avem ocazia să ne cunoaștem în persoană, fața mea a încercat să-ți vândă ceva la televizor.

– Ei, bine, pot să confirm că ești la fel de frumoasă în realitate ca și pe ecran!

– Ești foarte amabilă. Ea e sora mea, CeCe, a spus Electra arătând spre o femeie corpolentă, cu ochi căprui, migdalați, și cu păr scurt, tuns băiețește.

– Bună, Merry! Pot să-ți spun că ai un nume grozav?

– Mulțumesc. Și tu! CeCe, nu-i așa?

– Da, prescurtarea de la „Celaeno". E vina tatei că port numele ăsta, iar „CeCe" se pronunță mai ușor.

În spatele ei se afla blonda zveltă care îmi amintea de Mary-Kate. Ne mai întâlniserăm la Claridge's, bineînțeles, cu alt prilej. M-am uitat în ochii ei.

– Bună, Merry! a spus ea cu blândețe. Ăăă...

---

[1] Da, draga mea! (în limba franceză în original)

– O, Doamne! am exclamat. Nimeni alta decât Lady Sabrina Vaughan! Ciudat să te văd aici! Ce mai face vicontele?

Fața palidă a bietei fete a căpătat imediat o nuanță roșiatică.

– Îmi pare nespus de rău, Merry! A fost ideea stupidă a caraghiosului meu de prieten, Orlando. E cam excentric. Pe toate planurile.

– E mult prea amabilă. Într-adevăr, e foarte caraghios! Am ghinionul de a fi fratele lui, a spus un englez cu accent și înfățișare elevate.

– N-ar fi trebuit să accept niciodată așa ceva! a spus femeia cea blondă, întinzând mâna. M-aș bucura să putem s-o luăm de la capăt. Eu sunt Star! E prescurtarea de la...

– Asterope, am completat, strângându-i mâna. Cu toatele sunteți botezate după Pleiade. Frumos!

– Da, ai perfectă dreptate. O, Doamne, în mod normal asta necesită destul de multe explicații! a spus Star.

– Ei, bine, cu mine aveți noroc. Mi-am făcut teza de doctorat despre urmărirea lui Merope de către Orion. Și nu-ți face griji, Lady Sabrina, ești iertată! Mă bucur s-o cunosc pe *adevărata* Star.

O altă figură familiară stătea în spatele ei.

– Salut din nou, Merry! a spus blânda Tiggy. Mă bucur să te văd!

S-a apropiat și ne-am îmbrățișat. Atunci când ne întâlniserăm la Dublin, felul ei blajin de a vorbi mă convinsese că familia ei nu-i pusese gând rău familiei mele.

– Bună, Tiggy! Mă bucur să te revăd, i-am răspuns.

Ea s-a uitat adânc în ochii mei.

– Uau, nu-mi vine să cred că ești aici! Asta ar însemna foarte mult pentru tatăl nostru. Mulțumesc!

Dacă ar fi fost oricine altcineva în locul lui Tiggy, acel moment ar fi devenit unul destul de stânjenitor, dar aura ei mângâietoare m-a convins. Și, la fel ca înainte, m-am simțit întrucâtva conectată cu ea. Mă privea ca și cum noi două am fi avut un secret pe care ceilalți nu-l împărtășeau.

– Cred că mai rămânem doar noi. Eu sunt Ally, iar ea e sora mea mai mare, Maia. Am vorbit la telefon de câteva ori.

– Bună, Ally, Jack mi-a povestit totul despre tine! am spus, aşteptând ca ea să roşească, ceea ce s-a şi întâmplat. Mă bucur să te cunosc, Maia!

– Suntem extrem de încântate, Merry! a spus Maia cu glas gâtuit. Scuză-mi emoţia, e un moment important pentru noi!

– Îmi imaginez. Cred că treceţi printr-o perioadă dificilă. Dar e foarte frumos că sunteţi cu toţii aici, am răspuns eu, adresându-mă tuturor, inclusiv celor care încă stăteau la masă. De fapt, în copilărie am avut mulţi fraţi. Dar nu i-am mai văzut de multă vreme.

– Cred că eşti flămândă, Merry! Haide să haleşti! a exclamat o femeie a cărei piele era maro precum coaja de nucă, de aceeaşi culoare cu cea a lui CeCe. Apropo, io-s Chrissie! E o plăcere să te cunosc!

– Şi eu mă bucur să te cunosc. Mă bucur să avem pe cineva de la antipozi printre noi!

– Păi, nu? Deşi accentul tău arată că australienii n-au reuşit să te facă să pari de-a locului...

Am luat loc între Mary-Kate şi Jack. Masa era plină de farfurii cu pateuri, iar sub capacele de metal se găseau cârnaţi, şuncă, ouă şi tot felul de bunătăţi proaspăt pregătite. La micul-dejun, am făcut cunoştinţă cu un medic, moştenitorul unei uriaşe proprietăţi rurale din Scoţia, cu un autor brazilian, cu englezul educat care restaura o casă şi, ca fapt divers, am aflat că Chrissie era o fostă înotătoare de performanţă, care îşi pierduse piciorul într-un accident.

– Merry, el e Miles! a spus Electra, arătând spre cel de lângă ea.

– De fapt, am avut deja plăcerea să ne cunoaştem azi-dimineaţă, după ce Georg m-a adus la bord.

– O, nu mi-ai zis nimic despre asta, Miles! a spus Electra, aruncându-i o privire feroce.

– N-ai întrebat! a răspuns el privind-o, aruncându-i un zâmbet larg și făcându-i cu ochiul, ceea ce a avut un efect dezarmant asupra Electrei. În sfârșit, ai reușit să dormi bine, Merry?

– Minunat, mulțumesc!

Până când am reușit să termin de mâncat, capul mi se învârtea de atât tumult. În cele din urmă, am reușit să bâigui:

– Vai, să nu vă supărați că vă spun, dar parcă suntem într-unul dintre vechile romane ale Agathei Christie, cu atâtea personaje interesante laolaltă!

– *Crimă pe Titan!* a chicotit Mouse.

Star a țâțâit din buze și și-a dat ochii peste cap.

– Nu ești în pericol, Merry!

– Mă mir doar că Georg te-a convins să vii, a spus CeCe.

Am aruncat o privire spre bărbatul așezat în capul mesei. Mă fixa cu privirea, anticipându-mi răspunsul.

– Păi, mi-a spus cât v-ați străduit voi, fetelor, să mă găsiți și prin ce momente groaznice ați trecut. A fost foarte convingător.

– Da, dacă vrea, poate. La urma urmei, e avocat. Nu-i așa, Georg? l-a tachinat Electra.

– După cum știți, mă aflu aici ca să îndeplinesc dorințele tatălui vostru, chiar dacă el nu e cu noi. Știam că, dacă se confirma cine e Merry, el ar fi făcut orice ca s-o aducă la bord, a răspuns Georg pe un ton calm.

CeCe mi s-a adresat din nou:

– Mai mult ca sigur, ți-a spus ceva care te-a făcut să te răzgândești, nu-i așa? Pentru că înțeleseserăm cu toatele că nu voiai să vii…

– CeCe! a întrerupt-o Ally.

– Nu, vreau să spun că e firesc că n-ai vrut să vii, Merry! Ce mama naibii, eu n-aș fi fost deloc încântată dacă aș fi fost urmărită pe tot mapamondul de o gașcă de necunoscute care susțineau că eram *sora lor dispărută*!

La masă s-a creat imediat o tensiune tacită, iar eu n-am putut să-mi dau seama dacă asta fusese intenția lui CeCe.

– Ce s-a schimbat? Asta-i tot ce întreb! a conchis ea.

I-am mai aruncat o privire lui Georg. El le-a trecut în revistă cu privirea pe toate surorile, iar apoi s-a uitat la toți ceilalți de la masă, în timp ce ploua cu întrebări.

Star i-a aruncat surorii ei o privire serioasă, ceea ce a făcut-o pe CeCe să tacă.

– Te rog s-o ierți pe CeCe, nu prea știe să filtreze ce-i iese pe gură, nu-i așa, Cee?

– Îmi pare rău. Am fost nepoliticoasă? Probabil că da. Îmi cer scuze, Merry! Doar că...

– Poftim? Te rog, nu-ți face griji, nu mă superi! Poți să mă întrebi ce vrei! am liniștit-o eu.

– Cred că Georg ne ascunde ceva, a îndrăznit să spună CeCe.

În mod aproape comic, toate capetele s-au întors spre bărbatul din capul mesei.

– Rory! Haide, bătrâne, parcă mi-ai promis că mă duci sus, ca să arunc o privire la punte, nu? a intervenit Mouse, cu tact. Vii și tu, Valentina? Sunt sigur că, dacă ne purtăm frumos, căpitanul Hans ne-ar lăsa chiar să stăm la cârmă!

Cei doi copii, deloc conștienți de atmosfera tensionată care se instăpânise rapid, au țopăit în spatele lui Mouse, care se bucura, cred, să plece de la masă.

– Te rog să continui, CeCe! Cum adică „ascunde ceva"? a răspuns în cele din urmă Georg.

– Ce crezi că vreau să spun, Georg? Ai coordonate gravate în sfera armilară a lui Pa fără ca noi să știm. Se pare că sunt acolo de mult timp. Apoi dispari câteva săptămâni, imediat ce ne-ai făcut să alergăm în jurul lumii încercând s-o găsim pe sora dispărută. Maia și Ally ne-au povestit despre discuțiile tale misterioase la telefon. Iar ieri ai fugit, practic, de pe *Titan*, ducându-te la Dublin ca s-o târăști pe biata Merry la bordul unui iaht pe care ea deja spusese clar că nu dorea să se afle!

Buimăceală și tăcere. În timp ce așteptam răspunsul lui Georg, Mary-Kate și-a pus mâna pe genunchiul meu.

– Of! Mulțumesc pentru sinceritate, CeCe! Așa vedeți voi treaba? Credeți că vă ascund diverse lucruri într-un fel sau altul?

– Haide, Georg! Mereu ne-ai ascuns lucruri! a spus și Electra. Pentru început, moartea lui Pa. Ai făcut în așa fel să nu ne spui decât după înmormântarea aceea discretă. Pe urmă, sfera armilară, coordonatele, scrisorile de la Pa. Întotdeauna ai știut mai multe decât noi, deși cică am fi fiicele lui. Iar noi ne-am consolat, pur și simplu.

Marina – Ma – a luat apoi cuvântul:

– *Chérie*, te rog, nu te supăra pe Georg! Nu cunosc om mai dedicat meseriei și mai loial. Crede-mă, a ajuns să vă iubească pe fiecare în parte la fel de mult ca și mine.

– Mersi, Marina! Dar nu-i nimic. Le înțeleg frustrarea, a suspinat Georg.

– Georg, să n-ai impresia că trebuie să te justifici, a spus Ally pe un ton calm. Trăim cu toții o mare emoție și trebuie să facem tot posibilul ca să-l cinstim pe Pa printr-un comportament care i-ar fi plăcut. Mai ales că ni s-a alăturat și sora dispărută!

A făcut semn spre mine și am încercat să-i zâmbesc cât am putut de înțelegător. Însă adevărul era că simțeam numai goluri în stomac.

– Îmi pare rău, Ally, n-am vrut să par frustrată! Doar că uneori parcă sunt cu trei pași în urma celorlalți. Și era tatăl *nostru*, știi? a spus CeCe.

– Înțeleg, Cee. Poate că discutăm mai târziu despre asta, a răspuns Ally.

– Da, sigur! Îmi cer scuze de la voi toți. N-am vrut decât să spun că e minunat că te afli printre noi, Merry. Cumva, am crescut toată viața cu tine. Erai o poveste. Un basm. Și totuși, iată-te!

– Da. Și în tot acest timp, nici măcar n-am știut că lipseam! am spus, încercând cu disperare să destind atmosfera încărcată.

– Cred că am vrut doar să știu cum ai dispărut de fapt, a continuat CeCe, care nu se lăsa cu una, cu două. La asta mă referam atunci când am spus că Georg ne ascunde ceva. Cred că ştie exact cum ai dispărut. Şi poate că ţi-a spus aseară. De aceea te-ai hotărât să vii. Sunt doar supărată că nu ne-a spus şi nouă.

CeCe părea cu adevărat dezumflată.

– CeCe! Chiar trebuia să spui asta? Te rog! a certat-o Star pe sora ei. Îmi pare foarte rău, Merry!

– Of, am murmurat eu, calm, înţeleg de ce eşti supărată, CeCe. Dar îţi jur că Georg nu mi-a spus cum am ajuns să fiu „sora dispărută“. Totodată, te asigur că nici eu nu cunosc răspunsul la întrebarea asta.

M-am uitat la Georg, cerând ajutor.

– Fetelor, a început el, tatăl vostru era clientul meu. Credeţi-mă că *personal* nu v-am ascuns şi nu v-aş ascunde informaţii, a continuat, suspinând adânc. Totuşi, e adevărat că uneori am fost responsabil de respectarea unor instrucţiuni stricte pe care el le-a impus înainte să moară. De pildă, pentru tatăl vostru era foarte important ca voi să puteţi alege să descoperiţi sau nu adevărul despre familiile voastre biologice. Aşadar, deşi e adevărat că ştiam, de pildă, de unde veneaţi, nu era treaba mea să divulg informaţiile. După cum spune Ma, ţin foarte mult la voi.

M-am uitat la bietul Charlie Kinnaird. Arăta de parcă ar fi vrut să-l înghită pământul. Mi-era milă de el. Nu se afla acum printre britanicii lui, care preferau să se arunce peste bord decât să suporte o confruntare ca urmare a exprimării adevăratelor sentimente. Floriano sau Miles nu se simţeau atât de penibil, ci erau amândoi absorbiţi de acea discuţie, ca şi cum ar fi urmărit o piesă de teatru.

– Trebuie să mă credeţi o dată pentru totdeauna: indiferent de secretele pe care le-a păstrat tatăl vostru, ele au fost păstrate ca să fiţi protejate, a continuat Georg.

– Cum adică? De ce trebuie să fim protejate? a întrebat Star.

– Linişteşte-te, Star! a rugat-o Maia. Cred că Georg încearcă să spună că Pa a vrut să se asigure că cineva o să aibă grijă de noi toţi după moartea lui.

– Da, a continuat Georg, dar şi în timpul vieţii! Există motive pentru care-l cunoşteaţi atât de bine ca tată, dar nu ştiaţi mare lucru despre viaţa pe care o ducea atunci când nu era la Atlantis.

Am observat că Ma i-a aruncat lui Georg o privire în care se citea limpede angoasa.

– Ce vrei să spui, Georg? a întrebat Maia.

El a clătinat din cap, consolându-se, parcă, la gândul că trenul care gonea pe şine nu mai putea frâna.

– Spun doar că nimeni n-a fost mai apropiat de Pa Salt decât voi, cele şase fiice ale lui. I-aţi văzut bunătatea, căldura, pasiunea pentru umanitate... şi dragostea de viaţă. Voi înşivă sunteţi rezultatele acestora.

– Continuă! l-a îndemnat CeCe.

– Cu toate astea, copilăria voastră a fost una neobişnuită. Ştiu că majoritatea aţi observat ce ciudat era că tatăl vostru a căutat să adopte şase fete din diferite colţuri ale lumii. În acelaşi timp, poate că vă întrebaţi de ce nu s-a însurat, în ciuda faptului că avea un potenţial superb – era sufletist, chipeş şi cu o situaţie financiară bună. Motivele nu v-au fost niciodată explicate pe deplin. Pentru siguranţa voastră.

– Georg, nu înţelegem! Te rog să nu mai vorbeşti în dodii, a spus Ally cu fermitate.

– Există o cauză pentru orice în viaţă, fetelor! Încerc doar să vă explic că, în cazul în care vi se pare că traiul vostru sau orice comportament al meu după moartea tatălui vostru au fost neobişnuite, există o logică pentru toate astea.

Încordarea celor de la masă se transformase în nelinişte. Nu ştiam unde bătea Georg, dar bănuiam că destul de curând urma să am un rol de jucat.

– Tatăl vostru a creat un refugiu pentru familia lui, unde putea să vă asigure protecţia şi bunăstarea. Iată motivul pentru care a construit Atlantis – un colţ idilic în univers, în care eraţi izolate de realităţile crude ale vieţii. Acolo putea să aibă grijă de voi, să vă educe şi să vă ofere toată dragostea pe care şi-ar fi putut-o dori orice copil. De-asta ne-a angajat pe mine, pe Marina și pe Claudia. Lumea lui Pa Salt a fost creată pentru voi, copiii lui.

– Georg, orice încerci să zici, zi mai repede! a cerut Maia.

– Îmi cer scuze! Vreţi răspunsuri. Ei, bine, poate ar trebui să începem cu numele lui. Pa Salt. Așa i-ați spus cu toatele, atât timp cât aţi fost în grija lui. Într-adevăr, așa-i spuneau aproape toţi oaspeţii de la Atlantis. Același lucru era valabil și pentru profesorii, pentru prietenii voștri... el era „Pa Salt" pentru toţi cei din jurul lui.

– Da. Era doar... Pa, a murmurat Tiggy.

– Da, a continuat Georg. Așa a vrut el.

– Îmi amintesc că l-am întrebat de multe ori despre asta, a spus CeCe încruntându-se. Râdea și spunea: „Știi cum mă cheamă! Pa Salt".

– Ori de câte ori trebuia să-i trecem numele pe un formular oficial, ne spunea doar să scriem „domnul D'Aplièse", și-a amintit Star.

– Da, așa-i. De aceea nu vreau să vă... reproșaţi că nu v-aţi pus niciodată problema că era oarecum ciudat.

– O, Doamne, a gemut Electra, nici măcar nu-i știam numele! Cea mai importantă persoană din viețile noastre – și nici măcar nu-i știam numele...

– Îți spun încă o dată că nu trebuie să-ți reproșezi nimic, Electra! Asta și-a dorit el. Tatăl vostru a vrut să fie așa, a încercat Georg s-o liniștească. El și lumea pe care a construit-o au meritul că n-aţi avut niciodată dorinţa arzătoare de a-i pune pe deplin la îndoială.

– Georg, ne sperii! Cum îl chema pe Pa?

Georg s-a uitat la mine și a dat din cap, conspirativ. Se părea că venise momentul meu. Am tras aer adânc în piept și mi-am luat inima-n dinți.

– Atlas, am murmurat blând. Cred că îl chema Atlas.

S-au întors cu toţii spre mine. M-am uitat în ochii surorilor și se vedea că ele își doreau cu disperare să afle mai multe.

– Floriano, Charlie, Miles, Chrissie, v-ar deranja dacă ne lăsați puțin singure? a întrebat Maia după o clipă.

– O, Doamne, bineînțeles! Absolut! Vă lăsăm să discutați. Tiggy, strigă-mă dacă ai nevoie de ceva!

Charlie s-a ridicat cu viteza fulgerului și a ieșit numaidecât pe ușile salonului.

– Ești bine, mamă? m-a întrebat Jack, aplecându-se spre mine.

– Da, mulțumesc, dragul meu! Tu și sora ta puteți merge. Mă descurc.

– Ești sigură? Dacă ai nevoie de noi, ne găsești pe puntea de la pupa.

Jack și Mary-Kate s-au ridicat amândoi și au plecat. Au rămas doar Ma, Georg și surorile.

– Îmi pare rău, Merry! Ce spuneai? a întrebat Maia.

– Da, era vorba despre tatăl vostru. Numele lui era Atlas.

Fetele s-au uitat la mine cu zăpăceală și suspiciune. În afară de Tiggy, care avea un mare zâmbet pe față. Am păstrat contactul vizual, iar ea a dat din cap în semn de susținere.

– Nu-i cine știe ce că am descifrat anagrama, a spus Ally. „Pa Salt“, a zis ea în timp ce mâzgălea pe un șervețel. Conține literele din Atlas. Și încă un „p“.

– Ce reprezintă „p“-ul? După cum ne-am obișnuit, ar fi fost ieșit din comun ca Pa să fi făcut ceva la întâmplare, a spus Star.

– Cred că pot răspunde eu la această întrebare..., a intervenit Ma. „P“-ul vine de la „Pleiade“.

– Marina are dreptate, a confirmat Georg.

– Presupun că se dezleagă un mister destul de mare – numele noastre, a zis Maia. Fiicele lui Atlas.

– Parcă îmi amintesc de ce i se spunea „Pa Salt“: fiindcă Maia spunea că întotdeauna mirosea a mare. A inventat el asta? a întrebat Electra.

– Sincer vorbind, nu știu, a răspuns Maia. Am luat-o pur și simplu de bună.

– Ca noi toate, a adăugat Ally. Dar, Merry, spune-ne mai multe! De unde ştii numele tatălui nostru?

– Mi-a scris o scrisoare.

– O scrisoare?

– Întocmai. După ce Georg a venit aseară la Dublin şi m-a convins să iau avionul şi să vin la voi, mi-a dat un pachet în timpul zborului. În pachet se aflau o scrisoare şi un jurnal.

Vorbeam încet şi prudent, ca să nu omit vreun detaliu sau să greşesc ceva.

– Scrisoarea era de la Pa? a întrebat Star.

– Da. Am dreptate să cred că voi toate aţi primit o scrisoare de la el? am întrebat, iar ele au încuviinţat din cap. Ei, bine, şi eu am primit una. După cum vă puteţi imagina, totul e foarte stresant pentru mine, mai ales după ce mai devreme ai vorbit cu atâta... patimă, CeCe.

Am observat că unele dintre ele i-au aruncat o privire surorii lor, care se uita în pământ. Mi-am vârât mâna în geantă şi am scos scrisoarea şi portretul mamei. În timp ce le puneam pe masă, am remarcat cât de tare îmi tremurau mâinile.

– Te rog, Merry, n-ai de ce să te stresezi! Vrem doar să ştim ce se întâmplă, a spus Ally, încercând să mă liniştească.

– În primul rând, aş vrea să vă arăt un desen.

L-am ridicat, ca să-l vadă cu toatele.

– Vai, Merry...! Ştiam eu că îţi recunosc faţa de undeva, a spus Star. Ştie toată lumea ce se vede în desen?

– Scuzaţi vocabularul, dar *să-mi bag picioarele*! a adăugat Electra. Desenul ăsta a fost expus în biroul lui Pa de când mă ştiu!

– Şi eşti tu! În desenul ăsta în cărbune erai tu! a exclamat CeCe.

– De fapt, nu e portretul meu. Dar sunt de acord cu tine, asemănarea e stranie. Georg mi-a confirmat aseară că e portretul mamei mele. Vederea lui a stârnit în mine o reacţie emoţională, primară, am mărturisit eu.

– Portretul pe care Pa l-a ţinut în biroul lui în toţi aceşti ani e al mamei tale... a spus Maia, uitându-se cu ochi mari la surorile ei.

Am simțit că începuseră să facă legătura.

– Mi-am dat seama că, în decursul ultimului an, portretul a dispărut la un moment dat din biroul lui. Asta explică misterul, a spus Ally întorcându-se spre Georg. Tu l-ai luat și ai făcut acea copie ca să ne ajuți s-o găsim pe Merry?

Georg a încuviințat din cap.

– Să presupun că încă ai originalul pe undeva? a întrebat CeCe.

Georg a tăcut preț de o clipă, iar apoi a răspuns:

– Da, știu unde e originalul.

Am preluat ștafeta:

– În realitate, fetelor, am venit aici atât pentru mine, cât și ca să vă însoțesc pe voi în călătoria asta. Vreau să-mi descopăr adevărata obârșie, o enigmă care începe cu tatăl vostru. Iar Georg mi-a spus clar că, în ceea ce privește viața lui Pa Salt, se pare că știți la fel de puține ca mine.

– Așa se pare, a mormăit Electra.

– A fost tatăl *vostru*. V-a crescut, iar voi l-ați iubit. Și de aceea sper să-l putem cunoaște împreună! am spus eu, după care am scos scrisoarea din plic. S-o citesc?

Au încuviințat cu toatele, pline de entuziasm.

Draga mea fiică...

Am lăsat scrisoarea din mână și mi-am întors privirea spre fete. Tiggy a venit la mine și m-a strâns în brațe cu putere.

– Mi s-a părut că-l simt aproape, a spus ea. Dar pe tine te simțeam.

– N-a mers nimic prost în procesul de adopție. Tu erai *a lui*... a șoptit Maia.

– Ești sânge din sângele lui Pa, Merry! E uimitor! a adăugat Ally.

– În tot acest timp, avea o fiică *adevărată*! a spus CeCe.

– Nu, ăsta nu-i cuvântul potrivit, CeCe! a spus Georg pe un ton vehement, avocatul din el ieșind la iveală. Ați fost toate fiicele lui adevărate și v-a iubit ca și cum ați fi fost sânge din sângele lui. Sper sincer că nici una dintre voi nu contestă asta.

– Nu, bineînțeles că nu! a răspuns Star.

S-a lăsat tăcerea, surorile încercând să priceapă. Electra a vorbit prima:

– Așadar, Pa Salt are moștenitori! Ce nebunie!

– Mi se pare minunat, a spus Tiggy cu blândețe. Și ochii tăi, Merry! Acum văd că sunt ai lui Pa.

– O, Doamne, ai dreptate, *chérie*! a exclamat Ma, cu gura căscată de uimire.

– Probabil că ai devenit „sora dispărută“ fiindcă mamei tale i s-a întâmplat ceva, a presupus Star. Probabil că Pa v-a pierdut pe amândouă în același timp. Ce trist!

Și-a dus mâna la gură.

– Dar el nu s-a lăsat, a adăugat Georg. Și-a dedicat întreaga viață căutării. În realitate, ăsta era motivul pentru care pleca atât de des.

– Credeam că se ducea foarte des la muncă, a spus CeCe.

– Tatăl vostru se pensionase de multă vreme. A făcut toți banii în tinerețe. În timp, acțiunile și dobânzile au crescut și el a făcut o avere.

– Cu ce se ocupa, Georg? De fiecare dată când îl întrebam, ne spunea ceva vag despre investiții și finanțe, până când ne plictiseam și o lăsam baltă.

Georg s-a uitat la mine și am priceput, așa că am spus:

– Așadar, Atlas mi-a încredințat jurnalul lui, iar în scrisoare îmi cere să vă destăinui ce aflu după ce-l citesc. Totuși, în ciuda unor astfel de instrucțiuni, nu cred că e dreptul meu să-i cunosc povestea înaintea fiicelor pe care le cunoștea, am explicat, făcând un gest către Georg. De aceea, am cerut ca jurnalul să fie copiat în șase exemplare. Dacă vreți și voi, putem să-i aflăm povestea în același timp.

După o pauză, Ally a luat cuvântul:

– Mulțumesc, Merry! Ești incredibil de generoasă!

– Mi-aș dori să ne povestească toate astea el însuși, a adăugat cu tristețe Electra.

– După cum ziceam mai devreme, totul a avut un motiv. Atlas a fost cel mai inteligent om pe care l-am cunoscut vreodată. A păstrat secretul originii lui Merry ca să vă asigure protecția, a afirmat Georg.

– O tot ții cu protecția și siguranța, dar habar n-am la ce te referi! În copilărie, nici măcar o singură dată nu m-am simțit amenințată, a spus Maia.

– Asta înseamnă că planul lui a funcționat.

– Ce plan? Serios vorbind, vreau niște răspunsuri acum!

Nu prevăzusem că Maia avea să fie prima soră care să ridice tonul.

– Georg, am intervenit eu iute, ai reușit să faci copiile jurnalului?

– Da, Merry, sunt la parter.

– Ai vrea să le aduci sus și să le împarți? Cred că o să ne simțim cu toții mult mai bine dacă o să ținem în mâini ceva concret, am adăugat, hotărâtă.

Avocatul a încuviințat din cap și, în momentul în care a trecut pe lângă Ma, am observat că ea l-a apucat și l-a strâns de mână. Era limpede că amândoi așteptaseră acea clipă.

– În excursia asta, trebuia să-l comemorăm pe Pa. În schimb, am senzația că nici măcar nu l-am cunoscut, a murmurat Electra, cu privirea plecată.

– *Lumea* pe care a creat-o pentru noi..., a spus CeCe, ... de ce n-am pus-o mai mult la îndoială? Nici una dintre noi nu-i proastă, da? s-a întrebat ea retoric, iar apoi s-a emoționat, a oftat și a pufnit-o plânsul, drept pentru care Star s-a ridicat, s-a dus la ea și a cuprins-o cu brațul. Îmi pare rău, fetelor! Sunt doar obosită. În ultimul an, ne-am maturizat cu toatele foarte repede. Să învățăm să trăim fără Pa, să călătorim prin lume, să ne găsim familiile biologice – a fost o nebunie! Credeam că în excursia asta avem ocazia să ne luăm rămas-bun de la Pa și apoi să începem un nou capitol. Dar ce să vezi? Nu s-a terminat! Sunt pur și simplu epuizată...

Discursul ei a avut același efect asupra celorlalte. Se vedea că erau de acord cu sora lor. M-am foit pe scaun.

– Fetele mele..., a început Ma. Fetele mele frumoase, talentate și bune! Îmi pare rău că viețile voastre au fost atât de pline de drame în ultima vreme! Ați trecut printr-o suferință atât de mare în ultimul an! Dar nu uitați că, totodată, ați avut și de câștigat.

Am observat cum se uitau surorile la ea. Dintr-odată, femeile adulte din fața mea au redevenit copii, speriate și în căutare de mângâiere părintească. Ma a reluat:

– Știți ce cred eu? Cred că viețile noastre sunt ca niște bătăi de inimă afișate pe un monitor. Urcă și coboară. Și ce vă spune asta? Că sunteți *în viață*, dragele mele! a exclamat ea, iar una sau două dintre surori au zâmbit. Dacă fiecare dintre voi ar avea o existență monotonă și plictisitoare, atunci linia n-ar urca și n-ar coborî. Ar fi nemișcată! Și ce ar însemna asta? Că nu sunteți deloc în viață! a continuat ea, făcând ca unele dintre zâmbetele surorilor să se transforme în chicoteli. Deci, vedeți, mai bine să aveți parte de o astfel de... emoție în viață, decât să treacă zilele ca autobuzele, una după alta, la nesfârșit!

– Pa zicea că dacă vrei să-ți trăiești cele mai bune momente ale vieții, trebuie să le cunoști pe cele mai rele, a spus Tiggy.

– Așa-i, *chérie*! O să aflați curând că el a trăit cele mai crunte momente posibile într-o viață de om. Dar și pe cele mai bune, care au fost strâns legate de voi, copiii lui.

– Deci tu *și* Georg îi cunoașteți trecutul, Ma? De ce ne-ai ascuns asta? a întrebat Maia.

– *Non!*[1] Ajunge! Nu-i vorba despre mine și despre *monsieur* Hoffman, ci despre iubitul vostru tată și despre calea pe care a vrut s-o urmați.

– Îmi pare rău, Ma! a spus Maia, făcându-se mică.

– Vreau să vă spun cât de mândră sunt de fiecare dintre voi. Cu toatele ați înfruntat evenimentele din ultimele douăsprezece luni cu un curaj, o hotărâre și o înțelepciune care l-ar fi făcut

[1] Nu (în limba franceză în original)

foarte fericit pe tatăl vostru. Știu că o să continuați să fiți femeile tolerante, generoase și inteligente pe care tatăl vostru și cu mine, dacă îmi permite-ți să-mi asum o mică parte din merite, le-am crescut.

Efectul pe care acele vorbe l-au avut asupra surorilor a fost impresionant. Din ce observasem până atunci, aș fi putut paria că Ma era genul de om care își alegea cu grijă momentele în care să-și afirme autoritatea.

Ally a rupt tăcerea:

– Merry, știu că vorbesc în numele tuturor atunci când spun că suntem cu adevărat foarte fericite și mândre că ești aici! Iartă-ne dacă ne lăsăm întrucâtva copleșite de emoții.

– Nu-i nimic. Dacă înțelege cineva ce anume simți în momentul în care ți se întoarce lumea cu susul în jos, eu sunt aceea.

Georg s-a întors din salon cu teancul de pagini peste care se afla jurnalul original, jerpelit și legat în piele.

– Șase cópii și originalul!

A așezat câte un exemplar în fața surorilor și apoi mi-a dat jurnalul.

– Vai, e de-a dreptul enorm! a spus Star. Cred că are sute de pagini!

A ridicat exemplarul de pe masă și s-a uitat la el, iar eu am spus:

– Nu te înșeli. Să știți că am citit o parte. Dar nu foarte mult. Sunt încă la copilăria lui Atlas. Până acum, povestea e destul de interesantă, recunosc.

– Nu mă mir, a spus Tiggy zâmbind.

– Textul are și o latură educativă. Dacă stau să mă gândesc, trebuie să pun Rio pe lista de locuri pe care vreau să le vizitez.

– Poftim? a făcut Maia, aplecându-se spre mine.

– Scuze, gândeam cu voce tare! Jurnalul începe cu întâlnirea dintre Atlas și autorul statuii *Hristos Mântuitorul*. O întâmplare cu totul neobişnuită! am adăugat, iar Maia a rămas mască. Scuze, e important? am întrebat, mirată.

– S-ar zice că da, a răspuns Ally. Asistentul lui a fost străbunicul Maiei.

Ca și Maia, am înmărmurit.

– Glumeşti? Laurent... și mai cum?

– Brouilly, a îngăimat Maia.

– Vai... E incredibil! Îmi pare foarte rău, Maia, n-am vrut să stric surpriza!

– Nu, nici vorbă. E... uluitor! a spus ea, clătinând încet din cap.

Am observat că surorile se priveau entuziasmate una pe alta.

– Așa e tot jurnalul? a întrebat Electra. O să aflăm de ce a ales Pa să ne adopte? Georg?

– Trebuie să citeşti ca să afli, a răspuns el cu stoicism.

Tiggy a bătut din palme și a întrebat:

– Bine, cum facem? Vreți să citim împreună?

Maia a fost prima care a răspuns.

– Nu. Cred că aş vrea să fiu singură, ca, pe măsură ce aflu, să meditez la cele citite. Voi ce părere aveți?

– Cred că e o idee bună, Maia, a răspuns Ally. Se pare că în croaziera asta n-o să petrecem prea mult timp în jacuzzi, ci o să ne îngropăm capul în povestea vieții lui Pa.

S-a auzit un murmur de asentiment.

– Eu nu pot citi atât de repede ca voi, a spus CeCe, precaută. Mai ales dacă sunt presată. Dislexia mea face ca literele să se amestece între ele, a adăugat ea, plecându-și privirea.

– Of, îmi pare rău, CeCe! Vrei să citim împreună? Nu m-ar deranja să citesc cu voce tare.

CeCe i-a aruncat un zâmbet recunoscător.

– Mersi, Star, ar fi minunat! Dar aş vrea să fiu sigură că nu te deranjează.

– Nu fi fraieră, bineînțeles că nu!

Ally s-a ridicat.

– Atunci, am stabilit! Avem trei zile la dispoziţie, suficient timp ca să-l citim pe tot.

– Parcă se potriveşte, nu? a spus Electra. Până să apucăm să ne luăm rămas-bun de la Pa, o să ştim cine a fost el cu adevărat.

CAPITOLUL 11

Maia a pornit spre puntea secundară. Încă de când Merry dezvăluise că Brouilly apărea în jurnal, gândurile nu-i dădeau pace. Care era legătura cu Pa? Își amintea de călătoria inițiatică pe care o făcuse cu un an în urmă. Piesele puzzle-ului ei biologic fuseseră asamblate strună și era pe deplin conștientă de moștenirea genetică ce o înzestrase cu părul șaten închis și strălucitor și cu pielea nepătată, arămie ca mierea. Dar Maia începea să-și dea seama acum că imaginea era incompletă. De ce alesese Pa s-o salveze tocmai pe ea? Și cum de știa el atât de multe despre istoria familiei ei?

Maia l-a găsit pe Floriano lăfăindu-se într-un fotoliu de piele din colțul sălii de lectură, cu o carte în mână. I s-a pus un gol în stomac. Îi amintea de Pa, care obișnuia să petreacă foarte mult timp în acel loc anume. Camera era, fără îndoială, unul dintre locurile ei preferate de pe întreg iahtul – pe fiecare perete se afla câte o mare bibliotecă ale cărei rafturi erau făcute pe comandă și care erau ticsite cu o selecție eclectică de volume, preferatele lui Pa. Maia își amintea de veri nesfârșite și luxuriante, în care alegea romane și se retrăgea pe puntea însorită, ca să petreacă o zi citind sub razele aurii. A închis ochii și a inhalat mirosul dulce, de mosc, al cărților. Nu se schimbase nici un pic de când avea zece ani și cărțile de acolo îi stârniseră curiozitatea pentru prima dată. S-a lăsat purtată de amintiri în trecut.

– Pa? întrebase Maia, fără să dorească să-l întrerupă pe tatăl ei, adâncit în *Mizerabilii* lui Victor Hugo.

El își ridicase privirea la fiica lui.

– Maia, draga mea! Îți place croaziera?

– Da, Pa, mulțumesc! Dar am terminat cartea. Pot să iau una de pe rafturile tale?

Pa se luminase la față.

– Bineînțeles, *petite princesse*! Nimic nu m-ar face mai fericit, spusese el ridicându-se, luând-o de mână și conducând-o la cel mai mare dintre rafturi. Aici țin beletristica!

– Poveștile inventate?

– Of, draga mea, nu există povești inventate! Toate s-au întâmplat odată ca niciodată.

– Vorbești serios?

– O, eu așa zic! a răspuns el, aruncând o privire la exemplarul lui ponosit din *Mizerabilii*, despre care Maia își dădea prea bine seama că fusese citit de o groază de ori. Până la urmă, cineva le scrie! Ia spune-mi, ce-ți dorești?

Maia s-a gândit.

– Cred că o poveste de dragoste. Dar să nu fie plictisitoare.

– Hmmm..., o alegere înțeleaptă, într-adevăr! Însă îmi testezi talentul de bibliotecar. Ia să văd..., murmurase el, pornind apoi să se plimbe pe lângă rafturi, să-și treacă degetul peste rândurile de cărți pe care le acumulase de-a lungul anilor și oprindu-se în cele din urmă. Aha, desigur! exclamase, luând cartea de pe raft, privind coperta și zâmbind. *Fantoma de la Operă*, de *monsieur* Gaston Leroux!

– Fantoma?! Sună înspăimântător, Pa!

– Îți jur că e o poveste de dragoste. O să-ți placă, sunt sigur. De fapt, dacă nu-ți place, poți să mă arunci în piscină!

Maia râsese, iar Atlas îi dăduse cartea.

– A, nu! se răzgândise el. Îmi pare rău, draga mea, dar exemplarul ăsta e în limba engleză. Dă-mi voie să văd dacă am și în franceză.

– Nu-i nimic, Pa, aş vrea s-o citesc în engleză.

– O, Doamne, eşti curajoasă, într-adevăr! Chiar nu vrei să găsesc o versiune în franceză? Eşti în vacanţă, până la urmă, nu-i nevoie să înveţi dacă nu vrei.

– Nu mă simt ca şi cum aş învăţa. Îmi place.

– Foarte bine, mica mea prinţesă!

Vocea lui Floriano a răzbătut până la ea.

– Maia? Te simţi bine? a întrebat-o el, privind-o din locul în care stătea.

– Scuze! Da, mă simt bine. Eram în lumea mea. Unde-i Valentina?

– Ma i-a dus pe ea şi pe micul Rory să înoate. Haide, stai cu mine! Povesteşte-mi ce s-a întâmplat sus! Ce-i cu teancul ăsta mare de hârtii? a întrebat el luându-i paginile din mână şi aşezându-le pe măsuţa veche de stejar.

Maia l-a pus la curent cu discuţiile de dimineaţă.

– *Meu Deus!*[1] Sunt foarte multe de cuprins cu mintea! Cum te simţi?

– Bine, cred. Merry e de-a dreptul minunată şi chiar nu înţeleg cum de se ţine atât de bine în vria asta. *Se vede* că e fiica lui Pa!

– Şi jurnalul... ziceai că îl pomeneşte pe Laurent Brouilly? E posibil ca Pa Salt să-l fi cunoscut?

– Se pare că da.

– Atunci, ce cauţi aici? De ce nu citeşti?

Floriano a făcut un gest spre una dintre canapelele de catifea albastră din mijlocul camerei.

– S-ar putea ca spusele mele să sune ciudat, dar am emoţii. Dacă descopăr ceva supărător? Nu ştiu, Floriano... Dacă se dovedeşte că Pa era un fel traficant internaţional de droguri?

Floriano şi-a pus o mână în poala ei.

– Înţeleg. Deşi nu ştiu câţi dintre traficanţii internaţionali sunt împătimiţi după operele lui Shakespeare şi Proust.

El s-a uitat în jur, iar Maia a suspinat.

---

[1] O, Doamne! (în limba portugheză în original)

– Da, dar înțelegi ce vreau să spun.

– Bineînțeles. Însă tu ai mai pătruns în bezna fără o lumânare, ca la sfârșitul călătoriei să găsești o lumină. Zău că n-ai cum să te plictisești în familia D'Aplièse!

– Aici ai dreptate. Ai fi preferat să găsești pe cineva care să trăiască într-o *fazenda*[1] liniștită, cu patru găini, un câine și o bunică bolnavă?

Floriano a râs.

– Draga mea Maia, n-aș schimba nimic! Nu uita că eu am fost cel care te-a încurajat să te întorci la casa familiei Aires-Cabral. Și tot eu sunt cel care îți spune acum că, indiferent de ceea ce urmează să descoperi în jurnal, o să găsești consolare după ce afli legătura pe care a avut-o tatăl tău cu Brazilia. Ce ar crede cititorii mei dacă le-aș oferi o poveste spusă doar pe jumătate?

Apoi Floriano a pus mâna pe abdomenul Maiei, s-a aplecat și i-a șoptit:

– Nu uita, ca să ai speranță pentru viitor, trebuie să privești spre trecut.

Maia s-a liniștit imediat, firea dezinvoltă a partenerului ei oferindu-i ancora de care avea nevoie ca să se cufunde din nou în trecut.

– Apropo, a adăugat el, când le spunem? Știu că ai discutat cu Ally, dar sunt sigur că surorile tale o să înceapă să se întrebe de ce ai trecut de la vin la apă.

– Of, m-am gândit să fac anunțul în timpul călătoriei ăsteia, dar acum se întâmplă altele... Te superi dacă mai așteptăm puțin?

– Bineînțeles că nu, draga mea! Fac cum zici tu, s-a învoit el, aplecându-se și sărutând-o. Mă bucur că micuțul nostru o să știe fără putință de tăgadă cine e bunicul lui.

– *Al lui?* Ce te face să fii atât de sigur că o să fie băiat?

Floriano a chicotit și a ridicat din umeri.

---

[1] Fermă, plantație (în limba portugheză în original)

– Îmi pare rău, m-am exprimat greșit! Deși, ce să zic, ar fi frumos să avem un mic *garoto*[1] care să ne împărtășească durerea de a susține echipa de fotbal Botafogo.

– De acord. M-aș mai destinde și eu!

– Așa-i. Cred că acum vrei să fii singură, ca să te apuci de jurnal.

– Mulțumesc, Floriano!

– Pentru puțin. Nu uita că, dacă ai nevoie de mine, sunt pe aproape.

Floriano s-a îndreptat spre ușa dublă, care era deschisă, a ieșit și apoi a închis-o după el. Înainte să se îndrepte spre canapea, cu jurnalul în mână, Maia s-a uitat lung la camera goală. Liniștea, cu excepția zumzetului surd al motoarelor, era exact ceea ce-i trebuia ca să se concentreze.

---

[1] Băiețel (în limba portugheză în original)

JURNALUL LUI ATLAS

1929

CAPITOLUL 12

Boulogne-Billancourt, Paris, Franța

Monsieur Landowski a ținut să iasă din atelier ca să ne întâmpine la întoarcerea de la conservator.

– Ei, bine? a întrebat el, părând sincer nerăbdător să afle.

– *Monsieur* Ivan l-a declarat pe Bo un succes și ar dori să-i dea meditații de două ori pe săptămână! a răspuns Evelyn.

Privirea lui *monsieur* Landowski m-a luat prin surprindere. Ochii i s-au luminat și mi-a zâmbit cu gura până la urechi.

– O, excelent! Felicitări, băiete, o meriți din plin!

Mi-a strâns mâna viguros. Am zâmbit și eu. Trecuse atât de multă vreme de când cineva își arătase interesul față de fericirea mea, încât nu știam cum să reacționez.

– E o veste bună! continuase el să se bucure. Cu permisiunea ta, o să țin un toast în cinstea reușitei și o să anunț familia.

Am scos hârtia din buzunar, am scris și i-am întins-o.

Bani?

– Tinere, e privilegiul unui artist să ajute alt artist! Am mare noroc că sunt plătit foarte bine pentru lucrările mele. N-o să ezit să te ajut!

Străduindu-mă din răsputeri să nu plâng, am scris:

Mulțumesc, monsieur!

– Ai auzit de *Prix Blumenthal*, băiete? a întrebat el, iar eu am clătinat din cap în semn de negare. E o bursă importantă, acordată de filantroapa americană Florence Blumenthal – și de soțul ei, George – unui tânăr pictor, sculptor, scriitor sau muzician. Eu fac parte din juriul din Franța. Întotdeauna m-am simțit un pic... ciudat atunci când a venit vorba să cheltuiesc banii altcuiva, așa că mă bucur să ofer personal ajutor cu ocazia asta. În plus, sunt sigur că într-o zi o să te afli în situația de a-i ajuta și tu pe alții. Vezi să accepți un asemenea privilegiu!

Am dat din cap cu tărie, în semn că eram perfect de acord.

În acea seară, toți membrii familiei Landowski m-au felicitat sincer, în afară de Marcel, care a avut tot timpul o mutră de parcă ar fi mâncat acrituri.

În timp ce stăteam în pat, m-am gândit ce noroc avusesem să ajung în grădina acelei familii. Fusesem atât de epuizat, de subnutrit și de amețit, încât pur și simplu căzusem din picioare și mă târâsem sub cel mai apropiat gard viu, ca să mă adăpostesc. Gardul ar fi putut aparține oricui, iar soarta ar fi putut să-mi fie pecetluită de jandarmeria locală. Ar fi fost posibil să fiu condamnat la internarea într-un orfelinat, într-o casă de corecție – sau într-un spital de psihiatrie, dat fiind refuzul meu de a vorbi. Cel mai probabil, bineînțeles, aș fi murit în acea noapte sub stelele franceze. Dar îngerul meu, Bel, mă salvase. Să fi fost o simplă coincidență că mă găsise ea? M-am gândit la astrele care vegheau asupra mea, Cele șapte surori. Poate că ele o trimiseseră la mine pe Bel, așa cum credeam că mă feriseră de rele în călătoria mea imposibilă...

Nu mă îndoiesc că familia Landowski vede ceva romantic la băiatul mut din tufișuri, care are talent la vioară. Probabil că inventează povești despre identitatea mea. Cert e că, indiferent de ceea ce și-ar imagina ei, adevărul e de-a dreptul devastator.

Nu trebuie să uit că atelierul lui Landowski nu e sfârșitul călătoriei mele. Am pornit în lume cu un scop pe care încă nu l-am îndeplinit.

Am închis ochii și m-am gândit la ceea ce-mi spusese tata în ultima zi în care-l văzusem:

– Fiule... Mă tem că a sosit momentul în care nu mai am de ales între a rămâne sau a pleca. Nu mai rezistăm așa. Trebuie să încerc să găsesc ajutor.

Mi se strânsese inima și simțisem cum începea să mă mistuie disperarea.

– Te rog, Papa, nu pleca! Ce ne facem fără tine?

– Ești puternic, copile! Poate că nu la trup, dar cu siguranță că la minte. Asta o să te ajute să supraviețuiești cât timp o să fiu plecat.

Mă aruncasem în brațele lui, lăsându-mă învăluit de căldura ființei sale.

– Cât o să dureze? îngăimasem, plângând din ce în ce mai tare.

– Nu știu. Multe luni.

– N-o să supraviețuim fără tine!

– Aici greșești. Dacă nu plec, cred că nici unul dintre noi n-are un viitor. Jur pe viața iubitei tale mame că o să mă întorc după tine. Roagă-te pentru mine, așteaptă-mă!

Dădusem din cap, smerit, în semn de supunere.

– Nu uita cuvintele lui Lao Tze: *Dacă nu schimbi direcția, s-ar putea să ajungi în locul spre care te îndrepți.*

M-am întors pe burtă, sperând ca schimbarea poziției să mă facă să uit acea amintire. Am simțit un junghi în piept și mi-am dat seama că încă aveam punguța la gât. Să fi uitat de ea pentru prima dată în ultimele luni?

În timp ce o scoteam, m-am uitat înăuntru. Era întuneric, dar razele lunii intrau pe fereastră. Lumina a surprins vârfurile ascuțite ale obiectului din interior și m-am minunat de reflexia alb-gălbuie care dansa pe pereți. Mă durea gândul că ceva uluitor de frumos putea provoca atâta durere și suferință. Gelozia te poate îndemna să faci lucruri îngrozitoare.

M-am gândit la următoarea mea mișcare. Traversasem deșerturi arctice și lanțuri muntoase în speranța de a-mi revedea tatăl. Oare mai credeam că putea fi în viață? Chiar dacă în clipa aceea mi-am mărturisit mie însumi că șansele îmi păreau mici, cum aș fi putut acum, când ajunsesem atât de departe, să amân căutările?

Adevărul era că în casa Landowski găsisem adăpost și siguranță, iar promisiunea de a lua lecții cu *monsieur* Ivan îmi oferea mult mai multe. Am dat pătura deoparte, am coborât pe podeaua de lemn și m-am dus la fereastră. Luna lăptoasă lumina curtea și am ridicat ochii la strălucitoarea boltă cerească suspendată deasupra planetei noastre.

– Ești acolo, tată?

Am deschis fereastra cu grijă și am lăsat aerul rece al nopții să mă învăluie. Veneam de la frig și încă îmi plăcea să simt răcoarea pe piele. Afară era liniște perfectă și m-am lăsat absorbit de vraja nopții. În timp ce priveam cerul senin, m-am uitat după ocrotitoarele mele. Iată, Pleiadele, Cele șapte surori, erau acolo. Prezența lor însemna o certitudine și poate că de aceea găseam atât de multă alinare în ele. Indiferent de ceea ce s-ar fi putut schimba în viața mea, indiferent de pierderile pe care le-aș mai fi avut de îndurat, stelele ar fi fost mereu acolo, veghind creația pe vecie. Am observat că, în acea seară, Maia era cea care strălucea cel mai puternic, așa cum făcea iarna.

– Maia, am șoptit, ce să fac?

Atunci când vorbeam cu stelele, avusesem întotdeauna speranța copilărească că ele aveau să-mi răspundă într-o bună zi. După ce am închis fereastra și m-am întors spre pat, am dat cu piciorul peste ceva și era să mă împiedic. Am văzut cutia de vioară, pe care nu reușisem s-o strecor de tot sub pat. Gândul de a cânta pentru *monsieur* Ivan la conservator mi-a trezit asemenea entuziasm și bucurie, încât m-a luat cu amețeală și m-am băgat din nou sub pătură.

După ce mi-am așezat punguța de piele între picioare, m-am învelit bine. Așa mic cum eram, îndurasem deja mai multe traume decât ar fi trebuit să îndure orice ființă omenească. După ani și ani, mă aflam într-un loc sigur, înconjurat de oameni cărora părea să le pese de bunăstarea mea. Ar fi fost atât de greșit să petrec o vreme la atelierul Landowski? Dacă într-adevăr Papa era în viață, oare m-ar fi dojenit că amânam căutarea lui? Cel mai probabil, ar fi fost un pic mândru de ceea ce dobândise fiul lui. Trecusem granițe periculoase ca să scap de oroarea vieții de dinainte, mă împrietenisem cu un sculptor celebru și, lucru de necrezut, devenisem student al apreciatului Conservatoire de Paris. Vocea tatălui meu mi-a șoptit în minte:

„Dacă nu schimbi direcția, s-ar putea să ajungi în locul spre care te îndrepți".

Da... da. Dacă mi-aș fi continuat călătoria acum, călăuzit de cele mai vagi informații, soarta de care mă temeam cel mai mult ar fi putut deveni realitate. Ar fi trebuit să fur din nou mâncare, să beau apă de ploaie, ca să nu mai vorbim de încercarea de a găsi adăpost pe drum. Mă îndoiam că asta era viața pe care tata și-ar fi dorit-o pentru fiul lui.

Mă hotărâsem. Aveam să rămân alături de familia Landowski atâta vreme cât mi se permitea. Apoi urma să duc la bun sfârșit sarcina care mă adusese aici de la bun început: căutarea tatălui meu.

– Când e ziua ta, băiete? a întrebat *monsieur* Landowski în timp ce Evelyn îi dădea un teanc de formulare de la conservator. Formularele astea cer o mulțime de informații pe care nu le cunosc! Data nașterii, un rezumat al experienței tale la vioară și, înainte de toate, numele tău, a spus el, după care a chicotit și a clătinat din cap. Tinere Bo, o să ai nevoie de un nume de familie, să știi! Ai deja? a întrebat el, iar eu am ezitat. Unul pe care ai fi dispus să mi-l împărtășești, ca să te pot înscrie la conservator?

M-am gândit o clipă și am scos hârtia. Am început să mâzgălesc câteva dintre cuvintele mele preferate: „stele", „auroră", „serendipitate", „Pleiade"... A, da... aveau numărul potrivit de consoane și de vocale ca să iasă ceva interesant. M-am tot jucat, rearanjând literele în timp ce *monsieur* Landowski se uita la formulare. I-am dat bucata de hârtie.

Mă numesc Bo D'Aplièse.

El a ridicat dintr-o sprânceană.

– Bravo, băiete! Ai inventat cu succes un nume care o să-ți fie de folos la conservator. În ceea ce privește experiența... Ei, bine, cine ar putea să scrie despre asta mai bine decât tine însuți? a spus el, dându-mi formularele.

La rubrica *l'expérience antérieure de l'élève*, am scris:

Fără pregătire tehnică sau experiență profesională.

Monsieur Landowski s-a uitat la formularele completate cu strădanie și a spus:

– O, Doamne, chiar că *ești* mic de vârstă și naiv, dragă băiete! Unul dintre cele mai importante lucruri pe care le poate învăța un *artiste* e să se vândă! m-a sfătuit el, după care mi-a remarcat mirarea. Nu confunda asta cu aroganța! Poți rămâne modest, dar cunoscându-ți și valoarea. Poate că ar fi bine să scrii despre momentul în care ai început să cânți.

Mi-a dat formularele înapoi, iar eu m-am gândit o clipă și am scris:

Cânt la vioară de la vârsta la care mâinile mele au devenit suficient de mari ca s-o apuce. Îmi priveam tatăl cântând și mă minunam de felul în care arcușul lui dansa pe coarde. Tata a fost destul de bun să-și împărtășească pasiunea cu mine. La început am învățat să cânt după ureche, imitându-l pe el notă cu notă. Asta e în continuare metoda mea preferată, pentru că cei din jurul meu o consideră magică. Totuși, tata și-a dedicat foarte mult timp instruirii mele. M-a învățat să citesc, iar eu am ajuns să înțeleg „armonicele naturale" ca și cum acestea ar fi fost o limbă vorbită. Tata îmi spunea adesea că prin cântat se pot îmbunătăți memoria și capacitatea de concentrare, precum și funcția mentală și sănătatea generală. Nu-mi dau seama dacă am beneficiat de toate astea, dar știu că, atunci când cânt, timpul stă pe loc și călătoresc într-o altă sferă. Dansez pe aripile universului.

După ce am terminat de scris, i-am dat hârtiile lui Landowski.

– Poate că ar trebui să te faci și poet, a murmurat el. Spune-mi, cine a fost tatăl tău? Unde e acum? a întrebat, iar eu am clătinat din cap în semn că nu ştiam. Ei, bine, tinere, oriunde s-ar afla tatăl tău acum, în universul ăsta sau în următorul, sunt convins că ar fi mândru de realizările tale! Ca și mine, dacă îmi îngădui s-o spun! mi-a mărturisit, ceea ce m-a făcut să-l privesc drept în ochi. Tinere Bo, eu sunt sculptor. Treaba mea e să imortalizez în piatră esenţa unui individ. Clientul trebuie să simtă *emoţia* din statuie, trebuie să *simtă* ceva. Astfel, mă pricep de minune să-mi dau seama de ceea ce se află dincolo de faţadă. Iar tu, tinere, ai cunoscut o mare durere, a spus el, drept pentru care mi-am plecat privirea, am suspinat și am încuviinţat din cap. Ăsta e, fireşte, motivul pentru care mă bucur să te primesc în familia mea! Sper ca gestul meu să te ajute să-ţi recapeţi încrederea în umanitate, a conchis el, privind pe fereastra atelierului. Uneori e greu să-ţi aminteşti, mai ales atunci când ai trăit tristeţea pe care o simt în tine… dar în viaţa asta există mult mai mulţi oameni buni decât răi.

Am pus stiloul pe hârtie și am scris: *Sunteţi un om bun.*

– Of! Încerc și eu. Deși s-ar putea să mă apuce o furie criminală dacă Brouilly nu reușește să mi-l ducă pe *Cristo* la Rio în condiţii perfecte.

Am chicotit.

– Ai râs, dragă băiete?! O, Doamne, chiar că *sunt* privilegiat astăzi!

Landowski s-a întors la formularele cerute de *monsieur* Ivan pentru înscrierea mea. Dintr-odată, m-am simţit obligat să-i ofer ceva ca să-i demonstrez recunoştinţa mea. Nu eram obișnuit cu asemenea altruism, iar faptul că vedeam cum el îmi dedica momente preţioase din zi, m-a împins să fac ceva. În ciuda golului din stomac, am făcut un efort și am deschis gura:

– Vă mulţumesc, *monsieur*! am rostit eu pe un ton plin de supunere.

Landowski a făcut ochii mari și a zâmbit larg.

– Ce să vezi! Bun! E plăcerea mea.

Mi-am dus degetul la gură și i-am aruncat o privire rugătoare.

– Nici o grijă, băiete! Recunoștința ta exprimată în cuvinte o să rămână un gest despre care o să avem cunoștință doar noi doi. Iar acum o s-o rog pe Evelyn să trimită formularele la conservator. *Monsieur* Ivan mi-a propus să începi de săptămâna viitoare. Asta înseamnă că ar trebui să-ți împrospătăm garderoba.

14 ianuarie 1929

Astăzi, Evelyn m-a dus la Paris. Am mers până la o clădire imensă de pe Malul stâng[1]*, în Arondismentul șapte, numită Le Bon Marché. Era un magazin cum nu mai văzusem până atunci. Sub un singur acoperiș, se pot cumpăra alimente, mobilă și îmbrăcăminte. Evelyn mi-a spus că se numește „centru comercial". Le sunt îndatorat lui monsieur Landowski și familiei lui pentru că mi-au cumpărat o pereche nouă de pantofi maro și un sacou numai al meu, pe lângă pantaloni scurți, cămăși și lenjerie intimă. Nu mai avusesem parte de serviciile unui croitor, un domn care măsoară hainele ca să se asigure că vin perfect pe corpul clientului. Evelyn i-a cerut să facă sacoul mai mare, fiindcă prezice că o să cresc destul de repede. În timp ce așteptam ca bunul domn să-și termine treaba, Evelyn a avut amabilitatea de a-mi cumpăra un* éclair au chocolat[2] *de la Grande Épicerie, de la parter, unde se află o hală cu mâncare, ce se întinde pe kilometri întregi. Apoi ne-am plimbat pe malul Senei. M-am simțit ca și cum aș fi fost în faimosul tablou al lui* monsieur *Seurat. După ce am luat hainele și ne-am întors acasă, am dat fuga în camera mea ca să exersez cântecele pentru* monsieur *Ivan, fiindcă mâine încep lecțiile.*

---

[1] Arondismentele situate la sud-est de Sena

[2] Ecler cu ciocolată

CAPITOLUL 13

– Bo D'Aplièse! *Entre, s'il te plaît.*[1]

Silueta subțirică a lui *monsieur* Ivan s-a ivit în prag. Profesorul meu mi-a făcut semn să intru în mica lui sală de clasă. Deși fațada conservatorului era măreață, spațiile dedicate lecțiilor nu arătau deloc astfel. Ca să izoleze sunetul, lipiseră fetru roșu de tapetul scorojit, iar în aer plutea un miros rânced. Nu că asta m-ar fi descurajat.

– Permite-mi să te felicit pentru frumosul tău nume de familie, pe care l-am aflat între timp. E aparte! a spus *monsieur* Ivan mângâindu-și bărbia sfrijită, iar eu i-am mulțumit printr-o înclinare din cap. A, da! Băiatul care nu vorbește! Ei, bine, n-o să pierd timpul cu pălăvrăgeala, *petit monsieur*. Să începem!

Am dat să deschid tocul viorii.

– *Non!* Trebuie să lăsăm instrumentul să se aclimatizeze. Abia ce-a venit de pe străzile pariziene, în ianuarie, așa că trebuie să se încălzească. Apropo, te rog să mă urmărești, mi-a cerut *monsieur* Ivan, ridicând mâna stângă și întinzându-și degetele. *Un, deux*[2], strânge! a exclamat el strângând din pumn, iar eu i-am urmat exemplul. Trebuie să facem asta de cinci ori, cu ambele mâini!

---

[1] Intră, te rog (în limba franceză în original)

[2] Unu, doi (în limba franceză în original)

După aceea, *monsieur* Ivan m-a pus să-mi așez mâinile pe catedră. Apoi mi-a cerut să ridic fiecare deget cât mai mult posibil și să-l țin pe loc doi timpi. În mod clar, el mi-a simțit nedumerirea, căci nu făcusem așa ceva în timpul lecțiilor de muzică pe care le luasem cu Papa.

– *Petit monsieur*, nu crezi că un alergător ar face întinderi înainte de a intra pe pistă? Îi suntem datori instrumentului să fim pregătiți ca să-l folosim!

Am dat din cap în semn că eram de acord. Mi s-a permis să scot vioara din cutie doar după câteva minute de pregătire a degetelor și încheieturilor.

– După mine, te rog! mi-a cerut *monsieur* Ivan.

I-am imitat trilurile[1] și *études*-urile[2], iar apoi am trecut la solfegii și arpegii.

– Excelent, micuțule Bo! Văd că te descurci mai bine decât la prima noastră întâlnire. Ai exersat? a întrebat el, iar eu am încuviințat din cap. Foarte promițător! Asta e metoda care poate permite unui cântăreț mediocru să atingă virtuozitatea. Așadar, în calitate de profesor, o să te învăț tehnici de strune de nivel superior, cum ar fi controlul *vibrato*-ului, diferite atacuri de arcuș și gamele armonice. O să încerc să-ți corectez problemele tehnice și o să te încurajez să depășești limitele interpretării muzicale. Ți se pare satisfăcător?

Era mai mult decât satisfăcător. Într-adevăr, parcă Dumnezeu însuși se oferise să-mi arate poarta către rai.

Restul lecției a fost obositor. Nu izbuteam să cânt mai mult de câteva note, că *monsieur* Ivan mă și oprea ca să comenteze poziția degetelor, postura sau urechea muzicală. Eram învăluit de o tornadă de admonestări și am început să mă întreb de ce pusesem vreodată mâna pe vioară. Tocmai când stăteam să plâng, *monsieur* Ivan a declarat că prima noastră ședință s-a încheiat.

---

[1] Ornament muzical constând din executarea rapidă (și prelungită), cu vocea sau cu un instrument, a unui sunet de bază împreună cu unul alăturat lui

[2] Schițe muzicale

– Lecția s-a terminat, *monsieur* Bo! m-a anunțat profesorul meu, drept pentru care mi-am luat bărbia de pe vioară și am lăsat-o pe genunchi, împreună cu arcușul. Obositor, nu-i așa? Nu-ți face griji, e normal! N-ai mai luat niciodată o lecție adevărată. Multe dintre ședințele noastre o să se dovedească a fi la fel de dure, atât pentru corp, cât și pentru minte. Dar o să fie din ce în ce mai ușor, crede-mă! Ne vedem vineri. Între timp, te rog să exersezi relaxarea umerilor. Am observat că, de fiecare dată când te opream, îi încordai și mai tare. Asta nu-i bine!

Nedumerit, am scris:

Cum?

– Bună întrebare. Trebuie să încerci să te duci într-un „loc sacru" din mintea ta. Poate să-ți imaginezi un moment din viață în care te-ai simțit în deplină armonie. Asta ai de făcut în următoarele câteva zile. Ne vedem vineri. Mulțumesc, *petit monsieur*!

Am pus vioara în toc și am ieșit din încăpere. Majoritatea oamenilor nu și-ar fi dat seama dacă un băiat tăcut era supărat sau exaltat, dar Evelyn a văzut că ceva era în neregulă.

– A fost greu, dragul meu? a întrebat ea, iar eu m-am uitat în pământ. Nu uita că *monsieur* Ivan nu-i obișnuit să le dea lecții unor elevi atât de mici de vârstă. Conservatorul e pentru studenți, care își petrec fiecare oră din zi studiind. Câtă vreme te-am așteptat la recepție, am văzut cum intrau și ieșeau studenți care aveau dublul vârstei tale. Mă îndoiesc că profesorul tău te tratează altfel decât pe ei! a fost ea de părere, iar eu am privit-o și am zâmbit. Cred că ești mai tânăr cu zece ani decât oricare de-aici, *chéri*! Realizările tale sunt mai mult decât remarcabile.

În următoarele săptămâni, am muncit cu furie. Seara mă duceam la Evelyn, unde exersam gamele, îi arătam postura și cântam „Venus" din *Planetele* lui Holst. Biata femeie, cred că auzise piesa de o sută de ori, dar în fiecare seară aplauda și spunea că îi plăcuse și mai mult decât data trecută. În zilele în care nu eram la conservator, îmi petreceam timpul în atelier împreună cu *monsieur* Landowski. *Monsieur* Brouilly plecase deja la Rio de Janeiro, iar, în absența lui, devenisem asistentul de facto – înmânam uneltele, pregăteam cafeaua și îl ascultam pe *monsieur* Landowski exclamând de încântare sau de frustrare în timp ce lucra la proiectele sale. Ca recompensă, îmi dăduse voie să împrumut cărți din biblioteca lui personală. Îmi făcuse acea onoare fiindcă mă surprinsese într-o seară, după cină, uitându-mă cu nostalgie la unul dintre rafturi.

Drept urmare, devorasem cărți de Flaubert, Proust și Maupassant. După ce am pus la loc în bibliotecă a treia carte într-o săptămână, *monsieur* Landowski a făcut ochii mari.

– O, Doamne, băiete, în ritmul în care îmi citești colecția, o să trebuiască să cumpăr întreaga *Bibliothèque de la Sorbonne*! a exclamat el, ceea ce mi-a iscat pe față un zâmbet larg. Știi, trebuie să mărturisesc că nu cunosc mulți tineri care să aibă o asemenea pasiune pentru literatură. Trebuie să fii mai înțelept decât te arată vârsta. Ești sigur că n-ai patruzeci de ani și că n-ai descoperit fântâna tinereții?

La conservator, lecțiile cu *monsieur* Ivan au continuat cu pași repezi și, cu fiecare ședință, mă obișnuiam tot mai mult cu felul lui de a fi.

– Relaxează-ți umerii, *petit monsieur!* Mergi în spațiul tău sacru! mă dăscălea el, ceea ce, trebuia să recunosc, îmi venea greu. De fiecare dată când îți dau o notă, te încordezi și mai tare! Astea sunt lecții, micuțule Bo, iar tu ești aici ca să înveți!

Era o ironie a sorții ca *monsieur* Ivan să-mi ceară asta în timp ce, simultan, ridica vocea și dădea din brațe. Dacă aș fi avut opțiunea de a vorbi, cred că aș fi țipat de frustrare. În schimb, strângeam din dinți și continuam să cânt. Deși ajunsesem la exasperare, nu-i reproșam nimic profesorului meu. Nu era agresiv, nici rău intenționat, ci pur și simplu pasionat de meseria lui și dornic ca eu să mă perfecționez. Iritarea mea se năștea mai degrabă din dorința de a atinge perfecțiunea. În fiecare seară transpiram exersând tot ceea ce mă învățase. Muncind asiduu, presupuneam că, încetul cu încetul, criticile lui aveau să înceteze.

După câteva săptămâni, *monsieur* Ivan mi-a permis să cânt un solo întreg fără să mă întrerupă.

– Bine, Bo! Ai început să te pricepi la *legato*. E un progres! a remarcat el, iar eu mi-am plecat capul. Acum, pentru că nu cred că ești capabil s-o faci de unul singur, o să alcătuim împreună o listă cu lucrurile care te fac fericit. Apoi, când te enervezi că îți dau note, o să te poți gândi la lucrurile astea și încordarea o să-ți dispară. Te rog, ia loc! m-a îndemnat, arătând către taburetul de lângă scaunul lui. Se pare, tinere, că porți greutatea lumii pe umeri!

Am încremenit, întrebându-mă dacă îmi descoperise cumva adevăratul nume. Deja își dăduse seama că eram din aceeași parte a lumii. Oare pe cine cunoștea? De teama consecințelor, mi s-a strâns stomacul.

– Nu-i bine, Bo! Un mare violonist nu poate cânta dacă e legat de o ancoră atât de grea. Umerii tăi trebuie să fie liberi să se miște odată cu instrumentul. Așa că, împreună, o să încercăm să ridicăm greutatea asta.

Mi-am dat seama că analogia aleasă de el nu era decât o coincidență. Mi s-a calmat pulsul. M-am așezat lângă el și am scos hârtia.

– Să începem, așadar, lista de lucruri vesele! a decretat el privindu-mă cum stăteam cu stiloul în mână, iar apoi a chicotit. Bine, încep eu! Ce mă face fericit? O, da... „O vodcă bună", a scris el. Așa, acum e rândul tău! m-a îndemnat, dar stiloul meu tot nu s-a clintit. Ai prieteni, *petit monsieur*?

Am scris:

Familia Landowski.

– Da, da. Și în afară de ei?

Nu merg la școală, așa că nu cunosc alți copii.

– Hmmm... bine zis! Ori de câte ori vreau să-mi amintesc ce mă făcea fericit pe vremea când eram mic, mă gândesc la prietenii mei de la școală. Făceam ravagii cu orele pe străzile Moscovei! a povestit *monsieur* Ivan, încrucișându-și brațele peste vesta de lână și sprijinindu-se de spătarul scaunului. Îmi amintesc că aruncam bulgări de zăpadă și construiam igluuri. Dar tu n-ai ocazia să faci așa ceva.

Am scris:

Vioară, cărți.

– O, da, lucruri într-adevăr minunate! Dar te izolează. Dacă eu îți cer să mergi într-un „loc sacru", ele nu ți-l pot oferi. Ai nevoie de *experiențe*, tinere! O să văd dacă putem aranja să petreci ceva timp împreună cu niște copii de vârsta ta. Am un fost elev care merge la orfelinatul Apprentis d'Auteuil de câteva ori pe săptămână, ca să le cânte copiilor. O să-i telefonez și o să-l întreb dacă ai putea participa la activitățile lor de recreere atunci când vii la Paris. La prânz sau seara, poate, a spus el, iar apoi mi-a observat privirea îngrozită. Nu te speria așa, *petit monsieur!* De ce te temi? Să nu ajungi chiar tu la orfelinat? m-a chestionat el, iar eu am încuviințat energic din cap, ceea ce l-a făcut să râdă. Nu trebuie să te îngrijorezi, băiete! Vorbesc des cu *monsieur* Landowski și, întâmplător, știu cât de mult prețuiește prezența ta în casa lui. Batem palma? mi-a cerut, dar eu, de neclintit, mi-am arătat împotrivirea clătinând din cap. Of! Ascultă-mă, știu ce zic! Viața înseamnă oameni și nu există pedeapsă mai rea decât singurătatea. Demersul pe care intenționez să-l fac e doar spre binele tău. M-am uitat în pământ, dar *monsieur* Ivan a continuat: În plus, și acei tineri sunt orfani și au ajuns să cunoască greutățile vieții prea devreme, la fel ca tine. Cred că ți-ar prinde bine să petreci ceva timp alături de ei! m-a îmbiat el, dar n-am răspuns, ceea ce l-a făcut să ofteze. Bine! Dacă accepți, îți promit să mă abțin de la critică vreme de o ședință întreagă. În plus, poți cânta orice dorești. Asta e o ocazie rară! N-o să mă vezi făcând asemenea învoială cu elevii mei, să știi! Batem palma?

Simțind că n-aveam de ales, am întins mâna și i-am strâns-o pe a lui.

– Excelent! O să-i telefonez lui *monsieur* Landowski ca să ne dea permisiunea, după care o să iau legătura cu fostul meu elev. Mersi, *petit monsieur*! Ne vedem marți.

CAPITOLUL 14

– O, Doamne, micuţul meu! Probabil că vizitele astea o să-ţi sporească recunoştinţa faţă de ospitalitatea pe care ţi-o oferă *monsieur* şi *madame* Landowski!

Evelyn nu se înşela atunci când vorbea astfel despre Apprentis d'Auteuil. Aspectul clădirii era cu adevărat gotic, fiindcă ferestrele aveau rame putrede, iar zidăria era dărăpănată. Am fost întâmpinaţi la porţile mari, de fier, de o femeie înaltă şi sprintenă, *madame* Gagnon, care ne-a deschis şi ne-a condus prin curtea betonată.

– Asta e o favoare datorată strict contribuţiei pe care tânărul *monsieur* Baudin o aduce cu vioara lui. Zău, n-avem timp să supraveghem încă un copil! *Madame*, vă daţi seama cât de aglomerat e orfelinatul după Marele Război? N-avem loc nici să respirăm!

– *Madame* Gagnon, ştiu că *monsieur* Landowski şi *monsieur* Ivan vă sunt nespus de recunoscători că i-aţi permis lui Bo să-şi petreacă timpul împreună cu alţi copii!

– Ei, bine, nu ştiu ce folos poate trage băiatul din toată treaba asta. Nu vorbeşte, aşa că nu văd ce ar avea de câştigat dacă mi-ar aglomera terenul de joacă.

– *Madame* Gagnon, *monsieur* Landowski mi-a spus că ar dori să contribuie la întreţinerea orfelinatului.

– Dacă asta îi aduce pace sufletească, n-are decât, *madame*! Există mulţi parizieni cu conştiinţa încărcată, ale căror donaţii ne permit să ținem porțile deschise și să hrănim copiii. Dacă *monsieur* Landowski ar dori cu adevărat să facă ceva, ar putea găsi de cuviință să le ofere o familie iubitoare unora dintre copiii ăștia.

Am văzut-o pe Evelyn crispându-se și făcând semn către mine. *Madame* Gagnon a ridicat din sprâncene și a conchis:

– Ei, bine, e timpul ca acești copii să iasă la aer curat! O să stea aici doar o oră și mă aștept să vă întoarceți repede, *madame* Evelyn! După pauză, o să-l scot băiat pe poartă și n-o să mai fie responsabilitatea mea.

– Înțeleg, *madame* Gagnon! a răspuns Evelyn.

Femeia aceea uscățivă s-a răsucit pe călcâie și a intrat în orfelinat. În momentul în care marile uși de lemn s-au închis în urma ei, bufnitura a răsunat în curte.

– Of, nu mă grăbesc să judec, micule Bo, fiindcă doamna asta are de îndeplinit o slujbă grea, dar parcă îi curge lavă în vine. Totuși, sunt sigură că cei de care are grijă sunt altă poveste. Nu uita, mă întorc într-o oră. Încearcă să te distrezi, *chéri*! Vrei să iau asta? a întrebat Evelyn apucând vioara, pe care încă o țineam în mână după lecția cu *monsieur* Ivan, dar, instinctiv, m-am agățat de ea, fiindcă era bunul meu cel mai de preț și nu-mi venea s-o las nici măcar pe Evelyn să mi-o ia. Foarte bine, Bo, dacă dorești, poți s-o ții la tine!

Ușile s-au deschis din nou, iar copiii au dat năvală în curte.

– O, Doamne, au paltoanele mai ciuruite decât *șvaițerul*, a spus Evelyn în șoaptă. Mult noroc, micuțule Bo! Ne vedem în curând!

Și a ieșit pe poarta de fier. Mă întrebasem de multe ori cum se simțeau sclavii antici în timp ce așteptau să iasă într-un Colosseum ce clocotea de romani, ca să înfrunte leii. Parcă tocmai aflasem.

Eram șocat de varietatea vârstelor. Mi se părea că despre unii abia dacă puteai zice că erau copii, pe când alții n-aveau mai mult de doi sau trei ani, cei mari ținându-i de mânuțele firave. Curtea s-a umplut rapid, iar cei care treceau pe lângă mine mă priveau cu suspiciune. Unii au scos cretă din buzunare și au început să deseneze pătrate pe jos. Alții aveau mingi vechi de cauciuc, pe care și le aruncau unii altora. În toată frenezia, am rămas pur și simplu nemișcat și m-am uitat în jur, neștiind ce să fac.

De fapt, pentru că nu mai fusesem niciodată la școală, nu știam cum să intru în contact cu alți copii. În afară de unul singur, bineînțeles: băiatul care îmi fusese cel mai bun prieten, cel pe care-l iubisem ca pe un frate și... de care fugisem. *El* era motivul pentru care plecasem prin nămeți, în cea mai cruntă zi din viața mea. Gândindu-mă la ceea ce mi-ar fi făcut el dacă ne-am mai fi revăzut vreodată, m-a trecut un fior pe spinare. Jurase să mă omoare și, după privirea lui ucigătoare din acea dimineață cumplită, n-aveam nici un motiv să mă îndoiesc că ar fi făcut-o.

– Tu cine ești?

În fața mea s-a ivit un băiat cu o față colțuroasă și care purta o căciulă de lână uzată. Am scos hârtia din buzunar și am început să scriu.

– Ce faci? Ți-a pus o întrebare! a spus alt băiat cu sprâncene groase și negre.

Mă numesc Bo, nu pot să vorbesc. Salut!

Le-am arătat cele scrise. Amândoi au mijit din ochi. Brusc, mi-am dat seama ce aroganță pe mine să presupun că cei pe care-i întâlneam aici ar fi știut să citească!

– Ce zice, Maurice? a întrebat cel cu căciulă.

– Că nu vorbește.

– Păi, atunci, ce rost are? Care-i rostul tău? a întrebat cel dintâi, făcându-mă să simt că întrebarea lui n-avea treabă cu filosofia compatriotului meu, Dostoievski. De ce au murit părinții tăi?

Am venit doar în vizită.

– Nu înțeleg. De ce ai veni în văgăuna asta?

Plin de nădejde, am scris:

Aș vrea să-mi fac prieteni.

Ambii au izbucnit în râs.

– Prieteni? Locul tău e la circ! Şi asta ce-i, clovnule?

Cel cunoscut sub numele de Maurice mi-a înşfăcat tocul viorii. M-a cuprins panica. Am clătinat din cap cât am putut de tare şi mi-am împreunat mâinile, implorându-l pe muteşte să mi-o dea înapoi.

– Scripcă, nu? De ce ai adus-o? Cine te crezi, păcăliciul Baudin?

– Da, chiar aşa, Jondrette! Uită-te la hainele lui. Se crede un mic *monsieur* dichisit, aşa-i?

– Ia zi, ţi se pare amuzant să vii aici ca să râzi de noi fiindcă n-avem de nici unele? m-a repezit Jondrette, iar eu am continuat să clatin din cap şi am căzut în genunchi, sperând ca cei doi să-şi dea seama de disperarea mea. În locul ăsta, rugăciunile nu te ajută! Ia să vedem ce avem aici!

Jondrette a dat să deschidă cutia. Îmi doream cu fiecare fibră a fiinţei mele să zbier, să-l atac verbal sau să mă folosesc de raţiune ca să-mi recapăt vioara. Dar ştiam că nu era cazul să atrag atenţia asupra mea.

– Dă-o încoace, pămpălăule!

Maurice i-a smuls vioara lui Jondrette şi a început să tragă de cleme, încercând de zor să le desfacă. Bruta a izbutit şi a aruncat cataramele metalice pe jos. Apoi Jondrette a ridicat violent capacul şi, cu mâinile lui murdare, a ridicat preţiosul meu obiect.

– Ia te uită! Cred că-i mai frumoasă decât cea a lui Baudin! Ce zici, Jondrette? Încercăm s-o vindem?

– Ştii tu pe cineva care să ne dea bani pentru aşa ceva şi să nu ne denunţe imediat la jandarmerie, acuzându-ne că am încercat să vindem bunuri furate?

– Da, ai dreptate! Zic că ar fi o ocazie bună să-i dăm o lecţie lui *Monsieur Dichisit*!

Jondrette a ridicat vioara deasupra capului. Am închis ochii şi m-am aşteptat să aud zgomotul lemnului crăpând pe beton. Spre surprinderea mea, acel sunet nu s-a auzit.

– Ce naiba crezi că faci, ticălos de doi bani ce eşti?!

Am deschis ochii și am văzut o fată cu părul blond, care tocmai îl apucase de braț pe Jondrette.

– Băi! Dă-mi drumul! a strigat el, dar fata l-a strâns și mai tare. Au!

– Dă-i instrumentul înapoi, Jondrette, altfel îi spun lui *madame* Gagnon că voi doi sunteți cei care au intrat în magazie și au furat biscuiții!

– N-ai nici o dovadă, pârâcioaso!

– Ba cred că firimiturile de sub patul tău ar fi suficiente, Maurice! l-a contrazis fata arătând spre ușă, în pragul căreia *madame* Gagnon fuma o țigară în timp ce îi supraveghea pe cei mici. Dacă dau fuga să-i spun, una-două se duce să verifice, știi bine!

Maurice și Jondrette s-au uitat unul la altul.

– De ce-i iei apărarea viermelui? N-ați văzut ce haine poartă? Are bani. A venit aici ca să-și bată joc de noi!

– Nu toată lumea îți vrea răul, Maurice! Jondrette, dă-i înapoi vioara! a poruncit fata, dar Jondrette a ezitat, iar ea și-a dat ochii peste cap. Mă rog, cum vrei! a conchis, întorcând capul spre clădire și strigând: *Madame...!*

– Bine, bine, bine! Na! s-a stropșit Jondrette, smulgându-și brațul din strânsoarea ei și dându-mi vioara. Întotdeauna te apără fetele? a mormăit el, scrâșnind din dinți.

– Gata! Plecați de-aici, neghiobilor! a strigat salvatoarea mea.

Maurice și Jondrette au dat să plece, neconvinși, dar nu înainte ca cel din urmă să dea cu piciorul în tocul de vioară crăpat, care s-a dus cât colo. Fata l-a ridicat și mi l-a adus. Mă așezasem pe jos, legănându-mi vioara ca pe un cățeluș bolnav.

– Îmi pare rău! N-aș lua-o personal, ăștia doi se poartă oribil cu toată lumea. Dă-mi voie să te ajut! m-a îmbiat fata, începând să adune bucățile de hârtie care îmi căzuseră pe jos în timp ce mă rugasem de băieți, iar ea a aruncat o privire la foaia de deasupra teancului. Nu poți vorbi? s-a mirat, drept pentru care am clătinat din cap. O, Doamne! Și eu, care mă întrebam de ce n-ai strigat! Cum te cheamă?

Am răsfoit repede hârtiile și am găsit pagina potrivită.

– Bo?

Am încuviințat din cap. Fata a chicotit. Sunetul acela a fost atât de plăcut, încât am crezut că inima avea să-mi stea în loc.

– Îmi place numele tău, Bo! De aceea ai vioară?

Am ridicat din umeri și, fără să-mi dau seama, am zâmbit. Am scos stiloul din buzunar și am început să scriu.

Cum te cheamă?

– A, da, scuze! Mă numesc Elle. Încântată de cunoștință, Bo!

20 martie 1929

Monsieur Ivan a insistat să particip la activitățile recreative de la orfelinatul Apprentis d'Auteuil, ca să mă bucur de experiențe frumoase împreună cu alți copii. Crede că dacă îmi fac prieteni, o să mi se ridice de pe umeri povara lumii și o să devin un violonist mai bun. Respect dorința lui monsieur Ivan și, în ultimele săptămâni, am fost la orfelinat în pauzele de prânz de marți și în timpul recreației de seară, vinerea. Sunt recunoscător pentru experiența asta și mi-am dat seama că mare noroc am avut atunci când am fost primit de generoasa familie Landowski. Mulți dintre copiii de la orfelinat și-au pierdut părinții în Marele Război. În realitate, îmi e oarecum greu să fac cunoștință cu ceilalți, din cauza muțeniei mele. Nu pot să cer mingile sau să cânt în timpul jocului care se numește „șotron". Cu toate astea, sunt hotărât să devin un violonist virtuoz și o să perseverez. Există o persoană pe care am întâlnit-o la Apprentis d'Auteuil și împreună cu care îmi face plăcere să-mi petrec timpul. Pe ea o cheamă Elle și n-o deranjează faptul că nu vorbesc. O interesează mai mult muzica mea și m-a întrebat în repetate rânduri dacă vreau să-i cânt la vioară. Mărturisesc că încă nu mi-am făcut curaj, nu de teama a ceea ce ar putea face ceilalți copii (deși, pe baza experienței de până acum, e o grijă firească). Sincer vorbind, mi-ar fi teamă să n-o dezamăgesc în vreun fel pe Elle, fiindcă mă paralizează nervozitatea. Părul ei auriu și ochii albaştri mă fac să mă gândesc la un înger, iar gândul de a dezamăgi un înger e prea supărător.

Am ridicat stiloul de pe foaie. Nu cred că e potrivit să-mi consemnez sentimentele în jurnalul *oficial*, în cazul în care familia Landowski ar încerca vreodată să-l citească. O să trec la cel secret, din care fac parte şi paginile astea. Dacă nu e deja evident, declar acum sus şi tare că merită să îndur ororile orfelinatului ca să petrec două ore pe săptămână împreună cu Elle Leopine.

În puţinul timp de când o cunosc, am descoperit că ştie să cânte atât la violă, cât şi la flaut şi că e autodidactă. Instrumentele au fost ale părinţilor ei şi reprezintă singura legătură pe care o mai are cu ei. Amândoi au pierit în război. Tatăl lui Elle a murit în tranşee, iar mama, în timpul epidemiei de gripă din 1918. Are treisprezece ani şi, ca atare, nu-şi aminteşte de ei. Poate că cel mai trist lucru pe care l-am aflat despre ea e că avea un frăţior, care era în vârstă de doar câteva săptămâni atunci când a murit mama ei. Orfelinatul reuşise să aranjeze adoptarea lui imediată, pentru că exista o mare cerere de nou-născuţi din partea familiilor care pierduseră enorm de mult în război. Însă Elle n-a fost la fel de norocoasă. Era la Apprentis d'Auteuil de unsprezece ani.

Atunci când sunt cu ea, constat că nu mă gândesc la nimic altceva. În acele momente nu-mi contemplu trecutul, nici durerea şi nici tragedia pe care le-am trăit. Din punctul ăsta de vedere, ea e ca o muzică, capabilă să mă transporte într-un loc dincolo de pământul fizic de sub picioarele mele. O, Doamne! Cine mă cred, Lord Byron?

De fapt, poezia lui mi s-a părut întotdeauna puţin cam greu de digerat. Dar acum am descoperit că versurile lui Byron rezonează cu toată fiinţa mea. De când am cunoscut-o pe Elle, mi-e ruşine să spun că acum nu-mi mai pasă de prea multe altele. Vizitele la Evelyn sunt pe locul doi, precum şi cărţile pe care le împrumut de la *monsieur* Landowski. Până şi lecţiile mele de vioară cu *monsieur* Ivan ocupă acum un loc secundar în mintea mea. În timpul celor două drumuri pe săptămână pe care le fac la Paris, nu mai sunt alimentat de entuziasmul de a cânta la conservator, ci de gândul de a petrece timp împreună cu noua mea prietenă.

Sunt conştient de efectele „iubirii" asupra unei minţi. Din literatura pe care am citit-o, înţeleg că până şi cel mai robust creier îşi poate pierde orice simţ al raţiunii şi al logicii. Şi totuşi, chiar dacă o ştiu, nu mă interesează.

Elle mi-a spus că a citit de două ori toate cărţile din biblioteca orfelinatului, aşa că m-am hotărât să-i aduc romane din colecţia lui *monsieur* Landowski. Dacă asta nu-i o dovadă că îmi pierd minţile, nu ştiu ce ar putea fi. Cărţile nu sunt ale mele ca să le împrumut şi nu-mi place să mă gândesc la ce ar simţi *monsieur* Landowski dacă ar descoperi ce am de gând să fac. Dar nu mă pot abţine. Dorinţa de a o mulţumi pe Elle depăşeşte teama de orice repercusiuni pe care le-ar putea avea faptele mele. După ce Elle termină de citit o carte, discutăm despre ea (e mult spus „discutăm" – ea vorbeşte, eu scriu). Deşi, în mod remarcabil, de multe ori Elle ştie ce vreau să spun, fără ca stiloul meu să atingă hârtia.

Mâine e marţi şi sper că ea a terminat de citit *Fantoma de la Operă*. Mă înroşesc ori de câte ori mă gândesc la cartea asta, pentru că e povestea unui muzician talentat care încearcă să cucerească o femeie de o frumuseţe inegalabilă. Îmi place să cred că am şi un avantaj semnificativ, pentru că faţa mea nu e desfigurată, precum cea a fantomei. Cu toate că, trebuie să recunosc, dacă vreau s-o impresionez pe Elle cu talentul meu muzical, ar trebui ca mai întâi să-i cânt.

Am pus bine jurnalul şi m-am urcat în pat. Mai devreme îi cântasem lui Evelyn nişte arpegii deosebit de dificile şi, destul de repede, am simţit că adormeam, cu gândul la chipul dulce al lui Elle. M-am întors pe pântec şi, din nou, am simţit un junghi în piept. Uitam tot mai des să-mi scot punguţa de la gât. Pe măsură ce treceau zilele, pur şi simplu devenea din ce în ce mai uşor să uit cine eram şi de ce mă aflam aici.

*

Vineri seara mi se permitea să intru în Apprentis d'Auteuil și să merg în sala comună de la primul etaj ca să stau împreună cu ceilalți copii. Eu și Elle ne-am cocoțat pe divanul de la fereastră și am privit spre Rue Jean-de-La-Fontaine.

– Nu-mi vine să cred că Christine ar putea fi cu adevărat fericită cu Raoul! a spus Elle despre romanul lui Gaston Leroux. Muzica e pasiunea ei și numai Fantoma înțelege asta cu adevărat. Raoul e plictisitor. E doar... chipeș și bogat...

Fantoma e un ucigaș!

Elle a râs.

– Așa-i, Bo!

Tu pe cine ai alege?

Ochii ei albaștri m-au privit parcă dincolo de ai mei, pătrunzându-mi drept în suflet.

– Hmmm... bogătașul plictisitor sau criminalul interesant? a cântărit ea. Chiar dacă pare o nebunie, cred că aș risca și aș alege Fantoma. În cazul în care m-ar ucide, măcar voi fi trăit o viață scurtă și pasională în locul uneia lungi și plictisitoare.

Ești foarte înțeleaptă.

– Nu, ne confunzi, Bo! Tu ești cel înțelept. Nu vorbești, dar poți transmite într-o propoziție scrisă ceva ce mie mi-ar lua câteva ore să spun.

E o necesitate.

– Zău? a întrebat ea zâmbind, iar apoi s-a uitat pe fereastră. Uneori mi se pare că ai vrea să vorbești, mi-a mărturisit, iar mie mi s-a strâns stomacul și m-am gândit la noianul de cuvinte care îmi stăteau pe buze. În sfârșit, ce-ar fi să-mi cânți ceva, Bo? Îți promit că Maurice și Jondrette n-o să cuteze să te mai necăjească.

Tu nu mi-ai cântat nimic.

– Sunt doar o amatoare autodidactă, am învățat din cărți și prin exercițiu. Adevărul e că nici nu știu cât de pricepută sunt. Mi-ar fi jenă să-ți cânt. Tu, în schimb, ești studentul lui *monsieur* Ivan!

Încă nu sunt perfect.

– Păi, nimeni nu-i perfect. Dar iei lecții la Conservatoire de Paris! Nu mai știu pe nimeni de vârsta noastră care să fi fost primit. Visez să ajung într-o zi acolo, însă..., a murmurat ea, arătând cu mâna de jur împrejur, ... cum să-mi permit vreodată taxele?

Și-a plecat privirea și în acea clipă am crezut că mi se frângea inima.

O să ajungi într-o zi.

– Mulțumesc, dar mă îndoiesc! Nu văd să vină ziua în care să mi se dea drumul de-aici, darămite să fiu lăsată să intru pe ușile conservatorului.

Ochii i s-au umplut de lacrimi. Îmi doream cu fiecare fibră din mine să deschid gura și să-i spun platitudini, s-o asigur că eu constituiam dovada vie că *orice* era posibil. Însă știam că trebuia să mă abțin cu orice preț.

Mi-a venit o idee. Am desfăcut iute sforile cu care țineam legată vioara în tocul spart și am dus instrumentul la bărbie. Am luat arcușul, am închis ochii și am început *Sonata nr. 9* a lui Beethoven. În timp ce-i cântam lui Elle, simțeam că interpretam mai bine, că fiecare notă era mult mai importantă. Am îndepărtat arcușul de vioară după încheierea piesei și am cutezat să deschid ochii ca să văd reacția lui Elle.

Ea se uita la mine cu ochii mari, iar tristețea îi dispăruse din privire.

– Bo... a fost incredibil! Știam că ești foarte talentat dacă te-a primit *monsieur* Ivan, dar chiar și așa...

Mi-am plecat capul. Adrenalina îmi curgea prin vene și faptul că știam că interpretarea mea avusese efectul scontat făcea să-mi crească inima de bucurie. Dintr-odată, mi-am dat seama că publicul meu nu-l constituise numai Elle, ci că fusese considerabil mai mare. M-am întors încet spre sală, unde am văzut o mare de chipuri uluite, care mă priveau lung. În spate, *madame* Gagnon își ținea sprâncenele atât de ridicate, încât păreau că aveau s-o înalțe de la pământ. Spre marea mea uimire, ea a ridicat mâinile și a început să aplaude. Ceilalți au făcut la fel și curând primeam aplauze furtunoase. Până și Maurice și Jondrette, deși nu băteau din palme, mă priveau uluiți. Cred că Elle a simțit că eram copleșit, fiindcă m-a luat de mână și acela a fost momentul perfect al vieții mele.

Aplauzele s-au domolit, iar *madame* Gagnon a decis să-mi facă un compliment.

– Bravo! În pofida vârstei tale, cred că i-ai putea da lecții lui *monsieur* Baudin!

– Vezi, te pricepi, fără îndoială, mi-a șoptit Elle, și apoi m-a sărutat pe obraz. Mulțumesc, Bo!

Mi-a fugit tot sângele din obraji și am încercat să-mi ascund stânjeneala punând vioara la loc în tocul ei. Apoi, după ce am legat sfoara, am scris:

Tu când îmi cânți?

– Crezi că aș mai cânta? Aș fi ca un bebeluș care ar încerca să recite sonetele lui Shakespeare.

Aș fi foarte fericit dacă mi-ai cânta.

Elle și-a luat chipul zâmbitor în mâini.

– Of! Bine. O să exersez în weekend, ca să fiu pregătită marțea viitoare, când vii aici. Măcar aș putea primi de la tine niște sfaturi ca să mă perfecționez.

După ce Evelyn a sosit ca să mă ducă înapoi la Boulogne-Billancourt, *madame* Gagnon m-a lăsat la poartă și i-a povestit ce se petrecuse.

– E un mare talent și e binevenit aici!

În autobuz, în drum spre casă, Evelyn mi-a remarcat bucuria.

– Nu-mi vine să cred că ai cântat în fața copiilor! E o veste fantastică, Bo! Știu că *monsieur* Landowski o să fie foarte fericit să afle că ai început să capeți încredere în tine.

Ceea ce Evelyn nu știa, bineînțeles, era că nu pentru copii cântasem. Doar pentru o fată, care părea să-mi schimbe iute cursul vieții.

Marți m-am întors la Apprentis d'Auteuil, iar Elle m-a luat de mână și mi-a cerut s-o urmez. Am traversat curtea și, spre uimirea mea, *madame* Gagnon a deschis ușa și ne-a îngăduit să trecem.

– Mi-a dat voie să cânt singură în sala comună. Sunt prea timidă ca să țin un spectacol în fața mai multor auditori, așa cum ai făcut tu alaltăieri.

Am gonit amândoi pe coridoare și Elle m-a tras după ea cu asemenea forță, încât a fost nevoie să alerg ca să țin pasul cu ea. După ce am ajuns, m-am așezat pe unul dintre scaunele vechi, cu pielea uzată până la cadrul de metal. Elle a scos flautul și l-a asamblat repede.

– Am hotărât să cânt Debussy, *Prélude à l'après-midi d'un faune*. Te rog să nu mă critici prea tare. Nu uita că nu m-a învățat nimeni!

Nu-mi venea să cred că cea mai frumoasă ființă din lume urma să-mi ofere un concert între patru ochi.

– Acum o să încep! a spus Elle.

A dus flautul la gură, a tras aer adânc în piept și a cântat. Se vedea că era foarte talentată. Dar faptul că învățase să cânte doar din cărți era de-a dreptul magic! Nu cred că eu aș fi fost în stare. În plus, motivul pentru care pusese mâna pe un instrument era mult mai nobil decât al meu. Dorise să le aducă un omagiu părinților pe care-i pierduse, socotind că muzica era o modalitate de a se conecta cu ei chiar dacă nu mai erau în viață.

Am închis ochii. Rezonanța clădirii vechi, cândva grandioase, făcea ca notele să sune plăcut în aer. Cu toate astea, am forțat muzicianul din mine să evalueze aspectele tehnice ale interpretării lui Elle, așa cum îmi ceruse ea. Am observat că respira neregulat și că se grăbea în interpretarea lui Debussy. Am scos stiloul și am scris:

Relaxează-te.

Am întins biletul spre ea și și-a ridicat privirea ca să citească, iar apoi a luat flautul de la gură.

Am scris din nou:

Nu uita că am doar unsprezece ani!

Spre încântarea mea, Elle a râs și a dat din cap în semn că înțelesese. A inspirat din nou și a luat-o de la capăt. De data asta, notele nu mai aveau nici o nuanță de staccato și, dintr-odată, am înțeles beneficiul trecerii în „locul sacru" despre care vorbea *monsieur* Ivan. După ce Elle a terminat, m-am ridicat în picioare ca să aplaud.

– Încetează! mi-a cerut ea. A fost mai bine, însă ai dreptate, prima dată am cântat groaznic, a adăugat, dar eu am dat din cap în semn de negare. Nu trebuie să fii amabil! Eram foarte emoționată la gândul că urma să cânt în fața ta, Bo. De când ai plecat data trecută, m-am gândit doar la cât de mult voiam să te impresionez.

Și ai reușit!

Eram încântat că opinia mea însemna atât de mult pentru Elle.

– Acum o să cânt la violă. Parcă mă descurc mai bine decât cu flautul.

A ridicat instrumentul la bărbie și a început să cânte *Don Quixote* de Strauss. Avea dreptate – cânta cu mai multă forță la flaut, dar promitea și la violă. După ce a terminat, am aplaudat la fel de entuziast ca înainte.

Nu-mi vine să cred că ești autodidactă!

– Mulțumesc. Nici mie, uneori. Presupun că e rezultatul orelor de singurătate. Dar, oricum, te rog să-mi spui ce crezi, Bo! Cum să mă perfecționez?

Nu știu să cânt la instrumentele astea, dar o să încerc să-ți dau niște sfaturi generale!

M-am apucat să scriu o listă de trucuri de bază pe care le învățasem de la *monsieur* Ivan.

– Vai, mulțumesc, Bo! O să pun totul în practică, a spus ea, după care s-a uitat din nou pe listă. Ai scris: *să exersezi plasarea arcușului*. Poți să-mi arăți la ce te referi?

M-am îndreptat spre ea și i-am luat arcușul. Apoi m-am așezat în spatele ei și i-am luat mâna dreaptă. I-am întins-o ușor în față, întorcându-i palma astfel încât s-o țină cu fața spre noi. Apoi am adus arcușul înăuntru și l-am aliniat cu baza degetelor ei.

– Aşa? a întrebat Elle.

Am încuviinţat din cap. I-am luat degetul mare şi m-am asigurat că apăsa lemnul cu o oarecare fermitate. Apoi i-am aşezat degetul mijlociu în direcţia opusă, articulaţia abia atingând arcuşul. Bineînţeles, viola în sine era mult mai mare decât ar trebui să fie pentru un copil, fiindcă fusese a mamei ei, aşa că ajustările mele i se păreau de două ori mai ciudate.

– O, Doamne, nu mi-am dat seama că greşeam atât de mult!

M-am întors cu faţa la ea şi am continuat să-i ghidez degetele în poziţia pe care o învăţasem de la *monsieur* Ivan. Între timp, i-am surprins privirea. Se uita la mine într-un fel straniu, ca şi cum ar fi vrut să fac ceva, dar nu spunea ce anume. Probabil că mi-a citi curiozitatea în ochi, fiindcă a chicotit. Apoi s-a aplecat şi m-a sărutat. Buzele ei moi s-au lipit de ale mele, iar lumea mea s-a schimbat pentru totdeauna.

– Văd că s-a terminat lecţia de muzică!

M-a trecut un fior pe spinare în clipa în care m-am întors şi am văzut silueta lui *madame* Gagnon, care pândea în prag. Elle s-a dus imediat să-și pună viola în husă și și-a luat flautul, iar apoi s-a repezit spre uşă.

– Le duc în dormitor, *madame* Gagnon!

Aceasta a ridicat dintr-o sprânceană, dar a lăsat-o pe Elle să treacă și să plece în grabă. Am rămas în sală, iar *madame* Gagnon m-a străpuns pur și simplu cu privirea. Dintr-odată, m-a cuprins o ruşine imensă. Lui Elle i se îngăduise anume să cânte pentru mine departe de ochii celorlalţi copii și probabil că părusem să abuzez de amabilitatea lui *madame* Gagnon. Am luat în grabă stiloul și am scris niște scuze.

– Nu scrie, șezi! a spus *madame* Gagnon arătând spre un scaun.

Eram convins că se pregătea să-mi spună că nu mai eram binevenit la orfelinat, ceea ce ar fi însemnat, desigur, că n-aş mai fi putut s-o văd pe Elle. În câteva secunde, am simţit că lumea avea să mi se dărâme, iar speranţa, să mi se transforme în disperare. M-am aşezat și, spre surprinderea mea, *madame* Gagnon a închis uşa şi s-a aşezat în faţa mea. Probabil că mi-a văzut privirea speriată şi, în mod incredibil, m-a alinat:

– E fascinată de tine, tinere! Sper că ştii cât de fragile sunt inimile fetelor. Trebuie să fii foarte delicat cu ea, m-a sfătuit, iar eu am încuviinţat din cap. Nu mai spun că, dacă mai văd vreodată... aşa ceva, n-o să ezit să te lovesc cu bastonul. M-ai înțeles?

Da, madame *Gagnon!*

– Bun. Acum, am ceva de discutat cu tine. Lucrez la Apprentis d'Auteuil de douăzeci de ani și am văzut sute de copii trecând pragul stabilimentului nostru. Prioritatea mea e să încerc să le găsesc pupilelor mele o casă nouă cât mai repede posibil, dar niciodată în detrimentul bunăstării lor, a spus ea, oprindu-se o clipă ca să respire adânc. După război, ne-am confruntat cu o perioadă foarte dificilă, fără resurse şi cu mulţi copii. Nu credeam că o să putem hrăni atâtea guri, ca să nu mai vorbim de necesitatea de a le oferi tuturor medicamente, aşternuturi, îmbrăcăminte și toate celelalte lucruri necesare creşterii unor copii. A fost o situaţie foarte grea. Asta a însemnat că m-am văzut nevoită să iau unele decizii dificile. Elle și fratele ei au sosit la scurt timp după ce mama lor a cedat în faţa gripei. Cu o lună înainte, un soţ şi o soţie din străinătate mă rugaseră să-i anunţ dacă orfelinatul primea nou-născuţi, fiindcă ei doi nu puteau concepe. I-am asigurat că la noi existau şi nou-născuţi. În mod normal, aş fi aranjat bucuroasă ca un copil să se mute direct în căminul unor părinţi iubitori. Dar... copilul în cauză avea o soră mai mare. În condiţii normale, n-aş fi permis adopţia decât dacă familia ar fi fost de acord să-i ia pe amândoi. Eu sunt de părere că, atunci când copiii şi-au pierdut deja părinţii, e neapărat necesar ca ei să rămână împreună. Și totuşi, după cum ziceam, m-am temut pentru viitorul orfelinatului şi mărturisesc, plină de ruşine, că am permis ca simţul practic să prevaleze asupra moralităţii. Pe scurt, n-ar fi trebuit să îngădui ca fratele mai mic al lui Elle să fie separat de ea. Cu fiecare an în care Elle a stat aici, la orfelinat, ignorată de familiile care voiau să adopte, vina mea a crescut.

După cum fără îndoială că ți-a spus, cântă la instrumente ca să simtă o legătură cu părinții pe care i-a pierdut, a adăugat ea, iar eu am încuviințat din cap, știam asta. Poate că îți imaginezi cât de supărător e sunetul unei astfel de muzici pentru mine, când sunt singura răspunzătoare pentru îndepărtarea adevăratei legături cu trecutul ei – fratele mai mic!

Cine l-a luat pe fratele lui Elle?

Madame Gagnon și-a plecat privirea.

– Sunt sigură că n-ai îndoieli asupra faptului că cineva atât de exigent ca mine întocmește o evidență impecabilă a fiecărui copil care ajunge aici. Numai că în cazul de față, cuplul care a luat copilul a dorit să rămână complet anonim, astfel încât să nu se poată descoperi niciodată că fiul nu era al lor. După cum spuneam, presiunea a fost inimaginabilă. Mai mult decât atât, familia a fost de acord să facă o donație substanțială orfelinatului. Vorba aceea, *calul de dar nu se caută la dinți*. Dar în situația asta, Elle nu numai că e separată de fratele ei, ci nici nu poate spera să-l mai găsească vreodată.

În speranța ca măcar să am ceva să-i spun lui Elle dacă ea avea să aducă vreodată vorba, am scris:

Ce naționalitate avea cuplul cel bogat?

– Sincer vorbind, nu-mi amintesc. Oricum, după ce ți-am spus întreaga poveste, vreau să-ți fac o rugăminte. Și să știi că, în toți anii pe care i-am petrecut aici, n-am cunoscut un suflet mai blând și mai înțelept decât tânăra Elle Leopine.

De ce nu dorește nimeni s-o adopte pe Elle?

– Mulți erau cât pe ce, dar întotdeauna s-au răzgândit. Dacă mă întrebi pe mine, a spus *madame* Gagnon clătinând din cap, familia ei, Leopine, a fugit de pogromurile îngrozitoare din Europa de Est și a emigrat la Paris. Știi ce-i acela pogrom? a întrebat ea, iar eu am dat din cap, plin de tristețe, în semn că știam, tata vorbindu-mi adesea despre nebunia și imoralitatea nedreptății făcute pe baze rasiale. Hmmm... nu știu dacă ești conștient, băiete, dar umblă zvonuri despre o mișcare care e în ascensiune în Germania, ce ar putea amenința viața populației evreiești. După ororile din ultimul deceniu, francezii sunt conștienți de puterea statului german. E posibil ca, în cazul în care s-ar mai isca un conflict, potențialii părinți să nu dorească să aducă probleme în casele lor.

Elle n-a fost adoptată pentru că este evreică?

– E doar o bănuială, dar cred că e posibil, da.

Fratele?

– După cum ziceam, copilul a fost dus într-o țară nouă și înregistrat sub un nume nou. Oricum, în acel moment, mintea lumii era în altă parte. N-a fost un factor semnificativ. În orice caz, indiferent de motiv, Elle e încă aici, iar eu mă simt extrem de vinovată. O cunoști de câteva săptămâni, dar e clar că aveți o afinitate. Orice însuflețește viața fetei ușurează povara mea, așa că îți sunt recunoscătoare.

Am dat să-i zâmbesc, dar cred că arcuirea buzelor mele a arătat ușor maniacal, fiindcă eram neliniștit de faptul că doamna de oțel mi se destăinuia.

– Așadar, să trecem la rugămintea mea. Din câte am vorbit cu *madame* Evelyn, am înțeles ești îndrumat la Conservatorul din Paris de *monsieur* Ivan. Visul lui Elle e să urmeze cursurile conservatorului. De când a fost capabilă să ridice fizic instrumentele, a cântat la ele, învățând singură, cu ajutorul cărților pe care am reușit să le procur prin donații pentru biblioteca noastră. Eu n-am aptitudini muzicale, înțelegi, dar de-a lungul anilor am observat că Elle cânta din ce în ce mai bine. Am rugat-o de multe ori să cânte în fața lui *monsieur* Baudin, dar a refuzat întotdeauna, invocând teama de critici. E o adevărată performanță că ai izbutit s-o convingi să-ți cânte ție!

A fost o plăcere s-o ascult.

– Tu te pricepi, așa că spune-mi: promite?

Foarte mult.

Am citit ușurare pe chipul lui *madame* Gagnon.

– Mă bucur că nu sunt atât de afonă încât să nu pot remarca talentul! Crezi că e suficient de pricepută pentru conservator?

Fără îndoială.

– Îți dai seama că șansele ca Elle să studieze acolo sunt mici, din simplul motiv că taxele sunt foarte mari. Ar avea nevoie de o bursă completă, iar astea sunt mai greu de obținut decât diamantele albastre, a spus ea, iar acea remarcă mi-a făcut stomacul să se strângă pe dată. Poate că știi ce urmează să-ți cer, Bo! Mă întreb dacă nu cumva ai putea să-l convingi pe *monsieur* Ivan s-o primească pe Elle la lecții.

M-am încordat. Cum naiba să fac asta? Cine ar fi plătit? Și ce s-ar fi întâmplat dacă Elle ar fi aflat că dădusem greș?

Am scris:

Monsieur *Ivan predă doar vioară.*

– Cu siguranță că știe care sunt persoanele potrivite în privința cultivării talentelor lui Elle.

Bani?

– Bineînțeles! Am un cont de economii cu care am fost foarte cumpătată de-a lungul anilor. Am acumulat o sumă deloc neglijabilă pentru pensie, dar nu văd cum mi-aș putea folosi mai bine economiile decât ajutând la repararea unei nedreptăți pentru care sunt responsabilă.

Madame Gagnon a rămas nemișcată, continuând să mă privească drept în ochi. Dincolo de spatele drept și de privirea dură, îi simțeam neliniștea legată de răspunsul meu. În mod clar, avea remușcări de-adevăratelea și, după mulți ani, credea că eu eram un soi de răspuns la vinovăția ei.

Pot să încerc, madame *Gagnon!*

– Bun! Sunt foarte mulțumită. Desigur, n-o să-i spun lui Elle despre sarcina secretă pe care ți-am încredințat-o. Rămâne între noi, până când avem un rezultat pozitiv.

Mulțumesc.

Ușurarea ei era vizibilă.

– O să te recompensez pentru eforturile tale, tinere! Mă gândesc ca, atunci când vii la noi, să ți se îngăduie de acum încolo să fii singur cu Elle aici sau într-o clasă, în loc să fiți înconjurați de mulțimea zgomotoasă, mi-a promis ea, iar eu m-am luminat la față. Doar ca să învețe muzică, înțelegi? O să stau cu ochii pe voi ca un vultur! a adăugat, și, spre surprinderea mea, mi-a zâmbit. Mulțumesc, Bo! Ești un om bun.

CAPITOLUL 15

– Ce te supără astăzi, *petit monsieur*? a întrebat *monsieur* Ivan aruncându-și brațele sfrijite în aer. Ai făcut progrese semnificative în ultimele săptămâni! Umerii tăi au o postură mult mai lejeră. Asta e foarte bine! Știam că avea să-ți prindă bine să petreci ceva timp alături de prieteni de vârsta ta, a adăugat el, iar eu nu i-am zis că mai degrabă era vorba de *o singură prietenă*. Dar azi parcă ești o statuie de gheață! Atât de încordat și de plin de nervozitate! Spune-mi, ce te doare?

Monsieur Ivan nu se înșela în privința stării mele psihice. După câteva ședințe în care făcusem în așa fel încât să-i respect întru totul instrucțiunile, zâmbind la glumele lui și dând din cap ori de câte ori el vorbea despre salariul oferit de unele orchestre, în ziua asta îmi făcusem curaj să-l întreb despre Elle. Am pus stiloul pe hârtie.

Mulțumesc pentru sugestia de a merge la Apprentis d'Auteuil. *Mi-a schimbat viața în bine.*

Monsieur Ivan a ridicat din umeri, cu un aer înfumurat.

– Nu-i nevoie să-mi mulțumești, tinere Bo! a răspuns el, bătându-se peste tâmplă cu degetul arătător. Să nu se spună că nu știu cum să scot ce-i mai bun de la elevii mei, indiferent de vârsta lor. Totuși, asta nu răspunde la întrebarea mea. De ce ești atât de încordat azi? E totul în regulă în casa Landowski?

Da, vă mulțumesc. Monsieur *Landowski și familia sunt foarte bine. Vreau să vă pun o întrebare de natură personală.*

– Ei, atunci să mă pregătesc. Nu te jena, tinere! Suntem *émigrés*, nu uita! Suntem aici unul pentru celălalt, a spus *monsieur* Ivan așezându-se pe scaun și încrucișându-și brațele. Întrebarea asta e, poate... de natură anatomică? Ți-e jenă să-i întrebi pe *monsieur* Landowski sau pe *madame* Evelyn? Nu te teme, îmi amintesc că și eu, pe vremea când eram tânăr, m-am mirat să aflu că trupul masculin suferă anumite schimbări care...

Am dat din brațe cu frenezie și am clătinat din cap în semn de negare. *Nu* era o conversație pe care doream s-o am cu el sau, de altfel, cu oricine altcineva. Am scris repede:

E vorba despre un copil de la orfelinat și despre talentul său muzical.

– Aha... înțeleg. O să-l contactez pe Baudin ca să-l asculte pe băiat și să facă o evaluare critică despre cum ar putea acesta să-și îmbunătățească șansele de admitere la conservator. Bine? Vezi că uneori problemele se pot rezolva ușor? Nu trebuie să fii atât de neliniștit! Iar acum o să repetăm din Ceaikovski.

Dar eu deja scriam pe foaie cuvântul „fată".

– Îmi cer scuze, n-ar fi trebuit să presupun din principiu că e vorba de un băiat! M-am gândit doar că îți petreci majoritatea timpului jucând bile și făcând năzdrăvănii împreună cu alți băieți. În orice caz, îl pun pe Baudin s-o asculte și să-i facă o evaluare.

Simțisem că n-avea să fie simplu.

Voiam să știu dacă poate să ia lecții la conservator, ca mine.

A urmat o pauză lungă, în timp ce *monsieur* Ivan analiza ideea. Apoi mi-a aruncat o privire nedumerită și a început să râdă.

– A, nu! E clar că am făcut o greșeală atunci când te-am trimis la Apprentis d'Auteuil, fiindcă acum o să vrei să aduci toți copiii aici! a exclamat el, continuând să chicotească și plesnindu-se peste genunchi. Bănuiesc că știi că nu se poate! Conservatorul e pentru studii universitare. Nu suntem școală de muzică pentru ținci. Există mulți profesori particulari care își dedică timpul țipetelor și horcăielilor scoase de copii. Sunt sigur că pot găsi pe cineva dispus să-i dea meditații micuței tale prietene. E în regulă? Iar acum, Ceaikovski!

E autodidactă și cântă de multă vreme. Am ascultat-o și e nemaipomenit de talentată. Cred că ar câștiga doar de pe urma pregătirii la conservator.

– Aha, acum înțeleg! Asta schimbă totul, a spus *monsieur* Ivan ducându-și mâna la gură și prefăcându-se că striga: Tânărul profet a decretat că numai pregătirea la conservator o s-o ajute pe prietena lui! Faceți loc și pregătiți profesorii! *Micul* nostru cercetaș ne-a găsit următorul mare geniu! a trâmbițat el, făcându-mă să-mi plec privirea. Tinere Bo, nu mă îndoiesc că intențiile tale sunt bune și că încerci doar să-ți ajuți prietena, dar ești doar un băiat care se află aici mulțumită unui aranjament special, pentru că *monsieur* Landowski îl cunoaște pe *monsieur* Rahmaninov. Din păcate, fără o astfel de relație n-aș fi fost niciodată de acord să te ascult cântând. De fapt, mă așteptam ca acel gest de bunăvoință al meu să rămână unul făcut din pură politețe și-atât. Ne aflăm aici, la lecție, doar datorită talentului tău unic. Ești înzestrat cu o... maturitate foarte neobișnuită la un băiat de vârsta ta. Conservatorul nu-i pentru copii și cu asta am încheiat povestea. Iar acum, te rog, Ceaikovski!

E unică și prin faptul că e autodidactă. Nu-mi pot imagina tăria mentală pe care...

El mi-a smuls hârtia din mână și a aruncat-o pe jos.

– Ajunge! Ceaikovski, băiete!

Tremurând, am întins mâna spre vioară, am apucat-o și am dus-o la bărbie. Am luat arcușul și m-am pornit să cânt. Înainte să-mi dau seama, lacrimile au prins să-mi șiroiască pe față și am început să respir sacadat. Asta a dus la o multitudine de erori, ceea ce l-a făcut pe *monsieur* Ivan să-și ia capul în mâini.

– Oprește-te, Bo, oprește-te! Îmi cer scuze! Nu trebuia să reacționez așa. Îmi pare rău!

Platitudinile lui erau inutile. Barajul se spărsese și nu mai puteam opri torentul. Mi-am dat seama că trecuse multă vreme de când nu mai plânsesem așa. În timpul lungii mele călătorii, avusesem parte de nopți negre în care mă zguduisem de plâns, dar fusesem pur și simplu prea deshidratat că să-mi curgă lacrimi. *Monsieur* Ivan a scotocit prin sertarele biroului său și a scos o batistă.

– E curată! a spus el, dându-mi-o. Îți spun încă o dată, tinere, că n-ar fi trebuit să țip la tine. Încercai doar să ajuți pe cineva. Iar un astfel de gest nu trebuie descurajat niciodată.

Mi-a pus mâna pe umăr ca să mă aline. N-a funcționat. Am plâns până n-am mai putut. Faptul că *monsieur* Ivan țipase la mine fusese doar catalizatorul unei eliberări după care tânjeam de mult timp. Am plâns pentru tata, pentru mama și pentru băiatul pe care-l considerasem fratele meu, dar care acum mă voia mort. Am plâns pentru multele variante ale vieții pe care aș fi putut s-o duc dacă n-aș fi fost obligat să fug. Am plâns gândindu-mă la generozitatea lui *monsieur* Landowski și la disponibilitatea lui *monsieur* Ivan de a-mi da lecții. Am plâns din pricina epuizării, a durerii, a disperării, a recunoștinței, dar, lucru care, poate, era cel mai semnificativ dintre toate, am plâns din dragoste. Am plâns pentru că n-aveam să-i pot oferi lui Elle șansa pe care o merita. Plânsul meu trebuie să fi durat un sfert de oră, timp în care *monsieur* Ivan și-a ținut cu stoicism mâna pe umărul meu, repetând „Gata, gata!“ la nesfârșit. Bietul om! Mă îndoiesc că se așteptase la o reacție atât de dramatică atunci când ridicase tonul la mine. Era puțin probabil să se fi confruntat cu o astfel de problemă în timpul lecțiilor pe care li le dădea studenților lui.

În cele din urmă, fântâna din ochi mi-a secat. Am respirat adânc și prelung.

– O, Doamne! Trebuie să spun că, deși am greșit, ai avut o reacție mai puternică decât anticipam. Te simți mai bine? a întrebat *monsieur* Ivan, iar eu am încuviințat din cap, ștergându-mi nasul cu mâneca. Mă bucur! Lesne de înțeles că mai bine lăsăm lecția pe altă dată.

Îmi pare rău, monsieur *Ivan!*

– Nu-i nevoie să-ți ceri scuze, *petit monsieur*! Îmi dau seama că sunt multe altele la mijloc. Te-ar ajuta să plângi pe umărul unui prieten? Sau, mai bine zis, în fața unor ochi prietenoși? Nu uita, suntem *émigrés* și, chiar dacă strigăm unul la altul, între noi există o legătură indestructibilă.

Am dat să scriu, dar m-am oprit din nou. Poate că din pricina substanțelor chimice pe care organismul meu le eliberase prin intermediul lacrimilor, m-am simțit cuprins dintr-odată de o puternică senzație de liniște. Dacă vorbeam, ce se putea întâmpla mai rău? Poate că asta m-ar fi dus la moarte. Atunci, cel puțin, aș fi ajuns în lumea de dincolo, la mama și poate că și la tata. În clipa aceea, totul mi se părea minunat și complet lipsit de sens. Dorința de a mă descărca m-a făcut să uit de rațiune. Așa că am făcut ceea ce era de neconceput. Am deschis gura.

– Dacă vreți să mă ascultați, o să vă spun povestea mea, *monsieur*! am zis în limba mea maternă.

Monsieur Ivan mi-a aruncat o privire perplexă.

– Măi, să fie…

– Sunt mic, dar povestea e lungă. Nu cred că o să reușesc să istorisesc totul în cele zece minute pe care le avem la dispoziție.

– Nu, nu, bineînțeles că nu. Păi, stai să-mi eliberez programul! E important. Cum rămâne cu *madame* Evelyn? O să-i las un mesaj la recepție, spunându-i că prelungim lecția de astăzi ca să ne pregătim pentru un recital.

S-a ridicat și aproape că s-a împiedicat de scaunul de lemn.

– Mulțumesc, *monsieur* Ivan!

Aș minți dacă aș spune că n-a fost oarecum plăcut să-l văd încurcat pentru prima dată. Să-mi folosesc vocea era ca și cum aș fi încordat un mușchi care se odihnea de câteva luni. Părea nouă și ciudată, de parcă nu era a mea. Desigur, o folosisem când și când ca să-mi amintesc că încă posedam capacitatea de a vorbi și ca să-i mulțumesc lui *monsieur* Landowski, cu câteva săptămâni în urmă. Dar mai mult decât îi spusesem acum lui *monsieur* Ivan, nu vorbisem tot anul.

– Numele meu… e Bo, am spus. Numele meu e Bo. Sunt Bo.

Glasul îmi era mai profund decât mi-l aminteam, deși încă nu se îngroșase. Ce senzație ciudată!

Monsieur Ivan s-a întors, pășind împleticit.

– În regulă, suntem gata!

S-a așezat pe scaun și mi-a făcut semn să încep să vorbesc. Am închis ochii, am respirat adânc și i-am spus adevărul. Povestea mi-a luat aproape o oră, timp în care el a stat liniștit, făcând ochii mari, complet absorbit de natura șocantă a informațiilor pe care i le dezvăluiam. După ce i-am istorisit cum mă descoperise Bel sub gardul lui *monsieur* Landowski, între noi s-a lăsat o tăcere profundă.

– O, Doamne! O, Doamne! O, Doamne! a continuat să repete *monsieur* Ivan clătinând din cap, rozându-și unghiile și încercând să formuleze un răspuns. Tinere Bo… Sau *nu* Bo, după cum știm… Pur și simplu n-am cuvinte! a exclamat el, după care s-a ridicat și m-a strâns în brațe de mi-a scos tot aerul din plămâni. Dar știam eu! *Émigrés!* Suntem puternici, Bo! Mai puternici decât s-ar putea crede.

– *Monsieur* Ivan, dacă cineva ar afla vreodată…

– Te rog, *petit monsieur*! Ne leagă locul nostru natal. Nu uita că înțeleg din ce țară ai venit și prin ce traume ai trecut. Jur pe mormintele alor mei că n-o să divulg niciodată un cuvânt din ceea ce tocmai mi-ai spus.

– Vă mulțumesc, *monsieur*!

– Mă simt dator să-ți spun că părinții tăi ar fi foarte mândri de tine, Bo! Tatăl tău… crezi cu adevărat că mai trăiește?

– Nu știu.

– Și… mai ai obiectul despre care mi-ai povestit?

Poate că asta era singura parte a poveștii mele pe care ar fi trebuit să i-o ascund. După cum învățasem, lăcomia putea contamina mințile și-i putea înnebuni chiar și pe cei mai raționali dintre oameni. *Monsieur* Ivan mi-a simțit ezitarea.

– Te rog să mă crezi că nu mă interesează. Poți fi sigur de asta! Vreau doar să-ți spun că trebuie să-l protejezi cu orice preț. Nu din pricina valorii materiale, înțelegi, ci pentru că într-o zi l-ai putea folosi drept monedă de schimb ca să-ți salvezi viața.

– Așa o să fac. Asta fac.

– Mă bucur să aud. Iar acum te rog să-mi spui mai multe despre Elle. După toate greutățile pe care le-ai înfruntat, înțeleg cât de important e să ai o astfel de prietenă în viața ta.

I-am istorisit povestea ei.

– E o persoană cu totul deosebită, *monsieur* Ivan! am conchis eu. A rămas atât de optimistă și de curajoasă în ciuda împrejurărilor vitrege! E precum gravitația, atrage totul spre ea.

Monsieur Ivan a chicotit.

– Of, Bo, acum înțeleg! Dar cred că e posibil ca ea să nu atragă *totul*, ci doar pe tine. Dumnezeu să te ajute, tinere! De parcă n-aveai deja destule probleme, ești și îndrăgostit!

– Nu știu dacă un copil de unsprezece ani se poate îndrăgosti.

– Nu fi prostuț, *petit monsieur*! Bineînțeles că se poate! *Iubirii* nu-i pasă că ești atât de tânăr. Te-a prins în mreje, iar acum ești sclavul ei.

– Îmi pare rău.

– Îți pare rău?! Te rog, nu vorbi așa! Nu trebuie să-ți pară rău! E ceva ce trebuie sărbătorit. Într-adevăr, dacă ai fi mai în vârstă, ți-aș turna o vodcă și am putea vorbi până târziu în noapte despre iubirea ta.

– Vreți s-o ascultați, *monsieur* Ivan?

– Dacă aflu că povestea pe care mi-ai împărtășit-o e un șiretlic ca s-o faci pe prietena ta să ajungă la conservator, o să fie vai și-amar de tine! a exclamat el privindu-mă în ochi, dar după aceea a zâmbit cu gura până la urechi. Glumesc, *petit monsieur*! Bineînțeles că o s-o ascult. *Monsieur* Toussaint predă flautul, iar *monsieur* Moulin, vioara. Fata o să dea proba. Dar dacă, totuși, i se pot da lecții, profesorii n-o să lucreze pe gratis.

– De asta se ocupă o persoană caritabilă de la orfelinat.

– Foarte bine. Mă îngrijesc de detalii și te anunț data viitoare. Să presupun că, după ce o să te întorci pe ușa aceea, o să redevii mut la lecțiile noastre?

Am stat să mă gândesc.

– Nu, *monsieur* Ivan. Ne leagă locul nostru natal.

– Mulțumesc pentru încredere, *petit monsieur*! Te asigur că n-o să regreți, m-a asigurat el, iar eu am dat din cap, mulțumindu-i, după care am dus mâna la clanță. Încă ceva! Mi-ai spus totul, mai puțin numele tău adevărat. Vrei să mi-l împărtășești?

Am făcut-o.

– Ei, bine, acum înțeleg!

– Ce anume?

– De ce, atunci când cânți, porți greutatea lumii pe umeri.

Până la urmă, proba lui Elle fusese o formalitate. *Monsieur* Ivan lăsase să se înțeleagă asta atunci când o aranjase.

– Micule Bo, a trebuit să spun o minciunică nevinovată ca să mă asigur că prietena ta avea să fie primită.

– Nu e iubita mea, *monsieur* Ivan!

– Bineînțeles că e! Oricum, nu mai spun că ceilalți profesori n-ar fi prea fericiți dacă respectabilul nostru conservator s-ar transforma într-o creșă.

– Ce le-ați zis? am întrebat eu, neliniștit.

– Doar că tânăra ta prietenă e rudă cu *monsieur* Rahmaninov, care dorește ca talentele ei muzicale să fie cultivate.

– *Monsieur* Serghei Rahmaninov?

– Exact. Un adevărat geniu, nu-i așa?

– Dar, *monsieur* Ivan, nu înțeleg! Elle locuiește la orfelinat!

– Tinere Bo, cum să spun cu tact… *monsieur* Rahmaninov, deși e un om cu adevărat amabil și talentat, e renumit pentru protejatele lui, dintre care multe au locuit la Paris. Prin urmare, e perfect de înțeles ca tânăra Elle să fie fructul uneia dintre aventurile lui cu o femeie, iar, în cazul ăsta, vinovăția să-l oblige să acționeze.

– *Monsieur* Ivan, nu sunt sigur că Elle o să poată să păstreze o aparență atât de ridicolă!

– Nu-i nevoie de nici o aparență, *petit monsieur*. I-am informat pe Toussaint și pe Moulin că tânăra nu-și cunoaște obârșia și că *monsieur* Rahmaninov s-ar înfuria dacă ea ar afla. Pot garanta pentru tăcerea lor, ei n-ar dori să-l supere pe *Marele Rus*.

– *Monsieur* Ivan...

– Bo, presupun că vrei ca amândoi să luați lecții în același timp? Fără îndoială că o să trebuiască să se refacă programul, iar numele lui Rahmaninov o să rezolve și problema asta.

Deși cu reticență, am acceptat să-i sprijin planul, fiindcă îi oferea, indirect, o protecție în plus lui Elle. Toussaint și Moulin n-ar fi îndrăznit să fie prea înverșunați în criticile lor la adresa fiicei lui Rahmaninov. Deși, trebuie să recunosc, m-am simțit destul de prost să fiu complice la pătarea reputația bunului compozitor.

Și iată că eu și Elle am devenit cei mai tineri studenți la Conservatorul din Paris. În ultimele săptămâni, Evelyn mi-a permis să iau autobuzul spre și dinspre Paris neînsoțit, cu condiția s-o anunț dinainte la ce oră mă întorceam acasă. Era oarecum inutil, având în vedere experiențele mele din ultimele optsprezece luni, dar m-am simțit minunat să am pe cineva atât de preocupat de bunăstarea mea.

După cele două lecții pe săptămână, înainte să ne întoarcem la Apprentis d'Auteuil, eu și Elle am început să cumpărăm înghețată de la o cofetărie mică de pe Avenue Jean-Jaurès, după care ne plimbăm pe malul Senei. E un privilegiu pe care ni l-a acordat *madame* Gagnon, care e încântată peste măsură că am izbutit cumva să-i ofer un curs la conservator protejatei ei. De fapt, pe măsură ce au trecut săptămânile, am început să depășim puțin mai mult limitele, îndrăznind să stăm afară din ce în ce mai târziu. Uneori luăm cărți și creioane pe mal. Elle citește cu voce tare, iar eu desenez. Nu pretind că sunt deosebit de priceput, dar peisajele mele sunt din ce în ce mai bune.

Cu câteva zile în urmă, Elle și-a așezat capul pe umărul meu și mi-a povestit *Cocoșatul de la Notre-Dame.* Mi-am întrerupt încercarea de a schița castanul și m-am uitat la părul ei blond, apoi la râul care curgea. Lumina soarelui încă mai dansa pe unduirile apei.

– *Iubirea e ca un copac: crește de la sine, prinde rădăcini adânci în ființa noastră și continuă să înflorească peste o inimă frântă. Inexplicabil e faptul că e cu atât mai tenace cu cât e mai oarbă. Nu-i niciodată mai puternică decât atunci când e complet nerezonabilă...*, a recitat Elle. Crezi că e adevărat, Bo? Pot fi oamenii orbiți de dragoste?

Și-a ridicat privirea către mine. Am clătinat din cap și mi-am luat stiloul.

Dimpotrivă, cred că dragostea îngăduie ca în cele din urmă ochii unei persoane să se deschidă cu adevărat.

M-am uitat în ochii ei. Și-a ridicat capul și m-a sărutat. Mai mult ca înainte, iar buzele ei calde se plimbau delicat peste ale mele. După ce s-a retras, pluteam ca un fulg și simțeam fluturi în stomac. Am râs fără să vreau. Asta a făcut-o și pe Elle să râdă. Încurajat, am luat-o de mână. De atunci, de fiecare dată când ne vedem, nu-i mai dau drumul.

Elle mă face să mă simt în siguranță. Înainte, credeam că asta era treaba caselor încălzite, a mâncării puse pe masă și a banilor ținuți în bancă. Dar Elle m-a învățat că poți trăi fericit și fără toate astea, atât timp cât ești alături de cineva pe care...

După ce am întors-o pe toate părțile, am ajuns la concluzia că, da: sunt complet, iremediabil și necondiționat îndrăgostit de Elle Leopine.

CAPITOLUL 16

Sper că aptitudinea pentru proză scrisă nu mi s-a diminuat în aceste ultime luni. În realitate, de când am făcut pasul de a vorbi cu *monsieur* Landowski, cu multe luni în urmă, n-am mai simțit nevoia să scriu un jurnal de dragul amabilei mele gazde, iar dacă citiți cumva asta, o să observați că am renunțat la insertiile acelea fade, menite să menajeze orice ochi indiscreți. Asta, pentru că am ajuns să am încredere deplină în familia Landowski. Acești oameni binevoitori continuă să mă hrănească și să-mi ofere un acoperiș deasupra capului.

Cred că mi se pare terapeutic să-mi aștern pe hârtie gândurile cele mai intime. Firește, majoritatea oamenilor sunt capabili să le exprime în cuvinte față de un prieten sau de un membru al familiei, dar, la început, eu n-aveam parte de luxul ăsta. Acum pot vorbi cu *monsieur* Ivan, iar în ceea ce privește păstrarea secretelor mele, el s-a ținut de cuvânt. La începutul semestrului de toamnă, mi-a împărtășit câteva gânduri.

– Bo, am stat și m-am gândit la progresele pe care le-ai făcut în vacanța de vară. Mulți ar fi invidioși pe viața pe care o duci: cursuri la Conservatoire de Paris, posibilitatea de a lucra alături de un sculptor de renume mondial… ca să nu mai vorbim de atenția pe care ți-o acordă o anumită fată blondă cu ochi albaștri, din clasa vecină.

M-am înroșit la față.

– Da. Sunt foarte recunoscător, *monsieur* Ivan!

– Și totuși... n-am izbutit până acum să te conving să-ți relaxezi *cu adevărat* umerii.

– Ce vreți să spuneți?

– Sunt convins că ai capacitatea de a fi un virtuoz. Într-adevăr, ești mai agil la vioară decât mulți dintre cei care își câștigă traiul din cântat.

– Vă mulțumesc, *monsieur*!

– Dar nu ții umerii bine. Nu cred că e o problemă pe care s-o putem rezolva prea ușor.

– Aha...

Evaluarea sinceră a lui *monsieur* Ivan m-a sfâșiat ca un cuțit.

– Nu te arăta descurajat, tinere Bo! Bineînțeles că o să continui să te îndrum în ceea ce privește instrumentul tău preferat. Dar insist să adăugăm un alt instrument în repertoriul tău, a spus el ridicându-se și îndreptându-se spre o valiză mare, care se sprijinea de biroul lui. Te-ai înălțat mult peste vară, ceea ce o să ne ajute enorm, a constatat, iar eu am privit cu atenție cutia. Ce părere ai despre violoncel, Bo?

Cu mâna pe inimă, n-aveam nici o opinie și i-am spus-o.

– E un instrument frumos. Melodios, sonor, transcendental... posedă o mare varietate de tonuri, de la registrul inferior, calm și solemn, până la explozii de pasiune în registrul superior. Îmi amintește puțin de tine. În viața ta, ai cunoscut dureri și suferințe imense. Și totuși, ai ceva de erou. Simt că, în ciuda a tot ceea ce ți s-a întâmplat, îți e dat să atingi măreția.

– La violoncel? am întrebat eu cu sinceritate.

Monsieur Ivan a chicotit.

– Poate că la violoncel, da. Poate că la altceva. Ce vreau să spun e că violoncelul e un fel de personalitate fragmentată. Pe de o parte, joacă rolul instrumentului de bas solid, deși melancolic, dar pe de altă parte aspiră la pasiunea unui tenor eroic. Cred că o să ți se potrivească.

– N-am mai cântat la un instrument atât de mare! Dar, bineînțeles, sunt dispus să încerc orice îmi propuneți, *monsieur* Ivan.

– Bine. Desigur, avantajul e că violoncelul se odihnește confortabil între picioare. N-o să fie nevoie să folosești acei umeri îngreunați, așa cum o cere vioara. E al doilea instrument al meu, așa că eu o să te învăț.

Prin urmare, am început să cânt la vioară marțea, iar la violoncel, vinerea. Inițial mi s-a părut ciudat să am un obiect atât de mare între picioare și să țin arcușul la nivelul abdomenului. Dar m-am implicat din toată inima și eram mulțumit de progresele mele. Bineînțeles, n-am violoncel, așa că nu pot exersa acasă. În orice caz, cântatul la un astfel de instrument mi-a stimulat mintea și mi-a alimentat dorința de a profita la maximum de cursurile de la conservator.

Cred că am simțit nevoia să iau din nou stiloul în mână pentru că astă-seară e Ajunul Crăciunului, iar tata zicea că e un moment de reflecție asupra anului care a trecut, un moment care marchează trecerea timpului în mintea noastră. Prin urmare, m-am gândit foarte mult la Bel, dar poate că nu la fel de mult ca *monsieur* Brouilly, care a fost o epavă de când s-a întors din Brazilia. Nu mai spun că eu continui să ajut la atelier, fiindcă Laurent, deși prezent fizic, e în altă parte cu mintea. Acum câteva zile, m-a auzit exersând „Morning Mood“ pe banca din fața atelierului și s-a apropiat de mine cu lacrimi în ochi.

– Unde ai învățat să cânți așa? a întrebat, privindu-mă în ochi. Cine ți-a dat vioara? Landowski? a vrut el să știe, iar eu am încuviințat din cap. Văd că, a adăugat în șoaptă, tu, ca orice artist, vorbești prin intermediul măiestriei tale. Zău, ai un har! Prețuiește-l, da?

Am zâmbit și am dat iarăși din cap, iar *monsieur* Brouilly mi-a pus o mână pe umăr. Apoi m-a salutat și s-a îndepărtat ca să continue să-și rumege nefericirea în barurile din Montparnasse, unde părea să-și petreacă tot timpul liber.

Noaptea trecută, m-a trezit un vaiet ciudat care venea dinspre fereastră. M-am uitat la ceas. Era puţin după ora două. Cu excepţia cazului în care Père Noël făcea o oprire deosebit de matinală la atelierul Landowski, zgomotul venea de la cineva întru totul real. Mi-am scos punguţa de piele dintre coapse şi mi-am atârnat-o de gât. Apoi am deschis fereastra cu precauţie şi m-am uitat în curtea de jos. Am zărit silueta lui *monsieur* Brouilly, lângă care se găseau mai multe sticle. Am ajuns repede la concluzia că ar fi fost inutil să mai încerc să dorm, iar tata mă învăţase că de Crăciun trebuie să cauţi prilejuri de a-ţi ajuta semenii. Am ţinut seama de asta şi am pus mâna pe cea mai groasă haină. Am deschis fără zgomot uşa dormitorului, am coborât pe scări şi am ieşit din casă. Am urmărit suspinele în curte, unde l-am găsit pe *monsieur* Brouilly cu capul în mâini. Ce bine că alesese să plângă sub fereastra mea din spatele casei şi nu sub cea din faţă, a familiei!

Pe măsură ce mă apropiam, am păşit intenţionat mai zgomotos ca să mă audă şi, beat fiind, să nu mă confunde cu Fantoma Crăciunului Trecut[1]. Exact asta s-a întâmplat, iar Brouilly s-a răsucit, răsturnând o sticlă. Am dus instinctiv degetul la buze şi apoi mi-am culcat obrazul pe palmele împreunate, ca să-i sugerez că în casă se dormea.

– Bo! Îmi pare rău, s-a smiorcăit el. Te-am trezit? a întrebat, iar eu am dat din cap în semn de confirmare. O, Doamne, mi-e ruşine! Tu eşti copilul, nu eu, a mormăit în timp ce mă aşezam lângă el, ceea ce l-a făcut să-mi arunce o privire uşor perplexă. O să fac linişte, te rog să te întorci la culcare! a promis, dar eu am arătat cu degetul la lună, iar apoi spre inima lui. *Monsieur* Landowski e foarte amabil să mă ţină aici, când e clar că acum sunt la fel de util ca ciocolata topită, a murmurat, scoţând apoi un chicot brusc. A fost chiar de acord să mă trimită în Brazilia, când ştia foarte bine că scopul meu nu se limita la transportarea în siguranţă a lui *Cristo*. E un om minunat! a exclamat, iar eu am arătat cu degetul spre mine. Aşa e! A dat dovadă de o imensă omenie faţă de noi

[1] Personaj din *Poveste de Crăciun* de Charles Dickens

amândoi, a recunoscut, coborându-și privirea la mine. Ai crescut foarte mult cât am fost plecat! Te-ai și împlinit. Și nu mă refer doar la fizic. Mă bucur să te văd că începi să înflorești. Bel ar fi fost foarte fericită pentru tine. De i-aș putea spune! a exclamat, după care eu am ridicat din sprâncene și din umeri. Vrei să știi ce s-a întâmplat? De fapt, încă încerc să înțeleg și eu. Eu și Bel am fost împreună la Rio. Dar amândoi știam că trebuia să mă întorc la Paris. Nu puteam să las să se risipească oportunitatea oferită de *monsieur* Landowski. Am implorat-o să vină cu mine și să-l părăsească pe viermele ăla jalnic, Gustavo. Am crezut că avea să mă aleagă pe mine, Bo. Dar n-a făcut-o. Și asta-i tot. Nu cred că o să înțeleg vreodată de ce, a conchis, după care a început să plângă, ceea ce m-a făcut să-i pun o mână pe umăr. Înțeleg că, de când am plecat, ți-ai făcut o prietenă deosebită, corect? a întrebat, iar eu am încuviințat din cap, compătimitor. Îți mai poți imagina viața fără ea? a vrut el să știe, drept pentru care de data asta am dat din cap în semn de negare. Pesemne că atunci, tinere, poți înțelege puțin din necazul care s-a abătut asupra mea, a spus el, suspinând. Cunoști blândețea lui Bel mai bine decât majoritatea. La urma urmei, n-ai fi fost aici fără ea!

Asta așa era. Sincer să fiu, mă cam mirasem că *monsieur* Brouilly se mai întorsese la Paris. Din ceea ce văzusem la Bel și Laurent în atelier, n-aveam nici o îndoială că se iubeau. Dacă ar fi fost să fac pariu, aș fi mizat totul pe ideea că cei doi ar fi fugit într-un colț îndepărtat al lumii, unde ar fi fost fericiți doar unul cu celălalt. Firește, așa cum mă învățase deja viața, uneori dragostea nu e de ajuns ca să țină doi oameni laolaltă.

– Știi, Bel nici măcar n-a venit să-și ia rămas-bun! Poate că a considerat că ar fi fost prea traumatizant. Până la urmă, și-a trimis menajera cu asta, a spus Brouilly, iar apoi a băgat mâna în buzunar și a scos de acolo ceva alb și neted. Știi ce e, Bo? Am mijit din ochi și, în lumina lunii, am recunoscut ce avea în mână. O țiglă de la *Cristo* însuși. Devenise o tradiție printre muncitori să scrie mesaje de iubire veșnică pe verso, pe care să le sigileze pe statuie pentru eternitate.

– Poftim, a spus Brouilly și mi-a întins plăcuța, iar eu am dus-o la ochi.

Puteam doar să disting inscripția:

30 octombrie 1929
Izabela Aires-Cabral
Laurent Brouilly

– M-am gândit foarte mult la decizia lui Bel de a-mi dărui țigla. Făcând asta, a ales să nu pecetluiască dragostea noastră, ci s-o respingă pe a mea ca neîmpărtășită. Așa că nu vreau să păstrez obiectul ăsta. Te rog, ia-l tu! a exclamat el, iar eu am făcut un gest de respingere, dar el a insistat să-mi dea țigla. Poate că nu înțelegi, Bo! Dacă, după cum prevăd, statuia o să fie celebră într-o bună zi, îmi imaginez că țigla asta mică o să aibă o valoare destul de mare. Ți-o fac cadou și poate că o s-o vinzi cândva, m-a îmbiat el, ridicându-se și lovindu-se ușor de zidul casei. Sau poate că o s-o păstrezi, ca să nu uiți că nu trebuie s-o pierzi niciodată pe cea pe care o iubești. Ca să nu ajungi ca mine! a oftat, în timp ce mă ridicam și eu. Dragostea pierdută e un blestem, Bo! Doare. Nu doar în minte. Are capacitatea să doară până în adâncul sufletului. Sper să nu trebuiască să suferi vreodată ca mine!

S-a aplecat, a luat singura sticlă care mai avea un rest de băutură în ea și a tras o dușcă, dramatic, după care s-a uitat la lună.

– Ciudat, nu-i așa? a întrebat, ceea ce m-a făcut să-i arunc o privire nedumerită. Bel e în cealaltă parte a lumii, dar acum vede pe cer același lucru! a oftat el, rămânând nemișcat preț de o clipă și închizând ochii. Noapte bună, micuțule Bo! Aștept cu nerăbdare să lucrez alături de tine în atelier. Crăciun fericit!

Acestea fiind zise, Laurent Brouilly s-a îndepărtat, clătinându-se în întunericul nopții.

M-am întors în camera mea și am pus țigla în punguță, alături de obiectul pe care continuam să-l protejez. Apoi m-am urcat în pat și mi-am așezat punguța între coapse. Durerea pe care o trăia Brouilly era profundă și viscerală. Am făcut o rugăciune în gând către Cele șapte surori ale mele, cerându-le să aibă grijă de el și, bineînțeles, și de Bel.

Ziua de Crăciun a fost magică. Sub bradul măreț, împodobit frumos cu lumânări și cu ornamente de hârtie, am fost uimit să descopăr că se afla un cadou pentru mine.

– Père Noël a fost foarte impresionat de faptul că l-ai ajutat atât mult pe *monsieur* Landowski în absența lui *monsieur* Brouilly, așa că a ținut să te răsplătească! mi-a spus *madame* Landowski, zâmbind.

Pachetul avea o formă recognoscibilă. Am îndepărtat cu delicatețe hârtia maro și am desfăcut husa mare de piele de dedesubt. Înăuntru se afla unul dintre cele mai magnifice instrumente pe care le-am văzut vreodată. Violoncelul era din lemn lucios de molid, cu spatele și cu părțile laterale din lemn sclipitor de arțar. Era atât de bine lustruit încât mă oglindeam în el, iar atunci când l-am scos complet din cutie, mi-a pătruns în nări un miros plăcut de vanilie și de migdale.

Monsieur Landowski mi-a pus o mână pe umăr.

– E făcut de meșterul neamț G.A. Pfretzschner. Dacă nu e avariat datorită cine știe cărui accident, ar trebui să țină o viață. *Monsieur* Ivan prezice că o să crești repede, așa că m-am gândit că ar fi potrivit un instrument dimensionat pentru un adult. M-am interesat personal..., a adăugat el, dar *madame* Landowski i-a aruncat o privire pe sub sprâncene. Vreau să spun că Père Noël m-a rugat să mă interesez în numele lui!

Instinctiv, i-am sărit în brațe.

Totuși, darul acela generos n-a fost nici pe departe cea mai bună parte a zilei. Datorită conversațiilor frecvente dintre *monsieur* Landowski și *monsieur* Ivan, familia știa totul despre Elle. Drept urmare, avuseseră amabilitatea să-mi propună s-o invit la cina de Crăciun. Deși la început fusesem emoționat, cina s-a dovedit a fi un eveniment plin de bucurie, iar sufletul mi s-a înălțat în timp ce mă uitam în jurul mesei pline de oameni care însemnau atât de mult pentru mine. Elle, bineînțeles, s-a descurcat magnific, captivând familia cu farmecul și cu firea ei dezinvoltă.

După masă, în încăpere s-a instăpânit o atmosferă melancolică. Unul câte unul, cei prezenți s-au retras din salon fie ca să șadă pe una dintre canapelele din sufragerie, fie ca să citească o carte ori să dezlege un puzzle, iar alții s-au dus să tragă pur și simplu un pui de somn. Eu și Elle am ajutat la strânsul farfuriilor, după care ne-am pus paltoanele și am mers să ne așezăm pe banca din fața atelierului.

Am luat-o de mână și mi-am făcut curaj. Plănuisem acel moment de câteva săptămâni. Era ziua de Crăciun, Elle se afla aici și știam ce voiam să fac. Era momentul potrivit. Mi-am ridicat privirea spre ocrotitoarele mele strălucitoare de pe cer, ca să-mi dea putere. Apoi, în sfârșit, mi-au ieșit din gură cuvintele pe care îmi doream de atâta vreme să le spun:

– Te iubesc, Elle!

Ea m-a strâns de mână și a făcut ochii mari.

– Spune-mi că nu visez, Bo!

– Nu, nu visezi, i-am răspuns.

Elle s-a luminat la față.

– Mă gândeam eu! a exclamat ea izbucnind în râs, după care mi-a sărit în brațe. Bună, Bo!

– Bună, Elle! am răspuns, simțindu-mă euforic. Te iubesc!

– Și eu te iubesc! a țipat ea de-a dreptul, încântată. O, Bo, de când aștept să-mi vorbești! Știam că poți! Dar, spune-mi, de ce ți-a luat atât de mult timp?

M-am uitat la cerul senin al Parisului, pe care străluceau Cele șapte surori.

– Înainte să-ți mărturisesc de ce am făcut un jurământ de tăcere, spune-mi... cunoști roiul de stele numit Pleiade, Elle?

Ea a clătinat din cap în semn de negare, încă uimită de faptul că vorbeam.

– Nu... Trebuie să recunosc că nu.

– Ei, bine, nu cunosc un subiect mai bun pentru prima noastră conversație! De multă vreme n-am mai putut să împărtășesc povestea lor altcuiva.

Elle și-a lăsat capul pe umărul meu.

– Bine, Bo, spune-mi povestea!

– Vezi cea mai strălucitoare stea de pe cer? Chiar deasupra turlei bisericii?

– Da! Ce frumos!

– Se numește Maia. Iar acum, dacă te uiți cu atenție, o să vezi alte câteva stele strălucitoare care o înconjoară, sub forma unei semiluni crescătoare.

– Văd...

– Sunt celelalte șase dintre Cele șapte surori – începând de sus, Alcyone, Asterope, Taygete, Celaeno, Electra... și Merope, sora dispărută.

– Sora dispărută? De ce i se spune așa? Eu o văd!

– Știu, întotdeauna mi s-a părut interesant. Nu pot decât să presupun că a dispărut la un moment dat și că apoi a fost găsită. Îmi place s-o văd ca pe o speranță. Acum, în stânga lui Merope distingi o stea strălucitoare, așezată deasupra alteia? Cea mai mică e Pleione, iar cea mai mare... e Atlas, am spus eu, iar după aceea am respirat adânc. Părinții lor.

– Vorbești despre ei de parcă ar fi oameni adevărați, Bo!

– Cine suntem noi să spunem că n-au fost? Legenda zice că, în timp ce tatăl lor era osândit să poarte greutatea lumii pe umeri, surorile au fost urmărite de necruțătorul Orion. Așa că atotputernicul Zeus le-a transformat pe fete în stele, ca să-l consoleze pe Atlas.

Lui Elle îi străluceau ochii în timp ce privea cerul.

– Ce frumos!

– Așa zic și eu. Bineînțeles că există și alte interpretări, dar nu la fel de romantice. Însă asta e povestea în care aleg să cred, am spus eu, uitându-mă iarăși la Elle. Mi-am petrecut o mare parte din viață singur, dar niciodată fără stele deasupra mea.

Le consider protectoarele mele. Tata spunea asta, am mărturisit, plecându-mi privirea.

– Tatăl tău? Unde e, Bo?

Am clătinat din cap.

– Nu știu. Nu l-am mai văzut de mulți ani. Am plecat să-l caut, dar... deși îmi e greu să recunosc, nu cred că mai e în viață.

– Și mama ta?

– A murit.

– Îmi pare foarte rău, Bo!

Am îndrăznit s-o cuprind cu brațul.

– Asta ai îndurat și tu toată viața.

– De aceea te compătimesc atât de mult, Bo! a exclamat ea, punându-mi o mână pe obraz. Crede-mă că îmi pare foarte rău!

Un nod mi s-a pus pe neașteptate în gât.

– Mulțumesc, Elle!

– Spune-mi... de ce ai ales să vorbești cu mine astăzi? Puteai să deschizi gura oricând, dragul meu!

Am stat să mă gândesc.

– Ei, bine, până la urmă e ziua de Crăciun – un moment care ne amintește că suntem în viață o singură dată și că nu trebuie să irosim nici un moment.

– Extrem de drăguț, dar complet fără sens. Te rog, suntem împreună aici și suntem singuri. Spune-mi adevărul!

M-am uitat din nou la stele. Maiestatea lor tăcută și stoică mi-a dat încrederea de care aveam nevoie ca să-i dezvălui adevărul lui Elle.

– Nu vorbesc pentru că mi-e teamă că, dacă spun ceva greșit, aș putea da de necaz.

– Necaz? a repetat ea, iar pe față i-a apărut o expresie de îngrijorare.

– Da. Dar atunci când sunt cu tine, nu mi-e frică, Elle. Mă simt curajos. Prin urmare, n-am nici un motiv să rămân tăcut.

– O, Bo! De ce te protejează tăcerea?

– Fug de cineva, Elle. De cineva care a jurat să mă omoare. Singurul avantaj pe care-l am în prezent e că urmăritorul meu nu ştie unde mă aflu. Dacă vorbesc, atunci există o şansă mai mare ca el să prindă de veste unde sunt, un risc pe care nu mă simt în stare să mi-l asum.

– *Mon Dieu*[1], Bo! Cine îţi doreşte răul?

Am tăcut pentru scurtă vreme, după care am răspuns:

– Un alt băiat.

– Un băiat? Bo, ar fi trebuit să-mi spui! Mi-ar plăcea foarte mult să-l cunosc. Singurul lucru de care se tem băieţii mai mult decât de orice altceva e o fată mai mare şi mai înţeleaptă. Ai văzut cum îi ţin în frâu pe Maurice şi pe Jondrette!

Bunătatea ei a făcut să-mi crească inima în piept.

– Îţi mulţumesc că vrei să mă aperi, Elle! Dar, cu tot respectul, băieţeii ca Maurice şi Jondrette nu sunt cu adevărat periculoşi. Cel de care fug eu crede că am făcut ceva cumplit, iar asta îl face foarte periculos.

– Cât de periculos poate fi un băiat?

– Mă consideră responsabil pentru… o moarte.

– O moarte?! s-a mirat Elle, încercând să-şi reprime un icnet.

– Da.

Ne-am privit în ochi şi a urmat o pauză stânjenitoare.

– Eşti răspunzător pentru acea moarte?

– Nu. Dar băiatul acela n-o să creadă niciodată adevărul. Aşa că am fost nevoit să fug de el. Mă tem că sunt blestemat să fac asta toată viaţa.

– Unde e băiatul? În Franţa?

– Nu, cred că nu. Sper că e peste mări şi ţări.

– *Ţări*, Bo? Ai traversat ţări?

Am dat din cap cu solemnitate, în semn că da.

– Fugeam *de* el şi *către* tata. Acesta din urmă se ducea spre Elveţia – unde s-a născut –, în încercarea de a mă salva pe mine

[1] O, Doamne (în limba franceză în original)

și... familia băiatului. Acolo voiam să ajung atunci când m-au găsit prăbușit sub gardul familiei Landowski, acum mai bine de un an.

– Bo... multe nu înțeleg, dar cum ar putea băiatul ăsta, oricine ar fi, să afle unde ești?

– Există un lucru care complică treaba. Obiectul... de față... e cauza întregii nenorociri.

M-am uitat în jur ca să văd dacă nu cumva se ascundea cineva în umbră, iar apoi am scos obiectul. Cu toată bezna nopții și în ciuda faptului că fusese dat cu cremă de ghete și cu lipici, acesta putea cumva să atragă cea mai apropiată sursă de lumină și a sclipit în fața ochilor noștri.

– Bo...! a exclamat Elle, șocată.

L-am ridicat ca să-l vadă bine.

– E un diamant.

– Nu se poate, e de-a dreptul enorm! Cel mai mare din câte am văzut!

– Te asigur că e real. Celălalt băiat crede că l-am furat de la mama lui, pe care am ucis-o, am spus eu, iar Elle și-a dus mâna la gură. Te rog, crede-mă când îți spun că e perfect neadevărat! Dar sunt de părere că, atât timp cât urmăritorul meu știe că piatra e la mine, nimic n-o să-l oprească să mi-o ceară și apoi să-mi ia viața. E deștept.

– La fel de deștept ca tine?

Am izbutit să zâmbesc la vorbele ei bune.

– Poate. Înțelegi acum de ce nu vorbesc, Elle? Și de ce nu poți dezvălui altora nici asta, nici ceea ce ți-am spus astă-seară?

Am pus diamantul în punguța de piele și mi-am prins-o la gât.

– Trebuie să-mi spui povestea ta, Bo. Cu lux de amănunte.

Am clătinat din cap.

– E lungă și tulburătoare.

Elle s-a îndreptat de spate și mi-a spus pe un ton franc:

– Uită-te la mine! Sunt Elle a ta și te iubesc mai mult decât am iubit orice și pe oricine. Promit că orice îmi spui astă-seară o să rămână secret până în ziua în care o să mor. Îți jur sub Pleiade!

De fapt, tânjeam să-i dezvălui fiecare amănunt. Dar era de datoria mea s-o fac să conştientizeze consecinţele.

– Elle, am început eu să spun, de când eşti în viaţa mea, mă simt *viu*. Îmi plac mirosul cafelei tari a lui *monsieur* Landowski, păturile calde şi sunetul Senei curgătoare. Doar pentru că te-am cunoscut pe tine.

– Şi eu simt la fel, a răspuns ea pe un ton tandru.

– Trebuie să înţelegi că dacă îţi spun povestea mea, îţi pot pune viaţa în pericol. Dacă ţi s-ar întâmpla ceva, nu mi-aş ierta-o niciodată, am declarat, luându-mi ochii de la ea. Chiar n-aş mai vedea rostul existenţei.

Elle mi-a întors faţa spre ea.

– Ei, bine, nici eu n-aş vrea să trăiesc fără tine. Dar *tu* trebuie să înţelegi, Bo, că te accept *întru totul*.

Cum să refuz ceva vreodată acelor ochi albaştri?

– Foarte bine. O să-ţi spun povestea vieţii mele, am răspuns eu.

I-am povestit totul, de la momentul naşterii mele într-un vagon de tren, în 1918, până în prezent. I-am povestit despre tata, despre iernile cumplite, despre privitul stelelor şi despre vioară, despre familiile dezbinate şi despre burţile flămânde. I-am povestit despre inventarea numelui de „Bo“ şi despre numele meu real, pe care ea nu trebuia să-l folosească niciodată.

Elle era mută de uimire în timp ce îi povesteam. După ce am terminat, am observat că plângea.

– De ce plângi, Elle?

– Pentru că eşti un om atât de bun, iar universul a fost rău cu tine!

– Şi eu simt acelaşi lucru în ceea ce te priveşte. Dar acum ne avem unul pe celălalt. Pe veci.

– De-a pururi! a răspuns Elle.

Ne-am ţinut în braţe sub privirea Celor şapte surori. În acel moment nu eram copii, ci două suflete bătrâne, obosite înainte de vreme.

– Se schimbă ceva acum? am întrebat-o.

– O, da, a răspuns Elle, iar mie mi s-a strâns inima. Dragostea mea pentru tine e și mai mare, iar dorința mea de a te ține în siguranță a devenit mai puternică.

– Asta e o veste bună! am răspuns. Sincer să fiu, m-am gândit că te-ar descuraja vocea mea, care acum pare să scârțâie chiar în momentele importante.

Elle a chicotit.

– Mi se pare drăguț! Și nu-ți face griji, am văzut și alți băieți de la orfelinat trecând prin faza asta până când li se stabiliza vocea. O să treacă.

– Atunci, asta, da, ușurare!

– Bo…

– Da, Elle?

– Ai omis un detaliu. Care e numele băiatului care a jurat să te ucidă?

Am privit stelele știind că, în cealaltă parte a lumii, el făcea, inevitabil, același lucru.

– Kreeg Eszu.

TITAN

IUNIE 2008

CAPITOLUL 17

Țipetele lui Bear au readus-o în prezent și, cu mâini tremurânde, Ally a așezat jurnalul cel masiv pe comoda din cabină.

– Gata, gata, dragule!

L-a ridicat pe Bear din pătuț, unde dormise neîntors până în urmă cu câteva clipe. Huruitul puternic al motoarelor iahtului tocmai se liniștise și, în mod ironic, cea care-l trezise părea să fi fost tocmai acea schimbare.

– Căpitanul Hans o fi găsit un loc în care să ancoreze peste noapte, Bear, asta-i tot!

Ally s-a așezat din nou pe pat și, funcționând pe pilot automat, a legănat copilul pe genunchi. A clipit puternic, dându-și seama că în ultimele ore fusese atât de absorbită de jurnal, încât nu-și dăduse seama că se făcuse seară. A aprins veioza de pe noptieră și l-a pus pe Bear la sân, măcinată de gânduri. Își închipuia că și restul surorilor erau la fel de zguduite de revelația concretă că Pa îl *cunoscuse* pe Kreeg Eszu și, mai mult de-atât, că păruse să fugă de el. Ally se gândea în special la Maia, pentru care adevărul trebuia să fi fost deosebit de greu de acceptat. Era fericită că Floriano se afla în apropiere.

Totuși, ea avea de înțeles și alte lucruri. Pseudonimul lui Pa, „Bo“, și „Elle“, numele femeii care fusese dragostea vieții lui. Ally cunoștea acele nume. Fuseseră prieteni apropiați ai bunicilor ei,

Pip și Karine Halvorsen, și apăreau frecvent în manuscrisul *Grieg, Solveig og Jeg*, principalul document prin care Ally aflase despre moștenirea ei. Bo fusese Pa, de fapt. I-au dat lacrimile în clipa în care și-a amintit că nu vorbea prea mult, dar că era cel mai talentat muzician de la Conservatorul din Leipzig. A încercat cu disperare să-și amintească mai multe despre prietenii bunicilor, dar, în afară de faptul că fugiseră în Norvegia – fiindcă Elle și Karine erau evreice –, nu știa prea multe. Ce se întâmplase cu cei doi? Oare ajunseseră în Scoția? Gândurile i-au fost întrerupte de o bătaie în ușă.

– Intră! a spus ea, automat.

Ușa s-a deschis, iar silueta înaltă și frumoasă a lui Jack a intrat în cabină.

– Bună, Ally, eu..., a început el să spună, dar apoi a văzut-o hrănindu-l pe Bear. Ups, îmi pare rău, pot să mă întorc mai târziu! N-am vrut să...

Ally a roșit.

– Nu face nimic, Jack, eram în lumea mea! Intră, te rog, Bear o să termine imediat.

– Fie! s-a învoit Jack, luând loc pe scaunul de piele de lângă comodă. Am vrut doar să văd cum te simți. Ești bine?

– Da, mulțumesc, Jack!

Ally i-a zâmbit slab.

– Ai mâncat? Sau măcar ai reușit să bei niște apă sau o ceașcă de ceai?

Ally s-a gândit un moment.

– Știi, n-am mâncat, de fapt.

– Asta ar putea explica de ce ești albă ca varul.

Ally n-avea energia necesară să lămurească tot ce presupuneau lucrurile pe care le citise în jurnal.

– O să pun ceainicul pe foc! Între timp, poți să începi cu asta!

Jack a scos o sticlă de Evian din frigiderul camerei și i-a dat-o lui Ally.

– Mulțumesc. Te superi dacă...?

Ally a dat din cap spre sticlă.

– A, scuze! Desigur!

Jack a deşurubat capacul şi Ally a luat sticla cu mâna liberă, după care a băut o gură sănătoasă de apă.

– Aşa, da! Apropo, ce face toată lumea sus? a întrebat ea, uitându-se în tavan.

– Sincer vorbind, e un oraş-fantomă. Toată lumea s-a pus pe citit. Nici pe mama n-am văzut-o după-amiaza asta. Cred că e la fel de absorbită ca şi tine. Noi, „piesele de schimb", ne învârtim în jurul cozii, făcând o conversaţie ciudată, prea jenaţi ca să cerem ceva personalului!

– Jack, nu fi fraier! Nu sunteţi deloc piese de schimb. De fapt, având în vedere ceea ce am citit, o să aveţi cu toţii roluri foarte importante, pentru că surorile mele o să aibă nevoie de sprijinul vostru.

– Şi tu, desigur!

Jack i-a zâmbit în timp ce pregătea ceaiul, iar inima lui Ally a zvâcnit precum cea a unei adolescente.

– Foarte drăguţ din partea ta, Jack, mulţumesc! Dar, sincer vorbind, sunt bine. Îl am pe el, a spus ea uitându-se la Bear.

– Nu mă pricep, dar, din câte îmi amintesc despre bebeluşi, de obicei nu fac cine ştie ce conversaţie, a spus el, iar Ally a râs. Vezi tu, cred că eşti un soi de lider printre surorile tale. Ele îţi caută îndrumarea. Dar cu toatele au parteneri la care se pot plânge după ce se retrag în cabinele lor. Tu nu-ţi permiţi un astfel de lux, îl ai doar pe prichindelul ăsta care să-ţi dea bătăi de cap. Aşa că, practic, am vrut să-ţi spun că..., a conchis el, deschizându-şi braţele, ... sunt alături de tine.

– Foarte drăguţ din partea ta, Jack, mulţumesc! a răspuns Ally cu sinceritate, în timp ce-şi făcea de lucru aşezând ceaiul pe comodă şi punând laptele în frigider. Jack...

– Da, Ally?

– Voiam doar să spun că..., a murmurat ea, dar, tocmai în clipa aceea, Bear a scuipat, privind-o drept în ochi. Scuză-mă un moment!

– A, bineînțeles! Nu te grăbi!

Ally l-a luat pe Bear de la sân. A observat că Jack și-a abătut privirea, ceea ce ei i s-a părut un gest frumos. Și-a așezat fiul pe pat, iar acesta a gângurit, mulțumit.

– Ce spuneai? a întrebat ea, roșind.

– A, nimic! a răspuns el clătinând din cap și plecându-și privirea.

Ally s-a dojenit în sinea ei și a încercat să schimbe rapid subiectul.

– Nici măcar nu ți-am spus cea mai mare revelație din jurnal, a spus ea, ducându-se să ia paginile de pe comodă. Cum se numea casa din Irlanda? Cea din West Cork, la care duceau coordonatele mamei tale.

– Casa Argideen?

– Da. Îți amintești că ai găsit o legătură cu numele de Eszu?

– Da.

– Ei, află că tata îl cunoștea. Destul de bine, se pare.

– Interesant. Ce înseamnă asta?

– N-am încă toate răspunsurile, dar mă apropii. Dacă stau să mă gândesc, chiar ar trebui să mă duc la Maia. Informația asta o afectează cel mai mult pe ea.

– Pot să te întreb de ce?

– Îmi pare rău, Jack, asta nu-i povestea mea!

– Bineînțeles. Îți spun cum facem: vrei să am eu grijă de micuț, iar tu să te duci la sora ta?

– Ai face asta pentru mine?

– Da, nici o problemă!

– Mulțumesc, Jack! Dacă nu vrei să stai aici, poți să-l duci pe Bear în altă parte. Iar dacă te plictisești, află că Ma trebuie să fie prin preajmă și poate să-l preia ea, a spus Ally luându-și ceaiul și îndreptându-se spre ușă.

– Bun. Haide, Grizzly Bear, mergem sus? Du-te, Ally! Ne vedem mai târziu.

*

Maia se simțea rău fizic. Amintiri îngrozitoare despre șmecherul și insinuantul Zed Eszu – fiul lui Kreeg – îi răscoleau mintea și-i venea să plângă la gândul că, în urmă cu o generație, Pa fusese obligat să fugă de lângă tatăl lui. Oare Zed cunoștea istoria familiei lor? Aproape sigur. Poate că asta explica de ce părea să le vizeze pe surorile D'Aplièse. Maia știa foarte bine că el și Electra fuseseră împreună, iar Tiggy îi povestise totul despre sosirea lui în munții Scoției. Fără îndoială că prezența lui Zed în viețile fetelor îi provocase lui Pa multă durere și totul era prea greu de suportat.

– Ticălosul! a strigat Maia, aruncând paginile jurnalului pe podea.

– Maia?

Star și CeCe apăruseră la ușa sălii de lectură chiar în momentul în care Maia și-a luat capul în mâini și a început să plângă. Cele două surori au dat fuga s-o ia în brațe.

– Îmi pare atât de rău, Maia! Ce groaznic! a exclamat Star.

– Nu știu cât contează, dar sunt de acord cu tine, Maia! Ce nenorocit de ultimă speță! a adăugat CeCe.

– Știa, nu-i așa? Știa despre Kreeg și Pa. De-aia ne dădea roată ca o viespe de care nu se mai putea scăpa. Mă simt atât de folosită! Am făcut un *copil* cu el! a strigat Maia.

– Știu, scumpo, știu. N-a fost vina ta.

Chiar dacă Maia îi spusese doar lui Ally, celelalte surori bănuiseră întotdeauna adevărul, având în vedere mutarea ei în Pavilionul de la Atlantis sub pretextul unei „mononucleoze" care ținuse nouă luni.

– Am venit imediat ce am citit! a spus Star.

– Mulțumesc, draga mea! a răspuns Maia, trăgându-și nasul. O, Doamne! Totul e nespus de *emoționant*, nu-i așa? Nu-mi place să mă gândesc că Pa a avut perioade în viață când a fost atât de disperat și de singur!

– Acum a găsit-o pe Elle, cel puțin. Ea i-a schimbat viața. Chiar și caligrafia lui pare să fie mai... mai... rotunjită. Înțelegi ce vreau să spun? a întrebat CeCe.

Maia a scos un sunet care pe jumătate era scâncet și pe jumătate, chicot.

– În mod ciudat, da! Și mă bucur să citesc despre cât de amabilă a fost familia Landowski cu el.

– Vai, bineînțeles! Nu m-am gândit serios la asta. Cred că a fost destul de ciudat să citești despre perioada lui la atelier și despre interacțiunile cu Laurent Brouilly, a spus Star cu blândețe.

– Da. Era băiețelul cel tăcut despre care citisem în scrisorile lui Bel. Nu mi-a venit să cred!

– Așa se explică și cum a făcut rost de țigla pe care ți-a lăsat-o împreună cu scrisoarea, a adăugat Star.

– Așa este!

Ally a intrat în cameră, s-a apropiat de surorile ei și a strâns mâna Maiei.

– Of, draga mea! Suntem cu toatele alături de tine! Orice ți-ar trebui.

– Știu. Îmi pare rău, o să mă adun, a răspuns Maia ștergându-și lacrimile cu dosul mânecii. Doar știam prea bine cine e Zed!

Ally a scos un șervețel din buzunar și i l-a întins Maiei, care l-a luat, recunoscătoare, și și-a tamponat ochii, concluzionând:

– Prin urmare, Pa îl cunoștea pe Kreeg.

– „Cunoștea“ e puțin spus! a adăugat CeCe pe un ton sever.

– De ce n-a spus niciodată nimic? Cred că a făcut atac de cord în momentul în care am zis prima dată că am cunoscut un băiat pe nume Zed Eszu! s-a smiorcăit Maia.

– Nu știu, scumpo. Poate că s-au împăcat? Până la urmă, noi nu cunoaștem deocamdată decât o parte din poveste, a adăugat Star, mângâind părul surorii ei.

– Ceva îmi spune că n-a fost așa, Star, a răspuns Maia. Știm cu toatele că în ziua în care a murit Pa, Kreeg s-a sinucis. Iar tu, Ally, parcă ai spus că ai văzut *Olympus* lângă *Titan* în acea zi?

– Nu l-am văzut eu, dar prietenul lui Theo a spus asta prin stație, a confirmat Ally, suspinând și trecându-și mâinile prin păr. De fapt, cred că e timpul să vă pun la curent.

– Ce vrei să spui, Ally? a întrebat CeCe cu asprime.

– Coordonatele lui Merry duceau la Casa Argideen din West Cork, vă amintiți? a întrebat Ally, iar surorile s-au gândit o clipă și apoi au încuviințat din cap. Ei, bine, chiar dacă locul e abandonat de mult timp, aparține familiei Eszu. Jack a aflat asta pe când făcea cercetări pentru noi.

S-a așternut tăcerea, în timp ce surorile încercau să deslușească semnificația legăturii.

– Ce înseamnă asta? a întrebat Star în cele din urmă.

– Sincer vorbind, încă nu știu. Dar un lucru e cert: Zed, Casa Argideen și prezența vasului *Olympus* în ziua morții lui Pa... relația dintre Pa și Kreeg e cheia întregii enigme.

– De acord! a exclamat Maia, trăgându-și nasul.

– Mă duc să văd unde au ajuns celelalte cu cititul jurnalului. Pe urmă, putem discuta despre legătură la câteva sticle de vin rozé.

– Bună idee, Ally! a spus Star, dând din cap. Sunt foarte multe lucruri pe care încă nu le știm. De unde a venit Pa, de ce crede Kreeg că i-a ucis mama... diamantul...

– Putem doar spera că lucrurile o să se clarifice pe măsură ce citim, a spus Ally, punând o mână pe umărul lui Star.

CAPITOLUL 18

Georg Hoffman își rotea whiskyul în pahar, ascultând clinchetul gheții. Din salonul de sus, se uita la întinderea Mării Mediterane și la coasta italiană, aurie în apusul strălucitor. Se vedea Napoli, iar dincolo de el se întindea orașul antic Pompei, cu locuitorii încremeniți în timp, de mii de ani. Asta i se părea lui Georg o metaforă potrivită pentru călătoria de acum, fiindcă evenimentele din trecut încă modelau, cumva, prezentul.

El se gândea la ultimele douăsprezece luni. Ce tumult fusese acel răstimp pentru surorile D'Aplièse! Fiecare dintre ele, fără excepție, ajunsese să accepte adevărul despre trecut cu multă maturitate și înțelepciune.

– Ai fi foarte mândru! a spus Georg către camera goală.

În special ultimele câteva săptămâni fuseseră epuizante, marcate de stresul indus de nenumăratele telefoane care-l țineau la curent cu actualizările constante ale „situației". Cu toate că încerca să se ocupe cât mai bine de toate, Georg se împărțea din nou între avocatul din el, dator să îndeplinească dorințele clientului, și ființa umană, care iubea familia D'Aplièse precum pe cea proprie. S-a auzit o bătaie în ușa salonului. Georg s-a întors și a văzut-o pe Ma vârându-și capul pe ușă.

– Am vrut doar să văd ce faci, *chéri*. Reziști? a întrebat ea.

– Da, rezist. Mulțumesc pentru grijă! Intră, te rog, Marina! Vrei să bei ceva cu mine?

Marina a închis ușa încet în urma ei.

– Știi, Georg, cu ocazia asta, cred că da.

El a întins mâna după decantor, apoi i-a turnat un pahar vechii lui prietene.

– Whiskyul ăsta a fost al lui. Un Macallan din 1926. De fapt, nu mă îndoiesc că el a fost ultimul care a atins decantorul ăsta.

I-a dat Marinei paharul.

– Mulțumesc. Da, îmi amintesc că spunea că și-a dezvoltat gustul pentru băuturile locale după ce a petrecut atât de mult timp în Scoția, a spus Marina luând o înghițitură mică și simțind lichidul cald și plăcut care îi cobora pe gât, până în stomac. Crezi că fetele au ajuns deja în acel punct al jurnalului?

– Nu știu. Cum crezi că o să reacționeze, Marina?

– Greu de zis. Poate că unele dintre ele o să priceapă anumite elemente ale poveștii mai ușor decât celelalte. Dar pur și simplu mă bucur că, pentru prima dată, ele o să știe ceea ce știm și noi.

– Da.

– Pot să întreb ce se mai aude?

Marina l-a privit pe Georg cu atenție.

– Nimic în afară de ce ți-am spus dimineață. Lucrurile se deteriorează rapid. N-a mai rămas mult timp.

Marina și-a făcut cruce.

– Orice s-ar întâmpla, nu trebuie să te învinovățești, Georg! Ai acționat onorabil.

Și-a pus o mână peste a lui.

– Îți mulțumesc, Marina! Astfel de vorbe înseamnă foarte mult pentru mine, mai ales fiindcă vin din partea ta. Am trecut prin atâtea împreună de-a lungul anilor! Simt că îi sunt dator să fac lucrurile așa cum *trebuie*.

– Știu că o s-o faci, Georg, indiferent de ce anume alegi. Mă tem că nu auzi asta destul de des, dar și Atlas ar fi extrem de mândru de tine. Și de sora ta, bineînțeles. Îmi pare rău că n-am întrebat-o… cum face față?

– Îi e greu, așa cum i-ar fi greu oricui în situația asta.

– Îmi pot doar imagina, a murmurat Marina privind oceanul. Lui întotdeauna i-a plăcut litoralul ăsta!

Georg n-a răspuns, iar Marina s-a uitat la prietenul ei și i-a văzut lacrimile din ochi.

– O, *chéri*, te rog, nu plânge! Mi se rupe inima!

– Îi datorez totul, Marina! Totul.

– Și eu la fel. Întotdeauna am vrut să știu… atunci când el v-a găsit pe malul lacului Geneva, te-ai întrebat dacă nu cumva avea să vă denunțe?

Georg a ridicat decantorul și și-a umplut paharul.

– Bineînțeles că da. Eram doi copii îngroziți. Dar, ca și noi, fugise de persecuție, a continuat el, sorbindu-și încet whiskyul. Atlas ne-a tratat cu multă bunătate.

– L-ai răsplătit din plin, Georg. Ți-ai pus viața în slujba lui.

– Măcar atât am putut face, Marina. Fără el, n-aș fi avut o viață.

Marina își golise și ea paharul, iar Georg i l-a umplut din nou.

– Mulțumesc! Cât timp estimează sora ta că a mai rămas?

Georg a ridicat din umeri.

– Doar câteva zile.

– Oare asta o să-ți influențeze decizia, Georg? În legătură cu…

– Poate că da, a întrerupt-o el. Recunosc că s-ar putea să procedez altfel, fiindcă am găsit-o pe Merry și am apucat s-o aduc la bord înainte să pornim la drum.

– Pare adecvat. O fi un semn de sus!

– Așa cum s-a întâmplat întotdeauna în lumea lui.

A mai bătut cineva la ușă, iar apoi în prag s-a ivit Merry.

– Salutare! Ce faceți?

– Merry! Bine, mulțumim! a răspuns Ma. Mai important e ce faci tu, *chérie*!

– A, grozav, mulțumesc. Jurnalul e o lectură fascinantă. Atlas se pricepea foarte bine la cuvinte, nu-i așa? Pentru un băiat atât de nevârstnic, e incredibil de elocvent.

– Întotdeauna a fost talentat din punct de vedere lingvistic, a spus Ma zâmbind.

– Voiam să vă întreb despre acest Kreeg Eszu. Până acum a fost pomenit doar pe scurt, dar Jack mi-a zis că familia lui a deținut Casa Argideen. Puteți să-mi spuneți cum s-a întâmplat asta?

Ma și-a ridicat privirea la Georg, care și-a terminat whiskyul dintr-o singură înghițitură.

– O, da! Îmi imaginez că ești foarte curioasă în privința asta, a spus el, iar Merry a observat modul ferm în care-l privea Ma. Dar crede-mă că nu știm nici noi!

– Aha. Zău?

– Da. Mai bine să ți-o spun asta acum, decât să citești tot jurnalul și să fii dezamăgită.

– Așa-i. Ei, bine, asta e foarte enervant!

– Poate că o să aflăm într-o zi. Sau poate că e o simplă coincidență, a mințit Georg.

Merry a strâmbat din nas și s-a grăbit să spună:

– A, da, ai perfectă dreptate! Prea o întorc eu pe toate părțile. La urma urmei, e un nume irlandez foarte comun. Desigur că există mii de Murphy, de O' Brien și de Eszu, a spus ea, punându-și apoi mâinile în șold și privindu-l pe Georg cu sprâncenele ridicate, ceea ce l-a făcut să-și scoată batista ca să-și tamponeze fruntea. Iar acum aș vrea să dau un telefon la Dublin, dacă se poate, ca să-l pun pe Ambrose la curent. Nu-mi vine să cred că au trecut mai puțin de douăzeci și patru de ore de când nu l-am văzut! Mi se pare că a trecut o veșnicie.

– Da, înclin să fiu de acord, a răspuns Georg. În birou e un telefon cu legătură prin satelit. Cei mai mulți dintre angajați știu să-l folosească. Marina, o însoțești tu pe Merry?

– Bineînțeles. Haide, *chérie*! Pe urmă, dacă vrei, o să savurăm un pahar de vin pe punte, înainte de cină.

Doamnele au părăsit salonul și Georg a rămas din nou singur. A oftat din greu. Era regretabil că tocmai o mințise pe fiica lui Atlas. Poate că ar fi trebuit să spună tot adevărul atunci și acolo, ceea ce ar fi ușurat cu siguranță povara enormă pe care simțea că o purta. Dar, desigur, nu asta ar fi vrut angajatorul lui. Buzunarul i-a vibrat și s-a grăbit să scoată telefonul. Cu toate că pe ecran se afișa un număr necunoscut, Georg știa exact de la cine era apelul. Trăgând aer adânc în piept, a răspuns:

– Pleione!

– Orion! s-a auzit la celălalt capăt al liniei telefonice.

Erau cuvintele care îi asigurau pe cei doi că puteau vorbi în siguranță. Georg și-a luat inima în dinți, pregătit să afle noutățile.

CAPITOLUL 19

Ally se întorcea pe toate părțile în cabina încinsă. Cina fusese neplăcută, fiecare dintre surori dând semne că se străduia să înțeleagă gravitatea celor citite mai devreme. Floriano și Chrissie făcuseră conversație de complezență, iar Rory și Valentina distraseră masa cu priveliștea prieteniei fermecătoare ce începuse să se lege între ei. Cu toate astea, atmosfera fusese vizibil încărcată, ceea ce nu era deloc o surpriză, având în vedere conjunctura. În timp ce mâncau, Ally îl surprinsese de câteva ori pe Jack cu privirea ațintită la ea, dar el și-o abătuse de îndată, ca să evite orice stânjeneală. Ea își dorea să fi avut „discuția despre Bear" mai devreme, în cabină, dar atunci se intimidase. Se simțea ca o neghioabă, deoarece cu cât trecea mai mult timp fără să vorbească, cu atât situația i se părea mai ciudată lui Jack.

I-a bâzâit telefonul și a văzut că primise un mesaj vocal. Semnalul nu era bun în largul mării, deci Hans trebuia să fi ancorat într-o zonă cu acoperire. Ea a apelat serviciul de mesagerie.

– Bună, Ally! Sunt Celia…, s-a auzit, cu intermitențe, vocea mamei lui Theo. Sper că ești bine, draga mea, la fel și micuțul Bear! Abia aștept să vă văd pe amândoi la Londra! Anunță-mă dacă treceți pe aici. Dacă nu, îmi fac bagajele și plec spre Norvegia. Ascultă, știu că ești într-o croazieră dedicată minunatului tău tată, așa că te sun doar ca să-ți spun că mă gândesc la tine! Și sunt sigură că, oriunde ar fi, Theo îți zâmbește și el. Îți trimit toate urările mele de bine, dragă! La revedere!

Ally a lăsat telefonul din mână, cuprinsă de un nou val de vinovăție la auzul vocii pline de afecțiune sinceră a Celiei Falys-King. Da, avea sentimente pentru Jack, dar se cutremura la gândul de a nu respecta memoria tatălui micuțului Bear.

– Îmi pare rău, Theo, a șoptit ea.

Chiar dacă surorile o încurajau, Ally se gândea la ceea ce ar fi putut crede ceilalți. Oare ce ar fi zis fratele ei, Thom, dacă ea și Jack...? Nu dădea tocmai bine să-ți faci un nou iubit la mai puțin de un an de la moartea partenerului tău. În plus, numai s-o supere pe Merry nu voia. Probabil că biata Merry considera că toată acea experiență era una suprarealistă, așa că ar fi fost prea mult pentru ea ca noua soră adoptivă să fie nepotrivit de afectuoasă cu fiul ei.

– O, Doamne! a suspinat Ally.

– Ally, ești trează? a șoptit o voce la ușă.

S-a dus în vârful picioarelor și a deschis ușa încetișor. Era Tiggy, în halatul ei de pe *Titan*.

– Bună! Îmi pare rău, n-am vrut să bat la ușă și să risc să-l trezesc pe Bear.

– Ei, nu-ți face griji, Bear doarme adânc. Intri?

– Mulțumesc.

În chip straniu, Tiggy parcă plutea prin încăperi, de parcă ar fi fost un spirit plin de grație și de eleganță. Ally admirase întotdeauna acea delicatețe eterică a surorii ei.

– Voiam doar să verific ceva, pentru că am ațipit puțin la cină. Ne-am înțeles să citim încă o sută de pagini din jurnal până mâine la prânz?

– Da. Pe urmă ne vedem ca să discutăm.

– Minunat, un plan bun! Mulțumesc, Ally! a spus Tiggy și s-a întors spre ușă, dar apoi s-a oprit lângă pătuțul lui Bear și s-a uitat la nepotul ei adormit. Micuțule Bear, greu de crezut că, acum câteva luni, într-o peșteră din Granada, te-ai hotărât să ne surprinzi pe toți... mai ales pe mămica ta..., a șoptit ea.

Amintindu-și, Ally a zâmbit.

– Știi, nu cred că Charlie o să mai fie vreodată la fel după ce a văzut-o pe Angelina în noaptea aceea. Cinci ani de școală de medicină n-au făcut cât o *bruja* și cunoștințele ei atunci când Bear s-a hotărât să apară atât de brusc!

– Ei, bine, n-ar trebui să fie prea dezamăgit. La urma urmei, o *bruja* nu poate face prea multe... Sunt sigură că ai fost recunoscătoare pentru calmantele pe care ți le-a prescris Charlie după aceea! a spus Tiggy făcându-i cu ochiul surorii ei, după care s-a uitat din nou la Bear. Apropo, el a spus să te uiți la scrisoare.

– Poftim?

– Vrea să te uiți la scrisoare, a repetat Tiggy zâmbind larg.

– Cine? Bear? Ce vrei să spui?

– Nu știu. Sper că asta îți e de ajutor. Mă duc la culcare. Noapte bună, Ally!

Tiggy și-a îmbrățișat sora și apoi a ieșit din încăpere.

Odată închisă ușa, lui Ally i-a sărit inima din piept. Tiggy nu se putea referi decât la un singur lucru. Ally s-a dus la valiză și a deschis un buzunar cu fermoar, ascuns în căptușeală, din care a scos singura scrisoare pe care o avea. Era de la Theo, bineînțeles, și o lua cu ea peste tot. Nu vorbise nimănui despre ea și nici n-o dăduse vreodată altcuiva s-o citească. Tremurând puțin, a despăturit-o încet, iar privirea i s-a oprit la penultimul paragraf, ca întotdeauna.

Iar dacă soarta hotărăște ca tu să citești scrisoarea asta, uită-te la stele și să fii convinsă că o să veghez mereu asupra ta. Și probabil că o să beau o bere cu Pa al tău, în timp ce el o să-mi povestească despre toate obiceiurile tale rele din copilărie.

Ally a mea – Alcyone – n-ai idee câtă bucurie mi-ai adus în viață. Să fii FERICITĂ! Iată darul tău.

Theo xxx

Imaginea lui Theo și a lui Pa la un pahar, zâmbitori, i-a încălzit inima. Știa cât de mult l-ar fi plăcut tatăl ei pe Theo și spera din tot sufletul ca ei să se fi întâlnit în lumea de dincolo. Dar la ce anume se referise Tiggy?

„Vrea să te uiți la scrisoare."

Ally s-a uitat lung la singurul cuvânt scris cu majuscule de pe pagină, de care privirea îi era atrasă ca de un magnet.

Să fii FERICITĂ!

I s-a pus un nod în gât. S-a dus la hublou și s-a aplecat ca să poată privi stelele.

– Îți mulțumesc, Theo! Îmbrățișează-l pe Pa din partea mea!

A pus scrisoarea la loc sigur, în căptușeala cu fermoar a valizei, apoi s-a urcat în pat. A știut imediat că încercarea de a dormi avea să se dovedească zadarnică, întrucât gândurile i se învălmășeau. Zarva din mintea ei era mai puternică decât cea care domnea în Grand Plaza din Oslo. A scos din nou telefonul și i-a trimis un mesaj lui Jack.

Mulțumesc că ai avut grijă de Bear mai devreme. Somn ușor! x

A primit răspuns aproape imediat:

Cu plăcere, Al! Și ție x

S-a uitat cu atenție la jurnalul de pe comodă. Acolo, în paginile lui, se găseau răspunsurile. Înțelegerea fusese ca toate surorile să citească încă o sută de pagini dimineață, dar Ally, știind că existau revelații la câțiva centimetri de ea, a decis să citească mai departe.

JURNALUL LUI ATLAS

1936–1940

CAPITOLUL 20

Leipzig, Germania

Eventualul cititor, în cazul în care o să fie captivat de paginile astea, se poate întreba de ce n-am scris nimic în jurnal vreme de mai bine de șase ani și cum de a ajuns băiețelul care era *citoyen de Paris*[1] să fie acum în pragul maturității, într-un nou oraș european. Povestea e una tulburătoare. În realitate, în ultimii șase ani am scris des în jurnal. Probabil că relatările erau prea sentimentale pentru anumite gusturi literare, dar ele au reprezentat o consemnare a fericirii pe care am trăit-o în Franța. E datoria mea neplăcută să spun că majoritatea paginilor au rămas în gospodăria Landowski, atunci când am fost nevoit să plec intempestiv, drept consecință a gravei mele greșeli de a deschide gura și de a vorbi.

Cu toate că, în timp ce scriu, suntem în 1936 și am optsprezece ani, simt că ar fi nedrept din partea mea să ofer o poveste incompletă. Permiteți-mi să vă explic. Din 1930 până în 1933, viața la Paris a continuat aproape la fel ca în cei doi ani anteriori: i-am ajutat pe *monsieur* Landowski și pe *monsieur* Brouilly în atelier și am urmat lecțiile cu *monsieur* Ivan la conservator, ca și Elle. Pe măsură ce am crescut, am primit din ce în ce mai multă libertate din partea îngrijitorilor noștri – *madame* Gagnon în cazul lui Elle și Evelyn

---

[1] Cetățean al Parisului (în limba franceză în original)

în cazul meu. Noi doi petreceam dimineți senine descoperind cafeaua în cafenelele pariziene, iar seara ne plimbam pe străzi, dibuind de fiecare dată câte un nou detaliu arhitectural care să ne provoace încântare și uimire. Decizia mea de a vorbi în acea zi de Crăciun a făcut ca relația dintre mine și Elle să înflorească... Cine ar fi crezut? A fost marele meu privilegiu să fiu eu cel care îi citea *ei* ori de câte ori mergeam împreună la picnic și să-i cer părerea despre fiecare aspect al vieții mele aflate în plină înflorire. Ironia sorții a făcut ca aceeași decizie să ducă la prăpăd.

Într-o dimineață, la începutul anului 1933, la atelier, *monsieur* Landowski a făcut un anunț:

– Domnilor! Am câteva vești de comunicat. Nu sunt nesemnificative, așa că vă rog să ascultați cu atenție. Călătoria noastră împreună se apropie de sfârșit.

– *Monsieur* Landowski...?! s-a mirat Brouilly, albindu-se la față.

La urma urmei, el luase decizia de a părăsi Rio ca să-și continue cariera la Paris.

– Azi-dimineață mi s-a oferit postul de director la Academia Franceză din Roma.

Brouilly n-a reacționat. M-am trezit că eram la fel de neliniștit, fiindcă *monsieur* Landowski îmi asigura adăpost, hrană și, bineînțeles, îmi plătea cu generozitate școlarizarea.

– *Monsieur* Brouilly, n-ai nimic de spus? a întrebat *monsieur* Landowski.

– Îmi cer scuze, *monsieur*! Felicitări! Cei de la Academie au făcut o alegere bună.

L-am felicitat și eu pe *monsieur* Landowski, zâmbindu-i cu toată gura, deși forțat, și aplaudând de unul singur.

– Vă mulțumesc, domnilor! Imaginați-vă. Eu! La birou! Și cu salariu!

– Lumea o să simtă lipsa talentului dumneavoastră, *monsieur*! a spus Brouilly pe un ton plin de tristețe autentică.

– O, nu fi ridicol, Brouilly! O să sculptez în continuare. Întotdeauna o s-o fac! Motivul principal pentru care am acceptat postul ăsta este... ei, bine, cred că se poate spune că e vina tânărului nostru prieten, a spus *monsieur* Landowski, după care a făcut un gest către mine și mi-a remarcat șocul. Ceea ce vreau să spun e că am simțit o mare plăcere, atât de ordin artistic, cât și personal, să văd progresele lui Bo în ultimii ani. *Monsieur* Ivan spune că e pe cale să devină un violoncelist virtuoz. Toate astea – la un copil care abia putea sta în picioare atunci când ne-am întâlnit prima dată! Într-adevăr, sunt un pic gelos pe profesorul tău, Bo! Deși am contribuit financiar, mi-aș fi dorit să fi fost eu cel care să-ți fi cultivat talentele artistice. Ca atare, sper ca la Academia Franceză să pot dezvolta talentul altor tineri, în domeniul meu.

Zâmbetul meu artificial s-a transformat într-unul autentic.

– E un sentiment foarte frumos, *monsieur*! a spus Brouilly, posomorât.

– O, Brouilly! Nu fi atât de abătut, omule! a exclamat *monsieur* Landowski ducându-se la asistentul lui și punându-i o mână pe umăr. Chiar crezi că te-aș lăsa de izbeliște? Înainte de a accepta postul, am făcut niște aranjamente împreună cu colegul nostru, *monsieur* Blanchet, de la École des Beaux-Arts[1]. Peste o săptămână, după ce plec la Roma, o să ocupi acolo un post de profesor debutant.

– Vorbiți serios, *monsieur*?

Brouilly a făcut ochii mari.

– Da. Blanchet a fost mai mult decât fericit să accepte scrisoarea mea de recomandare. E o instituție bună, iar tu o să fii un adaos prețios al corpului profesoral. Cel puțin o să fii plătit cu mult mai mult decât mine! Profită de un venit regulat și consacră-te propriei cariere.

– Vă mulțumesc, *monsieur* Landowski, vă mulțumesc! N-o să uit niciodată ce ați făcut pentru mine.

Brouilly i-a strâns viguros mâna profesorului său.

– Meriți! La urma urmei, n-aș fi putut termina *Cristo* fără tine..., a adăugat *monsieur* Landowski, care, după ce i-a strâns mâna lui Brouilly, a ținut-o nemișcată și a examinat-o, iar apoi a făcut cu

---

[1] Școala de arte frumoase

ochiul. Munca ta o să dăinuie! a exclamat el, întorcându-se după aceea spre mine. Tinere Bo! Viața ta o să continue în mare parte neschimbată. Nu intenționez să vând casa de aici și, bineînțeles, eu și familia o să ne întoarcem în vacanțele de vară, precum și de Crăciun. Cei mai mulți dintre angajați o să fie nevoiți să-și caute de lucru în altă parte, dar Evelyn rămâne. Îți convine? m-a iscodit el, iar eu am încuviințat din cap. Bine! Atunci cred că o să respectăm tradiția, sărbătorind schimbarea cu o sticlă de șampanie...

În decurs de șapte zile, cei din familia Landowski și-au făcut bagajele, gata să plece spre noua viață care îi aștepta la Roma. Cred că aș fi fost mult mai afectat de iminenta lor plecare dacă n-ar fi fost Elle. Atât timp cât ea rămânea, mă simțeam invincibil.

După cum mă asigurase *monsieur* Landowski, viața mea nu s-a schimbat aproape deloc, cu excepția faptului că îmi petreceam mai mult timp împreună cu Evelyn, care acum era singura responsabilă de întreținerea gospodăriei. Corespondam des cu *monsieur* Landowski. El îmi spunea poveștile tinerilor artiști care îi treceau pragul la Academia Franceză și ce mai făcea familia:

Marcel exersează frenetic la pian. După cum știi, speră să urmeze cursurile conservatorului în următorii doi ani. Cred că are mari șanse. Nu mă îndoiesc de faptul că prezența ta i-a oferit motivația care-i trebuia ca să-și îndeplinească visurile!

Trebuie să recunosc că n-a fost tocmai neplăcut să am toată casa doar pentru mine, cu acces liber la bibliotecă și la bucătărie. Am avut chiar îndrăzneala să port scurte conversații cu Evelyn. Atunci când, în sfârșit, am vorbit, ea a plâns. Uitându-mă în urmă, pot spune că trăiam într-o stare de vis, vrăjit de poțiunea îmbătătoare pe care o alcătuiau Elle, muzica și ceea ce începusem să percep ca siguranță totală.

Cât de naiv am fost!

Începutul sfârșitului a venit în toamna anului 1935.

Mă aflam împreună cu Elle într-o cafenea de pe Rue Jean-de-la-Fontaine. Cum Elle avea acum mai mult de optsprezece ani, părăsise Apprentis d'Auteuil și locuia într-o cameră întunecoasă și murdară din mansarda unei prietene a lui *madame* Gagnon. Câștiga un salariu de mizerie făcând curățenie pentru proprietară – *madame* Dupont –, dar acceptase asta fiindcă putea să meargă în continuare de două ori pe săptămână la cursuri. M-am lăsat pe spate în scaunul metalic și m-am uitat la Elle, care stătea cu privirea ațintită la cafeaua din ceașcă. Se vedea că o tulbura ceva.

– S-a întâmplat ceva, iubirea mea? am întrebat eu.

– Nu, nimic... doar că, la ultima lecție, *monsieur* Toussaint a țipat la mine.

I-am zâmbit cu afecțiune.

– Știi că asta nu-i ceva neobișnuit la conservator.

Ea a ridicat din umeri.

– Știu. Dar, ca să fiu sinceră, nu cred că Toussaint m-a plăcut vreodată cu adevărat. Se crede mai presus de statutul de îndrumător al unei adolescente începătoare. Are dreptate, bineînțeles. Dar, în ultimele săptămâni, ori de câte ori a încercat să mă învețe să citesc partitura, veninul lui a fost deosebit de virulent.

– Nu-ți face griji! Sunt sigur că e doar frustrat că n-ai învățat *cum trebuie*. Am avut o experiență asemănătoare cu *monsieur* Ivan! am dat eu s-o liniștesc.

– Ai dreptate. Totuși, *monsieur* Toussaint a zis ceva ciudat în toiul țipetelor.

– Ce anume?

– A spus că, dacă n-aș fi odrasla „Marelui Rus", m-ar obliga să stau trează toată noaptea și să învăț, a spus Elle, iar mie mi s-a răcit puțin sângele în vene. L-am întrebat ce a vrut să spună cu „Marele Rus", iar el a râs, spunând că *doar nu credeam* că eram în clasa lui datorită meritelor mele. Am insistat să aflu la ce anume făcea aluzie, iar el s-a înfuriat, zicând că n-avea timp să le predea țâncilor și că Rahmaninov ar fi trebuit să coboare de pe tron și s-o facă el însuși.

– Ăăă…, am bâiguit eu.

Elle s-a încruntat.

– I-am spus că nu înțelegeam, iar el a râs și mi-a spus că avea să-i scrie Marelui Rus și să-l informeze că fiica lui era o incompetentă. Pe urmă a apărut *monsieur* Ivan, care l-a chemat să discute pe coridor. Au ieșit, au vorbit o vreme, iar apoi *monsieur* Toussaint s-a întors și mi-a cerut să plec, și-a încheiat Elle povestirea, nedumerită. Ce crezi că a vrut să spună cu Rahmaninov?

Am luat încet o înghițitură din ceaiul English Breakfast.

– S-ar putea să pot face puțină lumină în cazul de față.

Ea a părut nedumerită.

– Cum adică, Bo?

Am suspinat și i-am explicat povestea pe care o inventase *monsieur* Ivan. Elle a devenit, firește, abătută.

– Deci… n-aș fi obținut un loc la conservator doar pe seama talentului?

– Nu-i deloc așa. *Monsieur* Ivan a spus că ești fiica lui Rahmaninov ca să ți se acorde o probă. Restul, te asigur, l-ai obținut prin talent!

– Toți cred că sunt fiica abandonată a lui Rahmaninov?

– Mă rog, Toussaint și Moulin cred asta. Te rog, încearcă să nu-ți faci griji! O să vorbesc cu *monsieur* Ivan la următoarea lecție, să văd ce zice.

N-am mai avut ocazia să vorbesc cu *monsieur* Ivan. Câteva nopți mai târziu, am fost trezit de o bufnitură în timp ce dormeam în casa Landowski. Dintr-odată, am deschis ochii și am aruncat pătura de pe mine. În ciuda noului meu trai în siguranță, m-am bucurat să aflu că, cel puțin la nivel subconștient, simțurile mele rămâneau în alertă maximă. Fosta existență în pustietatea geroasă mă făcuse să „dorm iepurește", după cum zicea tata.

Ceasul de pe birou arăta puțin peste ora două dimineața. Acum, dezmeticit, am auzit al doilea sunet distinct în casă – o ușă care se deschidea.

Nu eram singur. Uitându-mă pe fereastră și nevăzând lumină în căsuța lui Evelyn, n-avea rost să mă liniștesc la gândul că ea se hotărâse să intre în casa principală la acea oră din noapte. M-am îndreptat spre ușă cât de încet am putut și am apucat clanța. Din fericire, ușa s-a deschis fără zgomot. Ascultând cu atenție, am auzit scârțâitul pașilor pe podeaua de lemn de la parter. Instinctiv, am căutat punguța de la gât.

El era? Mă găsise cumva? Sosise momentul de care mă temusem. În pofida fiorului de groază care îmi străbătea acum trupul, știam că aveam un avantaj tactic față de intrus. Cunoșteam bine casa. Iar dacă era să mă iau după bufniturile și scârțâielile pe care le auzeam, puteam să-mi dau seama că nu și el. Mi-a trecut prin minte să mă ascund, dar știam că n-ar fi fost de prea mare folos – toate astea petrecându-se în toiul nopții, el ar fi putut să mă caute până când m-ar fi găsit. M-am gândit și la fugă – să alerg pur și simplu la ușă și să țâșnesc în noapte. Dar dacă intrusul era *el*, mă îndoiam că mica distanță pe care aș fi putut s-o parcurg în noaptea aceea m-ar fi dus destul de departe. Cu părere de rău, am ajuns la concluzia că era necesară o acțiune ofensivă.

M-am dus încet spre capul scării și am ascultat pașii de jos. Se părea că intrusul cerceta metodic, ca și cum ar fi căutat ceva. Sau, mai precis, pe cineva – pe mine. În cele din urmă, pașii au ajuns în aripa de est – salonul și biblioteca – și mi-am încercat norocul. Tiptil, m-am strecurat pe scări până la parter și m-am îndreptat în direcția opusă. M-am dus direct la atelier și la dălțile lui *monsieur* Landowski. Luând cea mai ascuțită dintre unelte, m-am întors pe coridor, rămânând lipit de pereți ca să nu stau în lumina lunii. Ajungând din nou lângă scară, m-am oprit să ascult. Era liniște. Oare unde se afla el? Am mai făcut un pas pe coridor, iar dintr-odată o forță mare m-a smuls din picioare și m-a aruncat cât colo. Intrusul mă apucase din spate și îmi imobilizase brațele. L-am lovit cu picioarele cât am putut de tare, țintind genunchii. Țipătul care a urmat mi-a spus că nimerisem. Intrusul s-a clătinat, mi-a dat drumul și amândoi am căzut. În încăierare, am scăpat dalta și am bâjbâit, disperat, ca s-o găsesc. În acele câteva secunde, agresorul a sărit în picioare și s-a repezit pe coridor, spre sufragerie. Din fericire, am găsit dalta și, apucând-o, m-am dus pe coridor, după el.

– Arată-te! am strigat, fără să-mi pot controla furia din voce, dar în sufragerie nu se clintea nimic, iar eu nu puteam distinge decât conturul mobilei în lumina lunii. N-ai fost niciodată un laș, Kreeg! Haide să ne vedem la față! am răcnit eu în liniștea aceea sinistră. Știi, nu vreau să mă lupt cu tine! N-am vrut niciodată! Am dalta doar ca să mă pot apăra de tine! Sunt lucruri pe care nu le înțelegi… lucruri pe care doresc să ți le spun. Te rog, ieși și o să-ți explic totul! am pledat, dar n-am primit nici un răspuns. N-am ucis-o eu, Kreeg! Trebuie să mă crezi! am strigat, simțind cum îmi dădeau lacrimile. Cum ai putut să crezi că sunt capabil de așa ceva? Eram prieteni. Ca frații! am adăugat, ștergându-mi lacrimile și încercând să mă concentrez. Am fugit în acea zi doar pentru că știam că urma să mă ucizi! Eram mic, Kreeg, ca și tine! Acum suntem bărbați și ar trebui să-i punem capăt ca atare, am încercat iarăși să-l înduplec, hotărându-mă să-i mai spun un singur lucru, unul pe care-l credeam un motiv suficient pentru ca el să iasă din ascunzătoare. Am diamantul! Nu l-aș vinde niciodată, așa cum ai presupus. Ți-l pot da acum. E într-o punguță de piele pe care o țin la gât. Nu trebuie decât să te arăți și al tău e! Apoi poți pleca și nu trebuie să ne mai vedem niciodată, dacă asta e alegerea ta.

Am auzit un scârțâit în spatele șifonierului din colț. Știam că era suficient să aduc vorba de piatra prețioasă ca să-l scot din ascunzătoare.

– Diamant, zici? Deci asta ai în punguța aia!

Cunoșteam vocea, dar nu era a lui Kreeg. S-a ivit o siluetă și, în întuneric, am deslușit un chip.

– *Monsieur* Toussaint?!

– Știi, pentru un băiat care aparent nu poate vorbi, ești foarte elocvent!

– Ce căutați aici? Ce vreți?

– Nu-mi place să fiu tras pe sfoară, băiete! Conservatorul din Paris e cea mai mare instituție de muzică din lume, nu o creșă. Știi bine, șobolanul ăla de rus, Ivan, ne-a făcut să credem că prietena ta e fiica lui Rahmaninov și a unei amante. După ce l-am amenințat că urma să-i scriu lui Rahmaninov, Ivan a recunoscut că mințise, a spus *monsieur* Toussaint apropiindu-se cu un pas. L-am întrebat pe Ivan despre tine. Mi-a spus că ești pupilul lui Paul Landowski, despre care știu că s-a angajat la Roma. Prin urmare, ca pedeapsă că rusul mă fraierise, m-am gândit să vin și să mă servesc cu câteva dintre vazele lui Landowski. Dar acum știu că aici există ceva mult mai valoros!

A mai făcut un pas.

– Nu înțelegeți!

– De fapt, sunt două lucruri de valoare în camera asta, băiete! Diamantul, despre care știu acum că atârnă la gâtul tău... și tu.

Am șovăit.

– Eu?!

– E de la sine înțeles că acest „Kreeg" despre care vorbești ar fi foarte dornic să știe unde ești, având în vedere situația pe care tocmai te-ai grăbit s-o dezvălui. Sunt sigur că el ar plăti bine pentru informații despre tine.

– E puțin mai mare de vârstă decât mine. N-are bani. Și dacă află că mi-ați furat diamantul, vă ucide și pe dumneavoastră.

Toussaint a pufnit.

– Se mai fac înțelegeri, băiete! Dacă îți curm viața acum și-i dau diamantul tânărului domn Kreeg, poate că găsim o cale să împărțim recompensa.

Vorbea nedeslușit. Se vedea că era beat.

– *Monsieur*, vă rog! Sunteți flautist, nu criminal! l-am implorat.

– Băiete, cu diamantul ăla, pot fi orice vreau să fiu! Treci încoace!

M-a atacat, dar anticipasem manevra și m-am urcat pe canapea. Având avantajul înălțimii, i-am sărit în spinare. Însă profesorul era surprinzător de puternic și a izbutit să se răsucească, astfel încât ne-am prăbușit amândoi. M-a apăsat cu toată greutatea și, ca urmare, mi s-a tăiat răsuflarea. Profitând, Toussaint s-a răsucit și mi-a smuls punguța. A aruncat-o într-o parte și apoi m-a înhățat de gât.

Îmi amintesc că mă simțeam ciudat de liniștit în timp ce forța vitală începea, treptat, să-mi părăsească trupul. Nu m-a cuprins panica decât în clipa în care mi-a venit în minte chipul lui Elle, ceea ce a făcut să fiu îmboldit pe dată de dorința de a lupta. Adunându-mi fiecare dram de putere, am înșfăcat dalta și am înfipt-o în brațul lui Toussaint.

– Au! a strigat el, luându-și mâinile de pe gâtul meu.

Am profitat și am recuperat punguța, băgând-o apoi în buzunar.

Dintr-odată s-a făcut lumină, iar din prag s-a auzit un țipăt puternic. M-am întors și am văzut-o pe Evelyn, cu o mână pe întrerupător și cu cealaltă la gură. Toussaint, care încă își legăna brațul, s-a ridicat și a încercat să-și ascundă fața, cocoșându-se. Apoi, a trecut pe lângă Evelyn și a ieșit în fugă pe ușa din față.

– Bo! Ce se întâmplă?! O, Doamne, e sânge pe podea? a întrebat Evelyn, iar eu am încuviințat din cap. Ai pățit ceva? a vrut ea să știe, așa că am dat iarăși din cap, iar ea a îngenuncheat lângă mine și m-a cercetat, disperată, ca să vadă dacă aveam vreo rană. Vorbește cu mine! Cine era bărbatul ăla? Ce căuta aici? m-a chestionat, dar eu, amețit, n-am izbutit decât să-i arunc o privire uluită. Bo, te rog, spune-mi totul!

Mi-am tras sufletul și i-am explicat cât de repede am putut.

– *Mon Dieu*, Bo! Ai diamantul? a întrebat ea, iar eu, drept răspuns, m-am bătut peste buzunar. Bun! Dar acum nu ești în siguranță aici! El se poate întoarce și s-ar putea ca de data asta să fie însoțit! E timpul să pleci!

– Să plec? Unde?

– La *monsieur* Brouilly, în Montparnasse. El o să te găzduiască și o să fii în siguranță acolo. Până când mă gândesc la o soluție!

– Mi-e teamă ca Toussaint să nu se ducă la Elle. E profesorul ei. Poate că știe unde locuiește.

Evelyn a închis ochii și a dat din cap, arătând prin asta că era de părerea mea.

– Cred că ai dreptate să te temi. Trebuie să te duci mai întâi la ea.

– Evelyn, dar tu? Dacă Toussaint se întoarce?

– N-are decât! Nu cred că vrea să aibă de-a face cu mine. Trimit mâine după Louis, iar el o să vină și o să stea o vreme aici. Dar tu trebuie să te grăbești! Dacă alergi, poți ajunge la Elle, pe Rue Riquet, în mai puțin de o oră. Du-te sus și ia niște haine – doar pe cele esențiale. O să-ți scriu pe ceva adresa lui *monsieur* Brouilly.

Am fugit la etaj și am vârât câteva cămăși și ceva lenjerie în geanta mea de piele. Am luat adresa lui Brouilly de la Evelyn și, după o lungă îmbrățișare, am fugit în noapte.

Am ajuns la Elle, pe Rue Riquet, leoarcă de sudoare și gâfâind, după un drum de unsprezece kilometri. Fereastra ei se afla chiar în partea de sus a casei și m-am blestemat că nu-mi planificasem totul cu mult înainte. A trebuit să strâng pietricele de pe marginea drumului și să le arunc în geamul de la mansardă. Era o strategie riscantă, dar nu prea aveam de ales. După un minut sau două, a dat rezultate, căci la fereastră s-a arătat fața somnoroasă a lui Elle.

– Bo? a murmurat ea.

I-am făcut semn să coboare și ea a dat din cap în semn că înțelesese. După câteva clipe, ușa de la intrare s-a deschis încet, iar Elle s-a ivit în fața mea, îmbrăcată într-o cămașă albă de noapte. M-a îmbrățișat.

– Ce se întâmplă, Bo?

– Îți explic totul după ce o să fim în siguranță... dar acum vreau să vii cu mine!

Ea s-a schimbat la față.

– Din cauza *lui*? a întrebat, cu teamă în ochi.

– Nu tocmai. Însă vreau să iei câteva haine și să cobori. Mergem la *monsieur* Brouilly!

N-a fost nevoie de alte explicații. În câteva minute, Elle s-a întors și am străbătut în liniște străzile lăturalnice, până în Montparnasse. Din fericire, am găsit ușor adresa lui Laurent, pentru că avea orhidee roz la fereastră, despre care știam că erau florile naționale ale Braziliei. După ce am sunat insistent, Brouilly a apărut, somnoros. Dându-și seama că eu eram musafirul nepoftit de la ușa lui, ne-a primit în casă. A fost amabil și ne-a făcut o cafea tare, iar eu le-am povestit amândurora întâmplările din acea noapte.

– O, Doamne! O, Doamne! repeta Brouilly întruna. Ești o enigmă, Bo! Băiatul cel tăcut! Uite cum vorbește acum, o, Doamne!

Elle mă ținea de mână, iar prezența ei îmi oferea mai multă alinare decât aș fi putut spune în cuvinte.

– Mulțumesc că m-ai luat și pe mine! a zis ea.

– O, dacă mi-aș fi ținut gura, Elle! Credeam că era Kreeg. Am încercat să mă înțeleg cu cineva care nici măcar nu era în cameră!

– Bineînțeles că asta ai presupus. Aș fi făcut exact același lucru.

Am tăcut și m-am uitat în apartamentul înghesuit al lui Brouilly. O lampă slabă lumina colecția de proiecte neterminate și de idei neduse până la capăt. Sculpturi, pânze și unelte împânzeau tot locul. Vederea acelui haos nu-mi făcea bine și mi-am luat capul în mâini.

– De nu m-aș fi trezit! Toussaint și-ar fi luat vazele și și-ar fi văzut de drum. Probabil că nici nu mi-aș fi dat seama că a fost în casă!

– Mi-aș dori să te audă și Bel vorbind, a spus Brouilly, melancolic.

M-am uitat la el. După toată povestea asta, era cu mintea în altă parte.

– Bel și dumneavoastră ați mai vorbit, *monsieur* Brouilly? am întrebat.

Fostul meu coleg de atelier avea o expresie ca de pe altă lume.

– Nu.

În cele din urmă, el ne-a adus niște pături. Am insistat ca Elle să doarmă pe canapeaua mică, iar eu am pus o pernă pe podea.

Elle și-a lăsat mâna în jos și am ținut-o înainte ca epuizarea să pună stăpânire pe mine și să adorm.

A doua zi, foarte devreme, Evelyn a sunat la ușă, iar Brouilly i-a deschis.

– Dragii mei, mă bucur să vă văd!

M-am repezit la ea și am îmbrățișat-o.

– Bună dimineața, Elle! Mă bucur că ești în siguranță, a spus Evelyn. Am luat legătura cu jandarmeria.

– Cu jandarmeria?! am repetat, îngrozit.

– Da, Bo! Nu uitați că aseară s-a intrat prin efracție în casa angajatorului meu, ca să nu mai vorbim de mica problemă legată de profesorul beat al lui Elle, care a încercat să te ucidă. Toussaint trebuie să fie arestat. La urma urmei, nu putem permite ca un dement să se întoarcă la Conservatorul din Paris ca să îndrume tineri vulnerabili!

– Dar, Evelyn, jandarmii o să vrea să discute cu mine! O să-mi pună întrebări despre diamant. Nu înțelegi, nu pot...

– Bo, înțeleg foarte bine! a exclamat ea luându-mă de mână. Întotdeauna am înțeles, încă de când băiețelul acela tăcut mi-a bătut la ușă pentru prima oară. Ai cunoscut în viața ta mai multă teroare decât ar trebui să experimenteze orice om, o prigoană venită din partea unor forțe care depășesc cu mult puterea de înțelegere a unei femei simple ca mine. Așa că, da, jandarmeria o să vrea să discute cu tine de îndată, dar eu o să spun că n-am nici cea mai vagă idee despre locul în care te afli.

Sfârșind ceea ce avusese de spus, Evelyn mi-a făcut cu ochiul.

– După ce o să-l ia poliția, a spus Elle, Toussaint o să răstălmăcească povestea și o să dea declarații despre izbucnirea lui Bo. Îți amintești că aseară ai vorbit despre... uciderea unei femei, a murmurat ea, aruncându-mi o privire mâhnită.

Mi-am încleștat pumnii de frustrare.

– Nu! Am spus că *nu* aș fi putut ucide *niciodată* o femeie!

Elle mi-a pus o mână pe spate, ca să mă liniștească.

– Mă îndoiesc sincer că asta o să spună Toussaint. Şi nu uita, Bo, că l-ai înjunghiat cu o daltă!

L-am văzut pe Brouilly făcând ochii mari.

– Doar în legitimă apărare! am răspuns eu cu sinceritate.

– Ştiu. Dar n-ai nici un act de identitate. Prin urmare, Toussaint are un atu.

Am simţit cum îmi dădeau lacrimile.

– Sunt nevoit să fug din nou! După cum ştiţi cu toţii, am experienţă. La urma urmei, trebuie să-l caut pe tata. Dacă e pe undeva, prin Elveţia, îl găsesc. Mă duc spre graniţă. Elle, eu…

– O să te însoţesc! m-a întrerupt ea.

Am clătinat din cap cu putere.

– Nu, nu înţelegi! Ai auzit ce presupune să fii în preajma mea. Nu-ţi pot îngădui să vii cu mine!

Elle m-a luat de mână.

– Bo, până să te cunosc pe tine, existenţa mea era tristă şi monotonă. Tu ai schimbat totul. Dacă pleci, plec şi eu!

M-a îmbrăţişat. Evelyn şi-a dus mâna la piept şi l-am văzut pe Brouilly dându-şi capul pe spate, ca să nu-i dea lacrimile.

– Te rog! am implorat-o. Am nevoie să fii în siguranţă!

Laurent a răbufnit:

– Pentru numele Domnului, Bo, ce-ar fi s-o asculţi? a exclamat el aruncându-şi mâinile în aer, frustrat. Nu-ţi dai seama că nimic nu-i mai presus decât dragostea? Ascultă-mă, că ştiu! Tânăra asta venerează pământul pe care calci şi e limpede că şi tu simţi la fel în ceea ce o priveşte. Nu face aceleaşi greşeli ca mine, Bo! Viaţa e scurtă. Trăieşte pentru dragoste şi pentru nimic altceva!

M-am uitat în ochii lui Elle şi am ştiut că nu mai trebuia să stau pe gânduri.

– Foarte bine. Plecăm spre graniţă de îndată ce se lasă noaptea.

– M-ai înnebunit cu graniţa asta! a exclamat Evelyn. Pentru numele Domnului, Bo, chiar crezi că Evelyn a ta ţi-ar permite să te resemnezi cu o asemenea soartă?

I-am aruncat o privire nedumerită.

– Nu înțeleg.

Evelyn a suspinat.

– Încă din ziua în care ai ajuns la Paris, *monsieur* Landowski a știut că fugeai de ceva și că aleseseși să nu vorbești fiindcă ți-era frică. În consecință, a fost suficient de isteț ca să-și da seama că, la un moment dat, se putea să fie nevoie să pleci din Paris. A hotărât să te ajute și a pus totul la cale, a spus ea în timp ce-mi dădea un plic de culoare crem. Bo, am plăcerea să te anunț că, începând din dimineața asta, ești câștigătorul apreciatului *Prix Blumenthal*!

Am înmărmurit.

– Ce-i aia, Evelyn? a întrebat Elle.

– Îți amintești, Bo?

Evelyn s-a uitat la mine, iar atunci am înțeles și am spus:

– E o bursă acordată de filantroapa americană Florence Blumenthal unui tânăr pictor sau muzician. *Monsieur* Landowski e membru al juriului. Dar, Evelyn, nu înțeleg... Cum de am câștigat bursa?

– *Monsieur* Landowski a făcut aranjamente împreună cu Florence în 1930, cu puțin timp înainte de moartea ei. Se pare că domnișoara Florence a fost foarte impresionată de povestea ta și amândoi au convenit că, dacă o să te afli în pericol aici, la Paris, o să primești bursa, iar fondurile ulterioare o să fie folosite ca să-ți garanteze siguranța.

Nu-mi venea să cred.

– Felicitări, Bo! a spus Elle pe un ton afectuos.

– Îmi cer scuze, a adăugat Evelyn zâmbind, ar fi trebuit să precizez că bursa o să se împartă.

– Poftim?! a întrebat Elle.

– Și tu beneficiezi de ea. *Monsieur* Landowski a făcut în așa fel încât, în cazul unui dezastru, să fiți amândoi la adăpost.

– O, Doamne! a exclamat Elle, în stare de șoc.

În pofida primejdiei în care ne aflam, i-am luat mâna și i-am zâmbit.

– Desigur, o să fiți amândoi bucuroși să aflați că una dintre condițiile acordării bursei e să vă continuați studiile instrumentale. În fond, ați primit-o pentru talentul vostru muzical!

– Ce înseamnă asta, Evelyn? am întrebat.

– O să se facă demersuri să vă transferați de la Conservatorul din Paris la un alt conservator european. Din fericire, *monsieur* Landowski nu duce lipsă de prieteni și aștept un răspuns ca să știu încotro să vă îndrum să călătoriți.

– Omul ăla cu mustață ridicolă e chiar genial! s-a bâlbâit Brouilly.

– Da, Laurent. I-am trimis o telegramă de dimineață. Acum pune țara la cale și o să-mi spună mai târziu ce decizie a luat.

Pur și simplu, nu mai aveam cuvinte.

– Evelyn, nici nu știu ce să spun…

Ea a chicotit.

– Nu asta a fost întotdeauna problema ta, tinere maestru Bo?

Am îmbrățișat-o din nou.

– Mulțumesc, Evelyn! Mulțumesc pentru tot!

Ea mi-a șoptit la ureche:

– Ține-o aproape, Bo, Elle e un dar de la stele…

După ce m-am desprins de ea, am văzut că ochii căprui îi sclipeau. Apoi și-a revenit și a bătut din palme, adăugând:

– Așa! Trebuie să ajung acasă și să aștept telegrama de la *monsieur* Landowski. Atunci când mă întorc cu vești, vă aduc și instrumentele. Elle, mă întreb dacă ai putea să scrii un bilet pentru *madame* Dupont, în care să confirmi că-ți sunt mătușă și că am permisiunea să iau câteva dintre lucrurile tale.

– Bună idee!

Elle s-a dus să ia hârtie de pe biroul lui Brouilly și a început să scrie.

– Apropo, dacă mai aveți ceva de făcut înainte să părăsiți Parisul, acum e momentul. La revedere, *mes chéris*[1]!

---

[1] Dragii mei (în limba franceză în original)

Acestea fiind zise, Evelyn s-a întors și a ieșit. Noi trei am rămas în tăcere o clipă, iar furtuna lăuntrică a început să ni se domolească. În cele din urmă, m-am întors spre Elle.

– Trebuie să așternem pe hârtie niște scrisori! E foarte dureros atunci când cineva dispare din viața ta fără să-ți dea explicații. O să-i scriu lui *monsieur* Ivan.

Elle a dat din cap în semn că era de acord.

– Iar eu, lui *madame* Gagnon!

Am vrut ca scrisoarea mea către *monsieur* Ivan să fie concisă, dar scrisă din suflet.

Dragă monsieur *Ivan,*

Sper că Evelyn a luat legătura cu dumneavoastră și că prezenta scrisoare o să vă parvină cu bine. Regret că n-o să pot veni la lecția de marți. Am vrut să vă scriu ca să vă mulțumesc pentru tot. Nu numai că ați fost un îndrumător mai bun decât și-ar putea dori orice tânăr muzician, ci ceva mai presus de asta – primul prieten adevărat pe care cred că l-am avut vreodată.

Sper să ne putem întâlni din nou într-o bună zi. În caz contrar, o să ascult cu atenție toate înregistrările viitoare ale orchestrelor simfonice pariziene și o să caut să disting lunecarea distinctă a arcușului dumneavoastră pe coarde. Poate că o să faceți la fel și, astfel, o să ne păstrăm mereu unul pe celălalt în suflet.

Doresc să știți că nu vă consider în nici un fel responsabil pentru ceea ce, din păcate, s-a petrecut. Fără ingeniozitatea dumneavoastră și fără ajutorul lui monsieur *Rahmaninov, știu că n-ar fi fost posibil să i se acorde școlarizarea lui Elle. Vă sunt veșnic recunoscător pentru că ne-ați dat o șansă amândurora.*

La final, vă rog să fiți vigilent față de un anumit profesor de flaut. Nu puteți avea încredere în el. Am vrut să spun asta, pentru că, ei, bine... noi, les émigrés, *trebuie să ne ajutăm unii pe alții, nu-i așa?*

Bo D'Aplièse

Pe seară, Evelyn s-a întors cu un taxi și ne-a adus instrumentele. M-am dus s-o ajut să le descarce, dar ea a întins o mână ca să mă oprească.

– Rămâi înăuntru, Bo! Nu știi niciodată cine se uită!

Ea și Brouilly au golit iute mașina, iar Evelyn i-a făcut șoferului semn să plece.

– Nu stau mult, a spus ea. Am instrucțiuni de la *monsieur* Landowski. Are un coleg la Academia Franceză, care e și el sculptor din Paris. Se numește Pavel Rosenblum. Momentul e favorabil. Fiica lui, Karine, e pe cale să înceapă primul semestru la Conservatorul din Leipzig. Sculptorul a reușit să dea câteva telefoane și ați fost amândoi acceptați acolo ca studenți.

– La Leipzig? În Germania? a întrebat Elle, agitată.

Am cuprins-o cu brațul pe după mijloc.

– Întocmai! a răspuns Evelyn. Evident, în calitate de studenți, o să trebuiască să păreți mai maturi. Nu cred ca asta să fie o problemă, fiindcă amândoi păreți mai în vârstă decât sunteți.

– Când plecăm, Evelyn? Și cum ajungem în Germania? am întrebat eu.

– Îți amintești că fiul meu, Louis, lucrează la Fabrica Peugeot? a întrebat ea, iar eu am dat din cap în semn că-mi aminteam. Din fericire, mâine-dimineață îi duce un automobil nou unui client din Luxemburg. El o să vă treacă granița, iar de acolo puteți ajunge la Leipzig cu trenul. Bo, tu o să împrumuți actele lui Marcel, iar tu, Elle, pe cele ale lui Nadine. Sunteți tineri, nu cred că o să vă fie verificate documentele cu prea mare atenție. După ce ajungeți în Germania, trebuie să le trimiteți înapoi prin poștă.

Mi s-a pus un nod în gât văzând atâta bunătate.

– Știi unde o să locuim, Evelyn?

– Am aflat că aveți o locuință într-un cartier numit Johannisgasse, pregătită prin intermediul lui *monsieur* Rosenblum. Acolo stă Karine. N-am prea multe detalii, fiindcă totul a fost organizat într-o singură zi, dar se pare că locuința aceea e destul de drăguță.

Am trecut în revistă întrebările pragmatice pe care le mai aveam.

– Cum rămâne cu banii?

– Dragii mei, beneficiați de *Prix Blumenthal*! Vă asigur că suma o să fie suficientă ca să vă descurcați pe parcursul celor trei ani de studii universitare. O să vă fie plătită taxa de școlarizare și o să vi se deschidă conturi bancare... Mulțumită bursei, o să aveți tot ce vă trebuie. Între timp, luați de aici niște bani pentru biletele de tren și pentru mâncare! a spus ea în timp ce îmi întindea un plic de culoare maro. Adresa e scrisă pe o hârtie din plic.

M-am uitat în ochii ei blânzi.

– Evelyn, n-o să pot niciodată să...

M-am emoționat. Îmi dădeam seama că putea fi ultima dată când o vedeam și mi se frângea inima. Fără să scoată un cuvânt, ea m-a strâns în brațe cu putere, iar eu mi-am îngropat fața în paltonul ei.

– Bo, îți mulțumesc că ai fost micul meu companion! Orice ar fi, ține minte că pe lumea asta există mai mulți oameni buni decât oameni răi. Eu te iubesc foarte mult! a spus ea, desprinzându-se apoi din îmbrățișare și vârând mâna în buzunar. Am pentru tine o telegramă de la *monsieur* Landowski, a adăugat, iar eu am luat-o și am pus-o în buzunar, făcând tot posibilul să-mi stăpânesc plânsul, în timp ce Evelyn a tras aer în piept și s-a adunat. Elle, a spus ea, îmbrățișând-o, îmi pare foarte rău că plecarea ta din Paris e plină de atâtea drame! Ai grijă de el, da?

– O să am mereu! a răspuns Elle.

– Bine! Să știți că Louis vine la șase dimineața. Aveți scrisori pe care ar trebui să le duc?

– Da.

Mi-am tras nasul și i-am dat biletul pentru *monsieur* Ivan, iar Elle, scrisoarea pentru *madame* Gagnon.

– Fiți fără grijă, cei doi o să primească scrisorile! Sper ca, după ce se liniștește totul, să ne întâlnim din nou. O să încerc să vă scriu la Leipzig, în funcție de felul în care intenționează jandarmeria să investigheze evenimentele de azi-noapte. Să fiți cuminți! Și drum bun!

De data asta, lui Evelyn i s-a pus un nod în gât și a ieșit în grabă pe ușa lui Brouilly.

– Știi, nu cred că i-am spus vreodată mai mult de câteva cuvinte lui *madame* Evelyn. Ești norocos că ai avut-o în viața ta! mi-a spus Brouilly.

– Știu, am răspuns.

A urmat o noapte nedormită, iar la ora șase dimineața am auzit zgomotul unui motor afară. Brouilly, deși cu ochii împăienjeniți de somn, ne-a ajutat să încărcăm instrumentele în noul și strălucitorul automobil Peugeot.

– Bună dimineața, Bo! Mă bucur să am o companie atât de plăcută la drum lung!

Vechea mea cunoștință, Louis, mi-a zâmbit și astfel m-a făcut să mă simt mult mai calm. Înainte să se întoarcă în casă, Brouilly mi-a pus o mână pe umăr.

– Bel știa că meritai să fii salvat. Te rog, ține-o în gândurile tale! Tu o să fii într-ale mele!

I-am strâns mâna și am urcat în mașină. În scurt timp am ieșit din Paris și ne-am îndreptat spre viitor. Pe când încercam să mă instalez confortabil și să dorm puțin, am simțit că mă înțepa ceva în partea exterioară a coapsei. Mi-am amintit că încă aveam în buzunar telegrama de la *monsieur* Landowski, pe care uitasem s-o deschid seara trecută.

„Dacă nu schimbi direcția, s-ar putea să ajungi în locul spre care te îndrepți" – Lao Tze.

Bonne chance[1], băiete!

---

[1] Mult noroc (în limba franceză în original)

CAPITOLUL 21

Sper că am reușit să ofer o imagine de ansamblu corectă a împrejurărilor care anul trecut au dus la fuga noastră din Paris. Drumul până la Leipzig a fost destul de simplu de străbătut, iar Evelyn și *monsieur* Landowski s-au ținut de cuvânt: ni se plătesc școlarizarea și cazarea și ni se oferă și o alocație pe durata studiilor. Din păcate, de când am părăsit Parisul, n-am ținut legătura cu nici unul dintre prietenii mei. Cu toate astea, în seara primului meu concert solo la Conservatorul din Leipzig, un buchet mare de trandafiri a fost trimis anonim în cabina mea, împreună cu o felicitare pe care scria: *Salutări de la Roma.*

Noua noastră viață în Germania s-a dovedit a fi o experiență diferită de cea de la Paris. Eu și Elle locuim separat pe Johannisgasse, cu o cafenea la jumătatea distanței. În ultimul an, cafeneaua asta a devenit unul dintre locurile noastre preferate. Spre deosebire de mine, Elle are o colegă de cameră, ca toate femeile de aici. Că a fost o întâmplare sau o intenție, colega respectivă e nimeni alta decât Karine Rosenblum, iar cele două au devenit cele mai bune prietene. Domnișoara Rosenblum e opusul lui Elle în toate modurile imaginabile – așa că, firește, se înțeleg de minune.

Karine e o adevărată boemă, în general purtând pantaloni și o jachetă de pictor francez, pe când Elle poartă fusta, cămașa și puloverul convenționale. Cea dintâi are o coamă de păr negru, catifelat, care îmi amintește de blana unei pantere, iar ochii ei strălucitori și întunecați sunt scoși în evidență de pielea extrem de palã. Eu și Elle am ascultat în multe seri povești despre părinții ei, în special despre maică-sa, care se pare că e rusoaică și cântăreață de operă. Că tot veni vorba despre familii, eu n-am pomenit nimic de *monsieur* Landowski sau despre orice altceva legat de el, fiindcă asta ar fi dus doar la întrebări la care n-aș fi putut răspunde. Încerc să fiu cât mai taciturn și o las pe Elle să vorbească pentru amândoi.

În ceea ce o privește pe Elle, n-a fost nevoie ca ea să se abată de la adevăr. I-a spus lui Karine că e orfană, dar că profesorul ei de muzică de la Paris a fost cel care i-a descoperit talentul și a propus-o pentru bursă. Cât despre trecutul meu, dacă întreabă cineva, spun că provin dintr-o mică familie de artiști parizieni. Am constatat că, în general, e suficient. Dar pe măsură ce am crescut, am învățat că, paradoxal, muțenia invită la și mai multe întrebări decât vorbitul.

Învățatul la conservatorul ăsta e de-a dreptul excepțional. Bucuria de a dedica zile întregi studiului, mai degrabă decât cele două după-amiezi pe săptămână, e nemărginită. Conservatorul a luat rapid decizia să mă concentrez asupra violoncelului, deoarece profesorii consideră că sunt mai talentat la cel mai mare dintre instrumentele mele. Totuși, păstrez vioara sub pat, așa cum făceam la Paris, și cânt deseori la ea ca să-mi liniștesc mintea. În realitate, asta mi-a permis să-mi redescopăr pasiunea pentru vioară, sentiment pe care l-am nutrit încă din copilărie. Așa cum spune Elle, acum am „un instrument pentru meserie și unul pentru plăcere".

Aici, la Leipzig, avem parte de tot spectrul vieții de conservator – cântăm în orchestre, dăm concerte, compunem. În mare parte, mă aflu într-o stare de visare, lucru esențial, având în vedere că realitatea din jurul nostru e mult mai înspăimântătoare decât am crezut vreodată.

În martie 1933, Partidul Nazist al lui Adolf Hitler a câștigat puterea în Germania. Spre rușinea mea, știam prea puțin despre ideologiile condamnabile ale acelui om cu mustață mică. În mod firesc, Elle acordase o atenție sporită mișcării în creștere, dar numai prin intermediul articolelor din ziarele franceze, care erau puține și rare. Karine – ea însăși evreică – a fost cea care ne-a adus la cunoștință adevăratul rău politic al nazismului. Ni s-a spus că unul dintre primele lucruri pe care Hitler le-a făcut după ce a ajuns la putere a fost să adopte o hotărâre care permitea cabinetului să promulge legi fără acordul parlamentului. De fapt, asta i-a oferit lui Hitler controlul dictatorial asupra națiunii, iar totalitarismul începuse să se instaleze în Germania. Naziștii au dizolvat toate celelalte partide politice, au desființat sindicatele și încearcă să întemnițeze pe oricine se opune regimului. Există chiar și zvonuri sumbre privind existența unor lagăre în care își trimit dușmanii și îi supun la tortură dincolo de orice limită umană.

Hitler nu și-a mascat ura față de poporul lui Elle. Se pare că îi învinovățește pentru înfrângerea Germaniei în Marele Război – un sentiment josnic, care îmi provoacă greață. Ca urmare a nebuniei intolerante a unui singur om, antisemitismul e acum politica oficială a guvernului. Se pare că majoritatea țării e dispusă să accepte acest lucru, crezând că Hitler o să restabilească statutul de superputere globală al Germaniei.

Ca atare, atmosfera în care trăim aici, la Leipzig, e tensionată, în special din pricina faptului că primarul, Carl Friedrich Goerdeler, e un adversar intransigent al etosului hitlerist. Nici unul dintre noi nu știe prea bine cum de se mai menține acum primarul în scaun – poate că asta se întâmplă fiindcă adjunctul lui, un pipernicit de om pe nume Haake, îngâmfat și slugarnic, e membru de partid. În timp ce scriu, Goerdeler se află la München, unde se întâlnește cu supușii lui Hitler și unde nu mă îndoiesc că e constrâns ca și aici, la Leipzig, să folosească retorica lor antisemită. Câtă vreme Goerdeler e la putere și ne protejează, cetățenii din Leipzig se simt relativ în siguranță. Dar, în realitate, nu știu cât o să dureze această stare de lucruri.

Mi se rupe inima în fiecare zi când văd îngrijorarea de pe chipul lui Elle. Nu-i neobișnuit să vezi ofițeri SS pe străzi, iar Tineretul hitlerist – modalitatea partidului nazist de a-și consolida viitorul prin îndoctrinare – defilează frecvent prin oraș. În curând, o să avem o generație de cetățeni care acceptă ura rasială ca fiind ceva perfect normal.

E din ce în ce mai probabil ca eu și Elle să nu ne putem termina studiile la Conservatorul din Leipzig. Am discutat să ne întoarcem la Paris – sau poate că în altă parte a Franței –, dar mă tem că, dacă Germania dorește să intre în război, acesta o să se întindă până în țara de origine a lui Elle.

Astă-seară trebuie să ne întâlnim cu Karine la o cafea, ca să discutăm situația împreună cu prietenul ei – un norvegian pe nume Jens Halvorsen (deși prietenii îi spun „Pip“). Mi se pare că el e mult prea relaxat față de situația din oraș. Are convingerea că naziștii n-o să se atingă de studenții de la conservator, susținând că, orice s-ar întâmpla, Hitler e un susținător al muzicii și al culturii. Karine e din ce în ce mai frustrată de îndemnul lui la calm.

CAPITOLUL 22

El era.

Kreeg Eszu.

Aş recunoaşte oriunde acei ochi verzi, pătrunzători.

Cum de m-a găsit? Oare a reuşit să mă urmărească până la Paris şi a vorbit cu cineva de acolo? Cu Toussaint, poate? Sunt cu gândurile împrăştiate şi scriu în jurnal ca să mi le pun în ordine.

Eu şi Elle ne-am întâlnit cu Pip şi cu Karine la cafenea, după cum stabiliserăm, iar curând am ajuns să vorbim despre situaţia politică din Leipzig.

Karine îi spusese lui Pip:

– Elle şi Bo sunt şi ei îngrijoraţi. Şi Elle este evreică, chiar dacă nu pare. Are mare noroc, murmurase ea.

– Credem că e doar o chestiune de timp până când ceea ce se întâmplă în Bavaria o să înceapă să se întâmple şi aici, a spus Elle în şoaptă.

Pip s-a zburlit.

– Trebuie să aşteptăm şi să vedem ce poate face primarul cât timp se află la München! Dar şi dacă se întâmplă ce-i mai rău, sunt sigur că n-o să se atingă nimeni de studenţii de la şcoala noastră.

Karine a clătinat din cap şi a suspinat, iar Pip şi-a îndreptat atenţia spre mine.

– Ce mai faci, Bo? m-a întrebat el.

– Destul de bine.

– Unde vă petreceți Crăciunul?

Am stat să mă gândesc.

– Păi, să vezi…

Înainte să apuc să-i răspund, am văzut doi ofițeri SS intrând țanțoș în cafenea. Purtau uniformele gri distinctive, iar la brâu, pistoale vârâte în tocuri de piele. În clipa în care am văzut chipul celui mai tânăr, am simțit literalmente cum mi s-a scurs sângele din obraz.

Deși cu zece ani mai în vârstă, Kreeg încă avea ten măsliniu, maxilar puternic și, deasupra pomeților ascuțiți, ochi ca de laser. El m-a privit. Cât se poate de calm, mi-am plecat privirea și mi-am întors fața. Eszu și camaradul lui s-au așezat la doar câțiva metri de masa mea. Bărbatul care jurase să mă ucidă se afla la o aruncătură de băț.

– Nu știm încă, am bâiguit către Pip, care aștepta un răspuns, iar apoi m-am întors discret spre Elle și i-am șoptit: E aici. Kreeg.

Ea a făcut ochii mari.

– Nu te clinti. Mai stăm câteva minute și apoi ieșim în liniște din cafenea.

Elle m-a prins strâns de mână.

Să dau ochii cu Kreeg fusese destul de șocant, dar să-l văd în uniforma SS îmi făcuse greață. Pe vremea când eram mici, construiam igluuri în zăpadă, ne cățăram în copaci înghețați și ne spuneam povești ca să treacă mai repede serile lungi și întunecate din Siberia. Iar acum el era în slujba Partidului Nazist. M-am uitat în pământ. Chiar dacă îmi venea s-o iau la sănătoasa, știam că ar fi fost zadarnic. N-aș fi avut nici o șansă.

– Mă bucur că ne-am văzut, dar eu și Bo trebuie să ne întoarcem acasă. Avem niște eseuri de terminat, nu-i așa, Bo? a anunțat Elle, iar eu am încuviințat din cap. Ne vedem mai târziu, Karine! La revedere, Pip!

– Aha! La revedere! a răspuns el.

Karine avea o privire înțelegătoare, fiindcă presupusese că ne tulburase prezența ofițerilor.

Continuând să mă țină de mână, Elle s-a ridicat cu calm și a pornit, hotărâtă, spre ușă. Deși în urmă cu câteva clipe rupsesem contactul vizual cu Kreeg, îl simțeam urmărindu-mă cu privirea. La fiecare pas, așteptam să primesc un glonț în spate, dar n-a fost cazul. La ieșire, m-am trezit că nu puteam rezista tentației de a mă întoarce și de a-l privi încă o dată. Spre surprinderea mea, se întorsese cu spatele și sorbea din cafeaua care tocmai îi fusese adusă la masă.

Eu și Elle ne-am întors la mine acasă cât de repede am putut, dar într-un ritm firesc, ca să nu atragem atenția.

– Ești sigur că era el, Bo? a icnit Elle.

– Aproape sigur. Au trecut atâția ani... dar ochii sunt aceiași. O, Doamne, o, Doamne!

Exasperarea îmi creștea cu fiecare secundă.

– Te rog, încearcă să-ți păstrezi calmul, dragostea mea! Crezi că te-a urmărit până aici?

Am ridicat din umeri.

– Probabil că da. Nu văd altă explicație. Dar în momentul în care am plecat din cafenea, nu s-a uitat după noi. Era cu spatele.

Elle a dat din cap, ușurată.

– Bine. Poate că nu te-a recunoscut. Dar, Bo, amândoi sunteți ruși! Cum se face că el e membru SS?

– Tatăl lui era prusac. Mai știi? Ți-am povestit totul despre Cronus Eszu.

– Bineînțeles, a răspuns ea, amintindu-și.

Am ajuns la clădirea etajată, cu fațadă dărăpănată de piatră, pe care o numeam căminul meu. Am urcat amândoi în grabă pe scările înguste, până la etajul trei. Odată ajunși în cameră, eu am încuiat ușa și am avut grijă să trag perdelele subțiri. Din fericire, femeia care administra clădirea, *Frau* Schneider, era o bătrână boemă, care nici nu ridica din sprânceană atunci când intra o femeie în clădire. Singura ei pretenție era formulată lapidar:

– Numai să n-aud nimic și să plece înainte de ora nouă!

M-am așezat pe patul care scârțâia și mi-am luat capul în mâini.

– În cazul în care așteptam semne că trebuie să plecăm din Leipzig, cred că tocmai am primit unul grăitor! Trebuie să ne pregătim să fugim cât mai repede, am spus, trecându-mi mâinile prin păr, iar apoi am început să gâfâi și să șuier, simțind că mă lua în același timp ba cu cald, ba cu rece. Nu… Nu mă simt…

Lumea s-a înnegurat, iar câmpul vizual a început să mi se îngusteze. Elle s-a așezat lângă mine, pe pat.

– Nu-i nimic, iubirea mea! N-ai pățit nimic! a spus ea, cuprinzându-mă cu brațul. Fii calm! Ești în siguranță, iar eu sunt aici. Ai avut un șoc, dar o să-ți revii.

– Trebuie să plecăm, Elle! O să vină după mine… O să vină după noi…

– De acord, dragostea mea. Dar vrei să mă asculți o clipă? m-a rugat Elle, iar eu m-am adunat și am încuviințat din cap. Mulțumesc! Acum, din ce mi-ai spus, Kreeg Eszu are o singură misiune în viață – să pună capăt vieții tale. Da?

– Știi deja răspunsul.

– Ei, bine, dacă te-ar fi recunoscut la cafenea, ar fi făcut ceva, indiferent de consecințe. De acord?

Am tăcut, iar apoi am dat din cap, confirmând.

– Așa cred.

– Prin urmare, e logic că nu și-a dat seama cine ești. Putem presupune că nu ești în pericol iminent. Înțelegi ce zic? a întrebat ea, iar eu m-am mulțumit să fac un gest ezitant. La fel cum nu există un pericol iminent pentru mine din cauza situației politice din Leipzig! Nimeni nu dă buzna peste noi ca să ne despartă pe criterii rasiale – încă. Asta nu înseamnă că lucrurile nu se pot schimba rapid, dar deocamdată, în clipa asta, suntem în siguranță și suntem împreună. Așa că te rog, dragul meu, liniștește-te! Măcar de dragul meu.

Mi-am calmat respirația și m-am uitat în ochii lui Elle.

– Îmi pare rău.

– Te rog, dragostea mea, nu-ți cere scuze! Vreau doar să știi că nu s-a întâmplat nimic și că eu sunt aici.

Și-a trecut degetele prin părul meu, lucru care mă liniștea întotdeauna. După câteva clipe, m-am ridicat de pe pat.

– Avem treabă! Mă apuc să fac un plan de plecare, am spus eu în timp ce scoteam valiza din dulapul aflat în colțul camerei. Trebuie să te duci la Deutsche Bank și să retragi cât de mulți bani poți! Pe urmă, luăm pur și simplu ultimul tren care pleacă din oraș.

– Și unde ne ducem, Bo? Înapoi în Franța? Vrei să ne întoarcem la o jandarmerie care, cel mai probabil, încă vrea să te aresteze? N-am putea lua legătura cu Evelyn sau cu familia Landowski! S-ar duce vestea în Boulogne-Billancourt că te-ai întors după dispariția ta misterioasă. Te-ar găsi poliția!

– Ai dreptate. Nu mergem în Franța, e un risc prea mare! Mergem în Elveția. E timpul. Trebuie să aflu ce s-a întâmplat cu tata.

Elle a oftat.

– De când tot zici de Elveția, Bo? Mai crezi vreun pic că tatăl tău e în viață?

Asta m-a luat prin surprindere.

– Nu, bineînțeles că nu. Dar ce propui? Să rămânem aici, în Germania? Să accept pur și simplu ideea că Kreeg mă poate ucide? Sau că Hitler ar putea să-ți facă același lucru?

Am dat cu piciorul în valiză, frustrat, și m-am simțit imediat vinovat. Elle încerca să mă ajute, dar pe mine mă devora o panică nebună.

– Ascultă-mă! m-a implorat ea. Nu putem face nimic în privința lui Hitler. Dar poate că putem face ceva în privința lui Kreeg.

Mi-am pus mâinile în șold.

– Ce anume, Elle?

– M-am tot gândit la asta. Ce-ar fi să-i dai diamantul?

Am izbucnit în râs fără să vreau.

– Of, Elle! Știi că am încercat să i-l dau în Siberia, dar n-a vrut să asculte. M-a atacat, pur și simplu!

Elle a dat din cap în semn că înțelegea.

– Știu, dar s-au schimbat multe de atunci. Erați copii. Și, având în vedere situația pe care mi-ai descris-o, nu știu ce altceva ar fi putut să creadă, a pledat ea, iar apoi a tăcut, cântărind în minte, fără îndoială, dacă era sau nu înțelept să continue. La urma urmei, stăteai lângă cadavrul mamei lui.

M-am cutremurat amintindu-mi. Vreme de mulți ani, încercasem să uit.

– De ce trebuie să pomenești despre asta?

– Pentru că, iubirea mea, trebuie să ții minte că nu ești un criminal! Îmi fac griji că uneori uiți. Ești nevinovat și n-ai de ce să te temi de Creatorul tău.

– De Creatorul meu, nu. De fratele meu, Kreeg, asta-i altceva.

– Kreeg crede că i-ai ucis mama ca să-i furi diamantul. Amândoi știm că nu-i așa. Trebuie să accepte adevărul!

– Și cum propui să fac asta, Elle? Să mă duc la el pe stradă, să-l bat pe umăr și să-l îmbrățișez? Să-i arunc diamantul și să-i spun: „Fără resentimente, frate!"?

– Înțeleg ce simți, Bo, dar nu trebuie să fii agresiv cu mine!

Părea abătută.

– Îmi pare rău, iubirea mea, dar mă tem că ai uitat de ce suntem aici. Kreeg a jurat să mă găsească și fie să-și răzbune mama, fie să moară. Îl cunosc, Elle! Poate mai bine decât oricine de pe planetă. O să se țină de cuvânt.

– Știu. Dar sunt câteva lucruri pe care nu trebuie să le uităm. În primul rând, nu-ți cunoaște pseudonimul. Tu ești Bo D'Aplièse aici. În al doilea rând, ai înaintat în vârstă. Știu că l-ai recunoscut imediat pe Kreeg, dar lui n-o să-i fie neapărat la fel de ușor să te recunoască. În al treilea rând, la ce instrument știe el că ești virtuoz?

– La vioară. Mi-am dat seama! Aha...

– Exact. Cu siguranță că n-o să caute un student pe nume Bo D'Aplièse, care cântă la violoncel. Dacă dă târcoale, poate că începe să-și piardă speranța că ai fi aici.

– E posibil, da! am recunoscut eu.

– Păi, atunci, poate că stelele ți-au oferit o șansă. Kreeg n-are elementul-surpriză de care te temi. Dacă putem face un plan ca să-i înapoiem diamantul – împreună, poate, cu o scrisoare în care să explicăm împrejurările reale ale morții mamei lui, atunci poate că o să renunțe să te urmărească.

Am clătinat din cap, plin de tristețe.

– În ciuda adevărului, pentru el n-o să fie niciodată de ajuns, Elle! Mă vrea mort.

Ea mi-a pus o mână pe obraz.

– Nu merită să încerci, dragostea mea? Am putea trăi în pace după aceea!

– Sunt speriat, Elle! Mi-e frică de el!

– Știu. Dar tu o ai pe Elle a ta, a spus ea, după care s-a ridicat și a început să se plimbe prin cameră, gândind cu voce tare. În primul rând, e imperativ să rămâi în casă deocamdată, ca eu să pot afla în ce garnizoană e Kreeg și care e programul lui zilnic. Ți se pare un început rezonabil?

Am oftat.

– Da.

– Bun! Atunci, așa facem!

– Elle…

– Da, dragostea mea?

– Te implor, ai grijă! Noi doar presupunem că el nu m-a recunoscut în seara asta. E șiret și foarte periculos. Dacă ți s-ar întâmpla ceva, m-aș preda de bunăvoie lui Eszu!

– Știu. De asta o să încercăm, într-un fel sau altul, să punem capăt unei astfel de situații, a spus ea, sărutându-mă. La revedere, dragostea mea! Mă întorc cu informații de îndată ce pot!

După aceea, a descuiat ușa și a plecat.

Iar acum stau aici, încremenit de teamă ca nu cumva să i se întâmple ceva rău lui Elle sau ca nu cumva Kreeg să mă fi recunoscut, de fapt. Din când în când, trag ușor perdeaua și mă uit pe stradă, parcă așteptând să văd un bărbat în uniformă SS care se uită la mine. Prevăd că mă așteaptă o noapte lungă.

CAPITOLUL 23

Elle s-a întors la zece dimineața a doua zi, palidă și agitată. Abia dacă reușea să scoată un cuvânt, așa că am ajutat-o să se așeze și i-am adus o ceașcă de ceai îndulcit din mica bucătărie de la parter. În timp ce sorbea, am ținut-o în brațe până când i-a revenit culoarea în obraji.

– A fost îngrozitor, Bo! De-a dreptul îngrozitor!

După ce, în sfârșit, s-a simțit în stare să vorbească, Elle a descris scena cumplită la care tocmai fusese martoră la Gewandhaus – cea mai mare sală de concerte din oraș. În piațeta din fața sălii se afla o statuie a marelui Felix Mendelssohn – fondatorul evreu al primului Conservator din Leipzig. De dimineață, membrii Tineretului hitlerist dărâmaseră statuia și o reduseseră la un morman de moloz.

– Aveau chipurile contorsionate de furie și scrâșneau din dinți, Bo! Erau ca niște animale turbate, orbite de mânie și de ură. A trebuit pur și simplu să fac un efort să mă calmez ca să trec pe lângă ei fără să-mi trădez emoțiile.

A închis ochii, încercând să uite.

– Goerdeler o să se înfurie, am spus eu. Cum ar putea cineva să urască un om care a dat atât de mult lumii?

– Pun pariu pe orice că Haake, adjunctul lui cel veninos, a organizat totul! Ar fi logic ca el să facă un gest de intimidare cât timp Goerdeler se află la München. Acum, cu siguranță, acesta din urmă o să fie forțat să demisioneze. Atunci Leipzigul o să fie pierdut!

– Elle, îmi pare foarte rău!

Ea a scos o batistă și și-a tamponat ochii.

– Asta nu-i tot! L-am văzut pe Kreeg lângă statuia dărâmată, urlând la copii. Cred că el se ocupa de brigada Tineretului Hitlerist. M-am cutremurat când m-am gândit la influența lui asupra unor copii nevinovați. Aș putea să-i aflu programul relativ ușor. Trebuie doar să-l aflu pe cel al brigăzii. Atunci o să știu unde se află Kreeg în orice moment.

– Ei, bine, se pare că asta ar fi singura parte bună a dimineții.

Elle s-a uitat în pământ.

– N-aș spune așa ceva, Bo!

Mi-am retras cuvintele:

– Am zis o prostie! N-o să-i las să-ți facă nici un rău, dragostea mea, îți jur! am exclamat, iar Elle mi-a zâmbit trist. Apropo, nu trebuie să mergi la cursuri?

– Nu. Directorul Davisson a închis conservatorul. A considerat că e prea periculos pentru studenți, așa că mă întâlnesc cu Karine pe Wasserstrasse.

S-a ridicat.

– Elle, nu cred că e înțelept să te duci, întrucât Karine e vizibil evreică. Dacă astăzi are loc vreo mișcare antisemită în oraș, mă tem pentru siguranța ta!

– Bo, să nu uităm că avem o datorie față de prietena noastră! Amândoi știm că Pip nu vede gravitatea situației. E mult mai preocupat să-și termine piesa.

Am dat din cap în semn de aprobare.

– Conform programului meu, azi ar trebui să cânt la violoncel cu orchestra..., am spus, dar apoi am dat la o parte un asemenea gând. Oricum, nu te pot lăsa să ieși singură! O să te însoțesc.

Elle a cumpănit.

– Recunosc, cu tine alături nu mi-ar fi atât de frică. Kreeg și Tineretul hitlerist dau foc cărților lângă dărâmăturile statuii lui Mendelssohn. Ei cer ca studenții să arunce în flăcări partiturile scrise de compozitori evrei...

I s-a pus un nod în gât, ceea ce era de înțeles. M-am ridicat și am luat-o în brațe.

– Pune-ți pardesiul, mi-a cerut ea. Și pălăria. Să nu riscăm!

Ne-am așezat într-un ungher al cafenelei din Wasserstrasse și am așteptat să vină Pip și Karine. Atunci când au ajuns, Karine era în stare de șoc și se vedea că plânsese. Totuși, cea mai bună prietenă a lui Elle ni s-a adresat cu o dârzenie previzibilă:

– Acum, când s-a întâmplat așa ceva, nu mai are cine să ne protejeze. Știm cu toții că Haake e antisemit. Uitați-vă la felul în care a încercat să impună acele legi oribile din restul Germaniei! Cât o să dureze până să-i împiedice pe medicii evrei din Leipzig să profeseze și pe arieni să-i consulte pe evrei?

Pip a ridicat mâinile ca s-o calmeze.

– N-ar trebui să intrăm în panică, ci să așteptăm până când se întoarce Goerdeler! Ziarele spun că o să vină în câteva zile. A plecat de la München în Finlanda, cu treburi legate de Camera de Comerț. Sunt sigur că se întoarce la Leipzig imediat ce află.

– Dar starea de spirit din oraș e odioasă! a izbucnit Elle. Toată lumea știe câți evrei studiază la conservator. Dacă se hotărăsc să meargă mai departe și să-l radă de pe fața pământului, așa cum au făcut cu sinagogile din alte orașe?

– Conservatorul e un templu al muzicii, nu al puterii politice sau religioase. Vă rog, trebuie să încercăm cu toții să ne păstrăm calmul! a reiterat Pip.

– Ție îți vine foarte ușor s-o spui, i-a întors-o Karine pe un ton plin de subînțeles. Nu ești evreu și o să treci drept unul de-al lor, a adăugat, uitându-se la părul blond-roșcat și ondulat al lui Pip și la ochii lui de un albastru deschis. La mine, nu e cazul. Imediat după ce a fost dată jos statuia, am trecut, în drum spre conservator, pe lângă un grup de tineri. Ei mi-au strigat: „Jüdische

Hündin!“, i-a imitat ea, plecându-și privirea. Cu toții știam că asta însemna „javră evreică“. În plus, nici măcar nu pot vorbi cu părinții mei. Ei sunt în America, unde pregătesc noua expoziție de sculptură a tatălui meu.

Dintr-odată, lui Pip parcă a început să-i fiarbă sângele pe sub piele. A luat-o de mână.

– Iubirea mea, n-o să pățești nimic, chiar dacă o să trebuiască să te duc în Norvegia pentru asta! N-o să ți se întâmple nimic rău!

El a strâns-o de mână și i-a îndepărtat o șuviță de păr negru, lucios, de pe chipul neliniștit.

– Promiți? a întrebat Karine, cu o sinceritate sfâșietoare.

Pip a sărutat-o pe frunte cu tandrețe.

– Îți promit!

Eu și Elle eram mulțumiți că, pentru prima dată, Pip părea să fi acceptat gravitatea situației.

În următoarele zile am rămas acasă și le-am trimis profesorilor mei un bilet prin Elle, în care îi anunțam că făcusem gripă de iarnă. Elle venea la mine în fiecare seară, ca să mă pună la curent cu mișcările lui Eszu. În cea de-a treia seară, s-a întors cu informații noi.

– Azi am urmărit câțiva ofițeri SS în centrul orașului. Am aflat că sunt cazați într-un hotel din apropierea sediului NSDAP[1], a spus ea, cu o urmă de emoție în glas.

– Ce-i acolo?

– Un fel de sediu administrativ. Poliția de stat are birourile acolo.

M-am sprijinit de masa șubredă din lemn.

– Crezi că acolo se află Kreeg?

– Da, sunt aproape sigură de asta. Deși…

Ea și-a abătut privirea.

– Ce-i, Elle?

– Am descoperit că au un sistem de rotație. Kreeg călătorește prin țară, vizitând diferite brigăzi ale Tineretului Hitlerist, asigurându-se că se pun în practică tehnicile locale de îndoctrinare. O să plece din Leipzig în curând.

---

[1] Partidul Muncitoresc Național-Socialist German

Am chicotit, uluit.

– Cum ai aflat?

– Am vorbit cu unul dintre ei.

Starea mea de spirit s-a schimbat rapid.

– CE?! Elle, ce naiba a fost în capul tău?! Am fost de acord cu planul ăsta doar cu condiția ca tu să nu te pui în pericol!

Ea mi-a luat mâinile într-ale ei.

– Și cum să mă protejez mai bine, decât prefăcându-mă că le susțin cauza? M-am dat cu binișorul pe lângă unul dintre băieții noi, care fuma în peristilul conservatorului. I-am spus cât de chipeș era în uniformă și ce treabă minunată a făcut zilele trecute, când a doborât statuia.

Am dat drumul mâinilor ei și am început să-mi masez tâmplele.

– Of, Elle! Continuă!

– L-am întrebat cu ce se ocupa și mi-a zis că era responsabil de instruirea brigăzii de tineret, sub supravegherea prim-locotenentului Eszu, care pleacă mâine.

Furia mea s-a revărsat.

– Te joci cu focul, Elle! Dacă își dădea seama că ești evreică?!

Ea și-a dat ochii peste cap.

– Pentru numele Domnului, te uiți la mine? Părul meu blond și ochii mei albaștri se încadrează exact în viziunea lor ariană asupra Germaniei, nu-i așa? Și e uimitor ce obții dacă fluturi din gene!

Am suspinat.

– Nu știu ce să zic. Presupun că ar trebui să mă bucur că, dacă stau ascuns în următoarele douăzeci și patru de ore, Kreeg o să plece din Leipzig și o să fiu din nou în siguranță. Pe de altă parte, nu putem pune în aplicare planul tău.

– Nu. Deși tânărul ofițer mi-a spus că locotenentul Eszu se întoarce peste șase luni, ca să se asigure că standardele n-au scăzut. Până atunci, avem timp să ne gândim mai concret cum să-i dăm diamantul ca să te lase în pace.

Am început să mă fâțâi prin micul dormitor.

– Bine. Dar asta nu schimbă cu nimic situația în care ne aflăm, Elle! Naziștii nu-și fac bagajele și pleacă pur și simplu, ca Kreeg. Tu ești încă în pericol.

După un timp, Elle a răspuns:

– Așa cum a prezis Pip, Goerdeler s-a întors. Chiar azi a promis să reconstruiască statuia lui Mendelssohn. Planul lui Haake de a-l alunga pe primar a eșuat. Cred că... lucrurile par mai stabile. Cât timp Goerdeler e în funcție, nu există o amenințare iminentă.

M-am oprit și m-am uitat în ochii ei.

– Chiar propui să rămânem, Elle?

Ea a dat lent din cap, în semn că da.

– Am o datorie față de Karine. Deocamdată, Pip nu pleacă nicăieri, iar ea are nevoie de sprijinul nostru. Nu uita, Bo, fără tatăl ei nici n-am fi fost aici! Trebuie să rămânem ca s-o protejăm.

N-aveam cum s-o contrazic. Dacă rămânea Karine, evident că și noi rămâneam.

– Înțeleg, am răspuns.

– Mulțumesc, Bo! a exclamat Elle, răsplătindu-mă cu un pupic pe obraz. Îți dai seama că mai sunt doar câteva zile până la vacanța de Crăciun? Pip și Karine vor să petreacă o săptămână într-un mic hotel, ca soț și soție. *Frau* Fischer, proprietara mea, se duce în vizită la familia ei din Berlin, a continuat ea, roșind puțin. M-am gândit că, dacă vrei, ai putea să vii și să stai la mine o săptămână.

Mi-a sărit inima din loc. Chiar dacă eram împreună de șapte ani, nu ne consumaserăm relația. Iertați-mă, mă simt puțin jenat să scriu despre asta. Înainte să ne maturizăm, fuseserăm inocenți. Totuși, acum, la vârsta de douăzeci și, respectiv, optsprezece ani, aveam, evident, anumite impulsuri care nu existaseră pe vremea când eram copii. Fusese cât pe ce să ni le satisfacem de câteva ori, dar întotdeauna ne întrerupsese ceva – de obicei, un alt chiriaș. Discutaserăm să mergem la un hotel, dar întotdeauna simțiserăm că, într-un fel, gestul nostru ar fi fost lipsit de respect față de *monsieur* Landowski și de *Prix Blumenthal*.

– Viața e scurtă, Bo! a spus Elle făcându-mi cu ochiul și îndreptându-se spre ușă.

A sosit vacanța de Crăciun, conservatorul s-a golit, studenții și personalul întorcându-se deopotrivă acasă de sărbători. Practic, locul se golise peste tot și am strâns câteva lucruri într-o valijoară cu care să mă duc la Elle.

În acea noapte am făcut dragoste pentru prima dată. Amândoi eram incredibil de timizi, iar experiența a fost scurtă și anevoioasă. După aceea, în timp ce o țineam în brațe, ne-am privit unul pe celălalt, într-o încercare bizară de a forța un moment romantic, fiindcă așa citiserăm prin romane. În realitate, actul fusese oarecum sub așteptări, iar în clipa în care ne-am privit, am izbucnit în hohote de râs. Apoi ne-am sărutat, iar după aceea am făcut ceva mai mult și... ei, bine, mă bucur să spun că a doua încercare a fost mult mai reușită. Ezit să dau detalii, de dragul sfielii lui Elle și al stânjenelii mele, dar experiența aceea a fost destul de impresionantă.

Toată săptămâna ne-am învățat unul pe altul arta intimității fizice și ne-am înecat, fericiți, în păcate carnale. Am descoperit că, după un început fals, asta e cea mai naturală formă de apropiere în cazul a doi oameni îndrăgostiți. Trupurile noastre sunt concepute ca să ne ofere plăcere, așa că de ce să le-o refuzăm?

Noul semestru a început și, odată cu revenirea lui Goerdeler în oraș, febra politică a scăzut, după cum prevăzuse Elle. M-am întors la școală, iar viața a continuat în mare parte așa cum fusese înainte de sosirea (și de plecarea) lui Kreeg Eszu. Pip lucra, disperat, la compoziția lui, în speranța că o putea interpreta înainte ca iubita lui Karine să fie nevoită să plece din Leipzig. Organiza din când în când repetiții pentru noi elemente ale partiturii, iar eu, din spatele violoncelului, mă minunam cu adevărat de opera pe care o crease. Chiar dacă avea lipsuri în alte domenii, Pip Halvorsen era un compozitor extrem de talentat.

– E bună, Bo? Am încredere în părerea ta!

– Cred că o să fie un triumf! am răspuns eu pe un ton plin de sinceritate.

– Ce amabil din partea ta să spui asta! a exclamat el, închizând capacul pianului și aplecându-se spre mine. Știi, există un zvon prin școală că ți se spune „Bo" pentru că nu ești văzut niciodată fără arcușul de violoncel. E adevărat?

Am chicotit, luându-mi o expresie plină de încredere în mine, ca să-mi maschez nervozitatea.

– Mă tem că nu-s decât aiureli! Deși, bineînțeles, de-asta am pus mâna pe arcuș!

M-am felicitat în sinea mea pentru finețea minciunii.

– A, desigur! Ești Bo pe nume…

– Iar din fire, arcuș! am răspuns eu.

Privirea lui Pip a rătăcit prin sala de repetiții, ai cărei pereți erau acoperiți de lambriuri.

– Știi, Goerdeler candidează din nou în martie. A anunțat astăzi.

M-am ridicat și am început să-mi strâng violoncelul.

– Fără îndoială, asta e o veste bună!

Îmi dădeam seama că Pip mă urmărea cu atenție, ca să-mi vadă reacția.

– Da, a continuat el. Sper că, având în vedere faptul că întregul conservator și majoritatea celor din Leipzig îl susțin, realegerea lui o să salveze conservatorul de musafirii nepoftiți. De dragul partenerelor noastre de viață!

Am închis cutia violoncelului și m-am întors cu fața la el.

– Cred că mai e până acolo, Pip. Goerdeler n-a reușit nici măcar să reconstruiască statuia lui Mendelssohn.

El a ridicat din umeri.

– Ce-i drept. Dar fără îndoială că, odată ce alegătorii se pronunță și el se întoarce în funcție, Reichul n-o să aibă de ales și o să-l susțină.

– Nu sunt atât de sigur. Știm cu toții că Haake face campanie deschisă împotriva realegerii lui Goerdeler. Iar distrugerea statuii a dezvăluit pe deplin poziția lui Haake față de evrei.

Pip a oftat adânc. Era clar că nu-i dădeam răspunsurile pe care le voia.

– Știu. Încerc în mod constant să mă conving că situația de acum nu e reală. Vezi tu, eu sunt deja în anul trei de studii. Există o mare șansă să termin școala la Leipzig. Dar Karine, Elle și cu tine, bineînțeles, s-ar putea să trebuiască să plecați chiar înainte să înceapă ultimul an.

– E un preț mic de plătit ca să fim în afara pericolului, Pip!

El a tăcut, iar apoi a dat din cap în semn de aprobare.

– Așa-i!

În următoarele câteva săptămâni, în perioada premergătoare realegerii lui Goerdeler, Elle, Karine și mulți alți studenți de la conservator au făcut campanie pentru el. În seara în care s-au numărat voturile, ne-am alăturat mulțimii din fața primăriei și am aplaudat euforic în momentul în care s-a anunțat că fusese reales. După multă vreme, am simțit că obținuserăm o adevărată victorie.

CAPITOLUL 24

În ciuda eforturilor lui Goerdeler, statuia n-a mai fost reconstruită. Eșecul în sine l-a determinat să demisioneze la 31 martie 1937, refuzându-și oficial realegerea.

Trebuie să-mi cer scuze pentru caligrafie. Fără îndoială, cititorul o să observe că s-a deteriorat semnificativ de când am scris ultima oară. Din nefericire, m-am accidentat la brațul drept și mă doare ori de câte ori îl ridic și îl pun pe birou. De fiecare dată când încep un rând nou, îmi zvâcnește cotul de durere, care urcă în umăr și atinge apogeul în zona gâtului. Asta, ca să nu uităm că organismul uman e o masă complexă de nervi conectați, iar eu, după cât se pare, am făcut destule stricăciuni din moment ce simt durere în mai multe locuri. Port un bandaj improvizat, pe care Elle mi l-a făcut din eșarfa ei și pe care mă ajută să-l pun și să-l scot de câteva ori pe zi. În plus, fața mea are culoarea *gluhweinului*[1] pe care-l beam ca să ne încălzim în nopțile de iarnă.

Ar trebui să vă lămuresc că acum mă aflu într-o cabină, la bordul unui feribot vechi și șubred, care ne duce pe mine și pe Elle pe un tărâm nemaivăzut de noi. În ciuda a tot ceea ce s-a întâmplat, mă entuziasmează faptul că o să ajungem într-o țară nouă și verde. Alături de noi, pe feribot, se află Pip și Karine, cărora cred că eu și Elle le datorăm, probabil, viața. Pip a acceptat în mod altruist să

---

[1] Tip de vin fiert

ne ia şi pe noi în călătoria pe care el şi Karine o fac în Norvegia, la familia lui. Drumul ăsta de două zile îmi oferă o ocazie binevenită să scriu în jurnal şi urmează să fac o cronică a evenimentelor care au dus la plecarea noastră din Leipzig.

În ultimele câteva luni, rămăseserăm vigilenţi – în special Elle, care fusese atentă la reapariţia lui Kreeg în brigada Tineretului Hitlerist. În ciuda faptului că nu mai ştiam nimic de Eszu, amândoi simţiserăm că în luna mai venea timpul să plecăm. Conveniserăm să aşteptăm până la sfârşitul semestrului, ca să ne dăm examenele din anul doi, iar apoi să ne facem bagajele. Fiindcă Goerdeler nu mai era primar, naţional-socialiştii deveniseră liberi să decreteze orice sancţiuni doreau împotriva populaţiei evreieşti. Era pur şi simplu prea periculos să rămânem. În cele din urmă, Elle o convinsese pe Karine să părăsească Germania cu sau fără Pip, dar el pricepuse gravitatea situaţiei şi-şi invitase iubita să-l însoţească în Norvegia după ce se sfârşea semestrul.

Eu şi Elle ne gândiserăm că Statele Unite ar fi fost un loc pe care l-am fi putut explora. Aveam suficienţi bani ca să traversăm oceanul, iar eu concepusem o oarecare strategie, dorind să-i caut pe cei din familia Blumenthal ca să le mulţumesc că îmi salvaseră viaţa şi să-mi găsesc, apoi, un loc de muncă.

Pentru că aveam cu toţii planul bine pus la punct, mi se păruse potrivit ca actul final al perioadei petrecute la Leipzig să fie acela de a cânta în orchestră compoziţia lui Pip. Era o seară lejeră de vară, iar sute de studenţi se adunaseră în faţă la Gewandhaus, în aşteptarea compozitorilor din anul trei. Piaţa din faţa conservatorului arăta cu adevărat idilic, în ciuda absenţei vădite a lui *Herr* Mendelssohn. Studenţii se învârteau de colo până colo (mulţi dintre ei fiind îmbrăcaţi în frac, pentru spectacol), bând vin, discutând despre muzică şi râzând. Ghirlandele de luminiţe îmbrăcau priveliştea într-o aură gălbuie, liniştită, iar dacă cineva ar fi coborât din cer cu paraşuta, fără să cunoască tensiunea care plana asupra oraşului, ar fi considerat că acolo era una dintre cele mai încântătoare atmosfere de pe pământ.

Cred că așa aleg să-mi amintesc de conservator până la sfârșitul zilelor mele: un far luminos de expresie creativă, care mi-a stimulat o dezvoltare uriașă, atât muzicală, cât și personală.

– Arăți foarte bine, Bo! Îți stă bine fracul! spusese Elle în timp ce mă lua de braț.

– Mulțumesc, dragostea mea! Dar fracul îi vine bine oricărui bărbat. Nouă ne e foarte ușor. Pe de altă parte, tu și restul femeilor sunteți studiate și judecate pentru orice toaletă. E o prostie, zău așa!

– Urmează un compliment, sau ar trebui să mă îngrijorez? glumise Elle.

– Îmi pare rău, ai dreptate. Știi că întotdeauna radiezi de frumusețe. Dar în seara asta o faci într-un fel excepțional!

Nu exageram. Elle purta o rochie de bal de culoare bleumarin, fără bretele, care se mula bine pe trup înainte să se răsfire sub șolduri, într-un volan.

– Mulțumesc, Bo! Ai dreptate în privința modei feminine. Îmi imaginez că biata Karine o să aibă parte de comentarii răutăcioase toată seara!

Bineînțeles, prietena noastră renunțase la rochie și optase pentru un costum negru, cu un papion alb, supradimensionat, care îi completa ținuta.

– Eu zic că arată perfect!

– Și eu zic la fel. E atât de… degajată! Nu știu dacă o să fie vreodată cazul nostru.

Eu chicotisem.

– S-ar putea să ai dreptate. Ascultă, ar trebui să vă ocupați locurile! În seara asta nu se plătește bilet și nu cred că vreți să pierdeți șansa de a vă găsi un loc!

Elle mă sărutase pe obraz.

– Succes! Încearcă să nu-i distrugi cariera lui Pip!

Ea se dusese s-o ia pe Karine, iar apoi intraseră împreună în Gewandhaus. Se vedea limpede că Pip era agitat, și nu fără motiv. Piesa lui făcea vâlvă, așa că publicul era mult mai numeros decât în alte dăți. În timp ce spectatorii se îndreptau spre locurile din sală, el se fâțâia, neliniștit, prin foaier.

– Nu-ți face griji, prietene! Astă-seară îi facem noi dreptate frumoasei tale piese!

– Mulțumesc, Bo! Ai o contribuție bună la violoncel.

Îi pusesem o mână pe umăr.

– Trebuie să-mi ocup locul. Mult succes, Pip!

Mă dusesem pe scenă, iar Pip fusese condus de directorul Walther Davisson, alături de ceilalți cinci compozitori care participau, ca să ia loc în primul rând din Grosser Saal[1]. Pip și cei cinci erau unul mai palid decât celălalt. Apoi directorul Davisson urcase pe scenă, stârnind un val de aplauze călduroase. Ca și Goerdeler, el devenise întruchiparea calmului și rațiunii în acele vremuri tulburi. Noi, toți cei de la conservator, simțeam că el era eroul și protectorul nostru.

– Vă mulțumesc tuturor, vă mulțumesc! rostise el, ridicând mâna, iar aplauzele se stinseseră. Bine ați venit la Gewandhaus și la spectacolele sfârșitului de semestru! Fără doar și poate că abia așteptați să ascultați roadele muncii asidue și dedicării contemporanilor voștri, așa că o să fiu concis. Doresc să-i felicit pe toți cei adunați aici astă-seară, pentru un an incredibil de perseverență și de tenacitate! Cei mai mulți dintre voi știu că vă sfătuiesc să vă puneți ochelari de cal, astfel încât nici unul dintre noi să nu fie distras de tot ce se întâmplă în jur. Seara asta nu e doar o sărbătoare a celor șase tineri compozitori pe care o să-i ascultați, ci și o încununare a tuturor realizărilor pe care le-ați avut de-a lungul anului trecut. Sunt extraordinar de mândru să fiu directorul vostru! Vă rog să vă aplaudați! exclamase el, iar sala se umpluse de urale și de ropote de aplauze. În anii următori, oamenii o să facă apel la muzica voastră ca să găsească în ea alinare, fericire și evadare. Sunteți cu toții capabili să le oferiți. S-o faceți! adăugase, făcând să se instăpânească liniștea, răstimp în care publicul reflectase la

---

[1] Sala cea mare (în limba germană în original)

spusele lui. Iar acum vă prezint primul compozitor al serii – Petra Weber! Piesa ei se numește „Înălțarea speranței“!

În timpul discursului, mă uitasem la Pip. Ochii nu-i stăteau locului. Din păcate, era ultimul pe afiș și trebuia să aștepte aproximativ nouăzeci de minute înainte să se cânte piesa lui. Probabil că îl treceau toate nădușelile.

În sfârșit, după cinci piese de succes, îi venise rândul să urce pe scenă și observasem atunci că-i tremurau puțin picioarele. Făcuse o scurtă plecăciune și se așezase la pian. Dirijorul ridicase bagheta, iar noi, instrumentiștii, începuserăm să cântăm.

Pip n-ar fi trebuit să se îngrijoreze. Luminile se stinseseră, iar publicul fusese transpus într-o stare de grație. Armoniile delicate și crescendourile partiturii lui Pip nu däduseră greș. Cumva, piesa părea încărcată de energie, pulsând de emoție și captând cutezanța întregii săli în fața sorții. Fusese o plăcere să particip. După ce răsunaseră notele finale – care sunaseră precum prelingerea unui fir de apă pe strunele harpei – se lăsase o scurtă tăcere, urmată de aplauze entuziaste. Publicul se ridicase în picioare ca să-l aplaude pe Pip, iar de data asta plecăciunea lui fusese plină de încredere în sine.

După aceea, în foaierul de la Gewandhaus avuseseră loc festivitățile. Mă cam emoționasem la vederea colegilor și profesorilor care-l băteau pe spate și îl felicitau pe Pip. Venise acolo chiar și un ziarist, care îi ceruse un interviu. Era de netăgăduit că lucrase frenetic în ultimele luni și că merita să culeagă roadele. O văzusem pe Karine făcându-și loc prin mulțime ca să ajungă la el și să-l îmbrățișeze.

– Grieg al meu! exclamase Karine. *Chéri*, strălucitoarea ta carieră abia începe!

N-aveam cum să nu fiu de acord cu ea.

Șampania fusese oferită de conservator și se părea că anul ăsta se cheltuiseră bani serioși. Băuturile fine curgeau ca apa, iar cei mai mulți dintre cei prezenți se desfătau copios. Nimic de reproşat – pur şi simplu, oamenii profitau de acea zi şi sărbătoreau momentul. Mi se oferise cupă după cupă, dar refuzasem de fiecare dată.

În ultimul timp lăsasem garda jos, deschizând gura să vorbesc şi chiar să le spun altora povestea mea – ceva ce nu crezusem că aveam să fac vreodată. Dar alcoolul dezleagă limba şi anesteziază raţiunea, aşa că socotisem că era mai bine să evit ceea ce mulţi considerau a fi cel mai dulce nectar. La începutul serii devenise evident că eram în minoritate şi, ca atare, decisesem să mă întorc acasă – fericit, dar treaz.

Mă dusesem s-o anunţ pe Elle.

– Cred că mai stau puţin cu Karine, spusese ea.

– Cum doreşti, dragostea mea! Ne vedem dimineaţă la cafea?

– Perfect! răspunsese Elle, sărutându-mă pe obraz.

Mă întorsesem spre colega ei de cameră.

– Noapte bună, Karine! Te rog să-i mai spui încă o dată lui Pip ce plăcere mi-a făcut să-i cânt muzica astă-seară!

– Desigur, Bo, mulţumesc! Noapte bună!

Plecasem de la Gewandhaus cu puţin înainte de miezul nopţii. Tramvaiele nu mai circulau, aşa că mersesem acasă pe jos, vreme de douăzeci de minute. O astfel de plimbare era foarte plăcută în plină zi, dar acum, mult după apusul soarelui, aerul nopţii era rece. Îmi ridicasem gulerul paltonului. Drumul de la Gewandhaus la Johannisgasse era lung şi pustiu, mărginit de brazi uriaşi şi slab luminat de lămpi cu gaz aşezate la intervale de aproximativ cincisprezece metri. De o parte şi de alta a drumului se întindeau câmpuri imense, unde, în general, locuitorii din Leipzig făceau sport sau îşi plimbau câinii. Noaptea, priveliştea era de-a dreptul sinistră, făcându-mă să mă simt de parcă aş fi mers pe un pod suspendat deasupra unui hău. Fiind târziu, nu mai era nici un suflet de om prin preajmă.

Mergeam de zece minute, când auzisem o crenguţă trosnind înapoia mea. M-am întors, aşteptându-mă să văd o vulpe, sau poate o căprioară care traversa de pe un câmp pe altul. Dar, spre mirarea mea, nu zărisem nimic. Mă oprisem și scrutasem zona, în căutarea vreunei mișcări. Nedeslușind nimic, îmi continuasem drumul. După încă cinci sau șase metri, aș fi putut jura că auzisem pași de cealaltă parte a copacilor. Mă întorsesem încă o dată.

– Hei! E cineva acolo?

Din nou, tăcere. Deja neliniștit, iuțisem pasul. Da, auzeam mai bine mersul de mai devreme, individul fiind acum incapabil să se miște fără să facă nici un zgomot. Îmi făcusem un plan și, știind că atacul era cea mai bună formă de apărare, mă răsucisem pe călcâie și alergasem spre copaci și spre sursa zgomotului de pași.

– De ce mă urmărești? De ce nu te arăți? Nu fi laș! Dacă ai ceva să-mi spui, vreau să te aud!

Alergasem printre copaci, așteptând să prind pe cineva aflat la pândă. Nu găsisem nimic, dar îmi continuasem drumul pe câmp, trezindu-mă la un moment dat în beznă. Rămăsesem neclintit și ascultasem din nou. După o clipă, auzisem pașii din nou, pământul reavăn al câmpului trădându-l pe acel individ misterios. Pașii se retrăgeau în adâncul întunericului și se îndepărtau. Mulțumit că îl înfruntasem și îl alungasem pe urmăritor, mă întorsesem pe drum și începusem să alerg.

În momentul la care mă apropiasem de intrare, gâfâiam și eram puțin zdruncinat. Vârâsem mâna în buzunar și bâjbâisem după chei, scăpându-le pe jos, în spate. În clipa în care mă întorsesem ca să le ridic, văzusem o siluetă obscură care țâșnise în spatele unei clădiri de la colțul străzii.

Oare el se întorsese la Leipzig? Oare știa cine eram?

Îmi cântărisem opțiunile, care erau limitate. Dacă silueta aceea misterioasă îi aparținea lui Kreeg, atunci ar fi fost o prostie să-l înfrunt din nou. Cel mai probabil, era înarmat și m-ar fi împușcat. Primul meu gând fusese s-o protejez pe Elle, însă dacă m-aș fi întors pe drumul cel lung până la Gewandhaus, l-aș fi dus pe Eszu direct la ea, punându-mi, astfel, iubita și prietenii în pericol. Îmi fusese clar că trebuia să aleg singura opțiune posibilă și să intru în casă. Descuiasem ușa și urcasem iute în camera mea, a cărei ușă o încuiasem apoi pe întuneric, fiindcă nu voiam să aprind lumina. După aceea mă dusesem la fereastră și mă uitasem în stradă, căutând acea siluetă obscură. Dar strada părea pustie, iar liniștea era deplină.

Cu toate astea, mă gândisem că ar fi fost rezonabil să-mi iau măsuri de precauție, drept pentru care scosesem briceagul din sertarul de lângă pat. Mă întorsesem la fereastră, de unde puteam supraveghea strada, iar de data asta trăsesem perdelele, lăsând doar un ochi de geam prin care să mă uit. Abia deslușeam colțul locuinței lui Elle. Puteam, cel puțin, să văd dacă ea și Karine se întorceau cu bine acasă.

Avea să fie o noapte lungă. Îmi trăsesem un scaun și îmi pusesem o pernă la ceafă. Următoarele câteva ore mi-ar fi dat măcar ocazia să concep un plan ca să scap de Kreeg, dacă într-adevăr era el. Eram cu ochii în patru la strada goală. Timpul trecea, dar nu zăream silueta care, mai mult ca sigur, mă urmărise. Sau… oare eram atât de sigur? Poate că mintea îmi jucase feste. Fusesem foarte stresat în ultima vreme și poate că mă lăsam dus de val.

În virtutea faptului că încăperea în care locuiam se afla în partea de sus a clădirii, înăuntru era cald, iar șuieratul și trosnetul radiatoarelor de fier mă linișteau. Simțeam că mi se închideau ochii. Încercând să mă dezmeticesc puțin, întredeschisesem fereastra, iar aerul rece al nopții pătrunsese înăuntru. O vreme fusese bine, dar până la urmă, inevitabil, trupul meu cedase în fața somnului.

Mă trezisem sufocându-mă. Deschisesem ochii, dar nu vedeam nimic în față. Instinctiv, mă ridicasem și orbecăisem prin întuneric, înaintând doar câțiva pași. Mă împiedicasem de piciorul unei mese și mă prăvălisem pe podea. În ciuda durerii, începusem să văd mai bine. Întorcându-mă pe spate, îmi dădusem seama, cu groază, că încăperea era plină de fum negru și acru.

Mă cuprinsese panica. Mă ridicasem cu greu, dar, trăgând fum în plămâni, începusem să mă sufoc din nou. Căzusem iarăși la pământ și inima îmi bătea cu putere. Mă târâsem pe podea, luând colțurile camerei drept puncte de reper în drumul meu spre ușă. După ce ajunsesem la ea, îmi dădusem seama cu groază că fumul se revărsa dinspre coridor. Era limpede că trebuia să cobor scara în patru labe. Dar aveam de ales? Apucând clanța, mă ridicasem și, ținându-mi respirația, căutasem zăvorul încins. Strângând din dinți, smulsesem zăvorul cu toată puterea și, spre ușurarea mea, acesta cedase.

Mă așezasem în spatele ușii ca să mă protejez și apoi o deschisesem. În încăpere pătrunseseră pe dată flăcări portocalii, mari, care semănau cu limba uriașă a unui șarpe furios. Cu inima strânsă, îmi dădusem seama că nu puteam scăpa pe-acolo.

Închisesem ușa din nou. Era doar o chestiune de timp până să ia și ea foc. Mă întrebam dacă urma să devin victima flăcărilor sau a fumului. Mă prăbușisem din nou pe podea și mă întinsesem pe pântec.

– Îmi pare rău! strigasem, fără să știu cu cine vorbeam.

Cu Elle, poate, fiindcă o lăsasem singură în fața unei mari primejdii. Cu tata, poate, el fiind cel pe care nu reușisem să-l găsesc, deși îmi promisesem s-o fac. Sau poate cu familia Landowski, cu Evelyn, cu *monsieur* Ivan și cu toți cei care crezuseră în mine pe vremea când n-aveam nimic al meu. Poate chiar și cu Kreeg Eszu, pentru simpla neînțelegere care dusese la atâta suferință și durere sufletească.

Acum mă făcea să plătesc pentru asta.

Traversasem continente, supraviețuisem frigului și foamei. Totuși, găsisem pe cineva care făcuse ca viața mea să merite trăită... și iată cum avea să se termine totul. Brutal, într-un nor de fum.

Mă întorsesem pe spate și închisesem ochii. Pe vremea când eram mic, tata avea o tehnică de relaxare, inventată de omul de teatru Konstantin Stanislavski, ca să mă adoarmă. Îmi aminteam vocea lui:

– Semnalul care îți controlează mușchii se află acum în degetul mic de la picior. El trebuie să înceapă din cel mai mic punct al trupului, vezi tu, și îl amorțește. Apoi se deplasează la degetul următor, și la următorul, iar acum se află în talpă. O, Doamne, cât de încordată e, purtând greutatea trupului toată ziua! Dar nu e o problemă pentru semnalul ăsta. Îți amorțește trupul la fel de ușor ca și cum ar stinge o lumină. Acum urcă spre gleznă...

Tata, imaginar sau nu în acel moment, mă adormise. Cel mai probabil, mă cuprinsese somnul din pricina fumului pe care-l inhalasem. Iar în privința celor întâmplate în continuare, presupun că totul fusese un vis.

Văzusem stelele deasupra. Îmi amintesc că mă bucurasem că erau alături de mine în ultima mea clipă de viață. Constelația Celor șapte surori îmi strălucea în fața ochilor – luminile călăuzitoare, constantele mele. Apoi stelele începuseră să se rearanjeze și formaseră șapte chipuri de femei, pe care nu le recunoșteam. Cu toatele păreau să emane căldură și iubire. În acel moment mă cuprinsese pacea lăuntrică. Eram pregătit.

Apoi auzisem o voce care spunea:

– Nu încă, Atlas! Mai ai multe de făcut!

Cele șapte chipuri se făcuseră nevăzute, iar stelele se contopiseră, devenind o singură femeie. Avea părul lung și o rochie vaporoasă, care părea să plutească în spatele ei, spre eternitate. Apoi stelele însele dispăruseră, iar femeia aceea îmi apăruse în culori. Rochia era de un roșu intens, împodobită cu ghirlande de flori albe și albastre. Părul – o coamă blondă, sclipitoare – era aranjat elegant în jurul feței în formă de inimă. Ochii imenși, albaștri, opalescenți, scânteiau puternic, iar eu încremenisem. Ea îmi vorbise din nou:

– Băiatul care poartă lumea pe umeri! Trebuie s-o mai duci încă puțin. Alții depind de tine.

Remarcasem un accent european, deși ea îmi vorbea în limba mea maternă.

– Ce vrei să spui? întrebasem, fără suflare. Cine ești?

– Destinul tău nu e împlinit. Încă nu trebuie să treci prin ușa asta.

– Ce ușă? Despre ce vorbești?

Femeia zâmbise.

– Te uiți la mine printr-o fereastră, Atlas! Mi se pare că ferestrele sunt mult mai folositoare decât ușile, fiindcă poți vedea calea înainte de a pleca.

Înțelesesem mesajul.

– Fereastra... Dar sunt la etajul trei, n-o să supraviețuiesc căderii!

– N-o să supraviețuiești nici dacă rămâi aici. Încrede-te în soartă!

Femeia se mistuise în fumul negru care plutea și pulsa deasupra mea. Complet dezmeticit, mă rostogolisem pe pântec și mă târâsem spre fereastră. În timp ce îmi croiam drum pe podea, atinsesem un obiect lung și subțire. Căutând cu privirea, zărisem arcușul violoncelului. Îl apucasem. În marea de fum ce ieșea prin geamul crăpat, abia vedeam lumina din spatele ferestrei. De asta era atât de puternic jetul acela de fum!

Ținându-mă de perdea, izbutisem să mă ridic și să deschid fereastra. Înainte ca fumul să mă învăluie din nou, mai furios ca niciodată, apucasem, totuși, să trag aer în piept. Mă uitasem în jos, unde o văzusem pe *Frau* Schneider împreună cu cei care scăpaseră din flăcări. Mă zăriseră la fereastră.

– E viu! O, Doamne! strigase *Frau* Schneider. Stai acolo, tinere! Am chemat pompierii, te salvăm!

Se auzise o bubuitură sinistră în spate. Mă întorsesem și văzusem că ușa și cadrul fuseseră cuprinse de flăcări. Deschizând larg fereastra, alimentasem focul mistuitor, care pătrunsese în cameră precum o caracatiță într-o peșteră. Era flămând. Mă voia. Acum chiar că nu mai aveam de ales. Ultimul lucru pe care îl luasem din cameră fusese jurnalul, pe care-l văzusem pe biroul din apropiere. Apoi mă cățărasem pe pervaz.

– Să nu îndrăznești! Rămâi acolo! țipase *Frau* Schneider.

Estimasem la mai mult de cincisprezece metri distanța până la sol. Apoi îmi prinsesem arcușul și jurnalul la brâu, după care, nesigur, mă agățasem de pervaz și mă lăsasem încet în jos, astfel încât picioarele să-mi atârne în afara ferestrei. Fiecare centimetru cu care îmi puteam reduce căderea era crucial. Mă pregătisem mental pentru ceea ce avea să urmeze.

– Stratul de flori, stratul de flori! strigase *Frau* Schneider. L-am udat astă-seară!

Îmi desprinsesem brațul stâng și mă legănasem, ca să mă pot uita în jos. Chiar dacă era întuneric, florile albe și albastre erau ca niște lumini de aterizare. Îmi spusesem că, dacă puteam să mă propulsez ușor și să cad în noroiul moale, aveam o șansă. În cameră se auzise un scârțâit puternic și îmi dădusem seama că trebuia să mă grăbesc. Agățându-mă din nou de pervaz, îmi luasem avânt ca să mă legăn în dreapta, apoi în stânga, după care mă desprinsesem cu totul de pervaz.

Aterizasem, nu perfect, dar destul de bine. Căzusem în stratul de flori, după cum sperasem, iar la impact îmi îndoisem genunchii și mă rostogolisem. Simțisem adevăratul impact al căzăturii doar în momentul în care atinsesem pavajul de lângă flori cu brațul drept și apoi cu fața.

– Au! strigasem, copleșit de durere.

– Băiete, băiete! răcnise *Frau* Schneider, apărând lângă mine. Unde ești rănit? Îți simți picioarele? Poți să-ți miști degetele de la picioare?

– Da! răspunsesem eu. Mă doare brațul!

Cu brațul rămas nevătămat, îmi suflecasem mâneca de pe cel lovit și dădusem de o imagine destul de urâtă. Se vedea că îmi dislocasem cotul, iar partea lovită mă durea până la lacrimi.

– Trebuie să-l luăm de lângă clădire. Ajutați-mă!

Lui *Frau* Schneider i se alăturaseră imediat câțiva băieți din vecini, care, în încercarea de a mă lua de acolo, mă apucaseră de brațe.

– Nu! strigasem eu, dar era prea târziu.

Băieții mă ridicaseră și brațul îmi trosnise, scoțând un zgomot dezgustător. Mă străbătuse un val de durere ce începuse de la nivelul cotului, dar care apoi îmi cuprinsese întregul trup.

Țipasem, dar băieții erau hotărâți să mă ia de lângă flăcări. După ce îmi dăduseră drumul, mă chircisem de durere.

– Respiră, tinere! Curaj! mă îndemnase *Frau* Schneider, care era din nou lângă mine și îmi mângâia părul. Ai supraviețuit!

– A ieșit toată lumea? îngăimasem eu în cele din urmă.

– Au ieșit cu toții. Din fericire, nu erau mulți în casă, majoritatea sunt încă în centru după spectacolul din seara asta. Dar nu știu nimic despre ce s-a întâmplat în celelalte case.

– Poftim?!

– Mă tem că ai ghicit, tinere! Chiar a început. Îmi pare foarte rău. Din cauza mea se întâmplă toate astea. Pe mine mă voiau.

Mă încruntasem, nedumerit.

– Nu înțeleg, *Frau* Schneider!

– Sunt evreică. Au incendiat clădirea ca să-mi închidă afacerea și ca să-mi arate că nu sunt binevenită aici. Cu părere de rău, trebuie să recunosc că, în seara asta, au reușit.

Mecanismul minții mele își învârtea rotițele de zor.

– Îmi pare rău, *Frau* Schneider!

– Nu-i cazul să-ți ceri scuze! Ai fi putut muri și ar fi fost vina mea.

Femeia își plecase capul.

– Nu, *Frau* Schneider! răspunsesem eu. Nici vorbă! insistasem, copleșit de golul pe care-l simțeam în stomac. Ați spus „alte case". Deci naziștii au fost și în alte clădiri în care locuiesc evrei?

– Mă tem că da.

Mă clătinasem, iar brațul mă săgetase de durere. Mă strâmbasem, cu răsuflarea tăiată.

– Ai grijă! Trimit pe cineva după doctor! insistase *Frau* Schneider.

Alergasem spre cafenea și văzusem că, în mijlocul acelui dezastru, clădirea în care locuia Elle rămăsese intactă. Ușurarea care mă cuprinsese în clipa aceea se dovedise a fi un calmant mai puternic decât morfina.

– Nu-i nevoie de doctor, *Frau* Schneider! N-am nimic, mulțumesc! Trebuie doar s-o găsesc pe Elle.

Frau Schneider dăduse din cap în semn că era de acord.

– N-am văzut-o. Poate că dacă mai întrebi...

Ea își dusese mâna la gură și începuse să plângă, copleșită dintr-odată de întâmplările nopții. Îmi ridicasem brațul cel sănătos și i-l pusesem pe umăr.

– E atât de nedrept, *Frau* Schneider! Îmi pare sincer rău pentru pierderea pe care ați suferit-o!

– Mulțumesc! răspunsese ea, trăgându-și nasul. Dar mă întreb de ce tocmai pe mine m-au avut în vedere. Religia mea nu-i la fel de vizibilă ca multe altele din oraș.

Mă cuprinsese vinovăția. Știam că, în seara aceea, nu *Frau* Schneider fusese ținta. Ci eu.

– Bo!

Peste umărul doamnei Schneider, o văzusem pe Elle alergând spre mine, însoțită de Karine. Ajungând s-o îmbrățișez, mă strâmbasem din cauza durerii care îmi străbătuse brațul.

– Iubirea mea... ce naiba s-a întâmplat? Ești bine? întrebase Elle.

– Of, Bo..., suspinase Karine.

Făcusem un gest spre clădirea care fumega.

– A trebuit să sar. Se dă foc locuințelor evreiești! Dar, Elle, el a fost! Știe. Trebuie să plecăm. În seara asta, dacă se poate!

– Care *el*? întrebase Karine.

Elle se întorsese spre prietena ei.

– Se referă la un... ofițer SS extrem de nesuferit, pe care l-am văzut prin oraș. Nu-i așa, Bo?

– Da, răspunsesem eu, bucuros că mintea ei reacționa mai bine decât a mea. Omul ăla are un aer foarte agresiv. *Frau* Schneider, proprietara clădirii, este evreică, așa că eram pe lista incendierilor din seara asta. Unde-i Pip?

– Tot în oraș, se bucură de succesul lui, mă lămurise Karine. A reușit toată lumea să iasă?

– Se pare că da. Dar nici unul dintre noi nu mai e în siguranță aici. Trebuie să ne facem planuri să plecăm imediat.

O cuprinsesem cu brațul stâng pe Elle, iar ea își îngropase capul la pieptul meu. Cu arcușul violoncelului lipit de picior, mă uitasem la clădire în timp ce auzeam deja sirenele. Istoria se repetase și pierdusem totul. Numai că, de data asta, o aveam alături pe Elle.

– Unde vă duceți? întrebase Karine.

– Cât mai departe. În America, să sperăm.

– O să ne fie dor de tine, Karine! spusese Elle plângând. Ai fost ca o soră pentru mine!

– Și tu pentru mine, Elle! răspunsese Karine, mușcându-și buza. Dacă ar exista o cale să rămânem cu toții împreună, ați vrea?

Eu și Elle ne priviserăm lung.

– Bineînțeles, Karine! răspunsese ea. Ești mai mult decât binevenită să vii și tu. Vrei să mergi cu noi în America?

– Mai degrabă mă gândeam să veniți voi cu mine. După cum știi, Pip s-a oferit să mă ducă în Norvegia. Având în vedere ce s-a întâmplat în seara asta, ar fi mai mult decât dispus să vă invite și pe voi. Ce părere aveți?

– Da. O, da! răspunsese Elle, înainte să apuc să cuprind cu mintea acea informație, iar apoi ea se întorsese spre mine. Bo, e un plan perfect!

Încă amețit, dădusem din cap în semn de aprobare.

– Dacă Pip e de acord, bineînțeles că venim. Mulțumesc, Karine! Nici nu-ți dai seama cât de mult înseamnă pentru noi invitația ta!

– Am stabilit. Mai sunt doar câteva zile până la sfârșitul semestrului și după aceea putem pleca spre Bergen.

– Nu! spusesem eu pe un ton ferm. Atunci când am zis că eu și Elle trebuie să plecăm până mâine-seară, am vorbit serios. E foarte important pentru siguranța n… a lui *Elle*, să plecăm imediat din Leipzig!

Mă uitasem la clădire cu subînțeles.

– Înțeleg. Vorbesc cu Pip la prima oră. Tot ce îl interesa era să-i fie ascultată piesa și și-a atins obiectivul astă-seară. Să sperăm că putem pleca cu toții din Leipzig până la sfârșitul zilei!

– Între timp, Bo, ai nevoie de un acoperiș deasupra capului! spusese Elle. Sunt sigură că *Frau* Fischer n-are nimic împotrivă să dormi la noi, având în vedere cele întâmplate. Tu ce crezi, Karine? E un aranjament bun?

– Bineînțeles!

Din fericire, *Frau* Fischer fusese de acord să mă găzduiască. Luasem scaunul de lemn din camera lui Elle și Karine și îl așezasem la fereastră, hotărât să mă revanșez pentru ceea ce se întâmplase mai devreme. Dacă aș fi fost mai vigilent, toate astea ar fi putut să fie evitate. Având responsabilitatea de a o proteja pe Elle, știam că n-aveam să șovăi a doua oară. Așteptasem până la răsărit, cu puțin înainte de ora cinci dimineața, înainte să mă culc pe jos, convins că Kreeg nu voia să încerce nimic la lumina zilei. La ora șapte, o auzisem pe Karine, care pleca să discute cu Pip.

Se întorsese câteva ore mai târziu și ne asigurase că familia lui Pip urma să ne primească fără rezerve în casă și că Pip, chiar în clipa acea, dădea telefon la Bergen din biroul directorului Davisson, pentru ca măcar să-și anunțe rudele.

Eu și Elle ne petrecuserăm restul zilei făcând bagaje. O ajutasem să-și sorteze lucrurile, ușurat din pricină că nu trebuia să fac același lucru, ale mele fiind transformate în cenușă. Doar violoncelul supraviețuise, fiindcă îl lăsasem cu o seară înainte la Gewandhaus – nu că l-aș fi putut recupera, riscul fiind prea mare. În clipa în care îmi luasem adio în gând de la instrumentele mele, mi se pusese un nod în stomac. Cel puțin diamantul era nevătămat și îl purtam, ca de obicei, în săculețul care îmi atârna la gât. Îndoindu-mi brațul ca să pipăi forma bine cunoscută din punguță, durerea îmi străfulgerase cotul și țipasem.

– Of, Bo! Trebuie să mergi la un doctor! spusese Elle. Poftim, adăugase ea, luând o eșarfă și legându-mi-o de gât ca să-mi țină brațul, după care mă sărutase blând pe obraz și îmi mângâiase fața învinețită. Bietul meu iubit! O să ți se facă obrazul ca sfecla!

– Iar după o săptămână sau două, ca muștarul! adăugasem eu.

– Am uitat să-ți spun, intervenise Karine, că Astrid, mama lui Pip, e asistentă medicală. Se ocupă ea de brațul tău!

– Iată, Bo, se bucurase Elle, izbutind să zâmbească, lucrurile stau deja mai bine!

Indiferent de ceea ce se întâmplase în ultimele șase luni, tot mi se frânsese puțin inima în momentul în care fusesem constrâns să plec din Leipzig. La vremea sosirii noastre acolo, îndrăznisem să visez că eu și Elle am fi putut să fim în sfârșit liberi să ne trăim viețile împreună – ca muzicieni, nu oricum –, fără povara trecutului. Și totuși, așa cum presupuneam că avea să se întâmple întotdeauna, trecutul mă prinsese din urmă, complotând împreună cu prezentul ca să mă afecteze nu doar pe mine, ci și pe Elle.

Plin de egoism, mă rugasem ca Norvegia să fie suficient de departe de Kreeg.

CAPITOLUL 25

Portul Bergen, Norvegia, Ajunul Anului Nou, 1938

Te rog, dragă cititorule, să-mi ierți îndelunga absență. În timp ce scriu în jurnal, nu-mi vine să cred că au trecut mai bine de optsprezece luni de când am făcut-o ultima oară. Există un singur motiv pentru asta – brațul. S-a dovedit că, după căzătura de la Leipzig, m-am ales atât cu un cot dislocat, cât și cu o fractură deschisă. Se pare că n-am făcut bine nici că am scris, cu stoicism, un număr de pagini pe drumul de două zile de la Leipzig la Bergen.

După ce am ajuns în Norvegia, amabila și minunata Astrid Halvorsen m-a ajutat să primesc îngrijiri de urgență la Spitalul Haukeland. Apoi am stat cu brațul în ghips șase săptămâni și mi s-a spus că vindecarea ar putea dura mai bine de un an. De atunci și până acum, deși mă refac încetul cu încetul, încă mi-e greu să scriu. Am încercat de multe ori să ridic cotul și să pun tocul pe hârtie, dar apoi am renunțat, din pricina durerii. Cu toate astea, mă bucur să spun că junghiul ascuțit pe care-l simțeam e acum doar o durere surdă și că, prin urmare, pot să-mi continui jurnalul. Ce lux!

O să mă străduiesc să rememorez evenimentele în detaliu, întrucât cred că, dacă încă citești rândurile de față, te interesează cu adevărat povestea mea.

După ce am coborât pe pasarela vaporului cu aburi, Astrid s-a uitat la cotul meu și a decretat că aproape sigur avea să fie nevoie de operație. S-a dovedit că avusese dreptate și, în ciuda protestelor familiei Halvorsen, am insistat să suport toate cheltuielile de spitalizare. Cu asta, de fapt, am terminat și fondurile oferite de bursa primită de la *monsieur* Landowski.

Din fericire, soții Halvorsen au fost mai mult decât generoși cu noi. În acele prime zile, ne-au oferit un acoperiș deasupra capului, hrană și nenumărate seri vesele, pline de muzică și de râsete. Pip și părinții lui ne-au tratat pe mine și pe Elle ca pe o familie (și pe Karine, firește).

Tatăl lui Pip, Horst, e violoncelist și cântă la Filarmonica din Bergen. Prin urmare, de când sunt în Norvegia, el îmi arată exagerat de multă solidaritate, pentru că nu mai pot ridica așa cum trebuie brațul cu arcușul, care pur și simplu a devenit prea rigid. Așa că n-am avut cum să particip la spectacolele ce au devenit o tradiție după cină, cu Pip la pian, Karine la oboi, Elle la flaut sau la vioară (în funcție de piesă) și Horst la violoncelul despre care vorbeam. Mă durea sufletul ori de câte ori mă uitam cu nostalgie la fostul meu instrument.

Primele luni petrecute în Norvegia au fost exact ceea ce-mi trebuia după plecarea precipitată din Germania. Eu și Elle ne simțim în siguranță aici. Norvegia e, poate, cea mai frumoasă țară de pe planetă. În puținul timp care a trecut de la sosirea noastră, am admirat munții învăluiți în ceață și am privit cu uimire cursurile de apă care parcă se pierd în eternitate. Una dintre îndeletnicirile mele preferate e să urc în parcul local, Bergens Fjellstrekninger, înarmat cu un caiet de desen și cu un set de creioane. Folosindu-mă de astfel de unelte, încerc să surprind o parte din frumusețea naturală cu care se mândrește țara asta. Chiar și aerul are o anumită puritate aici. Aproape că te poți îmbăta de el, amețit de răcoarea tăioasă și înviorătoare.

Dar am fost pe deplin conștient că nu ne puteam bizui la nesfârșit pe soții Halvorsen, indiferent de cât de confortabil ne făceau să ne simțim. În realitate, nu eram rude cu ei, ci refugiați. La Paris, îl lăsasem pe *monsieur* Landowski să mă sprijine financiar, iar la Leipzig, *Prix Blumenthal* ne asigurase traiul. Eram hotărât să încep să plătesc pentru mine și pentru Elle.

Pe când mă plimbam prin portul Bergen, am remarcat un magazin de făcut hărți, numit Scholz & Scholz. Din spusele lui Horst, am aflat că bătrânul proprietar e neamț, iar fiul lui a părăsit recent Norvegia și s-a întors în patrie, ca să se alăture mișcării naziste aflate în continuă creștere, ceea ce îl supără foarte tare pe bătrân. Mă gândeam că, în condiții astea, ar fi fost dispus să mă ia ca asistent, chiar și cu brațul meu vătămat. La urma urmei, pot să mă laud, cunoștințele mele despre stele sunt de neegalat.

Mă bucur să spun că am presupus corect și că de atunci lucrez pentru domnul Scholz. E un bătrân amabil, iar soția lui este expertă în arta secretă a coacerii pâinii de secară numite *pumpernickel*. De fapt, eu fac foarte puține lucruri aici. Desigur, n-am responsabilitatea de a întocmi cu mâna mea nici un fel de hartă, ci doar de a confirma munca domnului Scholz. Salariul e mic, pe bună dreptate, dar m-am dovedit a fi o prezență atât de plăcută, încât, după ce au aflat mai multe despre situația mea, domnul Scholz și soția lui mi-au oferit micul apartament de deasupra magazinului, în care a locuit fiul lor. Am profitat de ocazie și am întrebat dacă puteam să-mi aduc acolo și „soția". Cei doi bătrâni au acceptat numaidecât, cu condiția ca Elle s-o ajute pe doamna Scholz la curățenie.

Elle a fost inițial îngrijorată, gândindu-se că poate Karine ar fi fost geloasă. La câteva luni după ce ajunseseră la Bergen, Karine și Pip își anunțaseră intenția de a se căsători, iar ea își dorea cu disperare să se mute din casa Halvorsen.

– Au nevoie de propriul lor spațiu, a suspinat Elle.

– Sunt sigur că o să aibă unul destul de curând, am răspuns eu. Dacă Pip e acceptat în urma audiției, o să cânte alături de Horst la Filarmonica din Bergen. În curând cei doi o să aibă suficienți bani pentru o casă a lor.

– Nu mă îndoiesc că ai dreptate, a spus Elle, luându-mă de mână. Crezi că într-o zi am putea și noi...?

A șovăit. De la anunțul logodnei prietenilor noștri, amândoi eram chinuiți de un sentiment tacit de tristețe, pentru că încă nu apucaserăm pe drumul care ducea la căsătorie.

I-am luat mâinile.

– Iubirea mea, singurul lucru cert în viața noastră e că suntem împreună pe veci! O să ne căsătorim imediat ce avem fondurile necesare, precum și un cămin sigur și permanent. Îți promit!

Așa că, de optsprezece luni, trăim pur și simplu ca soț și soție. Dacă ar fi să rezum într-un singur cuvânt o astfel de experiență, aș spune că e una fericită. Ne petrecem serile în micul nostru apartament, înghesuiți în fața unei sobe cu lemne, uitându-ne, peste apă, la căsuțele cocoțate pe deal. Noaptea, ferestrele strălucesc de o lumină galbenă, caldă, de culoarea untului care se topește. Fiind doar noi doi, izolați de restul lumii, e foarte ușor să uităm de ce am fugit.

Fac tot posibilul să trăiesc în prezent, la fel ca prietenii noștri. Pip și Karine s-au căsătorit în urmă cu un an, în Ajunul Crăciunului din 1937, Karine convertindu-se la credința luterană a lui Pip. Ea a discutat formalitatea cu Elle, concluzionând:

– Câteva picături de apă și o cruce pe frunte nu mă fac creștină în suflet!

Însă noul ei nume de familie și documentele îi oferă protecție în cazul în care amenințarea nazistă ar ajunge într-o zi pe coastele Norvegiei, ceea ce rămâne o posibilitate.

Pip a luat audiția, iar acum cântă împreună cu tatăl lui la Filarmonica din Bergen. Nu-mi îngădui să nutresc nici cea mai mică urmă de gelozie față de succesul lui, fiindcă e salvatorul meu, ca să nu mai spun că își merită reușita din plin. Pe lângă munca la filarmonică, el continuă, plin de pasiune, să-și compună concertul de debut, pe care nu vrea să-l dezvăluie nimănui înainte de a fi gata. Spune că după aceea o să i-l dedice soției lui. Nu mă îndoiesc că prietenul meu o să creeze o capodoperă.

În primăvara anului 1938, Pip și Karine au reușit să strângă suficienți bani ca să închirieze o casă în Teatergaten, la doar o aruncătură de băț de sala de concerte din Bergen. Karine m-a rugat să aleg un pian pentru sufragerie și am făcut în așa fel încât să aibă cel mai bun instrument pe care i-l permitea bugetul. Cadoul de casă nouă din partea mea și a lui Elle a fost unul mai modest – le-am oferit celor doi un taburet pentru noul lor pian. Eu am sculptat taburetul, iar Elle l-a tapițat. Deși nu era cea mai scumpă piesă din lume, a fost făcută cu multă dragoste.

La scurt timp după aceea, Karine a anunțat că aștepta un copil, iar în noiembrie s-a născut micuțul Felix Halvorsen. După ce l-am văzut prima oară, am observat privirea melancolică și plină de nostalgie a lui Elle. Am luat-o de mână.

– Într-o zi, am asigurat-o, sărutând-o ușor pe frunte.

Nici unul dintre noi nu e atât de naiv să creadă că suntem veșnic la adăpost față de Kreeg și de naziști. Cum am putea, având în vedere prin câte am trecut? Nu facem decât să așteptăm ca dezastrul să se abată asupra țărmurilor norvegiene, sub forma unui război sau a unui om care îmi dorește moartea. Sau poate că a ambelor nenorociri.

Ziarele reprezintă o lectură deosebit de sumbră. Tensiunile din Europa se agravează pe zi ce trece. În martie, Germania a anexat Austria. În septembrie, a existat o urmă de speranță că s-ar fi putut evita conflictul. Marea Britanie, Franța, Germania și Italia au semnat Acordul de la München, care a cedat Germaniei Regiunea Sudetă din Cehoslovacia, în schimbul unui angajament din partea lui Hitler că renunța la orice alte pretenții teritoriale. Dar acum, doar trei luni mai târziu, sunt puțini cei care cred cu adevărat că acordul are viață lungă.

Având în vedere filosofia noastră de a trăi clipa, eu și Elle, împreună cu Pip și Karine, ne-am rezervat locuri pe *Hurtigruten,* care o să ne ducă pe splendida coastă vestică a Norvegiei, ca să sărbătorim sosirea anului 1939. A fost sugestia mea, întrucât în excursie o să ajungem în multe locuri spectaculoase, dintre care cel mai ispititor e Cascada Celor şapte surori, suspendată pe marginea Fiordului Geiranger.

CAPITOLUL 26

Nu se poate descrie în cuvinte frumusețea pe care am văzut-o de pe *Hurtigruten*. Nici un om n-are capacitatea de a surprinde cu adevărat splendoarea senină, lină a cascadei, nici grația copleșitoare a spectacolului de lumini care a urmat! Totuși, mă simt obligat să mă întorc la jurnal, ca să-i dau cititorului o idee despre minunea pe care o trăiesc în prezent.

În jurul orei unsprezece, *Hurtigruten* a trecut de cotul fiordului și s-a ivit Cascada Celor șapte surori. Nu mi-e rușine să spun că stomacul îmi zvâcnea de nerăbdare copilărească, pe măsură ce ambarcațiunea se apropia tot mai mult, până când am ajuns față în față cu una dintre cele mai fermecătoare priveliști pe care le-am văzut vreodată. Urcând stânca dinspre fiord, șapte poteci opace de gheață albă, împodobite cu crengi zvelte, se fragmentau și se răsfirau la infinit. Nu mai văzusem așa ceva. Râurile înghețate mi s-au părut ca niște zulufi eterici ai surorilor însele, fluturând în vânturile cosmice. Elle m-a apucat de mână, simțind că eram copleșit.

– E de-a dreptul uluitor, *chéri*! i-a spus Karine lui Pip, îmbrățișându-l, înainte să se întoarcă spre grup. De ce se numește cascada asta „Cele șapte surori"?

– La asta poate să-ți răspundă Bo, a zis Elle, zâmbindu-mi.

– A, bineînţeles! m-am învoit eu. În acest caz particular, legenda spune că cele şapte cursuri de apă – sau „Surorile“ – dansează jucăuş în josul muntelui, în timp ce se tachinează şi flirtează cu cascada de acolo, am explicat eu, arătând cu degetul spre singurul fir de apă de pe partea opusă a fiordului. Cascada e cunoscută sub numele de „Pretendentul“. Trebuie să spun că asta nu-i legenda mea preferată despre Cele şapte surori, dar că sunt fascinat de apariţiile lor în aproape toate culturile şi perioadele.

– Te rog, Bo, continuă! mi-a cerut Pip, sincer curios.

– Diferitele culturi au, fireşte, crezuri diferite. Dar, de milenii, Cele şapte surori au fost imortalizate în celebrul roi stelar, devenind obiect de fascinaţie şi de uimire în întreaga lume. Poveştile surorilor, transmise din gură în gură şi transpuse în poezie, artă, muzică, arhitectură, sunt integrate în fiecare aspect al lumii noastre.

– Ştii, Bo D'Aplièse, a spus Pip, în cei trei ani de când te cunosc, nu te-am auzit vorbind atât de mult!

Nu se înşela, iar comentariul lui ne-a făcut pe toţi să izbucnim în râs.

În cele din urmă, trecerea pe la Tromsø a devenit atât de agitată, încât Karine a decis să meargă în cabina ei, iar Elle s-a oferit s-o conducă. Stewardul anunţase că locul în care ajunseserăm era cel mai bun punct de unde se putea vedea aurora boreală, aşa că Pip a mai rămas o vreme pe punte.

– Mai devreme ai vorbit cu atâta pasiune despre Cele şapte surori! Spune-mi, cum de ştii atât de multe despre stele? a întrebat el.

– Tata era profesor.

– Zău? Ce preda?

Nu simţeam că ar fi fost vreun pericol dacă i-aş fi răspuns la întrebare.

– Muzică şi clasici. Cel de-al doilea domeniu cuprinde filosofie, antropologie, artă, istorie, plus astrologie şi mitologie. Tata era fascinat în special de relaţia dintre ultimele două, am adăugat, zâmbind acelei amintiri. Fireşte, mi-a transmis şi mie soiul ăsta de fascinaţie.

– Asta se întâmpla la Paris? a întrebat Pip.

– Ăăă... da, da! La Paris. A lucrat ca profesor particular pentru... clienți bogați.

Ultima propoziție nu era o minciună. Pip a chicotit.

– Așa se explică inteligența ta, Bo! Nu mi-e rușine să recunosc că e mult mai vastă decât a mea.

Am clătinat din cap.

– Prietene, eu sunt cel gelos pe tine! Fă un pas înapoi și privește-ți viața! Ești membru al orchestrei Filarmonicii din Bergen! *Concertul eroilor* o să aibă un succes pe care acum nici nu ți-l poți închipui și, în plus, ai o familie frumoasă, i-am răspuns eu pe un ton sincer. Fără îndoială că bebelușului Felix îi e dor de tine azi.

Pip s-a sprijinit de balustradă.

– Sunt sigur că e destul de fericit cu *bestemor* și *bestefar*[1]. Îți mulțumesc pentru cuvintele tale frumoase, Bo! Deși știm amândoi că, dacă n-ar fi fost blestematul tău de braț, ne-am fi privit unul pe celălalt în fosa orchestrei.

Am zâmbit.

– Poate că într-o altă viață!

Pip s-a uitat cu nostalgie la apa întunecată.

– O iubesc extrem de mult pe Karine, Bo. Mă simt cel mai norocos om care a trăit vreodată, a spus el vârându-și mâna în buzunar și scoțând de acolo un mic bibelou. Înainte să mă mut la Leipzig ca să urmez cursurile conservatorului, tata mi-a dăruit asta.

– Ce-i? am întrebat eu.

– Asta, prietene, e o broască aducătoare de noroc... cel puțin așa zice tata. Se spune că Edvard Grieg obișnuia să le țină prin casă, în scopul de a atrage bunăstarea. Se pare că asta a fost a bunicii mele, Anna. Poftim! a spus el, dându-mi-o. E a ta!

– O, Doamne, Pip, n-aș putea s-o iau! E moștenire de familie.

– Bo, mi-a adus tot norocul din univers, așa că mi se pare drept s-o dau mai departe, ca să se bucure și altcineva de ea, a răspuns

[1] Bunică, bunic (în limba norvegiană în original)

Pip, după care a rămas gânditor preț de o clipă. Îmi doresc ca tu și Elle să trăiți fără să vă mai temeți.

Vorbele lui m-au emoționat profund.

– Pip, nu știu ce să spun... Mulțumesc!

– E plăcerea mea. Știi, chiar ar trebui să mă duc la Karine, fiindcă are un rău de mare îngrozitor. Ai de gând să rămâi aici?

– Toată noaptea, dacă de asta e nevoie ca să văd Luminile.

Pip mi-a pus o mână pe umăr și apoi a intrat. Stăteam cu privirea ațintită la cerul nopții, care rămăsese limpede precum cristalul. Nu știu cât am stat așa. Ore întregi, poate, scăldându-mă în lumina stelelor, în comuniune cu ocrotitoarele mele sclipitoare.

La un moment dat, Pleiadele au dispărut din peisaj. Am clipit, iar atunci când am redeschis ochii, bolta era învăluită într-o mantie scânteietoare, irizată, care dansa și pulsa pe ceruri. Am rămas înmărmurit sub strălucirea pură a razelor sclipitoare ale aurorei boreale. Ce privilegiu, să fiu martorul vastei frumuseți cosmice, mai mare decât orice operă de artă plastică sau de arhitectură creată de om!

După câteva minute, aurora boreală a dispărut la fel de misterios și de brusc precum apăruse. Nu m-am putut abține și, de extaz, am izbucnit în râs. Ba chiar am ridicat mâinile și am strigat:

– MULȚUMESC!

Asta i-a șocat pe câțiva dintre cei care priveau și ei de pe punte.

Puțin după aceea, zorile s-au ivit peste apele liniștite ale Capului Nord. Curând, aveam să ne întoarcem la Bergen. În cele din urmă, m-am îndreptat spre cabină ca s-o trezesc pe Elle și să-i povestesc despre cele văzute. În drum spre ea, am trecut prin restaurant și i-am văzut pe Pip și pe Karine luând micul-dejun. Am dat fuga la ei.

– Prietene, le-am văzut! Am văzut miracolul! Iar măreția lui ar fi suficientă ca să-l convingă chiar și pe cel mai fervent necredincios despre existența unei puteri superioare. Culorile... verde, galben, albastru... întregul cer radia! Eu..., am bâiguit, gâtuit de emoție, dar apoi mi-am revenit, am întins brațele și l-am strâns pe Pip la piept, ceea ce l-a luat prin surprindere. Mulţumesc! Mulţumesc!

Ca şi cum aş fi plutit, am coborât pe scări, dansând, iar apoi am intrat în cabina mea, unde Elle dormea liniştită.

N-o să uit niciodată noaptea în care cerul a dansat pentru mine.

CAPITOLUL 27

Inverness, Scoția, aprilie 1940

În timp ce recitesc paginile scrise pe *Hurtigruten*, parcă a trecut o veșnicie de când am văzut luminile aurorei boreale și cascada. Îmi dau lacrimile în timp ce citesc despre dragii, dragii noștri prieteni care nu mai... Îmi cer iertare, cititor fidel, că m-am lăsat dus de val.

Totuși, nu-mi cer iertare pentru faptul că n-am mai scris în jurnalul ăsta de mai bine de un an. După călătoria cu *Hurtigruten* în 1939 și cu cotul vindecat, m-am simțit revigorat și am scris pagini pline până la refuz de amintiri. Dar, cu regret, spun că istoria s-a repetat, acele pagini rămânând în apartamentul de deasupra magazinului de hărți din Bergen, fiindcă eu și Elle am fost nevoiți să fugim din nou.

Mașina de război germană a atacat Norvegia în 9 aprilie 1940. Țara a fost luată complet pe nepregătite, marina fiind ocupată să ajute Marea Britanie să asigure blocada pe Canalul Mânecii. În cele din urmă, bătălia pentru Bergen a fost scurtă și brutală, iar curând orașul a fost ocupat în întregime. Soldații patrulau pe străzi, pe zidurile primăriei fiind atârnate svastici enorme. Desigur, noul regim a anulat toate evenimentele culturale norvegiene, inclusiv premiera lucrării lui Pip, *Concertul Eroilor*.

În săptămânile de dinaintea invaziei, Karine își pierduse mințile de îngrijorare. L-a implorat pe Pip să părăsească amândoi Europa, dar soțul ei era hotărât să rămână. În mai multe rânduri, ea a venit la noi în lacrimi.

– Pip crede că noul meu nume de familie și botezul luteran o să mă protejeze. Îl iubesc, dar e nemaipomenit de naiv! Soldații o să se uite la mine și o să-și dea seama de adevăr. Ar fi nevoie doar de o simplă investigație și..., a spus Karine luându-și capul în mâini și apoi arătând spre Elle. Ar trebui să te temi și tu! Părul tău blond și ochii albaștri nu te pot proteja decât până la un punct. Nici unul dintre ai noștri nu e în siguranță în Europa.

– Știu, Karine, i-a răspuns Elle. Eu și Bo ne facem planuri.

– Vi le faceți pe bună dreptate, în ciuda a ceea ce spune soțul meu! E imposibil să le subestimezi hotărârea cu care acționează. Ei o să facă orice ca să ne elimine. Și micul Felix are sânge evreiesc, desigur. Ce se întâmplă dacă îl iau și pe el?

Elle a îmbrățișat-o.

– Draga mea Karine, nici nu-mi pot imagina amploarea îngrijorării tale! Dar soțul tău și-ar da viața ca să-l protejeze pe fiul vostru. Sunt convinsă că Pip o să facă tot ce trebuie pentru siguranța lui.

Karine a început să plângă.

– Vreau să cred, Elle, chiar vreau! a exclamat ea, clătinând din cap. Dar Pip nu se gândește decât la *Concertul Eroilor*! Părinții mei ne-au implorat să ne ducem la ei, în America. Au trimis chiar și bani. Dar Pip refuză, pur și simplu. Spune că, într-o altă țară, el ar fi doar un alt compozitor în devenire. Dar aici e *marele Jens Halvorsen*!

– Chiar crezi că și-ar pune propriul orgoliu înaintea siguranței tale? a întrebat Elle.

– Nu vreau să cred așa ceva. Dar Pip îmi spune cu insistență că Norvegia e în siguranță, fiindcă a rămas neutră în Marele Război. Totuși, îi cunoaștem pe oamenii ăștia, Elle! N-o să se oprească niciodată. Sunt convinsă că o să ajungă pe țărmurile Norvegiei. Și, ca atare, trebuie să fim pregătiți.

Eram. În noaptea în care au venit naziștii, m-am refugiat împreună cu Elle pe dealurile din Froskehuset, alături de întregul clan Halvorsen. Ca parte a pregătirilor mele pentru acel moment, am angajat un pescar local, pe Karl Olsen, care lucra în portul Bergen. Karl a fost de acord să ne ducă la adăpost, în Marea Britanie. Era un om bun – prietenos și de încredere – și stătusem de vorbă cu el în fiecare zi pe când lucram la Scholz & Scholz. Totuși, trebuie să precizez că omul nu ne-a ajutat doar din altruism – de optsprezece luni îi furnizam hărți gratuite.

În prima dimineață a ocupației, m-am trezit devreme și m-am întâlnit cu el în port, la vremea la care își începea ziua. Mi-a jurat că în douăzeci și patru de ore avea să fie pregătit și să ne aștepte ca să ne ducă în Scoția cu feribotul.

I-am spus și lui Elle.

– Trebuie să-i anunțăm pe Pip și pe Karine! m-a implorat ea.

Am ezitat.

– Pe Karine, da. Dar în ceea ce-i privește pe Pip și pe părinții lui... Cu cât mai mulți oameni știu de planul nostru, cu atât e mai probabil să fim descoperiți.

Elle s-a încăpățânat.

– Bo, *trebuie* să le oferim șansa de a veni cu noi!

– Absolut! Dar știi cât de căpos e Pip. Numai să facem o scenă nu e cazul! Promite-mi că mai întâi vorbești cu Karine, ca să vezi ce reacție are.

În seara aceea, ultima pe care am petrecut-o în Norvegia, ne-am întâlnit cu familia Halvorsen. Eu am stat de vorbă cu Astrid și cu Horst, iar Elle, cu Karine. Le-am studiat expresiile în timp ce Elle le dădea vestea apropiatei noastre plecări. Mi s-a frânt inima văzând cum cele două prietene și-au luat un rămas-bun înduioșător.

– Ce a spus Karine? am întrebat eu în timp ce ieşeam amândoi pe uşă, îndreptându-ne spre micuţa cabană de vânătoare pe care o ocupam temporar.

– Că o să mă aştepte mereu aici şi că trebuie să-i scriu de îndată ce ajungem în Scoţia.

– Nici măcar nu s-a gândit să vină cu noi?

Elle a clătinat din cap.

– A spus că Pip nici nu vrea să audă şi că ea mai degrabă ar muri decât să plece de lângă el!

Am luat-o de mână, în timp ce meditam în tăcere asupra sorții la care o condamna Pip pe Karine.

A doua zi de dimineață, la ora cinci fix, eu și Elle ne-am întâlnit cu Karl în port. Ne-am urcat la bordul traulerului său și am îndurat o traversare agitată, dar fără incidente, spre Inverness, Scoţia. A durat aproape o zi, timp în care m-am rugat să nu întâlnim vreo navă militară. Totuși, Pleiadele ne-au surâs, iar trecerea spre Marea Britanie a fost, din fericire, liberă. Am ținut-o pe Elle lipită de mine în timp ce ne luam rămas-bun în gând de la viața pe care o duseserăm în Norvegia. Acele schimbări dramatice erau ceva cu care ne obişnuiserăm, din păcate, dar asta nu însemna că ruptura devenise mai uşor de suportat. Știam prea bine cât de mult o durea sufletul pe Elle. Karine însemna enorm de mult pentru ea și, fără urmă de îndoială, ne lăsasem prietena în pericol. Dar, în afară de a-i răpi fizic pe ea și pe micuțul Felix, n-am fi avut ce altceva să facem.

– Ține minte, Karl, trebuie să ne lași într-un loc retras! N-avem nici un fel de documente de identitate.

El mi-a ignorat îngrijorarea.

– Nici o problemă, Bo, găsim noi o plajă pustie! Din câte îmi amintesc, pe aici e plin de așa ceva. Însă nu vă pot duce până la țărm.

Eu și Elle ne-am uitat unul la altul și am ridicat din sprâncene. După ce a explorat puțin, Karl a găsit un loc potrivit și a dus traulerul cât mai aproape de țărm.

– Mai aproape nu pot! a spus el, ridicând din umeri. Trebuie să intrați în apă!

Am dat din cap în semn că înțelegeam, iar apoi, cu precauție, am sărit în apa înghețată, care îmi ajungea până la coapse.

– O, Doamne! am strigat, exasperat. Mai bine te duc eu, Elle! Ia geanta!

Ea a înșfăcat singurul nostru bagaj, o geantă de piele cu lucrurile pe care apucaserăm să le luăm, iar Karl a ajutat-o să coboare în brațele mele.

– Dacă ai ocazia, te rog să-i spui lui Karine că am ajuns cu bine! i-a strigat Elle. O să-i scriu!

Karl a dat din mână în semn că înțelesese.

– Mult noroc! Mulțumesc pentru hărți, Bo!

– Și eu îți mulțumesc pentru tot, Karl! Ești sigur că nu vrei să vii și tu?

El a râs.

– Bergen e căminul meu. Vreau să mă întorc și să-l scap de musafirii nepoftiți. Vă asigur că poporul norvegian o să izbândească.

Acestea fiind zise, Karl a turat motorul și a pornit înapoi.

Am ieșit încet din ocean, pe plaja cu nisip alb și pur, unde am lăsat-o ușurel din brațe pe Elle.

– Mulțumesc, dragostea mea! a spus ea cu recunoștință.

Ziua era cenușie și vântoasă, ceea ce se potrivea cu coasta colțuroasă. M-am uitat în jur. Dacă Norvegia era pitorească și senină, Scoția, la prima vedere, era stâncoasă și râpoasă, dar ambele erau la fel de frumoase. Promontoriile, colinele înverzite și cerul plin de nori amenințători mi-au făcut o primă impresie puternică. Am urcat pe o dună și am dat de un drum pustiu.

– Nu cred că facem mult până la Inverness, mi-am dat eu cu părerea. Din ce se vedea de pe ocean, cred că sunt cel mult câteva mile până acolo.

În mai puțin de o oră, am ajuns în marele oraș de coastă care se autodescria ca fiind „centrul regiunii Highlands". Nu știu la ce mă așteptam de la un astfel de loc, dar, practic, părea pustiu. Bănuiam că asta se datora conscripției britanice, care intrase în vigoare în ziua în care Neville Chamberlain declarase război Germaniei. M-a cutremurat gândul la familiile din orașe mici, precum era acela, care fuseseră devastate de o asemenea decizie. Era posibil ca, practic, populațiile să se fi înjumătățit.

Apropiindu-ne de centrul orașului, am dat de castelul de piatră roșie care se profila, impunător, pe malul râului Ness. Amintindu-mi că acela era locul în care Macbeth îl omorâse pe regele Duncan în piesa lui Shakespeare, m-am înfiorat din cap până-n picioare.

Din fericire, până să ajungem pe strada pietruită, pantalonii mi se uscaseră, deși nu puteam spune același lucru și despre pantofi. Picioarele îmi înghețaseră și îmi doream cu disperare să intru undeva cât mai repede. Noroc că n-a durat mult și am zărit o pancartă veche și roasă de vreme, care se legăna deasupra noastră în vântul puternic. Pe ea scria:

Hanul Sheep Heid, cazare și masă

– Ce zici? am întrebat-o pe Elle.

Ea a dat din cap cu putere și m-a îndemnat:

– Haide să intrăm!

Am deschis ușa clădirii aceleia dărăpănate și am intrat. Era întuneric și înghesuială, iar recepția era luminată doar de un bec slab. Am sunat timid, iar un domn în vârstă, cu ochelari și ghebos, a apărut de la barul din încăperea alăturată.

– Da?

– Bună ziua, domnule, aveți o cameră liberă pentru mine și soția mea?

El m-a privit cu suspiciune.

– Pentru cât timp? a murmurat, cu un puternic accent scoțian.

– Pentru cel puțin câteva nopți. Poate că mai mult.

Omul a ridicat dintr-o sprânceană.

– Ce treabă aveți la Inversneckie?

– Scuze, unde?

M-a privit şi apoi şi-a dat ochii peste cap.

– La Inverness. Ce căutaţi în oraş? Nu păreţi localnici!

– Aveţi ureche muzicală! Suntem francezi de fel, dar am venit în vizită la bunica noastră scoţiană, care e bolnavă.

– A, da, şi unde locuieşte? a insistat el.

– La Munlochy, i-am răspuns eu fără să clipesc.

Văzusem un indicator pe drum şi reţinusem numele, fiindcă era plăcut la auz. Proprietarul a părut mulţumit.

– O cameră pentru două persoane, atunci! Tre' să fim precauţi. Domnu' Chamberlain ne-a pus pe toţi să fim cu ochii în patru dacă dăm de vreun individ ciudat, înţelegeţi?

– Foarte bine, domnule!

Am fost conduşi în odaia noastră, care era mohorâtă şi jilavă, ca vremea de afară. Salteaua era îngrozitor de subţire, iar atunci când am îndrăznit să mă întind pentru o clipă, mi-au intrat arcurile în spinare. Bine că lipsa confortului se reflecta în preţul infim al camerei, care, cu toate astea, făcuse o gaură în micile noastre economii.

Elle s-a lungit şi ea pe pat.

– Trebuie să discutăm despre dialectul nostru, iubirea mea! am spus eu. După cum tocmai am văzut, pentru britanici avem amândoi un accent prea molcom. Ultimul lucru pe care ni-l dorim e să atragem atenţia. Imaginează-ţi că cineva ne-ar acuza că suntem spioni!

Ea s-a întors pe o parte, cu faţa la mine.

– Ai dreptate. Dar ce putem face?

– Păi, zic că, dacă vrem să rămânem aici pe termen lung, primul lucru pe care trebuie să-l facem e să ne schimbăm numele. Dacă eu sunt Bo, poate că acum aş putea să mă numesc..., am spus, după care m-am întrerupt din vorbit ca să mă gândesc la un echivalent în engleză, ... Bob!

Elle s-a încruntat.

– Nu pot să-ţi spun „Bob" fără să râd! Ce zici de Robert?

M-am gândit.

– În regulă. Robert să fie! Şi poate că tu o să fii Elle... anor? Precum Elinor Dashwood din *Raţiune şi simţire*.

Ea mi-a zâmbit. Mă gândeam că referinţa la Jane Austen avea s-o mulţumească.

– Bine, deci suntem Robert şi Eleanor. Şi cum rămâne cu numele de familie? D'Aplièse e cel puţin neobişnuit.

– De acord. Nu putem risca să atragem atenţia, mai ales că acum se fac recrutări cu toptanul. Sunt tânăr, iar localnicii ar putea începe să se întrebe de ce nu sunt pe front.

Am scos un suspin de frustrare. Povara incertitudinii începea să-mi strivească spiritul.

– Bo, nici dacă ai vrea să lupţi, nu ţi s-ar permite! Încă te chinui să ridici un arcuş de violoncel. Să ridici o puşcă iese din discuţie, mi-a reamintit Elle. Orice doctor ar putea verifica asta în doi timpi şi trei mişcări.

Am chicotit ironic.

– A, da! Ce convenabil!

Elle s-a întors pe spate şi s-a uitat în tavan.

– Dacă cei de prin partea locului pun întrebări despre trecutul nostru şi vor să ştie ce căutăm în Marea Britanie, cred că e mai bine să le spunem că suntem refugiaţi evrei, care au fugit din Franţa din cauza ameninţării invaziei naziste. Asta, cel puţin, o să explice accentele noastre. Iar în cazul unuia dintre noi, explicaţia asta e purul adevăr.

– Ai dreptate! am spus eu, masându-mi tâmplele în timp ce mă gândeam. Avem nevoie doar de un colţ liniştit de ţară, în care să putem rămâne ascunşi.

– Desigur, avem nevoie şi de bani de trai, a adăugat Elle.

– Ce zici de munţii Scoţiei? Am putea merge şi mai la nord. Nu văd de ce am schimba ce aveam la Bergen, unde am lucrat amândoi. Poate că am putea munci pe o moşie? Cu siguranţă că, din cauza războiului, există o criză de personal.

Elle s-a ridicat în capul oaselor şi a privit pe fereastra murdară, la strada mohorâtă.

– Mi-e dor de micul nostru apartament cu vedere la portul Bergen! Aş fi putut sta acolo, cu tine, pentru totdeauna!

– Şi eu. Dar să nu uităm că ne aflăm aici de nevoie. Cred că în ţara asta suntem la adăpost de invazia germană. Armata Marii Britanii e puternică, iar poporul, rezistent, am spus eu luându-i mâna şi strângându-i-o cu putere. Îţi promit, dragostea mea, că o să avem parte de un deznodământ fericit!

Elle şi-a petrecut după-amiaza scriindu-i o scrisoare lui Karine, iar eu am profitat de ocazie ca să explorez. În ciuda vremii, Inverness avea un farmec pitoresc. Am încercat să-mi imaginez locul în plină vară, pe timp de pace, plin de turişti din Highland, ceea ce m-a ajutat să-l apreciez. M-am plimbat pe malul Râului Ness, care taie oraşul în două şi care face legătura între Marea Nordului şi celebrul lac populat de monştri. La întoarcerea spre han, am trecut pe lângă nenumărate cafenele mici, fiecare susţinând că oferea cel *mai bun mic dejun scoţian din oraş*. Am îndrăznit să mă uit la câteva meniuri şi am văzut că majoritatea veneau cu o ofertă sănătoasă de sângerete, care am înţeles că e un fel de mâncare făcut din sânge uscat. Într-adevăr, britanicii au gusturi ciudate!

După ce am expediat scrisoarea lui Elle către Norvegia, ne-am aşezat pe seară la barul hanului Sheep Heid. Spre deosebire de cămăruţa noastră, barul era relativ plăcut, luminat de soarele care apunea. Ne-am aşezat amândoi pe o bancă veche de lemn şi am privit vâlvătăile din şemineu. După ce s-a întunecat, barmanul a început să agaţe jaluzelele de protecţie în caz de raid aerian inamic. M-am ridicat ca să-l ajut.

– Mulţumesc, amice! a spus el zâmbind. Îţi dau un whisky?

Am ezitat. Cititorul îmi cunoaşte deja reticenţa faţă de consumul de alcool. Totuşi, mai devreme intrasem până la coapse în Marea Nordului şi încă nu-mi revenisem complet după frigul pe care-l îndurasem. Am decis ca de data asta să fac o excepţie, datorită faimoaselor proprietăţi de încălzire ale băuturii spirtoase.

Lichidul de culoarea chihlimbarului era tare, dar, fără îndoială, delicios. După ce îl beai, te simţeai înmuiat într-un mod plăcut, iar eu și Elle am savurat mai multe feluri de single malt în seara aceea. Simpaticul barman, Hamish, s-a bucurat vizibil să le explice celor doi refugiați „francezi" complexitatea distilării și motivul pentru care era superioară procedeelor de fabricare a vinului. M-am îngrijorat fiindcă îmi plăcuse atât de mult whiskyul. Mi-am zis că ar fi fost bine ca, pentru o vreme, să nu mă mai răsfăț astfel.

Următoarele zile au fost dedicate adaptării la viața în noua țară. Conform observațiilor mele, oamenii, odată ce lăsau garda jos, erau prietenoși, primitori și plini de viață, însă mâncarea s-a dovedit a fi un obstacol dificil. Alimentația britanicilor părea să fie alcătuită aproape în întregime din carne, sos și cartofi. Nu puteam să înțeleg cum de aveau atât de mulți atleți celebri.

În cea de-a cincea noapte petrecută la Inverness, am luat cina la o tavernă locală - sau *pub*, cum spun britanicii -, numită The Drovers Inn. Existau multe astfel de *puburi* la Inverness și, pentru ochiul meu neexperimentat, toate păreau extrem de asemănătoare, dar localnicii ar fi fost de altă părere și-și apărau cu îndârjire preferatul. The Drovers fusese recomandat de Hamish. Deși nu era deosebit de mare, avea personalitate, cu decorațiuni de alamă și tartan atârnate pe aproape fiecare perete. În spatele barului se afla o colecție de halbe de staniu, gravate cu numele clienților fideli. Bineînțeles, am remarcat un „Hamish" printre ele.

Răsfoind meniul, am fost încântat să văd, în sfârșit, *haggis*. Hamish îmi spusese că era mâncarea lor națională, dar, atunci când îl întrebasem ce anume *era*, râsese și mă sfătuise să gust înainte de a îndrăzni să aflu. Proprietarul înalt și voinic a venit să ne ia comanda.

– Aș dori să încerc *haggis*, vă rog! am spus eu, plin de încredere, înainte să decid că nu eram suficient de curajos ca să mănânc fără să știu ce. Dar pot să întreb ce e, de fapt?

– Îi ficatu', inima și plămânii unei oițe, a răspuns proprietarul.

Mi s-a făcut ușor rău.

– O, Doamne... Cum arată?

Mă întrebam, pe bună dreptate, dacă aş fi fost în stare să mă uit la chestiile alea din farfurie.

– Las', că totu-i înfăşurat în stomacu' micuţului! a spus omul pe un ton jovial.

Spusele lui nu prea mi-au dat încredere.

– Vine cu garnitură? am întrebat.

– 'api şi barabule.

– 'api şi barabule? Nu cred că înţeleg…

– Napi şi cartof! a spus o voce profundă şi puternică, ce s-a auzit din zona barului.

Un bărbat în vârstă de aproximativ cincizeci de ani s-a întors şi a zâmbit spre masa noastră din colţ. Chiar dacă părul îi încărunţise, ochii negri şi maxilarul cizelat îl făceau chipeş.

– A, vă mulţumesc foarte mult, domnule! am răspuns eu, făcându-i semn din cap bărbatului de la bar. Aş dori să comand asta, vă rog!

– Şi mânza? a întrebat proprietarul.

– Cine?

– Prietena dumitale, a precizat bărbatul de la bar, care acum râdea pe faţă.

Avea un accent englezesc repezit şi purta un costum de tweed de un verde ca sticla.

– Vreau supă, vă rog! i-a spus Elle proprietarului.

– Cum doriţi!

El a dat din cap, iar apoi a plecat la bucătărie ca să onoreze comanda. Englezul de la bar s-a îndreptat spre masa noastră şi am observat că şchiopăta pronunţat. Lăsându-şi pe masa noastră paharul de bere spumoasă, a tras un scaun.

– Scoţienii locuiesc alături de noi, englezii, dar uneori până şi eu mă chinui să înţeleg accentele astea brutale! a spus el întinzând mâna. Archie Vaughan! Mă bucur să vă cunosc.

– Bună seara! am spus eu. Numele meu e Robert, iar ea e Eleanor.

– Încântată de cunoştinţă! a adăugat Elle.

Archie ne-a zâmbit cu toată gura.

– Încântat! Vă rog să mă scuzați, probabil că sunt teribil de nepoliticos. Vă deranjează dacă beau ceva cu voi?

I-am aruncat o privire lui Elle, care a rămas calmă și i-a întors zâmbetul.

– Bineînțeles că nu, a răspuns ea, ridicând paharul de porto cu lămâie.

– Excelent! a strigat Archie. Spuneți-mi, dacă purtați nume englezești, de unde aveți accentele astea neobișnuite?

A luat o gură de bere.

– Suntem francezi. Am fugit de curând, ca să evităm invazia iminentă, a răspuns Elle, făcând apoi o scurtă pauză ca să respecte scenariul. Poporul nostru e amenințat peste tot, a adăugat ea.

– Cine, francezii? s-a mirat Archie, pufnind, iar pe față i-a apărut o expresie comică și, în același timp, perplexă, dar Elle a clătinat din cap și el a închis ochii pentru o clipă, pricepând, în sfârșit. O, Doamne, înțeleg... Ei, bine, sunteți bineveniți aici! Și nu vă faceți griji, sunt convins că i-am pus pe fugă pe nemți, s-a lăudat, rearanjându-și picioarele pe sub masă și strâmbându-se. Ce anume vă aduce la Inverness?

– Încercăm să găsim de lucru, am răspuns eu cu sinceritate.

El a chicotit.

– Ei, bine, îmi pare rău să fiu eu cel care vă dă vestea proastă, dar nu vă aflați unde trebuie. Oricine v-a sfătuit să veniți în nordul Scoției merită un reproș. După cum probabil că v-ați dat seama, aici, cât vezi cu ochii, sunt doar munți și lacuri.

– Ești din zonă? a întrebat Elle.

– Nu, deloc. Totuși, sunt foarte familiarizat cu împrejurimile. Încă de când eram copil, vin pe meleagurile astea în weekend, la vânătoare. De-asta sunt aici în clipa de față. Am o săptămână de concediu de la Royal Flying Corps, așa că am venit să iau puțin aer în munții Scoției.

– Unde e baza militară? am întrebat eu.

A tăcut o clipă, alegându-și cu grijă răspunsul.

– În sudul Angliei. În Kent, mai precis. Nu că asta v-ar spune ceva!

– Casa lui Charles Dickens, am zis.

Archie a părut sincer surprins.

– O, Doamne, sigur ești francez?! Te felicit pentru cunoștințele tale de literatură britanică! a exclamat el, sprijinindu-se mai bine de scaun și încrucișându-și brațele. Nu uitați că și domnișoara Vita Sackville-West e de prin părțile noastre! a adăugat, iar noi i-am aruncat priviri complet lipsite de expresie. Da, bine, poate că am exagerat! a recunoscut, luând o nouă gură de bere și întorcându-și privirea spre mine. Pot să te întreb cum de ai izbutit să scapi de front, Robert?

M-a neliniștit un pic întrebarea lui, dar am răspuns pe un ton plin de siguranță de sine:

– Nu pot lupta din cauza unui braț vătămat. Chiar căutăm orice de lucru, ca să câștigăm un ban.

Archie a ridicat din sprâncene.

– Of, și tu ești invalid! Îmi pare rău să aud asta, bătrâne! Poate că ai observat că am un picior cam șubred, așa că nici eu nu pot să lupt, s-a confesat el, plesnindu-se peste picior. Nemții sunt de vină, dar rana mea nu-i recentă. O am din Marele Război. Acum stau pe un scaun, la birou.

– Și mie îmi pare rău să aud asta!

El mi-a aruncat o privire compătimitoare.

– Știu cum se simte un tânăr care e incapabil să lupte. Am un fiu, poate că doar puțin mai tânăr decât tine, Robert. Îl cheamă Teddy. Are platfus, a spus el, iar eu am clătinat din cap. Foarte neplăcut! Nu că pe el l-ar deranja prea tare.

Archie și-a dat ochii peste cap.

– Cum își petrece timpul? a întrebat Elle. La birou, ca și tine?

Archie a schițat un zâmbet stânjenit.

– Nu. Teddy are douăzeci și unu de ani și e moștenitorul uriașei mele proprietăți de la țară, a explicat el, iar eu am ciulit urechile. În ciuda eforturilor mele, se pare că nu reușesc să-l motivez.

Drept urmare, face pe filfizonul, intră în încurcături, majoritatea trebuind să fie rezolvate de către soţia mea, Flora, care e suferindă de multă vreme.

Am profitat de ocazie.

– O proprietate la ţară? Desigur, aveţi mult personal care să se ocupe de toate treburile.

Archie a chicotit.

– Mă tem că nu mai e cazul la High Weald. Suntem cam... strâmtoraţi după Marele Război. Iar personalul pe care-l aveam fie că se află acum pe front, fie că lucrează în fabricile de muniţii, a adăugat, după care a scos un suspin. Flora se ocupă cam de toate. E foarte nedrept! Dar, din păcate, nu prea avem de ales în momentul de faţă.

Archie s-a uitat în paharul lui de bere aproape gol. Elle mi-a pus o mână pe picior, îndemnându-mă să insist.

– Pare foarte dificil pentru ea. Am putea-o ajuta?

Archie şi-a ridicat privirea, brusc stânjenit.

– Da, desigur! Îmi pare rău, nu mă duce mereu capul. Aţi spus că sunteţi în căutarea unui loc de muncă, a spus el uitându-se de jur împrejur, în timp ce încerca să-şi formuleze refuzul. Păreţi foarte cumsecade, dar, după cum ziceam, nu stăm bine cu banii în familia Vaughan. Casa mea, High Weald, se prăbuşeşte încetul cu încetul. Ca s-o ţin în picioare, investesc, practic, fiecare bănuţ pe care-l câştig, a explicat el, iar apoi a început să se frece la ochi. Proprietatea aparţine familiei mele de generaţii întregi şi nu vreau să fiu acel Vaughan care renunţă. Pe scurt, n-aş putea să vă ofer bani.

Mă resemnasem cu refuzul lui Archie, dar Elle n-avea de gând să cedeze.

– Suntem destul de obişnuiţi cu un venit modest, domnule Vaughan! La Paris, aveam doar un apartament micuţ.

– De fapt, sunt *Lord* Vaughan, dacă e să fim riguroşi, a spus el făcând cu ochiul. În regulă, atunci! Spuneţi-mi, ce aţi făcut la Paris?

– Îmi cer scuze, Lord Vaughan! s-a corectat Elle, iar Archie a dat din mână, râzând, în timp ce ea s-a uitat la mine cu subînţeles. Eu şi Robert am lucrat la un orfelinat, a minţit ea. Robert era îngrijitorul şi grădinarul, iar eu găteam pentru copii şi făceam şi ceva curăţenie. Fireşte, fondurile orfelinatului fiind limitate, nu eram prea bine plătiţi.

Ingeniozitatea născocirii lui Elle m-a uimit de-a binelea.

– Era un loc mare? a întrebat lordul Vaughan, cu sprâncenele ridicate.

Elle a dat energic din cap.

– O, da, enorm! Se numeşte Apprentis d'Auteuil, dacă vreţi să-l căutaţi. Şi vă garantăm că, indiferent de dezordinea pe care o face tânărul stăpân Teddy, asta ar fi o nimica toată în comparaţie cu haosul pe care-l făceau o sută de copii!

Archie a ridicat din sprâncene şi şi-a dat berea pe gât.

– Da, îmi imaginez că, după aşa ceva, munca la High Weald n-ar fi o provocare pentru voi. Ei, bine, recunosc că Flora v-ar fi foarte recunoscătoare, mai ales că eu sunt detaşat la baza aeriană, a spus el, după care s-a gândit o clipă. Ştiţi, deşi n-aş putea să vă plătesc prea mult, la High Weald există câteva căsuţe şi nici una dintre ele nu e ocupată în prezent. V-ar ajunge un acoperiş deasupra capului şi tot vânatul pe care-l puteţi împuşca?

Elle radia.

– O, domnule, v-am fi veşnic recunoscători!

M-am entuziasmat şi eu.

– Sincer vorbind, Lord Vaughan, v-am rămâne îndatoraţi!

El s-a plesnit peste coapse şi s-a ridicat de la masă.

– Ei, în cazul ăsta, bine aţi venit la bord! ne-a urat, strângându-ne amândurora mâna cu căldură. Ce întâlnire norocoasă! s-a bucurat, iar eu m-am gândit că era departe de a şti ce noroc avuseserăm întâlnindu-l. Dar trebuie să mă întorc la baza aeriană! Sunt în patvagon în câteva ore, a explicat, ceea ce m-a făcut să-i arunc o privire întrebătoare. Scuze, mă refeream la trenul de noapte. Merge de la Glasgow tocmai până la Londra. Apropo, unde staţi acum?

Pot face rost de nişte bilete. Aţi fi gata să începeţi de săptămâna viitoare?

Eu şi Elle ne-am privit.

– Bineînţeles! Ne-am bucura s-o facem, am răspuns eu. Locuim la hanul Sheep Heid.

– Excelent! a exclamat el, bătând din palme. O să trimit biletele acolo.

– Am fi mai mult decât mulţumiţi să plătim pentru…, a început Elle să spună.

Archie a ridicat mâna.

– Prostii! Acum sunteţi angajaţii mei, iar lucrurile nu s-au agravat atât de mult încât să nu pot plăti o noapte de călătorie la Caledonian Railway, a spus el, dând pe gât berea rămasă în halbă. Iertare, cred că nu v-am reţinut numele de familie? a întrebat, aruncându-ne o privire nedumerită.

– Robert şi Eleanor…

– Tanit, i-am răspuns eu, având grijă să vorbesc iute şi fără să mă bâlbâi.

– Perfect. O să trimit biletele pe numele domnului şi doamnei Tanit.

Dând din cap şi zâmbind, Archie Vaughan şi-a luat din cârligul de la uşă paltonul lung, bleumarin, iar apoi a ieşit din cârciumă.

Eu şi Elle ne-am întors unul spre celălalt şi am început să râdem.

– Vezi, draga mea! Înţelegi de ce, orice s-ar întâmpla, îmi pun încrederea în univers?

Elle mi-a luat mâinile într-ale ei.

– Cert e că încep să înţeleg. Ce noroc!

– Într-adevăr, am adeverit eu privind spre cer şi ridicând uşor din umeri. Sau poate că la mijloc e ceva mai puternic decât norocul. Cine suntem noi ca să ştim?

Ne-am privit în ochi o vreme, amândoi puţin nedumeriţi, probabil, de faptul că ni se acordase atât de repede o nouă oportunitate. În cele din urmă, Elle s-a încruntat.

– Ce-i cu numele de familie pe care i l-ai dat? Ce-a fost în mintea ta?

Cititorule, într-un moment de panică pură, îi dădusem lui Archie Vaughan numele meu adevărat – cel care, undeva în pustietățile Siberiei, stătea scris pe certificatul meu de naștere: Tanit.

Mi-am trecut mâinile prin păr.

– Știu, a fost o prostie din partea mea. Dar n-am vrut să ezit nici măcar o secundă, mai ales după toate întrebările despre accentul nostru. Asta mi-a venit în minte.

Elle și-a dat ochii peste cap, dar zâmbetul i-a revenit pe față.

– Așadar, vom fi domnul și doamna Tanit.

– Presupun că, dacă Kreeg o să ajungă vreodată în Marea Britanie, ultimul lucru la care o să se aștepte e ca tu să-ți folosești numele de familie real.

La cină, am discutat despre toate posibilitățile pe care ni le-ar fi putut oferi noua noastră viață la țară. Ne-am imaginat căsuța care ne fusese promisă și împrejurimile verzi și luxuriante ale peisajului rural englezesc. În acel moment, primejdia pe care o reprezentau Kreeg și invazia germană părea foarte departe.

Ne-am întors pe strada principală și ne-am dus la hotel, unde proprietarul ne-a dat o scrisoare adresată lui „Bo și Elle", acelea fiind numele pe care, din fericire, le folosiserăm ca să ne cazăm. Elle s-a luminat la față și s-a grăbit să urce la etaj, în camera noastră.

– Sunt sigură că scrisoarea e de la Karine! a spus ea, entuziasmată. Abia aștept să-i povestesc ce s-a întâmplat astă-seară! O să se amuze, s-a bucurat, uitându-se apoi la plic și încruntându-se. Ciudat, nu pare să fie scrisul lui Karine!

– Deschide și vezi! am îndemnat-o eu.

După ce a rupt plicul, Elle a scos din el două coli.

– E ceva de la Horst! a spus ea, mirată.

– Horst? E totul în regulă?

M-am uitat la Elle în timp ce citea.

– Nu înțeleg! a exclamat ea.

– Citește cu voce tare! i-am propus eu.
– *Dragă Bo, dragă Elle…*, a început ea.

Sper să primiți plicul. Am aflat adresa voastră din scrisoarea pe care i-ați trimis-o recent lui Karine. Îmi cer scuze că am deschis-o, dar o să aflați în curând de ce n-am avut de ales. Mă bucur că sunteți în siguranță în Scoția și sper ca oroarea acestui conflict fără sens să nu vă urmărească până acolo. Aș fi vrut să nu vă scriu în asemenea împrejurări regretabile, dar e de datoria mea să vă trimit prezenta scrisoare, conform dorinței fiului meu drag.

Vă implor să nu vă faceți o părere proastă despre el. N-a fost un ticălos. A făcut doar o greșeală și a plătit cel mai mare preț imaginabil. Vă mulțumesc că le sunteți prieteni atât de dragi fiului meu și lui Karine. Să știți că amândoi v-au iubit din adâncul inimii.

Vă rog să vă prețuiți, să vă iubiți și să ascultați unul de altul.

Prietenul vostru,

Horst Halvorsen

Elle a lăsat scrisoarea din mână și s-a uitat la mine, îngrijorată. Aveam un gol în stomac.

– Dă-mi să citesc cealaltă scrisoare!

M-am apropiat de ea și i-am luat-o ușor din mâini.

Dragă Bo, dragă Elle,

Până când scrisoarea asta o să ajungă la voi (dacă o să ajungă vreodată), eu n-o să mai fiu. E trista mea datorie să vă informez că, în dimineața asta, iubirea vieții mele, Karine Eliana Rosenblum, a fost împușcată și ucisă de invadatorii noștri.

Crima ei a fost că a îndrăznit să meargă în oraș ca să cumpere pâine și lapte.

După cum bine știți, Karine a vrut să plece din Norvegia. În egoismul meu, n-am ținut seama de avertismentul ei și n-am nici o scuză în privința asta. Soția mea a fost mai blândă, mai inteligentă și MAI BUNĂ decât mine și ar fi trebuit s-o ascult.

Am inima frântă și nu mai poate fi tămăduită vreodată.

Elle, trebuie să-ți cer iertare în special ție. Ai fost cea mai bună prietenă a lui Karine și voi două ați avut o relație care a fost, poate, chiar mai profundă decât cea dintre mine și ea. E vina mea și a nimănui altcuiva că n-o să vă mai întâlniți niciodată.

Prieteni, mă las la mila Domnului nostru, dar nu aștept iertarea. Scrisoarea de față e penultimul meu act pământesc. Apoi o să iau din șopron arma de vânătoare a tatălui meu și o să-mi pun capăt zilelor, în pădurea din spatele casei. Stați liniștiți, Felix e în siguranță la părinții mei iubitori, care, sunt sigur de asta, o să-l adore pe fiul meu ca și cum ar fi al lor.

Tot ce mi-am dorit vreodată a fost să fiu lăudat pentru talentul meu muzical. Așa că vă rog, prieteni, să nu vă amintiți de mine – asta să fie pedeapsa mea eternă. Lăsați-mă să fiu redus la cenușă și țărână.

Dar nu uitați de draga noastră Karine. Într-o lume învăluită în beznă, ea a fost o lumină și trebuie să strălucească veșnic.

Al vostru,

Jens Pip Halvorsen

Nici Elle, nici eu nu puteam vorbi. Pur și simplu am tăcut, până când trupul lui Elle a început să tremure și să se zguduie de plâns. Am ținut-o în brațe ore în șir, până când s-a relaxat și a adormit în brațele mele, epuizată de încărcătura emoțională a veștii.

Lumina dimineții a sosit în cele din urmă, ca și biletele de tren pentru „domnul și doamna Tanit“, ceea ce a provocat o mare derută la recepție, pentru că semnasem „D'Aplièse“. Din fericire, proprietarul a acceptat scuza mea că „Tanit“ era numele bunicii mele bolnave și că, în mod clar, avusesem o scăpare.

În acea seară, am luat trenul de la Aberdeen până la Glasgow, urcându-ne în el cu puțin înainte de ora unsprezece seara. După ce ne-am instalat în micul compartiment – format dintr-un pat metalic supraetajat, o chiuvetă mică și o masă rabatabilă – m-am așezat pe salteaua de jos, lângă Elle, și am strâns-o de mână.

– O să ne trăim viața în onoarea ei. În onoarea *lor*! am asigurat-o. Fericirea noastră o să înflorească în memoria lor, am adăugat, în timp ce roțile au început să se învârtă pe șine.

Eram îngrozit să văd cât de distrusă era Elle.

– Nu mă gândesc decât la micul Felix, a spus ea, trăgându-și nasul. Ce o să se întâmple cu el? Să-ți pierzi ambii părinți în același timp e... da, știu cât de dureros e! a exclamat ea, privindu-mă drept în ochi. Oare nu e de datoria noastră să ne întoarcem după el?

M-am gândit la un răspuns. În adâncul sufletului, am simțit că adevărul era... da, aveam o datorie. Dar nu ne puteam întoarce la Bergen în acel moment. Ar fi fost sinucidere curată.

– Felix o să fie în siguranță împreună cu Horst și Astrid. Știm ce oameni buni sunt. Iar Karine se poate odihni în pace știind că acum nu se mai poate face nici o legătură cu religia unuia dintre părinți. E bine protejat acolo unde e.

Elle și-a dus mâna la gură.

– Mă simt atât de îndatorată față de amândoi! Fără ei, cine știe unde am fi fost? Și acum... e prea târziu ca să-i mai răsplătim pentru bunătatea lor!

Auzeam ecoul cuvintelor ei în vreme ce înaintam în noapte. Până la urmă, ritmul domol al trenului și zgomotul șinelor m-au adormit, iar noi am părăsit Scoția și ne-am îndreptat spre o nouă viață.

TITAN

IUNIE 2008

CAPITOLUL 28

MERRY

Una peste alta, reuşisem să dorm destul de bine noaptea trecută. Poate că asta se întâmplase fiindcă vorbisem puţin cu Ambrose. El tocmai se ducea la cină şi, auzindu-i tonul repezit şi jovial, mă relaxasem. Îi promisesem să-l sun dimineaţă şi să-i dau noutăţi. Am căscat şi m-am uitat în cabina scăldată în plăcuta lumină portocalie a zorilor, care se strecura prin hublou.

Auzeam un zgomot cunoscut, care venea din cală, în timp ce căpitanul Hans pornea motoarele pentru o nouă zi de croazieră. Mă bucuram de opulenţa iahtului şi de faptul că nu traversam agitata Mare a Nordului într-un trauler, aşa cum făcuseră părinţii mei. M-am frecat la ochi cu gândul la peripeţiile prin care trecuseră. Fără îndoială că acum eram profund implicată emoţional în povestea lor şi bănuiam că, atunci când aveam să depunem coroana pentru Atlas, aveam să fiu la fel de tristă precum celelalte fiice ale lui.

Ele vorbeau cu dragoste despre tatăl lor. Nu mă aşteptam, însă m-am trezit puţin geloasă în pricină că, în ciuda legăturii biologice, nu avusesem parte de afecţiunea lui.

Alarma a sunat – nu că aş fi avut nevoie de ea – şi m-am ridicat în capul oaselor. Am întins mâna spre telefonul cu legătură prin satelit, pe care un tânăr şi prietenos membru al echipajului îl aşezase lângă patul meu, şi am format numărul lui Ambrose. El mi-a răspuns aproape imediat.

– Să presupun că vorbesc cu Sirena Mediteranei?

– Bună dimineaţa, Ambrose! am chicotit eu. Te-ai distrat aseară?

– Sublim, mulţumesc, draga mea! Unul dintre foştii mei studenţi m-a invitat să cinăm împreună la Drury Buildings. Am făcut-o lată, cum se spune. După acea relatare, Ambrose a tăcut pentru scurtă vreme, ceea ce era generos din partea lui, fiindcă ar fi putut continua cu orele. Dar destul despre mine! Insist să-mi spui totul!

M-am sprijinit de pernă.

– Chiar trebuie să-ţi mulţumesc că m-ai convins să vin, Ambrose! Am sentimentul că experienţa prin care trec acum o să-mi schimbe viaţa.

– Ştii, draga mea, şi eu am acelaşi sentiment. Haide, vreau picanterii, dacă nu te superi!

– Bun, ţine-te bine...

L-am pus la curent cu ceea ce aflasem. Ambrose a rămas consternat.

– O, Doamne, Merry! Scuză-mi clişeul, dar ce nebunie!

– Iar asta nu-i nici măcar jumătate din poveste. În jurnal, Atlas e urmărit prin întreaga lume de un prieten din copilărie, devenit duşman. Poate că ai auzit de el. E acel magnat al comunicaţiilor, Kreeg Eszu – cel care s-a sinucis acum un an.

Ambrose a tăcut. Fără îndoială că încerca să-şi amintească numele.

– A, da... Ce ciudat! Dacă tot veni vorba, cred că la firma lui am abonamentul de internet. Ce porcărie!

Am râs fără să vreau.

– Sunt sigură că toţi cei de pe *Titan* s-ar bucura să afle. Kreeg şi fiul lui, Zed, sunt *personae non gratae* pentru cei de aici.

– Nu-i de mirare, a răspuns Ambrose. Din câte îmi amintesc, omul ăla era băgat în tot soiul de chestii, nu-i aşa? Internet de mare viteză, rețele de telefonie mobilă... Cred că era chiar și acționar majoritar la câteva canale de televiziune.

Mi-am coborât picioarele din pat și m-am ridicat.

– Se pare că da. După moartea lui Kreeg, Zed a preluat frâiele afacerilor.

Ambrose a țâțâit din buze.

– Păi, dacă dai peste el la un moment dat, te rog să-l trimiți la Dublin ca să-mi amplifice semnalul!

Am clătinat din cap.

– Sigur că da, Ambrose!

– Mulțumesc! a spus el, trăgându-și nasul. Ai aflat cum ai ajuns la ușa părintelui O'Brien în West Cork?

Am suspinat în timp ce priveam răsăritul prin hublou.

– Nu încă. Deși există un mister despre care încă nu ți-am spus.

– Excelent, a murmurat Ambrose. Îmi plac misterele. Povestește-mi!

– Știi că Jack a făcut cercetări despre Casa Argideen. Se pare că ultimul proprietar înregistrat a fost nimeni altul decât acest Kreeg Eszu.

– Hmmm..., a cumpănit Ambrose. Ce coincidență ciudată! Dacă, într-adevăr, *e* o coincidență...

– Tocmai. Nu cumva știi ce s-a întâmplat cu casa începând cu anii '50, Ambrose?

A suspinat, în mod clar supărat pe el însuși.

– Trebuie să mărturisesc că nu. N-am prea avut de-a face cu Argideen pe vremea când mergeam la West Cork. Crezi că jurnalul o să-ți dea răspunsurile?

– Se pare că nu, potrivit domnului Hoffman. Deși nu sunt sigură că îl cred pe deplin. Aș putea jura că el nu ne spune tot adevărul.

Ambrose a chicotit.

– Așa sunt avocații! Pot să fac niște cercetări în privința asta, dacă te ajută. Am încă multe contacte în West Cork. Știi cât de mică e localitatea. Nu se poate să nu-și amintească cineva *cât de puțin* despre acea perioadă.

– Mulțumesc, Ambrose, ți-aș fi incredibil de recunoscătoare dacă ai face-o! am exclamat, zâmbind la gândul bunătății pe care mi-o arăta.

– Nici o problemă, Merry! După cum știi, întotdeauna mi-a plăcut ideea de a fi detectiv.

– Poirot ți-ar ști de frică, am glumit eu.

– Păi, să știi că da! Stai liniștită, o să fac tot ce-mi stă în puteri ca să aflu câte ceva despre foștii locatari ai Casei Argideen.

– Mulțumesc, Ambrose! Te sun mâine-dimineață, înainte să depunem coroana.

– Numa' bine! Bucură-te de marea largă și de nesfârșita aventură a cunoașterii adevăratului tău trecut. La revedere, Merry!

– La revedere, Ambrose!

Am închis telefonul și m-am întins ca să-mi dezmorțesc oasele, iar apoi m-am dus la duș.

CAPITOLUL 29

Pe punte, Ally își sorbea cafeaua cu lapte și se uita la Mediterană. Marea era ca un iaz în acea dimineață, iar Ally invidia condițiile perfecte de navigație. Cât de mult și-ar fi dorit să poată pleca de pe *Titan* preț de câteva ore și să se plimbe cu Laserul! De asta avea nevoie ca să-și limpezească mintea. Îi fusese greu să retrăiască mental întâmplările îngrozitoare prin care trecuseră bunicii ei. Decizia lui Pip de a rămâne în Norvegia încă era de neînțeles. Dacă bunica ei i-ar fi ascultat pe Pa și pe Elle, lucrurile ar fi stat altfel. Ea ar fi putut să cutreiere Scoția alături de cei doi, să înceapă o viață nouă...

Ally a clătinat din cap. Era uimitor felul în care dragostea putea să-ți afecteze judecata. Citind acea poveste și căpătând, astfel, altă perspectivă, avea un și mai mare sentiment de compasiune față de tatăl ei biologic, Felix Halvorsen. El fusese adevărata victimă a acelui episod îngrozitor. Oare era de mirare că ajunsese să fie așa? Ally a simțit brusc nevoia să-i trimită un mesaj fratelui ei, Thom, și a scos telefonul din buzunar. A verificat dacă avea semnal, dar *Titan* era în mișcare și acum se afla în afara zonei de acoperire.

Dintr-odată, s-a auzit strigată:

– Ally!

Ea a tresărit și a vărsat jumătate din cafea pe cămașa albă de in.

– La naiba, îmi pare rău! s-a auzit din nou vocea aceea.

Jack alerga pe punte, spre ea.

– Jack... nu-i vina ta! Eram pierdută în gânduri, atâta tot.

– Da? a întrebat el, punându-i brațul pe spate, ușurel, iar ea s-a înfiorat toată. Te simți bine?

Ally a încuviințat din cap.

– Mulțumesc, Jack, mă simt foarte bine!

El a privit-o lung, ridicând din sprâncene.

– Ce-ar fi să spui drept?

Ally a zâmbit, resemnată.

– Bine, recunosc că sunt tulburată. Partea asta din jurnal a fost deosebit de dificilă pentru mine.

Jack a oftat și s-a sprijinit de balustradă.

– Îmi pare rău, Al! Cred că pe tine te afectează cel mai mult.

– Ne afectează pe toate, a răspuns Ally. Nici nu pot să-mi imaginez prin ce trece mama ta.

– Ei, e găină bătrână!

– Jack!

Fără să vrea, Ally a chicotit la auzul acelui comentariu scandalos. Jack a chicotit și el.

– Știi, a recunoscut chiar ea că-i așa! a exclamat Jack, hotărât să spună ce avea de spus. Dar chiar te compătimesc, Ally, în legătură cu Bear și cu toate cele. Apropo, unde-i micuțul?

– E cu Ma.

– Norocul lui! Ea se pricepe de minune la copii, nu?

– Da bineînțeles!

Ally și-a încrucișat brațele și s-a uitat în pământ, neștiind cum să formuleze complimentul pe care voia să i-l facă lui Jack. Într-un târziu, a spus:

– Și tu te-ai descurcat ieri binișor cu el. Te pricepi!

– O, mulțumesc! Întotdeauna mi-am dorit să fiu tată! a răspuns Jack, în timp ce, în gând, se blestema singur pentru astfel de vorbe. Nu că... sunt... sau... că aș fi vreodată tatăl lui.

A clătinat din cap și s-a agățat de balustradă.

– Liniştește-te! a răspuns Ally chicotind tandru, drept pentru care el a tras aer adânc în piept.

– Sunt cu totul nepriceput la asta, Ally. Dar ceea ce am vrut să spun e că... Îmi imaginez că, pe lângă toate celelalte, încă te gândești mult la Theo. Cred că îți lipsește enorm. Și asta, pe lângă toate greutățile prin care treci.

Cuvintele lui sincere și pline de o preocupare vădită au emoționat-o profund.

– Apreciez foarte mult că spui asta, Jack. Mulțumesc!

– Vorbesc serios. Theo ar fi foarte mândru de tine. Și de Bear, bineînțeles.

Ally a încercat să-și înghită nodul din gât.

– Mulțumesc.

Au rămas tăcuți o clipă, privind marea. Apoi, Ally a întins încet o mână spre Jack.

– Dacă tot avem conversații stânjenitoare, îți datorez scuze.

Jack a luat-o de mână, dar părea cu adevărat nedumerit.

– Pentru ce naiba, Ally?

– Pentru că nu ți-am spus despre existența lui Bear atunci când ne-am întâlnit în Franța. În momentul în care ai sosit aici, trebuie să fi fost foarte ciudat să dai cu ochii de el.

– Hmmm..., a murmurat Jack, ridicând din umeri și încercând să se prefacă. N-are nimic! Nu-i absolut deloc treaba mea!

Ally a continuat:

– Mulțumesc. Dar, Jack, într-un fel *e* treaba ta și mă simt prost că nu ți-am spus. Chiar îmi pare rău!

El a clătinat din cap.

– Nu fi prostuță! De ce crezi că e treaba mea?

Ally și-a luat inima în dinți.

– O, Doamne, Jack... Nu ți-am spus pentru că n-am vrut...

El i-a strâns mâna mai tare.

– Ce n-ai vrut, Ally?

– N-am vrut să te alung de lângă mine, a recunoscut ea.

Au amuțit din nou.

– Of…, a fost tot ce a reușit Jack să răspundă.

– Am presupus, pe bună dreptate sau nu, că s-ar fi putut să te descurajeze faptul că am un copil. Ca să nu mai spun că e copilul răposatului meu iubit, a mărturisit Ally, iar apoi și-a luat capul în mâini. Serios vorbind, Jack, mai ridicol de-atât nu se poate!

Jack a râs de emoție.

– Așa-i! Ca să fiu sincer, am crezut că nu mi-ai pomenit de el pentru că nu mă vedeai ca pe „ceva serios".

– „Serios"?

– Da, știi tu, a spus Jack uitându-se în jur. Potențial iubit, cred.

– Nu de asta, nu! l-a contrazis Ally, zâmbind. Chiar ai spus „potențial iubit"?

A fost rândul lui Jack să-și ia capul în mâini.

– O, Doamne, îmi pare rău!

Ally l-a mângâiat pe spate.

– Stai liniștit! Dar dacă tot avem discuția asta, pot să te întreb ce părere ai cu adevărat despre întreaga situație? Fii sincer!

Jack a făcut ochii mari.

– Te referi la Bear? a întrebat el, iar Ally a încuviințat din cap. Păi…, a început el să spună, chinuindu-se să găsească cuvintele potrivite, … cred că e grozav! Vreau să spun că *e* grozav! Totul e… minunat.

Fără să vrea, Ally a râs din pricina entuziasmului său. A râs și el.

– Scuze! a adăugat Jack. Nu prea reușesc să mă exprim clar. Dar vorbesc serios, Ally! Faptul că-l ai pe Bear e cu totul deosebit. Mi se pare frumos ca Theo să trăiască în continuare. În fine… asta e tot ce am de spus într-o astfel de privință, înainte să-mi mai dau cu stângul în dreptul.

S-au privit o clipă, iar apoi Ally s-a aplecat și l-a sărutat ușor.

– La naiba! Ar fi trebuit să avem conversația asta ciudată cu săptămâni în urmă! a exclamat Jack trăgând-o în brațele lui, după care a sărutat-o cu pasiune și a simțit cum se topea toată.

– Mulțumesc, Jack!

– Pentru ce?

– Pentru că ești aici.

CAPITOLUL 30

Până la ora unsprezece, cinci dintre cele șase surori D'Aplièse se adunaseră pe canapelele mari și confortabile din salonul principal. Majoritatea aduseseră de la micul-dejun sucuri și croasante proaspăt coapte, după ce abia se treziseră în urma unei nopți lungi de lectură.

– N-am putut să las jurnalul din mână, a spus Tiggy.

– Nici eu, a zis Maia. Știi ce mi s-a părut cu adevărat interesant? Episodul cu Pa, în timpul incendiului. Cum i-a apărut femeia îmbrăcată în rochie roșie...

– Da, uimitor ce efect are intoxicația cu fum asupra creierului, nu? a spus Electra râzând și vârându-și apoi un pateu în gură.

– N-aș fi atât de sigură, Electra!

Tiggy a zâmbit melancolic și a încercat să nu se simtă jignită atunci când sora ei mai mică și-a dat ochii peste cap.

– Cred că ne scapă esențialul, a spus CeCe încruntându-se. Nenorocitul ăla de Kreeg a încercat, practic, să-l ardă de viu pe Pa! Nu știu ce părere aveți voi, dar pe mine mă apucă o asemenea... furie!

– Știu, CeCe, a răspuns Star. Ciudat e că n-a izbutit. Kreeg n-a reușit niciodată să-l ucidă. Amândoi au murit de bătrânețe. Deci Kreeg a renunțat să-l urmărească, ori s-au împăcat?

S-a așternut liniștea în timp ce se întrebau cu toatele care era adevărul, dar apoi Ally a intrat în salon, urmată de Jack.

– Bună dimineața! a spus ea.

– Da, bună dimineața, doamnelor! a salutat și Jack, îndepărtându-se cu stângăcie de Ally, fiindcă nu știa dacă ar fi trebuit sau nu să stea lângă ea.

Ally și-a împreunat mâinile.

– Din ce aud, să presupun că toată lumea e la curent cu jurnalul? a vrut ea să știe, iar celelalte au încuviințat din cap. Unde e Merry?

– S-a trezit, a răspuns Star. Cred că s-a furișat în jacuzzi, ca să reflecteze. Ești bine, Ally? a întrebat ea pe un ton timid. A fost groaznic să citesc despre bunicii tăi!

Ally a zâmbit forțat și a dat din cap ca să arate că era bine, măcar relativ.

– Da. Știam deja.

Dintr-odată, Maia a strigat:

– O, Doamne!

Cea mai mare dintre surorile D'Aplièse arăta spre televizorul din colțul camerei, care transmitea canalul de știri BBC. Deși sonorul era în surdină, stăteau față în față cu Zed Eszu.

– Rahat, ce caută animalul ăla la televizor?! Îmi pare rău, Maia! Cineva să-l stingă! a spus repede Electra.

– Nu! a răspuns Maia pe un ton ferm. Vreau să aud. Haideți să dăm mai tare!

CeCe a luat telecomanda și a apăsat pe butonul de volum.

– *...și, în cadrul săptămânii noastre despre* tehnologia viitorului, *îl avem alături pe directorul general al companiei Lightning Communications, Zed Eszu, ca să ne vorbească despre planurile lui de dezvoltare a internetului prin fibră optică. Bine ați venit la emisiune, domnule Eszu!*

El a răspuns, cu caracteristicu-i zâmbet neplăcut:

– *Mulțumesc foarte mult!*

Zed era îmbrăcat cu unul dintre costumele lui oribile, sclipitoare, deși alesese să nu poarte cravată. De fapt, cămașa îi era descheiată atât de mult, încât privitorul putea să-i vadă pectoralii mari. Își pieptănase pe spate părul negru și era slinos în toate sensurile cuvântului.

– O, Doamne, uită-te la el! a strigat Electra. Adoră fiecare secundă de publicitate!

– Șștt! a făcut Maia, care se uita la ecran cu o privire plină de intensitate.

– *În primul rând*, a continuat prezentatorul, *sincerele noastre condoleanțe pentru moartea tatălui, Kreeg, care a condus Lightning vreme de câteva decenii.*

– *Da, aproape treizeci de ani,* a răspuns Zed.

Prezentatorul a dat din cap în semn de compătimire.

– *În tot acest timp, a realizat multe, ajutând la actualizarea infrastructurii de internet în casele din întreaga lume. Ceea ce, firește, l-a făcut un om foarte bogat.*

Zed a scos un chicot forțat, care i-a făcut pielea de găină Maiei.

– *Banii nu erau importanți pentru tata!* a spus el, dând din mâini, expansiv. *Nu-i păsa decât să ajute oamenii. Asta era adevărata lui pasiune!*

– Ce-i cu rahatul ăsta? a șuierat Electra.

– Șștt, te rog! a implorat Maia.

– *Tatăl meu a iubit umanitatea. A vrut ca noi toți să ducem o viață mai bună, să fim mai bine conectați și...*, a adăugat Zed, privind drept în obiectivul camerei de filmat, *... să nu pierdem niciodată contactul cu oamenii care contează cu adevărat.*

Prezentatorul și-a încrucișat brațele și a reflectat la comentariile lui Zed.

– *Credeți că asta l-a motivat?*

Zed s-a lăsat pe spate și schițat un alt zâmbet dulceag, sinistru.

– *Știți, nu-i plăcea ideea că cineva poate dispărea pur și simplu de pe fața pământului. Toată lumea merită să rămână conectată. Cred că asta îl fascina la comunicații și la internet.*

– Ce poveste înălțătoare! Dumneavoastră conduceți compania de un an, fiind numit director după moartea tatălui. A fost întotdeauna în plan să preluați conducerea într-o zi?

– O, absolut! Tata era un planificator meticulos. Totul era întotdeauna... incredibil de bine gândit.

El a dat din cap, plin de sobrietate și de preocupare.

– Mă face să mă cutremur! a intervenit Tiggy. De ce am impresia că vorbește direct cu noi?

– Știu ce spui, a murmurat Ally.

Prezentatorul a continuat:

– Ei, bine, ca parte a săptămânii noastre despre tehnologiile viitorului, *sunteți aici ca să ne vorbiți despre planurile de extindere pe care le aveți pentru Lightning și despre cum ne-ar putea crește viteza de internet!*

– Exact, mulțumesc pentru întrebare!

Și-a bătut degetele între ele, jucând rolul omului de afaceri inteligent. Totul, de dragul spectacolului, desigur. Ceea ce se vedea pe ecran o mare reprezentație, iar surorile D'Aplièse știau asta.

– Pot anunța astăzi că Lightning Communications intenționează să înlocuiască învechita noastră rețea prin satelit, cu cabluri de fibră optică de ultimă generație, care o să conecteze continentele într-un mod mai fiabil decât ar putea-o face vreodată un dispozitiv din spațiul cosmic.

Prezentatorul a părut nedumerit.

– Cabluri? Acesta nu e un pas înapoi față de sateliți?

– Bună întrebare! Mulțumesc! a replicat Zed rânjind.

– Bleah..., a murmurat CeCe.

– Cablurile mele o să ofere performanțe semnificativ îmbunătățite în ceea ce privește lățimea de bandă și transferul de date. Știu că ar putea fi puțin dificil de înțeles pentru unii dintre telespectatorii dumneavoastră, a adăugat el, zâmbind condescendent. *Cablurile astea transferă informațiile prin intermediul unor impulsuri de lumină care trec de-a lungul unor țevi de sticlă transparente. Ca prin magie! a glumit. Gândiți-vă la mine ca la un magician!*

– Un magician cu o mutră numai bună de pocnit! a adăugat Jack.

Prezentatorul şi-a continuat întrebările:

– *Cablurile o să atârne deasupra capetelor noastre ca nişte linii telefonice?*

– *O, Doamne, numai întrebări excelente astăzi!* a exclamat Zed, încercările lui de a părea sincer devenind din ce în ce mai frustrante. *De fapt, cablurile o să fie instalate pe sub oceane. Doar imaginaţi-vă... tehnologie la fundul mării!*

– *Sună foarte ambiţios, domnule Eszu! Bineînţeles, ar trebui să discutăm despre problemele de mediu. O să puteţi face toate astea fără să tulburaţi viaţa marină?*

Zed s-a încruntat şi şi-a pierdut controlul preţ de o clipă.

– *Pentru rasa umană, această nouă reţea o să constituie baza telecomunicaţiilor globale. Dacă nişte peştişori ne stau în cale, atunci sunt sigur că e un sacrificiu pe care oamenii o să fie dispuşi să-l accepte.*

– *Ei, bine, nu toată lumea ar fi de acord cu...*

Zed l-a întrerupt pe prezentator:

– *Totul e o chestiune de risc şi de recompensă. Ca să câştigăm, trebuie să acceptăm ideea că o să existe victime pe parcurs!* a declarat el cu aplomb, dar apoi a reflectat şi a încercat să-şi compenseze spusele printr-un zâmbet greţos. *Bineînţeles, ca să fie absolut clar, noi, cei de la Lightning, o să facem tot ce ne stă în putinţă ca să ne asigurăm că Nemo şi micii lui prieteni scapă nevătămaţi.*

– *Sunt sigur că mulţi telespectatori o să fie uşuraţi să audă asta,* a spus prezentatorul, acum puţin agitat. *Voiam să vă întreb...*

Zed l-a întrerupt încă o dată:

– *Vedeţi dumneavoastră, tatăl meu n-a murit, nu tocmai. El trăieşte prin acest proiect. Şi dacă totul merge conform planului, o să trăiască veşnic. Întreaga lume o să-şi amintească numele de Eszu.*

– *Ce... ăăă... frumos! Dar să revenim, asta e o întreprindere extrem de dificilă, nu-i aşa?*

– *Adevărat!* a răspuns Zed, ridicând, modest, din umeri. *Dar sunt încântat să vă anunț că Lightning Communications o să se asocieze cu Berners Bank ca să asigure finalizarea proiectului.*

Tânărul Eszu părea foarte mulțumit de el însuși.

– *O să fiți finanțat de Berners?* a întrebat prezentatorul.

– *Ați ales un termen oarecum brutal, dar, da. David Rutter, directorul general, îmi e prieten personal. E un om minunat! Îmi împărtășește viziunea în privința viitorului.*

– David Rutter…, a șoptit CeCe. Unde am mai auzit numele ăsta?

– *E numai bine să ai numărul de telefon al domnului Rutter!* a glumit prezentatorul.

Zed a ridicat din sprâncenele lui pensate impecabil.

– *Tind să fiu de acord, da.*

– *De unde o să începeți proiectul ăsta uriaș?*

– *O să începem prin a conecta Australia cu Noua Zeelandă. E micul nostru test de la antipozi*, a spus el râzând. *Suntem pe cale să trimitem o mică armată care să înceapă să sape pe sub Marea Tasmaniei.*

Prezentatorul a dat din cap către Zed.

– *Ei, bine, o să urmărim cu interes desfășurarea lucrărilor, domnule Eszu! Trebuie să ne promiteți că o să reveniți la emisiune și că o să ne puneți la curent cu evoluția proiectului.*

– *Ar fi o plăcere pentru mine, mulțumesc!* a răspuns el, arătându-și dinții albiți la vreo clinică de stomatologie. *Dar, înainte de a pleca, trebuie să vă spun că, la Lightning, ne place să ducem totul până în pânzele albe. Poate că ați dori să știți numele proiectului nostru?*

Încă o dată, prezentatorul a fost luat prin surprindere.

– *Bineînțeles*, a spus el printre dinți.

– *Ei, bine, având în vedere că proiectul o să ducă greul în slujba omenirii, e logic să-l denumim… Atlas!*

Electra a luat telecomanda și a închis televizorul. În salon s-a făcut liniște.

– În regulă, doamnelor! Sunt sigură că Zed știe că facem călătoria asta. Și sunt sigură că știe totul despre trecutul lui Pa și al lui Kreeg, a spus ea, iar apoi a arătat spre televizor. Nenorocitul ăsta vrea o reacție! Dar noi n-o să-i dăm satisfacția, de acord?

CeCe s-a ridicat în picioare.

– E ca o ultimă răzbunare. Toată lumea o să afle despre chestia asta cu cablul. Și se folosește de numele lui Pa ca să-și atingă scopul.

– Scuze, cine era tipul, mai exact? i-a șoptit Jack lui Ally.

– Fiul lui Kreeg Eszu, a răspuns ea.

– O, Doamne! Îi simt de aici mirosul de ulei de păr! a exclamat el, după care a tăcut preț de o clipă, simțind schimbarea de atmosferă. Auziți, mă duc să iau cafea pentru toată lumea! Cred că v-ar prinde bine.

– Adu și niște rozé, Jack, dacă nu te superi, a spus Star.

– Imediat! a răspuns el, îndreptându-se spre ușa salonului.

– Of, mi-e rău! Tocmai a…

Vocea Maiei s-a stins, înăbușită de nodul din gât.

– Știu, scumpo! a răspuns Electra, luând mâna surorii ei. Dar haideți să ne păstrăm calmul și să rămânem unite. Să ne gândim ce ar face Pa. Ar sta să cumpănească. Ce spunea el mereu despre șah?

– „Pierdeți piesele cu înțelepciune!", a șoptit Star.

– Exact. Cred că a vrut să spună că trebuie să-ți alegi prioritățile. Iar situația asta e una în privința căreia nu putem face mare lucru în clipa de față, a continuat Electra. Știm că sincronizarea nu-i o coincidență. Zed încearcă să ne strice călătoria pe care o facem în memoria lui Pa. Așa că n-o să-i dăm satisfacție.

Amețită, Ally a ieșit pe puntea din spate. Fusese o dimineață grea, începând cu faptul că fusese nevoită să retrăiască mental morțile îngrozitoare ale bunicilor ei, și terminând cu apariția lui Zed Eszu pe ecranele televizoarelor de pe iaht, în ipostaza de zeu omnipotent și malefic. Ca să nu-l mai ia în calcul, bineînțeles, și pe Jack. S-a emoționat în clipa în care s-a gândit la sărutul de mai devreme. Spera cu disperare că scăpaseră de stângăcie și că ar fi putut avea o șansă. A mers mai departe spre pupa, gândindu-se că era timpul s-o găsească pe Ma și să-l ia pe Bear.

Apropiindu-se, l-a zărit pe Georg Hoffman, care tocmai își trecea o mână prin păr, ținând în cealaltă un telefon cu legătură prin satelit. Avocatul mergea de colo până colo, clătinând din cap cu putere. Apoi Ally a văzut, uluită, cum Georg a lăsat telefonul, s-a așezat în genunchi și a început să bată cu pumnii în puntea din lemn de tec. S-a repezit la el.

– Georg! Ce ai pățit?!

El a tresărit și s-a ridicat imediat.

– Ally, iartă-mă! Credeam că sunt singur.

– Ce s-a întâmplat? Cu cine vorbeai?

– Of..., s-a bâlbâit el, ... cu sora mea. Îmi dădea niște vești... proaste.

– Georg, îmi pare rău! Dacă e cineva care știe cum stă treaba cu veștile proaste, aceea sunt eu. Vrei să vorbim despre asta?

Georg s-a înroșit la față.

– O, nu! Totuși, îți mulțumesc pentru grijă! Chiar nu pot să mă scuz îndeajuns. Foarte rar îmi pierd cumpătul, ca să spun așa.

– Nu-ți face griji, Georg! l-a consolat Ally. E o perioadă stresantă pentru noi toți. Ești sigur că nu te ajută să vorbești?

El a oftat adânc.

– Nu-i grav, zău așa! Claudia m-a pus la curent cu niște probleme personale, pe care nu le pot rezolva acum. Asta e treaba mea, Ally, să rezolv lucruri. Și mă frustrează faptul că nu pot ajuta pe cineva care e foarte important pentru mine.

Ally s-a încruntat.

– Scuze, Georg, ai spus „Claudia"? Claudia *noastră*, de la Atlantis? Parcă vorbeai cu sora ta!

Georg a rămas cu gura căscată.

– O, îmi pare rău! Da, am greșit. Ei, bine, nu, s-a corectat singur, n-am greșit. Pe sora mea o cheamă tot Claudia. Cele două Claudii, ha!

– Ai făcut o greșeală, Georg? Sau, pentru prima dată, ai spus adevărul fără să-l cenzurezi?

Georg Hoffman și-a luat capul în mâini.

– Unde ați ajuns cu jurnalul?

– Pa locuiește la High Weald.

El a stat se gândească preț de o clipă.

– Da, Ally, Claudia e sora mea mai mică. Tatăl tău a scris în detaliu despre felul în care ne-am cunoscut. Îl las pe el să-ți povestească.

Ally amuțise, dar și-a revenit și a întrebat:

– Georg... eu... de ce naiba ar trebui să fie secret?

Georg a ridicat din umeri, complet răvășit.

– Tatăl tău făcea ceea ce știa să facă cel mai bine – să ne protejeze. Asta-i tot. Citește mai departe și o să vezi!

Ally credea că ziua aceea nu putea fi mai haotică de-atât. Fusese profund tulburător să-l vadă pe Georg căzut pradă unei crize de nervi. Era ca și cum ar fi dat cu ochii omulețul din spatele cortinei în *Vrăjitorul din Oz* în timp ce acesta ar fi acționat frenetic mașinăria complexă ca să păstreze iluzia. Dintr-odată, ea a simțit un impuls puternic să preia controlul situației.

– Spune-mi, Georg, ce veste ți-a dat Claudia de te-a făcut să lovești, practic, podeaua de furie?

Georg și-a aruncat mâinile în aer.

– Serios, Ally, asta n-are nici o legătură cu...!

Ally a răbufnit și l-a apucat pe Georg de reverul jachetei de in.

– Georg Hoffman, pentru prima dată în viața ta, o să-mi spui *exact* ce se întâmplă! Vreau să știu ce ți-a spus Claudia și vreau să știu de ce spusele ei te-au înfuriat atât de tare! Iar apoi vreau să știu de ce ai primit atâtea telefoane secrete în ultima lună și de ce apelurile au început imediat ce Claudia a plecat de la Atlantis, în concediu! Nu uita, Georg, că lucrezi pentru mine și pentru surorile mele. Și vrem răspunsuri. Nu e negociabil!

Georg și-a lăsat umerii în jos, iar Ally l-a privit adânc în ochii înroșiți.

– Bine, Ally, o să fac ce-mi ceri. Dar, te rog, nu da vina pe mine! Crede-mă când îți spun că am făcut tot ce am putut.

Georg a început să plângă înăbușit.

– Nu mă îndoiesc, Georg! Dar suntem pregătite să aflăm adevărul.

Ally i-a dat drumul și l-a privit încă o dată în ochii plini de lacrimi.

– Așa-i! a spus el, răspicat.

JURNALUL LUI ATLAS

1944–1951

CAPITOLUL 31

High Weald, Kent, Anglia

Eu, unul, habar n-am de ce familia Vaughan vrea să locuiască în vechiul conac dărăpănat, când există casa asta superbă în care locuim eu și Elle. Are sobă cu lemne, grinzi mari, vizibile, și vedere la întinderile verzi și deluroase ale „Grădinii Angliei". Îmi place la nebunie!

În ceea ce privește munca, ne-am găsit împlinirea în activitățile zilnice. Elle gătește pentru guri recunoscătoare, iar eu mă ocup de frumoasele terenuri cu care se mândrește High Weald. Din când în când, reușim chiar să colaborăm, Elle folosind legumele pe care eu le cultiv în grădină. Sincer vorbind, am crezut că aveam să fim neliniștiți și tulburați fiindcă nu ne mai puteam exprima pasiunile în orchestre simfonice, dar viața tihnită și sănătoasă pe care o ducem acum e, îndrăznesc să spun… preferabilă? Nicicând nu m-am simțit mai în siguranță sau mai senin. Se vede că peisajele pe care le desenez sunt mai bune, Elle îngăduindu-mi chiar să pun unul sau două pe pereții camerei de zi.

Seara, ne ghemuim în fața focului și citim. Mai deschidem radioul, ca să ne convingem că Aliații țin puterile Axei la distanță, dar războiul pare la milioane de kilometri de idila pastorală în care trăim. Pe măsură ce conflictul a evoluat, Archie Vaughan a fost nevoit să petreacă mai mult timp la baza aeriană Ashford, dar e mereu binedispus. Soția lui, Flora, e și ea o adevărată încântare. Petrece ore întregi lucrând alături de mine în grădini. Pasiunea pentru flori îi liniștește sufletul și o transportă într-o altă lume. Văd asta la ea, pentru că muzica are același efect asupra mea.

Flora e deosebit de răbdătoare cu mine, fiindcă și-a dat seama foarte repede că nu sunt grădinar de meserie. În fiecare zi învăț ceva nou de la ea și am ajuns să apreciez adevărata frumusețe a naturii, care e delicată, complexă și armonioasă în măreția ei. În lungile după-amiezi în care îngrijim plantele perene și curățăm arbuștii, Flora îmi spune povestea ei, care, trebuie să recunosc, aproape că rivalizează cu a mea în ceea ce privește dramatismul. Sunt foarte fericit că ea și Archie s-au găsit în cele din urmă unul pe celălalt.

– Mulți ani am încercat să resping iubirea, domnule Tanit, mi-a mărturisit ea. Dar am ajuns să-mi dau seama că e o forță mai puternică decât poate controla orice ființă umană.

Am zâmbit.

– Aveți dreptate, Lady Vaughan.

– Știu, a spus Flora în timp ce tăia un boboc veștejit din tufa ei de trandafiri albi. Iar acum spuneți-mi, domnule Tanit, cum ați cunoscut-o pe Eleanor?

M-am gândit puțin, în timp ce scoteam din pământ o buruiană cu rădăcina bine înțepenită acolo.

– Ne-am cunoscut ca orfani la Paris, Lady Vaughan.

Ea și-a pus mâinile în șold.

– Vai mie! Nu mi-am dat seama că sunteți amândoi orfani! a spus, iar apoi a făcut o scurtă pauză. Știi, Teddy..., a murmurat, tăcând apoi din nou pentru scurtă vreme și clătinând din cap. Oricum, trebuie să recunosc că vă potriviți, a adăugat, contemplând, dusă pe gânduri, o petală albă, delicată. Cu cât îmbătrânesc, cu atât mai mult încep să cred că dragostea e pur și simplu scrisă în stele!

Am ridicat privirea spre ea.

– O, da, Lady Vaughan! Asta o știu sigur.

Ea a țâțâit din buze.

– Vă rog, domnule Tanit, nu știu de câte ori trebuie să vă spun! Puteți să-mi spuneți „Flora".

– Îmi pare rău, Flora! Te rog, spune-mi Bo... Bob. Robert.

Flora a chicotit.

– Bine, Bo-Bob-Robert, așa o să fac!

Am dat din cap, mulțumit, și am trecut la următoarea buruiană.

– Îmi cer scuze! Gândirea în engleză și nu în franceză duce uneori la confuzii, am explicat.

– N-are nimic. Nu-mi pot imagina prin ce ați trecut amândoi. Dar mă bucur că vă aveți unul pe celălalt. Felul în care vă priviți e cu adevărat magic. Când v-ați căsătorit?

M-am bucurat că mă puteam concentra asupra noroiului din fața mea.

– Acum câțiva ani, chiar înainte de a veni din Franța. N-a fost nuntă mare.

Flora a suspinat melancolic.

– Mai bine așa! Până la urmă, e vorba despre doi oameni și de nimeni altcineva.

Archie și Flora au o fiică, fermecătoarea și inteligenta Louise. E blândă și grijulie și conduce o echipă de Land Girls[1] care se află la High Weald ca să dea o mână de ajutor în război, cultivând recolte pe moșie. Își conduce echipa în mod exemplar, iar fetele aflate în grija ei pur și simplu o adoră!

Recent, am sărbătorit logodna ei cu Rupert Forbes – un bărbat blând, cu multă carte, care n-a putut să meargă pe front din pricina miopiei. Cu toate astea, inteligența nemărginită și încrederea de sine l-au făcut să fie recrutat de serviciul de securitate britanic – lucru de care Archie, în special, este extrem de mândru.

Cuplul s-a mutat la Home Farm, peste drum de High Weald, care a rămas goală de când administratorul fermei s-a înrolat.

[1] WLA, Land Girls sau Women's Land Army – organizație civilă britanică creată în timpul celui de-Al Doilea Război Mondial, pentru ca femeile să poată lucra în agricultură și să înlocuiască bărbații plecați pe front

E întotdeauna o plăcere atunci când cei doi se opresc să stea de vorbă cu mine în grădini și un privilegiu atunci când ni se alătură la câte o cină, lucru pe care l-au făcut de mai multe ori.

Singurul membru al familiei de care eu și Elle n-am reușit să ne atașăm e Teddy, fiul. De curând i s-a cerut să părăsească Universitatea Oxford din motive pe care nu le cunosc bine și, de atunci, și-a încercat norocul în Garda Națională (ceea ce era sortit eșecului, fiindcă Teddy nu primește ordine). De asemenea, i s-a permis o vreme să administreze ferma de la High Weald, dar în scurtul răstimp în care a făcut asta, producția anuală a scăzut cu aproape patruzeci la sută din cauza neatenției lui. În disperare de cauză, Archie i-a oferit un post administrativ la Ministerul Aviației, slujbă pe care Teddy a avut-o vreme de doar câteva săptămâni.

Eu și Elle auzim deseori zgomotul mașinii lui sport care trece pe lângă căsuța noastră la ore matinale, după o seară petrecută în oraș, fără îndoială că în compania mai multor femei care, inexplicabil, mor după acest tânăr. Dumnezeu știe ce-or vedea la el! Pe mine mă vede ca pe murdăria de pe pantoful lui de lux. Dar orgoliul tânărului nu mă deranjează. Teddy Vaughan e un mojic penibil în comparație cu Kreeg Eszu, acest rottweiler feroce.

Cu toate astea, nu demult, jigodia s-a apropiat de mine un pic prea agresiv. Măgăria a fost că a făcut niște comentarii deșănțate la adresa lui Elle, ceea ce ei i-a provocat o mare supărare. Teddy poate să mă facă în fel și chip fără să suporte consecințe, dar orice comportament amenințător la adresa *ei* e de neiertat.

– Vreau să vorbesc cu el acum! am răbufnit după ce Elle mi-a repetat cuvintele lui licențioase.

M-am ridicat, mi-am luat haina și m-am îndreptat spre ușă.

– Bo, nu! a strigat ea, noi încă spunându-ne „Bo“ și „Elle“ atunci când suntem între patru ochi. Nu putem risca ceea ce avem aici, viața noastră pur și simplu perfectă! a pledat, apucându-mă de braț și implorându-mă din priviri. De fapt, Teddy n-a *făcut* nimic!

– Nu-mi pasă! Te-a făcut să te simți prost și n-o să tolerez așa ceva!

Elle m-a luat de mână și m-a dus la canapeaua roz, ponosită, din mijlocul camerei de zi.

– Nu uita în ce condiții ne aflăm aici! Suntem simpli angajați. Nu-i treaba noastră să vorbim cu nici unul dintre proprietari altfel decât cu considerație.

Eram furios și m-am potolit cu greu.

– Dacă mai încearcă vreodată să-ți facă avansuri, atunci…

N-am vrut să continui.

– Da! a încuviințat Elle.

– Există zvonuri despre promiscuitatea lui, știi bine. Am auzit câteva dintre fete vorbind despre asta. Se pare că una e chiar însărcinată cu copilul lui!

Elle a oftat și s-a sprijinit de speteaza canapelei.

– Tessie Smith, da. Zvonurile sunt adevărate. Începe să se vadă. Mai rău e că are un logodnic pe front, în Franța.

Am clătinat din cap.

– O, Doamne! Ceea ce cred nobilii că li se cuvine nu încetează niciodată să mă șocheze.

– I-am dus mâncare pe furiș, a adăugat Elle. Acum mănâncă pentru doi, iar rațiile pe care le primesc fetele sunt absolut jalnice.

Bunătatea lui Elle mi-a domolit furia și am luat-o în brațe.

În ultimele luni, avansurile lui Teddy Vaughan au devenit din ce în ce mai puțin ambigue. Elle mi-a descris cuvintele lui grotești și mâinile pe care nu și le poate ține acasă. Chiar zilele trecute, a fost atât de îndrăzneț încât și-a pus brațul pe spatele ei, în timp ce Flora era la bucătărie. Bărbatul ăsta chiar că n-are nici o opreliște!

Cu două nopți în urmă, lucram târziu în grădină, punând cuști de protecție peste legume, din pricina iepurilor flămânzi care dădeau iama noaptea. Tocmai mă pregăteam să tai sârmă, când am auzit zgomotul familiar al unei mașini care cobora pe aleea lungă de pietriș. Era Teddy, care, fără îndoială, venea tot de la cârciumă. De data asta, în loc să-și continue drumul spre casa principală, a oprit în fața casei noastre. L-am văzut cum a coborât clătinându-se și cum a dispărut în spatele mașinii. Dându-mi seama că ceva nu era în regulă, am aruncat lanterna și am început să alerg spre casă. Când am ajuns, ușa era deschisă, iar Teddy Vaughan era călare peste Elle, pe canapeaua noastră.

– Haide, soțul tău nu trebuie să afle! spunea el.

– Te rog, dă-te jos de pe mine! a strigat Elle.

Orbit de furie, l-am apucat pe Teddy și l-am azvârlit cât colo. Elle s-a făcut mică în spatele meu.

– A intrat și a sărit pe mine! a strigat Elle, plângând.

Teddy s-a ridicat cu greu și s-a repezit spre mine, încercând să-mi tragă un pumn, dar nici vorbă să mă nimerească, fiindcă m-am dat la o parte.

– Pleacă din casa noastră! am strigat. Acum!

– Cumadihă, caza *voastră*? Asta-i cazamea! Toată-i cazamea, a bâiguit el.

– Ba nu, jigodie! Casa asta le aparține părinților tăi!

– Da, da' ei o să moară-ntr-o zi și atunci o să lucrați pentru mine, a răspuns el, uitându-se lasciv la Elle. Și p'ormă o s' am tot ce vreau!

– N-o să lucrăm niciodată pentru tine! Iar acum, ieși! Ești beat!

– Da, sunt! a țipat el, apropiindu-se de mine cu pași împleticiți. Acum poate că-s beat, dar cel puțin nu-s prefăcut!

Mi-a înfipt un deget în piept. Mi s-a pus un gol în stomac și m-a cuprins spaima.

– Ce naiba vrei să spui?!

– Nu ești francez. Am avut un coleg de cameră francez la Oxford. Nu vorbea deloc ca tine. Ești un mic mincinos, Tanit! a strigat, dându-se pe spate și aruncându-și brațele în aer. Poate că ești spion! Ar trebui să te denunț la Ministerul de Război!

M-am ținut tare.

– Și ce anume crezi că spionez la High Weald? Cartofii?

– Tatăl meu eszte un om foarte important. Poate vrei să jtii ce face la baza aeriană? Hmmm...? a bâiguit el îndreptându-și degetul arătător spre fața mea. Un singur telefon ar fi suficient ca să vină poliția! Nu ți-ar plăcea asta, nu-i așa, Tanit? Da, să vină poliția și să sape, să-ți pună tot felu' de întrebări incomode! Poate că te-nchid. Dar nu te frământa prea tare! O să am mare grijă de soția ta..., a murmurat, aruncându-i lui Elle un zâmbet libidinos.

L-am apucat de guler, l-am dărâmat din picioare și l-am târât spre ușă, iar el s-a pornit din nou pe zbierat:

– Hei! Dă-mi drumu'! Ești doar un servitor bun de nimic!

I-am trântit ușa în nas și apoi m-am întors la Elle.

– Ești bine?

– Da... Citeam. El a dat buzna și... Nu știam dacă o să vii..., a povestit ea, plângând.

– O să te protejez mereu, Elle! am asigurat-o, strângând-o la piept. Știu că Teddy merge des la cârciumă, dar nu l-am mai văzut niciodată atât de beat. Omul era complet scăpat de sub control! am spus, iar Elle a început să tremure. Vino și stai jos, iubirea mea! O să-ți fac un ceai îndulcit cu mult zahăr.

Am așezat-o pe canapea și m-am dus în bucătăria noastră plăcută. Am umplut micul ceainic de cupru și l-am așezat pe plită. În timp ce mă uitam prin căsuța aceea perfectă, mi s-a strâns inima. Mi-am dat seama că n-aveam de ales.

– Cred că știu de ce Teddy era atât de beat, a spus Elle, trăgându-și nasul. Se pare că Lady Vaughan l-a pus mai devreme să vorbească despre Tessie Smith. Asta bârfeau fetele.

Am suspinat.

– Da, asta ar explica totul, am spus eu așezându-mă lângă ea, pe canapea. Trebuie ca mâine, la prima oră, să-i dăm preaviz Florei.

Elle și-a plecat capul.

– Nu...

Am cuprins-o cu brațul.

– Știu, iubirea mea! Dar n-avem ce face. Nu mai suntem în siguranță aici. Teddy n-are ce căuta în preajma ta și nu pot risca să sune la Ministerul de Război. N-avem de ales, am spus eu pe un ton solemn.

Elle și-a ațintit privirea la mine.

– Chiar crezi că ar face-o?

Amărât, am ridicat din umeri.

– Cine știe? Știu, era beat. Însă nu cred că merită riscul.

– Dar, Bo, suntem atât de fericiți aici! a spus Elle cu jale. Nu știu dacă pot să fac față unei noi dezrădăcinări. E prea mult!

M-am ridicat și m-am dus la ceainicul care șuiera.

– Aș fi vrut să putem rămâne aici pentru totdeauna. Dar, dacă vrem să rămânem împreună, trebuie să ne mutăm, Elle.

Am turnat apa clocotită într-o ceașcă și am infuzat frunzele de ceai cu ajutorul strecurătorii.

– Bo, tu mai poți s-o iei de la capăt? Să arunci la gunoi tot ce am construit aici?

I-am întins ceaiul cald și m-am așezat.

– Elle, pe vremea când eram mic, credeam că un cămin însemna adăpost, siguranță și mâncare pe masă, am spus eu, luând-o de mână. Tu mi-ai arătat că „acasă" nu e un loc fizic, ci un sentiment pe care ni-l dau cei pe care îi iubim. Atât timp cât mă aflu în preajma ta, *sunt* acasă!

Ne-am ținut de mână o vreme, gândindu-ne la pierderea pe care, încă o dată, eram forțați s-o suferim. În cele din urmă, Elle a întrebat:

– Unde mergem de data asta?

Mi-am luat capul în mâini. Epuizasem adrenalina provocată de atacul lui Teddy și m-am trezit complet stors de putere.

– Ce zici de Londra? am întrebat. Acolo nu duc lipsă de oferte de muncă.

– Ce, într-o fabrică de muniții?

Am clătinat din cap.

– Nu, dragostea mea! Archie spune că operațiunea de eliberare a Franței poate începe în orice clipă. Mi-a vorbit despre o debarcare de proporții pe o plajă din Normandia. Cred că Londra o să fie în siguranță.

Elle a sorbit din ceai și a căpătat, în sfârșit, puțină culoare în obraji.

– Totuşi, ştii ce înseamnă pentru noi sfârşitul războiului, a spus ea. Poate că eu o să fiu la adăpost de persecuţie, dar Kreeg Eszu o să fie liber să călătorească oriunde doreşte. Dacă află unde suntem…

– Ştiu, am întrerupt-o eu. Iată un motiv în plus ca să ne mutăm din nou!

A doua zi, am aşteptat-o pe Flora Vaughan în impresionanta bucătărie de la High Weald, în timp ce Elle făcea bagajele în căsuţă. Grandoarea casei nu făcea decât să-mi sporească durerea provocată de iminenta noastră plecare.

S-a ivit şi Flora, care radia de-a dreptul, părând bucuroasă de prezenţa mea. Totuşi, mi-a vorbit pe un ton îngrijorat:

– Bună dimineaţa, domnule Tanit! Te văd rareori aici, la bucătărie. Oare doamna Tanit nu se simte bine?

– O, ba da, e bine! Mulţumesc de întrebare, Lady Vaughan!

Ea şi-a dat ochii peste cap, jucăuş.

– Nu ştiu de câte ori să-ţi cer să-mi spui pe nume, domnule T!

– Mulţumesc, Lady Vaughan, i-am răspuns eu intenţionat, ceea ce a întristat-o. Am venit să vă dau neplăcuta veste că eu şi doamna Tanit am decis să părăsim numaidecât High Weald. Plecăm înainte să se însereze.

Flora a părut nedumerită.

– Te rog, domnule Tanit, nu înţeleg! Pot să te întreb din ce motiv vreţi să faceţi asta?

Am şovăit. Merita să-i povestesc Florei despre comportamentul lui Teddy, dar mă temeam că, după situaţia cu Tessie, probabil că nu mai putea suporta prea multe. Aşa că am răspuns:

– Nu mă leg de motiv, Lady Vaughan. Dar, zău, din adâncul inimii noastre, vrem să vă mulţumim pentru tot ce aţi făcut pentru noi. N-aş exagera dacă aş spune că la High Weald am petrecut unii dintre cei mai fericiţi ani din viaţa noastră.

Flora s-a mulţumit să clatine din cap.

– Nu-ţi accept demisia fără un motiv, domnule Tanit! Cred că mi se cuvine cel puţin asta.

În sinea mea, eram de acord.

– E mai bine așa, doamnă! am încercat eu din nou să evit subiectul, iar apoi am făcut o pauză, după care am spus: Doamna Tanit nu se mai simte bine la High Weald.

Flora a închis ochii încet și a tras aer adânc în piept.

– Teddy...

– După cum am mai spus, Lady Vaughan, nu vreau să mă leg de motiv.

Flora și-a masat tâmplele.

– Îmi pare sincer rău, domnule Tanit! Fiul meu a scăpat de sub control, a spus ea privind, pe fereastra bucătăriei, la grădina de legume la care munciserăm foarte mult împreună. O să-mi lipsească discuțiile noastre despre o lume mai bună, a adăugat, întorcându-se cu fața la mine. Ca să nu mai vorbim de priceperea dumitale la horticultură!

– De la dumneavoastră am învățat, Lady... Flora.

Mi-a aruncat un zâmbet trist.

– Nu mă aștept ca Eleanor să vină aici, dar te rog să-i mulțumești din partea mea și să-i spui că și ei o să i se simtă foarte mult lipsa, a spus ea continuând să zâmbească, pierdută în gânduri. Nici nu mai știu cum era High Weald fără voi.

– Sunteți amabilă! i-am răspuns eu din toată inima.

– Unde vă duceți? a întrebat ea.

Am ridicat din umeri.

– Avem de gând să mergem la Londra. E cea mai bună șansă să găsim de lucru.

– Stați bine cu banii? Vreau să mă asigur că n-aveți probleme, având în vedere faptul că josnicul meu fiu e pricina din care nu vă găsiți locul aici.

– N-am spus că fiul dumneavoastră...

– Nici nu-i nevoie, domnule Tanit! a exclamat ea și, dintr-odată, ochii i s-au luminat. Mă aștepți o clipă? Vreau să-ți dau ceva!

Înainte să răspund, ieșise deja pe ușă și alerga pe scara principală. S-a întors ținând în mână o cutiuță albastră.

– Iată un cadou pe care vreau să vi-l fac. Departe de mine gândul de a fi grosolană, dar trebuie să-ți spun că obiectul ăsta e foarte valoros. Dacă l-ați vinde, ați face rost de toți banii de care aveți nevoie pentru un nou început.

Am fost șocat.

– O, Flora, n-aș putea niciodată...

– Nici măcar n-ai văzut ce e înăuntru! a exclamat ea deschizând încetișor cutiuța, în care se afla o mică panteră de onix. Poate că nu pare cine știe ce, dar pantera asta e făcută de o companie numită Fabergé, care e incredibil de prestigioasă.

Nici nu știa cât de bine cunoșteam Casa Fabergé. Tata îmi povestise adesea despre piesele lor rafinate.

– Vă rog, Lady Flora, știu care e valoarea unui astfel de obiect și nu se pune problema să-l iau eu! Mulțumesc, dar refuz!

Flora s-a încăpățânat.

– Domnule Tanit, omul care mi-a dat pantera asta – tatăl meu – nu mai e pe acest pământ. Cred că un motiv pentru care mi-a lăsat-o a fost ca să-mi fie bine la nevoie! a spus ea cu patos, iar ochii i s-au umezit. De la moartea tatălui meu, Archie a reapărut în viața mea, iar acum trăiesc aici, la High Weald, în confort și fericire. N-am nevoie de obiectul pe care-l țin într-un sertar și la care nu mă uit niciodată. Cred cu tărie că tatăl meu ar fi vrut fie al tău, a conchis ea, strecurându-mi cutiuța în palmă. De la un om bun la altul!

– Flora, asta e moștenire de familie!

Ea a zâmbit șiret.

– Ei, bine, *e* moștenire de familie... dar probabil că nu în cel mai convențional mod, domnule Tanit! Te asigur că sunt foarte fericită să mă despart de ea și te rog s-o păstrezi măcar ca amintire a timpului petrecut aici, la High Weald.

Era limpede că dorea să iau pantera.

– Foarte bine. O s-o păstrez. Mulțumesc pentru tot!

Pe neașteptate, m-a luat în brațe și am strâns-o și eu la piept.

– *Eu* îți mulțumesc, domnule Tanit! a exclamat ea în timp ce dădeam să plec. Tu și doamna Tanit insistați să părăsiți High Weald în seara asta?

– Da! am răspuns eu, fiindcă nu-mi surâdea ideea de a-l revedea pe Teddy. Trebuie să fie în seara asta!

– Ce o să faceți în privința cazării? Londra e un oraș scump.

Am expirat prelung.

– Nu prea știu, dar găsim noi ceva, am asigurat-o.

Flora s-a gândit o clipă.

– Poate că nu-i nevoie. Ți-am pomenit de prietena mea, Beatrix Potter, nu-i așa, domnule T?

– Bineînțeles, am răspuns eu.

Îmi plăcuse să aud povești despre acea autoare de cărți pentru copii și îmi aminteam cât de devastată fusese Flora în perioada Crăciunului trecut, la aflarea veștii că prietena ei murise.

– Ți-am spus că mi-a lăsat moștenire librăria ei?

Am stat să mă gândesc.

– Nu, cred că nu.

– E într-un cartier minunat, Kensington! a spus Flora cu entuziasm. Intenționez să le-o dau lui Louise și lui Rupert ca dar de nuntă, însă până atunci e a mea și pot face orice vreau cu ea. Spun asta pentru că deasupra librăriei există un mic apartament. Vă rog să-l folosiți deocamdată, până când vă stabiliți definitiv undeva.

Nu mai aveam cuvinte.

– Flora, ești sigură?

Ea a zâmbit larg, iar apoi a deschis un sertar și a scos un creion și hârtie.

– Absolut. Imediat scriu adresa. Nu cred că apartamentul e într-o stare foarte bună, dar sper că e locuibil. Iată și adresa:

Arthur Morston Books
Kensington Church 190
Londra W8 4DS

– Flora.... mulțumesc, am spus, încercând să-mi stăpânesc emoțiile.

– Măcar atât pot să fac, domnule T. Îți aduc cheile de îndată!

Am ieșit din bucătărie și am mers pe alee, spre căsuța noastră. La jumătatea drumului, m-am întors ca să mă uit înapoi, la casa principală. Chiar dacă o parte din zidărie era căzută, iar câteva ferestre aveau cercevele putrezite, casa încă arăta splendid. *Dăinuise* atâția ani, trecuse prin transformări, prin războaie și prin succedarea generațiilor de Vaughani. Cu toate astea, încă stătea în picioare, neclintită și cu un aspect impresionant.

Am întors capul și am plecat spre un alt viitor.

CAPITOLUL 32

Împreună cu Elle, am ajuns la Arthur Morston Books, pe strada Kensington Church, cu cele două valize ale noastre. Am descuiat și, în momentul în care am deschis ușa, a sunat un clopoțel. Am căutat întrerupătorul, l-am găsit, am aprins lumina și am fost întâmpinați de o priveliște magnifică. Rafturi imense de stejar de-a lungul pereților, burdușite cu volume de toate genurile. Ca să nu mai vorbim de cele câteva mese încărcate cu vrafuri de cărți neorganizate, așezate haotic, ca și cum cineva ar fi căutat un anumit pasaj printre miile de pagini.

– Uluitor! a spus Elle.

Ne-am plimbat prin librărie, inhalând mirosul slab de vanilie care părea să se răspândească în chip misterios dinspre volumele vechi. Până la urmă, în spatele casei de marcat, am găsit o ușă care ducea la un apartament destul de dărăpănat. În contrast cu măreția anticariatului de jos, aici tapetul verde era desprins, iar covorul, îngrozitor de destrămat. Cu toate astea, deocamdată ne ajungea. După ce am desfăcut bagajele, ne-am întors la parter și, ca niște copii care ar fi dat iama într-un magazin de dulciuri, am cercetat, flămânzi, operele de pe rafturile librăriei Arthur Morston.

Cărțile ne ajutau să nu ne mai gândim la viața idilică pe care fuseserăm obligați s-o lăsăm în urmă.

– Avem ce face câțiva ani, Elle! am spus eu râzând.

– Știu. Mi se pare magic să locuiești deasupra unei librării.

M-am dus la ea.

– Știi, cred că Londra o să ne prindă bine. O să putem merge din nou la concerte, la teatru, o să ne plimbăm pe malul Tamisei așa cum făceam pe malul Senei, la Paris, pe vremea când eram copii.

Elle pus la loc volumul de poezii pe care-l răsfoia și a oftat.

– Ai dreptate. O să încerc să văd partea bună a lucrurilor, dar..., a murmurat ea, ezitând, ... n-aș fi zis că mai plecăm vreodată de la High Weald. Am crezut că, în sfârșit, aveam să ne căsătorim, să facem copii... iar acum mă întreb dacă mai e posibil așa ceva.

I-am dat un sărut blând pe frunte.

– Înțeleg. Crede-mă, nu-mi doresc nimic altceva. Într-o bună zi o să fim în siguranță și atunci o să ne căsătorim.

Elle și-a tras nasul.

– Știu că e doar o bucată de hârtie.

– Dar una importantă, am spus eu, mângâindu-i părul. Iar după ce se termină povestea asta, îți promit că o să avem o mie de copii!

– O mie?! a chicotit ea.

– O, cel puțin, am răspuns eu. O să avem nevoie de ceva care să ne țină ocupați după ce ne stabilim definitiv undeva.

– Ce-ar fi să începem cu unul, ca să vedem cum ne descurcăm?

– Cum vrei tu, Elle! Dar dacă tot e s-o facem, spune-mi, îți dorești băiat sau fată?

Ea s-a gândit preț de o clipă.

– Atât timp cât copilul e cincizeci la sută din tine, o să-l iubesc necondiționat.

Și-a sprijinit capul de umărul meu.

Ne-am petrecut următoarele câteva zile sortând și clasificând miile de cărți care umpleau magazinul. Am avut mintea ocupată și, încă o dată, ne-am creat un program de rutină.

– Mă întreb dacă Flora ne-ar îngădui să vindem o parte dintre cărți în beneficiul ei. N-are rost ca toate minunile astea să adune praf pe rafturi, a spus Elle. Banii pe care îi luăm se pot duce direct la High Weald, a adăugat ea, părând brusc entuziasmată. Am putea chiar să comandăm cărţi noi, dacă ne-ar lăsa… înainte să vină Louise şi Rupert, bineînţeles!

M-am gândit un pic, iar apoi am răspuns:

– Merită să ne interesăm.

I-am scris Florei, dar n-am primit nici un răspuns mai bine de zece zile. Până să ajungă prima scrisoare, Arthur Morston Books era în stare impecabilă şi gata de afaceri. Din păcate, conţinutul trist al scrisorii explica motivul întârzierii.

Dragă domnule şi doamnă Tanit,

Cu regret, trebuie să vă anunţ că, în cursul celei de-a doua nopţi de după plecarea voastră, soţul meu a murit la RAF Ashford, alături de alte paisprezece persoane, în momentul în care o bombă a lovit cortul în care dormea. Ca atare, Teddy a moştenit imediat High Weald şi toate bunurile deţinute de tatăl lui, aşa cum impune dreptul său din naştere.

Vă rog să fiţi siguri că Arthur Morston Books rămâne proprietatea mea, iar Teddy nu poate să mi-o ia. Intenţionez în continuare să le-o dau fiicei mele şi soţului ei după nunta din vară, dar, între timp, sunt mai mult decât fericită să vă îngădui să vindeţi cărţile şi să reaprovizionaţi librăria. Dacă izbutiţi, poate că Rupert şi Louise ar fi înclinaţi să vă păstreze ca manageri… deşi, desigur, asta trebuie să fie strict decizia lor.

Din păcate, n-o să mai pot fi contactată prin High Weald, fiindcă Teddy intenţionează să-şi ia o soţie şi, ca atare, o să mă mut la Dower House. Vă trimit detalii exacte după ce le aflu. Sunteţi amabili că doriţi să trimiteţi profiturile la High Weald, dar v-aş ruga să păstraţi orice surplus de fonduri.

Toate cele bune,

Flora V.

– Şi-a dat propria mamă afară din casă! Cum îndrăzneşte! s-a înfuriat Elle.

Vestea ne-a zguduit pe amândoi.

– Biata Flora! Iubirea vieții ei piere, iar netrebnicul de fiu-său primește totul. Ce nedreptate îngrozitoare!

– Crezi că e vina noastră, Bo? a întrebat Elle. Oare suntem blestemați? Se pare că peste tot pe unde mergem, lăsăm o dâră de disperare umană.

Am petrecut acea seară împărtășind povești despre Archie Vaughan și despre toate modurile în care el ne influențase viețile în bine.

În trei zile, am deschis librăria. Am descoperit curând că era o afacere incredibil de rodnică, localnicii fiind disperați, în urma sumbrei perioade a Blitzului din Londra, să citească povești și alte scrieri încărcate de escapism.

CAPITOLUL 33

După un an rodnic pentru mine și Elle în domeniul comerțului cu cărți, BBC a anunțat victoria în Europa, eveniment petrecut în data de 8 mai 1945, iar țara a sărbătorit acceptarea oficială a capitulării necondiționate a Germaniei. Războiul de pe continent se încheiase. Eu și Elle am dansat în stradă, alături de toți britanicii. Apoi, la începutul lunii iunie, un plic de velur crem ne-a fost lăsat în cutia poștală a librăriei. Plicul îi era adresat domnului Tanit. M-am dus în micul meu birou din spatele magazinului și l-am deschis.

Stimate domnule Tanit,

Sper din tot sufletul ca această scrisoare să ajungă la persoana căreia îi e destinată.

Mă numesc Eric Kohler și sunt avocat la o firmă din Geneva, Elveția. E trista mea datorie să vă informez că bunica dumneavoastră, Agatha Tanit, a murit cu ceva vreme în urmă, în 1929, la vârsta de nouăzeci și unu de ani. Mă aflu în situația destul de dificilă de a nu ști dacă sunteți în contact cu familia dumneavoastră, așa că, dacă ceea ce vă scriu vă șochează, îmi cer scuze.

Moștenitorul averii Agathei – tatăl dumneavoastră, Lapetus Tanit – a decedat și el, din păcate. A fost găsit în Osetia de Sud,

Georgia, în iarna anului 1923. S-a stabilit că a decedat în urma expunerii la intemperii.

Trupul său a fost recunoscut de soldații care l-au descoperit, având în vedere funcția pe care a deținut-o pe lângă familia regală rusă, și, în cele din urmă, vestea a ajuns în Europa, la bunica dumneavoastră.

Atunci când Agatha a aflat de moartea fiului, s-a străduit să vă găsească pe dumneavoastră, singurul ei nepot, cheltuindu-și o mare parte din bani și din timp în această căutare. A izbutit să afle că erați în Siberia, dar până la sosirea celor pe care ea îi trimisese să vă caute, nu mai erați de găsit.

De mai bine de zece ani, străbat continentul în căutarea numelui de Tanit și a unui bărbat care ar avea aproximativ vârsta dumneavoastră. De fapt, trebuie să mărturisesc că am scris versiuni ale acestei scrisori de mai multe ori, dar n-am avut succes în privința destinatarilor anteriori. Recent, în timpul cercetărilor mele lunare întreprinse în numele bunicii dumneavoastră, v-am văzut numele, înregistrat ca manager al unei librării din Londra.

Domnule Tanit, sper din tot sufletul că sunteți într-adevăr nepotul Agathei și beneficiarul averii sale. Totuși, ca să mă asigur de asta, trebuie să vă rog să vă deplasați la Geneva ca să ne întâlnim personal, astfel încât să pot să vă pun câteva întrebări care să hotărască rezultatul. Costurile călătoriei o să fie, desigur, acoperite, așa că, dacă sunteți amabil să-mi scrieți cu privire la disponibilitatea dumneavoastră, o să fiu încântat să vă pregătesc călătoria.

Cu stimă,

E. Kohler

Am așezat scrisoarea pe birou și, din senin, mi s-au umplut ochii de lacrimi. Era ca și cum, cumva, tata îmi întindea mâna din pagină.

– Ce s-a întâmplat, Bo?! a întrebat Elle văzându-mi suferința, așa că i-am dat scrisoarea,pe care a citit-o de îndată. O, Bo… nici eu nu mai am cuvinte! Nu-mi pot imagina cum trebuie să te simți, a murmurat ea strângându-mă în brațe cu putere. Îmi pare atât de rău pentru tatăl tău!

Am clătinat din cap.

– Mă port prostește. Bineînțeles că știam, Elle! Dar faptul că am văzut vestea scrisă pe hârtie a scos totul la suprafață, am spus eu, iar apoi am suspinat adânc. După atâția ani de întrebări, acum știu că tata a ajuns doar până în Georgia.

Elle m-a mângâiat ușor pe spate.

– Asta face ca reușita ta de a ajunge la Paris să fie cu atât mai remarcabilă! Dar cum rămâne cu bunica ta, Agatha... știai despre ea?

Am clătinat din cap.

– Nu. În acea zi îngrozitoare din 1923, când m-a părăsit tata, el mi-a spus că se ducea să caute ajutor în Elveția.

M-am ridicat de pe scaun, am traversat până la intrare și am întors semnul atârnat pe ușă, după care am adăugat:

– N-am știut niciodată unde anume intenționa să găsească ajutor. Acum e limpede că încerca să ajungă la mama lui.

Mi-am tras nasul. Elle s-a încruntat.

– E ceva ce nu înțeleg. Dacă Lapetus avea o mamă atât de bogată, cum de a ajuns să se lupte ca să supraviețuiască în Siberia?

Am ridicat din umeri.

– Ți-am spus cine era. După cum ai citit în scrisoare, era văzut adesea în preajma celor în dinastia Romanov. După revoluție, a fost necesar să se ascundă, ca să ne protejeze.

Elle s-a așezat pe unul dintre fotoliile cu spătar în formă de evantai, pe care le instalaserăm în librărie pentru clienți.

– Nu-mi vine să cred că te-a găsit avocatul ăsta!

Eram perfect de acord cu ea.

– Probabil că Flora a trimis cine știe cui niște documente oficiale cu numele noastre, am spus eu în timp ce-mi masam bărbia, încercând să fac legătura între evenimentele care duseseră la descoperirea mea. Ironia sorții a făcut ca eu să-i spun cândva lui Archie Vaughan numele meu real. Deși mă îngrijorează faptul că domnul Kohler ne-a găsit atât de ușor! După cum ai zis și tu, războiul s-a terminat și, ca atare, Kreeg e liber să umble pe unde vrea el.

– Dacă mai trăiește, mi-a amintit Elle. Foarte mulți n-au supraviețuit.

Am clătinat din cap.

– Mă îndoiesc că am norocul ăsta!

Elle mi-a zâmbit înțelegător.

– Vrei să te întâlnești cu domnul Kohler? m-a întrebat ea.

– Da, am răspuns eu, plin de cu încredere. În copilărie, atunci când am pornit prin troiene, Elveția era destinația mea. În sfârșit, a venit vremea să închei călătoria asta!

– Când vrei să pleci?

– De îndată ce poate domnul Kohler, am răspuns eu în timp ce privirea îmi rătăcea peste rafturile de cărți din librărie. N-am idee câți bani presupune averea Agathei, dar imaginează-ți ce am putea face cu o sumă semnificativă! Banii ne-ar putea cumpăra, în sfârșit, siguranță, am spus, îngăduindu-mi să visez preț de o clipă. Am putea deveni proprietarii unei căsuțe dintr-o pustietate. Elle, cu suficienți bani și cu puțină minte...

– Ne-am putea feri de Kreeg toată viața.

După ce m-am interesat, am descoperit că firma de avocatură Kohler & Schweikart era pe deplin legală și, o săptămână mai târziu, m-am îmbarcat pe feribotul spre Franța. După trei zile de mers cu diverse trenuri, am ajuns să mă întâlnesc cu Eric Kohler în clădirea lui grandioasă de pe Rue de Rhône din Geneva. Recepția impunătoare se mândrea, dintre toate ornamentele, cu o fântână arteziană în miniatură, al cărei clipocit elegant l-am ascultat vreme de douăzeci de minute, în timp ce îl așteptam pe avocat. În cele din urmă, s-a deschis o ușă mare din lemn de nuc și a apărut un bărbat îmbrăcat impecabil, al cărui păr blond era pieptănat fără cusur.

– Sunteți domnul Robert Tanit? a întrebat el, iar eu am încuviințat din cap și apoi ne-am strâns mâinile. Eu sunt Eric Kohler. Vă rog să mă urmați!

Avocatul m-a condus într-o încăpere care avea un tavan impresionant de înalt. Biroul era așezat în fața unor uriașe ferestre în stil neoclasic, care ofereau o priveliște panoramică asupra uluitorului și tihnitului lac Geneva.

– Luați loc! m-a poftit el, arătându-mi scaunul tapisat cu piele verde, aflat de cealaltă parte a biroului.

– Mulțumesc.

Eric s-a uitat la mine, presupun că în încercarea de a decide dacă semănam cu Agatha.

– Sper că ați călătorit bine? a întrebat el.

– Da, mulțumesc. Nu cred că am mai făcut vreodată o călătorie cu trenul care să fi fost atât de plăcută. Chiar aveți o țară frumoasă!

Eric a zâmbit.

– Îmi place să cred că da. Mică, dar perfect alcătuită, a remarcat el cu satisfacție, după care s-a întors și a arătat spre fereastră. Cu un lac mare! a exclamat, iar amabilitatea lui a avut darul de a mă liniști. Deși trebuie să mărturisesc, domnule Tanit, că nu înțeleg motivul pentru care o numiți țara *mea*. E și a dumneavoastră, nu-i așa?

– Ei, bine..., am murmurat, stând pe gânduri preț de o clipă, ... cred că da, în sensul că e țara natală a tatălui meu. Dar nu m-am născut aici și nici n-am vizitat-o vreodată.

Eric a dat din cap, înțelegător.

– V-ați născut în Rusia, nu-i așa?

Am ezitat, nedându-mi seama ce anume știa acel avocat despre mine.

– Da.

– Hmmm..., a mormăit Eric, lăsându-se pe spate în scaunul lui. Avem multe de discutat! Dar, înainte de a continua, trebuie să vă confirm identitatea. Aveți la dumneavoastră actele de identitate?

Am ezitat.

– Am cartea de identitate britanică și pașaportul.

– Perfect! s-a bucurat el, bătând din palme.

– Dar, domnule Kohler, trebuie să recunosc că ambele documente au fost procurate de fostul meu angajator, Archie Vaughan. Avea relații sus-puse în armata britanică, așa că a putut, cu generozitate, să obțină documentele astea pentru mine și partenera mea, am mărturisit eu, iar domnul Kohler a mijit din ochi. Ceea ce încerc să vă spun e că informațiile, ca, de pildă, locul natal și vârsta, s-ar putea să nu se potrivească cu propriile dumneavoastră dosare.

Eric și-a împreunat mâinile și s-a aplecat peste birou.

– Pot să vă întreb de ce nu dețineți nici un document original, domnule Tanit?

– Dacă certificatul meu de naștere există, e îngropat sub zăpada siberiană. Am fugit din Rusia pe vremea când eram copil. N-am avut de ales, domnule Kohler. Mi-a fost teamă pentru viața mea. Tatăl meu plecase cu mult timp înainte și am considerat că...

– Trebuia să fugiți, a completat Eric dând din cap, iar pe față i-a apărut un zâmbet complice, ceea ce m-a făcut să mă întreb dacă nu cumva era la curent cu misiunea pe care și-o asumase Kreeg Eszu, aceea de a-mi curma viața. M-am gândit eu, domnule Tanit! a adăugat el. Bunica dumneavoastră m-a pregătit pentru asta.

Cuprins atât de emoție, cât și de curiozitate, am răspuns cu precauție:

– Îmi pare rău, domnule Kohler, nu sunt sigur că înțeleg.

– Nu există secrete aici, domnule Tanit. Știu totul, a spus el, făcându-mă să-mi țin respirația. Înainte de revoluția din Rusia, tatăl dumneavoastră, Lapetus Tanit, a făcut parte din suita casei imperiale a țarului Nicolae al II-lea. Corect? a întrebat el, iar eu am dat încet din cap în semn de confirmare. A predat limbi clasice și muzică țareviciului și surorilor lui. Drept urmare, era bine cunoscut de bolșevici, la fel ca toți cei asociați cu familia regală. În urma Revoluției din Octombrie, în urma căreia țarul a fost răsturnat de la putere și ucis, tatăl dumneavoastră s-a temut pentru viața lui și a fugit. Apoi, fiindcă nu s-a mai întors să vă ia cu el, l-ați urmat, temându-vă și dumneavoastră, a povestit Eric pe un ton puțin cam îngâmfat. Sunt pe aproape?

Nimic din ceea ce spusese nu era fals. Pur și simplu, omisese un detaliu esențial: pe acela despre Kreeg și diamant. În spiritul spuselor lui, am recunoscut:

– Da, domnule Kohler, aveți dreptate în tot ceea ce ați afirmat.

El s-a ridicat de pe scaun și a început să se plimbe lent prin fața ferestrei, precum detectivul Poirot explicând un caz.

– Din motivele pe care le-am pomenit, ați fugit toată viața, temându-vă cu disperare că un membru al Armatei Roșii ar fi putut apărea în orice moment, încercând să vă omoare pentru că făcuserăți parte din suita casei imperiale, a spus avocatul privindu-mă țintă, cu sprâncenele ridicate. De teamă, ați rătăcit prin Europa, schimbându-vă ocupațiile și, îndrăznesc să spun, și numele.

Explicația lui nu era deloc departe de adevăr.

– Sunteți foarte perspicace, domnule Kohler! am spus.

– Am avut mult timp la dispoziție ca să pun povestea cap la cap, m-a informat Eric, așezându-se apoi pe scaun și vârându-și mâna într-un sertar. Iar acum, după ce am scos totul la iveală, vreau să încep prin a vă cere să-mi confirmați numele dumneavoastră de botez, fiindcă știm amândoi că nu e „Robert", a spus el, dar eu am rămas tăcut. Presupun că vi-l amintiți? a întrebat, oarecum compătimitor.

– Da, am bâiguit, doar că... parcă asta a fost într-o altă viață.

– Înțeleg. Ei, bine, doresc să vă asigur de un singur lucru, domnule Tanit, și anume că sunteți la adăpost de persecuția sovietică. Urmărirea regaliștilor s-a încheiat acum mai bine de un deceniu, iar fiul unui profesor nu i-ar interesa deloc pe sovietici. Nu sunteți în pericol, credeți-mă!

– E... o ușurare să știu asta. Mulțumesc, domnule Kohler! am răspuns.

– Prin urmare, nu mai e nevoie să fugiți și să vă schimbați numele. Sunteți cetățean elvețian prin naștere și, dacă alegeți să vă stabiliți aici, sunteți binevenit. Iar acum îmi spuneți, vă rog, prenumele dumneavoastră?

– Atlas, am murmurat eu.

– Un început bun! a exclamat Eric, vesel.

De-a lungul anilor, făcusem tot posibilul să evit folosirea prenumelui meu, care avea un mare grad de unicitate. Cititorul atent își poate aminti, desigur, de reticența mea de a-l folosi chiar și în jurnalul de față. Dar Kreeg mă găsise oricum.

– După cum v-am mai spus, domnule Tanit, a continuat Eric, bunica dumneavoastră m-a pregătit bine. Mi-a spus că, după ce studiile lui muzicale l-au dus în Rusia, fiul ei a fost angajat de țar. Ei trebuie să-i mulțumiți pentru toate astea, nu mie!

– Mi-aș dori să pot! a fost răspunsul meu sincer. Ați spus că sunt cetățean elvețian și că aș fi binevenit să rămân aici. Dar n-am nici pașaport, nici certificat de naștere. Cum să obțin cetățenia?

Eric a dat din mână.

– Dacă pot dovedi că sunteți nepotul Agathei Tanit, ceea ce intenționez să fac de îndată, atunci procedura de obținere a cetățeniei e relativ simplă, a explicat Eric în timp ce-și potrivea cravata. Cu sprijinul firmei mele, care e foarte bine cotată, documentele ar putea fi emise cu ușurință. Deși, desigur, asta ar dura ceva timp.

Mă amețea ideea unei cetățenii complet autentice.

– O, Doamne!

Eric și-a vârât mâna într-un alt sertar al biroului și a scos un dosar.

– Ceilalți domni Tanit care au șezut pe acel scaun au fost cu toții în măsură să furnizeze o formă de identificare, dar asta e partea de discuție în cursul căreia încep să se poticnească. Știind că s-ar putea să nu aveți o dovadă formală a obârșiei dumneavoastră, Agatha a conceput o serie de întrebări la care considera că numai adevăratul ei nepot putea să știe răspunsul.

– Ce interesant! am spus, ușor neliniștit de ceea ce avea să urmeze. Ce se întâmplă dacă nu sunt în stare să răspund?

Eric a ridicat din umeri.

– În cazul ăsta, domnule Tanit, mă tem că o să trebuiască să ne despărțim, conform dorinței Agathei.

Am înghiţit în sec.

– Înţeleg.

– Sunt doar trei întrebări, domnule Tanit. Pot să încep?

M-am mutat pe marginea scaunului.

– Vă rog, am răspuns eu, gâtuit de emoţie.

– Foarte bine! a spus Eric, dregându-şi glasul. Prima întrebare este: ce entitate cerească formează Pleiadele împreună cu roiul stelar deschis care poartă numele de Hiade?

Am răspuns fără ezitare:

– Poarta de Aur a eclipticei.

Un zâmbet larg a apărut pe faţa lui Eric.

– Corect! Ce interesant, domnule Tanit! Până acum n-am mai ajuns niciodată la întrebarea a doua, a spus el, aplecându-se. Pot să vă întreb de ce ştiţi răspunsul?

– Tatăl meu era fascinat de astronomie. El m-a învăţat tot ceea ce ştiu despre cerul nopţii.

Eric a chicotit.

– La fel cum mama lui l-a învăţat tot ceea ce ştia ea. Oricum, a doua întrebare e: cine a făurit vioara lui Lapetus Tanit?

– Giuseppe Guarneri del Gesù, domnule Kohler.

Avocatul a zâmbit cu toată gura.

– Foarte bine, domnule Tanit! Vioara a fost un cadou de la Agatha, pe care ea i l-a dat înainte ca el să plece în Rusia. Ştiaţi asta? a întrebat, iar eu am clătinat din cap în semn de negare. Ei, bine, totuşi aveţi dreptate! Deci, trecem la a treia şi ultima întrebare… Puteţi să-mi spuneţi *de ce* Lapetus Tanit a avut o vioară Guarneri?

M-am încruntat şi am clătinat din cap.

– O, Doamne, domnule Kohler, mă tem că am dat greş! Tata zicea că prefera rezonanţa mai profundă a viorilor lui Guarneri.

– Hmmm…, a răspuns domnul Kohler, neştiind dacă să accepte sau nu răspunsul meu. Lapetus a preferat viorile lui Guarneri şi nu pe cele ale lui…

Am pufnit, enervat.

– Păi, nu pe cele ale lui Stradivarius! Tata spunea mereu că lui Stradivarius nu-i mai ajungeai cu prăjina la nas.

În ciuda faptului că picasem aproape sigur testul de identitate conceput de bunica mea, amintirea aceea mi-a adus un zâmbet pe buze. Domnul Kohler m-a fixat cu privirea, iar apoi a întors coala pe care o ținea în mână și a arătat cu degetul spre o anumită propoziție. Cu o caligrafie frumoasă, cu înflorituri, scria: *Lui Stradivarius nu-i mai ajungeai cu prăjina la nas.*

Observând că rămăsesem cu gura căscată, Eric a spus:

– Se pare că întrebările bunicii au fost alese pe sprânceană! Și iată-mă pe mine, cu peste cincisprezece ani în urmă, sfătuind-o cu disperare să adopte altă strategie, dar ea mi-a spus: „Nu, domnule Kohler, e de neconceput ca fiul meu să nu fi pomenit frecvent de faptul că lui Stradivarius nu-i mai ajungeai cu prăjina la nas. Numai despre asta vorbea!"

– Dar... Agatha nici măcar nu m-a cunoscut, am spus, continuând să fiu complet nedumerit.

– Nu. Dar era o femeie excepțional de inteligentă, care își cunoștea fiul mai bine decât oricine altcineva de pe planetă.

– Îmi pare foarte rău că n-am cunoscut-o!

– Într-adevăr. Oricum, felicitări, domnule Tanit! Mă bucur să vă cunosc în mod oficial, Atlas! a spus el, după care ne-am strâns din nou mâinile. Așadar, permiteți-mi să vă povestesc despre istoria familiei dumneavoastră. Ce știți deja?

– Foarte puțin, am răspuns eu cu sinceritate. Părinții mei au făcut parte din suita casei imperiale ruse. Mama a murit în timpul nașterii mele, dar tata mi-a povestit totul despre ea. Știam, totodată, că tata avea origini elvețiene, dar în afară de asta... nu cunosc prea multe amănunte.

– În cazul ăsta, am plăcerea să vă informez că aveți descendență aristocratică. Familia Tanit își are rădăcinile în Sfântul Imperiu Roman. Ați auzit de Casa de Habsburg? a întrebat el, iar eu am încuviințat din cap. Această casă domnitoare, care a ajuns să fie una dintre cele mai proeminente dinastii din istoria Europei, își are originea în nordul Elveției. Din acea familie au provenit regi ai Spaniei, Croației, Ungariei... și aș putea continua cu enumerarea.

Am făcut ochii mari.

– Domnule Kohler... vreți să spuneți că sunt un Habsburg?

Avocatul a râs.

– Nu, nu sunteți, a răspuns el, iar eu am simțit cum roșeam. Totuși, există relatări istorice despre numele de Tanit, asociat cu dinastia încă din 1198. Se pare că înaintașii dumneavoastră îi povățuiau pe Habsburgi cu privire la poziția astrelor și a perioadelor în care ele îi avantajau pe aceștia din urmă. Așadar, ei aveau mare încredere în familia dumneavoastră și, din motivul ăsta, i-au răsplătit cu noblețe... și cu mulți bani. Iar dumneavoastră, Atlas, sunteți ultimul din neam. Ultimul Tanit. Am să vă dau o avere de..., a spus avocatul, răsfoindu-și hârtiile, ... aproximativ cinci milioane de franci elvețieni. După ce actele o să fie în regulă, bineînțeles.

Expresia mea trebuie să fi părut comică.

– Cinci... milioane? am șoptit.

Eric a încuviințat din cap.

– Într-adevăr. Poate că acum înțelegeți de ce am ținut să vă contactez. Nu numai că aveți dreptul la o sumă mare de bani, dar sunteți și ultimul membru al unei dinastii culturale elvețiene!

Nu mai aveam cuvinte. Banii ne puteau oferi mie și lui Elle tot ce visaserăm vreodată. Eram gâtuit de emoție.

– Nu știu ce să spun.

– Nu trebuie să spuneți nimic, Atlas. O să încep procesul de înregistrare oficială a dumneavoastră ca cetățean elvețian. Așa cum am mai spus, acum ne aflăm în perioada postbelică, asta însemnând că așteptarea ar putea dura mai degrabă ani, decât luni.

– Înțeleg, am răspuns eu, simțind că mi se învârtea capul doar la ideea că eu și Elle am fi putut să ne stabilim în Elveția și să ne întemeiem o familie, drept pentru care abia așteptam să-i dau vestea. Pot să vă întreb unde o să stau noaptea asta, domnule Kohler? În casa Agathei?

– A, nu, v-am rezervat o cameră la hotel pentru câteva nopți. Iată adresa! a spus Eric, dându-mi o carte de vizită. Agatha a lăsat moștenire casa ei cea mare din oraș cuplului care a îngrijit-o la bătrânețe. După ce tatăl dumneavoastră a plecat în Rusia, cei doi au fost cu adevărat singura familie care i-a rămas Agathei. Cu toate astea..., a murmurat el ridicând un deget în semn că își amintea ceva, pentru ca apoi să se apuce să răsfoiască încă o dată dosarul de pe birou, ... cu aproximativ un an înainte să moară, Agatha a cumpărat un teren mare în zona lacului Geneva, pe o peninsulă izolată, mai precis.

Eric a găsit, în cele din urmă, documentul pe care îl căutase cu atâta asiduitate și a conchis:

– Acum vă aparține. Iată o hartă. Vă rog să vizitați proprietatea, dacă doriți, m-a îmbiat el, iar eu am luat harta. E frumos acolo! a adăugat, întorcându-se ca să arunce o privire pe una dintre ferestrele enorme ale încăperii. Ați putea merge după-amiază.

– Cred că așa o să fac, i-am răspuns eu în timp ce mă ridicam, cu genunchii moi. Pot să iau un taxi din fața clădirii?

Eric a pufnit.

– S-ar putea să fie o problemă. Accesul la peninsulă e posibil doar dacă mergeți cu barca! Însă puteți închiria de la docul din apropiere un mijloc de transport acvatic, la un preț rezonabil. Arătați-i șoferului harta, iar el o să știe unde să vă ducă.

– Se pot închiria bărci? Mă orientez foarte bine după hărți.

– Da, nu mă îndoiesc, dacă puteți convinge autoritățile de resort că aveți permis. O, mai e și asta! a exclamat el, scoțând din dosar un plic mic, de culoare crem. E o scrisoare de la bunica dumneavoastră. Știți, a chicotit el, nu credeam să mai apuc vreodată ziua în care să v-o dau. Priviți! a adăugat, punându-și degetul pe tâmplă. Am părul cărunt! Pe vremea când am cunoscut-o pe bunica dumneavoastră, eram tânăr, s-a confesat, iar apoi s-a ridicat ca să-mi dea plicul și și-a luat rămas-bun. Vă contactez prin intermediul hotelului. O să fie o mulțime de documente de semnat cât timp sunteți aici, la Geneva. La revedere, Atlas! Ne vedem mâine, cred!

– Mulțumesc, domnule Kohler!

CAPITOLUL 34

În patruzeci de minute, traversam lacul Geneva la bordul unui Shepherd Runabout cam şubred. În ciuda ambarcaţiunii precare, eram fascinat de vastul lanţ muntos care împrejmuia lacul. Am închis ochii şi m-am bucurat să simt briza răcoroasă pe piele. Îmi plăcea să fiu pe apă, însoţit numai de gândurile mele şi de aerul curat.

Drumul de la docul din Rue de Rhône a durat mai bine de douăzeci de minute, dându-mi senzaţia distinctă că peninsula Agathei era într-adevăr izolată. În cele din urmă, s-a ivit şi bucata de pământ indicată pe hartă. Am privit promontoriul izolat, dincolo de care se afla un teren impunător în formă de semilună, care se ridica abrupt.

Am oprit motoarele şi am lăsat nava să lunece încet spre ţărm. S-a aşternut o linişte perfectă şi am rămas uimit de splendoarea acelui peisaj de basm, care se reflecta în apa ca oglinda. În curând, coca a intrat în contact cu solul moale, iar eu am sărit pe mal, cu parâma în mână. Am ridicat prova pe nisip şi am legat-o de o stâncă mare. Am tras aer în piept şi am scos scrisoarea Agathei din buzunar.

Dragă Atlas,

Dragul meu nepot, dacă citeşti rândurile astea, înseamnă că domnul Kohler şi-a ţinut promisiunea şi a izbutit să te găsească – ceea ce, din păcate, n-am putut face eu însămi.

În timp ce scriu, știu că sunt aproape de sfârșitul timpului care mi-a fost dat pe pământ, dar dacă ai o lacrimă în ochi, te rog să n-o verși, pentru că în curând o să fiu alături de fiul meu iubit, tatăl tău.

În ciuda distanței pe care slujba lui o pusese între noi, îmi scria cu regularitate. Astfel, am fost mereu la curent cu creșterea și dezvoltarea ta. El vorbea despre tine cu multă mândrie, Atlas, spunând adesea că erai mai înțelept decât cei de vârsta ta și că realizai mai mult decât credea el că era omenește posibil. Nu mă îndoiesc de asta din partea unui Tanit.

Și astfel mi-a povestit Lapetus despre talentul tău la vioară și despre fascinația ta față de stele – ceea ce era firesc să vină de la sine, având în vedere trecutul familiei noastre. Poate că domnul Kohler ți-a împărtășit câteva amănunte legate de acest trecut. Dacă n-a făcut-o, nu uita să-l întrebi. Povestea e fascinantă, iar lungimea ei depășește cantitatea de energie pe care ar trebui s-o am ca să ți-o istorisesc în prezenta scrisoare.

Cât de mult mi-aș fi dorit să ne fi întâlnit, să ne fi lăsat în voia amintirilor și să fi privit spre cerurile tăcute de deasupra lacului meu drag, Geneva! Apropo de asta, fără îndoială că ți s-a spus că acum ești proprietarul unui teren izolat, aflat chiar pe malul lacului.

L-am cumpărat pentru tine, nepotul meu. Am ales locul cu grijă. O să vezi că se poate ajunge la el doar pe apă și că e ferit de ochii curioși.

Am simțit că ai nevoie, poate, de propriul colț de lume, Atlas – un loc în care să te simți tihnit și în siguranță. Sper ca acel petic de pământ să-ți ofere asta și să poată deveni un cămin în care să trăiască viitoarele generații de Taniți.

Sau poate că, totuși, mă înșel și tu n-ai nevoie de un astfel de dar. Prin urmare, dacă vrei să vinzi proprietatea, o poți face cu binecuvântarea mea deplină.

Sunt din ce în ce mai obosită, așa că, din păcate, nu mai pot scrie mult. Cheltuiește moștenirea cu înțelepciune, dar nu uita că viața e extrem de scurtă. Dorința mea sinceră e să folosești banii ca să faci mai bună viața strănepoților mei și pe cea a generațiilor viitoare.

Aștept cu nerăbdare să te întâlnesc într-o zi, în viața de apoi. Până atunci, dacă dorești să mă găsești, Atlas, privește spre stele.

Cu drag,

Bunica ta, Agatha

Scrisoarea era emoționantă și iar îmi dădeau lacrimile. M-am uitat la cer.

– Mulțumesc, am șoptit.

Preț de o clipă de nebunie, mi s-a părut că universul îmi răspundea direct, fiindcă am auzit trosnetul unei crengi în spatele meu. M-am întors, dar n-am văzut pe nimeni.

– E cineva?! am strigat.

Întrebându-mă dacă nu cumva era un animal, m-am îndreptat spre copaci. În timp ce mă apropiam, am auzit un zgomot de pași grăbiți.

– E cineva? am repetat.

Intrând în pădure, am dat peste niște prelate și peste rămășițele unui foc care fusese stins rapid de o găleată cu apă adusă din apropiere. Pașii s-au îndepărtat iute, îndreptându-se spre tufișuri, iar eu am început să alerg ghidându-mă după sunetul lor.

– Te rog, oprește-te! Eu sunt proprietarul terenului! Nu vreau să-ți fac nici un rău!

Am alergat puțin și m-am oprit ca să mai ascult o dată pașii. Auzind doar cântecul păsărilor, mi-am pus mâinile în șold și m-am uitat la insula aceea sălbatică. Dintr-odată, o durere ascuțită, pătrunzătoare mi-a străbătut partea din spate a piciorului stâng, care mi s-a înmuiat.

– Au! am strigat eu în cădere.

Mi-am ridicat privirea și am văzut un băiat care mânuia un băț mare, un fel de țepușă de lemn. L-a ridicat din nou deasupra capului, voind ca de data asta să mă lovească în față, dar am întins brațul ca să mă apăr.

– Încetează! s-a auzit o voce dintre copacii din spatele meu, iar apoi a apărut o fetiță, care era mai mică decât băiatul. Nu face asta, te rog!

– Ce vreți?! mi-a strigat băiatul, cu bățul ridicat deasupra capului.

Am observat că cei doi vorbeau nemțește și le-am răspuns la fel:

– Locul ăsta e proprietatea mea! Mă rog, o să fie în curând. Dar stați liniștiți, nu vreau să vă fac nici un rău! Nu știam că erați aici.

Băiatul i-a aruncat o privire fetei, apoi s-a întors spre mine.

– Sunteți neamț? a întrebat. Vorbeați franceza înainte.

– Pentru că sunt elvețian, i-am dat eu un răspuns lapidar.

– De ce vorbiți în nemțește? a întrebat băiatul.

– Am locuit în Germania. La Leipzig, înainte de război.

– Vino, Claudia! a strigat el, iar fetița a venit și s-a așezat în spatele lui, moment în care el a lăsat bățul din mână. Îmi pare rău că ne aflăm pe proprietatea dumneavoastră! Ne strângem lucrurile și plecăm.

– Nu înțeleg. De ce m-ai lovit? am întrebat, ridicându-mă încet în picioare. Puteți să faceți tabără aici, dar nu trebuie să le faceți rău străinilor!

– Vezi, ți-am spus eu! a șuierat fata către băiat. Vă rog să-l scuzați pe fratele meu! I-am spus că nu vreți să ne faceți rău.

– Îmi cer iertare, a spus băiatul. Plecăm imediat!

Pentru prima dată, am observat că hainele copiilor erau zdrențuite și extrem de murdare. De asemenea, monstruos de mari, fiind făcute pentru adulți, iar bieții copii erau îngrozitor de slabi.

– După cum ziceam, puteți face tabără aici. Voi trăiți sub cerul liber? am întrebat.

– Da, a răspuns băiatul.

– Se pare că sunteți aici de foarte mult timp.

– Da. Dar plecăm acum.

– În munți? N-am văzut nici o barcă. Nu-i periculos să vă cățărați? Pare foarte anevoios!

– Ne descurcăm, a răspuns băiatul.

– Vă rog, domnule, a zis fata, nu spuneți nimănui că ne-ați văzut! Să nu vină din nou după noi!

– Claudia! a mustrat-o băiatul.

– E în regulă, l-am liniștit eu. Claudia? Așa te cheamă? am întrebat, iar fata a încuviințat încetișor din cap. E un nume foarte frumos, am spus, întorcându-mă apoi spre băiat. Și pot să te întreb cum te cheamă, tinere? l-am iscodit, dar el s-a mulțumit să clatine din cap în semn de refuz, ceea ce m-a făcut să ridic din umeri. Foarte bine! Numele meu e Atlas. Pot să te întreb la ce te refereai atunci când ai spus că nu vrei ca ei să vină din nou după voi? Care „ei"?

– Oamenii răi, a răspuns Claudia.

– Oamenii răi? am repetat eu. Adică soldații? am precizat, iar Claudia a încuviințat iarăși din cap, drept pentru care am început să înțeleg. Ați venit din Germania?

– Da, a spus băiatul.

M-am uitat la el extrem de compătimitor.

– Ați evadat dintr-un lagăr? am presupus eu, iar băiatul a încuviințat din cap, gest care mi-a dat curaj să îngenunchez și să mă uit în ochii lor. Vă asigur că nu sunt unul dintre „oamenii răi", pe cuvânt de onoare! Vă sunt prieten! i-am asigurat, ceea ce l-a făcut pe băiat să suspine și să dea iarăși din cap, ca semn că mă credea. Câți ani ai?

– Unsprezece. Sora mea are șapte.

– Foarte mici ca să fiți aici, fără nimeni prin preajmă – crede-mă, știu! De cât timp sunteți singuri?

Băiatul a ridicat din umeri.

– Nu-mi dau seama prea bine. Cred că aproape cincizeci de nopți. Și nu suntem singuri, a adăugat el cuprinzându-și sora cu brațul și luându-și un aer sfidător. Ne avem unul pe celălalt.

– Bineînțeles. Și asta e minunat!

Știam că acele două suflete nevinovate trecuseră, probabil, prin orori dincolo de înțelegerea mea și am încercat să-mi aleg cu grijă cuvintele.

– Pot să vă întreb cum ați ajuns aici?

Băiatul și-a plecat privirea. Cu un gest plin de blândețe, sora lui l-a luat de mână.

– Mama noastră a distras atenția unuia dintre gardieni și ne-am băgat pe sub gard. Noi...

Băiatul a dat să continue, dar glasul îi era prea gâtuit. Claudia a vorbit în locul lui:

– N-am vrut să plecăm, dar mama a spus că trebuia, a murmurat ea. După ce i-au făcut tatei...

Mi s-a frânt inima de mila acelor copii. În scurtul răstimp petrecut pe pământ, trăiseră cele mai rele experiențe ale umanității. Dacă cineva putea să le înțeleagă durerea, acela eram eu.

– N-aveți de unde să știți, fiindcă sunteți aici de prea mult timp, dar am o veste pentru voi. Războiul s-a terminat. Lagărele, precum cel din care ați evadat, sunt eliberate. Vă pot ajuta să vă găsiți mama, am adăugat cu glas blând.

Băiatul a clătinat din cap.

– Nu, domnule, nu se poate. Și-a dat viața pentru noi. Am auzit împușcăturile în timp ce ne strecuram pe sub gard. Apoi am fugit. Mama ne-a spus că trebuia să ajungem în Elveția, pentru că era o țară sigură. Așa că am luat-o pe Claudia și am făcut tot ce am putut, a spus el, plângând.

Foarte încet, i-am pus o mână pe umăr.

– Nu pot să-ți spun cât de rău îmi pare! Și eu mi-am pierdut părinții pe vremea când eram copil. Dar nu uita, am adăugat eu bătându-mă ușor peste piept, că ei trăiesc aici. Veșnic! am exclamat, iar băiatul s-a uitat în ochii mei. Ai apărat-o pe sora ta. Mama voastră, oriunde s-ar afla, este extrem de mândră de tine! l-am asigurat, iar apoi mi-a venit o idee. Cred că vă e foarte foame, am spus, vârându-mi mâna în buzunarul pantalonilor și scoțând de acolo un pachet de alune pe care-l păstrasem din tren. Poftim!

Recunoscător, băiatul a luat punga și a început să împartă alunele cu sora lui.

– Cum ați ajuns pe insulă? am vrut eu să știu.

– Am furat o barcă de pe partea cealaltă a lacului și vântul ne-a adus aici, a explicat el între două îmbucături. Am dat jos lucrurile, iar de dimineață am văzut că barca fusese luată de curent.

Am făcut ochii mari.

– Și nu v-ați mai putut întoarce? Ce groaznic!

Băiatul a ridicat din umeri.

– Au trecut multe bărci, dar nu îndrăzneam să le facem semn, pentru că ne temeam să nu fim duși înapoi în lagăr.

M-am frecat la ochi, gândindu-mă la nenorocirile care se abătuseră asupra acelor copii.

– Firește! Ce ați mâncat?

Băiatul a scos din pungă ultimele alune și i-a dat partea leului surorii lui.

– Știu să pescuiesc, dar nu prind prea mult. Am încercat cu o mulțime de fructe de pădure. Una dintre plante ne-a făcut foarte rău.

Știam că trebuia să-i duc pe cei doi la civilizație cât mai repede posibil. Aveau nevoie de îngrijire medicală și de somn în niște paturi calde.

– Știu că abia ne-am cunoscut, am spus pe un ton timid, dar ați vrea să veniți cu mine și să vă duc cu barca? Mă întorc în oraș. Cunosc oameni care ne pot ajuta.

Băiatul a încremenit.

– De unde știm că putem avea încredere în dumneavoastră?

Am rămas pe gânduri.

– Ai dreptate… dar nu-ți pot da un răspuns care să te mulțumească, am spus, încruntându-mă din cauza frustrării. N-am nici un ziar la mine, așa că nu pot dovedi că războiul din Europa s-a încheiat. Totuși, pot să vă arăt astea!

Am scos pașaportul britanic și cartea de identitate și i le-am dat băiatului.

– Britanic? a întrebat el, făcând un pas înapoi. Parcă ziceați că sunteți elvețian!

– Of! am exclamat, blestemându-mă în sinea mea. Da, ai observat bine. În mod clar, ești foarte inteligent, am adăugat, însoțindu-mi cuvintele de un zâmbet nervos. Tata era elvețian. De fapt, am venit aici ca să moștenesc averea bunicii mele, am explicat, iar apoi mi-a venit o idee. Am o scrisoare de la ea. Știi să citești în franceză?

– Puțin, a răspuns băiatul, mijind din ochi.

I-am dat scrisoarea Agathei.

– Te rog, citește-o! l-am îndemnat, după care m-am așezat pe pământ și mi-am încrucișat picioarele. Dacă ai nevoie de ajutor ca să înțelegi vreun cuvânt, spune-mi!

Am zâmbit. Băiatul s-a retras cale de vreo zece metri și s-a așezat în fața mea, alături de sora lui. A parcurs încet scrisoarea și, cam după cinci minute, s-a ridicat în picioare.

– Bine! a spus el. Venim cu dumneavoastră.

Fetișoara Claudiei s-a luminat.

– Adevărat? l-a întrebat ea pe fratele ei.

El a încuviințat din cap. Am răsuflat ușurat și am sărit în picioare, exclamând:

– Asta e o veste minunată! Îți mulțumesc că ai încredere în mine! Să vă pun lucrurile în barcă?

– Nu! a răspuns băiatul. Putem lăsa totul în urmă.

A luat-o de mână pe sora lui.

– Înțeleg foarte bine, am răspuns eu. Iar acum, după ce ne-am cunoscut cât de cât, aș putea avea plăcerea de a afla numele tău?

Băiatul și-a ridicat privirea la mine.

– Mă cheamă Georg.

Domnul Kohler a fost oarecum șocat să mă revadă în acea după-amiază, mai ales că am intrat în biroul lui având alături de mine doi copii subnutriți și murdari.

– Ce naiba se întâmplă?! s-a mirat el, cât pe ce să-și răstoarne ceașca de ceai de pe birou.

I-am explicat totul cât de succint am putut. Cititorule, e uimitor ce pot face banii! În acea după-amiază, domnul Kohler a reușit să cheme un medic și un asistent social, după care le-a oferit copiilor acces nelimitat la niște mese copioase. Totul a fost plătit de Agatha Tanit, întrucât avocatul a eliberat imediat niște fonduri din moștenire, având în vedere împrejurările extraordinare în care făcea asta și fiind pe deplin convins că bunica mea ar fi fost de acord.

– Ce o să se întâmple cu ei, domnule Kohler? am întrebat.

În chip cât se poate de firesc, avocatul era buimăcit de-a dreptul.

– De îndată ce putem confirma cu exactitate cine sunt, o să vedem dacă e posibil să se întoarcă la oricare dintre membrii familiei pe care ar mai avea-o în Germania.

L-am privit țintă, ridicând dintr-o sprânceană.

– Credeți că e posibil?

Eric și-a luat capul în mâini.

– Nu. Iar dacă se dovedește că așa stau lucrurile, probabil că guvernul elvețian o să finanțeze îngrijirea lor și o să-i plaseze într-o casă de copii, unde se presupune că o să-și găsească părinți adoptivi. Fiind copii refugiați, să sperăm că o să li se acorde cetățenia într-un interval rezonabil de timp.

M-am așezat pe scaunul de piele din fața domnului Kohler.

– Orfelinat, ați spus?

Eric a încuviințat din cap. M-am dus cu gândul la Apprentis d'Auteuil. Părea atât de crud să-i condamni pe Georg și pe Claudia la o astfel de viață după tot ce înduraseră deja! Fugiseră de persecuție, ca și mine. Mi-am amintit de Boulogne-Billancourt. Ce-mi spusese *monsieur* Landowski?

„Sunt sigur că într-o zi o să te afli în situația de a-i ajuta și tu pe alții. Vezi să accepți un asemenea privilegiu!"

Știam ce trebuia să fac.

– Aș vrea să plătesc pentru copii! i-am spus lui Eric.

– Poftim?

– Georg și Claudia au căutat adăpost pe proprietatea Agathei – proprietatea mea – și vreau să mă conving că sunt bine tratați. Singurul motiv pentru care mă aflu astăzi în fața dumneavoastră se datorează bunăvoinței străinilor. N-am putut să dau dovadă de prea mult altruism de-a lungul vieții mele, iar acum se pare că mă aflu într-o situație în care pot s-o fac.

Domnul Kohler s-a lăsat pe spate și a meditat la propunerea mea.

– Dați dovadă de un sentiment foarte nobil, dar tot cred că Georg și Claudia o să ajungă într-o casă de copii. Doar dacă nu cumva intenționați să-i luați la Londra.

Am privit în tavanul înalt și m-am gândit ceva vreme. Putea fi periculos să-i duc acasă pe cei doi, având în vedere că era posibil ca Kreeg să fi fost încă în libertate.

– În momentul de față, nu pot să fac asta, am răspuns. Dar, domnule Kohler, aș face orice ca ei să nu ajungă într-o casă de copii! Și-au pierdut părinții, iar lumea lor a fost dată peste cap. Au nevoie de alinare și de siguranță, nu de incertitudinea cu care orfelinatul îți umple sufletul. Chiar n-aveți nici o soluție?

Eric a bătut cu degetele în tăblia biroului.

– Cred că… ei, bine, nu pot promite nimic! Dar cuplul care a avut grijă de bunica dumneavoastră ar putea fi dispus să-i găzduiască, dacă ați putea să le oferiți bani pentru costurile de trai.

– Vorbiți serios? am întrebat, ușor surprins.

Eric a dat din cap, adeverind.

– Cei doi despre care v-am vorbit îi sunt foarte recunoscători Agathei pentru că le-a lăsat moștenire casa ei din oraș, mi-a destăinuit el, iar apoi a chicotit brusc. De fapt, chiar a trebuit să fac un efort destul de mare ca să-i conving să accepte cadoul! O să dau un telefon după-amiază.

M-am ridicat în picioare și i-am strâns mâna lui Eric.

– Mulțumesc, domnule Kohler! Mi-ar face plăcere să-i cunosc, dacă aveți succes. Cum îi cheamă?

– Hoffman.

*

Timeo și Joelle Hoffman erau doi oameni adorabili și modești, în vârstă de șaizeci de ani, cu care m-am întâlnit de mai multe ori în timpul șederii mele la Geneva. Vorbeau cu mare drag despre Agatha și despre bunătatea ei și erau cu adevărat încântați că Eric Kohler reușise, în sfârșit, să mă găsească. Previziunea avocatului s-a dovedit a fi corectă, iar cei doi au fost foarte încântați să-i primească pe Georg și pe Claudia în casa din oraș, care era impresionantă și amenajată impecabil.

– Ar fi o onoare pentru noi, domnule Tanit! a spus Joelle cu entuziasm. Sincer vorbind, de când am pierdut-o pe bunica ta, simțim că nu prea mai avem un rost.

Timeo a dat din cap, încuviințând.

– N-are sens să ne fâțâim prin casa asta imensă, cu patru dormitoare goale. E destul loc pentru toată lumea! Măcar atât putem face pentru bieții copii, după toate prin câte au trecut.

Am fost impresionat de generozitatea lor fără rezerve.

– Aveți și voi copii? am întrebat.

S-au arătat puțin abătuți.

– Nu, n-am fost binecuvântați, a răspuns Joelle, iar apoi a părut brusc îngrijorată. Dar te rog să mă crezi, domnule Tanit, că avem multă experiență și n-am...

Am ridicat o mână ca s-o opresc.

– Înțeleg foarte bine, Joelle! Nu pot să-ți spun cât de mult mă bucur că sunteți dispuși să-i primiți pe Georg și pe Claudia în casa voastră. Promiteți-mi că notele de plată pentru orice fel de cheltuieli – hrană, îmbrăcăminte, școală – o să fie trimise domnului Kohler. Îl autorizez să vă ramburseze banii imediat.

Am vrut să le strâng mâna, dar Joelle m-a îmbrățișat. Timeo a râs pe înfundate.

– Îmi cer scuze, domnule Tanit, dar soția mea nu face decât să exprime cât de fericită ar fi Agatha fiindcă te afli aici, în camera de zi a casei ei!

Joelle s-a îndepărtat ca să se uite în ochii mei.

– Te întorci să locuiești în Elveția? m-a întrebat ea. Dacă vrei să te stabilești undeva, află că țara asta e un loc minunat!

I-am zâmbit cu căldură.

– Poate că da, Joelle! Totuși, am câteva chestiuni de rezolvat în Anglia înainte să iau în considerare opțiunea asta, am spus eu în timp ce mă îndreptam spre ușă. Vă rog să-i dați periodic vești domnului Kohler despre copii! Aș fi absolut încântat să aflu cum le merge.

Restul timpului petrecut în Elveția mi l-am consumat semnând acte, întâlnindu-mă cu directori de bănci și rezolvând probleme împreună cu Eric Kohler, care înceta oficial să mai lucreze pentru Agatha și începea să lucreze pentru mine.

– O să vă trimit pașaportul și oricare alte documente la Arthur Morston Books, domnule Tanit! Vă rog să vă asigurați că, dacă vă mutați, mă anunțați. Nu vreau să fiu nevoit să vă urmăresc încă cincisprezece ani!

A chicotit și a clătinat din cap în timp ce ieșeam din biroul lui și închideam în urma mea enorma ușă din lemn de nuc.

CAPITOLUL 35

Procesul de obţinere a cetăţeniei s-a dovedit a fi chiar atât de lent pe cât prevăzuse Eric. M-am obişnuit cu scrisorile sale lunare, din care aflam etapele frustrante în care stagnase cererea mea. Avocatul mi le trimitea de obicei împreună cu o mulţime de documente noi, pe care trebuia să le semnez şi să le datez. Pe lângă treburile administrative, mă bucuram mereu să primesc veşti despre bunăstarea copiilor pe care îi găsisem în acea peninsulă moştenită de la bunica mea. Amândoi începuseră să meargă la o şcoală privată, recomandată de domnul Kohler. Georg, în special, părea să aibă un mare potenţial în ceea ce privea învăţătura.

Din fericire, n-a trebuit s-o conving pe Elle că viitorul nostru se afla în Elveţia.

– De îndată ce am actele oficiale, îi promisesem, începem construcţia unui refugiu doar pentru noi doi. Închipuie-ţi! Propriul nostru paradis izolat de lume!

Ea radiase de bucurie.

– O, Bo, asta sună prea bine ca să fie adevărat! Iar după ce obţii cetăţenia, ne putem căsători oficial. Abia aştept!

Ştiam cât tânjea să se aşeze la casa ei. Speram să obţin repede cetăţenia, dar între timp voiam să-i fac o promisiune. Cu permisiunea domnului Kohler, am retras nişte fonduri din averea Agathei şi m-am dus la un magazin de bijuterii de pe Bond Street, la Londra.

Deși am văzut o mulțime de inele, nici unul nu m-a impresionat. Nu mai cheltuisem niciodată o sumă atât de mare și nu-mi venea s-o dau pe o bijuterie care, în ciuda prețului, era doar un simbol. Voiam ca inelul să aibă o semnificație. După ce m-am uitat vreme de o oră prin sticla groasă a vitrinei, am întrebat dacă se putea face o piesă personalizată.

– Orice e posibil la prețul corect, domnule! a răspuns bijutierul.

Știam că piatra centrală trebuia să fie un diamant, simbolul suprem al puterii dragostei. În ceea ce privea montura, am cerut să fie incluse șapte puncte individuale, care să-i dea inelului aspectul unei stele strălucitoare.

– Foarte bine, domnule, a spus bijutierul zâmbind. Montura fiind destul de mare, ați dori să alegeți o a doua piatră pentru vârfuri? Safir, poate?

M-am gândit o clipă, știind că omul încerca să scoată mai mulți bani, dar în același timp eram hotărât ca bijuteria să fie cu totul unică.

– Există o piatră prețioasă care să reprezinte speranța? am întrebat.

Bijutierul a dat din cap, aprobator.

– O, da, domnule, smaraldele! Se spune că semnifică iubirea, renașterea... și fertilitatea, a adăugat el ridicând dintr-o sprânceană.

Mi-am împreunat mâinile.

– Perfect!

Făurirea inelului a durat mai multe luni, dar în cele din urmă cineva mi l-a adus la librărie. De îndată ce am deschis cutia și m-am uitat înăuntru, am amuțit.

În acea seară am scos-o pe Elle la cină în oraș, la Albert Buildings. Purta o rochie vișinie care, cumva, făcea ca ochii ei albaștri să fie și mai strălucitori decât de obicei. În timp ce împărțeam o sticlă de Côtes du Rhône la lumina lumânărilor, i-am povestit totul despre viitorul pe care-l plănuisem pentru noi pe malul lacului Geneva. Restul încăperii s-a estompat, iar eu mi-am petrecut seara pierdut în aura lui Elle.

– Cred că vine vremea noastră, draga mea! În sfârşit, putem lăsa trecutul în urmă.

Ea mi-a aruncat acelaşi zâmbit ameţitor care mă topea pe vremea când eram copil, la Paris.

– Chiar crezi asta, Bo? Aproape că mi-e teamă să visez!

Am luat-o de mână.

– O să avem parte de finalul nostru fericit.

M-am aşezat uşurel într-un genunchi şi mi-am strecurat mâna în buzunarul jachetei. Am tras aer în piept şi m-am uitat în ochii ei strălucitori.

– Elle Leopine, ne e scris să ne petrecem viaţa împreună! Dar, până în ziua în care o să te pot numi soţia mea, te rog să accepţi inelul ăsta ca pe un simbol a tot ceea ce reprezinţi pentru mine!

Am scos cutia şi am deschis-o în faţa ei. Şi-a acoperit gura cu mâinile.

– O, Bo…, a murmurat ea în timp ce îi strecuram cu grijă inelul pe cel de-al patrulea deget al mâinii stângi…, nu ştiu ce să spun! N-am mai văzut niciodată aşa ceva. E absolut minunat!

– Şapte puncte pentru Cele şapte surori ale mele – luminile care m-au călăuzit spre diamantul din centrul universului… adică spre tine.

După ce Rupert şi Louise Forbes s-au căsătorit, Flora le-a dat librăria, aşa cum promisese. Din fericire, cei doi ne-au rugat să ne ocupăm în continuare de ea. Erau mulţumiţi de afacerea pe care reuşiserăm s-o construim şi erau ocupaţi cu renovarea proprietăţii Home Farm. În plus, se părea că Rupert avea un post mai de seamă în cadrul Serviciului de securitate britanic. Deşi era pasionat de literatură, ţara avea întâietate în ochii lui.

În 1947, într-o dimineaţă liniştită de ianuarie, mi-am sprijinit picioarele de tăblia biroului şi am deschis *Financial Times*. Întrucât urma să primesc în curând un mare capital, făceam tot posibilul să rămân la curent cu pieţele monetare, chiar dacă nu pricepeam majoritatea informaţiilor. Ziarul făcea bilanţul anului 1946 și anunța înființarea World Bank Group – un grup de cinci organizații internaționale, menit să acorde împrumuturi țărilor aflate în dificultate. În prima lună, grupul aprobase livrarea a două sute cincizeci de milioane de dolari pentru reconstrucția postbelică a Franței. Am făcut ochii mari când am citit penultimul paragraf al articolului.

„Majoritatea oamenilor îl cunosc pe Eugene Meyer, primul președinte al organizației, drept editorul cotidianului Washington Post din Statele Unite ale Americii. Domnul Meyer cheltuiește milioane de dolari din banii lui ca să mențină pe linia de plutire ziarul deficitar, cu scopul de a-i îmbunătăți calitatea și în spiritul jurnalismului independent, astfel că e lesne de bănuit motivul pentru care domnul Meyer a fost candidatul perfect pentru postul de președinte al WBG. Meyer provine dintr-o familie caritabilă. Sora lui, Florence Meyer Blumenthal, s-a remarcat prin organizația filantropică franco-americană pe care a înființat-o, «Blumenthal Foundation», care încă le acordă bursa Prix Blumenthal tinerilor artiști."

Am sărit în picioare și am alergat la etaj, ca să-i arăt articolul lui Elle. Ea a râs, mirată.

– Dumnezeule! De mult n-am mai auzit numele lui Florence!

– Nici eu, m-am grăbit să spun. E ciudat, nu-i așa? Îi suntem foarte îndatorați. Mi-aș fi dorit să-i putem mulțumi pentru tot ce a făcut pentru noi.

M-am așezat pe canapeaua ponosită, căreia Elle încercase să-i dea un aspect mai vesel cu ajutorul unui pled tricotat.

– Știu, Bo! Dar Florence a murit cu mult înainte să primim noi bursa.

– Cred că de-asta mă doare și mai tare.

Elle a venit pe canapea, lângă mine.

– Și Eugene Meyer? Am putea să-i scriem și să-i spunem ce a însemnat sora lui în viețile noastre.

Am suspinat.

– Am senzaţia că e puţin probabil ca preşedintele WBG să primească scrisorile noastre.

Elle a dat din cap ca să-mi arate că era de acord şi a stat o clipă pe gânduri.

– Bine, atunci. Mergem la el!

– Ce?

– De ce nu? Acum, când războiul s-a terminat cu adevărat, ce avem de pierdut? În plus, a adăugat ea, zâmbind, întotdeauna mi-am dorit să merg în Statele Unite!

Am râs. Ideea de a călători liber într-o altă ţară, fără să fii nevoit să fugi, încă era un concept nou pentru mine.

– E un gând frumos, Elle! Dar mă îndoiesc că Eugene Meyer ar accepta să se întâlnească pur şi simplu cu noi.

Elle m-a bătut uşor peste picior.

– Nu la asta se pricepe ambiţiosul tău avocat elveţian? Nu poţi să-l pui să scrie pe adresa biroului din America al lui Eugene?

– Păi...

Clopoţelul a sunat la parter, indicând prezenţa unui client.

– Gândeşte-te! a chicotit Elle, în timp ce s-a ridicat şi a ieşit pe uşă.

În mai puţin de o săptămână, domnul Kohler a şi primit răspuns din partea secretarei lui Eugene Meyer. Aceasta l-a anunţat pe Eric că şeful ei ţinuse foarte mult la răposata lui soră şi că ar fi fost dispus să aibă o scurtă întrevedere cu noi. Bineînţeles că domnul Meyer era extrem de ocupat. Chiar şi aşa, urma să ajungă la New York peste o săptămână. Am fi putut să ne întâlnim cu el atunci?

I-am mulţumit lui Eric şi am pus receptorul în furcă.

– Acum sau niciodată! i-am spus lui Elle, care aştepta cu nerăbdare.

– Ţi-am spus că se descurcă domnul Kohler! Mă apuc să fac bagajele! a strigat ea, entuziasmată.

– Stai așa, am oprit-o eu, râzând. Ești sigură că putem să plecăm pur și simplu? Cine o să se ocupe de librărie?

Elle și-a dat ochii peste cap.

– Bo, n-am avut o zi liberă în zece ani! O sun pe Louise. Îți promit că n-o să fie nici o problemă.

A alergat la mine, m-a apucat de cămașă și m-a sărutat ușurel pe nas.

– Mergem în vacanță! s-a bucurat ea. Într-o vacanță adevărată!

Două zile mai târziu, ne-am trezit traversând Atlanticul la bordul navei *Queen Mary*. Deși cabina noastră de clasa a doua era foarte confortabilă, la fel ca toate celelalte saloane de pe vapor, am petrecut ore întregi pe punte. Era ceva care mă liniștea la pustietatea din largul oceanului. Îmi ordona gândurile. Era ca și cum aș fi rearanjat rafturile cu cărți răsfoite de clienții de la librărie, doar că totul se întâmpla în mintea mea.

Elle era extaziată la bord. Îmi creștea inima pe măsură ce vedeam bucuria pe care o simțea și față de cele mai mici lucruri, fie că era vorba de cafeaua proaspătă servită la micul-dejun, sau de cântăreața de jazz pe care o ascultam seara. După cele patru zile de călătorie, ne-am cazat la hotelul Winter Quay din Manhattan, miercuri dimineața. Am fost conduși în lift de către un tânăr care purta o șapcă și o jachetă roșie. Acesta ne-a arătat cu mândrie priveliștea uluitoare ce se vedea de la fereastra camerei noastre situate la etajul douăzeci. Nu mi-e rușine să spun că efectul era atât de amețitor, încât a trebuit să mă așez pe pat. După ce ne-a adus bagajele, tânărul cu șapcă roșie ne-a zâmbit larg și a rămas la ușă. Domnul Kohler mă pregătise pentru obiceiul tipic american de a da bacșiș și îmi dăduse câteva bancnote. Am scos una din buzunar și i-am întins-o. El și-a arătat satisfacția printr-o înclinare din cap.

– Mulțumesc, domnule! Vă doresc o ședere plăcută!

– Mă simt în al nouălea cer! a spus Elle după ce și-a lipit fața de sticla ferestrei, ca să admire priveliștea copleșitoare.

– Și eu. Dar nu cred că stomacul meu s-a obișnuit... Trebuie să cobor ca să-l sun pe domnul Meyer. Nu uita că pleacă astă-seară!

– Bine, dragostea mea, între timp eu despachetez.

M-am întors în foaierul alb, care avea un aspect ușor arid, și am intrat într-una dintre cabinele telefonice din lemn, situate lângă recepție. Mi-am vârât mâna în buzunar și am scos de acolo hârtia cu numărul de telefon pe care mi-l dăduse domnul Kohler. Apoi am băgat în aparat o monedă de douăzeci și cinci de cenți și am format numărul.

– Alo? a răspuns sec un bărbat accent american gutural.

– Domnul Meyer? Sunt Bo D'Aplièse!

Parcă s-a înmuiat auzindu-mi numele.

– Bo! Cel care o cunoștea pe sora mea, nu-i așa?

– Da, am răspuns eu, dar după aceea m-am corectat: Mă rog, de fapt, nu! N-am idee dacă vi s-a explicat, dar eu am fost unul dintre beneficiarii bursei *Prix Blumenthal*.

A expirat sonor și am bănuit că pufăia dintr-o țigară.

– Grozav, grozav! Ascultă, doar ca să nu pierdem timpul, trebuie să știi că de pe urma testamentului surorii mele nu mai există fonduri pentru câștigătorii anteriori. Sper că oamenii mei i-au spus asta avocatului tău!

Eram șocat.

– O, Doamne, ați înțeles greșit, domnule Meyer! Am vrut doar să vă mulțumesc!

El a pufnit.

– Să-mi mulțumești? N-am făcut nimic pentru tine, amice!

– Nu, dar sora dumneavoastră a făcut-o, nici n-a știut în câte feluri. Speram s-o întâlnesc personal ca să-i spun.

Meyer a suspinat.

– Îmi pare rău să-ți spun că ai ajuns zece ani prea târziu, puștiule!

– Știu. Îmi pare atât de rău pentru pierderea dumneavoastră! N-am venit aici pentru bani. Am vrut doar să vă spun cât de mult mi-a schimbat sora dumneavoastră viața, fără să știe.

El a tăcut, iar apoi a izbucnit în râs.

– Ce să vezi? Cine ar fi crezut că britanicii sunt atât de politicoși?!

– Nu sunt britanic, de fapt.

– Ia te uită, deja începem să ne cunoaştem! a exclamat el, după care a tăcut cât să tragă aer în piept. Deci vrei să ne întâlnim? Sunt pe cale să plec de la hotel pentru un reportaj la care lucrez după-amiază.

– Ar fi minunat să ne întâlnim!

– Excelent. Mă îndrept spre intersecţia o sută treizeci şi doi West cu o sută treizeci şi opt. Ne vedem acolo într-o jumătate de oră.

Cifrele nu însemnau nimic pentru mine.

– Unde anume?

– În Harlem, puştiule! Ascultă, repetă-i unui taximetrist ceea ce ţi-am spus. E un restaurant aproape de biserică. Pune-l să te lase acolo!

– Aşa fac. Eu şi soţia mea venim în curând.

A tuşit puternic.

– Ho, stai aşa! Soţia? N-ai zic nimic de soţie!

M-am grăbit să-i spun:

– Îmi cer scuze, ar fi trebuit să mă exprim mai clar. Şi ea a primit *Prix Blumenthal*. I-ar plăcea să vă mulţumească la fel de mult cum îmi place şi mie.

Meyer a bombănit:

– Treaba ta, amice, dar pe străzile alea s-ar putea să se încurce lucrurile astăzi. Mai bine o laşi acasă. În orice caz, ne vedem la restaurant!

Domnul Meyer a închis telefonul. M-am întors în cameră năuc şi i-am povestit lui Elle despre conversaţia cu Eugene. Deşi iniţial dezumflată, promisiunea unei excursii pe Empire State Building în acea după-amiază a înveselit-o.

– La ce crezi că se referă atunci când spune că poate fi periculos în cartierul ăla? a întrebat Elle.

– Crede-mă că n-am nici cea mai vagă idee. Dar trebuie să plec. Nu vreau să-l scap!

I-am dat un sărut şi m-am grăbit să cobor. Portarul mi-a chemat un taxi de un galben aprins şi i-am cerut şoferului să mă ducă la intersecția străzilor o sută treizeci și doi West și o sută treizeci și opt.

Șoferul s-a întors cu fața către mine.

– Ești convins, domnu'? a întrebat.

– Așa mi s-a spus, am confirmat eu.

Șoferul a ridicat din umeri.

– Cum vrei!

Pe măsură ce ne îndreptam spre Harlem, am observat că zgârie-norii enormi și strălucitori din Midtown începeau să rămână în urmă.

– Pot să te întreb ce te aduce în partea asta a orașului, amice? a întrebat șoferul.

– Mă întâlnesc cu cineva aici, am răspuns.

– Hmmm... Bănuiesc că nu ești de prin părțile locului. Prima dată la New York?

– Da.

El a chicotit.

– Mă gândeam eu! Nu prea întâlnești străini care să vrea să vină în Harlem.

– De ce?

– Tot ce zic e că majoritatea turiștilor vor să vadă Statuia Libertății, Central Park și Met. Nu-i interesează *adevărata* Americă.

Cartierul în care intram părea să fie cel puțin în stare de degradare. Vitrinele sclipitoare și luminile de neon din centrul Manhattanului erau înlocuite de scânduri, de panouri ruginite și de coșuri de gunoi pline. Taxiul și-a croit drum pe o stradă numită Lenox Avenue, iar chipurile pe lângă care treceam erau acum predominant negre. Mă durea inima pentru copiii de pe treptele caselor abandonate, în care, sincer, nu se prea putea locui.

În cele din urmă, mașina s-a apropiat de o impunătoare biserică gotică, pe care scria *Abyssinian Baptist*. Cineva instala în apropiere o mică scenă cu un microfon și am observat mai mulți polițiști care se învârteau pe-acolo, cu brațele încrucișate în chip impunător.

– Am ajuns! O sută treizeci și doi West cu o sută treizeci și opt, amice! a spus șoferul.

– Mulțumesc! am exclamat, uitându-mă în jur. Mi s-a spus că există un restaurant în apropiere...

– Cred că te referi la Double R, a răspuns șoferul întorcându-se și arătând cu degetul în spatele meu. E chiar acolo!

– Minunat! Cât îți datorez?

– Trei dolari și douăzeci de cenți, a răspuns el, iar eu m-am scotocit în buzunar. Ai grijă, domnu'! Am auzit că lucrurile s-ar putea să se cam încingă azi prin părțile astea.

– A, da! Mulțumesc încă o dată!

Am plătit și am coborât din taxi, neștiind la ce se refereau șoferul sau Eugene Meyer. În timp ce mă întorceam pe Lenox Avenue, îndreptându-mă spre Double R, strada se aglomera din ce în ce mai mult, iar unii oameni începuseră să se adune în grupuri mici, care purtau pancarte.

Vechea firmă electrică a restaurantului bâzâia și pâlpâia comic, iar tocul ușii era deformat și putred. Am împins ușa încetișor, am intrat și nu m-a mirat să constat că interiorul era și mai neîngrijit decât exteriorul. Aerul era îmbâcsit de fum de țigară și, ca să văd pe unde mergeam, l-am împrăștiat dând din mână. La câțiva metri distanță se afla un bărbat bine îmbrăcat, care purta un costum cu dungi, bretele roșii și cravată de lână. L-am remarcat pentru că era singurul alb din local.

– Domnul Meyer? am întrebat, apropiindu-mă de el.

S-a uitat la mine prin ochelarii lui rotunzi.

– Bo D'Aplièse, nu-i așa?

– Da, domnule!

– Ai un nume al naibii de frumos! a exclamat el, strângându-mi mâna zdravăn și scuturând-o. Ia loc! După cum arată lucrurile, n-avem mult timp la dispoziție.

– Îmi pare rău, domnule Meyer, nu știu ce vreți să spuneți!

El a luat o înghițitură de cafea.

– Te rog, spune-mi Eugene! Domnul Meyer era tata. În plus, sună cam ca „domnul primar"[1]... care, între noi fie vorba, trebuie să ajungă aici.

– Bine, Eugene! am spus, foarte nedumerit. Vrei să zici că primarul vine aici? La restaurant?

Eugene părea cu adevărat perplex.

– Fără supărare, puştiule, dar oare sora mea şi-a dat banii unor proşti? Nu, primarul O'Dwyer o să fie *pe scenă* în cincisprezece minute, a spus Eugene arătând cu degetul spre biserică. Trebuie să fiu acolo atunci când ia cuvântul. Am venit la New York ca să scriu pentru *Post.* Mă interesează personal povestea asta.

M-am întors cu faţa la el.

– Iartă-mi ignoranţa, Eugene, dar despre ce poveste e vorba?

– Despre cetăţenii de culoare ţinuţi în ghetou aici, în Harlem! Ai văzut în ce stare sunt locuinţele alea? E cumplit de-a binelea! Supraaglomerarea îngrozitoare, ca să nu mai vorbim despre brutalitatea poliţiei faţă de oamenii ăştia! Poliţiştii îşi tratează semenii ca pe nişte animale.

Am pus totul cap la cap.

– Aşadar, astăzi are loc aici un protest?

El a pocnit din degete şi a arătat spre mine.

– Exact. Vorbeşte primarul O'Dwyer. E un tip de treabă, zic eu. Omul a făcut promisiuni comunităţii, iar noi, cei de la *Post,* vrem să ne asigurăm că şi le respectă.

– Pot să te întreb de ce te interesează personal povestea asta?

Eugene a suspinat şi a dat din cap.

– Da, sunt evreu! Am văzut ce i-au făcut naziştii poporului meu în Europa. Vreau să mă asigur că nu ajungem să facem acelaşi lucru aici cu americanii africani.

– Desigur, m-am bâlbâit, jenat că eram vizibil ignorant în privinţa situaţiei.

Eugene a spus, plin de patos:

---

[1] Numele de Meyer este omofon cu englezescul mayor, care înseamnă „primar".

– America cea Curajoasă dă fuga să salveze alt continent, fără să ne gândim o clipă la felul în care ne tratăm propriii cetățeni! Asta e de-a dreptul o farsă! a exclamat el, frecându-și fața. Mă rog, mai ai timp până la sosirea lui O'Dwyer. Spune-mi povestea ta!

Și-a scos un trabuc din buzunar, i-a tăiat capătul și l-a aprins. Exasperat, am făcut tot posibilul să-i explic lui Eugene valoarea contribuției surorii lui la viața mea și, bineînțeles, și la cea a lui Elle. Domnul Meyer a ascultat cu atenție, pufnind în timp ce îi povesteam toate pățaniile noastre.

– Știi, puștiule, a spus el după ce mi-am încheiat povestirea, mi se pare că, înainte să moară, Flo a zis ceva despre tine. Copilul care nu vorbea!

– Așa-i.

– Și uită-te la tine acum, nu-ți mai tace gura! E un miracol!

– Am vrut doar să știi că sora ta chiar mi-a salvat viața. Și pe cea a soției mele.

El mi-a dat o palmă zdravănă peste umăr.

– Am înțeles. Ascultă, apreciez foarte mult că ai venit până aici ca să-mi spui asta în persoană. Florence ar fi mândră, sunt sigur! a adăugat, trăgând adânc din trabuc. Știi, și-a păstrat numele de fată după ce s-a căsătorit cu George. Florence Meyer-Blumenthal. Mi-aș fi dorit ca bursa să se numească *Prix Meyer-Blumenthal*, a încheiat el, ridicând din umeri.

Dintr-odată, afară s-a auzit o aclamație entuziastă, iar mai multe persoane din restaurant s-au ridicat și au ieșit.

– A venit momentul, puștiule! Trebuie să plec. Dar, ascultă, dacă ajungi vreodată la Washington, sună-mi secretara! Putem să ne întâlnim la o cafea ca să-mi spui și alte povești, a spus el în timp ce-și vâra mâna în buzunar și scotea două monede de câte douăzeci și cinci de cenți, pe care apoi le-a pus pe masă. Poate că o să scriem un articol despre tine?

– A, nu cred...

– Da, ai dreptate, m-a întrerupt el. Oricum, nimeni n-ar crede!

Mi-a zâmbit și mi-a făcut cu ochiul, iar apoi a ieșit. În timp ce ședeam de unul singur pe bancheta tapițată cu piele roșie a separeului, mă îndoiam cumva că aveam să mai dau ochii vreodată pe Eugene Meyer. Întâlnirea nu-mi adusese catharsisul emoțional pe care-l doream. La fel ca sora lui, era limpede că avea conștiință, iar protestul acela era extrem de important pentru el.

Din stradă s-a auzit un alt vuiet. M-am ridicat ca să văd ce anume se petrecea. Am ieșit din restaurant și am fost șocat să văd că mulțimea se înzecise în cele douăzeci de minute cât fusesem în compania lui Eugene. M-am trezit înconjurat de o mare de protestatari, mulți dintre ei fluturând acum pancartele scrise de mână cu sloganuri precum *DREPTURI EGALE!* și *LOCUINȚE PENTRU TOȚI!* Am auzit dinspre scenă, rostite la microfon, vorbele înăbușite ale cuiva care avea accent irlandez și m-am strecurat printre oameni ca să-l văd pe primarul O'Dwyer.

– Harlem! E o onoare să mă aflu aici! a strigat primarul, iar mulțimea a aplaudat, entuziasmată de prezența lui.

În vreme ce el își rostea discursul despre reformele în domeniul locuințelor și despre o mai bună finanțare a școlilor, protestatarii au început să se împingă, iar eu m-am trezit tot mai înghesuit. După ce a terminat, primarul a primit o mare ovație și a fost înlocuit la microfon de un polițist, care a început să ceară dispersarea mulțimii. Aproape instantaneu, totul s-a schimbat. Atmosfera era încărcată și am remarcat un număr mare de polițiști în uniformă, care îi înconjuraseră pe protestatari. Cu șepcile albastre trase peste ochi și vânturându-și bastoanele din lemn, păreau amenințători.

Am auzit glasul unei femei din apropierea scenei.

– Asasinilor! le-a strigat ea polițiștilor, iar apoi s-a întors cu fața spre mulțime. Polițiștii ăștia l-au atacat pe Robert Bandy și l-au împușcat, deși în ziua aceea era neînarmat și încerca doar să salveze viața unei femei. Porci nenorociți!

Furia a cuprins întreaga mulțime, iar sunetul microfonului a fost înăbușit de strigăte mânioase. Marea de protestatari a început să se unduiască din ce în ce mai violent. În timp ce mă întorceam ca să caut o cale de ieşire, privirea mi-a căzut pe un tânăr care se apăra de un poliţist înarmat cu baston. Nu ştiam ce făcuse tânărul ca să provoace o asemenea reacţie, dar poliţistul părea revoltat şi a ridicat bastonul deasupra capului. Pancarta de carton nu i-a oferit tânărului aproape nici o protecţie şi a fost doborât pe strada murdară, încercând să-şi apere capul de loviturile neîncetate. Cei din apropiere, care asistau la scenă, au intrat în panică. S-au dispersat rapid şi, imediat, mulţimea a început să se îmbulzească. De pe o stradă din apropiere au apărut poliţişti călare.

Caii au înaintat spre protestatari şi, în câteva secunde, a avut loc prima ciocnire amplă. Inima îmi bătea cu putere în timp ce încercam să mă desprind de mulţime, unde deja protestatarii se încăierau la modul propriu cu poliţiştii. Impactul bastoanelor cu trupurile omeneşti era groaznic de privit.

Mi-am plecat capul şi am făcut tot posibilul să mă strecor prin mijlocul acelor hoarde. Cuplul din faţa mea s-a împiedicat. După ce au mai făcut câţiva paşi, mi-am dat seama că cei doi oameni se izbiseră de cineva care, în debandadă, căzuse. Spre şocul meu, era o femeie mică, de rasă albă.

– Poţi să mergi?! am strigat.

– Glezna! a răspuns ea, făcând o grimasă.

Se vedea că avea dureri.

– Ia-mă de mână! am spus, apucând-o strâns şi trăgând-o în picioare.

Am cuprins-o cu braţul şi ne-am făcut loc prin mulţime.

– Şoferul… mă aşteaptă pe Lenox, acolo, la capătul străzii, a spus ea gâfâind.

Am observat că avea doar un slab accent american.

– Atunci, haide să te scot repede de aici, se pare că lucrurile sunt pe cale să devină şi mai urâte! i-am răspuns.

În jurul nostru au izbucnit încăierări violente, în timp ce protestatarii se adunau şi începeau să riposteze împotriva poliţiei. Pe măsură ce ne apropiam de intersecţie, femeia a arătat spre o impresionantă maşină Chrysler.

– Uite-l pe Archer! a strigat ea în mijlocul învălmășelii.

Știind acum încotro trebuia să mă îndrept, am luat-o pe sus și am alergat spre vehicul, deschizând brutal portiera din spate.

– Slavă Domnului că sunteți în siguranță, domnișoară Cecily! a strigat șoferul în timp ce pornea motorul. Să plecăm de aici!

M-am asigurat că femeia stătea bine pe bancheta din spate.

– Aveți grijă, doamnă! am spus.

Înainte să închid ușa, am observat doi polițiști cu bastoane, care se îndreptau spre mașină. Mi-am luat inima în dinți, pregătindu-mă s-o iau la fugă.

– Archer, stai! a strigat femeia. Intră *acum*! m-a somat, trăgându-mă cu putere în mașină, lângă ea. Hai, Archer! Mergi, mergi, mergi!

Șoferul a pornit motorul și mașina a demarat în trombă. În timp ce ne îndepărtam de scena de coșmar pe care o lăsaserăm în urmă, toți trei am răsuflat ușurați.

– Nu pot să vă mulțumesc îndeajuns pentru ajutorul dumneavoastră! a îndrăznit să spună femeia.

– Pentru nimic, i-am răspuns. Oricum, ar trebui să vă mulțumesc și eu. M-am sprijinit de spătarul banchetei, lăsând panica să se risipească treptat.

– Putem să vă ducem undeva? a întrebat femeia. Unde locuiți?

Am ridicat din umeri, fiindcă nu voiam să profit de un străin.

– Lăsați-mă la cea mai apropiată gură de metrou!

– Tocmai ne apropiem de stația de pe strada o sută zece, a intervenit șoferul.

– E bine, am răspuns.

Șoferul a tras pe dreapta.

– Îmi puteți spune măcar numele dumneavoastră? a întrebat Cecily.

Am șovăit o clipă, am băgat mâna în buzunar și i-am întins cartea de vizită de la Arthur Morston Books. Apoi am dat din cap în chip de salut, am coborât și am trântit portiera.

*

Ca să-mi revin după trauma de dimineață, am amânat excursia din acea după-amiază la Empire State Building.

– Mă bucur doar că n-ai fost acolo, Elle! Nu știu dacă aș fi fost în stare să te protejez.

– Of, Bo, nu-mi vine să cred! Asta ar trebui să fie vacanță, iar tu ai reușit să intri drept în cușca leului! a spus ea în timp ce mă mângâia ușor pe păr. Dar haide să încercăm să uităm dezamăgirea lui Eugene Meyer și drama protestului și să ne bucurăm de săptămâna noastră de vacanță. E minunat să mă aflu aici, împreună cu tine!

Ne-am petrecut următoarele cinci zile explorând „Marele Măr". Era un oraș uimitor, care pulsa de energie și le dădea locuitorilor impresia că se aflau în centrul universului. New Yorkul avea cele mai înalte clădiri, cele mai vaste centre comerciale și cele mai mari farfurii cu mâncare pe care le văzusem în viața mea. După ani de raționalizare britanică, făceam ochii cât cepele în fața dimensiunii hamburgerilor de vită și a munților de cartofi prăjiți pe care îi primeau clienții restaurantelor.

Cred că ceea ce mi-a plăcut cel mai mult la orașul ăsta a fost optimismul pe care-l emanau locuitorii lui. Trecuseră recent prin dezastrul economic al Marii Crize și prin implicarea în cea de-a doua conflagrație mondială. Cu toate astea, aproape toți cei pe care îi întâlneam debordau de încredere și de veselie, procurându-mi o experiență de viață încântătoare.

Cu o zi înainte să ne îmbarcăm pe *Queen Mary* ca să ne întoarcem acasă, a sunat telefonul din camera noastră de hotel.

– Alo? a răspuns Elle. Da, e aici!

A ridicat din umeri și mi-a dat receptorul.

– Domnule Tanit? a spus o voce cu accent englezesc, vag cunoscută.

– La telefon, am răspuns eu.

– O, minunat! Sunt atât de încântată că am reușit, în sfârșit, să dau de tine! Am sunat la aproape toate hotelurile din Manhattan!

– Îmi cer scuze, cu cine vorbesc? am întrebat.

La celălalt capăt al firului s-a auzit un chicotit.

– Scuzele mele, domnule Tanit! Sunt Cecily Huntley-Morgan, femeia aceea prostuță pe care ai salvat-o zilele trecute la protestul pentru drepturile civile din Harlem.

– Bună ziua! i-am răspuns, puțin surprins. Ce mai faci?

– Am glezna ușor învinețită, dar mă simt mult mai bine acum, când te-am găsit! Cartea de vizită pe care mi-ai dat-o avea adresa librăriei tale de la Londra, dar am vrut să-ți mulțumesc personal pentru că m-ai salvat. Așa că am sunat la mai multe hoteluri și am întrebat dacă printre cei cazați nu cumva se număra și un anume domn Tanit.

A fost rândul meu să râd.

– Un gest foarte drăguț, Cecily, dar am făcut ceea ce ar fi făcut oricine. Mă bucur că ești bine!

– Nu-i adevărat, domnule Tanit! Oamenii mă călcau în picioare. Tu, însă, ai văzut un semen aflat la ananghie și te-ai oprit ca să-l ajutați. Îți sunt îndatorată și aș dori să te invit să luăm masa împreună!

Vocea caldă a lui Cecily m-a liniștit, dar n-am vrut s-o deranjez.

– Mulțumesc, dar chiar nu-i nevoie. Totuși, apreciez foarte mult gestul tău.

– Îmi pare rău, nu accept un refuz. Îți convine după-amiază, la Waldorf?

– Dar...

– Cu soția am vorbit acum câteva clipe?

– Da.

– Perfect! O să rezerv o masă pentru trei persoane și ne vedem la ora unu după-amiază.

Înainte să apuc să răspund, Cecily a închis. I-am confirmat lui Elle că vorbisem cu doamna pe care, în urmă cu o săptămână, o ridicasem de pe jos și o ajutasem să se urce în mașină. Elle, dorind să profităm la maximum de timpul petrecut în oraș, a fost încântată de invitație.

– De ce n-am merge? Să luăm prânzul alături de o newyorkeză la un hotel de prestigiu? Ce încântător!

N-o puteam contrazice, așa că ne-am îmbrăcat cu cele mai frumoase haine din valiză și la ora unu după-amiaza eram în fața elegantului și înaltului hotel Waldorf. Ne-am îndreptat spre restaurant – un spațiu plin de ecouri și decorat cu un candelabru scânteietor ce valora, probabil, mai mult decât întregul stoc al librăriei Arthur Morston. Printre cei care luau masa, Cecily se remarca datorită buclelor ei blonde, coafate, așa că am identificat-o imediat. Am luat-o pe Elle de mână și am condus-o la masă.

– Cecily?

– Domnule Tanit! Bună ziua! m-a salutat ea ridicându-se și strângându-mi mâna cu fermitate, după care s-a uitat la Elle. Iar dumneavoastră trebuie să fiți doamna Tanit? Îi datorez viața soțului dumneavoastră!

Am râs, stânjenit.

– Nu știu dacă m-aș exprima atât de dramatic!

– Nu cred că *sunt* dramatică! În situațiile în care oamenii se sperie, ei nu mai știu ce fac, a spus Cecily pe un ton serios. Iată! a exclamat, vârându-și mâna în geantă, scoțând de acolo cartea mea de vizită și arătându-ne-o. Am scris chiar și *om bun* pe spatele ei! a adăugat ea, râzând. O s-o păstrez veșnic, ca să-mi poarte noroc! a promis, făcându-mi cu ochiul. În sfârșit, vă rog să luați loc! ne-a invitat, arătând spre celelalte două scaune de la masă, tapițate cu catifea roșie. Iar acum, să comandăm niște șampanie! Ospătar…!

Prânzul cu Cecily Huntley-Morgan a fost un eveniment încântător. Ne-a povestit totul despre viața ei: logodna ruptă, călătoria în Kenya, împreună cu nașa ei, Kiki Preston, și, după toate astea, căsătoria cu un crescător de vite pe nume Bill.

– Ați fost la protestul de zilele trecute, domnule Tanit. Prin urmare, detestați prejudecățile rasiale josnice care afectează atât de mult țara asta, a spus Cecily, căreia nu-i dezvăluisem că prezența mea la acel miting fusese pur întâmplătoare. N-am de ce să vă ascund că..., a adăugat ea, luând o gură din șampania Veuve Clicquot pe care insistase s-o comande pentru noi toți, ... pe vremea când locuiam în Kenya, o tânără prințesă Masai, pe nume Njala, a născut o fiică pe proprietatea noastră. A abandonat-o, așa că i-am dat numele de Stella și am luat-o cu mine. Urma să mă întorc la New York, așa că am fost nevoită să angajez o dădacă, pe Lankenua. Familia mea știe că fetița e a ei, chiar dacă, din toate punctele de vedere, eu sunt mama.

– Probabil că e incredibil de greu! a compătimit-o Elle.

Cecily a ridicat din umeri.

– E necesar. Societatea nu-și maschează dezaprobarea. Sigur, pe mine nu m-ar afecta, dar Stella, pe de altă parte... se confruntă deja cu atât de multe provocări ca tânără de culoare! Dar pentru ea e mai bine așa.

– Ai făcut un lucru uimitor, Cecily, am spus eu, zâmbindu-i din toată inima. Fără tine, cine știe ce s-ar fi întâmplat cu micuța Stella. Îți mulțumesc că i-ai arătat bunătate!

– După cum ai spus mai devreme, domnule Tanit, am făcut ceea ce ar fi făcut oricine în locul meu.

– Iar după cum mi-ai spus tu – nu cred că e neapărat așa!

Cecily a chicotit și și-a ridicat cupa de șampanie.

– Ei, bine, atunci să închinăm pentru bunătate!

I-am povestit lui Cecily despre viața noastră în Marea Britanie, despre slujbele avute mai întâi la High Weald și apoi la Arthur Morston Books. Cecily a întrebat despre accentul franțuzesc al lui Elle și i-am spus că amândoi fugiserăm din Paris din pricina amenințării ocupației naziste.

– Dar în ultima vreme am avut noroc, a adăugat Elle. Robert a moștenit un teren în Elveția, pe malul lacului Geneva. Sperăm să ne mutăm acolo cât mai curând cu putință.

– Minunat! s-a bucurat Cecily. Natura e foarte importantă, nu-i așa? Îmi imaginez că, trecând prin atâtea, acum vă doriți o viață tihnită.

După delicioasa plăcintă cu mere de la desert, a venit timpul să ne despărțim, așa că i-am strâns mâna tinerei și binevoitoarei femei, spunând:

– Mulțumim foarte mult pentru prânz, Cecily!

– Cu plăcere, domnule Tanit! Mă bucur foarte mult că am reușit să te găsesc înainte să te întorci în Anglia. Deși, dacă nu te superi, păstrez cartea ta de vizită. La urma urmei, nu știi niciodată când ai nevoie de un înger păzitor.

CAPITOLUL 36

Anglia, 1949

Încăierarea în care mă implicasem la New York a fost ultimul ghinion pe care urma să-l am o vreme. La începutul anului 1949, domnul Kohler mă informase că procesul de obținere a cetățeniei elvețiene era în faza finală. Mai mult, librăria avusese vânzări record. După atâția ani, simțeam că umerii începuseră să mi se relaxeze puțin.

Respiram mai ușor. Dormeam mai bine. Poate că starea mea de relaxare era întreținută de cu totul altceva, și anume de absența lui Kreeg Eszu. Nu-l mai văzusem din acea noapte îngrozitoare de la Leipzig. Cititorule, îmi permisesem să cred că murise – ucis în război, la fel ca mulți dintre camarazii lui de arme.

Iar apoi, l-am văzut. Era o zi rece la Londra. Rupert și Louise Forbes se aflau în oraș și veniseră în vizită la librărie. A fost, ca întotdeauna, o mare plăcere să-i vedem pe amândoi. M-am bucurat foarte mult să aflu că Florei îi mergea bine, în ciuda faptului că Teddy și noua lui soție, care era americancă, lăsau High Weald de izbeliște.

Cei doi veniseră împreună cu bebelușul, un băiețel vesel și energic, pe nume Laurence, pe care Elle l-a alintat și l-a mângâiat îndelung. După ce copilul a adormit, Elle a început să se laude cu noul stoc de carte, iar eu m-am întors în birou ca să verific registrele contabile. Îmi dădea de furcă o socoteală și m-am trezit uitându-mă, prin vitrina cea mare, în Kensington Church Street. În acel moment, am zărit o siluetă înaltă, îmbrăcată în palton și purtând pe cap o pălărie de fetru. Omul fuma o țigară. Am continuat să privesc, în timp ce o tânără care trecea pe lângă el s-a întors ca să-l admonesteze pentru cine știe ce remarcă va fi făcut. Personajul și-a dat capul pe spate și a râs cu poftă, moment în care i-am văzut fața. Mi-a înghețat sângele în vine.

– Elle! am strigat.

Ceilalți trei s-au întors și m-au văzut arătând spre vitrină. Elle s-a uitat în direcția în care era îndreptat degetul meu și apoi a fugit imediat la întrerupător.

– Ce naiba s-a întâmplat, dragă prietene? a întrebat Rupert, văzând că mă lăsasem pe vine, sub nivelul ferestrei. O, Doamne, ce se întâmplă?

– Domnule Tanit, te-a speriat ceva? a întrebat Louise, părând și ea destul de îngrijorată.

Am ridicat din nou capul și l-am văzut pe Kreeg traversând strada spre librărie.

– Elle, vino aici, acum!

A venit în fugă și ne-am strecurat pe ușa din spate, care dădea spre apartament, închizând-o în urma noastră în timp ce clopoțelul suna la intrare. Elle a dat să urce în fugă, dar am oprit-o, temându-mă că agresorul avea să-i audă pașii. Ochii lui Elle erau plini de teamă, iar eu i-am strâns mâna cu putere. Apoi am dus degetul la buze și mi-am aplecat încet urechea spre ușă.

– Bună dimineața! a spus Rupert. Bine ați venit la Arthur Morston Books!

– Mulțumesc foarte mult, a răspuns Eszu cu vocea lui gravă și răgușită. Ce librărie fermecătoare aveți!

– Sunteți amabil! Mă întreb dacă vă pot ajuta să găsiți o carte anume.

– Sunteți proprietarul?

– Poftim?

– Am întrebat dacă sunteți proprietarul librăriei, a repetat Kreeg cu răceală.

– Da. Sunt Rupert Forbes. Eu și soția suntem coproprietari.

– Louise Forbes, a spus ea. Încântată de cunoștință!

– Eu sunt Gus. Gus Zeeker. E o plăcere să vă cunosc, doamnă Forbes!

M-am uitat la Elle, încruntându-mă la auzul anagramei.

– Deslușesc un accent, domnule Zeeker? a întrebat Rupert. De unde sunteți?

– O, e o întrebare la care-i greu de răspuns, domnule Forbes! Îmi place să mă consider un cetățean al lumii.

– Ei, bine, asta e de-a dreptul impresionant! Dar chiar și cetățenii lumii trebuie să se nască *undeva*, nu-i așa, bătrâne? a răspuns Rupert, râzând.

Eszu a chicotit și el.

– Ei, domnule Forbes, păreți un om inteligent. Ați caracteriza pe cineva doar prin locul său natal?

– Bineînțeles că nu. Doar făceam conversație. Vedeți, mă mândresc cu capacitatea de a identifica un accent. Al dumneavoastră e destul de neobișnuit, atâta tot.

S-a lăsat o tăcere palpabilă înainte de răspunsul lui Eszu.

– După cum am spus, sunt un cetățean al lumii.

– Da, dar mă întreb de ce parte a ales să lupte acest cetățean al lumii în timpul războiului?

M-a impresionat curajul întrebării lui Rupert. Kreeg a mai râs o dată.

– Nu suntem cu toții prieteni acum, domnule Forbes? a întrebat el, iar vorbele i-au fost urmate de o tăcere mormântală. Iertați-mă, ați spus că mă puteți ajuta să găsesc o anumită carte.

– Da, a răspuns Rupert pe un ton sec. Putem, oare?

– Ar fi de mare ajutor. De fapt, am fost aici chiar zilele trecute, însă am vorbit cu altcineva. Era un bărbat înalt, cu părul negru și cu ochii căprui. Cine să fi fost?

Am strâns-o de mână pe Elle.

– Hmmm..., l-am auzit pe Rupert spunând, ... sunteți sigur că ați fost la librăria noastră? Mă doare să recunosc, dar în zonă există mai multe de felul ăsta. N-avem nici un angajat cu astfel de trăsături.

Nu-mi venea să cred că Rupert mă proteja.

– O, da, sunt destul de sigur că aici am venit, a spus Eszu cu glas scăzut. Era și o tânără blondă înăuntru. Una *foarte* frumoasă.

– Iertați-mă, domnule Zeeker, a spus Rupert. După ce ați intrat pe ușă, ne-ați felicitat pentru librărie ca și cum ar fi fost prima dată când ați fi călcat în locul ăsta. V-am spus că n-avem angajați care să se potrivească descrierii dumneavoastră, așa că trebuie să vă întreb din nou: sunteți *sigur* că ați mai venit la Arthur Morston Books?

Am ascultat scârțâitul vechiului parchet de lemn sub pașii lenți și apăsați ai lui Eszu.

– Ce bebeluș frumos! Presupun că e al dumneavoastră?

– Da! a răspuns Louise.

– Familia e foarte importantă, nu-i așa, doamnă Forbes?

– Bineînțeles că da, domnule Zeeker!

L-am auzit pe Kreeg oftând din rărunchi.

– Uitați-vă la acest copilaș! E atât de blând și de neajutorat! Îmi imaginez că sunteți singurii care contribuie la creșterea lui, nu-i așa, doamnă Forbes?

– Aș zice că da. Numele lui e Laurence.

– Laurence? Permiteți-mi să vă felicit pentru alegerea numelui, doamnă Forbes! Originile sale sunt franceze. Înseamnă „cel luminos, strălucitor". Cum toți copiii se nasc liberi de păcat, cred că n-ați fi putut alege un nume mai potrivit.

– N-am... nu știam asta, a răspuns Louise cu fermitate. Ce fascinant!

– Așa sunt numele în general. Numele noastre... Întotdeauna mi s-a părut foarte amuzant că ceva atât de personal pentru noi e folosit aproape exclusiv de alții.

– Îmi pare rău că sunt necuviincios, bătrâne, dar eu și soția mea eram pe cale să închidem ca să mergem la masă, a intervenit Rupert. Ce carte căutați?

– Înțeleg că trebuie să plecați, domnule Forbes. Din întâmplare, am fost aici zilele trecute ca să mă interesez de un atlas vechi.

Am strâns din ochi. Bineînțeles că numele lui nu însemna nimic pentru Rupert sau Louise. De fapt, bănuiam că Kreeg știa că eram prin preajmă și se dădea în spectacol pentru mine.

– Ei, bine, după cum am spus, mă îndoiesc că ați fost la Arthur Morston Books, dar secțiunea noastră de geografie e chiar aici, a spus Rupert. Căutați un anumit tip de atlas?

– Cel pe care-l caut e unic, domnule Forbes. Dar îl o să-l recunosc atunci când o să-l văd.

– Prea bine. Se pare că aveți nevoie de ceva timp ca să răsfoiți, așa că cel mai bine ar fi să vă întoarceți mai târziu, dacă nu vă deranjează.

Kreeg a răspuns pe un ton ferm:

– Sunt convins că e aici, domnule Forbes. Nu-i nevoie să căutați!

– Uitați ce e, chiar nu știu despre ce vorbiți...

Dialogul a fost întrerupt de bebelușul Laurence, care a început să scâncească.

– Bietul copil! Luați-l în brațe, doamnă Forbes! Bucurați-vă de fiecare clipă alături de el! Nimic nu e mai sacru decât legătura dintre o mamă și copilul ei! a exclamat Kreeg, iar Elle s-a uitat la mine, făcându-mă să-mi plec privirea. Pot să vă întreb, doamnă Forbes, ce s-ar face copilașul ăsta fără dumneavoastră?

– Cum adică? a întrebat Louise, șocată.

– Permiteți-mi să fiu mai explicit: dacă o soartă urâtă s-ar abate asupra dumneavoastră și asupra soțului dumneavoastră, ce s-ar întâmpla cu micuțul Laurence?

Rupert a ridicat tonul:

– Eu zic să fii calm, bătrâne! Cum poți să spui un asemenea lucru josnic în magazinul meu?!

– Sunt doar vorbe, domnule Forbes! Cu toate astea, îmi dau seama că e o întrebare la care e dificil de răspuns. Pentru că, în realitate, nu știți ce o să se întâmple cu copilul dumneavoastră.

Laurence a început să plângă.

– Ascultă, aș vrea să pleci! a declarat Rupert cu fermitate. O superi pe soția mea!

Kreeg a continuat:

– O mamă e totul pentru un copil! Îl îngrijește, îi e prietenă, e o ancoră pentru el. Fără ancora asta, un copil se poate îndepărta și nu se știe unde ar putea ajunge.

– Chiar nu înțeleg despre ce vorbești, domnule Zeeker! Iar acum părăsește magazinul! i-a cerut Rupert din nou.

– Imaginați-vă că v-aș răpi acum, doamnă Forbes, condamnându-vă copilul la o existență fără mamă! Nu credeți că Laurence ar avea dreptul să se răzbune pe mine?

– Îmi amenințí copilul?! a întrebat Rupert, de data asta pe un ton agresiv în toată regula.

– Eu?! N-aș face niciodată așa ceva, domnule Forbes! Nu-mi stă în fire. Dar bărbatul înalt, cu ochi căprui, angajatul dumneavoastră... N-aș fi atât de sigur în privința lui.

– Pentru numele Domnului, omule, m-am săturat de asta!

Am auzit scârțâitul parchetului sub călcătura unor pași grăbiți. Rupert a traversat magazinul ca să-l dea afară pe Kreeg. Louise a strigat:

– Lasă-l jos!

Am apucat clanța, gata să dau buzna și să-l înfrunt pe Kreeg. Sub nici o formă nu l-aș fi lăsat să-i facă vreun rău lui Rupert.

– Îl las în pace cu plăcere, doamnă Forbes, de îndată ce îmi spuneți unde se află familia Tanit, a mârâit Eszu.

– Care familie Tanit?! a strigat Louise.

Mi se rupea inima fiindcă se comporta atât de loial în ciuda faptul că soțul ei era amenințat. S-a auzit un zgomot surd și un icnet, pentru că, evident, Kreeg îl lăsase pe Rupert să cadă pe podea.

– Știu că au lucrat pentru voi, i-a spus Kreeg lui Louise. Am avut o discuție foarte interesantă cu fratele dumneavoastră, la un pahar, chiar zilele trecute. Ei, bine, am spus „un pahar“, dar ticălosul ăla a dat pe gât aproape toată sticla de whisky. Mi-a spus că au plecat de pe moșie și că acum se ocupă de librăria asta.

– Nu cunoaștem numele ăsta, s-a bâlbâit Rupert, încă gâfâind. După cum ai văzut, Teddy e un bețiv. Nu te poți baza pe ce zice el. N-avem nici un motiv să te mințim!

– Zău? a întrebat Kreeg. Orice v-ar fi spus Tanit, nu-i adevărat. Ați angajat un ucigaș, doamnă Forbes! Presupun că nu v-a spus, nu-i așa? Credeți-mă că aș fi foarte bucuros să vă scap de amenințarea pe care o reprezintă pentru familia dumneavoastră!

– Chem poliția! a spus Rupert, pe care l-am auzit alergând până în partea din spate a librăriei și ridicând receptorul. Ar fi bine să pleci! Nu vrei să te găsească polițiștii aici! Probabil că nu știi pe cine ai atacat! Poate că bețivul de cumnatu-meu a uitat să-ți spună că librăria e doar un hobby pentru mine. Lucrez pentru guvernul britanic!

– Bietul domn Forbes! Foarte bine, vă urez o zi bună! Înainte să plec, totuși... La începutul conversației vorbeați despre război. Spuneți-mi, ați face o distincție între soldatul care v-a ucis prietenul și cei care-l protejau?

– Ieșiți afară! Afară! a strigat Louise, în timp ce plânsul lui Laurence devenea tot mai puternic.

– Cum vreți!

Am auzit clinchetul clopoțelului în clipa în care s-a deschis ușa.

– O, apropo, numele lui nu e Robert!

Ușa s-a trântit.

– Liniștește-te, copile, totul e bine! a spus Louise, în timp ce Rupert deschidea ușa în spatele căreia eram ascunși.

– Mama naibii, oameni buni! Ce-a fost asta?!

Eu și Elle am clipit în lumină, iar Louise s-a dus să încuie ușa și să tragă jaluzelele.

– Mulțumesc, Rupert! Îți mulțumesc că nu ne-ai dat în vileag!

I-am strâns mâna.

– E în regulă, bătrâne! Am eu miopie, dar recunosc problemele atunci când le văd. Oricum, după ce nenorocitul aproape că mi-a sucit gâtul, cred că mi se cuvine o explicație.

Le-am povestit în linii mari cum Kreeg credea că eu eram responsabil pentru moartea mamei lui și cum jurase să se răzbune.

– Of, domnule Tanit! Cât de înspăimântător! m-a căinat Louise. Îmi pare foarte rău. Ce situație îngrozitoare!

– Da, Louise! Niciodată n-o să-ți putem mulțumi îndeajuns pentru ce ai făcut. V-ați pus amândoi viețile în pericol ca să le salvați pe ale noastre…, am spus eu cu glas gâtuit din pricina emoției pe care mi-o stârnise curajul lor. N-o să uit niciodată! Și vreau să știți că nu v-aș fi pus de bunăvoie în pericol. Ne-am gândit că era posibil ca omul ăsta să fi murit în război.

– Dar, spre nenorocul tău, asta nu s-a întâmplat, a adăugat Elle cu tristețe.

– Deci, care-i planul? a întrebat Rupert. El știe că ești aici. Nu poți rămâne, pur și simplu sunteți în pericol!

– Ar trebui să mergem în Elveția? a întrebat Elle. Nu uita, domnul Kohler se așteaptă ca cetățenia să-ți fie aprobată în orice moment.

– Și apoi? am întrebat. Da, o să fiu cetățean elvețian, dar înregistrat în acte sub numele meu real. Kreeg ne-a găsit aici și o să ne urmărească și acolo, am spus eu luându-mi capul în mâini. Simt că-mi ajunge cuțitul la os!

– Cât de atașat ești de traiul în Europa? a întrebat Rupert.

– Mă tem că nici în America n-o să fim în siguranță. M-am gândit de multe ori la asta, dar cu comunicații atât de dezvoltate și cu registre de evidență a populației atât de stricte, mă tem că Kreeg ne-ar găsi fără probleme.

Rupert a mijit din ochi și a dat din cap în semn că aveam dreptate.

– De fapt, nu mă refeream la America, a precizat el, iar eu i-am aruncat o privire nedumerită. Am avut un vechi coleg de şcoală care şi-a pierdut soţia din cauza unei pneumonii. Bietul de el nu mai suporta să trăiască aici. Totul îi amintea de pierderea pe care o suferise. Aşa că s-a urcat pe vapor şi s-a dus la capătul pământului.

– Capătul pământului? am întrebat.

– Mă rog, nu tocmai, a răspuns Rupert. Dar ar putea foarte bine să fie. Mă refer la Australia.

– Australia?! a repetat Elle.

Rupert şi-a pus mâinile la spate şi a început să umble încolo şi încoace.

– O ţară minunată, se pare. Vreme minunată, natură sălbatică cât cuprinde, ca să nu mai vorbim de kilometri întregi de brusă absolut nepopulată. Îmi imaginez că, dacă cineva ar vrea, ar putea să dispară complet. S-o ia de la capăt. Asta e părerea pe care o am în calitate de membru al Serviciului de Securitate al Maiestăţii Sale.

Elle s-a uitat la mine.

– Nu ştiu nimic despre ţara aceea, a spus ea. Dar trebuie să facem ceva. După cum a spus Rupert, nu putem rămâne aici.

– Iar dacă diavolul ăsta decide să te urmărească, a adăugat Louise, poţi foarte bine să-l faci să-i iasă sufletul gonind după tine! a exclamat ea, surâzând.

– Dacă se întoarce, am putea să-l punem pe o pistă greşită, a spus Rupert. Să ne prefacem că te denunţăm. Poate să declarăm că ai fugit în America? În felul ăsta, ţi-ar pierde urma.

– Ar fi mai mult decât amabil din partea ta, am mărturisit eu. Dar individul… e un pericol. Trebuie să fii foarte precaut atunci când ai de-a face cu el.

– Am înţeles, bătrâne! Cred că ai uitat că lucrez pentru MI5. În ciuda înfăţişării mele cărturăreşti, sunt destul de obişnuit să am de-a face cu personaje dubioase. Apropo, o să pun să fie cercetat imediat. Poate că există ceva care ar permite guvernului să-l aresteze sau chiar să-l deporteze. Cu siguranţă că pot să-l închid vreme de câteva zile pentru că a încercat să mă sugrume. Aş vrea să-mi spui cum se scrie „Zeeker"…

– E un pseudonim. În realitate, numele lui de familie este Eszu. Kreeg Eszu. Mă îndoiesc că poți afla prea multe despre el. Îmi imaginez că, la fel ca mine, a avut mare grijă să nu atragă atenția.

– Cu toate astea, promit să fac tot ce pot, bătrâne! Până atunci, v-ați hotărât? O excursie în Australia?

Eu și Elle ne-am privit, recunoscându-ne durerea din ochi. Ne simțiserăm ca și cum am fi fost atât de aproape de o viață fericită, doar ca să ne fugă încă o dată pământul de sub picioare.

– E... atât de departe, am spus eu în cele din urmă.

– Iartă-mă, Robert, dar nu asta e ideea? a întrebat Rupert pe un ton plin de blândețe.

– N-am avea nimic, a murmurat Elle. Ar trebui s-o luăm de la capăt.

– Stați așa! a exclamat Rupert. Nimeni nu sugerează să fie o soluție permanentă. Gândiți-vă la ea ca la un an sabatic. Voi plecați în străinătate pentru o vreme – câteva luni, sau poate că ceva mai mult –, iar eu văd ce pot face între timp. Sună bine?

Am luat-o de mână pe Elle.

– Da, am șoptit.

Rupert mi-a pus o mână pe umăr.

– Bine. Trebuie să vă ducem la Tilbury. Cu puțin noroc, prindeți un vapor care pleacă în patruzeci și opt de ore.

– Ești foarte bun cu noi, Rupert, crede-mă! a spus Elle.

– Ei, măcar atât putem face, a răspuns el.

– Mama încă vorbește cu mare drag despre voi doi, a adăugat Louise. Și, în lipsa noastră, v-ați descurcat de minune cu librăria.

– O să ne fie dor de ea, a spus Elle cu mâna pe inimă.

– Apropo, drumul spre Down Under[1] n-o să fie deloc ieftin, ne-a avertizat Rupert. Cum stați cu banii?

– Bine, mulțumim! am răspuns, arătând spre partea din spate a librăriei. Salariul pe care ni-l plătiți e unul generos.

[1] Denumire colocvială a Australiei și Noii Zeelande

– Foarte bine, bătrâne! În cazul ăsta, îți propun să vă luați câteva lucruri și apoi să vă transportăm în Essex. Am mașina parcată în față, vă pot duce eu.

– Eu și Laurence rămânem, a spus Louise.

– În nici un caz! m-am opus eu. Omul ăla a incendiat clădiri. M-aș teme pentru viața ta!

– Incendiator, zici? Ei, bine, nu putem permite ca o asemenea soartă să se abată asupra librăriei lui Beatrix! O să dau câteva telefoane și o să aranjez o supraveghere discretă. Dacă individul se apropie la mai puțin de trei metri de clădire, o să fie reținut de oamenii legii.

– Ești relativ util uneori, Rupes! a spus Louise făcându-i cu ochiul.

– Fac și eu ce pot. Ei, bine, ce-ar fi să urcați și să vă pregătiți, câtă vreme telefonez?

Eu și Elle ne-am grăbit să ajungem în apartament și am început ritualul cu care, din păcate, ne obișnuiserăm. Am scos valizele de sub paturi și am aruncat în ele strictul necesar. Ne-am mișcat în tăcere și robotic, meditând la amploarea deciziei pe care o luaserăm în pripă.

– Sunt sigur că Rupert o să poată să ne ajute în privința transferului conturilor bancare și a tuturor problemelor similare, am spus eu. E clar că are relații foarte bune!

– Ce se întâmplă cu treburile din Elveția? a întrebat Elle. Oare domnul Kohler nu ți-a cerut să nu dispari de pe fața pământului?

– Ba da. Trebuie să găsesc o soluție în timpul călătoriei. Îmi imaginez că drumul spre Australia o să dureze săptămâni întregi.

– Da...

Elle n-a izbutit să termine fraza și ochii i s-au umplut de lacrimi. Am lăsat din mână cămășile pe care eram gata să le îndes în valiză și am luat-o în brațe.

– Of, dragostea mea, îmi pare atât de rău! Nimic din toate astea nu e drept. Mai ales pentru tine. Am pus o mare povară pe umerii tăi!

Lacrimile ei reprimate s-au transformat în hohote de plâns, în timp ce se cuibărea la pieptul meu.

– Iartă-mă, Elle! Ți-am făcut viața atât de grea!

– Nu-i vorba de asta, Bo. Am crezut că necazurile s-au terminat. Întotdeauna mi-ai spus să am încredere în univers. Am crezut că Kreeg a murit. Am îndrăznit să visez că am fi putut să ne *începem* cu adevărat viața împreună. Căsătorie, copii... Deci, e vina mea că m-am amăgit!

Am strâns-o în brațe.

– Elle, te rog să nu spui niciodată așa ceva! Nici un pic din haosul ăsta cumplit nu-i din vina ta. E crucea mea de purtat, iar tu, care înduri alături de mine, ești forța și reazemul meu. Nu știu ce m-aș fi făcut fără tine.

Mi se umpleau și mie ochii de lacrimi.

– Încetează, Bo! Să nu vorbești niciodată în felul ăsta. Viața e un dar, orice ar fi. Așadar..., a adăugat ea în cele din urmă, Australia!

– Australia.

Elle s-a desprins din brațele mele și a bătut din palme, încercând să rămână optimistă.

– O nouă aventură! Cert e că n-o să mă plâng de vremea de acolo. Dar am auzit lucruri îngrozitoare despre păianjeni!

– Nu-ți face griji, Elle, te apăr eu! La urma urmei, păianjenii pot mușca, dar nu pot incendia o clădire, am spus, aruncându-i un zâmbet obosit.

– Ai dreptate, a recunoscut ea, scoțând un suspin. Cu puțin noroc, Kreeg n-o să ne poată urmări până în cealaltă parte a planetei. Poate că, în loc să fiu tristă pentru siguranța pe care o pierdem în Elveția, ar trebui să fiu încântată pentru siguranța pe care o s-o câștigăm în Down Under. Și nu contează unde anume ne aflăm, dragul meu Bo! Atât timp cât suntem împreună, suntem acasă.

M-am uitat îndelung la inelul lui Elle.

– Ce s-a întâmplat? a întrebat ea.

– Şi eu simt exact la fel, am spus eu, luând-o de mână. Atât timp cât suntem împreună, suntem acasă! am repetat. Am petrecut prea mult timp fără să fiu căsătorit cu tine, Elle Leopine!

Vorbele mele au luat-o prin surprindere.

– Sunt de acord, iubirea mea, a răspuns ea.

– Am o idee, am spus, cu un licăr în ochi.

Elle mi-a aruncat o privire în care se îmbinau emoţia şi deruta.

– Ce idee?

– Câtă vreme se află pe mare, căpitanul unei nave poate căsători legal două persoane şi le poate întocmi acestora un certificat care să ateste autenticitatea ceremoniei. Elle, am putea să ne căsătorim în drum spre Australia! am exclamat, căzând în genunchi. Elle Leopine, tu eşti dragostea incontestabilă, inegalabilă, de nezdruncinat a vieţii mele. Vrei să te căsătoreşti cu mine?

Reuşisem s-o surprind, ceea ce, dacă înţelegeam eu bine, era secretul unei cereri în căsătorie reuşite.

– O, Bo, a spus ea, acoperindu-şi gura cu palmele. Da, bineînţeles!

Ne-am pus amândoi pe râs în apartamentul de la Arthur Morston Books. Preţ de câteva clipe, restul lumii s-a estompat.

Drumul din Essex până la portul Tilbury a fost rapid şi lipsit de incidente. Rupert s-a ţinut de cuvânt şi i-a cerut unui prieten care avea acelaşi model de maşină să oprească în faţa librăriei şi apoi să se îndrepte spre nord, în caz că Kreeg îl urmărea de departe. Eu şi Elle ne-am urcat în maşina lui Rupert şi, încă o dată, am pornit în căutarea unei noi vieţi.

– O să luaţi un vapor care pleacă mâine, bătrâne, m-a informat Rupert. Acostează întâi la Port Said, în Egipt, după care merge la Adelaide. Îndrăznesc să spun că, până când picioarele tale ajung să atingă pământul australian, o să-l arestez pe acest Kreeg pentru tentativă de omor. Să nu-ţi faci griji! m-a îndemnat el, iar stoicismul lui britanic m-a înveselit, dar nu l-am crezut, fiindcă, până la urmă, şerpii sunt alunecoşi. E un hotel chiar lângă port, despre care am auzit că e destul de mulțumitor. Vă las acolo. Vă dau ei biletele. Mergeți cu RMS *Orient*.

– Mulțumim, Rupert!

– Nu-ți face griji, bătrâne! După ce te liniștești, scrie-mi pe adresa librăriei. O să te pun la curent cu situația. Cu puțin noroc, o să te poți întoarce în Europa cât de curând, iar apoi o să-ți construiești un castel imens în Elveția!

După ce am oprit în fața hotelului Voyager, i-am strâns mâna lui Rupert și am deschis portiera.

– Succes, domnule și doamnă T! ne-a urat el. Nu uitați că, dacă apare ticălosul, îl punem pe o pistă falsă până văd cum fac ca să-l arestez.

I-am făcut cu mâna lui Rupert și am intrat în hotel. Recepția avea un aer de farmec apus, cu un pian prăfuit și câteva plante înmugurite în niște ghivece. O fi fost cândva grandios, dar se vedea că fusese neglijat în timpul războiului.

– Bună seara, domnule! a salutat un recepționer care purta ochelari.

– Bună seara! Aș dori o cameră, vă rog.

– Foarte bine. Câte nopți?

– Una singură. Și mi s-a spus că ați putea să ne ajutați să ne procurăm bilete la vaporul care pleacă dimineață.

– Desigur, domnule, putem aranja! Dacă îmi permiteți să notez câteva informații…

– Îmi pare rău, tocmai mi-am dat seama că am făcut o greșeală. De fapt, aș dori *două* camere.

Elle s-a uitat la mine.

– Două?

– Da, vă rog. Vedeți, am spus eu aplecându-mă peste birou, eu și logodnica mea ne căsătorim mâine.

– O, felicitări! Două camere să fie! a spus el, zâmbind. Vă invidiez fiindcă vă îmbarcați mâine pe vaporul acela. Un nou început, nu-i așa?

Nici nu știa câtă dreptate avea.

– Da, așa-i! i-am confirmat eu.

– Minunat! Simt că, după ultimii ani, am avea cu toții nevoie de așa ceva, domnule…

– Tanit. Iar ea e domnișoara Leopine!

– Prea bine. O să comand biletele pe numele dumneavoastră, domnule. La ce clasă doriți să faceți rezervarea?

– Păi…, am murmurat, dându-mi seama că nici măcar nu mă gândisem la asta, … la clasa a doua.

– Foarte bine! Vi le trimit în camera dumneavoastră, domnule. Puteți plăti mâine-dimineață, la plecare. Vaporul ridică ancora la ora zece dimineața fix. Să fiți la bord cu cel puțin o jumătate de oră înainte!

Ne-am lăsat bagajele la recepție, am luat cheile și am urcat.

– Ce se întâmplă, Bo? a șoptit Elle. De ce ai rezervat camere separate?

– Simplu. Mirele n-are voie să vadă mireasa în noaptea de dinaintea nunții!

Elle a chicotit.

– Ce romantic! Deși, până când ne făurim o situație stabilă în Australia, o să avem nevoie de fiecare bănuț. Ar fi trebuit să economisești fondurile!

– Prostii! Nu putem să ne bucurăm măcar de câteva tradiții? În plus, am adăugat, am destui bani ca să-ți cumperi o rochie. Cred că după-amiază ar trebui să mergem la cumpărături.

– Bo, gestul tău e foarte drăguț, dar total inutil!

– Dimpotrivă, Elle! E absolut necesar. Cenușăreasa *o să aibă* rochie și *o să meargă* la bal!

Restul zilei s-a dovedit a fi întrucâtva magic. Ne-am petrecut după-amiaza rece de ianuarie ținându-ne de mână, clipind în soarele iernii și sorbind, ca să ne încălzim, ceai negru din pahare de carton. Ba chiar ne-am dus să vedem vaporul care urma să ne transporte peste ocean. Legănându-ne picioarele deasupra apei, ne-am uitat la maiestuosul și impunătorul RMS *Orient*. Să fi tot avut o lungime de peste o sută cincizeci de metri și o înălțime de cel puțin treizeci. Nava avea un corp negru și elegant și două punți de un alb strălucitor, împodobite cu zeci de geamuri circulare.

– O, Doamne! Nu putem locui acolo? a întrebat Elle. Dacă am trăi pe mare, am fi mereu în siguranță!

– M-am gândit la asta. Știi, ai dreptate. Am fi. Ce idee bună! Poate că ar trebui să cheltuiesc toți banii Agathei pe unul dintre acele iahturi uriașe despre care citești în reviste.

– Numai dacă are trei piscine, Bo!

Elle a râs, iar felul în care soarele de la mijlocul iernii i-a surprins chipul, a creat una dintre cele mai frumoase imagini pe care le-am văzut în viața mea. Dintr-odată, m-am simțit inspirat.

– Stai așa! am spus, sărind în picioare.

– Bo, ce naiba faci?! a strigat Elle.

– Nu te mișca!

Am traversat în fugă drumul și m-am întors pe mica stradă principală, unde am trecut pe lângă un magazin de artă. Am intrat și am cumpărat câteva foi mici de hârtie și niște cărbune, după care am alergat înapoi la Elle.

– Ce-a fost asta? a întrebat ea.

– Vreau să te desenez!

– Să mă desenezi? s-a mirat Elle, chicotind.

– Da. Cândva, în atelierul lui, *monsieur* Landowski mi-a spus ceva despre cum să surprind momentul. El știa ce voia să sculpteze doar după ce *vedea*. Cred că acum înțeleg la ce se referea. În clipa asta am inspirație și vreau să-ți surprind frumusețea.

– Mă bucur că, după atâția ani, încă mai poți să mă flatezi!

– N-am îndrăznit niciodată să desenez un portret, doar peisaje. Sper să-i pot face dreptate modelului…

Am început să lucrez cu cărbunele, făcând tot posibilul să surprind ochii enormi ai lui Elle, nasul delicat și buzele pline – totul, așezat pe chipul grațios, în formă de inimă. În cincisprezece minute, am terminat desenul. L-am privit, apoi am privit-o pe Elle și, în sinea mea, am fost mulțumit de rezultat. Portretul era, fără doar și poate, mai bun decât oricare câmp, râu sau copac încercasem vreodată să desenez.

– Arată-mi! mi-a cerut Elle, așa că i-am întins portretul și ea l-a privit, iar apoi și-a întors privirea la mine. Îmi place foarte mult! Mulțumesc!

– Știu că e departe de a fi perfect, dar o să-mi amintească mereu de momentul de acum.

– Și de ce dorești să-ți amintești momentul ăsta, Bo?

Am închis ochii și am simțit cum mireasma sărată a oceanului îmi revigora simțurile.

– Pentru că, dragostea mea, indiferent de ce se întâmplă, mă entuziasmează perspectiva unui nou început. Iar mâine o să mă căsătoresc cu iubirea vieții mele.

El m-a sărutat ușor pe obraz.

– O să păstrez veșnic desenul ăsta!

În cele din urmă, ne-am ridicat, am întrebat un trecător despre casele de modă din zonă și am fost îndrumați în direcția unei mici croitorii de modă veche.

– Intră, Elle! N-ar trebui să văd rochia, fiindcă asta ar însemna să încalc toate regulile. Nu te grăbi!

Ea a intrat, iar eu mi-am zărit imaginea reflectată în vitrină. Fără nici o îndoială, aspectul fizic îmi dezmințea vârsta relativ tânără. Părul îmi încărunțise rapid, iar ridurile de pe frunte păreau să mi se adâncească pe zi ce trecea. Nu puteam decât să sper că oceanele pe care le puneam între mine și Kreeg ar fi putut încetini oarecum procesul.

Am așteptat, răbdător, vreo douăzeci de minute, până când a sunat clopoțelul și Elle a ieșit pe ușă ducând în mână o sacoșă de hârtie bleu. Fața îi era luminată de un zâmbet radios.

– Mulțumesc, Bo! Sper să-ți placă.

Odată ajunși la hotel, mi-am însoțit logodnica în camera ei, la etajul de deasupra celui la care se afla camera mea.

– Acum trebuie să te las singură, am spus eu ridicând din umeri. Adică n-ar trebui să te văd până în momentul în care urmează să ne căsătorim, dar vreau să mă asigur că ajungi la bord. Așa că ne întâlnim pe punte la ora nouă și jumătate.

– Nouă și jumătate să fie! a fost de acord Elle.

I-am îndepărtat de pe față o șuviță rebelă de păr blond.

– Ultima ta noapte de trai în păcat...

– Să știi că nu-mi asum nici o responsabilitate! a spus ea râzând. E numai vina ta!

Mi-am ridicat mâinile.

– Recunosc că te-am forțat să duci o viață imorală! O să poți să mă ierți vreodată?

Mi-am împreunat palmele, rugător.

– Pentru că mâine, în sfârșit, faci ceea ce trebuie, cred că e firesc să te iert. Dar având în vedere că asta *e* ultima noastră noapte de trăit în păcat, poate că ar trebui să... ne distrăm? a întrebat ea, desfăcându-mi cu o mișcare jucăușă nasturele de sus al cămășii.

– Aha, înțeleg! am exclamat, ridicând dintr-o sprânceană. Ești îngrijorată la gândul că lucrurile s-ar putea *schimba* după ce ne căsătorim?

– Absolut! N-o să mai fie nici pe jumătate la fel de plăcut!

– Ei, bine, atunci! Cred că ne suntem datori cu asta unul celuilalt.

Am sărutat-o, iar ea m-a tras în dormitor. În acea noapte ne-am pierdut cu orele unul în celălalt. Întregul univers și-ar fi putut înceta existența și nici unul dintre noi n-ar fi observat și nu i-ar fi păsat câtuși de puțin. În timp ce Elle stătea întinsă în brațele mele, respirația ei blândă și ritmică m-a liniștit și am adormit. M-am trezit câteva ore mai târziu și m-am desprins încet din îmbrățișare ca să mă duc în camera mea. Elle s-a întors și am sărutat-o pe frunte.

– Îmi pare rău că te-am trezit! Mă duc să mă pregătesc de plecare, am șoptit.

– Bine. Ne mai întâlnim la bord?

– Da. Ne vedem la nouă și jumătate. Somn ușor, draga mea!

În timp ce deschideam ușa, m-am întors ca să mă uit la viitoarea mea soție, care era întinsă pe pat, adormită din nou. Cu părul blond, revărsat, şi cu pielea ei albă, pală, parcă era un înger desprins dintr-o pânză a lui Botticelli.

De multe ori, în sufletul meu, am încercat să definesc dragostea. Acum cred că ştiu ce e. A pune, fără şovăială şi din toată inima, un alt suflet înaintea celui propriu, indiferent de consecinţe. Cu o privire plină de dor, am deschis uşa încetişor şi am închis-o în urma mea, plin de iubire şi mândru de femeia uimitoare care îmi fusese alături vreme de douăzeci de ani. Şi cu care, a doua zi, urma să mă căsătoresc.

CAPITOLUL 37

Oceanul Atlantic, 1949

Fără tine, eu sunt
Rupt în fire
De praf cosmic

Stelele sunt negre
Noaptea, nesfârşită,
Pleiadele plâng

Lumina s-a stins
Viaţa mea s-a dus

Sunt singur
În pat

Lumea mea s-a sfârşit. Dacă citiţi capitolul ăsta din jurnal, mă aştept ca el să fie ultimul, iar povestea lui Atlas Tanit să fie isprăvită. Am izbutit să supravieţuiesc în toţi aceşti ani fiindcă m-a propulsat speranţa, adică energia fundamentală care îi face pe oameni să meargă înainte, în ciuda tuturor piedicilor. Dar acum chiar şi ea s-a năruit, iar eu nu mai am puterea de a merge mai departe. Mai târziu în seara asta, după ce puntea o să rămână pustie, vreau să mă arunc de bunăvoie în ocean să las apa înghețată să mă înghită. Sper ca valurile să fie milostive, iar moartea, rapidă.

Mă simt îndemnat să scriu acest ultim capitol doar dintr-un sentiment de datorie față de tine, cititorule. Nu e finalul la care am visat pe vremea când eram tânăr și am pus pentru prima oară stiloul pe hârtie. Poate că ai descoperit jurnalul și ai trecut direct la sfârșit, ca să afli ce s-a întâmplat cu bărbatul care s-a aruncat de pe un vapor cu aburi. Ori poate că ai parcurs întreaga poveste a vieții mele, care sper să fi fost măcar interesantă. În cazul ăsta, sunt sigur că ai întrevăzut deja nenorocirea care s-a abătut asupra mea.

Elle nu mai e.

Cel mai mare coșmar al meu a devenit o realitate în care nu mai suport să exist.

După ce am plecat din camera ei la primele ore ale dimineții, m-am întors într-a mea. Am scris în jurnal, mi-am pregătit valiza și m-am întins în pat, visând la viitoarea mea soție și cufundându-mă apoi într-un somn adânc. M-am trezit la ora opt, am părăsit camera și am plătit nota pentru cazare și biletele de drum. Am urcat la bord și am găsit cabina noastră. Chiar i-am și povestit cu entuziasm tânărului care mi-a cărat bagajul, despre planul de a mă căsători în timpul călătoriei, iar el m-a asigurat că eu și Elle aveam să fim ajutați, fără doar și poate, de căpitan. Apoi mi-am luat cafeaua și m-am dus pe punte, ca s-o caut pe Elle.

Pe mal erau o mulțime de oameni care, în mod evident, nu voiau să se despartă prea curând de cei dragi ce plecau spre Australia. Durerea despărțirii era viscerală, iar eu le-am mulțumit stelelor că mă îmbarcam pe acel vas împreună cu singura ființă de care aveam vreodată nevoie.

Pe măsură ce se apropia ora nouă și jumătate, m-am îndreptat spre pasarela pe care stabiliserăm să ne întâlnim. Minutele se scurgeau, iar ceasul deja arăta nouă și patruzeci, drept pentru care am intrat în panică, bănuind că Elle nu se trezise. I-am explicat situația stewardului, iar el m-a asigurat că aveam suficient timp ca să dau o fugă la hotelul Voyager și să mă întorc înainte de plecare.

Am coborât atât de iute pe pasarelă, încât era să azvârl în apă o întreagă familie. Am dat buzna în foaierul hotelului și am urcat la etajul la care se afla camera lui Elle. Am bătut la ușă din răsputeri, dar nu mi-a răspuns nimeni.

– Elle! am strigat. Elle, pleacă vaporul! Elle!

Dându-mi seama că eforturile mele erau în zadar, am fugit la recepție, unde l-am găsit pe bărbatul cu ochelari.

– A, bună dimineața, domnule! Vă așteaptă o zi mare! De fapt, n-ar trebui să fiți la bord? Pasarela se ridică în cincisprezece minute.

– Da, știu, dar logodnica mea nu s-a trezit. Trebuia să ne întâlnim pe vapor, dar n-a apărut. Ați putea, vă rog, să-i descuiați ușa ca s-o trezesc?

Recepționerul a părut nedumerit.

– Domnule, am văzut-o plecând acum o jumătate de oră! A traversat holul cu o valiză în mână.

M-am încruntat.

– Nu se poate așa ceva! Nu s-a urcat pe vapor. Vă înșelați! Vă rog, vreau să-i descuiați ușa!

– Domnule, trebuie să mă credeți, eu...

– ACUM! am strigat, în timp ce privirile celor din jur se îndreptau spre mine.

– Cum doriți, domnule! Permiteți-mi să-l rog pe colegul meu să vă însoțească.

– Dați-mi cheia! Mă duc singur!

Am smuls cheia din mâna recepționerului, am fugit pe scări, am vârât-o în încuietoare și am deschis ușa. Camera era goală. Patul fusese făcut, iar pe podea nu se afla nici un fel de bagaj. Mai mult de-atât, pe masă se afla o ceașcă în care era un rest de cafea și marginea se pătase de la rujul roz al lui Elle. Ea fusese acolo de dimineață și se vedea că plecase, după cum îmi spusese recepționerul.

Pe moment, m-am bucurat nespus de mult. Asta însemna că, cel mai probabil, Elle urcase la bord, iar eu pur și simplu n-o văzusem. Mai erau zece minute înainte să se facă ora zece fix, așa că m-am grăbit să cobor și să-i arunc cheia recepționerului. Apoi m-am întors pe pasarelă, căutând-o pe Elle.

– Ați văzut o doamnă cu păr blond și cu pardesiu bleumarin? Căra o valiză. Ar trebui să fie la bord.

Stewardul s-a gândit preț de o clipă, dar apoi a clătinat din cap.

– Îmi pare rău, domnule, nu cred că s-a îmbarcat cineva care să corespundă unei astfel de descrieri. Însă vaporul fiind mare, s-ar putea să mă înșel. Dacă doamna se află la bord, probabil că a fost îndrumată spre cabina ei. Puteți să-l întrebați pe stewardul de punte.

M-am dus în grabă la cabina noastră de clasa a doua, care era goală, cu excepția valizei mele. L-am oprit pe steward pe coridor și l-am rugat să-mi confirme că Elle se afla la bord.

– Leopine e numele ei de familie. Sau poate că l-a folosit pe cel de „Tanit". Dar are păr blond. Palton bleumarin. E logodnica mea...

Îmi dădeam seama că, pe măsură ce îmi creștea panica, începeam să mă bâlbâi. Ceasul meu arăta deja că mai erau doar cinci minute până la ora zece fix. M-am întors pe pasarelă, grăbit, și m-am trezit descriind-o pe Elle oricui trecea pe acolo, dar totul a fost în zadar. Inima îmi bătea nebunește și, copleșit de panică, nu mai vedeam bine.

Am auzit motoarele pornind.

– Nu, nu, vă rog, nu! i-am strigat celui mai apropiat angajat în uniformă, agățându-mă de el. Trebuie să opriți vaporul! Nu știu dacă logodnica mea se află la bord!

– Îmi pare rău, domnule, pasarela se ridică la ora zece fix. Chiar nu se fac excepții!

M-am agățat de balustradă și am scrutat cu disperare țărmul, în căutarea iubitei mele. Tot nu vedeam nimic, așa că am alergat la pasarelă și l-am implorat pe steward, care mi-a văzut durerea, dar care nu mă putea ajuta, fiind un simplu angajat.

– Domnule, înţeleg situaţia! a spus el, încercând să mă calmeze. Chiar aş vrea foarte mult să vă ajut. Însă, cu toată sinceritatea, cred că ar fi mai bine să debarcaţi.

– Dar poate că ea e la bord! am strigat.

– În cazul ăsta, domnule, există o altă navă care pleacă în câteva săptămâni. Aţi putea s-o urmaţi atunci.

M-am răsucit pe călcâie şi am ajuns faţă în faţă cu o doamnă în vârstă. Avea pometţii înalţi, pielea pală şi ochii albaştri, pătrunzători, nu foarte diferiţi de ai lui Elle. Deşi părul creţ îi era de-a dreptul încărunţit, în coama ei existau câţiva stropi distincţi de castaniu.

– Ridicaţi pasarela! a strigat stewardul.

Acestuia i s-au alăturat alţi doi tineri, care au pus mâinile pe frânghie şi au început să tragă. Sirena a şuierat, dând un ultim semnal.

– Unde e? Trebuia să ne întâlnim pe vapor! am strigat, iar apoi m-am întors încă o dată spre bătrâna doamnă, care se uita lung la mine. Scuzaţi-mă, aţi văzut cumva o femeie blondă urcând pe navă în ultimele minute?

– N-aş putea spune, a zis ea cu accent scoţian. Erau atât de mulţi oameni care veneau şi plecau, dar sunt sigură că e pe undeva, pe la bord!

Sirena s-a auzit din nou, iar nava a început să se îndepărteze, foarte încet, de docuri. M-am gândit să sar peste bord. Poate că stewardul avea dreptate. Dacă rămâneam pe uscat, atunci, în cel mai rău caz, Elle ar fi putut să fie în siguranţă, în drum spre Australia şi în afara oricărui pericol. Aş fi fost în stare să-l evit pe Kreeg câteva săptămâni în plus. Dar dacă Elle nu se îmbarcase, atunci trebuia să rămân în Anglia ca s-o protejez. Gândurile îmi zburau în toate părţile.

– O, Elle, unde *eşti*?! am strigat în vânt, vocea fiindu-mi înăbuşită de zgomotul motoarelor şi de ţipătul pescăruşilor, în timp ce mă clătinam pe punte, agăţându-mă de balustradă şi gâfâind. Elle! Elle! Elle! am continuat să strig, neputincios, simţind că mă prăbuşeam în neant.

În timp ce mă uitam încă o dată peste marginea navei, încercând să trag cât mai mult aer în piept, am zărit pe doc un obiect care îmi era cunoscut. Nu-mi venea să cred, dar, chiar în spatele unei mulțimi de oameni care fluturau batiste și trimiteau sărutări, se afla o sacoșă de hârtie bleu, cea de la croitoreasa la care eu și Elle fuseserăm cu o zi înainte. Să fi fost a lui Elle? N-aveam ce pierde.

– Scuzați-mă! Scuzați-mă! am strigat către mulțimea de jos. Sacoșa! Mi-am uitat sacoșa! am repetat, continuând să strig și să-mi agit brațele cu mișcări de-a dreptul sălbatice, până când am atras atenția unui băiat. Sacoșa albastră! Chiar în spatele tău! Te rog s-o arunci la bord!

Tânărul s-a întors și a văzut spre ce anume arătam. Și-a făcut loc printre adulții din jur și a apucat-o.

– Da! Te rog, arunc-o! l-am implorat eu.

Nava se afla la aproximativ trei metri de doc, distanța crescând cu fiecare secundă. Băiatul s-a îndreptat spre marginea apei, privindu-mă țintă. Mi-am dat seama că eram prea sus, iar sacoșa n-avea nici o șansă să ajungă până la mine. Mi-am făcut loc printre pasageri, până la stewardul de pe pasarelă.

– Vă rog, sacoșa mea, e la băiatul acela!

Fusese dispus să mă ajute mai devreme, iar acum a dat din cap în semn că înțelesese și, iute ca fulgerul, a sărit peste bord. Așa am crezut, dar de fapt a coborât pe niște șine asemănătoare unei scări, atașate de corpul navei. Văzându-l pe steward coborând, băiatul a ajuns la nivelul țărmului, iar stewardul a întins brațul pentru ca băiatul să-i arunce sacoșa. Acesta din urmă a ezitat.

– Acum sau niciodată! i-a strigat stewardul.

Băiatul s-a uitat la mine, iar eu am încuviințat din cap. El a aruncat sacoșa cu destulă forță și am încremenit în timp ce stewardul o prindea din zbor deasupra oceanului. Izbutind s-o apuce bine, s-a răsucit pe călcâie și apoi s-a îndreptat spre punte. Băiatul a chiuit, iar eu l-am aplaudat, după care am luat sacoșa din mâinile stewardului.

– Mulțumesc, mulțumesc!

– E a logodnicei dumneavoastră, nu-i așa? a întrebat stewardul.

– Așa-i! i-am răspuns eu.

– Ei, bine, având în vedere că sacoșa era chiar lângă doc, să sperăm că asta înseamnă că logodnica dumneavoastră e la bord, domnule!

– Da. Mulțumesc din nou!

M-am chinuit să-mi fac loc pe puntea aglomerată, împânzită de larma stârnită de emoțiile oamenilor, în timp ce pasagerii își luau rămas-bun de la țara natală – unii pentru multe luni, iar alții, pentru totdeauna.

În cele din urmă am ajuns la pupa, unde era suficient spațiu ca să deschid sacoșa. Am scos din ea o rochie albă de satin. Am observat că pe fundul sacoșei se găseau două bucățele de hârtie. Mi s-a făcut rău în clipa în care am văzut desenul în cărbune pe care-l făcusem cu o zi înainte. Împreună cu acesta era un bilet.

Karma mea a fost să te cunosc pe tine.
Regăsește-ți liniștea, fără povara de a-mi purta de grijă.
Etern, a ta,
Elle xx
(Găsește-ți drumul în viață, așa cum trebuie s-o fac și eu.)

Am încremenit. Nimic nu părea real. Biletul dădea de înțeles că Elle *alesese* să nu se urce pe vas. *Alesese* să mă părăsească.

– Nu, am șoptit. Nu se poate...

Gândurile îmi goneau prin evenimentele ultimelor douăzeci și patru de ore. Totul păruse perfect...

Din senin, picioarele mi-au cedat și m-am prăbușit. Mă așteptam la lacrimi, dar n-au venit. Trupul meu n-avea puterea să le producă. În acel moment, lumina din mine s-a stins.

– Scuze, domnu'! Eș' bine?

Mi-am ridicat privirea și am văzut o fată cu ochi strălucitori, dureros de slabă, cu pielea pământie și cu părul șaten și lung. N-avea mai mult de cincisprezece ani.

– Alo, domnu'? a insistat ea. La naiba, e cam tras la față! Eddie, du-te şi adu pe cineva cu uniformă, da? i s-a adresat ea unui băiețel în vârstă de vreo cinci ani, care a luat-o la fugă de îndată. Scuzați, m-ajută careva, vă rog? Ăsta s-a prăvălit! Alo? M-auzi?

Fata a îngenuncheat lângă mine.

– Ce cauți pe punte, jegoasă mică?! s-a auzit o voce groasă şi afectată, care venea de sus. Ar trebui să fii jos, cu şobolanii!

– Da, îmi pare rău, domnu', voiam numa' să mai vedem o dată Anglia! Da' omu' ăsta nu-i prea bine! Ne-ajutați? a răspuns fata, cu un accent de periferie londoneză.

Bărbatul cu voce afectată a părut iritat.

– Cheamă un steward! Pentru asta sunt plătiți! a spus el, disprețuitor, după care s-a îndepărtat cu nonșalanță.

Fata și-a ridicat mâinile, exasperată.

– Da, bine, ce să zic! Alo, domnu'! mi-a spus ea, zâmbind larg și dând la iveală o dantură îngălbenită. Las' pe noi, Eddie s-a dus după cineva!

Îmi amintesc vag că am mormăit:

– Nu vreau, nu pot...

Fata m-a luat de mână și a început să mi-o scuture viguros, probabil că în încercarea de a mă înviora.

– Nu-i nimica, domnu'! Cum te cheamă? Io-s Sarah.

– Sarah..., am bâiguit eu.

Ea a dat din cap, mulțumită de reacția mea.

– Da, domnu'! Te simți cam apăsat, 'șa-i? Și io la fel! Da' o să fie bine-n Australia. O să fie frumos și cald și cică putem înota-n mare-n fiecare zi.

M-am uitat în ochii ei căprui.

– Elle, am îngăimat. Elle...

Fata a părut nedumerită.

– Elle? a întrebat ea, s-a încruntându-se. Da' cine-i?

Am gemut.

– Ea a plecat, a plecat...

Sarah s-a uitat în jur.

– A plecat? Unde-a plecat, domnu'?

– A plecat…

Fata și-a dat ochii peste cap.

– Vai de mine, c-a luat-o razna, săracu'! O să fii bine, domnu'! Uite un tip care știe ce-are de făcut.

Un steward îmbrăcat în uniformă a venit spre noi. Pe măsură ce se apropia, i-am observat privirea supărată.

– Ce cauți aici? a șuierat el către Sarah.

Ea a râs, revoltată.

– Am vrut să-mi iau la revedere de la Anglia. Da' lasă, mai bine vezi de săracu' ăsta, că-i trebe ajutor!

Stewardul a îngenuncheat lângă mine.

– Mă ocup eu de asta! Iar acum, ia băiatul de aici și du-te jos! Știi că n-aveți ce căuta sus. O să avem plângeri!

– Da, bine! a răspuns Sarah, oftând. Haida, Eddie! i-a strigat ea băiețelului, care mi-a făcut cu mâna, iar eu m-am străduit să-i răspund. Sper să fii bine, domnu', a adăugat fata, și ne vedem în Australia!

Apoi l-a luat pe Eddie de mână și a plecat cu el. Înainte să dispară din raza mea vizuală, am văzut-o alergând spre marginea punții și ridicându-l pe Eddie astfel încât băiețelul să poată vedea peste bord, după care a făcut cu mâna.

– LA REVEDERE, ANGLIA! a strigat ea. Fă și tu cu mâna, Eddie!

– Jos! a răcnit stewardul, iar cei doi copii s-au supus.

– Îmi pare foarte rău, domnu', nu mai facem! a promis Sarah.

Începusem să-mi revin.

– Nu, trebuie să-i mulțumesc… Cine e?

Stewardul și-a dat ochii peste cap.

– Orfani! Jos, la clasa a treia, sunt cam o sută. Sunt trimiși din Anglia ca să-și găsească noi familii în Australia.

– Orfani?

– Da, și îmi pare rău, domnule, o să mă asigur că n-o să vă mai deranjeze!

Eram deja frustrat de atitudinea lui.

– Nu, eu…

– Ați căzut, domnule! Nu vă temeți, o să avem grijă de dumneavoastră!

Am dat să mă ridic în picioare.

– Trebuie să cobor.

Stewardul nu m-a lăsat să mă ridic.

– Ușor, domnule! Acum nu mai avem cum să coborâm. Următoarea oprire e în Egipt.

Am încercat să mă împotrivesc, dar efortul era prea mare.

– Nu, eu… a fost tot ce am apucat să bolborosesc, înainte ca lumea mea să se întunece.

M-am trezit în cabina mea și am dat de un bărbat cu o jachetă de tweed, care se uita la mine.

– Bună ziua, domnule Tanit! Vă simțiți mai bine, nu-i așa?

Am clipit.

– Da. Ce se întâmplă?

Bărbatul a zâmbit.

– Sunt ofițer doctor Lyons, medicul navei. Trebuie să recunosc că nu mă așteptam să fiu chemat tocmai la începutul călătoriei, dar iată-ne aici. Ați căzut pe punte, domnule Tanit, vă amintiți?

– Da.

Medicul a scos o lanternă mică din buzunar și mi-a proiectat fasciculul luminos în ochi, ca să-i examineze.

– După părerea mea, e lesne de înțeles, fiindcă se pare că ați avut o zi grea! a spus el ridicând dintr-o sprânceană. Stewardul de pe puntea dumneavoastră mi-a zis că ați întrebat de căpitan, dacă oficiază nunți? a întrebat, iar eu, încă amețit, am încuviințat din cap. Am citit biletul pe care-l aveați în mână. Ghinion, bătrâne! E foarte greu de acceptat, fără doar și poate.

Un val de groază m-a străbătut în clipa în care mi-am amintit din ce motiv îmi pierdusem cunoștința.

– O, nu! O, nu!

M-am ridicat brusc în capul oaselor. Doctorul Lyons mi-a pus o mână pe umăr.

– E în regulă, domnule Tanit. Poftim, luați asta! m-a îndemnat el, oferindu-mi o pastilă și un pahar cu apă. E un sedativ ușor, care o să vă ajute să dormiți câteva ore.

Dar eu nu voiam să dorm.

– Trebuie să cobor de pe vapor!

Doctorul a dat din umeri, compătimitor.

– Nu se poate, domnule Tanit, motiv pentru care vă sugerez să luați sedativul! Credeți-mă, astfel o să treacă mai repede timpul, a adăugat, îndesându-mi, practic, pastila în gură și făcându-mă s-o înghit. Bravo! O să dormiți o vreme. Trec să vă văd mai târziu.

Doctorul Lyons s-a ridicat și, înainte ca el să apuce să iasă pe ușă, mi s-au închis ochii. După ce m-am trezit, m-am întors la jurnal ca să-mi consemnez ultimele gânduri.

Ca să nu înnebunesc, trebuie să cred că viața mea n-a fost o minciună și că Elle m-a iubit cu adevărat. Cât despre motivul pentru care nu s-a urcat pe vapor… pot doar să presupun că nu s-a simțit în stare să-și continue viața sub amenințarea constantă a lui Kreeg Eszu și a misiunii lui de a-mi veni de hac. Și atunci, cum s-o învinovățesc? Ne-am petrecut viețile sub un nor, furtuna amenințând să izbucnească în orice clipă. Elle merită mult mai mult. Știu că o iubesc cu adevărat, pentru că, dacă mă gândesc că a trăit mereu sub o astfel de amenințare, mă bucur că acum a scăpat de ea. Dar mai știu și că, fără Elle, nu mi-a rămas nimic.

Și astfel se încheie povestea lui Atlas Tanit sau a lui Bo D'Aplièse. Poate că am fost ceva între acele două nume – oricum, tu ai ajuns să mă cunoști, cititorule. Las stiloul din mână și mă îndrept spre punte. Sper ca Cele șapte surori ale mele să strălucească pentru mine pentru ultima oară.

Nu mă tem de moarte, dar m-aș bucura ca ea să vină iute și ca frigul Atlanticului să mă învăluie și să mă cruțe să plutesc cu orele în neant.

Ce să fac cu diamantul? Să-l las moștenire cuiva? Există vreo modalitate de a i-l trimite domnului Kohler în Elveția, poate ca să li-l dea micuților Georg și Claudia? Dar dacă Kreeg află vreodată la cine e nestemata…

O să scriu un testament înainte să plonjez în ocean, lăsând averea mea familiei Hoffman, cu condiția ca cei doi copii să fie îngrijiți. Poate că e mai bine ca diamantul să mă însoțească în mormântul meu de ape. Astfel, nu poate pricinui mai mult rău decât a făcut-o deja.

Înainte să termin de scris paginile astea, ceva a început să mă sâcâie, cititorule. Jurnalul începe la Paris, în 1928. Mă amuză acum cât de precaut am fost inițial. Nici măcar nu mi-am scris numele. Firește, toate astea nu mai au rost de când am fost descoperit de Eszu la Leipzig. Dacă încă citești, cred că îți sunt dator cu tabloul complet al vieții mele și cu evenimentele care au dus la haosul ce mi-a contaminat existența.

Kreeg, în eventualitatea că ai găsi vreodată jurnalul, scriu aici despre împrejurările exacte ale morții mamei tale. Te rog, te implor, acceptă faptul că următoarea relatare e făcută de un om aflat la sfârșitul vieții lui, care n-are nimic de ascuns și nici n-are nimic de câștigat dacă minte.

~~Tiumen, Siberia, aprilie, 1918~~

~~Dacă stau să mă gândesc bine, la nașterea mea era o zi de bun augur, nu că aș fi fost conștient de asta la momentul respectiv. Sfârșitul dinastiei Romanov provocase o mare tulbura…~~

Îmi cer scuze, cititorule. Pe când scriam propoziția, m-a întrerupt o bătaie în ușă. Doctorul Lyons venise să mă vadă. Mi-a spus că, în timp ce se afla în zona de clasa a treia a vaporului ca să-i consulte pe copiii de acolo, o tânără orfană, pe nume Sarah, se interesase de starea mea.

– A fost foarte amabilă cu mine, am spus eu cu sinceritate și, dintr-odată, mi-a venit o idee, drept pentru care am pipăit diamantul, încă lipit de pieptul meu. Aș vrea să-i mulțumesc fetei! Știți cumva cum ajung la clasa a treia?

– Da, dacă sunteţi sigur că aveţi curaj. Toţi orfanii noştri sunt sănătoşi, dar mă tem că igiena personală nu e o prioritate pentru ei, domnule Tanit!

Am râs pe înfundate.

– Chiar nu mă deranjează, domnule doctor Lyons! Încotro, vă rog?

Am coborât în cală printr-un labirint de coridoare şi de cabine. În cele din urmă, câteva punţi mai jos, am intrat la clasa a treia. Cel mai frapant lucru era lipsa luminii naturale. Pereţii albi aveau o nuanţă urâtă în lumina artificială, de spital, ceea ce te deruta şi te făcea să percepi incorect trecerea timpului.

Zona comună era formată dintr-o încăpere înţesată de mese şi de scaune de diferite mărimi şi, atunci când am intrat, era plină de fum de ţigară. La cea mai mare dintre mese erau aşezaţi mulţi copii îmbrăcaţi în zdrenţe. Printre ei, l-am zărit pe Eddie, micuţul care fusese pe punte mai devreme, dar nici urmă de Sarah.

M-am apropiat de grup.

– Îmi cer scuze că vă întrerup! Mă întrebam dacă Sarah e pe aici.

– S-a furişat iarăşi, a spus unul dintre băieţi, care s-a îngrozit imediat de indiscreţia lui. Să n-o certaţi prea tare, domnu', îi place doar să se uite la ocean!

I-am zâmbit ca să-l liniştesc.

– Nu-i nimic. Şi mie îmi place.

– Atunci, n-o bateţi? a întrebat el.

– S-o bat?! O, Doamne, nu! Dimpotrivă. Speram să pot să-i mulţumesc, am explicat eu în timp ce îi făceam semn lui Eddie arătând cu degetul mare în sus, gest la care băiatul mi-a răspuns la fel. De fapt, nu lucrez pe vapor. Sunt doar un pasager.

– Unu' distins? Vorbiţi distins! a spus un alt băiat, iar cei care şedeau în jurul mesei au izbucnit în râs.

– O, nu atât de distins ca unii dintre cei de la bord. Ziceţi că aş putea s-o găsesc pe Sarah pe puntea de sus?

– Cred că da, a răspuns băiatul.

Pe punte era linişte şi nu percepeai nimic în afară de negrul infinit al apei şi de răceala aprigă a aerului de ianuarie. Suspinând, m-am agăţat de balustradă şi am privit cerul. Celaeno era deosebit de luminoasă în seara aceea. Mă liniştea zgomotul pe care vaporul îl făcea tăind apa, iar aerul rece şi proaspăt mă revigora.

– Tu eşti, nu-i aşa, domnu'? a spus, din umbră, un glas ce îmi suna cunoscut, drept pentru care m-am uitat în jur şi am văzut-o pe Sarah ieşind din spatele unui colac de salvare. Tipu' de-a leşinat mai devreme?

– Bună, Sarah! Voiam să-ţi mulţumesc pentru bunătatea pe care mi-ai arătat-o azi-dimineaţă.

– Şştt, vorbeşte mai încet! N-am voie aici!

Ea şi-a dus un deget la buze, iar eu am suspinat.

– Ce regulă ridicolă! Ascultă, vino, stai lângă mine şi n-o să afle nimeni!

A ieşit din umbră şi a venit la mine, lângă balustradă. Am rămas tăcuţi preţ de o clipă, respirând aerul nocturn cu miros de sare.

– Te simţi mai bine? m-a întrebat ea.

Am încuviinţat din cap.

– Mult mai bine, mulţumesc! Ai fost singura care a sărit să mă ajute. Foarte frumos din partea ta!

– Nu-i nimica, domnu'. Aşa-i omeneşte, nu? Da' la toţi distinşii ăia de pe puntea de sus le pasă mai mult să nu se mânjească pe genunchi, decât să dea o mână de ajutor, a spus ea, ţâţâind apoi din buze într-o notă comică.

Mă relaxa sunetul pe care-l scotea *Orientul* spintecând apa şi am simţit că îmi scădea tensiunea arterială. Chiar îmi plăcea în largul oceanului.

– Sarah, câţi orfani merg în Australia? am întrebat-o pe Sarah.

Ea s-a gândit puţin, calculând în minte.

– O sută, probabil. Am cinşpe ani, aşa că-i bine. Da-s unii care n-au mai mult de trei. De ei îmi pare rău.

Sarah s-a uitat ţintă în beznă. M-a emoţionat firea ei grijulie. La urma urmei, ea însăşi era un copil.

– Pot să te întreb ce s-a întâmplat cu părinţii tăi? am întrebat eu cu blândeţe.

Ea s-a uitat în jur, ca şi cum ar fi vrut să vadă dacă trăgea cineva cu urechea. Bănuiam că amintirea era dureroasă şi că, în consecinţă, nu vorbea des despre asta.

– În timpu' războiului au căzut multe bombe în East End. Ultima le-a făcut-o la zece de pe strada noastră, printre care şi lu' mama. Eram în pivniţă, că sunaseră sirenele, iar ea şi-a dat seama că-şi uitase andrelele sus şi s-a dus după ele chiar în clipa în care a căzut bomba pe acoperişu' nostru. M-au scos dintre dărâmături fără să am nici o zgârietură. Aveam numa' şase ani pe-atunci. Ăla de m-a auzit urlând a spus c-a fost un adevărat miracol.

Am vrut să-i pun lui Sarah o mână pe umăr, dar m-am temut că ar fi fost un gest nepotrivit.

– Ce groaznic! Îmi pare foarte rău că ai suferit o astfel de pierdere! Unde te-ai dus pe urmă?

Ea a tras aer adânc în piept, iar apoi a expirat încet şi a continuat:

– Mătuşa m-a dus în casa ei de la capătu' drumului. Trebuia să rămân acolo doar până când venea tata de pe front, din Franţa. Numa' că el nu s-a mai întors, iar mătuşa nu şi-a permis să mă ţină, aşa că m-a dus la orfelinat. A fost bine acolo, fiindcă noi, copiii, suntem uniţi. Apoi, într-o bună zi, ne-au spus că plecăm în Australia ca să-ncepem o nouă viaţă. Ş-uite!

Orientul a întâlnit un val rebel, iar eu şi Sarah am fost împroşcaţi în faţă cu nişte stropi fini de apă de mare. Sarah a chicotit gutural, ceea ce m-a făcut să râd. Optimismul ei era molipsitor.

– Ai pierdut pe cineva în război, domnu'? a întrebat Sarah.

Mi-au trecut prin minte Karine, Pip şi Archie Vaughan.

– Da.

Sarah a dat din cap, cu un aer plin de înţelepciune.

– Mă gândeam io! Ai privirea aia tristă-n ochi.

– Chiar aşa? am întrebat, iar ea mi-a aruncat un zâmbet înţelegător şi eu m-am întors cu faţa spre ocean. De fapt, am pierdut pe cineva de curând. Şi nu din pricina războiului.

– Păi, pe cine?

– Numele ei este Elle, am răspuns, închizând ochii. A fost dragostea vieții mele.

Sarah și-a pus mâinile în șold.

– Numele ei *este* Elle? Adică n-a dat ortu' popii?

Modul ei obraznic de a vorbi m-a făcut să zâmbesc fără să vreau.

– Nici vorbă. Doar că... nu e pe vapor.

Sarah și-a întins brațele.

– Păi și ce ești așa de abătut? Întoarce-te după ea!

– Aș vrea să fie atât de simplu, Sarah, dar ea nu vrea să fie cu mine, am răspuns, pipăindu-mi diamantul de la gât. Oricum, vreau să-ți mulțumesc încă o dată. De fapt, am ceva pentru tine, am adăugat, dând să-mi scot șnurul de la gât.

Ea a întins o mână ca să mă oprească.

– A, nu, nu-ți iau banii, domnu'! Nu pentru c-am făcut un lucru bun! Nu-i drept. Adică, dacă-ți trebe cârpiți ciorapii sau pantalonii, primesc bucuroasă bani. Da' nu pentru aia.

Vorbele ei m-au cam mirat.

– Nu cred că înțelegi, Sarah, e o sumă de bani care o să-ți schimbe viața...

– Domnu', sunt p-un vapor care merge spre cealaltă parte a lumii. Crede-mă că deocamdată mi-ajunge schimbarea. Cum ziceam, mi-s dibace, sper să găsesc de lucru și să fac niște bani. Și să-mi găsesc și io pe cineva!

Am băgat șnurul la loc sub cămașă.

– Atunci, te las să te bucuri de seara asta. Mulțumesc din nou, Sarah!

Am pornit spre cealaltă parte a punții.

– Crezi în Dumnezeu, domnu'?! a strigat Sarah.

Întrebarea m-a luat pe nepregătite. M-am întors cu fața la fată.

– Ce vrei să spui?

– M-am gândit mult la asta în ultima vreme, iar dumneata pari un tip deștept. Mă întrebam doar ce părere ai.

M-am întors încet spre Sarah, meditând la întrebare.

– Cred că depinde de ceea ce înțelegi prin „Dumnezeu". Eu cred în puterea universului. Poate că e același lucru?

Sarah și-a tras nasul.

– Deci nu crezi că-i un bătrân cu barbă mare și albă?

Am chicotit.

– Mai degrabă îl descrii pe Moș Crăciun. Și, cu siguranță, cred în el.

– Aha! Păi, pe la orfelinat n-a prea dat, îți zic io.

– Nu, am spus, ridicându-mi ochii spre cer și privind stelele. Elle era orfană, știi! Și eu sunt. Într-un fel.

Sarah s-a strâmbat.

– Cum să fii un *fel de* orfan?

Am zâmbit.

– Mi-ai pus o întrebare foarte bună. E dificil de explicat.

– Păi, un lucru de care nu ducem lipsă e timpu'. O să fac tot ce pot ca să evadez pe punte în fiecare noapte, ca să scap de fumu' de țigară de jos. Ne putem întâlni aici, sus, și poți să-mi spui povestea ta.

– Povestea mea, zici? N-am spus-o niciodată nimănui în întregime, doar lui Elle. E foarte lungă. Și destul de tristă.

– Tristă *până acum*, domnu'! Încă nu s-a terminat, 'șa-i? a întrebat ea, iar eu am șovăit, neștiind cum să răspund, moment în care ea a încremenit. Ia stai! Cunosc privirea asta! Doar nu te gândești să te-azvârli, nu?

– Ba d...

Sarah s-a înfuriat.

– Nu fi așa de egoist! Știi cui i-ar plăcea să fie aici, acum? Lu' mama. Da' nu poate, că i-a căzut o bombă-n cap. La fel și părinții ălora mici d-acolo. Copiii ar da orice să li se-ntoarcă părinții, care au fost luați de lângă ei cu atâta cruzime. Și dumneata vrei să-ți iei piuitu'!

Am făcut un pas înapoi.

– Sarah, n-am vrut să te supăr...

– Să mă supăr? Nu. Io nu pățesc nimica. Dar știi cine n-o să fie bine? Ăia de te cunosc. Ce-o să se întâmple după ce Elle, asta, o să afle că te-ai sinucis din cauza ei? Cum crezi c-o să suporte așa ceva pe conștiință? a întrebat Sarah, privindu-mă cu ochii larg deschiși și cu sprâncenele ridicate, iar eu mi-am dat seama că, de fapt, nici nu mă gândisem că Elle ar fi descoperit vreodată cum murisem. Mai mult de-atât, a continuat Sarah, dacă te-a iubit, și se pare că te-a iubit, ultimu' lucru pe care ea și l-ar dori ar fi să te-arunci.

Mă chinuiam să găsesc un răspuns.

– Da, așa-i, am recunoscut în cele din urmă. Din nou, îmi pare foarte rău că te-am necăjit! Mai ales că eu însumi mi-am pierdut părinții la o vârstă fragedă.

Dar în loc s-o liniștească, vorbele mele parcă au enervat-o și mai mult.

– Păi, ia d-aici! Crezi că ei s-ar bucura acum să-și vadă fiu' în ocean? a întrebat ea, arătând spre cer. Nu prea cred!

Felul ei direct de a vorbi m-a făcut să mă trezesc la realitate.

– Ai dreptate, Sarah!

Dintr-odată, m-am simțit foarte rușinat de intențiile mele. Sarah a făcut un pas spre mine și mi-a spus, îndulcindu-și tonul:

– Ține minte că viața-i un dar, domnu'! Indiferent de ce se-ntâmplă.

Mi-au dat lacrimile și mi-am înclinat capul în semn că eram de acord cu spusele ei.

– Cândva, Elle mi-a zis același lucru.

Sarah a ridicat din umeri.

– Avea dreptate, a adeverit ea, împungându-mă ușor în piept. Și, oricum, după ce ajungem în Australia o să-ți găsești o nouă prietenă drăguță, care să nu te părăsească pe vapoare. Bine?

Am chicotit printre lacrimi.

– E în regulă, Sarah! Am înțeles!

– Oricum, domnu', chiar vreau s-aud povestea, începând de mâine-seară. Nu mă lași baltă, da?

Am clătinat din cap.

– Nu te las, Sarah!

I-am urat noapte bună şi m-am întors în cabină, la jurnal. O să-mi ţin promisiunea făcută lui Sarah. Cumva, fata asta a izbutit să mă scoată din abisul gândurilor mele negre. În ciuda vieţii ei grele, se străduieşte să vadă partea bună a lucrurilor şi, mai mult de-atât, găseşte şi putere să-i pese de alţii.

Îmi aminteşte cumva de Elle.

CAPITOLUL 38

Încă o dată, cititorule, universul părea să-mi fi aruncat un colac de salvare. În noaptea următoare şi în toate nopţile după aceea, m-am întâlnit cu Sarah pe puntea vasului RMS *Orient*. Ca urmare, i-am împărtăşit povestea mea în întregime, iar fata a fost de-a dreptul absorbită de ea. M-am simţit chiar obligat să-i arăt diamantul.

– Mama naibii! Păi, îmi pare rău că l-am refuzat seara trecută! E cât ditamai şobolanu'!

– Promiţi să nu spui nimănui de la bord că îl am, Sarah? Banii şi diamantele fac oamenii să-şi piardă minţile, după cum cred că am reuşit să-ţi arăt de-a lungul poveştii vieţii mele.

Sarah s-a bătut cu degetul peste nas.

– Nici o grijă, domnu' T, că nu zic nimănui secretu' tău! a promis ea, încrucişându-şi braţele şi sprijinindu-se de spătarul băncii de lemn. Ştii ce nu pot să-nţeleg? Dacă ai de gând să fugi, îţi mai cumperi rochie de mireasă?

Am căzut pe gânduri, fiindcă şi eu îmi pusesem aceeaşi întrebare. Sarah era foarte isteaţă, într-adevăr.

– S-a grăbit să-şi aleagă rochia aia? a vrut să ştie Sarah.

Am încercat să-mi amintesc.

– Nu, nu s-a grăbit deloc.

Sarah a plescăit, gânditoare.

– Foarte ciudat, domnu' T! La fel cum sacoşa a rămas pur şi simplu pe doc, ca şi cum stăpâna ei s-ar fi evaporat.

– Sunt de acord, Sarah! Trebuie să fi fost o decizie de ultim moment.

Fata a dat din cap în semn de aprobare.

– Pesemne că da. Te gândeşti să te duci s-o cauţi?

Era o întrebare pe care mi-o pusesem de-a lungul multor nopţi nedormite.

– Întotdeauna i-am promis să-i ofer siguranţă. Mă tem că întoarcerea mea n-ar face decât s-o pună din nou în pericol. Încerc să accept faptul că ea e în sfârşit ferită de pericole acum, după ce s-a îndepărtat de mine, am răspuns eu, plin de tristeţe.

Sarah mi-a dat o palmă prietenească peste spate.

– Îmi pare rău pentru tine, domnu' T! Cobori mâine la Port Said?

Am încercat să mă adun.

– Da, categoric! N-aş rata niciodată ocazia de a pune piciorul într-un ţinut cu totul nou. Să presupun că „paznicii" o să vă lase pe tine şi pe ceilalţi copii să coborâţi de pe vas?

Sarah a râs.

– Da! Abia aştept. Se pare că la clasa întâi e o scoţiană bătrână şi bogată – chiar mai bogată decât tine –, care o să ne dea la toţi dulciuri şi rahat turcesc. Îţi dai seama!

M-am bucurat să aud asta.

– Chiar aşa? Iată o veste bună! Cum o cheamă?

Sarah a mijit din ochi, încercând să-şi amintească.

– Sunt aproape sigură că cineva-i zicea „Kitty Mercer". Cică soţu' ei a murit. Sau a părăsit-o, sau ceva de felu' ăsta. Nu prea ştiu. Dar are saci de bani.

M-am gândit un moment.

– Ştii, mă întreb dacă nu cumva are legătură cu imperiul de perle Mercer din Australia. Am citit despre familia Mercer într-un ziar.

– Probabil. Cică ea are o vilă imensă în Australia, chiar dacă a început ca unu' dintre noi – fără bani, adică. Toată lumea spune că poţi să-ncepi o viaţă nouă acolo. Cum crezi c-o să fie?

„Fără dragostea mea, gol, sfâşietor, vast, crud!“

– Îmi imaginez că o să fie fantastic şi, lucrul cel mai important, ţie o să-ţi fie foarte bine acolo.

A doua zi, am urmărit-o din priviri pe Kitty Mercer, care conducea o mică armată de copii, de pe vas până în Port Said. Mi-am dat seama că o mai văzusem pe doamna Mercer, lucru întâmplat în ziua în care plecaserăm din Tilbury. Ea fusese una dintre persoanele pe care le implorasem cu disperare să-mi dea informaţii despre Elle.

Întrucât *Orientul* era în continuă mişcare, briza nu lăsa pe nimeni să estimeze temperatura reală a aerului. Astfel se face că, de îndată ce vaporul s-a oprit, căldura africană ne-a lovit pe toţi, iar, în drum spre pasarelă, eu am trecut printr-o mare de feţe înroşite. Coborând de pe vapor, duhoarea de trupuri nespălate şi de fructe în descompunere mi-a mutat nasul din loc. Mi-am croit drum prin portul aglomerat, observând un flux constant de lăzi și de animale care erau mutate de la și către vapoarele acostate.

Plecând din port, m-am îndreptat spre oraşul vechi. Am dat curând peste o piaţă bine aprovizionată, care se lăuda cu condimente, fructe şi lipii făcute în cuptoare fierbinţi. Aerul din jurul lor se unduia din pricina căldurii. Localnicii se învârteau în jurul meu, îmbrăcaţi în robe viu colorate şi cu fesuri pe cap. M-am străduit să trec în revistă tot ce se putea vedea.

În tot acest timp, gândurile negre nu-mi dădeau pace. Cât de dulce ar fi fost acea experienţă dacă aş fi împărtăşit-o cu Elle! Dintr-odată, rahatul turcesc pe care-l cumpărasem nu mai avea nici un gust, iar culorile intense ale tarabelor ar fi putut la fel de bine să fie nişte nuanţe terne de cenuşiu.

În acea seară, după ce ne-am întors pe vapor, Sarah n-a mai venit la discuţia noastră nocturnă. N-aveam ce să-i reproşez. Doamna Mercer izbutise să-i distreze pe orfani mai bine decât aş fi putut s-o fac eu, în starea în care eram. Însă din obișnuință, am continuat să merg în fiecare seară pe punte, stând de vorbă, în schimb, cu Cele șapte surori. Cinci nopți mai târziu, Sarah și-a făcut apariția.

– Sal'tare, domnu' T!

– Sarah! Bună seara! Credeam că m-ai uitat.

– *Să te uit?* Ce prostie! Serile astea am ajutat-o pe doamna Mercer să-i spele pe cei mici la ea în baie și le-am făcut niște haine noi. M-a lăsat să tai toate rochiile ei scumpe. Îți vine să crezi?!

– Pare să fie o femeie foarte bună, am răspuns eu.

– E, domnu' T! Cum și dumneata ești om bun. Am noroc că v-am cunoscut pe amândoi, zău așa.

– Dimpotrivă, Sarah! Eu sunt norocos că te-am întâlnit, am mărturisit.

Ea mi-a făcut cu ochiul.

– De fapt, domnu' T, cred că ai dreptate. Am vorbit cu doamna Mercer despre tine și vrea să vă cunoașteți.

Mi-a sărit inima din loc.

– Ai *vorbit* cu ea despre mine?

– Stai liniștit, domnu' T! N-am zis nimica de Kreeg sau de piatra cea mare de la gâtu' tău. Am zis doar că ești unu' de treabă, care a avut ghinion și care ar avea nevoie de o mână de ajutor.

Mă neliniștea situația.

– Nu vreau să fiu o povară pentru nimeni!

Sarah și-a dat ochii peste cap.

– Domnu' T, ești povară doar dacă n-ai nevoie de ajutor, da' îl ceri oricum. Mi se pare că ți se cuvine un pic de ajutor. Ea are relații foarte bune în Australia. Și noi ce-avem? Nimica! Așa cum văd io lucrurile, dacă-i dispusă să ne dea o mână de-ajutor, de ce să refuzăm?

Nu găseam nici o hibă în argumentul fetei.

– Ai dreptate în privința relațiilor ei din Oz[1], am recunoscut. Ar fi bine să avem de unde s-o luăm de la capăt.

Sarah a bătut din palme.

[1] Australia

– Bine! Ne vedem în cabina ei mâine-seară, la ora şapte. Du-te la clasa întâi şi întreabă de doamna Mercer. Mă îndoiesc că şefu' de bord o să se uite la tine cu atâta venin cum se uită la mine şi la orfani atunci când venim în vizită la ea.

Seara următoare, am pornit spre clasa întâi pe coridorul acoperit cu mochetă groasă şi am fost îndrumat de şeful de bord spre cabina lui Kitty Mercer. După ce am bătut la uşă, mi-a deschis un bărbat îmbrăcat în costum de seară.

– Bună seara, domnule! Numele meu e McDowell şi sunt valetul doamnei Mercer. Intraţi!

L-am urmat în cabina elegant decorată.

– O, ce cameră minunată! am exclamat, căci candelabrul, canapelele tapiţate cu mătase şi hubloul de mari dimensiuni dădeau impresia că ne aflam în cel mai luxos hotel de pe uscat. Dar, dacă mi se permite o astfel de întrebare, unde se doarme?

– Ne aflăm în salon, domnule! Dormitorul e alături, a răspuns McDowell. Doamna Mercer iese în câteva clipe. Pot să vă ofer ceva de băut?

– Un ceai negru, vă rog!

– O alegere bună! a spus, din spatele uşii dormitorului, o voce distinsă, cu accent scoţian.

La scurt timp după aceea, uşa s-a deschis şi în faţa ochilor mei s-a ivit Kitty Mercer, îmbrăcată într-o elegantă rochie de seară purpurie, completată – aşa cum era de aşteptat, având în vedere afacerea familiei sale –, cu un impresionant şirag de perle atârnat la gât.

– Dar, domnule Tanit, nu vreţi să bem împreună ceva puţin mai tare? James face un excelent gin tonic!

– Bună seara, doamnă Mercer! am răspuns, gândindu-mă că n-aveam de ce să nu beau un pahar alături de amabila mea gazdă. Dacă asta e recomandarea dumneavoastră, beau bucuros!

– Minunat. Mulţumesc, James! i-a spus ea lui McDowell, care a înclinat din cap, ceremonios, îndreptându-se spre un dulap de băuturi ce părea mai bine aprovizionat decât majoritatea barurilor în care călcasem eu vreodată. Vă rog să luați loc, domnule Tanit! m-a îndemnat Kitty, rostind cuvintele cu aceeași ușoară cadență scoțiană.

M-am așezat la capătul uneia dintre canapelele tapițate cu mătase gri, iar Kitty s-a așezat pe canapeaua asortată de vizavi.

– E de-a dreptul minunat ceea ce ați făcut pentru copiii de jos, doamnă Mercer! Vă mulțumesc că aveți grijă de ei! am spus eu.

Kitty a zâmbit.

– Fac doar ceea ce ar trebui să facă oricine care se află în situația mea. Știu că v-ați împrietenit cu Sarah. E o fată deosebită!

– Îmi plac foarte mult conversațiile cu ea, am confirmat eu numaidecât, după care am încercat să-mi formulez următoarea întrebare cu tact. Pot să vă întreb ce v-a spus despre situația mea?

– Mi-a spus doar că sunteți un om bun, care a tratat-o cu demnitate, bunătate și respect, deși majoritatea celor care călătoresc la clasele superioare ale vaporului n-ar face așa ceva. Iar atunci când am întrebat-o cu ce vă ocupați, mi-a spus că, din pricina unei tragedii personale, ați căutat un nou început în Australia. Ar fi un rezumat corect?

Am chicotit și am răspuns cu sinceritate:

– Da, ar fi!

James a așezat ginul tonic pe măsuța de sticlă dintre canapele.

– Noroc! a spus Kitty, ridicându-și paharul.

– Noroc! am răspuns eu, luând o înghițitură zdravănă din băutura aceea amară, dar foarte răcoritoare. O, Doamne, n-ați mințit! James, ginul ăsta e nemaipomenit!

Valetul a dat din cap în semn de aprobare.

– Vă mulțumesc, domnule! Eu mă retrag. Vă rog să sunați dacă aveți nevoie de ceva, doamnă Mercer! a spus el în timp ce se îndrepta spre ușă.

– Perlele pe care le purtați sunt incredibil de frumoase, doamnă Mercer! Sper că nu vi se pare prea alarmant faptul că sunt la curent cu afacerile familiei dumneavoastră din Australia. *Financial Times* din Londra a relatat adesea despre atare succese.

Ne-am ridicat paharele ca să ciocnim.

– Mulțumesc! Deși întotdeauna m-a amuzat faptul că m-am trezit șefă a unei afaceri „de familie". Pur și simplu m-am căsătorit cu un bărbat din familia Mercer. Apoi, din pricina unor împrejurări cu totul independente de voința mea, am devenit custodele unui imperiu pe care nu eu l-am construit.

– S-a dovedit a fi o povară? am întrebat.

Kitty a cumpănit o clipă.

– Nu. A fost o onoare. Dar asta e ultima mea călătorie în Australia. Intenționez să-i predau afacerea fratelui meu, Ralph Mackenzie. În ultimii trei ani, Ralph s-a arătat a fi un manager talentat, cu o excelentă minte pentru afaceri. Ca să nu mai zic că e sânge din sângele meu, când deja nu prea mai am pe nimeni. Mi se pare cel mai potrivit ca să se ocupe de afacere în viitor.

În următoarea oră, Kitty mi-a spus o poveste complexă despre suferință, noi începuturi și, lucrul cel mai uimitor, despre relația ei cu o pereche de gemeni identici – Andrew și Drummond Mercer.

După ce a terminat, eu am tăcut o vreme.

– Până astăzi, n-am întâlnit pe nimeni a cărui poveste să rivalizeze cu a mea, doamnă Mercer!

În vreme ce întâmplările extraordinare din viața lui Kitty îmi dansau în minte, un aspect mă uimea în mod deosebit… un detaliu care mă intriga și mă șoca mai mult decât oricare altul. Așa că am întrebat-o pe Kitty:

– Chiar credeți că perla Roseate e blestemată?

Ea a sorbit încet din gin.

– Atunci când Andrew l-a forțat pe Drummond să debarce de pe *Koombana*, vaporul s-a scufundat cu tot cu Andrew. Apoi, fiica menajerei mele, tânăra Alkina, a pierit după ce a dezgropat perla în pustiu, a povestit Kitty, apoi mi-a aruncat o privire stăruitoare. Spuneți-mi, domnule Tanit, după tot ce v-am spus, ați fi dispus să păstrați acea perlă?

N-aveam nevoie de timp de gândire.

– Nu!

Kitty a dat drumul unui hohot de râs macabru.

– Nici eu!

– Ştiţi unde e acum perla?

– Nu, a răspuns Kitty, n-am nici cea mai vagă idee. Cred că aşa e cel mai bine, nu? a întrebat ea, iar eu am dat din cap în semn că eram perfect de acord. Oricum, după ce v-am destăinuit planul meu de a-i preda afacerea lui Ralph, aflaţi că sunt sigură că el o să aibă nevoie de câteva minţi strălucite în jurul lui, care să-l ajute cu deciziile de zi cu zi. Mă întrebam dacă nu cumva căutaţi un loc de muncă? N-aş ezita să vă recomand lui Ralph. Deşi, desigur, decizia finală îi aparţine.

M-a emoţionat bunătatea ei.

– Mulţumesc, doamnă Mercer, dar abia ne-am cunoscut. Cum de aveţi suficientă încredere în mine ca să-mi oferiţi un astfel de ajutor?

Kitty a zâmbit cu căldură.

– Tânăra Sarah ţine foarte mult la dumneavoastră, domnule Tanit! Din câte mi-a povestit, mi se pare că singura dumneavoastră crimă e durerea sufletească. După ce v-am spus povestea mea, ştiţi că sunt destul de familiarizată cu un astfel de sentiment.

– Într-adevăr. Nu pot să vă mulţumesc îndeajuns!

Ea s-a ridicat şi s-a îndreptat spre biroul din lemn de mahon din colţul camerei.

– Asta e adresa reşedinţei Alicia Hall din Adelaide. E cea mai grandioasă dintre casele de pe Victoria Avenue şi acolo o să-i găsiţi pe Ralph şi pe soţia lui, Ruth. După ce acostăm, domnule Tanit, o să mă duc acolo ca să-l informez pe Ralph despre decizia mea, înainte să călătoresc mai departe spre Ayers Rock, a spus Kitty, iar apoi s-a uitat cu nostalgie pe hublou. Întotdeauna am vrut să fac un pelerinaj acolo, încă de mică, dar viaţa a avut alte planuri pentru mine. Cum asta e ultima dată când mă aflu pe ţărmurile Australiei, am de gând să mă duc, în sfârşit, a adăugat ea cu ochii sclipindu-i de emoţie. Dacă nu vă deranjează să-mi acordați câteva zile ca să-mi aranjez treburile înainte să vin la Alicia Hall, v-aș fi recunoscătoare.

– Bineînțeles! am răspuns eu. Mă bucur că o să ajungeți în sfârșit la Ayer's Rock. Nu cumva indigenii o numesc „Uluru"?

Kitty s-a arătat surprinsă.

– Așa-i, domnule Tanit! Nu mi-am dat seama că vă pasionează istoria aborigenă.

Mi-am terminat băutura.

– Trebuie să mărturisesc că nu sunt atât de cultivat în privința asta pe cât ar trebui să fiu. Dar tatăl meu mi-a spus cândva că Uluru e un loc profund spiritual.

Kitty a încuviințat din cap.

– Așa-i, în special pentru aborigeni. Se spune că datează încă din Visare.

– Visare?

S-a întors pe canapeaua din fața mea.

– Uneori, se numește „Vis". Nu vă temeți, domnule Tanit, conceptul nu e bine înțeles de către cei care nu sunt indigeni. Dar aborigenii cred că Visarea a fost starea de la începutul universului. În cultura lor, pământul și oamenii lui au fost creați de spirite, sau de strămoși, care au creat râurile, dealurile, stâncile…

– Și Uluru, am adăugat.

– Exact. Iată de ce stânca aceea e atât de specială.

Amândoi ne-am imaginat preț de o clipă marea formațiune din mijlocul brusei, care putea fi văzută de la o distanță de kilometri întregi de jur împrejur.

– Știți că Uluru își schimbă chiar și culoarea în anumite perioade ale anului, ajungând ca la apusul soarelui să fie de un portocaliu aprins, strălucitor? a întrebat Kitty.

– Ce magic!

– Așa mi s-a părut și mie, a spus ea, cu ochii strălucindu-i sub imperiul gândurilor despre acel loc cu totul deosebit, în care își dorise atât amar de vreme să ajungă, drept pentru care i-a luat ceva timp până să vorbească din nou. Iertați-mă, domnule Tanit!

Acum știți adresa și o să-l anunț pe Ralph că o să apăreți acolo mai devreme sau mai târziu.

M-am ridicat și i-am strâns ușor mâna lui Kitty.

– Mulțumesc, doamnă Mercer! Vă sunt profund recunoscător. Și lui Sarah, bineînțeles! Mă întreb dacă ați putea să-i oferiți ajutor în Australia, am spus eu cu teamă. Nu că n-ați fi făcut deja destule!

Kitty mi-a aruncat din nou un zâmbet ironic.

– Am senzația că eu și tânăra Sarah o să fim una în preajma celeilalte multă vreme de-acum încolo.

Acestea fiind zise, i-am mulțumit din nou și apoi m-am întors în cabina mea.

CAPITOLUL 39

Alicia Hall, Adelaide, Australia

N-am mai trăit asemenea căldură. Soarele australian poate fi înăbușitor, sufocant, spre deosebire de razele plăcute ale Mediteranei. În acest nou ținut, pământul însuși se coace, iar, de-a lungul multor secole, creaturile stranii care-l populează s-au adaptat temperaturilor ridicate. Eu, din păcate, nu beneficiez de luxul ăsta. Am sângele rece și sunt obișnuit să păstrez căldura înăuntru, nu s-o eman cu ușurință.

Lăsând la o parte vremea, din experiența mea limitată de până acum, pot spune că Australia îmi pare uimitor de frumoasă. Brusa de un ocru roșiatic e presărată cu primitive formațiuni stâncoase și cu arbuști verzi. O mare parte din sol e acoperită de noroi portocaliu, care se usucă la soare și se face pulbere, luată de vânt precum praful zânelor.

Cât despre Alicia Hall, rareori am văzut o oază mai încântătoare. După câteva zile petrecute în portul Adelaide, am mers în cele din urmă pe drumuri mărginite de barăci cu acoperișuri de tablă, clădiri care apoi s-au transformat în bungalouri înșiruite și apoi în case distinse, așezate de-a lungul unor străzi late. Alicia Hall e cea mai impresionantă dintre toate. E un conac colonial zugrăvit în alb, construit ca să reziste la arșiță și înconjurat din toate părţile de verande şi de terase răcoroase şi umbroase, împrejmuite cu grilaje delicate.

Grădina luxuriantă e împărţită în parcele, cu alei alcătuite din porţiuni pe care s-a cosit iarba, unele dintre ele fiind umbrite de pergole din lemn acoperite de glicine. Tufişurile ornamentale de culoare verde închis sunt perfect tunse, la fel ca straturile ierboase care includ specimene mai strălucitoare – flori roz aprins şi portocalii, frunze verzi, lucioase, precum şi flori purpurii, cu parfum de miere. Am petrecut ore întregi minunându-mă de fluturii mari şi albaştri care se cufundă în cupele florilor ca să le bea nectarul dulce. Grădina e mărginită de copaci impunători, cu o neobişnuită scoarţă de un alb fantomatic, ce emană o mireasmă proaspătă de plante, care pătrunde în casă odată cu briza serii, aducând cu ea corul înnebunitor al insectelor.

Ralph Mackenzie avea ochi albaştri carismatici, un maxilar puternic şi o coamă de păr castaniu-roşcat. Spre surprinderea mea, era semnificativ mai tânăr decât Kitty – poate cu vreo douăzeci de ani. I-am bătut la uşă după o săptămână de la data la care ajunsese în Adelaide, iar el m-a primit cu multă afecţiune, întâmpinându-mă în marele vestibul al casei şi strângându-mi mâna cu entuziasm.

– Domnul Tanit? Bine aţi venit la Alicia Hall!

După ce ne-am aşezat în salon, i-a cerut Kilarei, menajera lui, să-mi servească o ceaşcă de ceai fierbinte.

– Cred că nişte apă mi-ar prinde mai bine, domnule Mackenzie! am intervenit eu.

– Aha! E clar că, la fel ca şi mine, veniţi de la frig, domnule Tanit! Atunci când am ajuns aici, nici eu nu puteam să-mi imaginez ceva mai rău decât să beau un ceai cald în clima asta. Totuşi, înţeleapta mea soră m-a asigurat că ceaiul fierbinte te face să transpiri, activând sistemul natural de răcire a organismului.

Am ridicat din umeri.

– Nici nu-mi trecuse prin cap!

Ralph mi-a zâmbit.

– Australia e plină de surprize, domnule Tanit! Veți descoperi un nou mod de a privi lumea.

– Așa sper.

– Bun, sora mea mi-a spus că aveți nevoie de un loc de muncă. Aș vrea să vă spun pe loc că recomandarea lui Kitty e suficientă. Slujba pe care o am în vedere e a dumneavoastră, dacă doriți, a zis Ralph pe un ton ușor ezitant. Sunt sigur că v-a spus ce a făcut pentru mine, așa că sunt nerăbdător s-o recompensez în orice mod posibil.

– V-aș fi recunoscător pentru orice muncă îmi puteți oferi, domnule Mackenzie. Nu mă descurajează prea multe, am răspuns eu cu mâna pe inimă.

Ralph, care ședea pe un vechi scaun de lemn, s-a aplecat înainte.

– Ce știți despre opal, domnule Tanit?

Mi-am adus aminte de lanțul cu pandantiv purtat de mama lui Kreeg.

– Doar că e un material fin și rar, apreciat de bijutieri.

– Corect, domnule Tanit! Mulțumită unei neobișnuite combinații geologice existente în solul ei, Australia a devenit principala sursă de opal din lume începând cu anii 1880. Aici producem peste nouăzeci și cinci la sută din material. Acum, ca să fim sinceri, afacerea cu perle din Broome a dat faliment după război. Își revine, dar încet, a spus Ralph, după care s-a îndreptat de spate și, cu un gest aproape involuntar, și-a aranjat vesta. În calitate de nou șef al corporației, intenția mea e să readuc reputația Mercer la gloria pe care a avut-o odinioară în domeniul ăsta.

– Înțeleg.

– Nepotul meu, Charlie, a fost un tânăr înțelept, care ne-a fost răpit prea devreme, în timpul războiului. El și-a dat seama în ce direcție bătea vântul și a investit în podgorii și în mina de opal din Coober Pedy, despre care ziceam. Profiturile sunt destul de bune, dar nu funcționăm la capacitate maximă. Tocmai m-am întors de acolo, a adăugat el, moment în care menajera a intrat în salon, aducând ceaiul, care era servit pe o tavă de argint cizelat. Kilara, Coober Pedy e un nume indigen, nu-i așa?

– Da, domnule, a răspuns Kilara, dând din cap ca să-și întărească spusele. *Kupa piti*. Înseamnă „groapa albilor", a tălmăcit ea, apucându-se să toarne ceaiul. Lămâie, lapte, domnule?

S-a uitat la mine, iar eu am fost impresionat de uimitorii ei ochi căprui, care scânteiau precum lumina de lună.

– Lapte, mulțumesc!

– După cum spuneam, a continuat Ralph, Coober Pedy e casa opalului. Sunt destul de convins că nici măcar n-am apucat să scobim prea mult pe sub pământ. În timp ce mă aflam acolo, mi s-a oferit mai mult teren care se vinde ieftin. Am de gând să investesc în el.

Am luat o înghițitură de ceai.

– Sună foarte interesant, domnule Mackenzie! La ce post v-ați gândit pentru mine?

– O să am nevoie ca acolo să existe un om care să conducă operațiunea. N-o să fie simplu. Ca în orice activitate minieră, există pericole inerente. Și o să descoperiți că aici, în Australia, standardele de sănătate și de siguranță nu sunt la fel de ridicate ca în Europa.

– Păi, cel puțin ar fi mai răcoare sub pământ decât la suprafață!

Am zâmbit în timp ce puneam ceașca pe farfurie. Ralph părea plin de speranță.

– Să înțeleg că vă interesează propunerea mea, domnule Tanit?

– Da, domnule Mackenzie. Vă mulțumesc!

– Minunat. Dar nu vreau să subestimez pericolele. Avem deja puțuri adânci și intenționez să construim mult mai multe.

Ca să-l liniștesc, am spus:

– Domnule Mackenzie, am pierdut recent dragostea vieții mele. Pot să vă spun deschis că e un miracol că mai sunt în viață. Mai mult de-atât, nu mai am nici un sentiment de teamă. În realitate, viața nu mai contează atât de mult pentru mine. Mă bucur de oportunitatea pe care aveți amabilitatea să mi-o oferiți.

Ralph a părut puţin stânjenit.

– Îmi pare rău să aud toate astea, domnule Tanit!

– Vă rog, spuneţi-mi pe nume! Mă cheamă Atlas.

– Atlas! Ce nume superb! Şi destul de potrivit, având în vedere faptul că o să mergi în subteran şi că o să ţii pe umeri minele de opal! a exclamat el întinzându-se şi strângându-mi mâna. Promit să mă asigur că o să fii bine recompensat! a adăugat, ridicând dintr-o sprânceană. De fapt, am o idee. Pe lângă salariu, ce-ar fi să-ţi ofer un procent din opalul pe care-l vindem? Să spunem... zece la sută din profituri?

Eram şocat.

– E foarte generos din partea ta, domnule Mackenzie! Dar nu-i nevoie să...

Ralph m-a întrerupt, zâmbind larg:

– Atlas, în Scoţia avem o vorbă: *Calul de dar nu se caută la dinţi*. Vreau să te stimulez. Chiar am convingerea că afacerea asta ar putea fi una destul de importantă. Dacă faci treaba aşa cum cred eu că se poate face, sper că o să-ţi aducă o mulţime de bani. O să fii responsabil de creşterea şi maximalizarea operaţiunilor, de exportarea opalului, de încheierea de noi contracte. Sunt multe de făcut. O să te bucuri de cele zece procente, te asigur!

Am dat din cap în semn de aprobare.

– Mulţumesc, domnule Mackenzie. Batem palma!

– Minunat! O să trimit confirmarea că doresc să cumpăr imediat terenul de la Coober Pedy, a spus el ridicându-se în picioare. Ei, şi văzându-te cu valiza aceea..., a adăugat, arătând spre geanta mea prăpădită, plină de praf de pe drum, ... pun pariu că ai nevoie de un loc în care să stai până când te putem trimite în nord?

– E adevărat, n-am unde să mă duc, am recunoscut eu.

– Până atunci, eşti binevenit la Alicia Hall!

– Să ştiţi, domnule Mackenzie, că bunătatea dumneavoastră nu cunoaşte limite. Vă sunt veşnic recunoscător!

– Zău, o să ai nevoie de tot confortul pe care-l poți găsi, a spus Ralph, părând puțin rușinat. Există un lucru pe care încă nu ți l-am zis despre Coober Pedy.

– Nu?

– Ai avut dreptate atunci când ai presupus că e mult mai rece sub pământ decât la suprafață. Drept urmare, ca să evite căldura cruntă a deșertului, mica populație de acolo trăiește sub pământ. Oamenii s-au îngropat în dealuri. Cel de la care cumpăr terenul o să-mi cedeze și casa lui. Acolo o să locuiești.

S-a uitat la mine cu îngrijorare, ca și cum m-ar fi descurajat propunerea.

– Domnule Mackenzie, să mă ascund sub pământ, departe de restul lumii, sună ciudat de perfect!

Ralph a părut ușurat.

– Parcă suntem făcuți unul pentru altul! Acum mă duc să fac niște aranjamente. Kilara o să-ți dea tot ce-ți trebuie.

Mi-am terminat de băut ceaiul și m-am ridicat.

– Kilara, vrei să-l conduci pe domnul Tanit în camera cea mare de oaspeți? a spus Ralph.

– Da, domnule, a răspuns menajera plecându-și capul.

– Mulțumesc! Ne vedem la cină, Atlas!

Ralph a dat să iasă din cameră și s-a ciocnit imediat de un băiețel, pe care l-am recunoscut ca fiind micul Eddie de pe navă.

– Uau, ușurel, Eddie! a exclamat Ralph, ciufulindu-i părul.

– Eddie! am strigat și eu, cu un zâmbet larg. Ce naiba faci aici?!

Băiatul mi-a răspuns cu un surâs și și-a lipit capul de piciorul lui Ralph. Acesta din urmă mi-a aruncat o privire nedumerită, dar apoi a priceput cum stăteau lucrurile.

– Bineînțeles, vă cunoașteți de pe vapor!

– Într-adevăr. O, mă bucur să-l văd aici, la Alicia Hall!

– E o onoare pentru noi, a răspuns stăpânul casei, cuprinzându-l cu brațul pe băiețel. El și Tinky, prepelicarul King Charles[1], au devenit cei mai buni prieteni, nu-i așa, Eddie? a întrebat el, drept

[1] Rasă de câini numită Cavalier King Charles Spaniel

pentru care Eddie a adeverit dând din cap, plin de entuziasm. Stai puţin, Atlas, tu nu ştii că, la câteva zile după ce au sosit, el şi Sarah au venit aici ca s-o caute pe Kitty?

– Nu. Din câte îmi amintesc, planul era ca ei doi să-şi întâlnească noile familii imediat după ce debarcam cu toţii?

Ralph a oftat.

– Da, se pare că ăsta era planul. Dar nimeni n-a venit după ei. El şi Sarah au fost duşi la un orfelinat de-a dreptul îngrozitor. Dar au fugit şi au venit aici, la Alicia Hall, a povestit el, aruncându-i lui Eddie o privire plină de mândrie.

– Sarah e bine? am întrebat eu pe un ton plin de îngrijorare.

– Absolut, domnule Tanit! Kitty a luat-o pe post de cameristă. Sunt împreună chiar acum.

M-am simţit cuprins de un val de uşurare.

– O, ce veste bună!

Ralph a chicotit.

– De fapt, cele două fac o echipă pe cinste. Dar, o, Doamne, vreau să văd cum se închide orfelinatul St. Vincent de Paul din Goodwood, chiar dacă e ultimul lucru pe care să-l fac pe lumea asta, domnule Tanit! Se pare că măicuţele îi muncesc pe copii ca pe sclavi. Dar acum Eddie e în siguranţă aici, nu-i aşa, băiete?

– Da! a chiţăit Eddie, care apoi s-a răsucit pe călcâie şi a ieşit în fugă din încăpere.

– Ştiţi, e prima dată când îl aud vorbind!

– E un băiat deosebit. Sper ca într-o zi să… Ei, e o prostie, fiindcă abia a intrat în viaţa noastră, dar aş fi foarte mândru să-l aduc în familia Mackenzie. Oficial! a adăugat Ralph, dregându-şi glasul. Oricum, nu sunt eu prea credincios, dar trebuie să recunosc că puterile vindecătoare ale proprietăţii nu sunt nesemnificative. Am descoperit că locul ăsta e o oază propice reflecţiei şi meditaţiei. S-ar putea să se dovedească a fi tonicul potrivit pentru tine.

Apoi m-a bătut pe umăr şi a ieşit din salon.

– Valiza? a întrebat Kilara, zâmbindu-mi amabil.

– A, mă descurc! Fii bună şi arată-mi pe unde trebuie să merg.

Kilara a ridicat din umeri, iar eu mi-am luat geamantanul și am urmat-o pe scara superbă, în spirală. În timp ce o admiram, m-am împiedicat de cea de-a doua treaptă. Cu iuțeala fulgerului, Kilara s-a întors, m-a apucat de braț și mi-a smuls valiza din mână, ținând-o cu atâta ușurință de parcă ar fi fost umplută cu pene.

– Nu faceți griji, domnule, car eu!

– Ești foarte amabilă! De obicei, nu sunt atât de neîndemânatic.

M-a condus la etaj, într-o cameră impunătoare, cu o frumoasă vedere la grădină.

– Aici doarme, domnule!

– Mulțumesc, Kilara!

A înclinat din cap și a pornit spre ușă. Trecând pe lângă mine, s-a oprit o clipă și m-a privit drept în ochi. Am fost din nou fermecat de strălucirea lor.

– Cunoașteți Visare? m-a întrebat ea, luându-mă prin surprindere.

– Da. Nu. Ei, bine, știu *despre* Visare. Sună cu totul aparte, într-adevăr!

Mi-am reproșat condescendența cu care vorbisem.

– Sunteți din Visare, domnule. Strămoșii vă cunosc.

Kilara mi-a pus o mână moale pe cot. Nu știu de ce, dar chipul ei cald și atingerea blândă mi-au adus lacrimi în ochi.

– Odihniți-vă aici. Odihniți-vă acum.

Și-a luat mâna de pe cotul meu și apoi a închis încet ușa dormitorului.

Brusc epuizat, m-am prăbușit pe pat. Cred că am adormit imediat, pentru că am avut parte de niște vise îngrozitoare. Într-unul dintre ele, eram față în față cu Elle. Ne țineam de mână, iar o prezență întunecată, malignă, a tras-o în umbră. În altul, mă aflam într-o biserică, se părea că în ziua nunții mele. M-am întors ca s-o văd pe Elle venind spre altar, dar, după ce a ajuns, parcă nu mă vedea. Și-a rostit jurămintele, dar n-a vrut să-mi întâlnească privirea. Pe urmă am plecat de acolo și am văzut că ea vorbea cu un alt bărbat, deși nu zăream fața acestuia.

Ultimul vis a fost cu un cer de noapte învolburat, Cele şapte surori luând formă umană şi dansând deasupra mea. Cu mâinile unite, ele râdeau şi săltau în jurul meu. Se mişcau din ce în ce mai repede, până când am ameţit şi nu le-am mai putut privi. Deschizând ochii, am văzut un copil care scâncea şi plângea, culcat într-un coşuleţ. Nu voiam decât să-l iau în braţe şi să-l alint, dar în clipa în care am întins mâna, copilul s-a evaporat. Apoi m-am uitat în jur şi am zărit un chip cunoscut. Femeia în rochie roşie, cu părul lung. Ea s-a făcut nevăzută, iar lumea a început să se învârtă din nou. De data asta, câmpul vizual mi-a explodat într-o paletă de culori vii. În faţa ochilor mei au fost create galaxii şi structuri cosmice învolburate, din ce în ce mai strălucitoare, până când întreaga mea lume s-a mistuit într-o explozie albă.

Atunci când m-am trezit, razele strălucitoare ale soarelui îmi luminau faţa din plin.

CAPITOLUL 40

Coober Pedy, 1951

Deşertul din Coober Pedy e cel mai arid, cel mai neroditor loc în care am fost vreodată, dar, fără îndoială, e sursa celui mai frumos opal din lume. Marea ironie a sorţii face ca secretul formării pietrei preţioase să fie ploaia. Atunci când cade – din an în Paşte – şi udă pământul uscat, apa se infiltrează adânc în roca străveche, transportând un compus dizolvat de siliciu şi oxigen. Apoi, în nesfârşitele perioade de secetă, apa se evaporă, lăsând depozite de siliciu în crăpăturile dintre straturile de sedimente. Acele depozite dau opalului culorile curcubeului. Pentru asta plătesc oamenii. Cei pe care îi angajez mă întreabă adesea prin ce magie se creează produsul nostru. Eu le explic ştiinţific, dar ei nu mă prea cred, alegând, în schimb, lămuririle date de legenda aborigenă.

Aceasta vorbeşte despre o creatură uimitoare, asemănătoare unui fluture, numită Pallah-Pallah, care avea o pereche de aripi frumoase şi strălucitoare. Într-o zi, Pallah-Pallah zburase până în vârful celui mai înalt munte. Însă curând începuse să ningă, iar ea rămăsese îngropată în nămeţi. După ce se topise, zăpada îi luase creaturii culorile minunate, care se infiltraseră adânc în pământ.

Cred că în trecut şi eu aş fi preferat povestea asta. Dar acum, tot ce văd atunci când examinez roadele minelor se reduce la nişte sfere submicroscopice, ce refractă lumina. E doar ştiinţă logică, explicabilă, la fel ca în cazul stelelor care luminează cerul nopţii. Am ajuns să accept ideea că ele nu sunt faruri mistice, surse de speranţă şi de măreţie, ci sfere de gaz în flăcări, ţinute laolaltă de gravitaţie. Într-adevăr, e mai bine să mă gândesc la ele ca atare, decât să-mi imaginez că Cele şapte surori ale mele – fostele mele protectoare – m-ar fi abandonat în felul ăsta.

Aşa că îmi place să trăiesc sub pământ. „Casele" – dacă se pot numi aşa, pentru că sunt mai degrabă nişte vizuini – sunt create prin explozie în stâncă, resturile de piatră fiind excavate apoi cu târnăcoapele. Trebuie să ne asigurăm că plafoanele au o înălţime de patru metri, ca să nu se prăbuşească, dar mai sus de atât nu prea săpăm. Practic, rezultatul e o peşteră. Unii îşi fac puţuri prin care să intre lumina, dar eu nu m-am deranjat. Acum îmi place întunericul.

Bărbaţii pricepuţi şi-au transformat gospodăriile în replici acceptabile ale unor locuinţe supraterane, sculptând cu orele arcade, rafturi, uşi şi chiar piese de artă. Am descoperit că n-am nici o tragere de inimă faţă de obţinerea unui astfel de confort casnic. Dorm pe o saltea veche şi prăfuită şi îmi ţin hainele pe jos, în valiza mea cea ponosită. Nici măcar n-am birou. În ultimii doi ani, n-am simţit nici o dorinţă de a scrie în jurnal.

Atunci când ajunsesem acolo, exploatarea era una de mici dimensiuni. Angajasem o echipă de cinci mineri care lucrau pentru altă corporaţie. Având în spate fondurile generoase ale imperiului Mercer, putusem să le ofer mai mulţi bani ca să-şi pună la treabă calificările. Acele prime zile fuseseră grele. Ne confruntam cu o întindere vastă care trebuia exploatată, iar mineritul mergea îngrozitor de lent.

Ideea salvatoare îmi venise în iarna anului 1949. Ca să extind minele în ritmul dorit de Ralph Mackenzie, aveam nevoie de oameni obişnuiţi să lucreze în condiţii subterane dificile. Îmi trimisesem unul dintre mineri în portul Adelaide, ca să caute tineri veniți din Europa, oameni care se confruntaseră cu pericolele ultimului război și care căutau un nou început. Omul meu îi aborda și le oferea imediat un loc de muncă și un salariu mulțumitor.

Planul funcționase. Un an mai târziu, aveam peste o sută de oameni care exploatau opal la Coober Pedy.

Ralph Mackenzie era de-a dreptul uluit de cifrele pe care le raportam, așa că a făcut el însuși un drum până la CP. Puține lucruri mă mai bucură în prezent, dar a fost o plăcere să-l văd cu gura căscată la vederea nenumăratelor puțuri de lucru la mare adâncime.

– O, Doamne, Atlas! Nu-mi vine să-mi cred ochilor! Am presupus că era o eroare de contabilitate. Sau că, poate...

A șovăit.

– Ai crezut că am încercat să te trag pe sfoară, am spus cu răceală.

În clipa în care mi-au ieșit pe gură asemenea cuvinte, mi-am dat seama că eram un om schimbat. Un an fără Elle, unul pe care, pe deasupra, mi-l petrecusem în peisajul infernal al deșertului, mă călise.

Ralph a râs, stânjenit.

– Păi... da, a recunoscut el, plecându-și privirea. Dar iată-mă aici, iar dovezile sunt greu de contestat, a adăugat, întinzându-mi mâna. Ești un titan al industriei, Atlas Tanit!

– Mulțumesc, Ralph!

– Știu cât de rău trebuie să fie aici în fiecare zi. Ce zici de o pauză de câteva săptămâni la Alicia Hall, ca să te relaxezi? Plătită integral, bineînțeles. Cred că măcar atât pot să fac pentru tine.

Am clătinat din cap în semn de refuz.

– Nu-i nevoie. Am multă treabă aici și o fac bucuros.

– Așa-i, dar e important să te detașezi un pic și să-ți evaluezi realizările.

– Nu, mulțumesc! am răspuns eu pe un ton sever, observându-i tulburarea.

El a ridicat din umeri.

– Cum vrei. Însă chiar dacă, spre deosebire de tine, eu nu sunt expert, totuşi, din perspectiva mea de profan, constat că terenul nostru pare exploatat la capacitate maximă.

– Ai dreptate. Nu mai e spaţiu pentru puţuri noi. Am avea nevoie de mai multe zone de exploatare.

– Am înţeles, Atlas! Fac rost. Banii pe care i-ai adus corporaţiei sunt mai mult decât suficienţi ca să cumpăr un teren de mărime dublă sau chiar triplă faţă de cea a terenului pe care-l avem în prezent, a spus el, iar apoi mi-a dat un ghiont prietenesc. În curând o să fii milionar cu cei zece la sută ai tăi. Ce zici de asta?

M-am uitat la el.

– Îmi place munca. Aş face-o pentru mai puţin.

Ralph a suspinat.

– O, Doamne, chiar nu există nimic care să te înveselească, nu-i aşa? Sincer vorbind, sunt îngrijorat pentru tine. Acum un an şi ceva, când ne-am cunoscut, am văzut un om abătut şi distrus. Dar cel pe care-l văd azi în faţa mea e... nesimţitor. Ai făcut treabă bună, Atlas, dar ar fi bine să-ţi aminteşti că viaţa trebuie trăită deasupra pământului, nu sub el!

Am mijit din ochi.

– După cum ziceam, stilul ăsta de viaţă mi se potriveşte.

Ralph a insistat:

– Iartă-mă dacă sunt puţin cam grosolan, Atlas, dar ăsta e un mediu strict masculin. Nu există aproape nici o oportunitate de a avea contact cu sexul opus. La Adelaide există o mulţime de domnişoare bune de măritat pe care le cunosc şi care ar fi foarte bucuroase să te întâlnească la Alicia Hall.

M-am întors încet spre el.

– Domnule Mackenzie, te rog să nu-mi mai propui niciodată *aşa ceva*. Nu mă interesează.

– Foarte bine.

Ralph Mackenzie a plecat şi, în decurs de o lună, a cumpărat zece noi hectare de teren. Din motivul ăsta, am trimis mai mulţi oameni în portul Adelaide şi, foarte curând, toţi cei din industrie au început să vorbească numai despre Mercer şi exploatarea opalului de la Coober Pedy. N-am altă preocupare. În fiecare zi mă trezesc şi mă concentrez pe munca mea. N-am în minte decât topoare, lopeţi, lemn şi beznă. Prin urmare, nu există nici un pericol ca mintea să-mi rătăcească pe teritorii în care nu doresc să intru.

CAPITOLUL 41

Azi era să mor.

De dimineață, în timp ce pregăteam documentele de export în biroul meu cel mic cât o conservă, Michael, maistrul de exploatare, a dat fuga la mine. Omul avea o privire în care se citea panica.

– Domnule! S-a prăbușit un puț! Trei oameni sunt sub dărâmături în puțul cu numărul șapte!

Am sărit în picioare.

– Sunt în viață?

– Deocamdată, da, domnule! Dar cred că puțul mai are puțin și se surpă de tot!

M-am îndreptat spre ușă.

– Adună cât mai mulți oameni și adu-i la puțul șapte. Repede!

– Da, domnule! a răspuns Michael, după care a plecat în fugă.

Atunci mi-a trecut prin minte un gând sinistru. L-am strigat.

– Zici că puțul se prăbușește?

– Vuiește groaznic, domnule! Cred că lemnul e putrezit.

Am inspirat adânc.

– Nu mai chema pe nimeni, Michael! Nu vreau să risc viața nimănui în mod inutil. O să cobor singur.

– Cu tot respectul, domnule, trebuie să vă spun că n-o să puteți face nimic de unul singur. Minerii se află sub un munte de pământ și de lemn.

M-am gândit.

– Poți cere voluntari. Explică-le cu atenție situația. Fără ordine. Trebuie să fie alegerea lor.

– Am înțeles!

Michael a plecat în graba mare. Am alergat pe pământul portocaliu până la intrarea în puțul cu numărul șapte, care, după cum spusese Michael, vuia cumplit. Fără ezitare, am început să cobor pe schela de oțel fixată în stâncă. Odată ajuns în puț, m-a întâmpinat o furtună de noroi și de praf. Am deslușit doar licărul lămpilor cu petrol, care m-a călăuzit prin norul de praf. Cu mâinile întinse în față, am simțit curând prezența unui miner.

– Cine-i? a strigat el.

– Atlas Tanit! Tu cine ești?

– Ernie Price, domnule!

– Arată-mi unde sunt îngropați oamenii!

– Chiar în fața noastră, domnule! a strigat el apucându-mă de umăr și arătându-mi locul în care cinci sau șase oameni scurmau într-un morman de pământ.

S-a auzit un pârâit sinistru, așa că am cerut să iasă toată lumea.

– Ăștia trei mineri prinși înăuntru n-au fost suficient de iuți! a adăugat Ernie.

– Și se surpă totul! am strigat eu. Trebuie să vă salvați! i-am implorat pe Ernie și pe ceilalți salvatori.

– Asta-i mina mea, domnule, iar ei sunt oamenii mei. Trebuie să încerc!

Am auzit un țipăt înăbușit de sub pământ. M-am adunat și am spus:

– Rămâi, dacă vrei. Dar gândește-te la familia ta!

– Voi! a strigat Ernie, adresându-li-se oamenilor care încercau să scurme. Plecați de aici! Sus, acum! le-a cerut el, dar oamenii au ezitat. E un ordin! Plecați! Acum!

Ei s-au supus, aruncând târnăcoapele și lopețile. Ernie a rămas, stoic, și mi-a dat un târnăcop.

– Săpați, domnule! Doar asta putem să facem.

Gemetele și pârâitul se intensificau pe măsură ce loveam feroce în țărâna solidă.

– Rezistați! am strigat. Dăm de lemn, de-aia nu înaintăm! E noroi peste lemn! Trebuie să săpăm de sus, nu de jos!

Ernie a dat din cap în semn că pricepuse și mi-a urmat exemplul în timp ce atacam movila de la înălțimea pieptului, săpând în jos. Spre bucuria mea, am auzit strigătele mai deslușit pe măsură ce dădeam pământul la o parte.

– Nu te opri! Ne apropiem! am strigat.

Parcă trecuseră ore, dar în realitate nu cred că săpaserăm mai mult de două minute, când am văzut ceva mișcându-se.

– O mână! Prinde-o și trage, Ernie!

El a făcut așa cum îi cerusem, în timp ce eu continuam să sap. În cele din urmă, un chip a ieșit dintre dărâmături și a scuipat. Ernie l-a tras pe om deoparte, iar acesta a gemut.

– Poți să mergi, Ron? a întrebat Ernie.

Ron a clătinat din cap. Dintr-odată, din vârtejul de praf de la gura puțului, a apărut Michael, însoțit de trei voluntari.

– Afară cu el! Mai avem de scos doi! am strigat, după care mi-am lipit urechea de mormanul de pământ și am ascultat, deslușind un țipăt. Aici!

Spre uimirea mea, am zărit un picior ieșind din pământul pe care-l dăduserăm la o parte. Deși a fost scos mai rapid, acel miner părea într-o stare mai proastă decât Ron și-și tot pierdea cunoștința. Apoi s-a auzit cel mai crunt sunet de până atunci, iar pământul a început să se cutremure.

Știam ce se petrecea, așa că le-am spus salvatorilor:

– Cel care a rămas înăuntru o să fie mai greu de scos la suprafață și o să am nevoie de voi toți! Îl găsesc eu!

Voluntarii au început să tragă accidentatul spre ieșire, iar Ernie a apucat din nou lopata.

– Ernie, am spus, punându-mi mâna pe umărul lui, mulțumesc! Dar ceilalți au nevoie de tine. Îl găsesc eu pe ultimul. Cum îl cheamă?

– Jimmy, domnule! E tânăr. Nouăsprezece ani!

– Înțeleg. Iar acum, du-te!

Ernie s-a răsucit pe călcâie și a fugit prin furtuna de praf.

M-am luptat încă o dată cu țărâna, dar de data asta nu mai auzeam nici un strigăt înăbușit. În schimb, am lovit cu sălbăticie în grămada de pământ. Îmi acceptasem soarta. Mina urma să se prăbușească, iar eu aveam să fiu îngropat alături de Jimmy. Ca să știe că nu pierea singur, am strigat:

– Jimmy! O să fie bine! Mă auzi, Jimmy? O să fie bine! am spus, și, spre marea mea surpriză, am auzit foarte clar un geamăt. Jimmy?! Jimmy, tu ești?!

– Aaaaa!

Am urmărit glasul și, spre marele meu șoc, am dat peste un bărbat semi-conștient, al cărui trunchi era complet vizibil. Picioarele, însă, îi erau prinse sub o bârnă de lemn. L-am apucat de mână, cu inima gata să-mi sară din piept.

– Jimmy! Ține-te bine! am strigat, trăgându-l cât de tare am putut.

El a strigat de durere, iar eu mi-am dat seama că era bine țintuit sub bârnă. Am început să sap în jurul mijlocului bietului miner, dar degeaba. Am înșfăcat lampa și am văzut că grinda de susținere căzuse pe diagonală, motiv pentru care nu-l strivise pe Jimmy, ci doar îl prinsese în capcană. Am apucat grinda și am încercat s-o clintesc. N-a fost chip.

– Te rog, a mormăit Jimmy. Te rog, te rog…

Mi-am trecut degetele de-a lungul lemnului, căutând eventuale crăpături. Dacă reușeam cumva să despic grinda, aș fi putut să-l scot pe Jimmy fără să cadă pământul peste el. După câteva clipe de tatonare, am dat peste fisura pe care o căutam. Trăgând nădejde, am luat din nou târnăcopul și am atacat grinda. Pământul de sub picioarele mele se zguduia atât de tare, încât nu nimeream cu precizie.

– La naiba! am strigat.

De-aş fi avut ceva ascuţit să înfig în spărtură! În timp ce pipăiam după pietre, mi-am amintit ce aveam la mine.

– Diamantul..., am murmurat.

Mi-am tras punguţa de piele peste cap şi am scos conţinutul cel preţios. Am căutat zona mai mare a fisurii şi am înfipt diamantul în ea. Am făcut un pas înapoi şi am dus târnăcopul la ceafă. Rugându-mă în gând, am lovit cu toată forţa. Zgomotul crunt mi-a arătat că nimerisem. A urmat un pârâit şi jumătatea de dedesubt a grinzii s-a desprins de cea de deasupra. Aruncând târnăcopul, am apucat grinda şi am tras cu toată puterea. Nu mă aşteptasem, dar funcţionase. Partea de jos s-a desprins, iar cea de sus a continuat să susţină plafonul. L-am apucat de mână pe Jimmy şi l-am eliberat.

Am avut noroc că am reuşit să acţionez atât de repede, fiindcă apoi lemnul rămas s-a despicat în două. Trăgându-l pe Jimmy de braţe, mi-am făcut loc printre dărâmături şi praf.

– Ajutor! am strigat cât am putut de tare, odată ajuns la gura puţului. Ajutor, vă rog!

Mi-am dat seama că zgomotul puternic îi împiedica pe ceilalţi să mă audă. Cu ultimul dram de putere, am apucat trupul inert al lui Jimmy şi mi l-am aruncat peste umăr. Apoi m-am prins de balustrada de fier şi am început să urc spre ieşirea din iad. A fost un supliciu cumplit. Dar ajunsesem atât de departe! După câţiva metri, am început să aud voci.

– Hei, vine cineva!

– Nu se poate. Ai vedenii!

– Uită-te acolo, jos!

– La naiba, coboară şi ajută-l! Venim, domnule, rezistaţi!

Am continuat să urc spre libertate şi, la un moment dat, am simţit că greutatea lui Jimmy începea să se ridice de pe umerii mei.

– L-am prins! Trage-l sus, Michael! a strigat Ernie.

În clipa în care mi l-au luat de pe umeri pe Jimmy, m-am dezechilibrat, iar picioarele mi-au alunecat de pe schelă. În timp ce atârnam în gol, am văzut cum ceilalţi îl scoteau pe Jimmy din puţ. Apoi, vuietul de sub mine a devenit strident şi a început să-mi cadă pietriş pe faţă.

– Cade! a strigat Ernie. Repede, prindeţi-l!

M-am uitat în jos şi am văzut vârtejul format de pământul şi de lemnul care se prăbuşeau. Vuietul acela strident s-a transformat într-unul asurzitor, iar atunci când m-am uitat în sus, ultimul lucru pe care l-am văzut a fost mâna lui Ernie, întinzându-se cu disperare spre a mea. Am dat s-o apuc, dar balustrada de fier a cedat. Am simţit cum cădeam, iar apoi lumea s-a întunecat.

M-am trezit. Spre surprinderea mea, mi-am dat seama că mă aflam într-una dintre barăcile improvizate de la suprafaţă, întins pe un morman de haine de lucru.

– S-a dezmeticit! a spus Ernie, iar eu am clipit şi am început să-l văd limpede. Domnule Tanit, sunteţi în viaţă!

Ori de câte ori respiram, simţeam o durere cruntă.

– Pieptul…, am gemut eu.

– Coastele, domnule! Credem că sunt rupte cu toatele. Vă simţiţi picioarele? a întrebat el. Le puteţi mişca?

Am izbutit s-o fac.

– Da. Minerii de la puţul şapte…

– Sunt bine cu toţii, domnule, în afară de câteva oase rupte şi de şocul prin care au trecut. Au supravieţuit doar mulţumită dumneavoastră!

Mi-am dus mâna la capul care îmi bubuia.

– Mina s-a prăbuşit peste mine!

– Da, domnule, asta s-a întâmplat în momentul în care eraţi la doar trei metri de suprafaţă. Din fericire, v-am văzut şi am început imediat să săpăm. Aproape toţi minerii de aici au lucrat ca să vă scoată de acolo. Multe mâini fac munca mai uşoară!

– Mulţumesc! am spus, încercând să întind braţul ca să-i strâng mâna lui Ernie. Au! am strigat, simţind un junghi ascuţit.

– Încercaţi să nu vă mişcaţi prea mult, domnule! L-am informat pe domnul Mackenzie la Adelaide şi ne-a asigurat că trimite cei mai buni medici ca să vă trateze pe dumneavoastră și pe ceilalți. Dar până atunci, ei, bine... Michael are o idee.

A arătat spre maistrul care stătea lângă ușă. Michael și-a dres glasul și a întrebat:

– Ați fi dispus să-l vedeți pe unul dintre Ngangkari?

– Ngangkari? am repetat eu.

– Un tămăduitor aborigen, domnule. Am auzit că se află într-un sat din apropiere, la numai câțiva kilometri distanță. Doctorii de la Adelaide ajung abia în câteva zile, dar unul dintre Ngangkari ar putea ajunge azi.

Am reușit să dau din cap în semn că eram de acord.

– Orice ca să nu mai simt durerea din piept!

Michael a părut ușurat.

– Nu vă faceți griji, domnule Tanit! Mă întorc cu ajutoare cât pot de repede. Sunteți un om foarte curajos!

A ieșit în fugă pe ușa barăcii.

– S-a trezit? a întrebat o voce de afară.

– O clipă, domnule Tanit! a spus Ernie, ridicându-se să vadă cine era.

A ieșit, iar apoi s-au auzit niște frânturi de conversație. După scurtă vreme, el s-a întors.

– Știu că abia v-ați trezit, domnule, dar afară așteaptă cineva foarte dornic să știe că sunteți bine.

– Cine?

– Jimmy, domnule! Vrea să vă mulțumească.

– Te rog să-l trimiți înăuntru!

Ernie a plecat, iar în baracă și-a făcut apariția un băiat foarte tânăr, care șchiopăta. Și-a scos pălăria de soare, ținându-și-o cu modestie la piept.

– Jimmy, am spus eu, ce mai faci?

– Sunt în viață, domnule, iar asta, numai datorită dumneavoastră! Ceilalți mi-au spus că ați rămas în iadul ăla ca să mă scoateți la suprafață și că m-ați cărat în spate. Vă datorez totul! a spus el, plecându-și privirea.

– Cu toții lucrați pentru mine, ceea ce înseamnă că siguranța voastră e responsabilitatea mea. Mi-am făcut datoria, nimic mai mult! am spus eu, dar tânărul s-a legănat pe călcâie, stânjenit. S-a întâmplat ceva?

– Nu, domnule! a răspuns el, întorcându-se și privind spre ușă, ca și cum ar fi vrut să se asigure că eram singuri. Trebuie să vă dau ceva înapoi.

– Ce vrei să spui? am întrebat, iar Jimmy și-a vârât mâna în buzunar și a scos de acolo un obiect ce îmi era cunoscut, fapt care m-a făcut să râd fără să vreau și mi-a provocat o durere atroce în piept. Auuu..., am gemut. Ei, bine, nu credeam să-l mai văd vreodată, Jimmy! Știi ce e?

La urma urmei, diamantul încă era acoperit de lipici și de cremă de ghete.

– Da, domnule! În copilărie, am lucrat în minele de diamante din Canada. Recunosc unul cât ai bate din palme. Dar, a adăugat el clătinând din cap, așa ceva n-am mai văzut!

– Da, nu mă mir, am spus eu, dând să mă ridic puțin de pe grămada de haine. Cum naiba a ajuns la tine? Îmi luasem rămas-bun de la el!

– Am văzut că, la un moment dat, ați scos ceva dintr-o pungută pe care o purtați la gât. Apoi, după ce ați lovit grinda cu târnăcopul, diamantul mi-a căzut pe piept, domnule! Vi l-am păstrat, a adăugat el, apropiindu-se de pat. Poftim!

Mi-a pus diamantul în mână, iar eu am privit nestemata preț de câteva clipe.

– O, am crezut că ultimul lucru pe care-l mai făceam cu el pe lumea asta era să salvez o viață! Dar iată-l, s-a întors din nou la mine! am exclamat eu învârtind diamantul în mâini, iar apoi m-am uitat la Jimmy. De ce nu l-ai păstrat? Ar fi putut să te ducă departe de toate astea. Ai fi putut ajunge oriunde, ai fi putut face orice cu viața ta... Și totuși, ai ales să mi-l dai înapoi!

Jimmy a clătinat din cap cu înverșunare.

– Nici n-aș visa, domnule! Nu-i al meu!

– Ei, bine, am spus, mulțumesc că mi l-ai dat înapoi!

El mi-a aruncat o privire sfioasă.

– Aş putea să vă pun aceeaşi întrebare, domnule.

– Poftim?

– În legătură cu ce mi-aţi spus. Având o asemenea bijuterie, aţi putea fi oricine. În schimb, staţi aici, cu noi, o grămadă de oameni sărmani, în deşert. Era să muriţi azi. De ce nu vindeți diamantul ca să începeţi o viaţă nouă?

M-am gândit la cât de straniu trebuia să i se fi părut acelui tânăr comportamentul meu.

– Ai spus că diamantul nu-i al tău, nu-i aşa, Jimmy? am întrebat, iar el a încuviinţat din cap. Ei, bine, şi eu pot zice acelaşi lucru. Îți mulțumesc din nou! am încheiat, după care el a dat să iasă. Jimmy! am strigat. Te rog să nu le sufli celorlalţi nici un cuvânt despre povestea asta!

– Despre ce, domnule?

Am dat din cap, recunoscător. Jimmy a ieşit, şchiopătând, iar eu m-am uitat lung la diamant.

– Chiar şi atunci când am încercat să scap de tine, te-ai întors! Oare n-ai făcut ce aveai de făcut?

Mi-am vârât cu grijă piatra preţioasă în buzunar, am închis ochii şi am adormit. M-a trezit Michael.

– Domnule Tanit, a venit un Ngangkari!

M-am frecat la ochi şi am văzut că lângă Michael se afla un bărbat înalt, care purta un fel de fustă făcută din iarbă lungă şi uscată, iar trupul îi era pictat cu modele colorate şi frapante. M-a privit cu luare-aminte şi apoi mi-a făcut cu mâna. L-am salutat şi eu.

– Bună ziua! Îţi mulţumesc că ai venit!

Omul a arătat spre el şi şi-a spus numele:

– Yarran!

Am arătat spre mine, zicând:

– Atlas! Am o durere foarte puternică în piept. Cred că am coastele rupte. Ai vreun leac pentru asta?

Yarran mi-a aruncat o privire inexpresivă. Michael a intervenit:

– Nu pare să vorbească prea bine engleza, domnule Tanit.

Yarran a arătat spre pieptul meu.

– Da. Durere, am spus, iar vraciul a dat din cap și l-a bătut pe Michael pe spate. Cred că vrea să pleci, Michael!

Acesta m-a întrebat pe un ton precaut:

– Sunteți sigur că e bine s-o fac?

– Da, sunt. Mulțumesc!

De îndată ce Michael a plecat, Yarran și-a pus mâinile pe pieptul meu.

– Ai grijă! am strigat, temându-mă de durerea pe care ar fi putut să mi-o provoace la cea mai ușoară atingere.

S-a oprit și mi-a zâmbit.

– Au! a spus el.

– Da, au! Doare!

Yarran a dat iarăși din cap, după care a inspirat adânc și și-a pus din nou mâinile pe pieptul meu. M-am încordat, dar atingerea lui era ușoară, iar palmele i se mișcau ușor pe coastele mele, ca și cum ar fi mângâiat cu delicatețe o pisică.

– Ăăă… rog, a spus Yarran, arătând spre cămașa mea plină de noroi, pe care mi-am descheiat-o cu grijă, uitându-mă la pielea învinețită. Au! a repetat Yarran.

Și-a pus din nou mâinile pe pieptul meu. A închis ochii, respirând din ce în ce mai adânc.

– Mmmm…, a început el să murmure cu glas profund și melodios.

M-am uitat din nou la el și am văzut că era încruntat.

– E totul în regulă? am întrebat.

– Înăuntru, au!

– Știu. Coaste rupte, cred.

– Nu. Înăuntru. Adânc. Au!

Un val de panică m-a străbătut din cap până-n picioare.

– Mai adânc? Crezi că am o problemă cu inima?

Am arătat spre centrul pieptului.

– Trup repar, mi-a spus Yarran. Suflet stricat, a adăugat, privindu-mă cu ochii lui căprui și adânci, care scânteiau precum cei ai Kilarei. Strămoșii, a adăugat, arătând în sus. Strămoșii pasă!

– Nu știu ce vrei să spui, eu…

Înainte să termin, Yarran și-a pus mâinile pe capul meu și a început să-mi maseze tâmplele cu degetele mari. Îmi strângea puternic craniul, dar nu simțeam durere. Ceea ce s-a întâmplat în continuare e foarte greu de descris, dar o să încerc. Degetele lui Yarran păreau să apuce din ce în ce mai tare, până când am simțit că îmi pătrunseseră în craniu și în minte. Repet, senzația nu era deloc dureroasă, mă simțeam mai degrabă ca și cum aș fi fost cumva legănat din interior. Acea senzație mi-a coborât de la cap spre gât, iar apoi mi-a ajuns în piept. Dintr-odată, am simțit că respiram mai ușor, ca și cum plămânii mei ar fi deblocat o capacitate suplimentară, de care nu fusesem conștient până atunci. Camera a dispărut, dizolvată într-un alb strălucitor. Îmi simțeam trupul moale, iar sufletul, împăcat. Apoi am auzit vocea lui Yarran, care dansa și răsuna în jurul capului meu.

– Sufletul tău suferă foarte tare! a spus el. Eu și strămoșii o să te ajutăm să te vindeci.

– Vorbești o engleză perfectă, Yarran! am răspuns, euforic.

– Suntem limitați doar de lumea fizică, Atlas. Mă tem că ai uitat că există mult mai mult în existența asta.

– Unde suntem?

– Oriunde dorești să fii, a răspuns el.

M-am gândit o clipă.

– Vreau să fiu cu Elle. Dar a plecat, Yarran. Încă nu înțeleg de ce.

– Nu-i, a spus Yarran cu blândețe.

– Nu-i în viața mea, da.

– Nu-i nicăieri. Hmmm…

– Ce vrei să spui?

– Există un drum care ne leagă de cei pe care îi iubim, chiar dacă sunt departe. Deși nu-l vedem, drumul face ca, oriunde ne-am afla, să fim aproape de ei. Tu ești încă legat de ea.

Mi-a tresăltat inima.

– Chiar dacă nu s-a urcat pe vapor?

– Da. Nu văd unde se termină drumul care vă leagă. Dar ea dorește să fie găsită.

– Da? am întrebat, puțin uimit.

– Hmmm..., a murmurat el din nou, melodic. Ai multe de făcut. Multe de făcut.

– Vrei să spui că ar trebui să mă duc s-o caut pe Elle?

Yarran a tăcut, ca și cum și-ar fi ales cu grijă cuvintele.

– Strămoșii cred că ai un destin de îndeplinit. Ei o să te protejeze, Atlas.

– Yarran, chiar nu înțeleg!

– Dormi acum! Strămoșii o să vegheze asupra ta.

Lumina albă s-a înnegrit treptat și am căzut într-un somn binecuvântat. Atunci când m-am trezit, era întuneric. Inhalând adânc, am observat că durerea din piept era mult mai suportabilă. Fără îndoială că încă aveam coastele rupte, dar puteam să respir. Am constatat chiar că puteam să mă așez și să stau în picioare destul de ușor. Încheindu-mi cămașa la nasturi, am deschis ușa barăcii și am fost întâmpinat de liniștea brusei cufundate în noapte. Luna plină strălucea puternic peste marea de puțuri, creând un peisaj extraterestru, plin de cratere vaste.

Orăcăitul strident al broaștelor din deșert răsuna peste câmpie, întrerupt de câte un urlet de dingo. Am simțit o mână pe umăr și m-am întors spre Yarran.

– Să știi că mă simt mult mai bine, am spus eu, ridicând un deget ca să-mi întăresc spusele. Mulțumesc!

Yarran a dat din cap în semn că înțelesese și mi-a întins niște ierburi și flori proaspăt culese.

– Bea!

– Mulțumesc! Așa o să fac, am promis, iar apoi i-am aruncat o privire ezitantă. Mi-a făcut plăcere să vorbesc cu tine mai devreme! am spus, dar el m-a privit cu ochi total inexpresivi, ceea ce m-a făcut să-mi reproşez în sinea mea că atribuisem acel vis puterilor lui spirituale. În fine, chiar mă simt mult mai bine!

Yarran s-a întors şi a arătat cu mâna peste umăr.

– Vino! m-a îndemnat el, pornind spre deşertul din spatele barăcii.

L-am urmat şi cred că am mers vreo zece minute sub lumina lunii. Apoi Yarran s-a oprit şi s-a aşezat turceşte pe pământul prăfuit. L-am imitat. A arătat spre cer.

– Strămoşii! a spus el.

Mi-am ridicat privirea şi mi s-a tăiat respiraţia. Stelele străluceau ca niciodată. Aveam deasupra un maiestuos tablou sclipitor. Orion, Taurus, Perseu, Pleiadele... Constelaţiile în sine erau o minune.

– Yarran, stelele! Nu le-am văzut niciodată aşa...

– Întotdeauna aici, a răspuns Yarran. Dar nu vezi. Suflet stricat. Face bine.

Mă simţeam smerit de vastitatea cerului strălucitor. În acel moment, am văzut viaţă în întuneric şi căldură în frig. Mi-am întors privirea spre Cele şapte surori.

– Vă salut, vechi prietene!

Le-am absorbit splendoarea, cerându-mi iertare în sinea mea fiindcă uitasem tot ceea ce făcuseră pentru mine. La urma urmei, de mic mă îndrumaseră în călătoria mea imposibilă. Fără ele, aş fi zăcut mort în zăpada siberiană. Credeam în continuare că surorile mi-i trimiseseră pe Elle, Landowski, Brouilly, Pip, Karine şi Archie Vaughan, ca să nu mai vorbim de Kitty Mercer şi de fratele ei, Ralph.

– Bine! a zis Yarran, ridicându-se. Acasă.

Fără să-şi ia rămas-bun, s-a îndepărtat de mine.

– Aşteaptă o clipă, Yarran, satul e în spate, pe aici, am zis eu, dar el mi-a făcut semn să-l las. Te rog, întoarce-te şi rămâi aici în seara asta! Mâine te ducem acasă călare!

Yarran s-a întors spre mine.

– Nu, *tu* acasă!

A arătat din nou spre cer.

– Stai, vrei să spui că ar trebui să mă duc acasă? La Coober Pedy? Sau ai vrut să spui *acasă* în Elveția? Yarran! am strigat.

El s-a oprit și s-a întors din nou spre mine, cu un zâmbet larg.

– Multe de făcut.

Acele trei cuvinte… le spusese în vis.

– Știam eu… Să mă duc s-o caut pe Elle, Yarran? am întrebat, dar el a continuat să se îndepărteze și nu s-a mai întors de data asta. Te rog să te oprești! Nu pot să te las să dispari în pustiu! E periculos!

Yarran a râs cu poftă și a dispărut în liniștea nopții australiene. Știind că era o cauză pierdută, m-am întors în locuința mea subterană.

După întâlnirea cu acel Ngangkari, mă simt înviorat… să îndrăznesc să spun – chiar plin de speranță? Îmi trece aer prin plămâni, ceea ce e mai mult decât se poate spune despre cei pe care i-am pierdut. Tata, Pip, Karine, Archie… *Lor* le sunt dator să mă mobilizez și să-mi trăiesc viața.

Acum știu ce trebuie să fac. Trebuie s-o găsesc pe Elle.

Și s-o recâștig.

Pentru că nu pot să fac altceva.

TITAN

IUNIE 2008

CAPITOLUL 42

Star a lăsat pagina din mână și s-a întors spre CeCe, care avea lacrimi în ochi. Cea dintâi nu era obișnuită să-și vadă sora într-o asemenea stare, fiindcă aceasta fusese întotdeauna un munte de putere.

– Of, Cee, vino încoace! a spus Star, luând-o în brațe. E foarte emoționant să citești despre familiile noastre, nu-i așa?

– Da, așa-i! a spus CeCe, trăgându-și nasul. Dacă încă nu ți-ai dat seama, află că Sarah, fata orfană de pe vapor, e bunica mea. Habar n-aveam că ea și Pa s-au cunoscut.

– Mai mult decât atât, CeCe, ea l-a salvat. Fără Sarah, Pa s-ar fi aruncat în ocean. Fără bunica ta, Pa n-ar fi trăit atât de mult. Și nici noi n-am fi aici, a spus Star, strângând mâna surorii ei. E uimitor!

CeCe i-a întors zâmbetul.

– Ai dreptate. Totul se leagă într-un mod nemaipomenit! Dar aș putea spune exact același lucru despre familia Vaughan. Se pare că Pa a fost foarte fericit la High Weald.

Star a chicotit.

– Da, așa-i! Flora, în special, a fost uimitoare. Dar bunicul Teddy aproape că i-a venit de hac lui Pa! Nemernicul..., a spus Star, căutându-și cu grijă cuvintele, ... naibii! a icnit ea, spre surprinderea lui CeCe, care a început și ea să râdă.

– Da, îmi pare rău, Star! N-avem *cu toții* strămoși care să fi fost eroi.

CeCe s-a ridicat și s-a frecat la ochi, după care s-a dus la răcitorul din cameră și și-a luat de acolo o sticlă de apă.

– Vrei? a întrebat-o ea pe Star. Citești cu voce tare de mai bine de două ore.

Star a dat din cap în semn că voia apă, iar CeCe i-a aruncat surorii ei o sticlă care a aterizat lângă aceasta, pe patul dublu.

– Așa! Ce crezi că s-o fi întâmplat cu Elle?

Star a desfăcut sticla și a răspuns:

– Habar n-am. Întreaga poveste pare foarte ciudată. E clar că cei doi erau foarte îndrăgostiți.

CeCe s-a așezat pe marginea biroului.

– Doar dacă nu cumva Pa a înțeles greșit…

– Adică? a întrebat Star.

– Luăm de bun tot ce scrie el în jurnal. Însă asta e doar versiunea lui. Crezi că e posibil ca sentimentele lui Elle să nu fi fost la fel de puternice? Totuși, Pa era urmărit prin toată lumea de psihopatul ăla de Kreeg, care voia să-l omoare. Chiar dacă ai iubi pe cineva, așa ceva ar fi cam mult, știi?

CeCe luat o gură de apă, iar Star s-a gândit puțin la spusele surorii ei.

– Trecuseră prin atâtea împreună! Nu înțeleg de ce Elle l-a abandonat pur și simplu la doc. E cam ciudat.

CeCe a râs.

– Tipic pentru Pa Salt! Cam ciudat!

Ea s-a ridicat și s-a întins pe pat, lângă Star. A bătut cineva la ușă, iar apoi Electra a apărut în prag, îmbrăcată într-un caftan portocaliu.

– Ați terminat? a întrebat ea.

– Da. Star tocmai a terminat de citit, a răspuns CeCe.

Electra s-a dus repede la cele două surori ale ei și s-a așezat alături de ele, pe pat.

– Sfinte Sisoe! Sunt atât de multe de cuprins cu mintea! Iar femeia pe care Pa a întâlnit-o la New York, la protest, era străbunica mea! Mă rog, cam așa ceva. A avut grijă de bunica pe vremea când aceasta era mică. Spuneți și voi, care sunt șansele să se întâmple așa ceva?

– Uau, Electra! Chiar ne-am întrebat dacă asta are vreo legătură cu tine! a exclamat Star, luând mâna surorii ei.

– O, chiar are legătură, vezi bine! Și nu cumva ar trebui să vorbim la momentul ăsta despre Georg și Claudia? Ce naiba?!

Star a clătinat din cap, uluită.

– Da, ce revelație! Nu-i de mirare că Georg i-a fost întotdeauna atât de loial lui Pa. Tatăl nostru i-a salvat pe el și pe sora lui.

– Mulțumită bunicii lui extrem de bogate! a pufnit Electra. La naiba, ce noroc!

CeCe a spus, pe un ton acid:

– Păi, lui Pa i se cuvenea, Electra! N-am cunoscut nici un om căruia să i se întâmple atâtea rele.

– Asta așa-i, a recunoscut Electra. Nu știu ce părere aveți voi, dar eu sunt curioasă, mai presus de toate, în legătură cu Rusia.

De emoție, Star a bătut din palme.

– Și eu! Am aflat câte ceva, nu? Tatăl lui Pa a lucrat pentru țarul Nicolae al II-lea. Stai să vezi ce se întâmplă după ce află Orlando. Probabil că o să explodeze de-a dreptul!

Electra a suspinat.

– N-o să te mint, Star. Află că nu știu nimic despre toate chestiile astea. Oare ce înseamnă?

– Nu sunt expertă, dar îmi amintesc câteva fragmente din textele învățate la școală. Țarul Nicolae al II-lea a fost ultimul împărat al Rusiei. A abdicat în 1917.

– De ce? a întrebat CeCe.

– Revoluții, în principiu, a răspuns Star. Țarul rus era extrem de puternic. El reprezenta principala autoritate din țară și controla și toată avuția națională.

– Deci, a fost un fel de dictator? a întrebat Electra. Un tip rău?

Star a ridicat din umeri.

– Așa cred. La vremea aceea, Rusia era cu siguranță o autocrație. Poporul rus era nefericit. Oamenii se confruntau cu penuria de alimente, într-un frig năprasnic. Așa că l-au răsturnat pe țar de la putere.

CeCe și Electra s-au gândit o clipă.

– Și pe urmă? a întrebat Electra.

– El și familia lui au fost executați. Vladimir Lenin și revoluționarii lui bolșevici au preluat guvernarea.

– De ce îl urau atât de mult? a întrebat CeCe.

– Bolșevicii credeau că monarhia era un cancer care făcea imposibilă ascensiunea clasei muncitoare. Și ce faci cu cancerul?

– Îl înlături! a răspuns Electra.

Star a dat din cap în semn că sora ei avea dreptate.

Maia s-a sprijinit de spătarul scaunului și s-a întins.

– Of, Pa, a șoptit ea. În ce încurcătură te-ai băgat!

S-a ridicat și a traversat salonul până la geam. Oceanul părea să devină mai agitat în timp ce vasul *Titan* se îndrepta spre Delos.

– Maia! s-a auzit un glas care venea din pragul salonului.

– Bună, Merry! Ce faci?

Merry s-a îndreptat spre sora ei nou descoperită și i-a pus o mână pe spate.

– Deloc rău. Nu-mi vine să cred că Atlas a pierdut-o pe Elle atât de brusc. O astfel de întâmplare pare să sfideze orice logică!

Maia a tăcut o vreme, reflectând.

– Da, ai dreptate! Credeam că erau foarte fericiți împreună, a spus ea, iar apoi a văzut că Merry își plecase privirea. O, Doamne, îmi pare rău, nici măcar nu m-am gândit că tu, de fapt, citești despre mama ta! Cred că îți e de două ori mai greu decât nouă, celorlalte!

Merry a dat din mână.

– Lasă-mă pe mine! Nici n-am cunoscut-o. Tu ești cea pentru care îmi fac griji, Maia! Știu că ticălosul ăla, fiul lui Eszu, s-a purtat foarte urât cu tine, a spus ea luând-o pe Maia în braţe. Nici nu-mi pot imagina cât de al naibii de îngrozitor e să citeşti despre toate astea!

Maia şi-a lipit capul de umărul lui Merry.

– Îţi mulţumesc, aveam nevoie de un astfel de gest!

– Ştiu, draga mea, a spus Merry zâmbind şi punându-şi mâinile în şold. Dar acum vreau să-ţi spun ceva.

– Te rog!

– După cum ştii, coordonatele mele de pe sfera armilară au indicat casa din West Cork, care pare să fi fost a familiei Eszu.

– Da.

– Ei, bine, i-am spus despre asta prietenului meu, Ambrose, iar el mi-a promis că o să facă o mică investigaţie. A telefonat la jumătate din West Cork, familie după familie. Până la urmă, a reuşit să ia legătura cu una din Ballinascarthy.

Maia s-a uitat inexpresiv la Merry.

– Îmi pare rău, nu ştiu unde e!

– Ei! a exclamat Merry, ţâţâind din buze şi zâmbind. Îmi dau seama că n-ai de unde să ştii. E un sat situat destul de aproape de Casa Argideen.

– Te ascult.

Maia a încuviinţat din cap, după care a zis:

– Se pare că bunicul acelei familii, Sonny, a lucrat ca grădinar în anii '50 la casa respectivă. Acum bătrânul are aproape o sută de ani, dar a fost dispus să vorbească despre perioada petrecută la Argideen.

Maia a făcut ochii mari.

– Şi ce a spus?

Merry a ridicat din umeri.

– Nu multe. Doar că îl vedea foarte rar pe proprietar, fiindcă acesta era mereu plecat. Se pare că acolo mai munceau încă doi grădinari şi nici unul dintre ei n-avea voie să intre în casă sub nici o formă. Bătrânul îşi mai aminteşte şi de o menajeră.

Gânditoare, Maia a ridicat dintr-o sprânceană.

– Știi cum o chema?

– Sonny nu și-a amintit. Se pare că ea nu prea ieșea din casă și nu vorbea niciodată cu nimeni. Apoi, într-o zi, a dispărut. După aceea, grădinarii nu l-au mai văzut pe proprietar cu lunile, dar își primeau salariul, așa că au continuat să lucreze.

Maia se străduia să vadă legătura, dar nu reușea.

– Și ce naiba are asta de-a face cu tine, Merry? De ce coordonatele tale au dus la casa lui Eszu? Iată ce nu pot să înțeleg!

– Nici eu, Maia!

Merry a suspinat. Cele două femei au privit oceanul, pierdute în gânduri. Apoi s-au speriat de o izbitură puternică la ușa salonului și s-au dus să vadă ce era. Spre marea lor uimire, au văzut-o pe Ally imobilizându-l pe Georg într-un colț al coridorului, cu degetul îndreptat spre nasul lui.

– Vorbesc serios, Georg! Plecăm! Chiar acum! Puțin îmi pasă de instrucțiunile prețioase pe care le primești! Îți dai seama că pe iaht sunt oameni care...

Georg le-a zărit pe Maia și pe Merry.

– Bună, fetelor, a spus el pe un ton calm.

Ally s-a răsucit.

– Ally? E totul în regulă? Ce naiba se petrece? a întrebat Maia.

Ally era agitată.

– Da, e în regulă. Totul e în regulă, nu-i așa, Georg?

– O, da! a răspuns avocatul. Tocmai discutam despre... viitorul lui *Titan*. Asta-i tot, a spus el pe un ton degajat.

– Da, a confirmat Ally, recăpătându-și întrucâtva controlul, Georg zice că ar trebui, poate, să-l închiriem iarna, având în vedere faptul că nu-l folosim.

Maia știa că sora ei mințea.

– N-aș fi zis că ai fi în stare să te înfierbânți atât de tare din cauza asta, Ally!

Aceasta din urmă a roșit.

– Nu. Îmi pare rău. Știi cât de mult îmi plac ambarcațiunile, Maia, asta-i tot!

Maia și-a privit sora preț de o clipă, apoi s-a întors spre Georg.

– Vino încoace! a spus ea, ducându-se la el și îmbrățișându-l. De ce nu ne-ai spus niciodată despre tine și Claudia?

Georg și-a dat seama.

– O, jurnalul! Ai citit despre momentul în care l-am cunoscut pe Pa?

– Da, a răspuns Maia.

– În copilărie, tu și sora ta v-ați mutat la foștii servitori ai Agathei, a adăugat Merry.

Amintindu-și, Georg a zâmbit.

– Hoffmanii erau oameni foarte buni!

– Nu-i de mirare că tu și Pa erați atât de apropiați, a continuat Maia. Practic, îl știai de o viață. Nu-i așa că e uimitor, Ally?

– Da... ăăă... eu..., a îngăimat aceasta, complet nedumerită.

– Ați citit ultimele o sută de pagini, nu? a insistat Maia. Așa ne-am înțeles.

– Îmi pare rău, Maia! Nu le-am citit, a mărturisit Ally, suspinând. Eu și Georg vorbeam despre... *Titan*.

– Aha...

– În fine, a intervenit Merry, se pare că ai ceva de recuperat, Ally! Să te lăsăm? Haide, Maia, să bem o cafea! și-a îndemnat ea sora, luând-o de mână și ieșind amândouă pe coridor. Mă întreb despre ce era vorba!

– A fost ciudat, nu? a răspuns Maia. Cu siguranță că se întâmplă ceva grav între cei doi. Și nu cred că are legătură cu închirierea iahtului.

– Ma, e absolut îngrozitor ce s-a întâmplat cu Elle!

Tiggy și-a șters o lacrimă în timp ce se așeza lângă Marina. Amândouă ședeau acum la prova, pe puntea superioară, pe niște scaune tapițate cu pluș. Ma i-a schimbat poziția lui Bear, care moțăia în brațele ei.

– Știu, *chérie*, știu! Dar încerc să-mi amintesc că, fără astfel de evenimente, poate că tatăl tău nu te-ar fi găsit niciodată. Și nici pe mine!

Tiggy și-a luat capul în mâini.

– Știai despre Georg și Claudia? Aveai idee că i-a găsit pe vremea când erau copii?

Ma a dat din cap în sens afirmativ.

– *Oui*, desigur!

– Știai și despre Kreeg? a întrebat Tiggy, părând mâhnită.

– Da..., a răspuns Ma, apoi a continuat, coborându-și tonul, ... și nu trebuie să-ți mai explic de ce n-am scos o vorbă. Ați citit cu toatele despre cât de periculos era omul ăla! Iar după tot ce s-a întâmplat cu Zed...

– Știu. Tu când apari, Ma? a întrebat Tiggy. Pa tocmai a plecat din Australia ca s-o caute pe Elle. Când se întâlnește cu tine?

Ma s-a uitat la nepotul care dormea.

– Destul de curând, *chérie*, destul de curând! Sper să nu mă judeci prea aspru. După cum ați aflat cu toatele în călătoria asta, există multe lucruri pe care nu le știți.

Tiggy s-a apropiat mai mult și a cuprins-o cu un braț.

– Ma, orice am afla, nimic n-o să se schimbe. Niciodată. Te iubesc!

Tiggy a sărutat-o cu blândețe pe obrazul moale.

– Mulțumesc, Tiggy. Și eu te iubesc.

S-au privit în ochi preț de o clipă, apoi Tiggy a vorbit din nou:

– Pot să-ți pun o întrebare personală?

– Știi că poți să mă întrebi orice.

– Ai trăit atâția ani alături de Pa. Ați... știi tu...?

– Ce, draga mea?

Marina părea nedumerită.

– Ți-a plăcut vreodată de el?? a întrebat Tiggy, chicotind.

– Ooo! Nu mi-ai spus că întrebarea e obraznică!

– Ha, ha, ha, scuze, Ma! Dar știi că întotdeauna am fost capabilă să *percep* lucruri. Întotdeauna am simțit că aveai un mare dor în suflet.

Ma a ridicat din sprâncene.

– Zău, micul meu arici?

Tiggy a dat încet din cap, ca să-și întărească spusele. Marina a mărturisit, suspinând:

– Tatăl tău era un bărbat foarte chipeș. În multe privințe, era perfect. Frumos, amabil, inteligent... o ființă umană cu adevărat bună. Dar poți fi sigură că în viața mea nu m-am gândit la el în *acel* fel.

Tiggy era cam nelămurită.

– Chiar așa?

– Jur pe ce am mai sfânt!

Tiggy s-a încruntat.

– De obicei nu mă înșel în privința unor astfel lucruri.

Ma se îmbujorase.

– Încetează, *chérie*, faci o femeie bătrână să roșească!

– Nu fi ridicolă, Ma, nu mai zice că ești bătrână! Dar trebuie să știu! Cine e bărbatul misterios după care tânjești? a șoptit Tiggy.

Marina a țâțâit din buze și tocmai în clipa în care părea că voia să spună ceva, silueta elegantă a lui Charlie a apărut de după colț.

– Aici erai, draga mea! i-a spus el lui Tiggy, zâmbind.

– Bună, Charlie! Ești bine?

– Da, mulțumesc! Sunt în apele mele. Scuzați jocul de cuvinte! a exclamat el, iar Tiggy și-a dat ochii peste cap. Bun, poate că m-am exprimat așa intenționat. Ally m-a trimis să mă asigur că toată lumea termină de citit jurnalul înainte de cină.

– A, zău? a întrebat Tiggy. Mai avem destul timp până să ajungem la Delos.

– Nu-i vina mesagerului! s-a scuzat Charlie ridicându-și mâinile. Știi, Ally nu vrea decât ca toată lumea să fie pe aceeași lungime de undă..., a explicat el, dar Tiggy a ridicat din sprâncene. Bine, exagerez deja!

– Mulțumesc, Charlie! Mă apuc de treabă. Toată lumea face la fel?

– Așa se pare, a răspuns Charlie în timp ce se apleca și se uita cu atenție la Bear, care continua să doarmă în brațele lui Ma. Micuțul chiar a crescut, nu-i așa? a comentat el, atingând cu degetul obrazul copilului. Oricum, vă las. Vorbim mai târziu!

Charlie a plecat, iar Tiggy s-a încruntat pe dată.

– Trebuie să existe un motiv pentru care Ally vrea să terminăm de citit jurnalul cât mai repede posibil. Ai idee de ce?

Ma s-a înroșit din nou.

– Nu.

Tiggy a împins-o în glumă.

– Mi-ai spune dacă ai ști ceva, nu-i așa, Ma? E oribil să fii lăsat pe dinafară!

– Nu te-aș minți, *chérie*! a răspuns Ma, plină de tact.

– În regulă! a exclamat Tiggy, plesnindu-se peste genunchi și ridicându-se. Știi, înlăuntrul meu s-a stârnit un tumult. Parcă aș *simți* ceva, dar nu-mi dau seama ce anume.

– Poate că simți asta din pricina lui Merry? a presupus Ma. Aici, pe vapor, se află cineva care e sânge din sângele tatălui tău. Ar avea sens să fii tulburată, nu-i așa?

Tiggy a ridicat din umeri.

– Poate că da. Mă întorc în cabina mea ca să termin de citit jurnalul.

– Bine, *chérie*! Vorbim mai târziu.

După ce a plecat Tiggy, Ma s-a grăbit să-l așeze pe Bear pe pernele moi și apoi i-a trimis un SMS lui Georg Hoffman.

JURNALUL LUI ATLAS

1951–1993

CAPITOLUL 43

În drum spre Anglia, am făcut o listă cu locurile în care s-ar fi putut afla Elle. Știam că sarcina de a o căuta avea să fie una titanică, fiindcă ar fi trebuit să refac traseul nostru din Europa – nu că ar fi existat vreo garanție că ea se afla în vreunul dintre locurile în care fuseserăm noi de-a lungul vremii. Dar trebuia să încep de undeva.

Ralph Mackenzie s-a purtat cu totul exemplar atunci când l-am contactat ca să-l anunț că plecam din Australia. A venit să mă conducă la Adelaide ca pe un vechi prieten, sau chiar ca pe frate.

– Mulțumesc, Atlas! Ai resuscitat imperiul Mercer aproape de unul singur. Veniturile pe care ni le-a adus mina de opal ne-au permis să facem enorm de multe. Nu în ultimul rând, am fost capabili să restaurăm Misiunea Hermannsburg, destul de dărăpănată, care înseamnă foarte mult pentru Kitty. Îți spun din adâncul inimii că apreciez tot ce ai făcut!

M-a îmbrățișat.

– Asemenea, Ralph! Mulțumesc! am spus eu.

– Sper că o să călătorești la clasa întâi, a spus el, însă eu m-am mulțumit să râd și i-am arătat biletul meu de clasa a doua. Dar, Atlas... ești multimilionar! Cele zece procente ale tale te-au îmbogățit!

– Năravul din fire n-are lecuire! Ei, asta îmi amintește că s-ar putea să am nevoie de ajutorul tău ca să-mi transfer fondurile în Europa.

– Absolut! Fac orice ca să te ajut. Nu doar mie îmi pare foarte rău să te pierd, ci și oamenilor din Coober Pedy. N-o să uite niciodată ziua în care i-ai salvat pe mineri din puțul care se prăbușea. Ești un erou!

Ralph părea copleșit de emoție.

– De fapt, Ralph, cred că ei m-au salvat pe mine. În plus, Michael o să se descurce de minune și în absența mea.

– La revedere!

Mi-a întins mâna și i-am strâns-o, apoi m-am răsucit pe călcâie și am urcat pe pasarelă.

Traversarea oceanului nu mi-a rămas în memorie decât ca o amintire încețoșată. Vedeți voi, mi-e teamă că, pentru prima dată în viața mea, m-am complăcut în năuceala pe care ți-o dă alcoolul. În prima mea seară pe vapor, am intrat în bar ca să închin un whisky în cinstea timpului petrecut în Australia. Am sfârșit prin a-mi petrece acolo întreaga seară și m-am întors și în cea următoare. Apoi, în cea de după ea. Pe urmă, destul de curând, am ajuns acolo și în timpul zilei.

Ce să zic? Băutul făcea ca timpul să treacă mai repede și ca zilele fără Elle să mi se pară mai puțin apăsătoare. Era adevărat că aveam un scop, dar până când o găseam, durerea avea să fie intensă. Din păcate, n-am lăsat sticla nici după ce am ajuns pe uscat, la capătul celor două luni de călătorie pe mare. Știam că urma să mă reîntâlnesc cu fantomele trecutului și am continuat să beau ca să le pot înfrunta.

La sosirea în Anglia, m-am întors la Arthur Morston Books, unde Rupert a fost atât de șocat să mă vadă, încât și-a vărsat ceașca de ceai peste o cutie plină cu cărți noi.

– Bătrâne! Măi, să fie! O, Doamne! Ce mai faci?

I-am povestit, cât de concis am putut, evenimentele din ultimii doi ani.

– Vai mie! Săracul de tine! Aş vrea să-ţi pot da veşti bune şi să-ţi spun că Elle a fost aici. Dar, din păcate, nu pot.

– Of, bine! A meritat încercarea.

M-am întors spre uşă.

– Stai aşa, bătrâne, parcă ţi-ar prinde bine o cafea tare şi poate că şi un pat cald peste noapte! Ştii, eu şi Louise ne-am bucura să...

– Atunci când ne-am despărţit, Rupert, ai spus că urma să-l investighezi pe Kreeg.

Rupert a părut pus la colţ.

– Da, aşa-i, şi m-am ţinut de cuvânt. După cum ai prezis, nenorocitul pare să nu fi existat deloc. N-am găsit nimic despre el în dosarele noastre. Prietenii mei de la Circus[1] au dat peste o menţiune despre un Kreeg Eszu într-un vechi recensământ rusesc, dar asta nu te ajută prea mult.

– Nu, am recunoscut eu, oftând. S-a întors vreodată aici?

– Niciodată, bătrâne! Am supravegheat locul ca nişte vulturi vreme de săptămâni întregi după plecarea ta, dar el n-a mai dat nici un semn.

M-am uitat prin librărie. Rafturile fuseseră vopsite în alb, ceea ce făcea ca întreg acel spaţiu să pară mai luminos. Lui Elle i-ar fi plăcut.

– Mulţumesc, Rupert! Ştii, mi-a venit o idee. Mă întreb dacă ar fi posibil s-o contactez pe Flora, ca să aflu dacă Elle a luat legătura cu ea.

– Bineînţeles! a răspuns Rupert, mergând în partea din spate a librăriei. Acum o sun! În perioada asta e la Lake District, a spus el în timp ce urca scara în grabă, iar după un timp s-a întors, clătinând din cap. Îmi pare rău, bătrâne, Flora nu ştie nimic în legătură cu Elle! Dar i-ar plăcea să te vadă. A spus că te invită să treci oricând pe la ea.

– Bine. Îţi mulţumesc, Rupert! am bâiguit eu, strângându-i mâna.

– Eşti sigur că nu vrei o ceaşcă de...?

[1] Serviciul britanic de informaţii externe din cadrul MI6

Înainte ca vechiul meu prieten să-și termine de pus întrebarea, am închis în urma mea ușa librăriei Arthur Morston Books. M-am întors la hotelul Claridge, unde făcusem rezervare, și i-am cerut recepționerului să aranjeze următoarea etapă a călătoriei mele spre Elveția.

Fără îndoială că domnul Kohler a fost mai puțin încântat să mă vadă decât fusese Rupert. În clipa în care am intrat la Kohler & Schweikart, pe Rue du Rhône, secretara mi-a aruncat o privire stupefiată.

– *Monsieur* Tanit?! a icnit ea, încercând să se convingă că bărbatul tras la față, neras, eram chiar eu.

Am dat din cap în semn de confirmare, iar ea s-a grăbit să ridice receptorul. Eric Kohler a ieșit în fugă din birou, uluit, după care m-a tras înăuntru.

– Atlas! Unde naiba ai fost, omule?! Ce te-am rugat eu de la bun început? Să nu dispari de pe fața pământului! Iar tu, prietene, ai găsit de cuviință să faci exact asta! Serios vorbind, mă gândesc să te dau pe mâna unui nou avocat, a unuia mai tânăr, fiindcă familia Tanit o să mă bage în groapă…

Am ridicat mâna, cerându-i să tacă.

– Elle! A luat cumva legătura cu tine?

– Nu, a răspuns el, supărat, absolut deloc! Ai de dat multe explicații, nu în ultimul rând Biroului de Cetățenie elvețian, care are cererea ta de doi ani. Atlas, unde ai fost?

M-am afundat în pernele canapelei din capătul îndepărtat al încăperii și i-am povestit avocatului despre jalea mea și despre Australia. Eric m-a ascultat cu atenție, dar n-a fost mulțumit.

– Îmi pare rău să aud toate astea, Atlas, dar ce naiba te-a determinat să pleci în Australia? Dacă voiai o schimbare, de ce nu te-ai fi întors în țara în care te-ai născut și în care puteai să trăiești foarte bine având în vedere cetățenia și averea ta?!

Mi-am amintit că nu-i povestisem lui Eric niciodată despre Kreeg. Iar în acel moment eram prea epuizat ca să-mi ardă de așa ceva.

– Mă duc la familia Hoffman, ca să văd ce fac copiii. Poți să le telefonezi ca să-i anunți?

Eric a suspinat.

– Asta sună bine și sunt sigur că soții Hoffman o să fie bucuroși să te primească. Georg, în special, se descurcă foarte bine. De fapt, am devenit prieteni buni, pentru că o dată pe săptămână vine aici și urmărește îndeaproape tot ce fac. E foarte inteligent și dorește să devină avocat.

– Atunci, pot să te concediez pe tine și să-l angajez pe el, am mormăit eu.

– Poate că într-o zi o s-o faci. Dar, Atlas...

– Da, Eric?

– Știu că încă ești clientul meu și, ca atare, nu vreau să fiu necuviincios. Dar poate că ar fi o idee bună să faci mai întâi un duș, să te bărbierești și să bei multă apă. Nu uita că ești salvatorul copiilor ăstora! a spus el, aruncându-mi o privire severă. Nu strica imaginea pe care o au despre îngerul lor păzitor!

Cuvintele lui Eric Kohler m-au dezmeticit.

– Foarte bine! Le fac o vizită mâine, la prima oră. Te rog ca, în cursul zilei, să suni la hotelul meu și să mă informezi dacă ziua și ora vizitei le convin soților Hoffman. M-am cazat la Beau Rivage.

– Cum dorești, domnule Tanit! a răspuns Eric, arătându-mi ușa.

Rușinat, m-am întors la hotel și n-am mai pus în gură nici o picătură de alcool, iar dimineața am luat un taxi până la casa Agathei, încă ușor de identificat după fațada zugrăvită în roz. Soții Hoffman m-au întâmpinat cu multă căldură.

– Vă mulțumim că v-ați întors, domnule Tanit! Domnul Kohler ne-a povestit despre cât de ocupat sunteți din pricina tuturor afacerilor dumneavoastră! a exclamat doamna Hoffman, iar eu mi-am dat seama că, mai mult ca sigur, Eric alesese să spună o minciună ca să nu-i supere pe copii, drept pentru care m-a străbătut un fior de vinovăție. Georg și Claudia o să fie foarte fericiți să vă vadă!

– Aveți tot ce vă trebuie, doamnă Hoffman? Vreau să mă asigur că primiți destui bani.

Ea a dat din cap cu entuziasm.

– Bineînțeles că da, mulțumesc de întrebare, domnule Tanit! Agatha ar fi fost foarte, foarte mândră de generozitatea dumneavoastră! E genetică, fără îndoială!

Copiii m-au primit ca pe un unchi pierdut de multă vreme. Uitând că erau în creștere, m-a mirat faptul că se făcuseră atât de mari în anii în care fusesem plecat. Hoffmanii insistaseră ca cei doi să se îmbrace frumos pentru vizita mea și m-au cuprins remușcările la gândul că nu fusesem mai prezent în viața lor. Georg, care acum era aproape la fel de înalt ca mine, mi-a strâns mâna și a spus, cu glas gâtuit de emoție:

– Bună ziua, domnule Tanit!

– Vai de mine! El e tânărul Georg, sau îl am cumva în fața mea pe tatăl lui?! am întrebat, încercând să fac o glumă.

Mi-am dat seama pe dată că nu se cădea să spun așa ceva, date fiind împrejurările în care muriseră părinții celor doi copii. Georg mi-a văzut groaza din privire și a zâmbit cu bunăvoință.

– V-o amintiți și pe sora mea, Claudia?

A făcut semn către fată, care acum era vizibil mai înaltă, dar care își păstrase chipul dulce pe care mi-l aminteam.

– Mă bucur să vă revăd, domnule Tanit! a spus ea, făcând o plecăciune. Eu și fratele meu nu vă putem mulțumi îndeajuns pentru bunătatea dumneavoastră!

– Și eu mă bucur să te revăd, Claudia! Vă rog să nu-mi mulțumiți. Domnul și doamna Hoffman sunt cei cărora trebuie să le fiți recunoscători. Vă place viața la Geneva? am întrebat, iar ei au dat cu bucurie din cap, în sens afirmativ. Și cum merge cu studiile?

– La mine, foarte bine, mulțumesc, domnule Tanit! a răspuns Georg.

– Am auzit că ai fost în vizită la domnul Kohler. El spune că vrei să devii avocat. Într-adevăr?

Georg s-a fâstâcit.

– A devenit un vis al meu, da! Doresc să influențez modul în care merge lumea, astfel încât oamenii să ducă o existență mai echitabilă.

Cuvintele lui mi-au adus un zâmbet pe buze.

– Nimic mai nobil sau mai potrivit. Mă bucur pentru tine, Georg, și îți urez să-ți urmezi visul din toată inima!

– Așa o să fac, domnule Tanit! a promis băiatul, dar apoi a șovăit și s-a uitat la doamna Hoffman, care, aflată în colțul camerei, îl țintuise cu o privire severă. Însă domnul Kohler spune că taxele la facultățile de drept sunt foarte mari!

– Georg! a strigat doamna Hoffman. Domnul Tanit nici n-a intrat de cinci minute pe ușă, iar tu ai îndrăzneala să-l sâcâi cerându-i și mai mulți bani, când deja îți finanțează întreaga existență!

Am chicotit.

– Vă rog, nu-i nevoie să strigați, doamnă Hoffman! Un avocat trebuie să fie curajos, descurcăreț și să pună întrebări pertinente. Cred că tânărul Georg a reușit să le facă pe toate trei în același timp, am spus eu, ridicând din sprâncene.

– Promit să vă dau banii înapoi într-o bună zi! a spus Georg. Până la ultimul sfanț!

I-am pus o mână pe umăr.

– Nu mă îndoiesc că ai face-o, dacă ai avea ocazia. Dar nu-i nevoie. Dacă o să continui să muncești din greu și să te porți frumos cu domnul și doamna Hoffman, te asigur că n-o să existe nici o barieră financiară care să te împiedice să-ți continui studiile!

– Mulțumesc, domnule Tanit! Mulțumesc! a exclamat Georg, încântat.

– Desigur, aceeași regulă se aplică și în cazul tău, Claudia! Îți place la școală?

Ea părea puțin sfioasă.

– Unele lecţii mi se par cam grele. Franceza mea nu e la fel de bună ca a fratelui meu.

– *Totuşi*, nu te lăsa! i-am spus, făcându-i cu ochiul, după care am întins mâinile spre ei toţi. Mi-a făcut plăcere să vorbim şi să vă văd, dar mă tem că trebuie să plec acum. Continuaţi să vă purtaţi frumos cu domnul şi cu doamna Hoffman, copii!

I-am strâns mâna lui Georg, iar Claudia m-a îmbrăţişat, surprinzându-mă destul de tare cu un asemenea gest. Domnul şi doamna Hoffman m-au condus la uşă.

– Ceea ce faceţi pentru copii e cu adevărat minunat, domnule Tanit! a spus domnul Hoffman, punându-mi o mână pe spate.

– Vă rog, spuneţi-mi pe nume! Şi o să declar întotdeauna că voi sunteţi cei cărora ar trebui să li se mulţumească!

– Ei, bine, aşa e, dar cred că pe lume sunt puţini oameni care şi-ar folosi moştenirea ca să întreţină doi orfani, doi necunoscuţi! Nu v-a motivat nimic în afară de bunătate, iar un asemenea gest trebuie preţuit.

– Mulţumesc! am răspuns eu, simţind că mi se punea un nod în gât.

După ce mi-am pus la punct afacerile cu Eric Kohler, una dintre ele fiind să-l pun în legătură cu Ralph Mackenzie ca să organizeze transferul bogatului meu cont bancar australian, am semnat, în sfârşit, ultimele documente care îmi acordau cetăţenia.

Cititorul se poate întreba despre teama mea ca nu cumva să dau peste Kreeg Eszu în timpul căutării întreprinse prin Europa. Totuşi, trebuie să mărturisesc că n-am mai simţit o astfel de teamă. Dacă aţi parcurs paginile jurnalului meu, ştiţi deja că, fără Elle, nu mai ţin câtuşi de puţin la viaţa mea. M-am pus cu trup şi suflet în slujba căutării lui Elle şi nu mă mai interesează nimic altceva. Fie că izbândesc, fie că mor încercând.

Călătoria cu feribotul de la Newcastle până la Bergen a fost agitată, dar din fericire a fost şi scurtă, fiindcă am ajuns în douăzeci şi patru de ore. Dintre toate vizitele, de asta mă temeam cel mai tare. Ce aş fi putut să le spun lui Astrid şi Horst după tragedia inimaginabilă pe care o trăiseră? Îngrijorarea mi-a fost agravată de perspectiva de a mă uita în ochii micuţului Felix şi de a-i vedea durerea. Drept urmare, făcusem în aşa fel încât să mă amorţesc cu o sticlă de whisky în timpul traversării.

Ştiam că trebuia să-mi văd de ale mele. Dacă Elle se întorsese undeva, Bergen părea să fi fost alegerea evidentă. Karine fusese cea mai bună prietenă a ei, iar soţii Halvorsen erau ca o familie pentru noi. Am făcut bine cunoscutul drum de la port până la dealuri, unde încă se afla căsuţa care ne găzduise cândva pe mine şi pe Elle.

Am bătut la uşă.

– *Ett minutt!*[1] a venit răspunsul.

Am aşteptat un moment, pregătindu-mă pentru o întâlnire dificilă. Astrid a apărut de îndată. Părea îmbătrânită. Obrajii ei, cândva îmbujoraţi, se zbârciseră, iar părul blond şi des pe care mi-l aminteam era acum răvăşit şi cărunt. În clipa în care m-a recunoscut, ochii i s-au mărit şi au început să strălucească de lacrimi.

– Bună ziua, Bo!

– Astrid... N-am cuvinte să-ţi spun cât de rău îmi pare că...

Înainte să termin de vorbit, Astrid mi s-a aruncat în braţe şi m-a strâns atât de tare, încât n-am mai putut respira.

– Horst! Horst! a strigat ea, trăgându-mă de mână şi făcându-mă să intru în casă.

Tatăl lui Pip a apărut de după colţ, la capătul vestibulului, şi m-a privit cu o uimire nemăsurată.

– Să fie... Bo D'Aplièse? s-a bâlbâit el.

– Bună ziua, vechiul meu prieten!

Horst mergea în baston. S-a îndreptat încet spre mine şi m-a îmbrăţişat şi el, iar apoi m-a bătut în piept cu bastonul, prieteneşte, zicând:

– Mă bucur să te văd, nu-prea-tinere!

---

[1] O clipă! (în limba norvegiană în original)

– Te rog, ia loc! Fac nişte ceai! Îţi mai place English Breakfast? a întrebat Astrid.

Înainte să apuc să răspund, ea a şi dat fuga în mica lor bucătărie, iar eu l-am urmat pe Horst în sufrageria care nu se schimbase deloc în cei zece ani în care fusesem plecat.

– Horst, am început eu să spun, nu pot să-mi exprim durerea pentru...

El a ridicat bastonul, ca să mă oprească.

– Te rog să nu vorbim despre asta! Toată lumea din Bergen ştie prin ce am trecut. Ori de câte ori ne intersectăm pe stradă cu oamenii, ei ne privesc cu milă şi tristeţe. Ne-am săturat până-n gât, crede-mă!

– Înţeleg, i-am răspuns, cerându-i scuze din priviri.

Horst s-a aşezat confortabil în fotoliul lui şi mi-a făcut semn să mă aşez şi eu.

– Deci, povesteşte-mi despre viaţa ta, Bo! Ce-ţi mai face braţul? Eşti violoncelist la Orchestra Simfonică din Londra?

Trecuse foarte mult timp de când nici măcar nu mă mai gândisem la violoncelul meu.

– Nu, din păcate! Acum nu mă doare nimic, dar după numai câteva minute de activitate susţinută, braţul îmi devine rigid. M-am împăcat cu ideea că n-o să fiu niciodată virtuoz.

Horst a părut descurajat.

– Mare pierdere! Mi-am pus mari speranţe în tine. Deci, cum ţi-ai petrecut ultimii zece ani?

I-am povestit despre High Weald, despre Arthur Morston Books şi despre Australia.

– O, Doamne, Bo! Mineritul de opal! Niciodată nu mi-aş fi închipuit că băiatul blând şi timid de-acum zece ani ar fi putut deveni şeful unei operaţiuni atât de mari! Dar viaţa aduce răsturnări de situaţie interesante. Atât timp cât tu şi Elle sunteţi fericiţi... Apropo, unde e? Aici, în Bergen, împreună cu tine?

Eu mi-am plecat privirea.

– Nu, Horst. De-asta am venit – ca s-o caut. După întrebarea pe care mi-ai pus-o, ar trebui să presupun că Elle n-a mai fost la Bergen în ultimii doi ani?

– Nu, a răspuns el pe un ton îngrijorat. S-a întâmplat ceva între voi? Pe vremea când erați aici, cu noi, păreați foarte îndrăgostiți! Eu și Astrid eram siguri că urma să vă căsătoriți.

Am înghițit în sec.

– Și eu. Dar de doi ani nu mai știu nimic de ea!

Horst nu știa ce să spună, dar, din fericire, Astrid s-a întors, aducând ceaiul.

– Am impresia că am prins sfârșitul conversației, a spus ea aruncându-mi un zâmbet trist. Tu și Elle nu mai sunteți împreună? a întrebat, iar eu am clătinat din cap. Mi s-a părut mie neobișnuit ca ea să nu pomenească despre tine în scrisoare!

Mi-am ridicat capul cu iuțeala fulgerului.

– Ce scrisoare?! Când ai primit-o?!

– Ce să zic, cam acum șase luni.

– Atât de recent? E fantastic! Pot s-o văd? am întrebat, cu pulsul întețit.

– Sigur că da, Bo! a răspuns Astrid ducându-se la birou, unde a deschis sertarul de sus, a răsfoit hârtiile și a ales una. Uite-o! E foarte scurtă, dar a fost minunat să primesc vești de la Elle.

Astrid mi-a dat scrisoarea. M-am bucurat să văd din nou caligrafia îngrijită și elegantă a lui Elle.

Dragii mei Horst și Astrid,

Iată că, în ultima vreme, m-am gândit mult la voi și la nopțile pe care le petreceam împreună, cântând muzică de cameră în casa de pe deal.

Recent, mi-am amintit de serile noastre magice din Norvegia și mă trezesc tânjind după ceea ce a fost odată și acum nu mai e.

La voi mă gândesc atunci când ascult muzica lui Grieg și la frumosul ținut care, din fericire, mi-a fost casă pentru o vreme.

A mai trecut o viață, dar am vrut să știți că sunteți încă în inima mea.

Nu uitați amintirile pe care le avem împreună. Eu nu am cum.
Dragul de Felix o fi mare deja!
Alte vremuri!
Copilăria s-a sfârșit!
O viață are înainte.
Părinții lui de l-ar vedea, cât de mândri ar fi de el!
Iată,
Le simt lipsa.

Am lăsat foaia de hârtie în poală și m-am încruntat.

– E o scrisoare neobișnuită, nu credeți?

Astrid a ridicat din umeri.

– Da? Poate puțin incoerentă, dar am pus-o pe seama faptului că norvegiana nu e limba maternă a nici unuia dintre voi.

– Așa e, dar Elle, ca și mine, o vorbea fluent pe vremea când am plecat de aici. Nu-mi dau seama ce anume, însă ceva e ciudat în felul ei de a scrie. Autoarea scrisorii nu seamănă cu Elle pe care o cunosc eu, am spus, iar apoi m-am uitat la Astrid. Ai tot dreptul să mă refuzi, dar aș putea s-o păstrez?

– Desigur! a răspuns ea, zâmbindu-mi cu amabilitate.

Mi-a venit o idee.

– Astrid, ai plicul în care a venit scrisoarea? Tocmai mi-am dat seama că ar trebui să aibă timbru!

Astrid a clătinat din cap.

– Îmi pare rău, Bo, l-am aruncat! Am păstrat doar scrisoarea, a răspuns ea, spre dezamăgirea mea. Îmi amintesc că venea din străinătate...

– De unde? Din Anglia?

– Nu, nu din Anglia, a spus Astrid închizând ochii și gândindu-se. Sau poate că mă înșel? Îmi amintesc că ștampila poștală era *în* engleză. Cred că da. Of, nu mai știu! Îmi pare rău că nu te pot ajuta!

– Nu-i nimic, Astrid! am răspuns, mascându-mi dezamăgirea, după care am schimbat subiectul. Ce mai face Felix? Trebuie să aibă, cât... unsprezece ani?

Horst și Astrid s-au privit unul pe celălalt.

– Are treisprezece ani, a răspuns Horst cu solemnitate.

– O, Doamne, ce-a zburat timpul! Băiatul e bine?

– După cum știi, Felix a avut o viață dificilă. E... un pic turbulent, a răspuns Horst cu diplomație.

– Păi, asta înseamnă că seamănă cu tatăl lui!

Un zâmbet firav s-a înfiripat pe buzele lui Astrid.

– Într-adevăr! Dar tânărul Felix e mai degrabă scandalagiu. Nu-i vina lui. Îi e foarte dor de mama și de tatăl său.

– Îmi imaginez, am spus eu cu sinceritate.

Ca la un semn, am auzit ușa deschizându-se și apoi trântindu-se cu zgomot. Un tânăr, bucățică ruptă din Pip, dar cu părul negru și cu ochii căprui și adânci ai lui Karine, a aruncat o privire în camera de zi.

– Felix Halvorsen! Încă nu s-au terminat orele de curs de la școală! Ce cauți acasă? a întrebat Astrid.

Felix a ridicat din umeri, nonșalant.

– N-am avut chef. Lecțiile de astăzi sunt atât de plictisitoare! s-a justificat el, după care s-a uitat țintă în ochii mei. Tu cine ești?

– Felix! a răbufnit Horst. Nu fi atât de nepoliticos!

– Nu face nimic, am răspuns eu. Tânărul ăsta are dreptul să știe cine se află în casa lui! am exclamat, ridicându-mă și mergând la el ca să-i strâng mâna. Bună ziua, Felix! Numele meu e Bo. Am fost un prieten apropiat al părinților tăi. Îmi amintesc de tine de pe vremea când erai bebeluș.

În cele din urmă, Felix mi-a strâns mâna.

– Îi cunoșteai pe Pip și pe Karine? a întrebat el.

– Da, foarte bine. Au fost extrem de amabili cu mine atunci când m-am aflat la ananghie. N-o să-i uit niciodată. Ca să nu mai vorbim de bunicii tăi, care au fost de acord să găzduiască și să hrănească un străin.

Felix m-a privit cu atenție.

– Dacă erai atât de apropiat de părinții mei, de ce nu te-am întâlnit până acum?

– Pentru numele Domnului, Felix! Fii politicos cu oaspetele nostru, da? l-a mustrat Astrid.

– Ce? Am remarcat doar că, în mod clar, nu era atât de apropiat de mama și de tata dacă nu l-am mai văzut până acum.

Eu i-am tolerat furia.

– Ai dreptate, Felix. Ar fi trebuit să mai vin între timp și n-am făcut-o. Îmi cer scuze! Mă bucur să văd că spui ce gândești și că ai păreri bine formate. Părinții tăi ar fi foarte mândri de tine.

– Nu și dacă mai chiulește de la școală! a glumit Horst.

Felix s-a încruntat.

– Ia mai taci, bunicule! Oricum, pot învăța mai mult într-o după-amiază cu tine, la lecția de pian. Mă duc să exersez!

A urcat în camera lui. Atitudinea pe care o avea m-a făcut să zâmbesc fără să vreau, fiindcă în ea trăia spiritul de care dăduseră cândva dovadă Pip și Karine. Vorbisem serios. Cu siguranță că părinții lui *ar fi fost* foarte mândri de el.

– Tânărul Felix e și el muzician? am întrebat.

Horst a ridicat din umeri.

– Ce să zic? Fără îndoială că talentul lui la muzică e genetic. Crede-mă că, în ciuda faptului că-i cam golan, e un pianist extrem de talentat. Poate că mai priceput decât Pip, a conchis Horst, întristându-se brusc. Iar asta spune ceva.

M-am apropiat de vechiul meu prieten și i-am pus o mână pe braț.

– Știu cât de recunoscător ar fi Pip pentru ceea ce tu și Astrid faceți în beneficiul fiului său. Karine, de asemenea, am adăugat, iar ochii lui Horst au sclipit de lacrimi. M-am bucurat atât de mult să vă revăd pe amândoi! Mulțumesc pentru ceai, Astrid!

– Chiar pleci atât de repede? De-abia ai intrat pe ușă!

– N-aș vrea să vă deranjez, am răspuns eu. Am făcut-o cât pentru o viață întreagă!

– Nu spune prostii, tinere! a zis Astrid cu severitate. De fapt, nici nu încape discuție, trebuie să rămâi la cină! Unde dormi la noapte?

– Păi…

Astrid mi-a fluturat degetul arătător pe sub nas.

– Pentru numele Domnului, Bo! Să nu-mi spui că n-ai unde!

– Voiam să mă cazez la Grand Hotel și să iau un feribot spre Franța mâine-dimineață.

– Franța? a întrebat Horst. De ce Franța?

– E țara de origine a lui Elle. Cred că e posibil ca ea să se fi întors la Paris, unde ne-am cunoscut.

Astrid s-a apropiat și mi-a pus mâinile pe coate.

– Bine, dacă trebuie, du-te în Franța și continuă-ți misiunea, dar eu și Horst insistăm să rămâi cu noi câteva zile! a spus ea privindu-mă rugător.

– Mulțumesc, am răspuns. Aș fi încântat!

Cele câteva zile pe care le-am petrecut la Bergen au fost superbe. Am făcut drumeții de excepție prin Bergens Fjellstrekninger, m-am încălzit seara la foc și m-am îndopat cu celebra tocană de berbec și varză a lui Astrid. Până la sfârșitul șederii, chiar și Felix m-a acceptat, mai ales după ce am acordat pianul care-i aparținuse pe vremuri lui Pip.

Venind timpul să plec, m-am îmbarcat pe un feribot care mergea de la Bergen până la Amsterdam, iar de acolo am folosit rețeaua de trenuri până la Paris. Dacă Elle s-ar fi întors în oraș, pe cine ar fi ales să contacteze? Pe Landowski? Pe Brouilly? Pe *madame* Gagnon, poate? Cumva, tânjeam să vorbesc cu *monsieur* Ivan, dar știam că n-ar fi fost o idee bună să mă întorc la Conservatorul din Paris, având în vedere ceea ce se întâmplase pe vremuri între mine și *monsieur* Toussaint. Atelierul lui *monsieur* Landowski din Boulogne-Billancourt era locul de unde trebuia să încep.

Casa arăta exact așa cum îmi aminteam. Poate că fațada de piatră albă era puțin decolorată, dar glicina purpurie o acoperea ca pe vremuri. Am rămas locului o vreme, contemplând locul care îmi fusese cămin în copilărie. Privirea mi s-a oprit la banca pe care şedeam şi cântam la vioară. M-am dus la ea şi m-am aşezat, închizând ochii şi lunecând în trecut...

– Ce crezi că faci?! mi-a strigat în franceză o voce cunoscută. Am deschis ochii, m-am întors şi am văzut o Evelyn mai căruntă şi mai plinuţă decât altădată, venind spre mine pe peluză. E proprietate privată! m-a avertizat ea, dar eu am zâmbit cu toată gura la vederea uneia dintre cele mai amabile salvatoare ale mele, pe care mă bucuram mult s-o revăd. Repet, ce naiba crezi că faci?! Nu mă sili să iau mătura! m-a ameninţat, dar am rămas nemişcat pe bancă, uitându-mă la ea. Cine eşti?

– Bună ziua, Evelyn! am spus, ridicându-mă în picioare.

Acum mă înălţam cu cel puţin 30 de centimetri peste ea. S-a uitat în ochii mei şi mi-am dat seama că m-a recunoscut. S-a topit pe loc.

– Nu se poate... a şoptit ea. Bo? a murmurat, drept pentru care mi-am întins braţele, iar ea m-a apucat strâns. Bo! O, Bo! Nu credeam că te mai văd vreodată! a exclamat, desprinzându-se puţin din îmbrăţişare ca să se uite din nou la faţa mea. O, scumpul meu băiat! Te-ai făcut mare! Ce zi fericită!

Încă o dată, cineva care părea foarte încântat să mă vadă lăcrima. Dacă mi-aş permite să mă flatez, pot spune că deja începea să devină un tipar.

– Mi-a fost foarte dor de tine, Evelyn!

– Şi mie de tine! Trebuie să intri! *Monsieur* Landowski e aici. Ai grijă, micuţule Bo, s-ar putea să-i provoci un atac de cord! a turuit Evelyn în timp ce mă lua de braţ şi mă conducea în casă, unde am străbătut împreună vestibulul care îmi era atât de cunoscut. În general sunt doar eu aici, fiindcă munca încă îl mai poartă pe *monsieur* Landowski pe tot globul. Ce s-a întâmplat cu viaţa ta? Eşti muzician celebru acum? Dar băiatul care te urmărea? V-aţi împăcat? Şi micuţa Elle?! Ce s-a întâmplat cu ea?

Avalanşa aceea de întrebări mi-a dezvăluit faptul că Evelyn şi Elle nu se mai întâlniseră de când eu şi Elle plecaserăm din

Franța, cu atâția ani în urmă. Am încercat să-mi ascund dispoziția sumbră.

– S-au schimbat multe, Evelyn!

– E limpede că-i așa! În primul rând, vorbești mai mult decât înainte!

– Ce-i vacarmul ăsta?

Vocea impunătoare a lui *monsieur* Landowski, acum ușor răgușită, a răsunat pe coridor. El a apărut de după colț, îmbrăcat în același halat pe care-l purta cu douăzeci și cinci de ani în urmă. Puținul păr care îi mai rămăsese pe cap era rărit și alb, la fel ca mustața și barba care-l caracterizau. Am rămas preț de o clipă față în față, pe coridor.

– Băiete! a spus el în cele din urmă. Ei! a exclamat, clătinând din cap, apoi întorcându-se și făcându-mi semn să-l urmez. Vino, mi-ar prinde bine puțin ajutor! Evelyn, vrei să pui de ceai? Pe urmă, poate că vii și tu în atelier.

Evelyn m-a strâns de braț și a dispărut la bucătărie. L-am urmat pe *monsieur* Landowski în atelier, unde, pe masă, se afla o sculptură în piatră aproape finalizată, care înfățișa o dansatoare. Brațul ei era ridicat elegant deasupra capului, iar fața îi era îndreptată în jos, spre podea.

Monsieur Landowski și-a luat dalta și a început să sculpteze cu delicatețe părul care se revărsa.

– Dă-mi instrumentul cel mai fin de pe masă, te rog! mi-a cerut el, iar eu m-am supus fără ezitare. Ei, bine, ce părere ai?

Monsieur Landowski a dat din cap spre sculptură.

– Nu v-ați pierdut talentul, *monsieur* Landowski! E o dansatoare de flamenco? am întrebat eu.

– Într-adevăr, a confirmat el, făcând un pas în spate ca să-și admire opera. Sunt destul de mândru de ea, a adăugat, întorcându-se spre mine. Așa, băiete, te-ai întors! Asta înseamnă că ești, în sfârșit, în siguranță?

Am suspinat.

– Greu de spus, *monsieur* Landowski!

– Hmmm... Ei, bine, nu-ți face griji în privința acelui pungaș de Toussaint de la conservator. Vechiul tău profesor, *monsieur* Ivan, s-a ocupat de el.

Auzind numele lui Ivan, am zâmbit.

– Da? Cum așa?

Monsieur Landowski a chicotit.

– Ivan era din Moscova și se supărase. Mai trebuie să spun ceva?

Am ridicat din umeri.

– Probabil că nu.

– Toussaint a sfârșit prin a părăsi Parisul. Nici că am mai auzit de el. Șobolanii tot în canal ajung!

– Ce mai face *monsieur* Ivan? Mi-ar plăcea foarte mult să-l văd.

Monsieur Landowski s-a aplecat peste masa de lucru.

– Îmi pare rău, Bo! A murit acum câțiva ani. Am păstrat legătura după ce ai plecat în Germania. Vorbea adesea despre tine și-ți prevedea un viitor măreț.

Monsieur Landowski m-a măsurat din cap până-n picioare, iar apoi a adăugat:

– Dar e clar că nu mai cânți!

Am rămas înmărmurit.

– De unde ați știut, *monsieur* Landowski?

– Ești lipsit de bucurie. Fără suflet. Iată de ce fac pariu că nu mai cânți, a spus el, iar în clipa aceea a intrat Evelyn, care ne aducea tava cu ceaiul. Mulțumesc, Evelyn! Nu știu ce m-aș face fără ea, băiete! În Franța, se ocupă de tot, de la așternuturi până la program. Memoria mea nu mai e ce-a fost odată, nu-i așa, Evelyn?

Ea a râs.

– Sunteți la fel de ager ca întotdeauna, *monsieur* Landowski!

– Ce să zici și tu, doar îți plătesc salariul! Oricum, ia loc, în timp ce vechiul nostru prieten ne povestește totul despre viața lui.

Evelyn s-a îndreptat spre canapeaua veche și prăfuită care trona în partea din spate a atelierului.

– Înainte să încep, pot să vă întreb unde se află restul familiei, *monsieur* Landowski?

– Majoritatea sunt încă la Roma, m-a informat el, apoi a arătat spre sculptură. Eu sunt la Paris doar pentru că trebuie să termin comanda asta. Am început-o aici Crăciunul trecut, după ce m-am plictisit de turuitul soacrei mele bolnave, a precizat, mângâind cu delicatețe fața de piatră a dansatoarei. E pentru un client din Spania. Sper că nu te deranjează dacă lucrez în timp ce vorbești, Bo! Am întârziat deja cu comanda. Trebuie s-o termin azi.

– Nu mă deranjează deloc, *monsieur* Landowski!

– Mulțumesc! a spus el, luând din nou dalta. O, apropo, Marcel a intrat la conservator, a adăugat, chicotind. A studiat cu Marguerite Long și acum compune ca un profesionist.

Vestea asta m-a făcut să aplaud puțintel.

– Marcel a reușit pe merit! Vă rog să-i transmiteți felicitările mele sincere atunci când îl veți vedea data viitoare.

Monsieur Landowski mi-a aruncat un zâmbet ironic.

– Sunt sigur că abia așteaptă să le primească!

În timp ce îmi depănam povestea, *monsieur* Landowski sculpta, iar eu îl ajutam, revenind cumva la vechile noastre obiceiuri împământenite din urmă cu un sfert de secol. *Monsieur* Landowski abia dacă reacționa la ceea ce povesteam, de la durerea provocată de Kreeg care îmi rupsese brațul și îmi distrusese cariera muzicală, până la drama salvării oamenilor din puțul de mină de la Coober Pedy. *Monsieur* Landowski se concentra la munca lui. Evelyn, pe de altă parte, icnea și gesticula la fiecare întorsătură de situație.

– Of, Bo! a spus ea după ce mi-am terminat istorisirea. Îmi pare atât de rău pentru tot ce s-a întâmplat! Viața poate fi foarte nedreaptă.

– Presupun că nu trebuie să întreb dacă Elle a luat legătura cu vreunul dintre voi? am vrut eu să știu, dar *monsieur* Landowski a clătinat din cap în semn că nu. Dar *monsieur* Brouilly? Credeți că e o posibilitate?

– Vorbesc des cu el, a răspuns *monsieur* Landowski. A ajuns șef de catedră la sculptură, la École des Beaux-Arts. Mi-ar fi zis el ceva.

– Și eu vorbesc cu *madame* Gagnon, a adăugat Evelyn. Acum e la pensie. Dar mai mergem la câte un ceai. N-a pomenit nimic despre Elle. Îmi pare rău, Bo!

– Și Kreeg? Nu te mai temi de el? a întrebat Landowski.

– Nu știu ce ar putea să-mi ia și să nu fi pierdut deja, am răspuns eu cu sinceritate. Asta a fost ultima mea speranță. Nu știu unde altundeva ar putea fi Elle. M-am gândit să mă întorc în locuri din trecutul nostru, în caz că ea ar fi venit într-unul dintre ele. Dar acum nu știu ce să fac.

Mi-am trecut mâinile prin păr. Landowski s-a uitat lung la mine.

– N-ai nici o motivație! a spus el, apoi a bătut din palme. Ia zi, ai vrea o slujbă?

Oferta lui m-a luat prin surprindere.

– O, *monsieur* Landowski, sunteți foarte amabil, dar nu sunt sigur că v-aș putea ajuta aici, în atelier, ca înainte!

– Mă refeream la ceva mult mai temporar. Comanda asta trebuie transportată la Sacromonte, în Granada. După cum ziceam, e târziu. O poți duce cu trenul ca să ajungi mai repede. Altfel, va trebui să plece cu vaporul, ceea ce o să dureze mult mai mult, a adăugat, după care a ridicat din sprânceană. I-ai face o favoare vechiului tău prieten.

M-am gândit la propunerea lui și n-am găsit motiv să n-o fac.

– Foarte bine, *monsieur* Landowski! O duc bucuros.

– Bine. Nu cred că drumul cu ea într-un tren de marfă o să fie deosebit de confortabil, dar sunt sigur că te descurci, a spus el uitându-se pe fereastra atelierului, la bancă. Știi, sculpturile mele n-au mai fost însoțite de când Brouilly a dus *Cristo* peste mări, în Brazilia.

– Parcă a trecut o veșnicie! am remarcat eu.

– Pentru că așa și e, băiete, a spus sculptorul întorcându-se la opera lui. Oricum, du-te la Sacromonte, bucură-te de soarele spaniol! Odihnește-te și reflectează. Cred că asta e ceea ce-ți trebuie.

– Pentru cine e comanda?

– Pentru administratorii Palatului Alhambra. Se pare că locul acela e renumit pentru un soi de concurs de dans. Cum se numea, Evelyn?

– *Concurso de Cante Jondo*, a răspuns ea.

– Ăsta e, da! Oricum, o tânără țigancă a câștigat concursul și a devenit celebră. Acum, după Războiul Civil, e un fel de simbol al regiunii, a spus *monsieur* Landowski ridicând din umeri. Un lucru e cert: fata e foarte frumoasă. Poftim, a spus el, dându-mi o fotografie de pe masa de lucru. Am sculptat după modelul de aici.

Fotografia înfățișa o femeie superbă, brunetă, îmbrăcată într-o rochie roșie. Fotograful o surprinsese în toiul dansului.

– Cum o chema? am întrebat.

– Mă faci să mă fâstâcesc, băiete! Mintea mea e ca gelatina, a răspuns el pocnind iute din degete. Cum o chema pe femeie, Evelyn?

– Lucía Amaya Albaycín.

– Așa! Se pare că e foarte cunoscută în America de Sud.

– Ce interesant! Ei, bine, o să fie o onoare să însoțesc versiunea de piatră a Lucíei până la casa ei permanentă.

– Bun! O să fii plătit pentru eforturile tale, bineînțeles.

Mi-am ridicat mâinile.

– Nu, *monsieur* Landowski! N-aș putea primi bani. După cum v-am spus, nu duc lipsă de ei. Vă rog, dați-mi voie să vă plătesc taxele de școlarizare de la conservator și costul cazării mele în toți anii în care m-ați ajutat!

Landowski a suspinat și și-a dat ochii peste cap.

– Nu fi ridicol, băiete! N-aveai de nici unele! Evelyn, vrei să suni la companiile de trenuri de marfă și să faci aranjamentele necesare?

– Da, *monsieur* Landowski!

Evelyn părea că se chinuie să se ridice de pe canapeaua veche, așa că i-am întins o mână.

– Evelyn, iartă-mă! Am spus eu. Îmi dau seama că n-am întrebat despre Louis. Cum se simte?

Ea mi-a aruncat un zâmbet trist.

– Şi-a îndeplinit visurile, iar acum e mare şef la Renault.

– Superb! Dar familia? S-a căsătorit?

Evelyn a oftat.

– Da. Pe soţia lui o cheamă Giselle, a spus ea, iar eu am observat că se uita cu subînţeles la *monsieur* Landowski, care i-a răspuns cu o privire înţelegătoare. E o doamnă foarte temperamentală, care n-a fost niciodată de acord cu faptul că aveam o relaţie apropiată cu fiul meu. De-a lungul anilor, l-am văzut din ce în ce mai puţin. Mi s-a frânt inima.

– Of, Evelyn, ce groaznic!

Ea a dat din cap, aprobându-mi spusele.

– Mai rău e că încă nu mi-am cunoscut nepoata. Are deja cinci ani, dar Giselle nu mă lasă s-o văd.

Eram şocat. Louis şi mama lui fuseseră foarte apropiaţi.

– Dar fiul tău te adoră! Cu siguranţă că, în ciuda atitudinii acelei Giselle, el n-ar permite ca relaţia voastră să fie afectată.

– Un om îndrăgostit e ca otrăvit. Şi, din nefericire, Giselle e otrava lui Louis al meu.

Evelyn şi-a tras nasul, necăjită.

– Cum o cheamă pe nepoată?

– Marina, a răspuns ea cu nostalgie.

– Ce nume frumos! am exclamat, neştiind ce să mai spun. Sper să vă cunoaşteţi într-o bună zi.

– Şi eu, Bo! Mă rog, vrei să-ţi fac patul? Camera ta e ca acum douăzeci de ani.

Monsieur Landowski a protestat:

– Sunt sigur că putem să-i dăm apartamentul de oaspeţi în loc de dormitorul de la mansardă. Ce zici, băiete?

– Ei, nu vreau să vă deranjez! Stau cu plăcere la un hotel, dacă...

Monsieur Landowski a izbucnit în râs.

– Te-am găzduit atâţia ani! Ne descurcăm încă o noapte, nu-i aşa, Evelyn?

Am petrecut seara bând sticle de vin Côtes du Rhône și descoperind cum își duseseră viața cei pe care îi cunoscusem cândva. Landowski și Evelyn aveau aceeași efervescență, chiar dacă trupurile lor, ca și al meu, îmbătrâniseră. După cină, am urcat în fosta mea cameră din spatele casei. Patul, pe care în copilărie îl considerasem culmea luxului și a confortului, acum mi se părea minuscul și incomod. Cu toate astea, am dormit fără vise, ajutat de cantitatea abundentă de *vin rouge* pe care o băusem în acea seară.

În dimineața următoare au sosit trei oameni ca să ambaleze statuia Lucíei și s-o transporte, împreună cu mine, la Gare du Nord din Lyon.

– Am trimis vorbă la Alhambra că ești pe drum și că ar trebui să ajungeți în cinci zile, m-a informat Evelyn. Schimbi trenul doar la Barcelona, unde angajații de la transportul mărfii o să mute statuia. De asemenea, ei o să aranjeze transportul de la gara din Granada până la Palatul Alhambra.

– Mulțumesc, Evelyn! După atâția ani, încă îmi organizezi viața!

Am îmbrățișat-o strâns, apoi m-am dus să-i strâng mâna lui *monsieur* Landowski.

– Mi-a părut bine să te văd, băiete! Întrebarea pe care trebuie să ți-o adresez inevitabil e... o să te mai întorci vreodată?

– Da, dacă am ocazia, *monsieur* Landowski! Sper din tot sufletul ca drumurile noastre să se intersecteze din nou.

El a râs.

– Într-adevăr! Mă bucur că timpul petrecut în casa Landowski ți-a fost de folos, a spus el punându-mi pe umăr o mână ușor slăbită. Nu-i nimic mai presus decât dragostea! Iar acum, du-te și găsește-o, băiete! Orice ar fi!

A ridicat un deget, ca și cum și-ar fi amintit ceva, iar apoi a dispărut în casă. S-a întors cu o sacoșă din împletitură de pai, care zdrăngănea la fiecare pas. Mi-a dat-o, iar eu m-am uitat înăuntru și am văzut patru sticle de Côtes du Rhône, vinul din care băuserăm seara trecută.

– Pentru drum, a spus *monsieur* Landowski făcându-mi cu ochiul.

– Mulțumesc!

– Dar ai grijă! m-a sfătuit el punându-și mâna pe obrazul meu și privindu-mă drept în ochi. Totul cu moderație, da?

Am încuviințat din cap.

– La revedere, *monsieur* Landowski!

Vinul roșu m-a amorțit pe drumul prin Europa, făcând să mi se încețoșeze mintea o bună bucată de vreme. M-am împrietenit cu paznicii trenurilor. Am stat la taclale cu ei, am băut și am jucat și cărți. În mod convenabil, am reușit să câștig niște *pesetas* de la ei, pentru că mi-am dat seama că mă îndreptam spre Spania fără să am fonduri în moneda locală. De fapt, m-am obișnuit destul de mult cu ideea unei astfel de existențe – mereu în mișcare, fără să fie nevoie să mă gândesc prea mult la nimic. Poate că asta îmi era viitorul.

Schimbarea mijlocului de transport de la Barcelona a decurs fără probleme, exact așa cum mă asigurase Evelyn. Am dormit în ultima parte a călătoriei, legănat ușor de mișcarea vagonului și cufundat în bezna spațiului închis.

M-a trezit o lumină puternică și arzătoare ce îmi bătea pe față, în timp ce doi angajați ai gării din Granada deschiseseră ușa vagonului. Îmi zvâcnea capul.

– *Señor? Por favor apártate del camino!*[1]

Nu prea știam spaniolă. Și, spre deosebire de prima dată când pusesem piciorul în Norvegia, n-aveam doi prieteni poligloți, care să mă ajute.

– *Salga, por favor!*[2]

Mi-au făcut semn să cobor din vagon. M-am ridicat și am ieșit în căldura dimineții, care mă făcea să mă simt rău și mă amețea.

---

[1] Domnule, la o parte, vă rog! (în limba spaniolă în original)

[2] Coborâți, vă rog! (în limba spaniolă în original)

– *Tiene resaca!*[1] a strigat unul dintre bărbați, iar celălalt s-a uitat la mine și a râs.

Aveam gura îngrozitor de uscată.

– Apă? am întrebat, fără să primesc răspuns.

Am mimat că beam dintr-o sticlă.

– *Agua? Sí.*

Unul dintre ei a arătat spre o fântână de pe peronul gării, iar eu am dat din cap, recunoscător. Până când am băut pe săturate, cei doi deja scoseseră statuia pe peron și dădeau s-o mute. M-am dus la ei și am rămas locului, simțindu-mă jalnic, câtă vreme au încărcat lada de lemn în bena unui camion vechi și rablagit.

– Alhambra? am întrebat.

– *Sí, señor. Alhambra! Treinta minutos!*[2]

– *Gracias!*[3] am îngăimat, după care m-am urcat în camion.

Granada era un loc impresionant. Orașul, alcătuit din sute de clădiri zugrăvite în alb, strălucea în soarele dimineții. Dincolo de zidurile împrejmuitoare se înălța un lanț muntos impunător. La o privire mai atentă, cel mai apropiat versant al dealului părea să fie presărat cu numeroase peșteri care se căscau în pereții de stâncă. M-am uitat bine și am observat niște siluete mici, care se mișcau în fața lor. Oare acelea să fi fost locuințe?

Curând am ajuns în apropierea mărețului palat. Vechile turnuri roșii ale Alhambrei se ridicau din pădurea verde, iar eu am rămas înmărmurit de frumusețea arhitecturii. Camionul s-a apropiat de poarta cea mare și apoi s-a oprit. Șoferul a ieșit din cabină și mi-a spus:

– *Esto es lo más lejos que puedo ir!*[4] a zis el ridicând din umeri. Până aici! a reușit să spună în engleză, arătând spre intrarea în formă de gaură de cheie, care ducea spre o piață plină de lume.

---

[1] E mahmur! (în limba spaniolă în original)
[2] Da, domnule! Treizeci de minute! (în limba spaniolă în original)
[3] Mulțumesc! (în limba spaniolă în original)
[4] Mai departe nu pot merge! (în limba spaniolă în original)

Am dat din cap în semn că înțelesesem și am sărit din camion, cu capul încă bubuindu-mi din pricina sticlei de vin pe care o băusem cu nesaț noaptea trecută. În timp ce treceam de poartă, am fost acostat de localnici care își strigau marfa, vânzând apă, portocale și migdale prăjite. În mijlocul acelui haos, la cealaltă poartă a pieței, am văzut un bărbat îmbrăcat într-o cămașă de in, care alerga spre mine. Omul a arătat spre camion.

– Statuie? a întrebat el în franceză.

– *Sí, señor*, statuie! *Monsieur* Landowski!

Doi bărbați care purtau salopete au ajutat la transportarea statuii în centrul pieței și apoi la scoaterea ei din ladă. După ce au fost îndepărtate și straturile de pânză, statuia lui Landowski s-a înălțat, mândră, în Alhambra.

– E superbă! Mai bine decât mi-aș fi putut imagina, a spus bărbatul în cămașă de in. *Monsieur* Landowski e un geniu! E ca și cum tânăra Lucía ar fi aici, printre noi.

– Iertați-mă, nu sunt familiarizat cu locul ăsta! *Monsieur* Landowski zicea că Lucía a câștigat o competiție de dans. E adevărat?

Bărbatul a chicotit.

– *Concurso de Cante Jondo* a fost mult mai mult decât o competiție de dans, *señor*! A fost o *fiesta* a muzicii, a flamencoului și a *vieții,* care a avut loc în 1922. Patru mii de oameni au venit să sărbătorească alături de noi. A fost un moment cu totul special.

– E limpede, am mormăit eu, că voi încă mai vorbiți despre asta treizeci de ani mai târziu.

– *Señor,* în acea noapte patru mii de cetățeni au văzut cu ochii lor *duende*, care e forță pură! Trăiește în Lucía, a adăugat el atingând obrazul statuii.

– *Duende?* am repetat.

– Un astfel de lucru e greu de descris pentru cei care nu înțeleg cultura noastră. *Duende* e o calitate a pasiunii și a inspirației, care s-a manifestat la Lucía prin ritm și dans.

Lucía părea un personaj de-a dreptul uluitor.

– Mi-ar plăcea s-o cunosc și să-i transmit lui *monsieur* Landowski reacția ei la vederea statuii.

Bărbatul în cămașă de in a oftat.

– Din câte am auzit ultima dată, s-a întors în America să danseze și să câștige bani pentru familie. A fost foarte greu după război. Nimeni n-a dat dovadă de milă față de *gitanos* din Sacromonte, a povestit el clătinând din cap cu tristețe. Ăsta e motivul pentru care colegii mei au dorit să comande statuia.

– Iertați-mă, am spus, jenat că trebuia să pun întrebări despre un alt cuvânt spaniol pe care nu-l înțelegeam, ce înseamnă „*gitanos*"?

– Țiganii, domnule, cândva alungați cu cruzime de pe zidurile orașului! a explicat omul, arătând spre locul de dincolo de poartă. Poate că ați observat peșterile lor de pe muntele Sacromonte!

– Aha! am spus eu, dând din cap în semn că pricepusem. Apropo, *señor,* mă întreb dacă aveți vreo recomandare pentru un turist în Granada? Acum, când statuia Lucíei a fost livrată în siguranță, nu mai am nimic de făcut.

Bărbatul s-a gândit o clipă.

– Musai să faceți un drum în piața centrală! Acolo se întâmplă mereu câte ceva.

Omul mi-a strâns mâna, iar eu i-am mulțumit:

– *Gracias, señor!*

M-am întors și am ieșit din Alhambra, sperând ca drumul la vale să înceapă să-mi vindece cumplita mahmureală. Mirosul chiparoșilor și briza ușoară de pe deal au fost exact ceea ce-mi trebuia, iar durerea de cap a început să mă lase în momentul în care am ajuns în piață.

Am rămas locului preț de o clipă, ca să admir cea mai impresionantă dintre clădiri, o veche catedrală cu clopotniță deschisă, după care am pășit pe dalele de gresie lucioasă, elegantă, până la marea fântână din mijlocul pieței. Aruncând o privire în fântână, am văzut că fundul ei era plin de monede, fiecare dintre acestea reprezentând o dorință a celui care o aruncase. Mi-am vârât mâna în buzunar, m-am întors cu spatele și am aruncat o monedă peste umăr. Evident că m-am rugat în gând s-o găsesc pe Elle.

Ziua devenea din ce în ce mai toridă și aveam nevoie să beau ceva răcoritor. Am rătăcit pe una dintre aleile care ieșeau din piață, în căutarea unei cafenele. Am dat peste un mic local care vindea înghețată de toate culorile imaginabile și care părea să atragă turiștii. Pe măsură ce mă apropiam, am zărit o fetiță brunetă care se sprijinea de zid, lovind din călcâie și privind visător în depărtare. Cred că am înțeles în linii mari următorul dialog:

– Vrei una, *señorita*? a întrebat patronul, din spatele marelui congelator plin cu înghețată.

– *Sí!* a răspuns fata. Dar n-am bani, *señor*.

– Atunci, pleacă! a strigat omul la ea. Îmi gonești clienții!

Fata a ridicat din umeri și s-a întors. M-am simțit îndemnat s-o apăr.

– Nu mă gonește! am spus, apoi m-am îndreptat spre congelator și am privit curcubeul de culori, după care am arătat spre înghețata verde, care mi se părea cea mai atrăgătoare. Aș vrea două din astea! am cerut.

– *Sí, senor!* a răspuns proprietarul cel nesuferit.

În spatele meu a bătut clopotul din piață și am întors capul ca să văd mulțimea ieșind din catedrală. Am bănuit că slujba de dimineață tocmai se încheiase. I-am dat câteva monede proprietarului și am luat înghețata. M-am uitat la fetiță, care mă privea cu ochii mari.

– Poftim, *señorita*! am spus, dându-i unul dintre cornete.

Ea mi-a aruncat o privire mirată.

– Pentru mine? a întrebat.

– *Sí.*

– *Gracias a Dios!*[1] a spus, în timp ce lingea înghețata care deja se topea la soare și i se scurgea pe mână. *A usted le gustaría que diciera su destino?*[2]

---

[1] Slavă Domnului! (în limba spaniolă în original)

[2] Ați dori să vi se ghicească viitorul? (în limba spaniolă în original)

Cred că era o întrebare.

– *No comprendo!* am răspuns, zâmbind. *Hablo... Ingles?*[1]

Mă gândeam că ea mai degrabă înțelegea engleza, decât franceza.

– Vrei ghicesc viitor? a întrebat fata pe un ton blând.

– Știi să ghicești?

M-am uitat la ea și mi-a întors privirea mirată.

– *Mi prima*[2], Angelina, a spus, arătând cu degetul spre piață. Se pricepe, a adăugat, întinzând palma și mimând ghicitul.

– De ce nu? m-am învoit eu, ridicând din umeri.

Continuând să-mi ling înghețata, i-am cerut fetei să mă conducă. Ne-am întors pe aleea îngustă și ne-am îndreptat spre piața care acum zumzăia. Am urmat-o și am ajuns la o fată puțin mai mare de vârstă decât cea dintâi, îmbrăcată într-o rochie de un roșu aprins. Stătea pe treptele catedralei și termina de ghicit unei cliente. După ce a luat banii, am observat fără să vreau că femeia care pleca părea puțin agitată și m-am întrebat ce mă aștepta.

– *Toma, tengo un hombre para ti! Su español no es bueno!*[3] a spus cea mică.

– *Hola, señor!* a spus ghicitoarea, întorcându-se spre mine.

Era cât pe ce să cad din picioare. O cunoșteam! O mai văzusem, și nu doar o dată. Am rămas înmărmurit văzându-i chipul în formă de inimă și ochii imenși, de un albastru opalescent, tiviți de gene negre. Avea o coamă de păr lungă, blondă și lucioasă și purta o ghirlandă de flori.

Arăta la fel ca în noaptea în care îmi apăruse prima dată.

În noaptea incendiului.

La Leipzig.

Mi-a aruncat un zâmbet strălucitor.

– Să văd mâna? m-a întrebat ea, iar eu, hipnotizat de chipul pe care puteam să jur că îl recunoșteam, am rămas cu gura căscată în

[1] Nu înțeleg! Vorbește... engleză? (în limba spaniolă în original)

[2] Verișoara mea (în limba spaniolă în original)

[3] Na, ți-am adus pe cineva! Nu vorbește bine spaniolă. (în limba spaniolă în original)

clipa în care mi-a apucat brațul și mi-a examinat palma. Atunci îți spun despre fiică!

Am simțit un gol în stomac.

– Fiica mea?

– *Sí, señor!* a răspuns ea. Te rog, ia loc!

Cea mică a încuviințat din cap, apoi a plecat, țopăind, să-și termine de mâncat înghețata la umbra unei marchize ce umbrea intrarea unei case din cealaltă parte a pieței.

– Chipul tău…, m-am bâlbâit eu, … l-am mai văzut. Mi-ai apărut… în vise…

Fata a chicotit.

– Crede-mă, *señor*, că e prima dată când ne întâlnim. Dar nu ești primul care spune că mă cunoaște. Se mai întâmplă. Așa-i cu *bruja*.

– *Bruja?* am repetat, papagalicește.

– *Sí*, da. Strămoșii mei spirituali, a răspuns tânăra, iar apoi a suspinat. E greu de explicat unui *payo*[1], *señor*, dar încerc, a spus ea cu privirea ațintită asupra catedralei, de parcă și-ar fi căutat inspirația. Noi doi trebuia să ne întâlnim. Destinele noastre sunt împletite, chiar dacă foarte puțin. Din pricina asta, e cu putință ca sufletele noastre să fi dansat deja împreună. Înțelegi? a întrebat, lăsându-mă cu gura căscată. Nu! a adăugat, râzând. Mă gândeam eu!

– Nu înțeleg. Tu mi-ai vorbit cândva. Ți-am auzit vocea.

– Dacă am făcut-o, *señor*, n-am vorbit în mod conștient. Sunt sigură că forma mea a fost doar un vas care a primit orice mesaj pe care universul avea nevoie să ți-l trimită.

În mod comic, restul înghețatei mi-a căzut din cornet, împrăștiindu-se pe scări.

– Vrei să spui că nu mă recunoști deloc?

– Nu, a răspuns fata, apucându-mi palma din nou. Visele și viziunile sunt lucruri foarte puternice, *señor*. Nu le putem controla, dar le manifestăm. Atunci când ne-am întâlnit, ce ți-am spus?

Am închis ochii și mi-am amintit de noaptea aceea teribilă.

[1] Termen folosit de țiganii spanioli ca să-i desemneze pe cei de altă etnie

– Mi-ai spus că trebuia să trăiesc... că am un scop.

– Ce interesant..., a murmurat fata, gânditoare. Să vedem dacă am avut dreptate, a adăugat ea uitându-mi-se în palmă. Mă bucur să te cunosc în persoană, Atlas! Eu sunt Angelina.

Inima îmi bătea cu putere.

– De unde îmi știi numele?

– Îl văd. E gravat în stele. Ca și destinul tău, a răspuns ea ridicându-și privirea din palma mea și ațintindu-și-o în ochii mei. Nu-ți fie teamă de ceea ce-ți spun sau de ceea ce știu! m-a îndemnat, zâmbindu-mi liniștitor. *Bruja* poate vedea tot ce a fost, e și ar putea fi. Ăsta-i un dar transmis din moși-strămoși.

Eram pur și simplu uluit.

– Nici măcar n-ar trebui să fiu la Granada! Am adus o statuie, nimic mai mult. Am ajuns aici din pură întâmplare.

– O statuie? a întrebat Angelina. La Palatul Alhambra?

– Exact.

– Lucía Amaya Albaycín. Mătușa mea.

– Mătușa ta?

Angelina a chicotit din nou.

– Da, *señor*. Acum înțelegi ce vreau să spun, că destinele noastre sunt legate și că trebuia să ne întâlnim? Pentru tine, pare o pură întâmplare. Dar pentru mine, face parte dintr-un plan mai mare.

– O, Doamne..., am murmurat, fără suflare.

– Din păcate, mătușa Lucía nu mai e cu noi, pe pământ. Dar acum e cu adevărat liberă și dansează printre nori.

– Domnul pe care l-am întâlnit la Alhambra crede că e în viață.

– Da, la fel cred mama și fiica ei.

– Fiica ei? am întrebat, plin de îngrijorare.

Angelina a arătat spre fetița căreia îi cumpărasem o înghețată.

– Isadora, verișoara mea. Ele nu sunt *bruja*, *señor*, așa că nu pot simți că Lucía nu mai e.

M-am uitat țintă la copila inocentă, care nu știa că mama ei murise. M-a durut gândul la suferința pe care urma s-o îndure fetița.

– De ce nu le spui?

Angelina a suspinat.

– Ce-i mai bine: să afli adevărul și să fii pustiit, sau să trăiești cu speranță? La urma urmei, speranța e singurul lucru care ne ține în viață, *señor*! a exclamat ea, iar în clipa aceea aerul s-a umplut de un miros plăcut de citrice și pe lângă noi a trecut un bătrân care împingea un cărucior de lemn, plin cu portocale proaspete. Foarte neobișnuit, *señor*! Foarte neobișnuit! a adăugat Angelina, ai cărei ochi se plimbau între palma și fața mea. N-am mai întâlnit pe nimeni ca tine aici, în piață! Ești cu totul diferit!

– Ce vrei să spui? am întrebat, sorbindu-i cuvintele.

– De obicei, pot să sfătuiesc oamenii și să le dau puterea de a-și schimba destinul. Dar calea ta e pecetluită, Atlas. Neschimbătoare.

– Ce înseamnă asta? am întrebat, din ce în ce mai tulburat.

Zâmbetul Angelinei a avut darul de a mă liniști în mare parte.

– Înseamnă că o să faci lucruri mărețe. Numele ți se potrivește. Atlas e un om care poartă greutatea lumii pe umeri, nu-i așa?

– Așa spune legenda, am răspuns eu.

Angelina a mijit din ochi.

– Legendele sunt doar ceea ce devin poveștile atunci când nu mai există nimeni în viață care să fi fost martor al întâmplărilor despre care se povestește.

– Înțeleg.

Clopotul catedralei a anunțat amiaza, făcându-mă să tresar. Angelina mi-a strâns mâna cu putere.

– Să știi, Atlas, că greutatea lumii le e pusă pe umeri numai celor care au puterea s-o poarte, a spus ea, închizând apoi ochii și contorsionându-și fața, ceea ce mi-a arătat că tocmai vedea în minte ceva dureros. Băiețelul din zăpadă, care a trebuit să fugă în urma unei crime pe care n-a comis-o...

– Știi atât de multe, am șoptit eu.

Ea a deschis ochii și m-a privit lung.

– Ai avut parte de un drum cumplit de greu. Dar ai îndurat. Pentru că, în ciuda tuturor greutăților, mulți ți-au arătat bunătate. Am dreptate?

– Da, am răspuns eu cu glas gâtuit de emoție.

Nu voiam să plâng în fața Angelinei, așa că am încercat să mă concentrez la ceea ce se petrecea în piață. Am văzut doi băieți care își pasau o minge de fotbal, o pereche de îndrăgostiți care se țineau de mână lângă fântână și un bărbat care alunga niște grauri din fața unui magazin.

Angelina a continuat.

– Universul te pregătește pentru sarcina pe care o s-o primești.

– Ce sarcină? am întrebat, uitându-mă iarăși la ea. Ce sarcină?

– Aceea de a-ți crește fiicele.

Dintr-odată, aura ei magică s-a risipit.

– Angelina, cred că te înșeli! Mă tem că n-am nici o fiică!

Ea a zâmbit din nou.

– Ba da. Doar că fiicele tale nu sunt încă pe pământ, a spus, după care s-a încruntat brusc și a privit spre cerul albastru și limpede. Cu excepția… uneia.

Ea a dat din cap, ca și cum și-ar fi confirmat sieși acel gând. Simțeam că inima era gata să-mi explodeze.

– Te rog, spune-mi la ce te referi!

Angelina s-a uitat adânc în ochii mei.

– O ai deja pe prima dintre fiicele tale, Atlas. Ea pășește pe acest pământ la fel ca tine sau ca mine.

Piața a început să mi se învârtă pe dinaintea ochilor.

– Elle… Elle a născut copilul nostru? De aceea a plecat? S-a temut pentru siguranța copilului nostru? O, Doamne… Dumnezeule! De ce nu mi-ar fi spus?!

Angelina m-a apucat de umeri.

– Liniștește-te, Atlas! Liniștește-te!

– Unde e? Te rog, Angelina, spune-mi! Trebuie să știu!

Angelina a clătinat din cap și a spus pe un ton ferm:

– Nu știu. Tot ce știu e că o să ai șapte fiice, iar prima dintre ele s-a născut deja.

Nu știam dacă să mă prăbușesc sau să mă ridic și să dansez de bucurie.

– Asta e… o veste minunată! Deci o s-o găsesc pe Elle? Și o să avem împreună încă șase copii?

Graurii pe care bărbatul îi alungase de lângă vitrină au aterizat pe treptele catedralei, aruncându-i Angelinei priviri nerăbdătoare. Fata și-a vârât mâna în buzunar, a scos de acolo o bucățică de pâine și le-a aruncat câteva firimituri.

– După cum ziceam, a spus ea în cele din urmă, o să ai șapte fiice.

– *Sigur că* vrei să spui că o găsesc pe Elle! Nu se poate altfel! Ea e singura femeie pe care o s-o iubesc vreodată.

Angelina a schițat un zâmbet plin de mister.

– Ești capabil de o iubire profundă, Atlas, în ciuda a tot ce se întâmplă. Asta te face special.

Am privit graurii care se băteau pentru ofranda pe care le-o aruncase fata.

– Am altă întrebare pentru tine. Cu puțin timp în urmă, ai zis că sunt „băiețelul care a trebuit să fugă în urma unei crime pe care n-a comis-o". Trebuie să știu despre Kreeg Eszu.

Angelina a inspirat adânc.

– Urmăritorul tău?

– Da. În cazul în care Elle a plecat ca să ne salveze copilul din ghearele lui, atunci trebuie să știu dacă el mai trăiește.

Ochii Angelinei s-au îndreptat spre Isadora, care ne privea pe amândoi, așteptând, fără îndoială, ca verișoara ei să-și termine discuția cu mine. Angelina i-a făcut cu mâna, iar Isadora i-a răspuns la fel.

– Nu văd, Atlas. Unele lucruri sunt cu neputință de deslușit, a răspuns ea, dându-și seama pe dată că eram foarte dezamăgit. Dar, a adăugat, prevăd că fiicele tale o să aibă parte de adăpost. Mările lor o să se dovedească a fi la fel de furtunoase ca și a ta. Ele o să aibă nevoie…

– De un refugiu aflat undeva departe de lume? am întrerupt-o.

Angelina a părut impresionată de vorbele mele.

– Întocmai, da!

Un fior mi-a străbătut șira spinării, fiindcă m-am gândit pe dată la terenul de pe lacul Geneva, moștenit de la Agatha. În scrisoarea ei, bunica mea prezisese că urma să am nevoie de un astfel de loc.

– Ce să fac acum, Angelina?

Ea a arătat spre piață.

– Găsește-ți fiicele, Atlas!

Am dat din cap în semn că pricepusem.

– Asta înseamnă s-o găsesc pe Elle, desigur, am spus, aruncându-i o privire plină de nerăbdare. Tu, care vezi atât de multe... nu poți să-mi spui unde e?

Graurii ciripeau și cereau mai multă mâncare. Angelina le-a dat, iar eu i-am urmărit atent expresia feței. Era ușor încruntată și părea să se gândească foarte intens la răspunsul pe care urma să mi-l dea. După un timp, a clătinat din cap.

– Nu. Ți-am spus deja, calea ta e prestabilită și o s-o străbați fără să ai nevoie de ajutorul meu.

Ea s-a uitat lung la mine și o vreme ne-am mulțumit să ne privim unul pe celălalt. Speram ca ea să-mi mai dea detalii, dar n-a făcut-o.

– Asta-i tot, *señor.*

– Bine! am exclamat, iar apoi, fără să mă gândesc, am luat-o în brațe, extaziat. Mulțumesc, Angelina! M-ai salvat!

– E plăcerea mea, *señor,* dar..., a adăugat, cu un aer precaut, ... te rog să mergi cu grijă prin lume, cu gândurile și cu brațele deschise!

– Promit s-o fac. Mă simt ca Ebenezer Scrooge în dimineața de Crăciun! O, și nu-ți face griji, mă las de băutură, am promis, făcându-i fetei cu ochiul. Trebuie să fiu în formă pentru întâlnirea cu Elle. Și cu fiica mea!

Angelina a suspinat.

– *Señor*…

Am sărit în picioare.

– Nu-mi vine să cred. Sunt tată. Sunt *tată*! Ha!

– Da, dar eu…

– Poate că o s-o botez cu numele de Angelina. Of, ce tot spun? Elle a botezat-o deja! Mă întreb cum?! am adăugat, apoi am văzut că Isadora venea spre noi, ținând în brațe o pisicuță alb cu negru, pe care părea că voia s-o ducă la catedrală. Te rog să-i mulțumești verișoarei tale. Fără ea, nu ne-am fi întâlnit niciodată.

Angelina a încuviințat din cap, iar eu m-am îndepărtat.

– Ai perfectă dreptate! i-am strigat peste umăr. Nu trebuie să-mi spui unde să mă duc. Înțeleg că, înainte de orice, trebuie să construiesc un refugiu pentru Elle și pentru copilul meu. Nu te teme! Știu ce am de făcut! am chiuit, simțindu-mă atât de plin de energie încât am început să alerg. Îți mulțumesc, Angelina! N-o să te uit niciodată!

Acestea fiind zise, am plecat, în timp ce prin minte îmi treceau milioane de posibilități, paralele și visuri.

CAPITOLUL 44

1965

Sunt foarte mândru de Atlantis. De pe marginea pontonului, privesc apusul auriu de deasupra casei și îmi admir proiectul. Domnul Kohler mi-a prezentat mai mult de o duzină de arhitecți înainte să aleg, plin de încredere, unul care să demareze proiectul. Cert e că n-a existat o lipsă de interes din partea vreunui arhitect, fiindcă oportunitatea de a construi pe un petic de pământ izolat de pe lacul Geneva era o perspectivă atrăgătoare pentru destui. Cu toate că mulți aveau viziuni interesante, a existat un lucru pe care-l doream mai presus de toate la proiectant: o relație de încredere.

Siguranța și intimitatea erau în cap de listă. Aveam planuri ambițioase, care necesitau o execuție fără cusur. În primul rând, am vrut neapărat ca reședința să arate precum o casă veche de secole. Îmi dădeam seama că se putea răspândi zvonul despre excentricul care construia o proprietate imensă pe lac. Ultimul lucru pe care mi-l doream era ca aceasta să arate ca și cum ar fi fost deținută de unul dintre răufăcătorii din filmele Bond ale lui Fleming. Prin urmare, am construit în stilul Ludovic al XV-lea. De fapt, ar trebui să spun că, dacă cineva ar vrea să cerceteze registrul cadastral, ar descoperi că Atlantis a fost ridicat încă din secolul al XVIII-lea. E uimitor ce fac oamenii pentru tine atunci când le oferi sume mari de bani!

Totodată, cadastrul l-ar informa pe orice curios că proprietatea e deținută de Icarus Holdings, o companie-fantomă aflată sub conducerea a doi directori: Eric Kohler și Georg Hoffman. În ultimii cincisprezece ani, Georg și-a dezvoltat o excelentă gândire juridică. Așa cum îi promisesem, i-am plătit studiile la facultatea de drept. Domnul Kohler l-a angajat aproape imediat după absolvire, văzându-l, bineînțeles, ca pe un protejat pe care îl crescuse de la o vârstă fragedă. Eric s-a pensionat în urmă cu cinci ani, iar Georg se ocupă acum de afacerile mele.

În cazul în care Kreeg ar adulmeca prin Elveția, sunt convins că am luat toate măsurile de precauție ca să-l pun pe o pistă falsă.

Un observator oarecare nici n-ar putea să-și dea seama că proprietatea e complet nouă. M-am străduit foarte mult să obțin materiale de epocă, până la nivelul unor amănunte precum clanțele sau lespezile de piatră. Și iată că acum Atlantis se fălește cu o grandoare plină de eleganță. Patru etaje, ziduri roz pal, ferestre înalte, alcătuite din mai multe ochiuri de geam, și un acoperiș roșu, puternic înclinat, cu turnulețe în fiecare colț.

Interiorul se bucură de tot luxul modern: covoare groase și canapele moi împodobesc cele douăsprezece dormitoare. Etajul meu preferat e ultimul, unde am specificat că aveau să fie construite șapte dormitoare. Fiecare dintre ele se bucură de o priveliște superbă asupra lacului Geneva, peste coroanele copacilor. Am sperat, m-am rugat și am *presupus* cu naivitate că până acum dormitoarele astea aveau să fie ocupate de fiicele pe care mi le promisese Angelina cu ani și ani în urmă. Dar dormitoarele au rămas goale.

Nimeni n-ar ști că Atlantis ascunde atâtea secrete, pentru că am avut grijă să nu dea de bănuit. Poate că acum e limpede motivul pentru care încrederea a fost principala calitate pe care am căutat-o la arhitectul meu. În cazul în care eu sau oricare dintre ocupanții casei am fi amenințați de un musafir nedorit – în speță, de Eszu –, am luat măsuri care să garanteze evadarea. Din motive evidente, n-o să dezvălui natura exactă a secretelor casei, dar, dacă cineva ar trebui să dispară rapid de pe proprietate, aflați că există o rețea de lifturi și de tuneluri ascunse, prin intermediul cărora se poate ajunge la adăpost.

Am vrut să fac în așa fel încât să avem grădini de care chiar și Flora Vaughan să fie mândră. Atlantis are acum peluze care se întind din fața casei până la marginea apei. Am plantat nenumărați arbuști și pomi care, lăsați să crească neîngrădit în ultimii zece ani, au creat alei ascunse și grote secrete. Primăvara, când bobocii dau în floare, nu cred că există un loc mai frumos pe pământ. Mi-aș fi dorit doar să am cu cine să împart toate astea.

Plecând din Granada în 1951, jurasem ca următoarea pagină din jurnalul ăsta să relateze despre fericita mea reîntâlnire cu Elle și cu copilul pe care știam că îl născuse. Dar acea promisiune a rămas neonorată până în ziua de azi.

După întâlnirea cu Angelina, m-am întors la Geneva ca să încep construirea Atlantisului. Am demarat treaba și apoi am reînceput să le caut prin toată lumea pe femeia iubită și pe fetița mea.

Asta se petrecea în urmă cu paisprezece ani. Oriunde s-ar afla, fiica mea se face om în toată firea pe zi ce trece.

Am început metodic, călătorind mai întâi prin Franța și vizitând orașele și satele despre care Elle vorbise în timpul pe care ni-l petrecuserăm împreună. Am întâlnit la Reims o chelneriță care mi-a povestit despre o femeie care avea un copil și care se îndrepta spre sudul Italiei, cu gândul de a o lua de la capăt, așa că m-am îndreptat într-acolo. Am urmărit vagi piste în jurul continentului, în Spania, Portugalia, Germania și Belgia.

Pentru că aveam nevoie de ajutor, l-am instruit pe Eric Kohler să caute în arhivele fiecărei țări numele de Leopine, Elle, Tanit, D'Aplièse și oricare variantă la care mă puteam gândi. După ce s-a pensionat Eric, responsabilitatea i-a fost transferată lui Georg. N-am destule laude pentru el. Tânărul a fost foarte hotărât să facă o treabă care, după toate criteriile posibile, trebuie să fie una foarte plictisitoare. De fiecare dată când el descoperă o pistă, oricât de nesigură ar fi, mă urc în avion și zbor acolo. Apoi îi interoghez minuțios pe oamenii locului, chiar dacă ei n-au mare lucru să-mi spună, până când mă conving că cercetările mele s-au împotmolit într-un punct mort. Tot căutând astfel, am văzut părți ale lumii la care nici nu visasem: Kenya, Africa de Sud, India, China.

Cititorule, n-am încetat niciodată să le caut pe Elle și pe fiica mea. Am bătut fiecare cotlon al globului, convins că existau șanse ca într-o bună zi, trecând pe o stradă sau plimbându-mă pe o plajă, să revăd chipul frumos al lui Elle. Dar totul a fost în zadar.

Te întrebi, fără îndoială, de ce m-am întors la jurnal. Azi-dimineață am primit o scrisoare de la un vechi prieten, pe care Georg mi-a transmis-o. O atașez aici:

Dragă Bo,

Sper ca scrisoarea asta să ajungă la tine prin intermediul cabinetului de avocatură. Înainte să moară, monsieur *Landowski mi-a trimis datele tale de contact, dimpreună cu dalta lui. „În caz că aveți nevoie unul de altul", a scris el. Era un om foarte perspicace.*

Crezi că am putea să ne întâlnim la Paris? După adresa avocatului tău, presupun că locuiești la Geneva, așa că sper că drumul n-o să fie prea greu. M-aș oferi să vin eu, dar oasele mele în vârstă de șaizeci de ani nu-mi permit să fac o astfel de călătorie.

Bo, m-aș bucura să te văd pentru ultima oară.

Prietenul tău,

Laurent Brouilly

M-am uitat lung la scrisoare. Dădusem datele de contact ale domnului Kohler tuturor celor din trecutul meu, de la *monsieur* Landowski și până la Ralph Mackenzie, în cazul în care Elle ar fi apărut vreodată la ușa lor. Fusese una dintre micile bucurii ale vieții mele să primesc din când în când vești de la cei care însemnaseră atât de mult pentru mine de-a lungul anilor.

Monsieur Landowski a murit în 1961. Spre eterna mea rușine, n-am fost la înmormântare, fiindcă m-am gândit că aceea ar fi fost împrejurarea perfectă în care Kreeg să-mi întindă o cursă. Faptul că aveam o fiică pe lumea asta îmi redeșteptase dorința de a rămâne în viață și redevenisem extrem de prudent. În schimb, după ce Marcel mi-a dat de știre despre moartea tatălui său, m-am izolat de restul lumii vreme de trei zile și am plâns, cerându-le stelelor să aibă grijă de *monsieur* Landowski în viața de apoi.

Cât despre Laurent Brouilly, nu-l mai văzusem din acea fatidică zi în care eu și Elle fuseserăm forțați să părăsim Parisul.

Am mers la adresa din scrisoarea lui Brouilly, în Montparnasse, și am bătut la ușa unei case vetuste, care se afla pe un bulevard pietruit, într-o zonă liniștită. Am auzit un zgomot de cealaltă parte a ușii, apoi aceasta a fost deschisă de o tânără îmbrăcată într-un halat medical de culoare albastră. Tânăra mi-a aruncat o privire nedumerită.

– Bună ziua, doamnă! *Monsieur* Brouilly locuiește cumva aici?

Ea mi-a zâmbit.

– Da, asta e casa profesorului Brouilly. Domnul vă așteaptă?

M-am gândit un moment.

– Păi, nu prea știu. L-ați putea anunța că Bo, vechiul lui prieten, e aici?

– Bineînțeles!

Fata a plecat, iar apoi, în foarte scurt timp, s-a întors și a spus:

– După ce v-am rostit numele, domnul a părut foarte încântat. Vă rog să mă urmați!

Am intrat în fermecătoarea casă a lui Brouilly, la fel de dezordonată precum fusese micul lui apartament de pe vremuri. În vestibul erau împrăștiate pânze, folii de protecție, sculpturi neterminate. Era bârlogul unui adevărat *artiste*.

– *Monsieur* Brouilly e puțin cam fragil, domnule Bo, orice v-ar spune el. Purtați-vă cu grijă! m-a sfătuit ea, iar eu am dat din cap în semn că înțelesesem cum stăteau lucrurile. Urmați-mă!

Tânăra a deschis ușa camerei de zi, care era înțesată de plante verzi. Printre frunze se zărea un Laurent Brouilly dureros de slab și de îmbătrânit, care ședea pe o canapea mare, tapițată cu catifea. Laurent arăta ca și cum o mică rafală de vânt intrată pe fereastra deschisă l-ar fi putut azvârli cât colo.

– Nu-mi amintesc, vorbești acum? a întrebat el, iar eu am deschis gura, neștiind ce să zic. Glumesc! a strigat Brouilly, chicotind.

Am simțit o mare ușurare.

– Bună ziua, Laurent!

Am traversat camera și i-am strâns mâna, care era ușoară ca un fulg.

– Din păcate, nu mai am putere ca înainte, a spus el. De câțiva ani am terminat cu sculptura. Dar pictez. Te rog, ia loc! m-a îndemnat, arătând spre locul neocupat de pe canapea. Mai cânți la vioară? Sau la violoncel?

– Uneori. Mă descurc cam cincisprezece minute înainte să mă doară brațul din cauza unei răni mai vechi.

– A, da, mi-a zis Landowski! a spus el privindu-mă, iar eu m-am bucurat să constat că, în ciuda părului cărunt, rărit, și a trupului fragil, ochii nu i se schimbaseră deloc. Mulțumesc, Hélène! i-a spus el tinerei care aștepta în prag.

– Strigați dacă aveți nevoie de mine, domnule profesor Brouilly!

Hélène a ieșit. Ridicând din sprâncene, l-am privit cu atenție pe vechiul meu prieten.

– Profesor?

– Am urcat în ierarhie și am ajuns director la catedra de sculptură de la Beaux-Arts. Îți vine să crezi?

– Să știi că da, Laurent! am răspuns, făcând apoi o pauză înainte să pun întrebarea delicată ce-mi stătea pe buze. Mi-ai spus în scrisoare că ai fi vrut să mă vezi pentru ultima oară. Ce înseamnă asta? Câți ani ai? Șaizeci și unu?

– Am împlinit șaizeci și doi, Bo. Dar nu ești orb. Sunt bolnav. Blestemații de doctori mi-au spus că nu mă mai fac bine. Ei nu-mi pot prezice moartea cu exactitate, dar nu mai am de trăit decât câteva luni.

– Laurent... Îmi pare atât de rău!

Făcând un efort vizibil, Brouilly a ridicat din umeri.

– Cancerul e mai ușor de acceptat decât faptul că, în urmă cu mulți ani, am pierdut-o pe Bel.

I-am pus mâna ușurel pe picior și m-a durut să simt osul.

– Te mai gândești la ea?

– În fiecare minut din fiecare zi, a răspuns el cu nostalgie. Dar..., a murmurat, în timp ce pe buze i se înfiripa un zâmbet, ... chiar și așa, am dus o viață binecuvântată. O să-ți spun o poveste de n-o să-ți vină să crezi! a exclamat, închizând ochii. Cu mulți ani în urmă, tocmai terminasem de predat un curs despre Donatello. În timp ce-mi strângeam cărțile, a venit la mine o studentă. Bo, de îndată ce i-am văzut chipul, am știut... pentru că era ca și cum m-aș fi uitat în oglindă. Mi-a spus că o chema Beatriz Aires-Cabral, a încheiat el, clătinând din cap.

– Aires-Cabral? Nu era numele de familie al lui Bel?

Privirile ni s-au întâlnit.

– Exact.

Nu-mi venea să cred.

– Măi, să fie!

– M-a întrebat dacă îmi aminteam s-o fi sculptat pe mama ei pentru taică-său, Gustavo, statueta fiind trimisă în Brazilia drept cadou de nuntă, a spus Brouilly, chicotind. De-ar fi știut Gustavo! Dar, mă rog, în fața mea, în clasa în care predam, se afla nimeni alta decât propria fiică!

Am tăcut amândoi o vreme, gâtuiți de emoție.

– Eu... nu știu ce să spun...

– Păi, da! Fata mi-a spus că mama ei murise pe când ea, Beatriz, avea doar optsprezece luni. La Rio izbucnit o epidemie de febră galbenă și..., a spus Brouilly închizând ochii, ... Bel avea doar douăzeci și unu de ani! După tot chinul, după o asemenea tragedie, să moară atât de tânără! Iartă-mă, a murmurat el, iar pe obrazul cadaveric i s-a prelins o lacrimă. În orice caz, am întrebat-o pe fată despre *tatăl* ei, fiindcă ea credea că Gustavo îi era tată, și mi-a spus că aveau o relație dificilă și că el se îneca tot mai mult în băutură. Gustavo îi interzisese lui Beatriz să-și urmeze înclinațiile artistice, dar a murit și el pe vremea când ea avea șaptesprezece ani. După aceea, fata s-a înscris la Beaux-Arts, așa cum știa că făcuse și mama ei.

– Și a ajuns la cursul tău, am șoptit eu.

Ne-am privit și ne-am zâmbit.

– Magnifice sunt căile universului, nu-i așa, Bo? Știi, Beatriz a rămas la Paris vreme de cinci ani. Am luat-o sub aripa mea, bineînțeles. Venea des în Montparnasse. Obișnuiam chiar să luăm săptămânal prânzul în localul La Closerie des Lilas, unde o duceam cândva pe mama ei, a povestit el. O, ce binecuvântare! Știi, am dus-o chiar și la atelierul lui Landowski. Maestrul i-a arătat cu mândrie fotografii ce imortalizaseră munca noastră la *Cristo* și i-a spus povești despre tinerețea mea.

– I-ai destăinuit vreodată adevărul despre tatăl ei? am întrebat eu, curios.

Brouilly și-a plecat privirea, clătinând din cap.

– Ce drept aș fi avut vreodată să-i spun că Gustavo nu era adevăratul ei tată? Nu, *monsieur*, nu!

M-am sprijinit de spătarul canapelei și m-am uitat la tavanul prăfuit, stăpânindu-mi cu greu emoțiile. Un Laurent muribund și povestea fiicei lui mă mișcaseră profund. Nu știam cum, după un astfel de eveniment, ar fi putut cineva să se îndoiască de puterea universului. În cele din urmă, am reușit să mă adun și să întreb:

– Mai vorbești cu Beatriz și acum?

– Ne scriem în fiecare lună! Știu totul despre viața ei, Bo. S-a căsătorit cu un om bun, care se poartă frumos cu ea și care o iubește mult, a spus Laurent, iar după aceea a scos un suspin. Din nefericire, primul ei copil a murit. Dar apoi a mai născut unul.

– Ce nume are?

– Cristina, a șoptit Laurent, părând să se tulbure dintr-odată. Beatriz mi-a spus că fetița e foarte dificilă. Chiar dacă are doar șapte ani, se poartă nespus de urât cu maică-sa, a povestit el, apoi s-a întors spre fereastră. Cristina e de o inteligență feroce, dar pare să nu aibă nici urmă de emoție sau de înțelegere față de semenii ei. Nu te poți înțelege cu ea.

– Ce păcat de Beatriz! am spus eu. A trecut deja prin atâtea!

– Da, a adeverit Brouilly, întorcându-se încet spre mine. Ceea ce mă aduce la motivul pentru care te-am chemat aici.

– Te ascult! l-am încurajat eu.

Brouilly a inspirat și am auzit un hârâit în pieptul lui.

– Eu îi ofer fiicei mele tot ajutorul, dar nu mi-a rămas mult timp de trăit, Bo. Îi las banii mei, dar nu sunt foarte mulți. Mă întreb dacă..., a spus el emoționându-se din nou, ceea ce m-a făcut să-mi pun mâna peste a lui, ... ai putea să mai vezi de familie din când în când. N-am pe cine să rog fără să risc să se afle secretul paternității lui Beatriz, lucru pe care vreau să-l evit.

Am dat din cap în semn că aveam să-i îndeplinesc rugămintea.

– Desigur, Laurent! Vrei s-o contactez pe Beatriz?

– Nu, fiindcă asta ar suscita și mai multe întrebări. Dar ai putea... să observi de la distanță, iar dacă familia o să aibă vreodată nevoie de ajutor, m-aș bucura grozav să știu că cineva ar putea să-l ofere.

– Înțeleg, *monsieur* Brouilly!

Mintea mi s-a învolburat la gândul sarcinii grele pe care mi-o dădea Laurent. Familia lui locuia în Brazilia, iar eu, în Elveția. Aș fi avut multe obstacole de depășit, ca să nu mai vorbim de piedicile care existau câtă vreme o căutam pe Elle. Apoi am privit ochii rugători ai lui Laurent. Singura lui crimă era că iubea prea mult pe altcineva. Cunoșteam fenomenul. Așa că am decis să nu-l dezamăgesc și am spus:

– Stai liniștit, o să fac ceea ce-mi ceri!

Fața lui a prins să radieze de recunoștință și de afecțiune.

– Mulțumesc, Bo! Mulțumesc! a exclamat, mângâindu-mi mâna. Sunt din ce în ce mai obosit, dar, înainte să pleci, spune-mi dacă *tu* dorești să afli de la mine ceva anume!

– Evelyn! am răspuns eu după ce mă gândisem o clipă. Ai vești de la ea?

– Îmi pare rău, Bo, dar Evelyn a murit la scurt timp după *monsieur* Landowski, a răspuns Laurent, încruntându-se.

Mă durea inima. Evelyn fusese atât de bună cu mine, dar eu, încercând cu disperare s-o găsesc pe Elle, nu reușisem să păstrez legătura.

– Am vorbit cu ea acum cincisprezece ani și mi-a spus că nici măcar nu-și cunoscuse nepoata. Știi cumva, *monsieur* Brouilly, dacă s-a îndreptat vreodată situația asta?

El a clătinat din cap.

– Nu. L-am văzut pe Louis la înmormântare, dar nici urmă de Giselle sau de Marina.

– Marina, așa o cheamă! mi-am amintit eu. Să tot aibă vreo douăzeci de ani acum?

– Da, e o poveste tristă! După cum știi de la Evelyn, Giselle era o forță a naturii. Umbla zvonul că alcoolul era cel care o făcea să se poarte astfel, iar relația ei cu Louis a fost compromisă. Într-o zi, a luat-o pur și simplu pe Marina și și-a lăsat soțul în urmă. El mi-a spus că a tot încercat să ia legătura cu fiică-sa, dar că Giselle a izbutit s-o întoarcă împotriva lui.

– Ce groaznic!

– Într-adevăr. Însă apoi, din ce-am auzit, Giselle s-a certat îngrozitor cu propria fiică și a dat-o afară din casă. De atunci, se pare că…, a început să spună Brouilly, dar apoi s-a oprit.

– Te rog, continuă, Laurent!

– Am auzit recent de la Marcel Landowski că Marina frecventează strada Saint-Denis, mi-a mărturisit el, dar eu i-am aruncat o privire nedumerită. Se pare că fata își vinde trupul ca să aibă ce mânca, a spus el, suspinând.

Mi-am dus mâna la gură, apoi mi-am frecat tâmplele.

– Of, Laurent, trebuie să fac ceva! De dragul lui Evelyn!

Brouilly a dat din cap în semn că era de acord cu mine.

– Îmi place să cred că, dacă aş fi putut, şi eu aş fi făcut ceva! a declarat el trăgând aer în piept şi dându-l afară cu o tresărire, pentru ca apoi să-şi ducă o mână la piept. Ai putea s-o chemi pe Hélène?

– Bineînţeles, Laurent! am exclamat, ridicându-mă şi luându-l de mână.

– Te ţii de cuvânt, da? Juri?

– Pe stele, Laurent!

Brouilly mi-a aruncat un ultim zâmbet.

– Atunci, ştiu că spui adevărul.

CAPITOLUL 45

Asfaltul lucea în ploaie pe Rue Saint-Denis, iar luminile roşii, intermitente se reflectau pe trotuar. Nişte huidume de bărbaţi pufăiau din ţigări sub marchizele dărăpănate şi simţeam cum mă urmăreau cu privirea. Nu departe, o femeie atrăgătoare, îmbrăcată într-o haină de blană, stătea lângă uşa unei cafenele părăginite. Am strâns din dinţi.

– Scuzaţi-mă, am spus, apropiindu-mă de ea. Caut pe cineva.

– Nu mai căuta, *monsieur*! Dacă-mi dai o sută de franci, poţi să-mi faci tot ce vrei, a spus ea făcându-mi cu ochiul.

– Nu, aţi înţeles greşit, nu la asta mă refeream. Caut o femeie pe nume Marina.

Femeia şi-a dat ochii peste cap.

– De ce ai vrea o fetiţă ca ea, când ai putea avea o femeie ca mine?

M-a apucat de rever.

– Nu, nu pentru *asta* am venit! Sunt un vechi prieten al familiei ei. Mi s-a spus că aş putea s-o găsesc aici. Ştiţi cumva unde se află?

Ea s-a încruntat şi a pufnit.

– Cum spui tu, *monsieur*, a murmurat, arătând apoi cu degetul în lungul străzii. Marina e la Le Lézard.

– Mulţumesc mult!

Femeia a ridicat din umeri și s-a răsucit pe călcâie, iar eu m-am îndreptat spre firma cu litere de neon care strălucea puțin mai încolo. Am dat să intru, dar o matahală în haină de piele a întins brațul ca să mă oprească.

– Vă pot ajuta, *monsieur*?

– Am venit la cineva, am răspuns eu.

– Îmi pare rău, *monsieur*! Trebuie să faceți o programare la mine. Nici o grijă, sunt foarte înțelegător.

Involuntar, am strâmbat din nas.

– Nu-i nevoie, mulțumesc! Vreau doar să vorbesc cu Marina.

El mi-a aruncat o privire sceptică.

– Marina?

– Da.

Bărbatul m-a măsurat din cap până-n picioare.

– Bine. Nici nu știu de ce o mai țin. E pretențioasă, iar cerșetorii n-au voie să fie pretențioși, *monsieur*!

M-am stăpânit cu greu la auzul unor vorbe care arătau atât de puțină considerație față de o ființă umană disperată. Bărbatul împins ușa clubului, spunând:

– E chiar în spate!

Am intrat în localul slab luminat, unde câțiva bărbați îmbrăcați în costume țineau în poală niște fete care purtau fuste scurte. Aerul jilav duhnea a fum de țigară și a dezinfectant. M-am dus în partea din spate a încăperii, spre o banchetă lungă de piele, așezată la perete, lângă o scară întortocheată. O femeie slabă îi spunea unui bebeluș care n-avea mai mult de șase luni:

– Liniștește-te, *chéri*! O să fie bine. Mama se întoarce repede!

– Bună ziua! am spus eu. Tu ești Marina?

Femeia mi-a aruncat o privire temătoare.

– Pierre ar trebui să mă anunțe ori de câte ori mă caută cineva!

Am ridicat mâinile.

– Te rog, nu de asta am venit! Sunt un vechi prieten al bunicii tale.

Marina părea nedumerită.

– N-am bunică. Amândouă au murit înainte să mă nasc.

Am respirat adânc, știind că urma partea cea mai grea.

– Știi, Marina, s-ar putea să nu fie neapărat așa.

Ea s-a încruntat.

– Ce vreți să spuneți? Cine sunteți?

Copilul a început să plângă, iar un bărbat care se afla în cealaltă parte a camerei a strigat:

– Taci naibii din gură! Am venit aici tocmai ca să scap de zgomotul ăsta!

Marina a clătinat din cap.

– Haide, *chéri*, nu mai e mult! a spus ea în timp ce legăna ușurel copilul, după care a început să fredoneze un cântec de leagăn domol, liniștindu-l. Așa, acum e mai bine, a spus ea și m-a privit din nou. Spuneți-mi ce doriți!

– Pot să iau loc? am întrebat, iar Marina a încuviințat din cap. Copilul e al tău?

– Nu. E al prietenei mele, Celine, a răspuns ea, uitându-se după aceea la ceasul de pe perete. E ocupată acum. Încă zece minute, probabil.

– Înțeleg, am spus, foindu-mă cu stângăcie. Ei, bine, după cum ziceam, am cunoscut-o pe bunica ta, Evelyn. Crezi sau nu, a avut grijă de mine pe vremea când eram mic.

– Hmmm… Și de-asta ați venit?

Mi-am încrucișat brațele.

– Am aflat recent despre situația familiei tale de la un vechi prieten și am vrut să-ți spun cât de rău îmi pare. Cred că îți e foarte greu.

Marina a strâns din buze.

– N-am nevoie de mila dumneavoastră, *monsieur*!

– Nu e cazul. Eu doar îți ofer ajutor, dacă vrei să-l accepți.

Ea m-a privit în ochi.

– Am auzit de oameni ca dumneavoastră, care vin și promit luna de pe cer. Fetele pleacă apoi cu ei și ajung să fie tratate ca niște sclave. Mi-e bine unde sunt, mulțumesc foarte mult!

M-am îngrozit să aud așa ceva.

– Nu, Marina! N-am de gând să fac nimic de felul ăsta. Bunica ta – mama tatălui tău – te-a iubit foarte mult. N-a murit înainte să te naști. De fapt, și-a dorit cu disperare să te cunoască, dar mama ta n-a lăsat-o. Mă gândesc că, poate, motivul a fost gelozia.

Marina m-a privit o vreme, iar apoi și-a îndreptat din nou atenția asupra copilului.

– Asta pot să cred.

– Evelyn a fost cândva foarte, foarte bună cu mine. Și aș vrea s-o răsplătesc după puterile mele. Marina, ai nevoie de ceva? Dacă e vorba de bani sau de un umăr pe care să plângi, te pot ajuta în ambele feluri.

Tânăra și-a dat ochii peste cap.

– Nu sunt atât de naivă încât să cred că nu vreți nimic, *monsieur*. Și, desigur, nu vreau banii dumneavoastră!

Neavând de ales, am insistat:

– Sunt doar un prieten, am venit să te ajut și, da, aș vrea ca astfel să plătesc o mare datorie pe care o am.

Dintr-odată, un bărbat corpolent – roșu la față și de pe care picura sudoarea – a coborât scările, înclinându-și pălăria către Marina în momentul în care a trecut pe lângă ea. În urma lui venea o femeie înaltă și zveltă, cu părul roșcat și care purta ciorapi de plasă.

– Bleah, puțea! i-a spus ea Marinei după ce bărbatul a dispărut. Bună, micuțule! Ai fost cuminte cât timp ai stat cu mătușa Ma? a adăugat, luând copilul din brațele Marinei.

– Foarte cuminte! E de-a dreptul adorabil, Celine!

– E un mic bandit, asta e, nu-i așa, micuțule? a spus mama, dându-i copilului un sărut tandru pe frunte. Poftim, a adăugat ea, vârându-și mâna în buzunar și dându-i Marinei câțiva franci. Partea ta!

– Mulțumesc, Celine!

Aceasta m-a privit în ochi.

– Ești cu un client, Ma? Aveți mare noroc, domnule! Sunteți primul pe care-l acceptă de săptămâni întregi.

– Celine, te rog! a exclamat Ma cu un glas slab și timid.

– Nu-i nici o rușine în asta! Ma ține creșă aici, nu-i așa? Câteva dintre noi au copii mici. Ma are grijă de ei cât timp lucrăm noi.

Am dat din cap în semn de aprobare.

– E foarte frumos din partea ei!

Celine a râs.

– Îi place la nebunie! Nu știu de ce nu te faci dădacă, Ma!

– Cine m-ar vrea? a șoptit ea.

Bărbatul cel masiv și care purta haină de piele a intrat în club, s-a apropiat și i-a făcut semn din cap lui Celine.

– Încă unul deja, a gemut ea. E noaptea mea norocoasă!

Celine i-a dat din nou copilul Marinei și s-a întors la etaj.

– Marina, nu vreau să te mai deranjez. Dar te rog să mă crezi că am venit să te ajut! am asigurat-o, vârându-mi mâna în buzunar. Uite cartea de vizită cu datele prietenului meu, Georg. Sună oricând la numărul ăsta de telefon și el o să-ți facă legătura cu mine.

Ea a încuviințat din cap, apoi și-a concentrat întreaga atenție asupra copilului lui Celine, pe care-l privea cu mare dragoste. Am ieșit din Le Lézard rugându-mă ca, într-o bună zi, Marina să ia legătura cu mine.

Odată întors la Geneva, l-am însărcinat pe Georg Hoffman să contacteze o firmă de avocatură din Rio de Janeiro, ca să pot primi periodic noutăți despre Beatriz Aires-Cabral și despre fiica ei. Pe Georg l-a nedumerit foarte mult cererea mea, dar, atunci când am vorbit cu el la birourile noii firme Schweikart & Hoffman de pe Rue du Rhône, a fost la fel de amabil ca întotdeauna.

– Mă ocup bucuros, Atlas, dar mă întreb dacă asta e cea mai eficientă utilizare a fondurilor. Ar fi infinit mai ieftin să zbori cu avionul în Brazilia o dată sau de două ori pe an, ca să vezi cu ochii tăi cum stau lucrurile.

– Îți mulțumesc pentru grijă, Georg, dar mi s-a cerut să păstrez distanța. În plus, nu ducem lipsă de bani în cufere, nu-i așa?

Georg a chicotit.

– Nu. De fapt, am primit azi-dimineață un telefon de la agentul nostru de bursă din New York. Investițiile tale cresc într-un ritm fără precedent, m-a informat el în timp ce scotea un carnețel din sertarul de sus al vechiului birou al lui Kohler. Telex, Control Data, Teledyne, University Computing, Itek... tehnologia e în plină expansiune! Capitalul sporește pe zi ce trece.

Mi-a dat notițele, ca să le examinez.

– Și tu, care încercai să mă convingi să-mi investesc banii în aur și argint!

Georg s-a înroșit la față.

– Da. Mă tem că instinctele mele financiare nu sunt încă atât de bune.

– Nici ale mele, prietene! Dar tu știi de ce investesc în tehnologie.

M-am cufundat în scaunul din fața lui Georg. Era încă puțin ciudat să-l văd ocupând fostul birou al lui Eric Kohler.

– Da, a răspuns el. În speranța că asta o să ne ajute într-o bună zi s-o găsim pe Elle.

– Exact! am confirmat, îndreptându-mi degetul către el, ca să fie clar. Aurul oferă garanții, dar nu-mi poate pune la dispoziție baze de date și echipamente de urmărire la nivel mondial. Chiar dacă acțiunile mele nu rentează, mai bine le dau oamenilor deștepți milioanele pe care le-am adunat, astfel încât ei să facă progrese în domeniu, am conchis, ridicând din umeri.

– Absolut. Iar acum te rog să-mi spui ce anume vrei să urmărească firma braziliană la familia Aires-Cabral?

Întrebarea lui Georg fusese una cât se poate de pertinentă. Laurent se exprimase extrem de vag. Mi-am încrucișat brațele și am privit lacul.

– Doar să le monitorizeze sănătatea și situația financiară.

Georg a dat din cap în semn de aprobare.

– Așa facem, Atlas!

– Mulțumesc, Georg! De asemenea, dacă poți, fii atent la orice apel primit de la Paris, care ar trebui să vină din partea unei tinere pe care am cunoscut-o de curând. O cheamă Marina și e nepoata lui Evelyn.

Georg a părut surprins.

– Aha!

– I-am dat numărul tău de telefon. Dacă sună, ceea ce sper să se întâmple, te rog să-i faci imediat legătura la Atlantis. Nu-i nevoie de nici un control de securitate.

I-am înapoiat agenda lui Georg, iar el și-a notat ceva în ea.

– Apropo, ce mai face Claudia? am întrebat.

– Încă lucrează la brutărie. De fapt, de curând a cunoscut un tânăr – un client – despre care ea zice că e bun ca pâinea caldă, a spus Georg, părând mulțumit de felul în care se exprimase. N-am vrut să fac nici un joc de cuvinte, a mințit el.

Am chicotit.

– Și ce părere ai, ca frate mai mare?

Georg a lăsat stiloul din mână, dus pe gânduri.

– Dacă ea e fericită, atunci cu siguranță că sunt și eu.

– Excelent! Te rog să-i transmiți Claudiei urările mele de bine, am spus, ridicându-mă să plec. Apropo, a mai apărut vreun nume în ultima săptămână?

El a ridicat un deget și a deschis alt sertar.

– Am reușit să găsesc o Eleanor Leopold care locuiește la Gdansk. Din câte îmi dau seama, a locuit acolo dintotdeauna, dar tu, dintre toți, știi că informațiile din registre se pot schimba, dacă ești isteț.

Mi-a dat bucata de hârtie pe care erau notate noile informații.

– Gdansk să fie! am exclamat. N-am mai fost în Polonia. Rezervi tu zborul?

– Bineînțeles.

– Excelent! Mulțumesc, Georg, cred că asta încheie întâlnirea noastră de azi. Vorbim săptămâna viitoare.

– Mai era... ceva.

Georg, de obicei foarte calm și ponderat, a părut dintr-odată ezitant și nervos. A deschis servieta și mi-a dat o altă coală.

– Ce-i asta?

– Pe lângă Elle, urmărim și orice mențiune a numelui de Kreeg Eszu, potrivit instrucțiunilor tale.

M-am uitat lung la bucata de hârtie și, brusc, m-am albit la față. Georg tocmai îmi înmânase un soi de certificat de constituire a unei companii numite Lightning Communications. Pe foaie, la rubrica *Director*, era trecut numele lui Eszu.

CAPITOLUL 46

Mai 1974

Am pierdut multe zile investigând Lightning Communications. Firma fusese înființată în Grecia, cu o adresă înregistrată la Atena. Eu și Georg am trecut la treabă, angajând firme de avocatură și detectivi particulari. Ceea ce au reușit să descopere a fost exasperant de nesemnificativ. Compania în sine era inactivă (cel puțin în ultimii zece ani). Totuși, rapoartele contabile erau transmise anual, fără să arate vreun venit sau vreo cheltuială.

Cât despre Kreeg, echipele au stabilit că Eszu locuiește acum într-un mare complex rezidențial, la marginea orașului. Mi-au fost trimise fotografii neclare, cu imagini care surprind rarele ocazii în care e văzut plecând și n-am nici o îndoială că e vorba despre omul care a încercat să-mi curme viața de câteva ori. În ultimii zece ani, de când am scris ultima dată în jurnal, Kreeg n-a încercat să mă contacteze și, din câte am constatat, nici să mă caute. Pur și simplu, stă retras la uriașa lui moșie.

Pe măsură ce anii au trecut, iar echipa mea a urmărit mișcările lui Kreeg, panica mea inițială s-a transformat în neliniște, apoi în nedumerire, iar, un deceniu mai târziu, am găsit consolare în faptul că știu exact unde se află el pe glob. Am descoperit că s-a căsătorit cu o grecoaică extrem de bogată, pe nume Ira, care moştenise banii de la un fost soţ, magnat al petrolului. Ira Eszu a murit anul trecut, în 1973, în timpul naşterii singurului lor copil. Dosarele arată că Ira s-a născut în 1927, ceea ce înseamnă că în 1973 avea 45 de ani. Prin urmare, n-a fost de mirare că au existat complicaţii în timpul naşterii.

Cu toate astea, băieţelul a supravieţuit. Numele lui apare în acte ca „Zed Eszu“. Continuăm să monitorizăm îndeaproape situaţia.

Poate că vă bucuraţi să aflaţi că nepoata lui Evelyn, Marina, m-a contactat în cele din urmă. La aproape doi ani după ce am părăsit Parisul, Georg i-a făcut legătura cu Atlantis. Am ascultat-o cu îngrijorare în timp ce îmi explica o altercaţie cu un client agresiv de la Le Lézard, în urma căreia fugise din strada Saint-Denis. Am asigurat-o că puteam să-i virez bani de îndată, dar n-a acceptat. În schimb, m-a întrebat dacă îi puteam oferi ceva de lucru, astfel încât să poată pleca din Paris şi să-şi plătească drumul cu banii din avansul încasat pe seama salariului. Am invitat-o la Atlantis şi i-am oferit postul de menajeră. Era, inevitabil, o treabă anostă, fiindcă în casă locuiesc doar eu. Marina dădea cu aspiratorul şi călca haine, dar mi-am dat seama că era neîmplinită.

– Mi-e dor de copii, Atlas! mi-a mărturisit ea într-o seară, la un pahar de Provençal rozé.

L-am întrebat pe Georg dacă, oferind o donaţie din partea mea, ar fi putut s-o ajute pe Marina să obţină o slujbă cu jumătate de normă la fosta lui şcoală. Am constatat că tânărul *monsieur* Hoffman se dă peste cap ori de câte ori vine vorba despre Marina. Se uită la ea precum un căţeluş la stăpân: cu devotament, supunere, adoraţie. Fireşte, Georg a făcut în aşa fel încât să nu dea greş. De câţiva ani, Marina conduce cluburi afterschool pentru copiii din Geneva ai căror părinţi lucrează până târziu. Toţi cei care frecventează acele cluburi o iubesc din inimă.

Marina locuieşte în Pavilionul de la Atlantis şi, în semn de mulţumire, continuă să se ocupe de casa principală. Găteşte, face curăţenie şi, una peste alta, se asigură că viaţa mea domestică merge ca pe roate. De-a lungul anilor, compania ei a ajuns să însemne foarte mult pentru mine. Știe totul despre viața mea, după cum și eu știu totul despre a ei. I-am povestit despre originile mele, despre căutarea lui Elle și despre motivul pentru care mă tem de Kreeg Eszu. Împreună cu Georg, am devenit o mică familie bizară, pe care o prețuiesc.

Apropo de familii, cititorul fidel al acestui jurnal își amintește că mi s-a încredințat sarcina de a supraveghea familia Aires-Cabral din Rio de Janeiro. Laurent Brouilly a murit, din păcate, la doar câteva săptămâni după ce l-am vizitat în Montparnasse. Eram hotărât să nu-l dezamăgesc.

În timp, nepoata lui Laurent – Cristina – a devenit tot mai instabilă. Echipa noastră braziliană ne-a înștiințat că fata le făcea viața un iad părinților ei. În adolescență, a început să frecventeze unele dintre cele mai rău-famate baruri din Rio și să aibă un anturaj prost. Am primit prin fax rapoartele poliției depuse împotriva ei, atunci când fusese dusă acasă beată și răvășită. În cele din urmă, a fost exmatriculată de la școală și a început să petreacă mult timp în favele. Firma de avocatură a presupus că devenise dependentă de nu știu ce drog.

Până la urmă, echipa din Rio ne-a informat că tânăra Cristina nu mai revenise la casa familiei, alegând să-și ducă viața pe dealurile din Rio. În scurt timp, s-a aflat că se îndrăgostise de un tânăr dintr-o favelă. M-am gândit că, poate, întreaga poveste se terminase. Beatriz și Cristina scăpaseră una de cealaltă și puteau merge mai departe fără să-și mai provoace suferință reciproc. Asta, până când am primit o fotografie cu Cristina, făcută cu un teleobiectiv. Ședea pe trotuarul unei străzi murdare și mângâia un câine. Dimensiunea pântecului ei sărea în ochi. Se vedea că era însărcinată.

Ieri-dimineață am primit un telefon urgent de la Georg.

– Atlas, ar trebui să știi ceva!

– Spune, Georg!

– Cristina a născut mai devreme. Din cât se pare, nici măcar n-a ajuns la spital. Copilul, o fetiță, s-a născut pe stradă, în favelă.

– O, Doamne! Trebuie s-o luăm imediat de-acolo! Ăsta nu-i un mediu potrivit pentru un nou-născut. Ai putea pune echipa braziliană să găsească o proprietate potrivită, pe care s-o închiriem pentru mamă și copil?

Georg a suspinat.

– Asta nu-i tot. Mi s-a spus că mama și-a dus copilul la un orfelinat. Se pare că, pur și simplu, a lăsat fetița și a fugit.

Căutam o soluție, dar nu-mi puteam aduna gândurile. Acel nou-născut tocmai avusese parte de cel mai crunt început de existență posibil.

– Cred că ar trebui s-o contactăm pe Beatriz. Să-i spunem că are o nepoată. Sunt sigur că ar fi foarte bucuroasă!

– Nu mă îndoiesc, Atlas, dar e de datoria mea să fiu pragmatic și să-ți reamintesc consecințele.

– Te ascult!

– În primul rând, Cristina e profund instabilă. Știi că s-a certat cu părinții. Se pare că a furat bijuteriile mamei ca să-și cumpere narcotice, care n-au făcut decât să-i complice problemele neurologice. Dacă într-o zi ar descoperi că mama ei i-a luat copilul, mă tem că ar putea…

– Înțeleg ce spui. S-ar putea să nu fie bine pentru copil. Da, într-o bună zi Cristina ar putea să apară și să încerce să-și revendice copilul pentru că așa ar avea ea chef, am spus eu, începând să mă plimb prin birou, agitat. În plus, dacă o contactez pe Beatriz, o să apară întrebări despre descendența ei, adică exact despre lucrul pe care am jurat să nu-l dezvălui niciodată.

Georg a spus pe un ton solemn:

– Nu știu ce sfat să-ți dau. Pot încerca să găsesc în Brazilia o familie potrivită, care s-o primească. Dar n-o să fie ușor. Orfelinatele din Rio sunt pline de bebeluși din favele. Majoritatea își găsesc cu greu familii permanente.

M-am cutremurat amintindu-mi de Apprentis d'Auteuil și de faptul că Elle nu-și putuse găsi o familie. Inima mi s-a frânt din nou. Era inacceptabil să nu fac nimic.

– Nu, Georg, trebuie să-mi asum personal responsabilitatea pentru copil. O să-i găsesc pe cineva, am spus eu în timp ce priveam lacul care scânteia în soarele dimineții. O aducem la Geneva, apoi îi găsesc o familie potrivită. Așa cum am făcut și cu tine. Vreau să iau avionul în seara asta!

– Rezerv biletul! a confirmat Georg.

– Biletele, la plural. Marina trebuie să mă însoțească. Nu știu nimic despre copii. Și fă tot ce e necesar ca să putem lua copilul cât mai repede!

În două ore, eu și Marina ne aflam în avionul meu personal și zburam spre noul aeroport Charles de Gaulle din Paris, de unde am luat avionul spre Rio. În timp ce ne apropiam de pista pe care se afla aparatul Boeing 747, Marina a rămas cu gura căscată, după care mi-a spus:

– Chestia asta chiar zboară, *chéri*?! E mai mare decât Arcul de Triumf!

– Să știi că am zburat de multe ori în pântecul păsării ăsteia și mereu m-a dus întreg la destinație. În plus, călătorim la clasa întâi. Nici n-o să știi că ești în aer.

În timpul zborului, i-am povestit Marinei despre copilăria mea și despre bunătatea pe care mi-o arătaseră atât bunica ei, Evelyn, cât și Laurent Brouilly.

– Cât timp crezi că o să stea cu noi micul *bébé*? a întrebat Marina.

De când o angajasem, n-o văzusem atât de entuziasmată.

– Până când îi găsesc o casă potrivită. Ar putea dura câteva săptămâni. O lună, poate.

Ea s-a străduit să-și înăbușe un zâmbet.

La aterizare, am fost întâmpinați de un reprezentant al echipei de avocați pe care o angajasem la Rio de Janeiro. Omul ne-a escortat la hotelul Copacabana Palace de pe Avenida Atlântica, ce domina cea mai faimoasă plajă din Rio. Fațada îmi amintea puțin de Casa Albă prezidențială din Statele Unite. Nu mă îndoiam că foaierul elegant, dotat cu aer condiționat, avea să contrasteze destul de puternic cu favela pe care urma s-o vizităm a doua zi.

– Sunt foarte bucuros să vă anunț că totul s-a aranjat, domnule! a spus Fernando, avocatul. Suntem o firmă foarte respectată în oraş. Ca atare, documentația întocmită de dumneavoastră, alături de recomandarea noastră, au fost suficiente pentru ca directorul orfelinatului să accepte rapid cererea dumneavoastră de adopție. Ca să fim sinceri, e foarte greu ca majoritatea copiilor orfani să-şi găsească un cămin, iar cei de la orfelinat o să se bucure că au scăpat de unul, a adăugat el, clătinând din cap. Oricum, mâine sunteți aşteptat la orfelinat, iar apoi puteți să luați copilul și să plecați.

– Mulțumesc pentru ajutor, domnule Fernando! Și vă rog să transmiteți întregii echipe mulțumirile mele pentru munca exemplară pe care a depus-o în beneficiul meu în ultimii zece ani.

– Așa o să fac, domnule Tanit!

Omul s-a înclinat ușor în semn de salut, apoi a ieșit din hotel.

În după-amiaza aceea, Marina m-a dus pe străzile murdare din Rio, în timp ce căuta hăinuțe, biberoane, lapte praf, cârpe de muselină și tot ce ne mai trebuia ca să ne întoarcem cu copilul în Europa. Am urmat-o fără să înțeleg nimic, plătind tot ceea ce ea decreta că era necesar. Misiunea a fost atât de obositoare, încât, în pofida marelui decalaj de fus orar, vuietul valurilor oceanului, ce pătrundea prin fereastra deschisă, m-a făcut să dorm ca un prunc.

În dimineața următoare, am luat un taxi până la favela Rocinha. Șoferul nu ținea neapărat să ducă turiști în uriașa mahala urbanizată, dar l-am asigurat că eram conștient de riscuri.

– Priviți! a spus el la câteva minute după ce am pornit la drum, arătând spre Muntele Corcovado, pe care se ridica o bine cunoscută statuie albă, ce cuprindea orașul cu brațele larg deschise. E *Cristo Redendor* al nostru! Poate că l-ați mai văzut în poze.

Am zâmbit și am spus:

– Da.

Mi-am ridicat privirea la sculptura albă și elegantă a lui Landowski, care părea să leviteze printre nori, ca un înger pogorât din ceruri. Cu toate că o văzusem îndeaproape în atelierul din

Paris, aici îți tăia răsuflarea. Văzându-mi vechiul prieten acasă la el, m-am trezit copleșit de mândrie și de fascinație.

Pe măsură ce urcam dealurile, betonul și cărămida erau înlocuite de lemn și de tablă cutată. Pe străzile înguste se prelingeau pârâiașe de reziduuri cu aspect neliniștitor, iar în mare parte așezarea părea să nu aibă nici măcar instalații sanitare de bază. După un sfert de oră de mers cu mașina – căci atât a fost suficient pentru ca opulența să devină sărăcie –, am fost întâmpinați în fața orfelinatului de o femeie care părea să fi fost la capătul puterilor. Avea cearcăne, iar cămașa îi era acoperită de pete de diferite culori și mărimi.

– Copil? *Europa?* a întrebat ea de îndată ce ne-am apropiat.

– Da… *sim*[1], am răspuns.

Femeia a dat din cap și ne-a măsurat cu privirea. Aparent mulțumită, ne-a invitat înăuntru.

– Bine. Veniți!

Am fost conduși într-o clădire rudimentară, care avea pereți și podele de beton și o atmosferă de-a dreptul lugubră. Sincer vorbind, îmi amintea întrucâtva de o închisoare. Am urmat-o pe femeie printr-o a doua ușă și am fost șocat de priveliștea care ne-a întâmpinat. Treizeci de copii, dacă nu mai mulți, de vârste diferite, îngrămădiți într-o singură cameră. Personalul, copleșit, se străduia să-și păstreze calmul în zăduful acela, asaltat de țipete și de plânsete. După părerea mea, principala problemă părea să fi fost faptul că pur și simplu nu erau suficiente jucării pentru toți copiii.

– *Mon dieu!* a oftat Marina. Sărmanii, sărmanii copii!

În timp ce treceam prin salon, zeci de ochi mari ne urmăreau. Mi-e rușine să spun că am încercat să nu le întâlnesc privirea, de teamă să nu-mi frângă inima. Trecuseră mai bine de patruzeci de ani de când nu mai pusesem piciorul într-un orfelinat. Ca un naiv, presupusesem că, după atât amar de vreme, condițiile s-ar fi îmbunătățit. Mai mulți bani, mai multe resurse, mai multe

---

[1] Da (în limba portugheză în original)

cunoştinţe… mai multă dragoste. Dar acolo, în mijlocul oraşului Rio, m-a întristat nespus de mult să constat că lucrurile stăteau chiar mai rău decât la Apprentis d'Auteuil cu patruzeci de ani în urmă.

Eu şi Marina am fost duşi într-o cameră separată, în care se aflau în jur de zece nou-născuţi. O singură femeie făcea în aşa fel încât fiecare copil să fie înfăşat corespunzător. Am fost conduşi la un pătuţ din capătul camerei.

– Copil tău! a spus doamna după care ne ţineam.

Am aruncat amândoi o privire în pătuţ. M-a mirat smocul negru de păr din creştetul copilului şi ochii imenşi, speriaţi, care clipeau la vederea celor două chipuri noi pe care le zăreau pentru prima dată.

– O, *bonjour*, fetiţă, *bonjour*[1]! a spus Marina. Sau ar trebui să spun *olá*? Uită-te la ochii ei, Atlas! Sunt enormi! Şi larg deschişi, pentru un bebeluş.

– Seamănă cu străbunica ei, am spus eu cu sinceritate.

– Adevărat? Ce frumos!

Femeia a făcut un gest către fetiţă, iar Marina a luat-o uşurel în braţe şi apoi ne-am întors prin salonul supraaglomerat. Tocmai ne pregăteam să plecăm, când femeia a bătut din palme, ca şi cum şi-ar fi amintit ceva.

– *Um momento, por favor!*[2]

A ieşit în grabă pe uşă. Bebeluşul s-a pornit pe plâns, iar ceea ce a început ca un scâncet neplăcut la auz, s-a transformat curând într-un plâns în toată regula.

– O, şştt, *chérie,* totul o să fie bine, crede-mă!

– Ai nevoie de biberon, Marina?

Mi-am vârât iute mâna în geanta de piele de pe umăr.

– De fapt, mă simt cam rău, a spus Marina. De la căldură, de la vederea tuturor acelor bieţi copii. Vrei s-o ţii puţin?

– De multă vreme n-am mai ţinut un copil în braţe. Nu cred…

---

[1] Bună ziua (în limba franceză în original)

[2] O clipă, vă rog! (în limba portugheză în original)

– E foarte ușor, toată lumea poate. Poftim…, a spus Marina, dându-mi fetița cu blândețe. Ai grijă la cap. Sprijină-l pe cot. Așa.

Apoi ea s-a dus repede la singurul scaun ruginit de acolo, așezat în colțul camerei. M-am uitat la copila care mă privea drept în ochi. Dintr-un soi de instinct patern primar, am început s-o legăn. Spre surprinderea mea, fetița s-a oprit din plâns, iar fața i s-a strâns într-o bizară expresie de mulțumire.

– Bravo, Atlas! Ești un talent înnăscut! a spus Marina făcând cu ochiul, în timp ce-și făcea vânt cu putere.

– E foarte frumoasă! am spus eu.

Femeia s-a întors, strângând în mână un soi de pandantiv. A încercat să mi-l dea, dar, neștiind cum se țineau copiii în brațe, n-am putut să-mi detașez mâna și m-am mulțumit să mă foiesc, stângaci. Marina s-a ridicat vitejește și s-a dus să-l ia.

– Ce-i asta? m-a întrebat ea.

M-am uitat la femeie, zăpăcit.

– Pentru copil. De la mamă, a răspuns femeia.

– Aha, am murmurat, înțelegând. Vă mulțumesc. *Obrigado!*[1] am adăugat, în timp ce Marina mi-a strecurat pandantivul în buzunarul de la spate al pantalonilor. Plecăm. La revedere!

Din nou, femeia a dat din cap spre noi.

– Aveți mare grijă! Vă rog! a exclamat ea, împreunându-și mâinile într-un gest de implorare.

– Promit!

Timpul petrecut la Rio a fost extrem de scurt. Înainte de sfârșitul zilei, ne aflam toți trei în cabina de clasa întâi a avionului. Marina ținea bebelușul, care-i dormise în brațe, mulțumit, cea mai mare parte a după-amiezii. În timp ce decolam pe cerul brazilian, mi-a venit o idee.

– Marina… e treaba noastră s-o botezăm?

Ea a suspinat și mi-a aruncat un zâmbet obosit.

– Nu știu. În toată debandada, nici măcar nu m-am gândit la asta!

[1] Mulțumesc! (în limba portugheză în original)

După aproximativ o oră de zbor, chiar în momentul în care luminile din cabină s-au stins pentru ca pasagerii să poată dormi, bebelușul a început să se agite, fără îndoială din cauza disconfortului provocat de presurizarea cabinei. În timp ce mă foiam pe scaun, am simțit pandantivul pe care-l aveam în buzunar. Am vârât mâna și l-am scos.

Într-adevăr, era uimitor. Am examinat nuanța opalescentă a pietrei prețioase din mijloc, admirându-i strălucirea albăstruie, intermitentă. Am fost aproape sigur că era piatra lunii. Nestemata a căpătat în ochii mei o alură romantică, la fel ca luna, după care fusese numită, și care o făcea să fie asociată cu dragostea și cu protecția. Dintr-odată, mi s-a pus un nod în gât la gândul că mama îi lăsase colierul copilului, ca pe o legătură cu trecutul ei.

În ciuda încercărilor Marinei de a-l hrăni, legăna și alinta, copilul scotea țipete din ce în ce mai puternice. Deși avea atâta experiență, Ma părea oarecum extenuată.

– Vrei să încerc și eu? m-am oferit.

– Te rog, a răspuns ea.

M-am ridicat și am luat fetița.

– Haide, micuțo! Liniștește-te! Și eu am avut emoții prima dată când am zburat cu avionul.

Am ieșit de la clasa întâi și am mers cu micuța în spatele avionului, iar ea a reacționat bine la mișcare și la schimbarea de peisaj. După ce am ajuns în partea din spate a aeronavei 747, am dat de câteva dintre însoțitoarele de zbor, care pregăteau cafele într-o zonă slab luminată, destinată echipajului.

– Vă rog să mă scuzați! N-am vrut să vă deranjez!

– Nicidecum, domnule, a răspuns o tânără blondă. O, uitați-vă la ea! E adorabilă!

– Mulțumesc, am spus eu, întorcându-i zâmbetul.

– E atât de frumos să vezi un tată ajutând cu nou-născuții! Cei mai mulți strâmbă din nas și așteaptă până când copiii ajung să meargă în picioare, a spus însoțitoarea de zbor, aplecându-se ca să privească fața bebelușului. Uitați cum se uită la dumneavoastră! Îl iubește foarte mult pe tatăl ei!

După ce tânăra a terminat cu alintatul pupilei mele, m-am întors la zona de clasa întâi cu un copil liniștit, deși cât se putea de treaz. Am văzut că Marina se ghemuise pe scaunul ei și moțăia, fericită. Era firesc. Ultimele două zile fuseseră extenuante, atât fizic, cât și psihic. Am trecut cu grijă pe lângă ea, m-am așezat pe locul meu și apoi m-am uitat la copil.

– Bun, facem amândoi liniște, ca s-o lăsăm pe Marina să doarmă. Ești de acord? am șoptit eu, iar copilul a clipit și am chicotit amândoi. Bravo, fetiță!

Devenisem conștient de senzația de liniște pe care mi-o dădea copilul pe care-l țineam în brațe. Micuța întrupa un nou început, speranță, oportunitate. I-am urat în gând să aibă parte de o existență plină de dragoste și de bucurie. A gângurit la mine.

– Șștt, șștt, micuțo, i-am șoptit eu, și, în fața celor zece ore lungi care mă așteptau, m-am uitat în jur, căutând inspirație, iar privirea mi-a căzut pe fereastra din stânga, dincolo de care luna strălucea puternic deasupra norilor, luminând întreg cerul. Să-ți spun povestea stelelor, fetiță? am întrebat, mutând ușurel capul bebelușului de pe cotul stâng pe cel drept, ca să fie mai aproape de fereastră. Sunt mai multe stele pe cer decât fire de nisip pe toate plajele lumii! Întotdeauna mi s-a părut imposibil de crezut, dar ăsta-i adevărul. De mic m-au fascinat constelațiile infinite, fiecare dintre ele întruchipând un simbol al posibilităților. Vezi tu, micuțo, stelele sunt dătătoare de viață. Ele răspândesc lumină și căldură în pustietatea cerului întunecat, am murmurat, iar copilul a început să clipească mai rar, vocea mea având efectul liniștitor pe care-l scontasem. Dar există o constelație care mi se pare mai magică decât toate celelalte la un loc, numită Pleiade. Povestea spune că erau șapte surori. Tatăl lor, Atlas – știi, ăsta e și numele meu –, era un titan căruia Zeus i-a poruncit să sprijine pământul pe umerii lui. Surorile, deși foarte diferite, au trăit fericite împreună pe noul pământ, la începuturile acestuia. Dar, după o întâlnire întâmplătoare cu aprigul vânător Orion, fetele au devenit obiectul urmăririi lui necruțătoare. Așa că surorile au fugit în cer. Se văd și în seara asta, uite! am spus, aplecându-mi capul ca să privesc cerul din partea de jos a ferestrei și văzându-le pe eternele mele tovarășe. Toată viața am căutat la ele mângâiere și îndrumare! Mă apără, sunt luminile mele călăuzitoare. E interesant faptul că Maia pare mai strălucitoare astă-seară. Se spune că își eclipsa surorile în fiecare noapte, dar că apoi, într-o bună zi, Alcyone a devenit mai strălucitoare. De fapt, „Maia“ înseamnă „Cea mare“ în unele traduceri. Romanii o considerau zeița primăverii, motiv pentru care cea de-a cincea lună a anului se numește „mai“, am povestit eu, după care m-am uitat la copilul care adormise în brațele mele. O, te-am plictisit, micuțo?

– Poate că da, *chéri*, dar nu și pe mine!

M-am întors și am văzut-o pe Marina privindu-mă de alături.

– Îmi cer scuze, Marina, n-am vrut să te trezesc!

– Doar moțăiam, a spus ea, aruncând o privire la copil. O, Doamne, chiar că ești magic! Micuța te iubește!

Am surâs.

– Crezi?

– O știu, *chéri*! Ai salvat-o de la o existență grea și jalnică.

– Amândoi am făcut-o.

Marina a zâmbit.

– *Tu* ți-ai asumat datoria de a sta cu ochii pe cei din familia ei și ai sărit atunci când unul dintre ei s-a confruntat cu un pericol. Nu cunosc pe nimeni care să fi făcut ceea ce ai făcut tu. Ești incredibil, Atlas!

– Mulțumesc, Marina! Ești amabilă.

Ea s-a uitat pe fereastră.

– Mai devreme, m-ai întrebat dacă e treaba noastră să-i dăm un nume. Cred că știi deja cum o cheamă, a spus ea arătând spre peisajul luminat de lună.

– Maia, am răspuns eu.

CAPITOLUL 47

August 1977

Primele săptămâni au trecut ca o tornadă de scutece, râgâieli și nopți lungi de hrănire. Insistasem ca Marina să se mute în casa principală, ca s-o pot ajuta peste noapte. Cred că acelea au fost unele dintre momentele mele preferate – răgazurile în care eram doar cu Maia și, în liniștea nopții, nu auzeam decât clipocitul lacului. Fără să scoată un cuvânt, micuța m-a învățat extrem de multe. Vreme de treizeci de ani, am fost atât de concentrat pe găsirea lui Elle și pe goana după împlinirea profeției Angelinei, încât m-am detașat de ceilalți. Am devenit egocentric, neabătut și obsedat. Dar micuța Maia mi-a deschis ochii. Acum sunt viu într-un fel în care n-am mai fost de ani de zile.

Marina spune că, din clipa în care am zărit-o pe Maia, a știut că n-aveam să mă mai pot despărți niciodată de ea. Într-adevăr, îmi acceptasem destinul înainte ca avionul să aterizeze la Charles de Gaulle. Maia fusese fenomenală pe toată durata zborului și, pe deasupra, îmi ascultase întregul repertoriu de povești mitologice despre Cele șapte surori. Să legăn o ființă atât de nevinovată și de fragilă în mâinile mele îmbătrânite îmi amintise de cea mai încurajatoare lecție de pe lumea asta: orice s-ar întâmpla, viața are întâietate.

Avusesem emoții în clipa în care i-am spus Marinei ce hotărâsem, îngrijorat la gândul că ea avea să mă considere nepregătit să fiu părinte. N-ar fi trebuit să mă frământ. De fapt, chipul Marinei s-a luminat de bucurie.

– O, ce veste cu adevărat minunată, *chéri*! Bineînțeles că e normal s-o adopți legal pe Maia. Ai nevoie de ea la fel de mult cum are și ea nevoie de tine.

Am îmbrățișat-o, apoi am rostit cuvintele inevitabile:

– Nu mă descurc de unul singur, Marina!

Ea a râs.

– Nici n-ar trebui! Te-am văzut cum încercai să pui un scutec. Cred că și un urangutan s-ar descurca mai bine!

– Vrei să spui că rămâi ca să ai grijă de Maia? am întrebat, încântat.

– Da, *chéri*! Bineînțeles că da!

Georg a finalizat actele de adopție. La sugestia lui, Maia a primit numele de familie D'Aplièse, pentru ca astfel să fie prevenită orice atenție nedorită care putea apărea ca urmare a faptului că era o Tanit.

Și iată-mă tată!

Pe măsură ce mă apropii de vârsta de șaizeci de ani, îmi dau seama că e puțin probabil ca profeția Angelinei să se împlinească. Desigur, încă îl pun pe Georg să caute numele lui Elle în bazele de date din întreaga lume, dar nu mai plec peste tot ca să urmăresc piste nesigure. Ori de câte ori *sunt* plecat, abia aștept să mă întorc la Atlantis și să petrec timp împreună cu micuța Maia. Nimic nu-mi place mai mult decât s-o plimb prin grădini și pe malul lacului, iar la culcare să-i povestesc despre aventurile mele.

Asta nu înseamnă, firește, că nu mă doare profund ideea că am deja o fiică biologică undeva în lumea asta mare – una care are nevoie de mine la fel de mult ca micuța Maia. Pur și simplu, încerc să nu mă gândesc prea mult la asta. Prea multă vreme mi-am pus încrederea în stele și în profeții. Poate că a venit timpul să trăiesc în lumea reală.

Astă-seară am primit un telefon care mi-a reamintit că e musai s-o fac. În mod normal, Georg e cel cu care vorbesc. Apelurile sunt filtrate prin intermediul firmei lui, ca să se prevină orice contact nedorit din partea lui Eszu (care, apropo, n-a mai dat nici un semn de viață).

– Bună seara, Georg!

– Alo? a răspuns o voce cu accent norvegian.

– Horst? am întrebat eu.

El și Astrid, împreună cu familia Forbes și cu Ralph Mackenzie, sunt singurii oameni care au linie directă cu Atlantis.

– Bună seara, Bo! Sper că nu te deranjez.

– Deloc, dragul meu prieten! Ce mai faci? am întrebat în norvegiană – fără efort, dacă e să mă laud.

– Ei, sunt bine din punct de vedere fizic, ca și Astrid.

Am luat telefonul cu mine și m-am așezat pe un scaun din piele.

– Am citit despre ultima compoziție a lui Felix în revista *The Instrumentalist.* Bravo! Bănuiesc că sunteți foarte mândri de nepotul vostru!

Horst a răspuns pe un ton sumbru:

– Numai mândru nu sunt de nepotul meu.

– Hmmm..., am mormăit, luat prin surprindere de vorbele prietenului meu.

– Mă rog, spune-mi, *Papa,* ce mai face micuța Maia? a întrebat Horst.

– Incredibil de bine, mulțumesc de întrebare! Chiar azi-dimineață am surprins-o citind *Winnie the Pooh* cu voce tare. Nu *chiar* citindu-l, fiindcă ea n-are decât trei ani. Dar își adapta vocea pentru diferite personaje, așa cum fac eu atunci când îi citesc.

Nu mă mai opream din turuit. Horst a chicotit:

– Copiii sunt o binecuvântare!

– Maia mă învață ceva nou în fiecare zi, am spus, înfășurându-mi mașinal firul telefonului pe deget. Chiar dacă acel lucru e doar metoda de a-ți curăța ciocolata de pe cămașă.

– Mă bucur să aud că vă înțelegeți atât de bine! a exclamat Horst, după care a făcut o scurtă pauză. Să îndrăznesc să te întreb despre Elle?

– Mă tem că n-am noutăți, Horst. Pe zi ce trece îmi pierd tot mai mult speranța. Știi bine că n-o să mă opresc niciodată din căutări, dar acum trebuie să mă concentrez asupra Maiei.

– Știu.

Mă chinuiam să disting cuvintele rostite de vechiul meu prieten.

– Îmi pare rău, Horst, nu te aud bine! Poți să vorbești puțin mai tare?

– Ăăă... nu, mă tem că nu! Astrid doarme la etaj, iar problema pe care doresc s-o discut ar trebui să rămână între noi doi.

M-am foit pe scaun.

– E totul în regulă?

Horst a răsuflat adânc.

– Sincer vorbind, prietene, nu, a răspuns el, țâțâind din buze. Despre Felix e vorba. A dat de necaz.

– Înțeleg. Păi, nu pot decât să-mi dau cu părerea. Iar asta, numai dacă mă pricep la problemă.

– Știi că Felix a devenit celebru în Bergen. De fapt, în toată Norvegia. Oamenii știu că e orfanul marelui Pip Halvorsen și al frumoasei lui soții, Karine, care a murit în chip tragic pe vremea când fiul lor era mic. S-au scris articole despre el și îndrăznesc să spun că fiul risipitor a început să-și facă de cap.

– Înțeleg, am murmurat, neștiind prea bine ce să spun.

– Mai mult de-atât, a primit un post de profesor la Universitatea din Bergen. Acolo sunt multe tinere...

Nu-mi plăcea direcția în care se îndrepta discuția.

– Tinere!

– Da! Mai nou, ori de câte ori îl vedem eu și bunica lui, ceea ce e mare lucru în perioada asta, Felix e cu alta la braț. Și bea mult prea mult.

Horst a scos un suspin de epuizare. M-am gândit preț de o clipă, după care am spus, încercând să-l încurajez pe Horst:

– E un tânăr cu un pic de notorietate. Cred că ar fi naiv să ne aşteptăm la altceva. Să sperăm că asta e doar o fază peste care, cu timpul, o să treacă.

Horst a izbucnit într-un hohot de râs.

– Nu şi dacă mai bea! Dacă nu se potoleşte, o să se dezintegreze pur şi simplu.

M-am gândit la ajutorul pe care aş fi putut să-l dau.

– Ştii, în Europa există câteva clinici de dezintoxicare renumite. Şi mai ştii, prietene, că banii nu sunt o problemă pentru mine. M-ai lăsa să plătesc internarea lui Felix?

– Mulţumesc, Bo! Dar am înţeles că cheia unei dezalcoolizări reuşite e să-ţi doreşti asta şi te încredinţez că Felix este departe de aşa ceva. Oricum, a continuat Horst, problema de faţă e mai complexă.

M-am ridicat, încordat.

– Te rog, spune-mi exact la ce te referi!

– Acum două zile, pe când făceam cumpărături la Bergen, o tânără s-a apropiat de mine. Era palidă, cadaverică, de parcă n-ar fi dormit cu săptămânile. Mi-a spus că o cheamă Martha şi că e însărcinată cu gemeni.

– Of! am suspinat eu, începând să înţeleg.

– I-am urat sănătate şi am întrebat-o ce legătură avea asta cu mine. Apoi ea mi-a spus că Felix e tatăl.

– Vai de mine, Horst!

– Martha mi-a mai spus că i-a fost studentă şi că fuseseră foarte, foarte îndrăgostiţi unul de celălalt. Dar se pare că nepotul meu refuză să-i fie alături.

Îl compătimeam sincer pe omul ăsta, care îmi arătase atâta bunătate.

– Ăsta-i ultimul lucru de care tu şi Astrid aveţi nevoie, Horst!

– Să ştii că ai dreptate! Dar stai să vezi. Atunci când am cunoscut-o, Martha părea cumva... tulburată. Felul în care vorbea şi privirea năucă... Aşa că i-am spus să nu-şi facă griji, i-am luat numărul de telefon şi, ca să câştig puţin timp, i-am promis să vorbesc cu Felix. Totuşi, i-am acordat nepotului meu prezumţia de nevinovăţie. M-am dus la el în seara aceea. A fost şocat să mă vadă la uşă şi, după ce am intrat, a încercat cu disperare să ascundă sticlele goale. Apoi i-am povestit despre femeia de la supermarket.

– Cum a reacţionat?

– Cu furie. A spus că Martha i-a aruncat o privire la universitate, după care s-a îndrăgostit până peste cap de el şi a devenit obsedată. L-am întrebat dacă se culcase cu ea şi a recunoscut. Aşa că, fireşte, i-am spus că trebuia să vină cu mine şi să-şi asume responsabilitatea pentru faptele lui.

– Şi el ce-a spus?

– A refuzat categoric. A spus că Martha avea un partener stabil şi că era logic ca sarcina să fie treaba celuilalt, nu a lui.

M-am frecat la ochi cu mâna liberă.

– Înţeleg.

– Felix mi-a spus că Martha are o grămadă de probleme de sănătate mintală. M-a implorat să-l cred că tânăra asta reprezintă un pericol pentru el.

Am încercat să evaluez rapid situaţia.

– Îl crezi?

Horst a suspinat.

– După confruntarea cu Felix, m-am întâlnit cu Martha la un restaurant din afara oraşului. Ea mi-a descris foarte amănunţit întâlnirile romantice pe care le avusese cu nepotul meu, cu tot cu date, şi mi se pare că nu prea există dubii. Felix e tatăl.

Nu prea ştiam ce să-l sfătuiesc pe Horst.

– Bine, a fost tot ce am reuşit să răspund.

– Dar..., a murmurat Horst, pe care fără îndoială că îl durea fiecare secundă a acelei discuţii, ... cred că Felix are dreptate în privinţa Marthei. Pare să fie complet obsedată de el, în ciuda faptului că au fost împreună doar de două ori. Nu că asta îl scuză pe Felix, dar cel puţin înţeleg afirmaţiile lui despre sănătatea mintală a fetei.

M-am dus la bibliotecă și am luat de acolo broasca norocoasă pe care Pip mi-o dăruise pe puntea ambarcațiunii *Hurtigruten*.

– Copilul e sănătos în pântec? am întrebat.

– Copiii, a răspuns Horst, mohorât. Sunt gemeni. Ecografia confirmă.

– Iartă-mă, te referi la o imagine a copilului? Sau a copiilor, în cazul de față?

– Da, a răspuns Horst, făcând apoi o scurtă pauză ca să-și revină. Din punctul ăsta, lucrurile devin absurde. Am întrebat-o pe Martha dacă știa care era sexul copiilor. Ea mi-a răspuns, plină de mândrie, că așteaptă un băiat. Dar în momentul în care mi-a zis că celălalt e fată, și-a dat ochii peste cap și s-a strâmbat.

M-am încruntat.

– Deci a fost încântată să afle despre fiul ei, dar nu și despre fiica ei?

– Întocmai. Martha a spus că ea și Felix o să aibă un băiat perfect, următorul mare bărbat Halvorsen, a povestit Horst, gemând. Iar atunci când am întrebat-o despre fiica ei, a ridicat pur și simplu din umeri, ca și cum ar fi respins cu totul existența acelui copil.

Am strâns broasca norocoasă în pumn, ca și cum aș fi vrut ca ea să rezolve cumva situația.

– O, Doamne, de ce?

– După cum spuneam, fata are probleme psihice grave.

– Astrid știe ceva despre întreaga poveste?

– Nu. Nu vreau s-o împovărez cu asta decât după ce o să fiu nevoit. Și poți să fii sigur că o să trebuiască s-o fac. E vorba despre strănepoții mei... nepoții iubitului meu fiu. Nu pot s-o ignor pe Martha și nu pot să ignor nici situația în care se află ea.

Înțelegeam prin ce trecea Horst. Fără îndoială că, în locul lui, aș fi simțit la fel.

– Ce ai de gând să faci?

Horst a tras aer adânc în piept.

– Nu există nici o șansă ca Felix să accepte responsabilitatea și să facă ceea ce se cuvine. Mi-e rușine de un astfel de comportament, a spus el, poticnindu-se puțin. Și tatăl lui s-ar rușina, a adăugat, dregându-și glasul și apoi recăpătându-și calmul. Îmi cer scuze, Bo! În orice caz, am ajuns la concluzia că trebuie s-o ținem la noi pe Martha după ce naște. Nu cred că micuții ar fi în siguranță dacă ar rămâne doar în grija mamei lor. Le datorez fiului meu și lui Karine să mă asigur că urmașii lor n-au de suferit.

Oare bunătatea acestui om nu cunoștea limite?

– Foarte nobil din partea ta, Horst!

– Dar... Bo, am nouăzeci și trei de ani. Zilele îmi sunt numărate. Astrid are șaptezeci și opt de ani și o să-mi supraviețuiască, însă cine știe... Avem foarte puțini bani, fiindcă majoritatea s-au dus pe studiile lui Felix și pe salvarea lui din situații delicate.

– Am priceput, Horst. Îți scriu un cec...

– Mulțumesc, dar nu banii tăi îi vreau.

– Atunci ce, prietene?

Am auzit un zgomot care îmi arăta că Horst se foia la capătul celălalt al firului.

– Am nevoie de dragostea ta. Cunosc bucuria pe care Maia ți-a adus-o în ultimii trei ani. Există o despovărare în vocea ta, un cântec din adâncul sufletului pe care nu l-am mai auzit din serile în care cântam împreună, în căsuța mea. Cred că eu și Astrid o să ne descurcăm cu un singur copil. Dar cu doi, pur și simplu n-o să reușim.

Mi se accelerase pulsul.

– Ce-mi ceri, Horst?

– Fetița. Vrei să iei fetița?

M-am așezat din nou pe scaun, șocat. Cum să răspund unei astfel de cereri?

– Eu... Horst...

– Știu că nimeni n-ar trebui să-i ceară așa ceva altuia, m-a implorat vechiul meu prieten. Dar chiar nu știu ce să fac, Bo! Martha e bolnavă, iar fiica ei n-o să primească dragostea și grija pe care le merită, atât timp cât există fratele ei geamăn, a adăugat el, începând dintr-odată să plângă cu suspine. Știu că, fără doar și poate, Martha o s-o dea pe fată spre adopție. Eu și Astrid am încerca bucuroși să devenim părinți adoptivi, dar suntem bătrâni și fragili.

A urmat o tăcere neplăcută, care a durat în jur de un minut.

– Nu știu ce să spun..., am îngăimat în cele din urmă.

– Nu-i nevoie să spui nimic acum, Bo! Te rog doar să te gândești la propunerea mea. Ți-o cer pentru că știu ce om bun ești. În plus, tu reprezinți singura legătură pe care o mai am cu Pip și cu Karine. Știu cât de mult te-au admirat și cât de mândri ar fi dacă ai avea grijă de nepoata lor.

Apoi el a început din nou să plângă.

– Ce cuvinte frumoase, Horst!

Era devastator să-l aud și să-mi dau seama cât de mult suferea.

– Să știi că întotdeauna am regretat că nu i-am dat un frate lui Pip. Nu mă îndoiesc că viața micuței Maia ar fi și mai fericită dacă ar avea o surioară cu care să se joace.

– O să mă... cu siguranță că o să mă gândesc bine la asta.

– Nașterea are loc în curând. O să-i povestesc totul lui Astrid după ce vin pe lume copiii, iar Martha o să se mute la noi, ca s-o putem supraveghea, a spus Horst, după care a făcut o scurtă pauză ca să se adune. Dacă... Vezi tu, ar fi mai bine ca Astrid să nu afle despre nepoata ei. Știi cât e de bună la suflet! Fără îndoială că ar încerca să se ocupe de amândoi copiii și mă tem de consecințele negative pe care asta le-ar avea pentru noi toți.

Am închis telefonul, mi-am turnat un pahar de Provençal rozé și m-am dus să mă așez pe iarba de la malul lacului. Încă nu puteam să pricep în întregime importanța rugăminții lui Horst. Mintea îmi era inundată de imagini cu mine, cu Pip, Karine și Elle la Bergen, iar sufletul meu își amintea de fericirea pe care o trăisem acolo. Mi-am amintit și de felul în care Elle îl privise cândva pe micul Felix, tânjind să aibă și ea o familie, precum avea cea mai bună prietenă a ei.

Jurasem cândva să fac orice ca să răsplătesc bunătatea familiei Halvorsen. Am privit spre ceruri.

– Îndrumă-mă, Pip! Spune-mi, Karine! Asta vreţi?

– Pa, pa, pa, pa, pa! s-a auzit un chiot puternic în spatele meu.

M-am uitat peste umăr şi am văzut-o pe Maia, care alerga spre mine, urmată îndeaproape de o Marină zâmbitoare.

– Bună, fiica mea dragă! am exclamat, luând-o în braţe. Ai avut o zi bună?

– Da! a răspuns Maia cu entuziasm.

– Nu-mi vine să cred că a reuşit să-mi citească primele rânduri din *Madeline*! a spus Ma, punându-mi o mână pe umăr.

– Vai de mine! Poate că avem de-a face cu o mică erudită, Marina!

– Păi, să ştii că da!

M-am uitat la fiica mea, care-mi stătea în poală şi bătea din palme.

– Maia!

– Daaa! a răspuns ea.

I-am ridicat bărbia ca s-o fac să se uite în ochii mei.

– Ţi-ar plăcea să ai o surioară?

Marina şi-a luat mâna de pe umărul meu, dar feţişoara Maiei s-a luminat.

– O soră? Pentru mine?

– Da, am răspuns eu, zâmbind. Doar pentru tine!

Maia s-a uitat la Marina, iar eu i-am urmărit privirea. Marina încremenise locului lângă mine, uluită şi cu mâna în şold.

– O să fie în burtica lui Ma?

Inteligenţa Maiei nu înceta niciodată să mă uimească.

– Nu. O să ajungă aici prin magie, venind din stele. La fel ca tine. Ţi-ar plăcea asta?

Maia a făcut ochii mari şi strălucitori.

– Putem citi poveşti împreună? a întrebat ea.

– Bineînţeles, draga mea.

– Atunci, da, te rog!

Am chicotit.

– Foarte bine. Eu și Ma o să ne gândim la asta.

– Da, așa o să facem, Maia, a intervenit Marina în grabă. O să ne *gândim*. Haide, *chérie*, e timpul să faci baie.

În seara aceea l-am invitat pe Georg la Atlantis. Am stat împreună cu el și cu Marina pe terasă și am discutat cu toții despre situație.

– Știu că te simți obligat, Atlas, dar ești sigur că îți poți asuma responsabilitatea? O a doua adopție înseamnă că o să ai și mai puțin timp să călătorești ca s-o cauți pe Elle, a subliniat Georg.

Am clătinat din cap.

– Mă îndoiesc că cea mică o să aibă un impact mai mare decât îl are deja Maia. Adevărata întrebare o am pentru tine, Marina. Ai putea să faci față altui nou-născut?

– Atlas, ai putea să-mi dai o sută de copii pe care să-i hrănesc și să-i îngrijesc și aș fi fericită. Știi cât de mult îi iubesc, *chéri*! a exclamat ea, după care a ridicat dintr-o sprânceană, cu un aer critic. Deși te rog ca data viitoare să vorbești cu mine înainte să-i sugerezi Maiei o astfel de idee.

Am ridicat mâinile.

– Îmi cer scuze, dar trebuia să testez reacția fetiței. Dacă n-ar fi fost atât de încântată, nu m-aș fi grăbit deloc să-i împlinesc rugămintea lui Horst.

Ma a dat din cap în semn de aprobare.

– Înțeleg, a spus ea, aruncând o privire spre apele line ale lacului. Oricum, cred că prietenii tăi ți-ar fi veșnic recunoscători, a adăugat cu glas scăzut.

În dimineața următoare, l-am sunat pe Horst ca să-i spun că eram de acord cu ceea ce îmi ceruse. A plâns de recunoștință. Mai târziu în aceeași zi, m-a sunat ca să-mi spună că Martha fusese încântată de plan. Am întrebat dacă aș fi putut să mă întâlnesc cu ea ca să mă lămuresc și eu, dar Horst a considerat că ar fi fost mai bine pentru copil ca Martha să nu știe cine eram, dată fiind starea ei psihică. Trei zile mai târziu, am primit vestea că născuse, iar eu și Marina am luat avionul spre Bergen.

Fetița pe care am adus-o la Atlantis se remarca prin smocul de păr roșu aprins care-i împodobea capul. Pe toată durata călătoriei, am observat că ținea pumnii strânși cu vehemență, dar n-aș fi putut să spun de ce.

Atunci când am văzut-o pe Maia privindu-și surioara culcată în pătuț, m-am topit cu totul și am fost convins că luasem decizia corectă. Atitudinea Maiei față de micuță era liniștită și plină de blândețe.

– O cheamă Alcyone. Ca pe stea, am murmurat eu.

– Bună, Ally, a spus Maia, făcând tot posibilul să pronunțe corect numele surorii ei.

– Da, am șoptit. Bună, Ally.

CAPITOLUL 48

Mai 1980

În afară de o zugrăveală nouă, Arthur Morston Books nu se schimbase deloc în cei treizeci de ani cât fusesem plecat. M-am bucurat extraordinar de mult să-l revăd pe Rupert Forbes. El m-a întâmpinat cu o strângere de mână fermă și cu o îmbrățișare cordială.

– Măi să fie, o zi n-ai îmbătrânit! a spus el, zâmbind larg.

– Nu pot să spun decât același lucru despre tine!

– Mă flatezi, Atlas, bătrâne, dar minți cu nerușinare! a răspuns el, arătând spre tâmplă. Uită-te la părul ăsta cărunt! Arăt ca un bunic!

– Păi, nu știu cum să-ți spun asta, Rupert, dar *ești* bunic.

El a zâmbit.

– O, Doamne, chiar așa? Nu răspândi astfel de zvonuri josnice!

Am râs.

– Ce mai fac băieții?

– Minunat, mulțumesc! Tocmai am sărbătorit a cincea aniversare a lui Orlando. Louise i-a dăruit operele complete ale lui Dickens. I-am spus că e nebună, dar se pare că băiatul deja a terminat de citit *A Christmas Carol*[1]. La cinci ani!

---

[1] *Poveste de Crăciun* de Charles Dickens

– Ei, aveți un geniu în familie! Și ce face… ăăă… iartă-mă, Rupert… Owenmus?

– Stai liniștit, bătrâne, abia dacă știu eu să pronunț numele ăsta! Oenomaus. Bietul de el! Am încercat să-i spun lui Laurence că fiu-său urma să aibă de suferit de pe urma unui astfel de nume, dar se pare că Vivienne era foarte hotărâtă. Deși sunt mândru să spun că băiatul n-a fost descurajat. E căpitanul echipei de rugby de la școala particulară la care învață.

După atât amar de vreme, jovialitatea britanică a lui Rupert încă îmi ridica moralul. Totuși, nu venisem fără emoții. Mă invitase la Londra ca să-mi dea „niște vești importante" și presupusesem că acestea aveau legătură cu Kreeg. Deși se pensionase, Rupert încă mai dispunea de legături în interiorul serviciilor secrete britanice. Avea amabilitatea să țină legătura cu Georg dacă apărea ceva important… dar stăruise să vin personal pentru acea chestiune.

El a încuiat ușa librăriei și a întors plăcuța pe care scria *Închis* cu fața spre exterior.

– Ce mai face familia? Îmi imaginez că fetițele îți dau destulă bătaie de cap!

– O, da! Acum au trei și, respectiv, șase ani, dacă îți vine să crezi! Eu și Marina am început să le spunem „cele două teribile"!

Rupert mi-a întins ceașca de ceai pe care o pregătise în apartamentul de la etaj.

– Zău? Știi, chiar te admir. Câți ani ai acum, șaizeci?

– Șaizeci și doi, am precizat.

– O, Doamne! Șaizeci și doi de ani și ești tatăl adoptiv a două fete. Nu știu cum de ai energie, bătrâne!

– Îmi dau seama că e un clișeu, dar vorbesc serios atunci când spun că ele mi-au dat o nouă șansă la viață. Mă simt mai tânăr ca niciodată!

– Ce mă bucur să aud asta, Atlas, zău așa! a exclamat Rupert, arătând spre două fotolii Chesterfield tapițate cu pluș, așezate în partea din spate a librăriei. Vino și ia loc!

L-am urmat, trecând pe lângă rafturile de *Poezie* și *Filosofie.*

– Foarte ciudat, am remarcat, *miroase* la fel ca atunci!

– Așa sunt cărțile, Atlas. De încredere și neschimbătoare. Mi se pare bizar să mă gândesc că s-ar putea să existe unele volume pe care tu și Elle să le fi pus pe rafturi acum treizeci de ani și care nu s-au vândut.

Ne-am cufundat amândoi în fotoliile cu spătar și cu brațe late.

– De asta mă aflu aici, Rupert? am întrebat, agitat. Ai descoperit ceva despre Elle?

Chiar și acum, cea mai mare temere a mea era să mi se spună că fusese găsită, dar nu în viață. Rupert a clătinat din cap în semn de negare.

– Îmi pare rău, bătrâne, dar încă n-am aflat nimic în privința asta, a spus el, suspinând. Mi-e teribil de rușine că n-am reușit să găsesc nici o pistă, a adăugat, luând o înghițitură de ceai. Oriunde ar fi, Elle e bine ascunsă.

Am dat din cap cu solemnitate.

– Știu. Te rog să nu te mai învinuiești, Rupert! Georg a pus detectivi particulari și firme de securitate din întreaga lume s-o caute. Nimeni n-a descoperit niciodată nimic.

Rupert s-a încruntat.

– E foarte neobișnuit! În mod normal, atunci când cineva dispare, rămâne *ceva* în urmă, un indiciu care ne ajută să găsim acea persoană. Dar e ca și cum Elle a ta ar fi dispărut în neant. Te admir, Atlas! O cauți de cât timp, de treizeci de ani? Și n-ai renunțat niciodată!

– Dacă m-aș da bătut, nu mi-aș ierta-o în veci, am murmurat eu.

– Știu. Cât despre acel ghimpe din trecut, care te împunge în coastă, Kreeg Eszu..., a spus el, ridicând din umeri, ... omul încă pare să stea ascuns pe acea imensă proprietate a lui.

– Da..., am răspuns eu, uitându-mă țintă la ușa ce dădea în apartamentul în spatele căruia eu și Elle ne pitiserăm cu trei decenii în urmă, ...nu pot decât să presupun că, după ce i-a murit soția, și-a pierdut și el dorința de a trăi. Probabil că pur și simplu a renunțat la vânătoare.

Rupert a mijit din ochi, în timp ce se gândea la o asemenea posibilitate.

– Sunt mari șanse să ai dreptate. Câți ani ar avea acum fiul lui?

Mi-a luat o clipă să calculez.

– Cred că aproximativ aceeași vârstă cu Maia. Șase sau șapte ani.

– Sărmanul de el! E greu să pierzi o mamă. Și să-l aibă ca tată pe psihopatul ăla... Nu pot să-mi imaginez cum o fi pentru băiat.

Nu mă gândisem la asta.

– Cred că ai dreptate, Rupert. Nu-l invidiez pe Kreeg Junior.

– Nu, nicidecum, a spus prietenul meu, punând jos ceașca și farfuria. Iar acum haide să trecem la chestiunea în cauză, dacă nu te superi!

– Da, te rog! Sunt curios.

– Bun, a spus Rupert, împreunându-și vârfurile degetelor. De unde să începem... Îți amintești de scindarea Vaughan-Forbes din anii '40, atunci când a murit Archie, tatăl lui Louise, iar Teddy a moștenit High Weald?

– Da, îmi amintesc destul de limpede.

– Bun, asta prinde bine! Știi că Teddy s-a căsătorit cu o irlandeză pe nume Dixie? Și că împreună l-au avut pe Michael?

– Vag. Sincer vorbind, descendența lui Teddy Vaughan nu prea era pe lista mea de priorități.

– Nici o grijă, detaliile nu sunt importante! Dacă ne întoarcem puțin mai în urmă, îți amintești de o femeie pe nume Tessie Smith, din perioada în care tu și Elle ați locuit la High Weald?

Era un nume pe care nu-l mai auzisem de foarte multă vreme. Dar nu uitasem situația dificilă în care se găsise cândva biata fată.

– Da. Era o Land Girl.

Rupert părea mulțumit.

– Perfect corect, bătrâne!

Am sorbit din ceai, încercând să-mi amintesc de ea.

– De fapt, Tessie era destul de prietenoasă cu Elle.

Rupert a dat din cap, cu un aer plin de înțelepciune.

– M-am gândit eu! a exclamat el, inspirând adânc. Iar acum, pregăteşte-te! Sunt în posesia unei bombe privitoare la familia Vaughan. Practic, n-am cum s-o spun delicat, dar...

– Tessie a rămas însărcinată cu copilul lui Teddy, iar Flora i-a dat bani fetei, i-am luat-o eu înainte, dezamorsându-i cu răceală bomba.

Rupert părea puţin abătut.

– Corect! Prin urmare, personalul ştia.

Văzându-i indignarea, am râs pe înfundate, iar el s-a ruşinat şi s-a scuzat:

– Îmi pare rău, n-am vrut să te jignesc...

Am ridicat o mână ca să-l liniştesc şi i-am spus cu toată sinceritatea:

– Nici vorbă! Ca răspuns la întrebarea ta, da, aşa a fost, din păcate. Cu toţii ştiam. Tessie n-a făcut un secret din asta.

Rupert şi-a luat capul în mâini şi a chicotit.

– Of, of, ce sălbatic a mai fost şi Teddy, nu? a spus el, făcând apoi o scurtă pauză ca să-şi adune gândurile. Ei, bine, află că Tessie a murit acum cinci ani, în 1975.

– Îmi pare rău. Ştii dacă a născut copilul lui Teddy?

– Da, e vorba de o fată. Numele ei e Patricia Brown.

– Brown?

– Numele de familie al celui de-al doilea soţ. Decedat şi el.

– Înţeleg.

Îmi venea greu să ţin pasul, dar m-am străduit.

– Ca să fie absolut clar, află că până acum câteva săptămâni eu n-am ştiut nimic despre întreaga situaţie. Se pare că Louise era la curent cu aproape tot, dar nu s-a gândit să-mi spună, fiindcă era o chestiune care o privea pe Tessie personal.

Gândindu-mă la loialitatea lui Louise, am zâmbit. Mama ei ar fi fost mândră de o astfel de trăsătură de caracter.

– De ce îmi spui toate astea, Rupert?

El s-a uitat prin librăria goală, ca și cum ar fi vrut să verifice dacă nu cumva trăgea cineva cu urechea. Nu mă îndoiesc că era un obicei pe care-l deprinsese în anii de serviciu.

– Acum câteva zile, am primit un telefon de la Palatul Buckingham.

– De la Palatul Buckingham?! Adică de la familia regală britanică?! am întrebat, uimit.

Rupert părea mulțumit de răspunsul meu.

– Corect... deși nu Maiestatea Sa a fost cea care a sunat, ci un membru al Agenției regale de informații, a spus el, după care a făcut o pauză pe care era greu să n-o atribui efectului dramatic. În orice caz, pe scurt, am o mică știre cu care, îndrăznesc să spun, *nu* erai la curent.

Stăteam ca pe ghimpi.

– Și anume?

– Mama lui Louise, Lady Flora Vaughan – născută MacNichol – a fost rodul unei afaceri amoroase a regelui Edward al VII-lea.

Ca să fiu drept cu Rupert, trebuie să recunosc că el făcuse acea pauză dramatică pe bună dreptate. Am clătinat din cap, uluit.

– Ce naiba?!

El a zâmbit larg. Se amuza.

– Știu. Ăsta-i adevărul, așa am fost asigurat.

De șoc, am scos un hohot de râs sacadat.

– Incredibil! Louise cunoștea amănuntul *ăsta*?

– Bineînțeles că nu, dragă prietene, și nici nu trebuie să-l cunoască.

Brusc, Rupert a devenit sobru.

– Vrei să spui că Louise *încă* nu știe? m-am mirat eu.

– Nu. Palatul cunoaște foarte bine faptul că, în calitate de membru al familiei serviciilor secrete britanice, trebuie – ba chiar sunt *obligat* – să nu divulg astfel de informații confidențiale.

Mi-am întins brațele și m-am uitat de jur împrejur.

– Păi, Rupert, atunci bine că eu nu lucrez pentru sovietici așa-i? Având în vedere că nu i-ai spus nici măcar soției tale, de ce naiba îmi spui mie?

– Ajung imediat şi acolo, m-a asigurat prietenul meu, făcând o scurtă pauză ca să-şi formuleze cât mai bine următoarea frază. Dacă eşti descendentul direct al unui monarh britanic, se pare că familia regală... nu te scapă din ochi, a spus el, începând să se foiască pe scaun, stânjenit. Ştii tu... ca să se evite orice *situație jenantă* care ar putea...

– Dăuna renumelui? am sugerat.

– Întocmai, a confirmat Rupert. În acest scop, Palatul a urmărit cu interes clanul MacNichol. Şi astfel, a urmărit-o pe Tessie Smith, care, după toate aparențele, a dus o viață liniştită şi, în mare parte, neinteresantă.

– Atunci, de ce au simțit cei de la Palat nevoia să ia legătura cu tine? am întrebat.

Rupert şi-a dres glasul.

– Fiica lui Tessie şi a lui Teddy, Patricia, nu e genul timid şi retras cu care Palatul să fie mulțumit. E catolică convinsă, până la punctul în care asta ajunge să fie în detrimentul ei.

– După cum se zice..., am murmurat, căutând în gând expresia englezească ce corespundea cel mai bine. ... iazul de foc şi pucioasă?

Rupert a pocnit din degete.

– *Exact!* Din câte mi-au spus cei de la Palat, Patricia însăşi are două fiice. Prima, Petula, s-a născut acum optsprezece ani. Se pare că se descurcă foarte bine şi că e studentă la propria mea *alma mater*, Universitatea din Cambridge.

M-am bucurat să aud asta.

– Ce realizare minunată, având în vedere provocările cu care s-o fi confruntat în viață!

– Perfect de acord. Acum, în ceea ce priveşte cel de-al doilea copil... există o diferență de vârstă semnificativă. De fapt, se pare că Patricia tocmai a născut.

Mă străduiam să-l urmăresc.

– N-ai zis că soțul ei a murit?

Rupert a încuviințat din cap.

– *Exact*. Palatul nu găsește nici o informație despre tatăl acestui copil. Prin urmare, putem presupune că a fost conceput și născut în afara căsătoriei, ceea ce ar dezgusta comunitatea catolică a Patriciei.

– Și ce s-a întâmplat cu copilul?

Rupert s-a ridicat în picioare.

– Atlas, iată *motivul* pentru care am primit un telefon de la Palat acum câteva zile! Se pare că Patricia și-a dus copilul la un orfelinat din East End, ca să-și ascundă rușinea.

Rupert s-a dus la vechiul birou de lemn care fusese cândva al meu.

– Încă mă chinui să înțeleg de ce Palatul a considerat necesar să te sune pe tine. Dacă cei de acolo sunt îngrijorați că li se pătează reputația, cum naiba ar putea un copil care nu știe nimic despre propriul trecut, să le spună tabloidelor că are pretenții legate de succesiunea la tron?!

În timp ce scotocea prin hârtii, Rupert a ridicat din umeri.

– Mi-am pus și eu întrebarea asta. Cei de la Palat mi-au spus că răposatul rege ținea foarte mult la familia lui și că, informându-mă, și-au făcut doar datoria, a zis el, tăcând apoi pentru o vreme și uitându-se, prin sticla vitrinei, la forfota de pe Kensington Church Street. Presupun că, în acest caz particular, ideea e că bebelușul trebuie să fie adoptat și îngrijit corespunzător.

M-am ridicat și m-am dus și eu la birou.

– Dar bănuiesc că Palatul n-ar fi informat pe oricine despre o asemenea afacere!

– Ai dreptate. M-au informat doar pentru că am fost membru MI5.

– Deci, Palatul se așteaptă ca tu să acționezi pe baza informațiilor primite?

Rupert a evitat să mă privească în ochi și a continuat să răsfoiască documentele.

– Cam așa ceva. Ei, am dat peste ce căutam! Bun! Am ceva pentru tine.

Mi-a înmânat un plic alb, pe care era scris, cu o caligrafie dezordonată:

Eleanor Tanit, prin grija lui Louise Forbes de la librărie

– Acum câteva săptămâni, plicul ăsta a ajuns în cutia poștală de aici, împreună cu o scrisoare pentru Louise și cu un bilet de la avocatul lui Tessie. Acesta din urmă își cerea scuze fiindcă durase atât de mult să afle cine era „Louise Forbes de la librărie".

M-am uitat atent la plic, care părea desfăcut.

– Ai citit?

– Nu, bătrâne! Dar am citit scrisoarea adresată lui Louise și îmi imaginez că cele două seamănă.

Am deschis plicul și am citit.

Te salut, Eleanor,

Sper că ești bine, draga mea! Îmi pare rău că n-am mai vorbit. Sper că-ți amintești de mine!

N-am stat prea bine cu sănătatea în ultima vreme și m-am gândit să le scriu celor care au fost amabili cu mine pe când lucram la High Weald.

Tu, în special, ai fost întotdeauna cumsecade. Știi că mi-a fost greu atunci și că nu toată lumea credea că am făcut bine spunându-le tuturor despre mine, Teddy și copil.

Dar tu m-ai sfătuit să mă apăr și mi-ai prevestit că, astfel, totul avea să fie bine.

Și știi ce, așa a fost! Am născut o fetiță minunată, pe Patricia, care mi-a oferit multe prilejuri de bucurie de-a lungul anilor. Chiar dacă-i cam arțăgoasă uneori, nu-i rea. Ea și soțul ei mi-au dăruit și o nepoată minunată.

Până la urmă, m-am descurcat bine.

Oricum, mă opresc aici, ca să nu turui. Am vrut doar să-ți mulțumesc câtă vreme mai am suflu în plămâni. Salutări soțului tău!

Cu drag, prietena ta,

Tessie x

Am pus scrisoarea în plic.

– Nu știam că prietenia cu Elle a însemnat atât de mult pentru Tessie!

– Nici eu despre cea cu Louise, a răspuns Rupert. Louise s-a emoționat foarte tare după ce a citit scrisoarea care îi fusese adresată. A fost foarte frumos din partea lui Tessie să le trimită, nu-i așa? Asta spune multe despre caracterul ei.

– Așa-i, am spus eu cu glas scăzut.

– Îmi pare rău doar că n-am izbutit să-i trimitem celuilalt destinatar scrisoarea pe care tocmai ai citit-o.

– Și mie, am șoptit eu, iar după aceea între noi s-a așternut o tăcere apăsătoare, timp în care m-am uitat țintă la vechiul meu prieten. Știu ce ai de gând să-mi ceri, Rupert!

El a dat încet din cap.

– Înainte să spui ceva, află că am luat în considerare toate opțiunile. Sunt cu zece ani mai în vârstă decât tine, iar Louise are o vârstă apropiată de a mea. Bineînțeles, m-am gândit să-i întreb pe Laurence și pe Vivienne, dar au probleme cu banii după ce i-au trimis pe băieți la o școală particulară ale cărei costuri nu și le pot permite. Mai rău, tocmai au aflat că Orlando e epileptic. N-ar putea s-o scoată la capăt cu încă un copil.

Am tras aer adânc în piept.

– Dar rudele din partea lui Teddy? Știi, cei care locuiesc pe uriașa proprietate de la țară? Acolo nu e suficient loc pentru copil?

Rupert și-a trecut mâinile prin păr.

– Ai dreptate. Teddy și Dixie încă locuiesc la High Weald. Fiul lor, Michael, e un tip cumsecade. De fapt, tocmai are o fiică nou-născută, Marguerite.

– Nu i-ar plăcea ca fiica asta să aibă un partener de joacă, Rupert? Copilul despre care vorbim îi e chiar rudă de sânge lui Michael!

Rupert mi-a pus o mână pe umăr.

– Te rog să mă crezi când îți spun că m-am gândit la asta. Dar Palatul s-ar putea supăra din pricina repercusiunilor care ar exista dacă i-aş împărtăşi lui Michael toate informaţiile astea.

Acele vorbe ale lui Rupert m-au enervat de-a dreptul. De ce să fie greşeala unui ticălos problema mea?

– Păi, n-ar fi de dorit, nu-i aşa? am comentat eu, ironic.

M-am îndepărtat câțiva paşi și am încercat să mă calmez uitându-mă la ilustrațiile expuse în secțiunea pentru copii.

– Ca să fiu foarte sincer, bătrâne, nu, n-ar fi de dorit. Cei de la Palat pot fi destul de agresivi atunci când vor. Există un motiv pentru care au supraviețuit atât de mult timp, a răspuns Rupert luând, nervos, o înghițitură de ceai.

M-am uitat la exemplarele frumos aranjate din *Alice în Țara Minunilor*, care, fără îndoială, fuseseră aşezate pe raft de Louise. Am luat una dintre cărți, am deschis-o și i-am inhalat mireasma de vanilie. Întorcându-mă, m-am uitat la librărie şi m-am simțit transportat în trecut, pe vremea când eu și Elle nu făceam altceva decât să citim şi să aducem cărți noi. Nu ne aveam decât unul pe celălalt și eram fericiți. Dar nimic din situația noastră înfloritoare de atunci n-ar fi fost cu putință fără bunătatea lui Rupert și a lui Louise, şi înainte de ei, a lui Archie şi a Florei. La fel ca în cazul familiei Halvorsen, îmi jurasem să face orice ca să răsplătesc familia Vaughan.

Ştiam deja care urma să fie răspunsul meu, dar am vrut să-l pun pe Rupert pe jar.

– Aşadar, nu se face ca familia lui Teddy să ducă povara „greşelii" lui. Dar domnul Tanit, grădinarul, n-are decât să se descurce? am întrebat eu ridicând din sprâncene, iar efectul a fost cel dorit, fiindcă Rupert a părut să ia foc de-a dreptul.

– Bineînțeles că nu, dragă prietene! Nici gând să-ți forțez mâna. Cert e că ai adoptat recent două fetițe minunate şi că le-ai oferit amândurora mai multă dragoste decât ar fi putut visa vreodată, plus cel mai minunat stil de viață. Auzind că fiica Patriciei avea nevoie de o familie, fireşte că m-am gândit imediat la tine!

Am dat din cap în semn că eram de acord și am spus:
– Da, dacă pui problema astfel, eu sunt soluția logică.
Apoi am tăcut, mulțumindu-mă să-l privesc țintă pe Rupert, ceea ce a părut să-l chinuie foarte tare.
– Deci? Mai e loc pentru încă o prințesă în palatul tău magic?
M-am dus la el.
– Flora și Archie Vaughan au avut grijă de mine și de Elle la nevoie. Cât despre tine și Louise... fără ajutorul vostru, nu știu dacă aș mai fi fost în viață astăzi, am adăugat, apoi am zâmbit larg și i-am strâns mâna. Ar fi un privilegiu să vă răsplătesc!
Rupert a părut că avea să se prăbușească de ușurare.
Mai târziu, după-amiază, am ajuns la orfelinatul Metropolitan and City Foundlings din East End. Rupert dăduse telefoanele necesare ca să se asigure că fetița putea să vină cu mine la Geneva în aceeași seară.
– Palatul e foarte mulțumit de felul în care s-a rezolvat problema, mi-a spus el pe un ton plin de discreție.
– Sincer vorbind, nu dau doi bani pe Palat, Rupert! O fac pentru familia ta, am răspuns eu, după care m-am uitat la copilul adormit pe care-l țineam în brațe. Și a mea.

CAPITOLUL 49

August 1980

Pericolul înaintării în vârstă constă în faptul că trebuie să-i vedem murind unul câte unul pe cei pe care îi iubim.

În iulie m-a sunat Eddie, micuțul împreună cu care călătorisem pe RMS *Orient*. De mai bine de douăzeci și cinci de ani, el făcea parte oficial din clanul Mackenzie, dar motivul pentru care m-a contactat la Atlantis nu era unul fericit. Cu glas tremurător, m-a anunțat că tatăl lui, Ralph, murise.

L-am consolat la telefon vreme de o oră, amintindu-i tot ce făcuse familia lui pentru mine. Am fost profund tulburat de vestea morții lui Ralph și am plâns un prieten drag, care fusese de încredere și fidel până la sfârșit.

O săptămână mai târziu, eram la Adelaide, la înmormântarea lui Ralph. Zilele în care, ca să ajung în Australia, ar fi trebuit să mă îmbarc într-o călătorie epopeică pe mare, erau de mult apuse. Acum puteai fi în cealaltă parte a lumii în douăzeci și patru de ore. Văzută din afară, proprietatea Alicia Hall părea la fel de opulentă și de luxuriantă ca întotdeauna, iar după ce am intrat pe poartă, un tânăr bine îmbrăcat, cu părul blond, s-a apropiat de mine și mi-a strâns mâna. Era Eddie Mackenzie.

– Domnule Tanit, vă mulțumesc că ați venit!

– Eddie! Îmi pare atât de rău pentru pierderea pe care ai suferit-o!

El și-a plecat capul.

– Mulțumesc.

În acel moment, Eddie a redevenit un copil de cinci ani, iar eu m-am emoționat și l-am cuprins pe după umeri.

– Nu pot să-ți spun cât mă bucur să te revăd! Sunt sigur că nu-ți aduci aminte, dar eu îmi amintesc de tine de pe vremea când erai mic. Ne aflam amândoi pe vasul care te-a adus aici.

Eddie a zâmbit.

– Mi-a povestit tata. Vă prețuia mult, domnule Tanit! Povestea adesea despre cum i-ați salvat pe acei oameni de la minele de opal.

Părea să fi trecut o veșnicie de la acea zi dramatică.

– Ei, bine, fără tatăl tău, nu știu unde aș fi fost acum. Îi datorez foarte mult!

La slujba de înmormântare au venit foarte mulți oameni, peste o sută de persoane, ca să asiste la îngroparea cenușii lui Ralph în grădină. După aceea am căutat-o pe Ruth Mackenzie, care a părut foarte emoționată de faptul că făcusem efortul de a veni la Alicia Hall în memoria soțului ei.

Cu toate astea, exista o singură persoană cu care voiam neapărat să mă întâlnesc la Adelaide în ziua aceea – Sarah. Se poate spune că firii ei grijulii îi datoram tot ceea ce eram în prezent. În cea mai întunecată perioadă a vieții mele, optimismul și căldura ei mă scoseseră din adâncul disperării. Dar n-o vedeam nicăieri.

– Ți-o amintești, Ruth? am întrebat.

– Bineînțeles, domnule Tanit! De fapt, ea și soțul ei au venit la Alicia Hall de multe ori de-a lungul anilor. Iar Sarah chiar s-a căsătorit cu un Mercer!

– Zău? am spus, bucuros pentru ea.

– Da. Francis Abraham, un om foarte cumsecade. E fiul lui Charlie, al cărui tată e fiul lui Kitty și a cărui mamă e fiica menajerei lui Kitty, Alkina.

Misterioase sunt căile universului! Niciodată n-aş fi zis că Sarah, orfana, avea să devină într-o zi membră a uneia dintre cele mai bogate familii din lume. Mi-am amintit de ambiţiile ei, pe care mi le dezvăluise în timpul primei noastre conversaţii:

„Sper să găsesc de lucru și să fac niște bani. Și să-mi găsesc și io pe cineva!"

– De fapt, e o poveste foarte frumoasă, a adăugat Ruth. Sarah l-a cunoscut pe Francis la Misiunea Hermannsburg, atunci când a fost în vizită acolo împreună cu Kitty. Și n-a mai plecat!

Am bătut din palme de încântare.

– Cât de mult mă bucur că a avut o soartă fericită, Ruth! Dumnezeu ştie că merita, am spus, iar apoi am observat că Ruth a tresărit uşor la auzul cuvintelor mele. Pot să te întreb de ce ea și Francis n-au venit la înmormântare?

Ruth a suspinat.

– Știu că Eddie a încercat din răsputeri să ia legătura cu ei. Sarah a însemnat foarte mult pentru el. Dar nu sunt uşor de găsit.

– De ce?

– Ultima lor adresă a fost la Papunya. E un sătuc minunat, plin de oameni creativi. Acolo au avut-o pe fiica lor, Lizzie.

– Botezată după regina Elisabeta, pun pariu! Tipic pentru Sarah, mi-am amintit, zâmbind afectuos.

– Exact, Atlas! Dar Lizzie a crescut și a devenit cam zurbagie. A cunoscut un bărbat din sat, care era pictor. Cred că numele lui e Toba. Un artist aborigen foarte talentat, dar mă tem că era și un beţiv notoriu. Sarah și Francis n-au vrut să-și dea acordul pentru căsătoria lor. Așa că Lizzie și bărbatul acela au fugit.

Remarcam că Lizzie era la fel de încăpăţânată ca și mama ei.

– Înţeleg. Unde s-au dus?

Ruth a suspinat.

– Tocmai asta e problema. Nimeni nu ştie. Se pare că Francis și Sarah bat toată brusa în căutarea fiicei lor. Practic, au devenit de negăsit.

Biata Sarah! Nu merita să aibă parte decât de fericire, dar se părea că aceasta îi era refuzată de cineva care era chiar sânge din sângele ei.

– Mi-ar fi plăcut foarte mult s-o reîntâlnesc pe Sarah, i-am spus eu lui Ruth. Te rog ca, atunci când o s-o revezi, să-i transmiți cele mai calde urări și să-i spui că am întrebat de ea. Mi-ar plăcea să reluăm legătura după atât amar de vreme!

– O să am grijă, domnule Tanit. Îți mulțumesc din nou că ai venit!

Mi-am petrecut restul amiezii plimbându-mă prin Alicia Hall și făcând conversație cu angajații imperiului Mercer, care nutreau cu toții o admirație și un respect enorme față de fostul lor șef. Unii încă lucrau în minele de opal și mi-a făcut mare plăcere să stau la povești cu ei despre vremurile și metodele de minerit de altădată. Pe măsură ce soarele scăpăta tot mai mult pe cerul arzător, mi-am luat rămas-bun de la gazdele mele și de la Alicia Hall. Fusese o onoare s-o revăd pentru ultima oară. Înainte să plec, Eddie a venit la mine alergând.

– Domnule Tanit, mama a spus că ați întrebat de Sarah!

– Da. Înțeleg că nu puteți lua legătura cu ea.

– Nu, dar… mi-a venit o idee. Zilele trecute, pe când răscoleam prin documentele tatei, am găsit testamentul lui Kitty Mercer. Se pare că ea avea o casă în Broome, pe care le-a lăsat-o lui Sarah și lui Francis, pentru ca Lizzie s-o moștenească mai târziu. Dacă aș avea mai mult timp, de acolo aș începe căutarea. Dar acum trebuie să mă ocup de afaceri, în care e mare debandadă, mi-a destăinuit bietul Eddie, care părea îngrozit de atare perspectivă.

– Ce interesant! Broome… ăăă… pe unde vine asta?

– E un orășel minier în nord-vestul țării, la care ați putea ajunge cu avionul. Dar e locul în care, la începuturile ei în Australia, Kitty a locuit vreme îndelungată. Mai mult nu știu. Stați să vă scriu adresa!

– Îți mulțumesc, Eddie!

În după-amiaza următoare, am coborât din avionul cu elice, descinzând pe micul aeroport din Broome după un zbor de legătură pe care-l luasem de la Darwin. M-am urcat într-un autobuz din port și am ajuns în centrul orașului, care era mic și plin de praf. Pe strada principală, Dampier Terrace, se aflau un tribunal, un amărât de centru de informații pentru turiști și un muzeu al perlelor. Mi-am dat seama că orașul era locul în care, pe vremuri, începuse totul pentru familia Mercer. M-am uitat în josul drumului portocaliu și arid și mi-am imaginat-o pe tânăra și frumoasa Kitty topindu-se sub soarele de la antipozi și tânjind după răcoarea vântului scoțian.

M-am îndreptat spre centrul de informații și am cerut îndrumări.

– Știi cum pot găsi adresa asta, te rog? am întrebat, dându-i operatorului bucata de hârtie pe care o primisem de la Eddie.

– Desigur, amice, trebuie doar să urmezi drumul principal, care iese din oraș cale de aproape un kilometru și jumătate. N-ai cum să-l ratezi decât dacă nu cumva te hotărăști s-o iei prin bălării!

Am urmat instrucțiunile operatorului. Drumul mi-a luat aproape o oră. După ce am mers prin căldura aceea cumplită, m-am bucurat să văd în cele din urmă o construcție care, spre surprinderea mea, era relativ modestă. Casa aceea din Broome era foarte departe de luxul de la Alicia Hall. Fațada de lemn era veche și dărăpănată, iar grinzile care susțineau marchiza păreau că stăteau să se rupă în orice moment. Lângă casă se afla un mic bungalow cu acoperiș de tablă. Dacă aș fi avut de ales, nu știam în care dintre cele două aș fi vrut să locuiesc, la o adică.

Era liniște și nu credeam să fie cineva acolo. Ajunsesem, totuși, la destinație, așa că m-am dus la ușă și am bătut. În timp ce urcam treptele scârțâitoare ale verandei, am observat că ușa era întredeschisă. Am împins-o ușurel.

– Hei! E cineva acasă? Hei! am strigat, dar n-am auzit nici un sunet. Sarah! Ești acasă, Sarah? Francis?

Am făcut un pas înăuntru, apoi am străbătut vestibulul și am strigat pe scară în sus, dar n-am primit nici un răspuns. În consecință, m-am resemnat cu gândul că aveam să mă întorc în oraș. În timp ce mă îndreptam spre ușă, am aruncat o privire în bucătăria dezordonată. Țeava chiuvetei picura, așa că m-am dus să închid robinetul. Am observat că pe masă se afla o ceașcă de cafea pe jumătate băută, cu ceva mucegai deasupra. Asta mi-a stârnit curiozitatea și am deschis frigiderul. Da, acolo se găseau o jumătate de litru de lapte stricat și niște pâine și brânză râncede.

Cineva fusese acolo de curând. Judecând după starea alimentelor perisabile, poate că asta se întâmplase cu doar câteva zile în urmă. Trăgând nădejde, m-am întors la Broome și am intrat în Luggers, primul bar peste care am dat, ca să vorbesc cu localnicii.

Luggers era întunecat și sumbru, dar acolo te puteai adăposti de temperaturile ridicate de afară. M-am așezat pe unul dintre scaunele decrepite al barului și am comandat un suc de portocale. După ce mi-am făcut curaj cât de cât, l-am întrebat pe barman dacă îi cunoștea pe Sarah sau pe Francis Abraham.

Omul s-a oprit din lustruit pahare și s-a gândit o vreme.

– Numele astea nu-mi spun nimic, amice. Îmi pare rău!

Am suspinat.

– Nu face nimic! Cei doi locuiesc în casa veche de la marginea orașului. M-am gândit că au fost pe-aici de curând.

La celălalt capăt al barului, un bărbat care avea în față o halbă mare de bere cu spumă m-a întrebat:

– Ce, fosta casă a lui Mercer?

M-am întors spre el.

– Da, exact!

Bărbatul s-a scărpinat în bărbie.

– Hmmm… Ciudat! Am văzut pe cineva acolo de curând. Dar nu cuplul de care zici.

M-am ridicat și m-am apropiat de el.

– Pot să întreb pe cine?

El s-a încruntat.

– Am văzut o fată. Una borțoasă, de fapt.

– Însărcinată?

– Da, amice, zici că stătea să explodeze, a răspuns el, după care și-a tras nasul și a luat o gură de bere. Soția mea ține băcănia de peste drum. Îi mai lăsa fetei una-alta cu ceva timp în urmă.

– Asta chiar mă ajută, mulțumesc!

Omul a ridicat din umeri și s-a întors la berea lui. Cine să fi fost în casa lui Kitty? Aș fi înclinat să cred că un infractor, dar acolo totul părea să fi fost într-o oarecare ordine. În plus, câte hoațe însărcinate își comandau mâncare și-și făceau cafea? Să fi fost...?

Mi-am dat pe gât sucul de portocale și am ieșit din bar, mijind din ochi în soarele orbitor. M-am întors la centrul de informații și am întrebat unde se afla cel mai apropiat spital. Era o șansă mică, dar speram că femeia care tocmai plecase din casă nu-și mai băuse cafeaua fiindcă intrase în travaliu.

Trebuie să recunosc, cititorule, că intrarea mea furtunoasă în spitalul Broome ca să întreb despre o persoană străină a fost unul dintre cele mai ciudate lucruri pe care le-am făcut în viața mea. Într-un sfert de oră, am ajuns la o clădire care părea mică și anostă. Totuși, după ce am intrat, am fost încântat să văd că nu se deosebea de centrele medicale din Geneva.

M-am repezit la recepție.

– Îmi cer scuze, dar caut o femeie care a născut de curând! Sau poate că *naște* chiar acum!

Femeia de la recepție a chicotit.

– Fii mai explicit, amice! Cum o cheamă?

Am făcut o pauză, după care am spus:

– Elizabeth.

– Și mai cum?

– Ăăă..., am mormăit, luându-mi capul în mâini. Mercer! Nu, *Abraham*, cred! Stai, scuze, s-a căsătorit, nu-i așa? Te rog să mă ierți, nu-i știu numele de familie!

Femeia s-a uitat la mine ca la un nebun.

– Îi ești rudă, domnule? Nu lăsăm pe oricine să intre. Mai ales oameni care nici măcar nu sunt siguri care-i numele pacientului...

– Nu, bineînțeles că nu, înțeleg perfect! Nu cer să intru. Dar mă întreb dacă ai putea să-mi confirmi că o femeie cu numele de Elizabeth a născut de curând aici.

Recepționera nu părea prea dornică să-mi dea detalii.

– Chiar n-ar trebui să fac asta!

– Ți-aș fi recunoscător! Întreb doar pentru că e fiica unui prieten și n-a mai fost văzută de ceva vreme. Aș vrea doar să mă asigur că n-a pățit nimic. Pe urmă plec, promit!

Femeia m-a măsurat din cap până-n picioare.

– Fie, amice! Ia loc, iar eu sun la maternitate!

Vreme de o jumătate de oră, m-am uitat la peretele din recepția albă și sterilă, întrebându-mă ce aș fi făcut dacă se confirma că Lizzie era internată. Șirul gândurilor mi-a fost întrerupt atunci când m-a abordat o femeie cu pielea de culoarea cojii de nucă și cu ochii de cea a alunei. Era îmbrăcată în halat albastru de asistentă medicală.

– Dumneavoastră sunteți domnul care a întrebat de Elizabeth?

– Da.

Asistenta mi-a zâmbit.

– Vă rog să mă urmați!

M-a condus pe un coridor și m-a dus într-o rezervă în care se găseau un pat și două scaune.

– Vă rog să luați loc, m-a invitat ea. Numele meu e Yindi!

Mi-a întins mâna.

– Iar eu sunt Atlas. Mă bucur să te cunosc, Yindi!

– Ești prieten cu Elizabeth?

M-am frecat la ochi.

– De fapt, e ceva mai complicat. Eu și Elizabeth nu ne-am cunoscut. Dar sunt… rudă cu mama ei, Sarah.

Am mințit, dar știam că, în calitate de membru al familiei, aveam dreptul la mai multe informații. Yindi părea puțin tristă.

– Lizzie vorbea mult despre mama ei.

– De-asta sunt aici, de fapt. Am venit s-o caut pe Sarah. Am fost la ea acasă, dar n-am găsit pe nimeni. Apoi am auzit că o femeie însărcinată a locuit acolo de curând, ceea ce m-a adus aici.

– Bun, domnule Atlas, a spus Yindi, dându-mi ușurel o palmă peste braț. Acum câteva săptămâni, Lizzie a venit aici. Era în travaliu.

– O însoțea cineva? Soțul ei, poate?

Yindi a clătinat din cap.

– Nu. Lizzie mi-a povestit despre el. O părăsise cu aproape o lună înainte.

– O, Doamne, biata fată!

– Da. Iar travaliul a fost dificil. Aproape patruzeci de ore, a povestit Yindi, cutremurându-se în clipa în care și-a amintit. Copilul era… îndărătnic. Nu răspundea la manevrele noastre medicale. Așa că am apelat la strămoși.

Am ridicat din sprâncene.

– O, ai descendență aborigenă?

Yindi a chicotit.

– Nu se vede, domnule Atlas? I-am rugat pe strămoși să ajute copilul. Iar ei au făcut-o. Dar mi-au mai spus și că…, a adăugat ea, suspinând, … mi-au spus că mama n-o să supraviețuiască.

Am încremenit.

– O, nu… Deci Lizzie nu mai e! am exclamat, simțind că mă durea sufletul pentru Sarah, iar Yindi a clătinat din cap, confirmându-mi spusele. Și copilul?

– Fetița e sănătoasă și plină de viață.

– Mă bucur să aud asta! Pot să te întreb ce s-a întâmplat cu Lizzie?

– A făcut o infecție post-partum foarte gravă. Am încercat din răsputeri s-o ajut să lupte, dar singurele medicamente la care a răspuns erau cele tradiționale, care nu pot salva o viață, ci îi pot doar îmbunătăți calitatea. Lizzie a mai trăit șapte zile – înainte s-o ia, strămoșii i-au acordat o săptămână împreună cu fiica ei. Îmi pare rău, domnule Atlas!

Am tăcut o vreme. Venisem la Broome ca să găsesc o veche prietenă și, în schimb, aflasem niște vești care fără îndoială că aveau s-o devasteze.

– Unde e copilul lui Lizzie? am întrebat. A intrat într-o instituție de îngrijire specializată?

Yindi mi-a aruncat un zâmbet ironic.

– Nu. Copilul lui Lizzie e aici.

– Adevărat? Tot aici?

Yindi a confirmat dând din cap cu mândrie.

– Da. Am ținut-o cât am putut de mult. E un copil cu totul deosebit, domnule! Așa mi-au spus strămoșii. E plină de foc! Noi, infirmierele, am încercat să-i găsim o familie, dar n-am avut noroc.

Am fost surprins.

– Vorbești serios? Oricât de trist ar suna asta, credeam că pe potențialii părinți îi interesează mai mult nou-născuții.

Yindi părea abătută.

– Da, dar copilul e de rasă mixtă. Cei de pe aici... nu vor un astfel de copil.

Mi s-a întors stomacul pe dos.

– O, Doamne, e îngrozitor!

– De asta cred că e de datoria mea s-o protejez.

– Înțeleg perfect. Mă simt obligat să-ți mulțumesc că ai avut grijă de ea, Yindi.

– Am făcut tot ce am putut ca să mă ocup de bebeluș cât mai mult timp, așa cum mi-au cerut strămoșii. Dar fetița nu poate să rămână la spital, a spus Yindi, care apoi a mijit din ochi și mi-a zâmbit, ca și cum am fi împărtășit un secret cosmic. Chiar astăzi se întocmesc actele ca să fie mutată la orfelinat! Ce să vezi? *Chiar* în ziua asta! Și apare domnul Atlas..., a adăugat ea, aruncându-mi o privire complice.

– Ce moment... interesant!

Yindi și-a dat capul pe spate și a râs.

– Strămoșii mi-au spus că o să vii. Se pare că te cunosc, domnule Atlas!

Având în vedere miracolele pe care le trăisem de-a lungul vieții, nu puteam pune la îndoială astfel de lucruri, chiar dacă nu le înțelegeam pe deplin.

– Am un respect enorm pentru strămoși. Am trăit în Australia cu mulți ani în urmă. Un Ngangkari mi-a salvat viața, din mai multe puncte de vedere.

Yindi a părut șocată.

– Ngangkari? a întrebat, cu gura căscată.

– Da.

– Domnule Atlas… sunt descendentă Ngangkari! Bunicii mei au fost tămăduitori pentru poporul Anangu. De-asta m-am făcut asistentă medicală.

Un fior mi-a străbătut șira spinării.

– O, Doamne…

– Cunoști darurile poporului meu. Încerc să le îmbin aici cu…, a spus ea, gesticulând larg, … penicilină și transfuzii de sânge!

Am râs.

– Iată o combinație foarte puternică!

– Nu-i de mirare că strămoșii mi-au vorbit atât de limpede despre tine! Suntem legați prin trecutul nostru, domnule Atlas. Ești din nou alături de un Ngangkari!

Preț de o clipă, Yindi și-a împreunat mâinile în rugăciune, apoi s-a ridicat și s-a îndreptat spre ușă.

– Haide! m-a îndemnat ea.

– O, am murmurat, ridicându-mă, unde mergem?

– Să te prezint copilului!

N-am mai apucat să spun nimic. Yindi m-a luat de mână și m-a condus pe coridoarele spitalului. În cele din urmă, am ajuns într-o încăpere plină cu nou-născuți, înfășați și așezați în pătuțuri de plastic. Yindi a intrat și a scos de acolo un pătuț pe rotile, în care se afla un bebeluș ce părea puțin mai mare decât ceilalți.

– Vino! Haide să stăm aici!

Am urmat-o într-o mică sală de așteptare din apropiere, în care se aflau canapele, reviste și toate cele necesare preparării ceaiului. Yindi a ridicat copilul din pătuț.

– Vrei s-o ții în brațe, domnule Atlas?

– Păi, eu...

– Haide, ești expert! Ai crescut deja trei fiice.

– De unde știi?

Ea a ridicat din umeri.

– Strămoșii. Ei știu totul!

Uluit, m-am afundat în pernele vechii canapele galbene, spunând:

– Așa se pare!

Yindi mi-a dat copilul, iar eu l-am luat în brațe. Fetița avea o privire scrutătoare, iscoditoare. M-am uitat la Yindi, care zâmbea cu gura până la urechi, și am spus:

– Ai avut dreptate, Yindi, e cu adevărat impresionantă! Mi-e rușine că n-am întrebat mai devreme, dar Lizzie i-a pus un nume?

Yindi a clătinat din cap.

– Nu, domnule Atlas! După naștere, nu prea era pe deplin conștientă.

– Mi se rupe inima! am spus, iar fetița a scâncit puțin, drept pentru care am legănat-o ușor. Știu că actele pentru orfelinat trebuie să fie gata azi, dar acum, când eu sunt aici și pot să-i identific bunicii, mai trebuie ca micuța să ajungă într-o instituție a statului?

Yindi a suspinat.

– Mi-e teamă că nu-i chiar atât de simplu. Am încălcat deja legile ținând copilul în spital atât de multă vreme.

– Bine! am spus eu, gândindu-mă la alternative. *Dacă* fetița ajunge la orfelinat, există vreo modalitate prin care cei de acolo să garanteze că o s-o țină până când Sarah și Francis vin s-o ia acasă?

Yindi și-a plecat capul, exasperată.

– N-ar fi drept față de copil, fiindcă nu există nici o garanție că ei o să mai vină vreodată!

Dar eu nu m-am lăsat, ci am spus:

– Sunt absolut sigur că, imediat ce află de existența fetiței, bunicii o să vină la ea!

– Și cum vrei să-i anunți? Ai spus că îi cauți. De ce s-au dovedit a fi atât de greu de găsit?

– Sarah și Francis își caută fiica în brusă! am explicat eu.

Yindi a replicat cu fermitate:

– Domnule Atlas, știi cât de mare e Australia? Francis și Sarah ar putea să meargă la nesfârșit în căutarea fiicei lor!

– Înțeleg ce zici, am recunoscut eu.

Yindi mi-a pus mâna pe umăr și m-a străbătut o senzație de căldură.

– Iartă-mi îndrăzneala, Atlas, dar cred că știi deja că azi n-ai ajuns aici din întâmplare!

– Ce vrei să spui?

– Strămoșii spun că o să ai șapte fiice.

Ea s-a uitat stăruitor la fetiță, iar eu m-am ridicat și am așezat-o în pătuț.

– Yindi, oricât de mult mi-ar plăcea să ajut, nu pot lua copilul ăsta. Bunicii ar fi foarte bucuroși să-l găsească!

– Asta n-o să se întâmple, domnule Atlas.

Mi-am sprijinit capul de ușă și am respirat adânc.

– Cum poți să spui așa ceva?!

Yindi a arătat cu degetul în sus.

– Ți-am explicat deja. Strămoșii! a spus ea ridicând din umeri.

– Nu pot să te cred pe cuvânt!

Yindi a venit la mine și mi-a pus o mână pe spate, iar eu am simțit o undă de căldură. Mi-am dat seama că experimentasem ceva asemănător la Coober Pedy, atunci când Yarran își trecuse mâinile peste coastele mele rupte.

– Ai văzut cu ochii tăi puterea strămoșilor. Ai încredere în ei. Nu te îndoi de modul lor de a acționa.

– Dar eu…

– Domnule Atlas, dacă micuța asta e dusă astăzi la orfelinat, așa cum trebuie să fie, atunci nu există nici o șansă ca Sarah și Francis s-o găsească vreodată. S-ar putea ca nici măcar să nu afle despre existența ei. Dar ai putea *astăzi* să-i oferi o viață de dragoste și de sprijin, adică o viață de familie.

– Am venit în Australia la înmormântarea unui vechi prieten, Yindi. Nimic mai mult.

– Tu nu-ți dai seama că există un plan suprem. Ceea ce ție îți par a fi doar o serie de coincidențe remarcabile, a fost scris în stele cu mult înainte ca tu sau eu să ne naștem. Nu-i o întâmplare că te-ai întors în Australia exact în momentul în care copilul ăsta avea nevoie de un cămin. Ai venit pentru că era momentul potrivit.

Spusele ei aveau pentru mine un înțeles deplin. După tot ce văzusem în viața asta, cine eram eu să pun la îndoială natura omniscientă a universului? Mi-a venit o idee.

– Ce-ar fi dacă aș lua-o temporar? Las la spital datele avocatului meu, Georg Hoffman. Astfel, dacă vin Sarah și Francis, ei o să mă poată contacta imediat.

Yindi a chicotit.

– Dacă asta te face să te simți mai bine, firește că poți s-o faci. O să trec toate datele în registrele noastre oficiale, pentru ca bunicii să poată da de tine. Dar, Atlas, așa ceva n-o să se întâmple. Niciodată. Strămoșii mi-au arătat. Fetița e a ta. Fiica numărul cinci.

– Patru, am precizat eu. Poate că strămoșii nu știu chiar *totul*.

Yindi a părut nedumerită.

– Ba nu, a spus ea. Ei știu.

CAPITOLUL 50

1981

Trebuie să-l felicit pe Georg pentru o idee inteligentă. Pe lângă faptul că fetele au primit oficial numele de D'Aplièse, el m-a sfătuit, pe bună dreptate, să avem grijă ca fiicele mele să nu mă strige „Atlas". Numele meu e unic și, de-a lungul anilor, am constatat că e ușor de ținut minte. Siguranța familiei e principala mea prioritate și, chiar dacă Eszu încă se ascunde în imensa lui reședință ateniană, n-o să ezit să iau orice măsură posibilă pentru ca eu și familia mea să ne păstrăm anonimatul.

Atunci când Georg mi-a propus ca fetele să mă strige pe un alt nume, mai degrabă m-am jucat cu o anagramă a lui „Atlas" decât să inventez încă un pseudonim. Îmi iubesc fiicele mai presus de orice, iar ideea de a le minți în vreun fel mi s-a părut detestabilă. Nu găseam nimic deosebit de satisfăcător care să rezulte doar din prenume, așa că am adăugat „Pa" (chiar fetele îmi spuneau astfel), ca să le ajut. După ce m-am jucat preț de câteva clipe cu diverse combinații, am ajuns la „Pa Salt" și am râs în hohote.

La scurt timp după ce apăruse Ally în viața noastră, Maia remarcase, în timp ce stătea pe genunchii mei, că „miroseam a mare".

– Nu sunt sigur că e un compliment, micuță Maia! spusesem eu râzând. Nu-i așa că marea miroase a pește și a alge?

– Nu, răspunsese ea cu fermitate. Miroase a… sare.

Eu chicotisem.

– Atunci, asta nu-i atât de rău, nu? Poate că miros astfel fiindcă sunt mereu pe drumuri.

Era perfect. De atunci, toți cei de la Atlantis mi-au spus „Pa Salt". Am rugat-o pe Marina să mă numească astfel ori de câte ori mi se adresa în preajma copiilor și a noilor membri ai personalului, în număr de doi, care se alăturaseră de curând micii noastre familii ciudate de pe malul lacului Geneva.

Pe Claudia, sora lui Georg, am angajat-o ca menajeră și bucătăreasă cu normă întreagă, ea ajungând responsabilă de hrănirea unui număr tot mai mare de guri. După sosirea celui de-al treilea bebeluș, a fost necesar ca Marina să-și ia o normă întreagă în calitate de dădacă a fetelor. Iar Claudia n-a venit singură, ci însoțită de un fiu adolescent, Christian. Tatăl lui dispăruse din peisaj la scurt timp după ce i se născuse fiul, iar eu am declarat cu toată convingerea că tânărul era mai mult decât binevenit la Atlantis. De la sosirea lui, Claudia a început să vorbească nemțește prin casă, astfel încât băiatul să nu-și uite rădăcinile – o decizie pe care o salut pe deplin. E bine pentru copiii mei să audă cât mai multe limbi străine.

După câteva zile în care am îngrijit fără tragere de inimă peluza și am udat florile, l-am observat pe Christian uitându-se cu jind la barca ancorată pe dig.

– Îți place apa? am întrebat.

El a dat din cap, confirmând.

– Da, domnule!

– Am mai vorbit despre asta, nu-i nevoie să mi te adresezi cu „domnule". „Pa Salt" e suficient, zău așa! Ai condus vreodată o barcă?

– Niciodată.

– Ei, bine, ai vrea s-o faci? am întrebat, ridicând din umeri, iar Christian a făcut ochii mari. Lacul e foarte liniștit în zona asta. Haide să ne distrăm!

Ne-am petrecut după-amiaza plimbându-ne cu barca. Mi-am dat seama de bucuria inegalabilă pe care tânărul o simțea în timp ce naviga. În consecință, i-am spus Claudiei că voiam să-l angajez pe fiul ei atât ca să conducă și să întrețină bărcile, cât și ca să ne transporte între Atlantis și Geneva continentală. Nu mi-am regretat niciodată decizia. Christian e politicos, muncitor și de neprețuit în cadrul personalului meu, la fel ca mama lui.

Până acum, predicția lui Yindi s-a dovedit a fi corectă – nici Sarah, nici Francis nu s-au interesat vreodată de nepoata lor. Oricât de greu ar fi să aștern așa ceva pe hârtie, mărturisesc că sunt recunoscător sorții care a hotărât să-i țină departe de noi pe cei doi bunici, fiindcă Asterope și Celaeno au dezvoltat o legătură incredibil de strânsă. Poate că asta s-a întâmplat pentru că sunt atât de apropiate ca vârstă, dar cei din jur le văd ca fiind de-a dreptul îngemănate din punct de vedere spiritual. Gândul de a le despărți mi se pare acum o adevărată blasfemie.

Încă din acea zi pe care mi-am petrecut-o la spitalul din Broome, n-am izbutit să uit afirmația lui Yindi, conform căreia Celaeno urma să fie a cincea fiică, nu a patra. Deși am renunțat de multă vreme la presupunerea că profeția Angelinei avea să se împlinească, am început de curând să mă întreb dacă interpretasem corect spusele ei. Poate că ghicitoarea a vrut să spună că destinul meu era să *adopt* șapte fiice... dar, în același timp, ipoteza nu se potrivea cu convingerea ei că *prima* mea fiică se născuse în 1951.

Atunci, pentru că nu mai dormeam noaptea din pricina atâtor enigme, am rezervat un zbor spre Granada. Bineînțeles, n-aveam de unde să știu dacă Angelina mai era acolo. Iar dacă mai era, nu știam cum puteam s-o găsesc. Așa că după ce am coborât din avion, am făcut singurul lucru pe care îl puteam face: m-am dus în piața în care o întâlnisem cândva, animat de speranța că ea încă le mai ghicea oamenilor în palmă. Știam că aveam s-o recunosc negreșit. La urma urmei, chipul ei mi se imprimase în subconștient după ce îmi apăruse în vis.

Chiar dacă peste Sacromonte se aşternea mantia toamnei, soarele spaniol ardea cu putere. M-am răsfăţat cu o limonadă proaspătă, cumpărată de la un vânzător local, iar apoi m-am aşezat pe o bancă, la umbră, şi m-am mulţumit să privesc. După absenţa mea de treizeci de ani, piaţa nu se schimbase, deşi mare parte din lumea modernă suferise transformări. Clopotul catedralei strălucea în lumina aurie, exact aşa cum îmi aminteam, iar apele fântânii ţâşneau şi împroşcau la fel ca în trecut. Chiar aş fi putut paria că unele dintre monedele de pe fundul fântânii fuseseră acolo şi cu treizeci de ani în urmă.

Au trecut câteva ore şi am început să-mi reproşez prostia de a mă fi întors fără să-mi fi făcut nici un fel de plan. Am întrebat în jur, dar spaniola mea mediocră şi descrierea generală a unei Angeline mai tinere nu m-au ajutat deloc. Aşa că am rămas pe bancă până la înserat. În cele din urmă, susurul apei şi căldura plăcută a apusului m-au relaxat şi am adormit.

M-am trezit cu o mână pe umăr. Speriat, m-am blestemat în gând pentru că fusesem atât de neglijent. Angelina ar fi putut să treacă pe lângă mine, iar eu n-aş fi ştiut niciodată. M-am uitat uluit la străina care mă trezise.

– Salutare din nou, Atlas!

Ochii blânzi ai Angelinei s-au aţintit într-ai mei.

– Angelina! O, Doamne!

M-am frecat la ochi ca să mă conving că nu visam, dar Angelina era tot în faţa mea. În mod absolut remarcabil, deşi trecuseră treizeci de ani şi ea avea riduri în colţul ochilor, nu părea să fi îmbătrânit nici măcar cu o zi. Am sărit în picioare şi i-am întins mâna. A zâmbit şi a luat-o, apoi m-a tras aproape şi m-a sărutat pe ambii obraji.

– Angelina... eşti aproape neschimbată!

– Eşti foarte amabil, *señor*! Mi-aş dori să pot spune acelaşi lucru despre tine. Ce păr cărunt! Din pricina acelor *bébés*, nu-i aşa?

Încă nu-mi venea să cred că ea se afla în faţa mea.

– Eu... eu... doar... Angelina, de unde ai ştiut că o să fiu aici?

Ea a chicotit şi s-a aşezat pe bancă.

– Erai aşteptat.

M-am aşezat şi eu la loc.

– Aşteptat? am întrebat, arătând spre cer.

Ea a dat din cap în semn de confirmare şi apoi am tăcut amândoi, privindu-ne cu atenţie unul pe celălalt. În cele din urmă, am spus:

– Mă bucur foarte mult să te revăd!

– Şi eu! a răspuns Angelina, zâmbind larg. Ultima dată când te-am văzut, lumea pe care o purtai pe umeri era foarte grea. Iar acum se pare că e mai uşoară ca niciodată. Oare am dreptate, *Padre Sal*?

Am oftat, exasperat. Încă o dată, puterea de pătrundere a Angelinei se dovedea a fi dincolo de înţelegerea mea de om obişnuit.

– Da, bineînţeles! Dar tu n-ai nevoie să-ţi confirm asta.

Angelina a zâmbit.

– Nu se ştie niciodată, Atlas! Nu sunt în stare să interpretez chiar *totul*.

Am rămas tăcut preţ de o clipă, încercând să mă adun.

– Angelina, acum treizeci de ani mi-ai spus că urma să am şapte fiice. După cum cred că ştii, am presupus că aveam s-o găsesc pe Elle a mea şi să facem împreună acei copii.

Ea s-a foit pe bancă, puţin cam stânjenită.

– Ţi-am spus că o să fii tatăl a şapte fiice. Asta a fost tot ce am văzut, nimic altceva. Iar acum ai cinci fiice. Prezicerea mea e aproape completă, nu-i aşa?

Acelaşi lucru mi-l spusese şi Yindi, la Broome.

– Am *patru* fiice. Nu cinci.

Angelina mi-a aruncat o privire mirată. S-a încruntat, apoi s-a apropiat de mine.

– Pot să-ţi văd palma?

– Bineînţeles.

I-am întins palma dreaptă. Ea s-a uitat cu atenţie, după care a clătinat din cap.

– Mă mir. Eu…, a început ea să spună, dar s-a oprit, înfrânându-se. Uneori, mesajele din lumea de sus sunt neclare!

– Ce păcat! i-am răspuns, observând că devenise stânjenită dintr-odată, drept pentru care mi-am retras mâna. Mi-ai spus acum treizeci de ani că prima mea fiică se născuse – deja umbla pe pământ, nu-i așa? am întrebat, iar Angelina, deși și-a păstrat atitudinea șovăitoare, a închis ochii și a încuviințat din cap. Știu că n-aveai cum să te referi la Maia, fiindcă fata s-a născut tocmai în 1974. La ce te refereai? Trebuie să știu, Angelina!

Ea a răsuflat adânc și, înainte să răspundă, s-a uitat la clopotul catedralei.

– Îți înțeleg frustrarea. Pot, încă o dată…? a întrebat, arătând spre mâna mea.

Am ezitat puțin, dar i-am întins-o în cele din urmă, iar ea a dat din cap, recunoscătoare. După ce mi-a examinat palma cu și mai mare atenție decât prima dată, m-a privit drept în ochi.

– Nu m-am înșelat atunci când ți-am spus că prima ta fiică venise pe lume.

Mi-a crescut pulsul.

– Nu?!

– Nu, a răspuns ea, continuând să pară stânjenită. Mărturisesc, prezicerea pe care am făcut-o însemna că, până în momentul de față, voi doi ar fi trebuit să vă găsiți unul pe celălalt.

Apoi a tăcut și și-a plecat privirea.

– Deci *e* pe lumea asta și lipsește din viața mea?

Angelina s-a gândit o clipă.

– Bine zis! Da. E „sora dispărută".

Mi-am luat capul în mâini.

– Astăzi am venit aici cu speranța de a auzi din gura ta că interpretaseși greșit. Că, de fapt, prima mea fiică nu se născuse cu atât de mult timp în urmă, am spus eu trăgându-mi nasul și simțind în ochi usturimea provocată de lacrimi. Am căutat jumătate din viața mea și n-am izbutit să le găsesc pe ea și pe mama ei.

– Dar, a răspuns Angelina cu timiditate, ai găsit altele pe drum.

– Vorbești despre fiicele mele adoptate?

Ea a dat din cap încet, adeverind. M-am lăsat pe spate și mi-am ridicat ochii spre cer. Norii se făcuseră portocalii, luminați de flăcările asfințitului.

– Da. Le iubesc foarte mult! Universul ne-a adus laolaltă printr-o serie de împrejurări remarcabile.

Angelina a rămas pe gânduri.

– Tu spui „remarcabil", eu spun „inevitabil".

– Adică?

Ea a strâns din buze.

– Oamenii sunt legați unul de altul cu mult înainte de a se întâlni în lumea fizică.

Mi se uscase gura și am întins mâna după restul de limonadă, care se încălzise sub bancă. Am luat o înghițitură din lichidul fierbinte, lipicios, și am tresărit.

– Timpul e un stăpân crud, Angelina! Cu fiecare zi care trece, „sora dispărută" se maturizează, iar șansa mea de a fi alături de ea se diminuează. Îmbătrânesc. Pentru numele Domnului, acum ea ar trebui să aibă deja treizeci de ani!

Angelina mi-a pus o mână pe braț.

– Atlas, tocmai ți-am văzut palma. Cu o astfel de linie a vieții, pot spune cu încredere că mai ai mulți ani de trăit pe acest pământ.

În piață a apărut grup de fete care au început să deseneze cu cretă pe dale. Mi-am amintit de prima mea zi la Apprentis d'Auteuil, când unii dintre copii jucaseră șotron. Câteva clipe mai târziu, răutăciosul de Jondrette încercase să-mi spargă vioara, dar Elle mă salvase.

– O să caut în continuare, am hotărât eu. Până când le găsesc pe Elle și pe sora dispărută.

– Știu, a răspuns Angelina cu glas scăzut.

Mă tulbura ideea de a pune următoarea întrebare, dar mi-am luat inima în dinți.

– Crezi că o s-o găsesc, Angelina? Ai grijă să nu-mi dai speranțe false, după cum ai mai făcut-o!

– Nici-o speranță nu-i falsă, Atlas! Speranța e o alegere. Speranța înseamnă să speri chiar și atunci când lucrurile par lipsite de speranță. *Alege* să fii plin de speranță și se pot petrece lucruri uimitoare!

Ca să mă încurajeze, m-a lovit prietenește peste genunchi.

– Atunci, asta e alegerea mea! am exclamat, apoi m-am uitat în fântână. Poate că trebuie să mai arunc o monedă…, am murmurat, abătându-mi privirea către aleea de unde cumpărasem înghețata cu trei decenii în urmă. Apropo, ce mai face verișoara ta? Îmi pare foarte rău, dar nu-mi amintesc cum o cheamă.

Privirea Angelinei și-a pierdut strălucirea pe dată.

– Isadora. Acum ea e împreună cu spiritele.

– Îmi pare foarte rău, Angelina! Fără Isadora, nu ne-am fi întâlnit niciodată.

Angelina și-a trecut mâinile prin părul la fel de blond și de lucios ca întotdeauna.

– Să nu-ți pară rău, *señor*! Isadora a dus o viață plină de iubire și de veselie. S-a căsătorit cu iubitul ei din copilărie, Andrés, pe care l-a întâlnit chiar aici, în *plaza*.

– Au fost fericiți împreună?

– N-am cunoscut niciodată doi oameni care să se bucure atât de mult unul pe celălalt, *señor*!

– Dragostea e un lucru frumos!

Angelina a privit spre cer, lăsând soarele să-i încălzească fața preț de o clipă.

– Așa-i. Dar lumea de sus are adesea planuri ciudate. Nici măcar eu nu le pot înțelege pe toate.

– Ce vrei să spui?

Angelina s-a ridicat și mi-a întins mâna.

– Vino! Facem o plimbare până la Alhambra și o să-ți spun povestea lor.

M-am ridicat, iar ea m-a luat de braț și am traversat împreună piața, îndreptându-ne în direcția soarelui care scăpăta.

– Andrés şi Isadora au încercat mulţi ani să facă un copil, dar n-au putut concepe. De multe ori au crezut că reuşiseră, doar că pruncul se stingea în pântec după câteva săptămâni.

– Of, Angelina! Ce păcat!

Am ieşit din piaţă şi ne-am îndreptat spre un drum care în urmă cu treizeci de ani fusese plin de praf. Între timp, fusese asfaltat. Cu siguranţă că o astfel de modernizare mi-ar fi făcut mult mai confortabilă călătoria de la gară în 1951.

– Desigur că am încercat să-i ajut pe cei doi sfătuindu-mă cu spiritele, dar n-am primit niciodată răspuns, a povestit cu tristeţe Angelina, ridicând din umeri. Pur şi simplu, am crezut că lor nu le era dat să aibă urmaşi. Iar apoi, într-o zi, după douăzeci de ani de relaţie, s-a întâmplat un miracol. Isadora s-a trezit însărcinată.

– Uau! am exclamat, întorcându-mă spre ea. Asta *chiar* că pare un miracol!

Ea a dat din cap în semn că era de acord cu spusele mele, iar faţa i s-a luminat.

– *Señor*, n-am văzut atâta fericire la un om ca în ziua în care iubita mea Isadora a venit să-mi spună că era însărcinată în trei luni, a spus Angelina, suspinând nostalgic. Andrés, la fel. Am dat o petrecere în peşteri.

– Pe bună dreptate!

Impresionanta Alhambra tocmai se ivea în faţa ochilor noştri, părând la fel de splendidă ca întotdeauna.

Angelina şi-a continuat povestirea:

– După ce a aflat, Andrés şi-a ţinut soţia de parcă ea ar fi fost o preţioasă păpuşă de porţelan. A lucrat şi ore suplimentare, ca să poată pune deoparte bani pentru perioada de după naşterea copilului. Dar apoi…, a spus Angelina, după care a tăcut, închizând ochii, … cu doar câteva luni în urmă, Andrés a murit după ce a căzut de pe motocicletă. Drumurile erau foarte alunecoase după o ploaie torenţială, iar încărcătura, grea, a povestit ea, iar mie mi-a venit s-o îmbrăţişez. Isadorei i s-a frânt nu doar inima, ci şi spiritul. După moartea lui Andrés, n-a mai putut nici să mănânce, nici să bea. I-am spus că trebuia s-o facă de dragul copilului, dar ea a început să se stingă văzând cu ochii.

– Îmi pare rău, Angelina!

Ea a continuat, stoic:

– Copilul a sosit cu o lună mai devreme. Am făcut tot posibilul ca să-mi salvez verișoara, dar n-am putut opri hemoragia, nici eu, nici *ambulancia*[1] care a ajuns, în cele din urmă, pe dealuri, a spus ea, apoi o lacrimă i s-a prelins pe obraz. Isadora a murit săptămâna trecută, la doar o zi după ce a născut.

– Angelina… n-am cuvinte! Ce groaznic!

– Isadora și-a numit copilul Erizo. Asta înseamnă, cum se spune…, a murmurat ea, căutând în minte cuvântul englezesc, …„porcușorul cu țepi".

– Arici? am întrebat eu.

– *Si*, da. Ariciul. Părul îi stă în sus, știi? a spus ea râzând, în pofida poveștii triste pe care tocmai o depănase. Așa că acum eu și Pepe avem grijă de micul *erizo*.

– Pepe? am întrebat.

– Unchiul nostru… fratele Lucíei, a cărei statuie ai adus-o la Alhambra.

Atunci am văzut legătura.

– Am înțeles.

Ne-am mai plimbat puțin, până când am ajuns la o răspântie. O potecă ducea la palat. Din locul în care stăteam, la aproximativ două sute de metri distanță, puteam distinge în centrul pieței silueta statuii sculptate cândva de Landowski.

– Știi, a spus Angelina, cred că o luăm pe aici.

A început să mă tragă spre celălalt drum, care ducea la peșteri.

– Unde mergem?

– Ziua se duce. Trebuie să mergem la Erizo, care o să se bucure să-și cunoască tatăl…

M-am oprit brusc.

[1] Ambulanța (în limba spaniolă în original)

– Ce vrei să spui, Angelina?

Ea mi-a făcut cu ochiul, ca de obicei.

– Ți-am spus, erai așteptat.

Resemnat în fața voinței Angelinei, am urmat-o până pe dealurile de la Sacromonte. Văzute de aproape, acele peșteri pe care le zărisem pentru prima dată cu treizeci de ani în urmă erau remarcabile. M-am gândit la timpul pe care mi-l petrecusem în casa subterană de la Coober Pedy și n-am mai avut nici o îndoială: versiunea spaniolă era de preferat. În primul rând, ofereau o priveliște uluitoare asupra lumii de jos. De pe drumul plin de praf din fața peșterii Angelinei, am văzut plantații de măslini, străbătute doar de potecile abrupte și sinuoase care duceau la locuințe, întrețesându-se printre ele. În vale, râul Darro curgea printre copacii care, sub soarele blând de septembrie, abia începeau să se dezbrace de haina lor verde ca să și-o pună în loc pe cea aurie.

– Pepe! a strigat Angelina la gura peșterii. A sosit!

Am urmat-o înăuntru și am văzut un bărbat mustăcios, cu pielea tăbăcită și zbârcită din pricina soarelui spaniol, care hrănea copila cu biberonul și fredona o melodie.

– *Hola, señor!* m-a salutat el, dând din cap.

– Pepe preferă să vorbească spaniolă, îmi cer scuze pentru el!

– Nu-i nevoie, mă aflu în țara lui și nu-i cunosc limba. Eu ar trebui să fiu cel care își cere scuze. Te rog să-i spui că îmi pare foarte rău pentru pierderile pe care le-a suferit.

Angelina i-a tradus.

– *Gracias por su simpatía, señor!*[1] a spus el, înclinându-și capul în fața mea.

– Ei, bine, nu lăsa pe mâine ce poți face azi, după cum se spune! Mă apuc să strâng păturile lui Erizo. Are una pe care au folosit-o mama și bunica ei. Ar fi drăguț să le ia cu ea...

Înainte ca Angelina să facă orice mișcare, am apucat-o de braț.

[1] Vă mulțumesc pentru condoleanțe, domnule! (în limba spaniolă în original)

– Hei, stai o clipă, te rog! am implorat-o. Ştiu că eşti capabilă să comunici cu lumea de sus. Dar n-am dreptul şi, mai ales, n-am nici dorinţa s-o iau pe Erizo. Pur şi simplu am venit la o veche prietenă, ca s-o rog să-mi ghicească viitorul. Asta e TOT.

Angelina a suspinat.

– Aşa crezi tu, dar lumea de sus te-a adus înapoi exact în momentul în care era nevoie de tine.

Am simţit cum îmi creştea tensiunea arterială.

– Asta e doar interpretarea ta! Nu ţii seama de faptul că am reţineri să iau o fetiţă nou-născută din sânul familiei ei?

Angelina m-a luat de mână şi m-a scos din peşteră, pentru ca unchiul ei să nu fie martor la frământările prin care treceam.

– Atlas, sosirea ta nu-i întâmplătoare! Eu şi Pepe nu-i putem oferi lui Erizo viaţa pe care o merită. Însă tu poţi.

Am clătinat din cap.

– Angelina, eu am avut de multe ori discuţia asta de-a lungul anilor! Am tot purtat-o cu familii care m-au implorat, practic, să le iau urmaşii. Şi ori de câte ori o fac, trec prin cea mai odioasă dilemă morală.

Mi se învârtea capul. Am simţit cum mi se înmuiau picioarele şi n-am mai putut să-mi continui vorba. Angelina a dat fuga înăuntru.

– *Agua!* i-a strigat ea lui Pepe.

M-am aşezat pe jos, m-am sprijinit de stâncă şi apoi m-am uitat la Palatul Alhambra. În faţa peşterilor, turnurile care păreau să se înalţe ca prin magie din pădurea verde erau scăldate în intensa lumină portocalie a asfinţitului. Angelina mi-a adus o cană cu apă, din care am sorbit, recunoscător. După aceea, ea s-a aşezat lângă mine.

– Angelina, în fiecare zi mă tem că oamenii ar putea interpreta *greşit* adopţiile pe care le fac! Mai mult, *eu însumi* mă îngrijorez la gândul că le-am luat fetelor şansa de a creşte în ţara lor de baştină.

Am pus apa lângă mine şi mi-am aşezat capul pe genunchi. Angelina m-a strâns de umăr.

– Înțeleg, Atlas! N-ai fi omul pe care-l apreciez, dacă n-ai avea asemenea griji. Dar universul îți zâmbește pentru tot ceea ce faci.

Mi-am ridicat capul și am privit-o în ochi.

– Cu tot respectul, Angelina, trebuie să-ți spun că se pare că am fost guvernat toată viața de o putere pe care eu, unul, n-o înțeleg. Mi-ai zis că drumul meu era prestabilit.

– Da, prietene! Dar ai fi putut să nu-l alegi. Nimeni nu te-a obligat să-ți adopți fiicele. Ai făcut-o din dorința de a-i ajuta pe alții. Nu-i așa?

Mi-am trecut mâinile prin păr.

– Cred că da.

Angelina mi-a aruncat un zâmbet înțelegător.

– Vorbești de parcă aș fi fost prima persoană care te-a învățat câte ceva despre puterile universului. Dar amândoi știm că nu-i așa. Pe vremea când erai copil, cercetai deja cerurile. Astrele te-au ocrotit și te-au călăuzit în călătoria ta imposibilă.

– Așa-i, am șoptit eu.

Am rămas cufundați în tăcere vreme îndelungată, privind cum se lăsa întunericul peste Alhambra. După un timp, Angelina a vorbit din nou, de data asta cu glas scăzut:

– Le-ai cruțat pe fiicele tale de o viață de sărăcie și de suferință.

– Știu, Angelina. Dar tot mă întreb dacă a fost corect să le iau din țările în care s-au născut. Aș fi putut să mă mulțumesc să le întrețin de la distanță.

– Mă tem că uneori uiți că și tu ești dator să fii fericit, Atlas! Cu o mână, universul ți-a luat multe, dar ți-a și dat cu cealaltă. Fiicele tale îți aduc mai multă bucurie decât ai crezut vreodată că e posibil, nu-i așa?

– Bineînțeles!

Au început să se audă țipetele rândunelelor care se roteau pe deasupra copacilor. Am închis ochii ca să ascult. Angelina a continuat:

– De când ne-am întâlnit prima oară, m-am gândit adesea la tine și m-am sfătuit cu lumea de sus. Ești un om *bun*, Atlas.

Special, chiar. Poate că nu ți se spune asta prea des. Așa că ți-o spun eu, bine? Crede-mă!

Am încercat să-mi rețin lacrimile.

– Mulțumesc.

– Și..., a spus Angelina, ezitând și luându-mă de mână, ... Atlas, *o s-o găsești* pe sora dispărută. Îți jur!

Am sărit în sus.

– Poftim?!

– O să vă întâlniți. Dar... o să ai nevoie de ajutorul celorlalte fiice ale tale. Fără ele, drumul tău și cel al fiicei dispărute n-o să se intersecteze niciodată, mi-a prevestit ea privindu-mă cu hotărâre, iar eu am rămas cu gura căscată. Cele șase fete o să te conducă la cea de-a șaptea.

– Angelina, am murmurat, fără suflare, cum...?

Ea și-a dus un deget la gură.

– Șștt! Nu mai am nimic de spus. Mesajul ăsta vine pentru tine din lumea de sus, așa că nu pot răspunde la întrebările pe care le-ai putea avea.

Mi-a strâns mâna cu putere și s-a întors cu fața spre Alhambra. Panica îmi fusese înlocuită de euforie. Am contemplat cerul în flăcări și am mulțumit în gând lumii de sus.

– Deci, Erizo e numele ei? am întrebat-o pe Angelina.

Ea a chicotit.

– Nu, nu oficial. E doar o poreclă caraghioasă. La urma urmei, cum să numești pe cineva „Arici"?! Să înțeleg că, după confirmarea primită de la spirite, pleci din Sacromonte însoțit de cea de-a cincea fiică? a întrebat ea, iar eu i-am răspuns dând din cap, cu fața luminată de un zâmbet larg. Bine! Ce zi fericită, într-adevăr! a exclamat, după care s-a ridicat și s-a scuturat de praf. Copila asta o să fie cea de-a cincea stea pe cerul tău. Așa că o s-o numești...

– Taygete, da!

Angelina mi-a dat mâna și după aceea m-a condus în peșteră.

– Haide s-o vezi!

Am urmat-o și, de îndată ce am dat iarăși ochii cu Pepe, el mi-a zâmbit în chipul cel mai călduros.

– Fă cunoștință cu tatăl tău, Erizo!

Pepe mi-a întins fetița, iar eu am luat-o în brațe.

– Bună seara, copilă! am spus.

– E deosebită, *señor*!

– Știu.

– Nu prea cred. Fetița asta are puteri de *bruja*.

– Ca tine?

Angelina a încuviințat din cap.

– Exact. Ultima din familia asta, a spus ea, după care mi-a aruncat o privire străpungătoare. Pe măsură ce crește, fata o să vadă lumea altfel decât o fac oamenii obișnuiți, iar tu trebuie să respecți cu sfințenie lucrul ăsta!

Mi-am plecat capul.

– Promit!

– Bine! a exclamat ea, după care a căzut pe gânduri. Fata însăși n-o să înțeleagă ce anume o face să fie o *bruja*..., a murmurat, privind copila. Trebuie ca într-o bună zi s-o aduci înapoi la mine. Atunci o să pot s-o ajut să se folosească de darurile care provin din descendența ei spirituală.

Am pus ochii pe un scaun de lemn din colțul camerei și m-am îndreptat spre el.

– Pot să iau loc? am întrebat, iar după ce Angelina a încuviințat din cap, m-am așezat și am spus: Să știi că nu m-am gândit niciodată că le-aș putea povesti fetelor despre împrejurările nașterii lor și despre cum au ajuns să fie fiicele mele.

Angelina a părut puțin surprinsă.

– Nu?!

M-am uitat la fetița aceea nevinovată. Închisese ochii și dormea.

– Fiecare dintre ele, într-un fel sau altul, e direct legată de fuga mea de Kreeg Eszu. Mă tem că, dacă le-aș povesti despre trecutul lor, le-aş putea pune cumva în pericol. Am făcut eforturi ca să-mi construiesc o viaţă cât mai liniştită cu putinţă.

Angelina şi-a încrucişat braţele şi a mijit ochii, adâncită în gânduri.

– Da... înţeleg. Dar, chiar şi aşa, trebuie să-ţi respecţi promisiunea. Într-o zi, atunci când o să vină momentul, s-o trimiţi pe fată la mine. Juri?

Mi-am eliberat un braţ de sub copil şi i-am întins mâna.

– Da.

Ea mi-a strâns-o.

– Mulţumesc, Atlas! Atunci, e a ta.

Angelina a mângâiat uşor părul pufos al nepoatei sale. Apoi a început să cânte un cântec de leagăn spaniol, iar glasul ei suav s-a revărsat din peşteră şi a străbătut valea.

CAPITOLUL 51

1982

– Nu mi s-a părut nimic în neregulă! a spus Georg, luând o înghițitură de cafea neagră, tare, în timp ce ședeam amândoi în biroul lui de pe Rue du Rhône.

– Ea a sunat la Arthur Morston?

– Da, iar Rupert Forbes i-a dat numărul meu de telefon.

– Rupert n-are idee despre ce ar putea fi vorba?

– Nu, deloc!

Mai devreme în dimineața aceea, Georg îmi spusese că mă căutase o americancă pe nume Lashay Jones. Ceruse să vorbească cu mine, fiind vorba despre o chestiune de mare importanță. Georg îi spusese că era reprezentantul meu și că putea să discute confidențial cu el, dar Lashay refuzase, pur și simplu. Din motive deja expuse în paginile de față, sunt extrem de reticent atunci când vine vorba de telefoane misterioase, primite de la străini.

– A întrebat în mod special de Atlas Tanit?

Georg a dat din cap, adeverind.

– Sută la sută! Mi-a spus că a crezut că lucrezi la Arthur Morston Books. Dar nu există nimic care să sugereze că ea ar avea vreo legătură cu Kreeg Eszu. Sunt convins că n-ar fi un pericol să vorbești cu domnișoara Jones.

Am căzut pe gânduri.

– Totuși, momentul e neobișnuit, nu crezi?

– Da, oarecum, a recunoscut Georg.

Cu o lună în urmă, Lightning Communications devenise, brusc, o societate activă. Începuse să-și construiască o bază de clienți în Grecia și le promitea întreprinzătorilor oportunitatea de a transmite „coerență, credibilitate și etică". Atunci când citisem acele cuvinte pentru prima oară, nu fusesem în stare să mă abțin și îmi dădusem capul pe spate, cuprins de un râs cu hohote. Îmi era imposibil să înțeleg cum de putea pretinde omul acela că era în măsură să ofere expertiză în materie de credibilitate și de etică. Compania lui își făcuse și un logo – un fulger ieșind dintr-un nor. Se părea că și Kreeg se implica personal în afacerile lui. Aveam fotografii cu el susținând prezentări și găzduind prânzuri de afaceri. Mai mult de-atât, publica diverse articole despre companie în ziarele locale.

În cazul în care Eszu fusese în doliu în ultimii ani, se părea că-i trecuse jalea, iar acum începea să scoată capul în lume.

– Ești sigur că telefonul pe care tocmai l-ai primit nu-i o încercare a lui Kreeg de a afla adresa mea exactă?

Georg a clătinat din cap în semn de negare.

– Instinctul îmi spune că e vorba de cu totul altceva.

Aveam încredere în judecata avocatului meu.

– În regulă, atunci! Să stabilim convorbirea pentru mâine.

A doua zi, stăteam în biroul meu de la Atlantis, așteptând ca Georg să-mi facă legătura cu Lashay. Mă uitam la rafturile pline cu artefacte și alte suvenire din călătoriile mele pe tot globul, printre care se aflau și fotografii înrămate, în care apăream eu și fetele. Am luat-o de pe raft pe una dintre preferatele mele: o imagine cu noi șase mâncând înghețată pe pontonul de la Atlantis. La ora zece fix, mi-a sunat telefonul. Am lăsat fotografia și am ridicat receptorul.

– Atlas Tanit!

Mi-a răspuns o voce liniștitoare și catifelată, cu accent american:

– Bună ziua, domnule Tanit! Sunt Lashay Jones. Cred că ați aflat că urma să vă sun.

– Bună ziua! Da, am aflat, deși trebuie să recunosc că habar n-am despre ce ar putea fi vorba.

Ea a răsuflat adânc.

– Îmi cer scuze, domnule Tanit! Vă sun de la Centrul Hale House din Harlem, New York.

M-am gândit puțin.

– Îmi pare rău, domnișoară Jones, nu cunosc numele.

– Poate că ați auzit de Mama Hale? Clara Hale?

– Regret, dar n-am auzit.

Ea a tăcut, dându-și seama, fără îndoială, că avea să fie nevoie de mai multe explicații decât anticipase.

– Îmi dau seama că la dumneavoastră, în Europa, numele centrului s-ar putea să nu fie la fel de cunoscut. Centrul Hale House e un cămin de copii din New York, a spus ea.

Am tresărit puternic. Oare acela să fi fost apelul de care mă temusem? De la un cămin care, dintr-un motiv oarecare, să mi-o ceară înapoi pe vreuna dintre fiicele mele? Am încercat să-mi păstrez calmul.

– Acum două nopți, am găsit la ușa noastră o fetiță nou-născută, a spus Lashay Jones.

M-am relaxat puțin.

– E... neobișnuit pentru un cămin de copii? am întrebat eu.

– Din păcate, nu, domnule! Dar motivul pentru care vă sun e că am găsit ceva alături de copil. Mai exact, o carte de vizită cu numele dumneavoastră și cu datele de contact.

Chiar nu știam ce să spun.

– Straniu! N-am rude și nici prieteni în America.

Am auzit un zgomot care mi-a dat de înțeles că Lashay se foia, nervoasă.

– Am în fața ochilor acea carte de vizită. Pare veche. E ruptă și mototolită.

– E de înțeles! N-am mai lucrat la librărie de peste treizeci de ani, am adăugat, în timp ce-mi frământam mintea, încercând să dezleg misterul. Presupun că n-ați văzut cine a lăsat copilul?

Lashay a oftat.

– Nu, domnule! Dar am reușit să distingem ceva scris pe vechea dumneavoastră carte de vizită.

– Adevărat? am întrebat, cu adevărat intrigat. Ce anume?

– *Om bun*, domnule, a răspuns Lashay. E scris chiar sub numele dumneavoastră.

Am icnit și m-am afundat în scaun. Într-o clipă, gândul m-a dus la restaurantul de la Waldorf Astoria din New York City și la fața zâmbitoare a lui Cecily Huntley-Morgan.

„Am scris chiar și *om bun* pe spatele ei! O s-o păstrez veșnic, ca să-mi poarte noroc!"

– Mai sunteți la telefon, domnule Tanit? a întrebat Lashay.

– Da, am răspuns, exasperat. Ăăă..., domnișoară Jones, de fapt bănuiesc al cui ar putea fi copilul. Mă întreb dacă... știți *ceva* despre familia fetiței?

Lashay a tăcut preț de câteva clipe.

– Ei, bine, știm un singur lucru. Centrul Hale House nu e doar pentru copiii nedoriți, a spus ea, făcându-mă să tresar în clipa în care am auzit acel ultim cuvânt. Mama Hale le oferă sprijin și copiilor care se nasc dependenți de droguri. Îmi pare rău să vă spun că noi credem cu tărie că acest copil e dependent de cocaină.

Mi-am dus mâna la gură.

– O, Doamne...

– Multă lume consideră că e șocant. Dar asta e realitatea aici, domnule! În Harlem sunt multe bârloguri de toxicomani. Dacă mă întrebați pe mine, aș spune că acest copil a venit de la cel de pe Lenox Avenue.

Lenox Avenue! Auzisem numele ăsta.

– Ei, bine, o să fac aranjamentele necesare ca să iau avionul mâine.

Chiar a doua zi, am ajuns în fața Centrului Hale House din Harlem – o casă dărăpănată, placată cu piatră cafenie. Am bătut la ușă și m-a întâmpinat o femeie îmbrăcată într-un trening albastru și care avea o magnifică tunsoare afro.

– Ești domnul Tanit? m-a întrebat ea.

– Da.

– Eu sunt Lashay Jones. Am vorbit la telefon.

– Bună, Lashay, mă bucur să te cunosc!

I-am întins mâna.

– Nu, noi, cei de aici, ne îmbrățișăm! a spus ea, trăgându-mă la piept.

Am chicotit, mirat.

– Ce drăguț!

– Acum ai sosit cu avionul din Suedia?

– Din Elveția, de fapt.

Ea și-a pus mâinile în șold și a ridicat dintr-o sprânceană.

– Asta e pe lângă Suedia?

– E… pe același continent.

Lashay a izbucnit în râs.

– Glumesc, glumesc! Îmi pare rău, am avut o dimineață foarte plină. Azi avem aici o mulțime de burți flămânde.

M-am relaxat imediat, mulțumită autoironiei fermecătoare a lui Lashay.

– Intră! m-a îndemnat ea, iar eu am urmat-o și am ajuns amândoi la o ușă de pe partea stângă a unui coridor. Aici e!

– Cine?

– Mama Hale, cine altcineva?!

Lashay a deschis ușa și am intrat într-un mic birou. În spatele unei mese mari, așezate în fața ferestrei, ședea o bătrână slăbuță, cu părul cărunt, îmbrăcată cu un cardigan alb. În momentul în care am apărut în prag, ea s-a întors spre noi.

– Ăsta e domnul din Europa? a întrebat-o ea pe Lashay, care a încuviințat din cap.

Bătrâna s-a ridicat și a venit să-mi strângă mâna, prezentându-se:

– Eu sunt Clara Hale!

– Atlas Tanit. E o onoare să vă cunosc!

– Asemenea.

– Vă las, a spus Lashay zâmbind, după care a ieșit.

– Luați loc, vă rog!

Bătrâna a arătat spre o canapea de piele uzată.

– Mulțumesc.

– Așa, ia să vedem ce-i cu misterul cărții de vizită! a spus ea, deschizând unul dintre sertarele vechiului birou de lemn și scoțând de acolo un cartonaș. Poftim, domnule Tanit!

– Mulțumesc, am răspuns, luând cartea de vizită și examinând-o. Da, cu siguranță că e a mea. Dar, după cum i-am spus și lui Lashay, n-am mai folosit cărțile astea de vizită de zeci de ani, de când lucram la librărie.

– Vă cred. Totuși, datele dumneavoastră de contact au ajuns la ușa mea împreună cu un ghemotoc simpatic. Mă întreb cum naiba de s-a putut întâmpla asta?

– Și eu mă întreb. Îmi pare rău, domnișoară Hale. Mama Hale!

Clara a strâmbat din nas, iar apoi, la fel cum făcuse Lashay cu câteva clipe înainte, a izbucnit în râs și s-a plesnit peste genunchi.

– Poți să-mi spui „Clara"! Am adoptat „Mama" doar pentru că... ei, bine...

A ridicat din umeri și a arătat în jurul ei.

– Firește! Lashay mi-a descris cât de cât cu ce te ocupi. E incredibil! am remarcat eu.

– „Incredibil" e puțin spus. N-ar fi trebuit să-mi duc viața făcând ceea ce fac. Copiii sunt daruri de la Domnul! Cum ar putea cineva să se despartă de ai săi, nu știu, domnule Tanit.

– Da, răspunsul e greu de aflat. Dar presupun că, în anumite împrejurări, copiii sunt mai bine îngrijiți de alții.

Clara şi-a împreunat vârfurile degetelor.

– Ce interesant!

– Ce anume? am întrebat.

– Am grijă de copiii altora de patruzeci de ani şi n-am auzit pe nimeni să pună problema aşa. De obicei, cu toţii sunt de acord cu mine şi spun cât de *îngrozitor* e, a zis Clara, iar eu am încercat să nu mă las copleşit de privirea ei scrutătoare. Aşadar, domnule Tanit, e limpede că *ai* o experienţă diferită de a celorlalţi. Cum vine asta?

M-au uimit inteligenţa ei remarcabilă.

– Eşti incredibil de perspicace! am exclamat, râzând. De fapt, am cinci fiice adoptate.

Clara a făcut ochii mari.

– O, Doamne, chiar aşa?! s-a mirat, iar eu am încuviinţat din cap. Măi, măi, măi! s-a veselit ea. Altul ca mine!

I-am aruncat o privire întrebătoare.

– Ce vrei să spui?

Clara a ridicat din umeri.

– Ei, ştii tu! Inimă mare. Probabil că e vorba şi de puţină naivitate. Ca să faci ceea ce facem noi, aşa trebuie să fii!

– Sincer vorbind, Clara, nu cred că ne comparăm. Eu am doar cinci fiice şi sunt în măsură să le ofer o viaţă foarte confortabilă. Câţi copii ţi-au trecut ţie pragul?

Ea a tras aer adânc în piept.

– Sute! La naiba, am crescut cincizeci în propria casă, înainte să obţin oficial, în 1970, licenţa de îngrijire a copiilor. Dar unul, o mie, nu contează! A dărui dragoste unui copil neiubit e unul dintre cele mai nobile lucruri pe care le poate face un om.

Privirea îi era atât de caldă! Cu toate că prezenţa ei era intimidantă, radia bunătate.

– Şi eu am crezut asta, Clara, dar dragostea pe care am primit-o de la fiicele mele a fost de zece ori mai mare.

Clara a râs din nou.

– Ăsta-i secretul, nu-i așa? a meditat ea cu voce tare, sprijinindu-se de spătarul de piele al scaunului de birou. Știi, soțul meu a murit pe vremea când eu aveam doar douăzeci și șapte de ani. Am avut inimile frânte cu toții – eu și cei trei copii pe care îi avusesem cu el. M-am perpelit o vreme și apoi am luat decizia ca, indiferent ce s-ar întâmpla, să continui să... supraviețuiesc, a spus, zâmbind cu nostalgie. Am ajuns să lucrez ca femeie de serviciu ca să supraviețuim Marii Crize. A fost o slujbă îngrozitoare. Dar îmi plăceau fețele zâmbitoare ale copiilor. Ele îmi dădeau speranță. Așa că mi-am transformat casa în grădiniță. Și, dintr-odată, într-o bună zi, am descoperit că nu doar supraviețuiam, ci că *trăiam* din nou.

Știam întocmai cum era.

– Copiii sunt soluția.

– Sigur că da, domnule Tanit! a exclamat Clara, ridicându-se și întorcându-se ca să privească pe fereastră. La scurt timp după ce am deschis grădinița, am început să merg pe străzi ca să ajut copiii fără adăpost. Atunci am început să-i țin la mine. Câte șapte sau opt la un moment dat, a adăugat ea, luându-și capul în mâini. Și eram singură. Imaginează-ți!

– Cum te-ai descurcat?

– Simplu! I-am iubit pe fiecare dintre acei copii de parcă ar fi fost ai mei. Am devenit mamă pentru cei care n-aveau una.

Ce ființă umană remarcabilă!

– Lashay zicea că... te-ai specializat în îngrijirea celor ai căror părinți erau dependenți de droguri.

Clara s-a întors cu fața la mine, luându-și un aer trist.

– Așa-i! Într-o zi, acum vreo zece ani, Lorraine – fiica mea cea mare – mi-a adus în casă o mamă și un copil dependenți de heroină, a spus ea, cocoțându-se pe marginea biroului. Aveau nevoie de un anumit gen de îngrijire, înțelegi. Atunci am obținut licența și am cumpărat clădirea asta mai mare. Are cinci etaje și avem nevoie de toate din pricina noii chestii.

– Ce chestie?

Mama Hale a clătinat din cap.

– SIDA.

– Am citit despre asta în ziarele de acasă. E o problemă mare aici?

– O, da! Virusul se transmite prin sânge, din câte ştim. Iar atunci când oamenii folosesc aceleaşi ace… asta e! Ştii, copiii se nasc cu boala. Dar nimeni nu pare să vrea să vorbească despre asta. Preşedintele lu' peşte nici măcar nu vrea să-i spună pe nume[1]. Oamenii bolnavi de aşa ceva au nevoie de ajutor, domnule Tanit! Şi n-o să-l primească dacă nu începem să discutăm despre nenorocirea asta.

– Pot să te întreb ce faci cu astfel de copii, care au pornit atât de dificil în viaţă?

– Simplu. Îi ţii în braţe, îi legeni, îi iubeşti şi le spui cât de grozavi sunt. Încerci să-i ajuţi să treacă peste dependenţa moştenită. După ce se însănătoşesc – şi mulţi, foarte mulţi dintre ei se fac bine –, le cauţi şi le găseşti o familie extraordinară. Mă asigur în persoană că micuţii şi potenţialii părinţi adoptivi sunt compatibili, a spus Clara îmbăţoşându-se şi luându-şi un aer plin de mândrie. Nu mi-e ruşine să spun că am refuzat destui oameni, dacă am considerat că nu-i puteau oferi unui copil un mediu suficient de bun. Aşa că asta e povestea mea, a spus ea răsuflând adânc, apoi a venit şi s-a aşezat lângă mine pe canapeaua de piele. Care e a ta, domnule Atlas Tanit?

I-am povestit pe scurt viaţa mea, detaliind concursul de împrejurări prin care devenisem tatăl adoptiv al celor cinci fiice minunate. Am pomenit şi de scurta mea călătorie la New York în anii '40 şi de întâlnirea cu Cecily Huntley-Morgan, căreia eram sigur că-i dădusem cândva cartea de vizită.

– Cecily… era de culoare? a întrebat Clara.

– Nu, am răspuns eu. Era o englezoaică de rasă albă.

Clara a părut surprinsă.

---

[1] Preşedintele american Ronald Reagan a vorbit public despre SIDA abia la patru ani după începerea crizei.

– Ar fi fost ceva deosebit ca o tânără albă să vină în Harlem ca să susțină drepturile negrilor în anii '40! Întreb doar pentru că presupunerea firească e că fetița lăsată la ușa noastră acum câteva zile ar putea fi o descendentă a femeii pe care ați cunoscut-o.

Am dat din cap în semn că eram de acord cu presupunerea ei.

– Asta ar fi explicația logică.

– Poate că una dintre fiicele ei s-a îndrăgostit de un bărbat de culoare și cuiva din familie nu i-a convenit. Cine știe? În fine, poți lua legătura cu ea?

Am clătinat din cap.

– Mă tem că nu. L-am pus pe avocatul meu să investigheze, dar... Cecily a murit de malarie în 1969.

– Hmmm..., a făcut Clara, cumpănind. Ai aflat dacă avea copii?

– Știu că Cecily *a avut* o fiică. Mi-a spus asta cu prilejul prânzului pe care l-am luat cândva împreună... dar fata n-a fost niciodată înregistrată pe numele ei. Din câte îmi amintesc, a crescut copilul abandonat al unei femei din Kenya. Din punct de vedere legal, copilul nu era al lui Cecily, așa că nu se poate da de urma acestei fiice.

Clara a început să se joace cu o șuviță de păr, dusă pe gânduri.

– Așadar..., a murmurat, privindu-mă țintă cu ochii ei căprui și vicleni, ... ce urmează?

– Adică?

– Adică te întreb ce vrei să faci cu copilul lăsat la ușa mea, domnule Tanit!

– Hmmm...

S-a așternut o tăcere neplăcută. Clara s-a plesnit peste genunchi și mi-a aruncat un zâmbet.

– Ei, haide! Vrei să-mi spui că primești un telefon, lași totul baltă și zbori în cealaltă parte a lumii doar ca să-ți satisfaci curiozitatea legată de o carte de vizită?

– Păi, eu...

Avântul Clarei mă lăsase fără cuvinte. S-a apropiat de mine.

– Vorbești despre cele cinci frumoase fiice adoptate, toate apărute în viața ta printr-un șir de întâmplări misterioase. Așa că, atunci când primești un telefon legat de o fetiță nou-născută, care are în coș adresa ta de acum treizeci de ani, vrei să-mi spui că n-ai venit ca s-o iei cu tine?

Clara m-a privit lung, ridicând din sprâncene.

– Nu m-am...

Ea m-a împuns prietenește în umăr.

– Ba da, Atlas! Pot să-ți spun pe nume? a întrebat ea, iar eu am dat din cap cu putere, în semn de încuviințare. Nu trebuie să faci pe timidul sau să te rușinezi. Nu cu mine, având în vedere lucrurile cu care mă ocup.

– Presupun că... da, m-am gândit că universul încearcă să-mi spună ceva.

– Poate că ai dreptate, dragă! Și, ca să știi, aș fi făcut exact același lucru. Vreme de treizeci de ani, cartea ta de vizită a supraviețuit cumva. Nu-i incredibil? Cecily s-a gândit: „O să păstrez chestia asta, în caz că într-o zi o să am nevoie de ea". Și ghici ce? Într-o zi a avut nevoie... Cred că ar fi bine să mergem și să facem cunoștință cu copilul ăsta.

M-am ținut după Mama Hale, care a urcat treptele cu pași precauți, dar hotărâți. Pe măsură ce ne apropiam, am auzit un plânset care se întețea. După ce am ajuns la cel de-al treilea etaj, Clara s-a întors spre mine, cu o privire cam mohorâtă.

– Pregătește-te! Poate fi delicat pentru cei care vin prima dată.

M-a condus într-o încăpere în care se aflau aproximativ o duzină de bebeluși foarte plăpânzi, culcați în pătuțuri, dintre care unii erau îngrijiți de femei care purtau halate.

– Cu toții par foarte necăjiți!

– Pentru că sunt, dragul meu. Ei sunt copiii despre care credem că s-au născut dependenți de droguri. E sfâșietor!

Copiii urlau de zor. Era un sunet care venea chiar din adâncul lor și care mă neliniștea foarte tare.

– Plânsul ăsta... nu-mi pot explica! E diferit de cel cu care m-am obișnuit.

Clara s-a uitat în ochii mei.

– Știu. Oricât de greu de înțeles ar fi, ei cerșesc o doză din ceea ce lua mama lor.

Am tresărit.

Clara m-a dus lângă o fetiță care tremura în pătuț. Trupușorul i se zguduia cu totul, iar membrele ei mici tresăltau și se mișcau violent.

– Ce are, Clara? am întrebat, agitat.

Mama Hale și-a scos ochelarii din buzunar și s-a uitat în pătuț.

– Așa, copilă! a exclamat, vârându-și mâna în pătuț și mângâind ușor copilul pe păr. Fii tare, fetiță, fii tare! a îndemnat-o ea băgându-i cu grijă brațele înapoi în scutec și strângându-i-l bine. Bebelușii care suferă de sevraj sunt în mod firesc irascibili. Încercăm să-i înfășăm confortabil, ca să-i ajutăm, a adăugat, ducând mâna la gâtul bebelușului ca să-i ia pulsul, după care a așteptat o clipă și a dat din cap spre mine. Se face bine! Astea sunt cele mai grele momente pentru ei. Hilary! a exclamat, adresându-i-se uneia dintre femei, care legăna un bebeluș ce plângea deosebit de strident. Cum sunt crizele lui Simeon?

– Nici măcar una astăzi, Mamă Hale! a răspuns Hilary.

Clara a zâmbit larg.

– Asta *da* veste bună! Cynthia! a strigat ea la o altă femeie, care se îngrijea de un alt copil aflat în pătuț. A reușit Grace să țină mâncarea?

– De patru din cinci ori astăzi, Mamă Hale!

– Bun! a exclamat bătrâna, bătând din palme cu o bucurie autentică, iar după aceea s-a uitat la mine. Din pricina tresăritului și zvâcnitului, copiii au nevoie de calorii suplimentare. După ce încep să rețină mâncarea, atunci știi că ai reușit să faci un pas înainte, a spus ea, apoi m-a dus la ultimul pătuț de pe rând și a arătat spre micuța culcată acolo. Ei, bine, iat-o!

Am privit-o pe fetița care se zvârcolea cu toată forța, ca și cum ar fi dat să iasă din scutec.

– Am observat că celorlalți copii li s-au dat nume. Are și ea unul, Clara?

– Sigur că da. Îi spunem „Bunătate", după cum scria pe cartea de vizită.

– Lashay mi-a spus că, după părerea ta, mama ei lua cocaină.

Clara a ridicat din umeri.

– N-avem cum să știm sigur. Dar are pupilele puțin dilatate și ritmul respirației e deosebit de alert. Se potrivește. Mulți dintre copiii ăștia suferă de așa ceva, îmi pare rău s-o spun. Când a fost hrănită ultima dată, Hilary?

– Acum vreo două ore, Mamă Hale!

– Sincronizare perfectă!

Bătrâna s-a dus la un dulap din lemn aflat în colțul camerei și a scos de acolo câteva pliculețe cu prafuri, pe care le-a amestecat într-un biberon deja pregătit, pe care mi l-a întins.

- Poftim!

– Vrei s-o hrănesc eu?

Ea a încuviințat din cap.

– Ar fi de mare ajutor.

Am pus biberonul în pătuț și am luat fetița în brațe. În clipa în care am atins-o, a început să țipe feroce și, deși abia se născuse, se zvârcolea cu forța unui copil mult mai mare.

– Nu-i nimic. Șștt, șștt, șștt, fetiță! Am încercat s-o liniștesc și, instinctiv, am început s-o legăn, așa cum făcusem și cu ceilalți copii ai mei. Vrei să-mi dai laptele praf? am întrebat-o pe Clara.

Ea mi-a întins biberonul, iar eu l-am îndreptat spre gura copilului. M-a șocat forța cu care micuța a început să sugă, dând de înțeles că era lihnită și-și dorea cu disperare să se hrănească.

– Ei, bine, n-ai mințit! a spus Clara. Ai mai făcut asta.

– Te-ai îndoit de povestea mea?

– Nu. Doar că nu știam dacă ai fi în stare să te descurci cu copiii. Dar ai talent, a răspuns Clara, apoi s-a bătut peste nas.

Micuţa Bunătate, aşa cum i se spunea, avea o înfăţişare izbitoare. Ochii de un uimitor galben-auriu şi pielea de abanos te puteau păcăli, făcându-te să crezi că era perfect sănătoasă.

– Ştiu că trece prin perioada asta îngrozitoare, Clara, dar pare atât de plină de viaţă!

Clara a dat din cap în semn că era de acord.

– Da. Hil a spus ceva asemănător. Cum ai zis, Hil?

– Am zis că parcă trece curentul electric prin ea!

Hilary a chicotit, după care şi-a îndreptat atenţia către alt copil.

– Foarte bine spus! am exclamat eu.

În câteva minute, biberonul era gol şi i l-am dat Clarei.

– Deci, să revenim la întrebarea de mai devreme, a spus ea. Ce urmează?

Cecily scrisese *om bun* pe vechea mea carte de vizită. Ştiam că nu puteam trăda acel calificativ.

– Pot s-o duc acasă cu avionul astă-seară, am confirmat.

Mama Hale a rămas cu gura căscată, iar nasul i s-a încreţit din nou, aşa că am ştiut ce urma. A izbucnit în hohote, aproape cocoşându-se de râs.

– Nici vorbă, Atlas Tanit! N-ai ascultat nimic din ce ţi-am spus?

M-am îngrozit.

– Îmi pare atât de rău, Clara! Am crezut că ai sugerat s-o iau eu.

– Da, da, da! Dar s-o duci acasă în seara asta?! Ţi-ai pierdut minţile? Hil, Cynthia, l-aţi auzit? a hohotit bătrâna, iar celelalte două femei din încăpere au început să râdă împreună cu Clara, ceea ce mi-a adus în obraji o roşeaţă puternică. În primul rând, nu-mi pasă dacă ai mai făcut asta de cinci ori înainte, trebuie să fac verificările de rigoare în privinţa ta şi a familiei tale, ca să mă asigur că Bunătate ajunge într-un cămin corespunzător.

M-am uitat în pământ, pus la colţ.

– Bineînţeles.

– Mai mult, a adăugat Clara, făcând o scurtă pauză, nu-mi place să subliniez ceea ce este evident, dar fetița asta o să crească laolaltă cu cinci surori albe. Nu vreau să se simtă izolată în nici un fel!

– O, Doamne, nu! Dar, ca să fie limpede, află că doar patru dintre copiii mei sunt albi. Ți-am povestit despre Celaeno – CeCe –, fiica mea din Australia?

Clara s-a uitat lung la mine.

– Da.

– Tatăl ei era aborigen, iar mama, de rasă mixtă. CeCe nu e albă.

Mama Hale a rămas pe gânduri.

– Hmmm... o mulțime de oameni, chiar dacă adoptă, aleg copii care să aibă aceeași culoare a pielii. Dar pentru tine nu contează?

– Nici vorbă! am afirmat cu sinceritate.

Clara a dat din cap, aparent în semn de aprobare.

– Bun, bun! Mai trebuie s-o ajuți pe Bunătate să-și depășească dependența. În câteva săptămâni n-o să mai aibă nevoie de ajutorul nostru, dar trebuie să i se acorde atenție în mod special odată ce e îngrijită în noul ei cămin.

– Pot chema cei mai buni medici, am asigurat-o.

– Ei, bine, mă bucur pentru tine, dar o să trebuiască să vorbesc și eu cu ei. Să ai o diplomă în medicină de la o universitate simandicoasă chiar înseamnă ceva, dar majoritatea medicilor n-au nici o experiență practică în abordarea unei astfel de situații.

– Desigur, Clara! De fapt, aș insista să ne dai sfaturile tale prețioase!

Am ridicat bebelușul, ca să-l fac să râgâie. Clara a zâmbit.

– Foarte bine, atunci putem să ne apucăm de treabă! a spus ea, punându-mi o mână pe spate. Felicitări, tati!

CAPITOLUL 52

1993

Dragă cititorule, dacă ai ajuns până aici, ai început, firește, să te întrebi ce-i cu lacunele imense din jurnal. În anii '20, pe vremea când am început să-mi consemnez gândurile în scris, scopul era să-mi exprim sentimentele, pentru că la vremea aceea nu vorbeam. Scrisul într-un jurnal mi s-a părut un exercițiu atât de reușit, încât am continuat să fac asta pe tot parcursul vieții. După ce am întâlnit-o prima dată pe Angelina la Granada, am hotărât să-mi dedic viața căutării lui Elle și a primei mele fiice. Jurnalul a zăcut pe biroul meu, uitat. Aveam un singur scop.

Apoi, după ce am adoptat-o pe Maia, am simțit că, momentul fiind atât de important, eram dator să-l consemnez pentru potențialii cititori ai jurnalului. La fel și în cazul celorlalte fiice adoptive ale mele: Ally, Star, CeCe, Tiggy și Electra. Nu dintr-o scăpare am relatat în ultimele capitole cum anume mi-am cunoscut copiii și îmi place să cred că, într-o bună zi, fiicele mele o să citească paginile respective. Să se știe că atunci când n-am scris, am avut parte de dragoste, de râsete și de viață tihnită de familie. Copiii mi-au oferit mai mult decât aș putea exprima vreodată pe hârtie. De câte ori plecam de la Atlantis în căutarea surorii dispărute, simțeam un mare dor de fiicele mele.

Apropo de sora dispărută, ar trebui să spun că nu scriu azi ca să sărbătoresc întâlnirea mult aşteptată.

Iartă-mă, cititorule, grafia îmi e puţin neglijentă, dar îmi tremură mâna. Mai devreme, astăzi, am avut cu fiica mea cea mare o discuţie care a făcut să-mi îngheţe sângele în vine.

Astă-seară, la o cină specială cu toate fetele, am sărbătorit sfârşitul celui de-al doilea an al Maiei la universitate. Mai are o jumătate de semestru, dar ne-a binecuvântat cu o vizită înaintea sesiunii. În jurul orei trei după-amiaza, m-am dus pe ponton ca să mă uit după Christian, care o aducea pe Maia acasă cu barca. Zărind-o, mi s-a strâns inima. Fetiţa mea e femeie acum. Fără îndoială că de acum încolo o să se întoarcă din ce în ce mai rar ca să-şi vadă bătrânul tată.

Barca a atins uşor capătul pontonului de lemn, iar Maia a sărit din ea şi a alergat spre mine.

– Bună, Pa!

Am îmbrăţişat-o strâns pentru prima dată în aproape trei luni.

– Maia, draga mea! Mă bucur atât de mult să te văd! Bine ai venit acasă!

Ea m-a sărutat uşurel pe obraz.

– Şi eu mă bucur mult să te revăd! O, iată-le!

M-am întors şi am văzut că dinspre casă năvăleau fetele D'Aplièse, alergând ca să-şi întâmpine sora mai mare. Practic, CeCe o târa pe Star, Tiggy ţopăia, iar Ally venea în urmă, cu braţele încrucişate. Bineînţeles că, în fruntea lor, Electra sprinta de-a binelea.

– MAAAIIIAAA!

– Bună, Electra! a salutat ea, în timp ce fiica mea cea mică o strângea la piept de nu mai putea respira. O, mi-a fost dor de tine!

– Da, şi nouă, a răspuns Electra. Ştii, Tiggy a găsit o pisică vagaboandă, o ţine cu ea la etaj, dar Ally e alergică şi CeCe a spus că nu-i drept, aşa că...

– Ho, mai încet! Abia aştept să aud toate noutăţile! Haide să mergem în casă! Poţi să mă ajuţi cu bagajele!

Claudia pregătise mâncarea preferată a Maiei, *chilli con carne*, iar conversația de la cină s-a învârtit în jurul vieții ei interesante. La început, am fost încântat să aflu despre experiențele ei departe de Atlantis. A crescut și a devenit o tânără oarecum rezervată, dar știu că are multe de oferit. În cei doi ani la facultate, Maia a început cu adevărat să înflorească.

– Ieși seara în oraș? a întrebat CeCe.

– Uneori, a răspuns Maia. Totuși, colegii mei de apartament, Samantha și Tom, sunt mai petrecăreți decât mine.

Electra s-a îndreptat de spate.

– Atunci când o să fiu studentă, o să ies în *fiecare* seară! a exclamat ea cu mândrie.

– Cel mai probabil, a spus Ally, aruncându-i un zâmbet atotcunoscător.

Tiggy s-a încruntat.

– Aveți voie să țineți animale de companie?

– O, nu prea, Tigs! Cunosc o fată care are un peștișor auriu. Dar nu cred că pisica Bagheera ar fi binevenită.

Maia a chicotit. Tiggy a ridicat din umeri.

– Păi, atunci, poate că nu mă duc la facultate.

– Aș avea eu grijă de ea, a șoptit Star.

– O, ba nu! s-a răstit CeCe. Pisica nu doarme în camera noastră, Star! Miroase ciudat!

– Te rog, CeCe, nu vorbi așa cu sora ta! am intervenit eu. Bun, aș vrea să propun un toast. În primul rând, pentru sora voastră mai mare, Maia, care e pe cale să-și termine anul de studii cu rezultate excepționale! Și, în al doilea rând, pentru Ally, am spus, iar aceasta mi-a aruncat o privire prevenitoare, fiindcă, și sunt sigur că ea n-o să se supere că vă dezvălui asta, a primit astăzi o ofertă de la Conservatoire de Musique de Genève, ca să studieze flautul. Cei de colo vor să-i acorde o bursă.

Ally s-a înroșit.

– Pa, e seara Maiei! a șuierat ea.

– Ally, a spus Maia, sincer entuziasmată, nu fi ridicolă! E o veste extraordinară!

– Uau, Ally! Bravo! s-a bucurat Tiggy.

– Mulțumesc! a răspuns ea, sfioasă.

– Sunt foarte mândru de cele două fiice mai mari ale mele, ca, de altfel, de voi toate. Așa că haideți să ridicăm paharele! Suntem cea mai uimitoare familie. Ura!

– Ura! au răspuns cu toatele în cor.

Ma a mai turnat niște vin pentru mine și pentru cele două fete mai mari.

– În felul vostru, îi semănați mult tatălui…

– Nu le insulta pe bietele fete, Ma! Sunt mult mai interesante decât mine.

– Apropo de „interesant", a spus CeCe, ai un iubit, Maia? Ma crede că da.

– CeCe! a strigat Ma.

– Ei, ce să-ți spun! Vorbeai despre asta zilele trecute!

Maia a ridicat din sprâncene și a privit-o țintă pe Marina.

– Așa ai făcut, Ma?

– Eu… doar făceam conversație cu sora ta, a răspuns aceasta, uitându-se urât la CeCe. *Între patru ochi.*

– Și ce te face să crezi asta, Ma? a întrebat Maia, luând intenționat o înghițitură lentă din paharul ei de vin.

Marina a roșit.

– Ei, bine, ori de câte ori vorbim la telefon, pari întrucâtva… fericită. M-am gândit că, poate, ai un băiat în viața ta, a explicat ea ridicând din umeri.

– Așadar, ai? a insistat CeCe.

Star și-a admonestat sora cu gura mare:

– CeCe!

– Tu de ce te bagi? a răspuns ea. Vrem să știm! Nu-i așa?

Au chicotit cu toatele.

– *Eu* nu știu dacă vreau să aflu, fetelor! am mârâit, ceea ce a dus la și mai multe râsete.

– O, spune-ne, Maia, continuă! a implorat-o Tiggy.

– Da, spune-ne! Spune-ne, spune-ne! a început să scandeze Electra.

Maia s-a uitat la Ally, care a ridicat din umeri, ca și cum ar fi spus că, în cele din urmă, cărțile fuseseră date pe față.

– Bine, bine. Pa, acoperă-ți urechile!

Am râs.

– E în regulă, draga mea, sunt sigur că pot suporta. Atât timp cât individul n-are tatuaje. Și nici motocicletă.

A urmat o pauză stânjenitoare, iar Ally a izbucnit în râs.

– O, nu! am exclamat eu, punându-mi mâinile peste ochi, melodramatic. Haide, dă-mi vestea cea proastă! Câte tatuaje are?

– Doar unul, Pa! Cred că e de bun-gust, a răspuns Maia pe un ton timid.

Am suspinat.

– Nu mă îndoiesc. Să îndrăznesc să întreb ce anume?

– Doar un mic fulger, a răspuns Maia.

– Știam eu! a strigat CeCe. Chiar *are* un iubit!

Fetele au izbucnit în țipete și urale. Maia a ridicat mâinile ca să le potolească.

– Mă rog, nu știu dacă l-aș numi „iubit", a ținut ea să precizeze.

– Dar vă dați întâlnire? a întrebat Tiggy, surescitată.

– Ne... ne vedem, da, a răspuns Maia cu glas scăzut.

CeCe și-a încrucișat brațele.

– Dacă nu e iubitul tău, atunci ce e?

– E doar... știi tu... un băiat!

Ally a încercat să-i ia apărarea surorii sale mai mari:

– Haideți, fetelor, n-o mai torturați!

– Cum arată? a întrebat Star.

– Păi, e din Grecia. Așa că e foarte sexy!

– Ți-ai găsit un zeu grec, Maia? am întrebat, luând o înghițitură de vin. Iar acum, spune-mi: când îl putem cunoaște?

– Pa, nu-l aduc în cușca leului! N-ar rezista nici cinci minute față-n față cu cârdul meu de surori! Și nici măcar nu m-ai întrebat cum îl cheamă!

– Da, iartă-mă, draga mea! Te rog, spune-mi! Cum se numește viitorul meu ginere?

Maia a zâmbit timid și s-a uitat în farfurie.

– Zed.

M-a luat durerea de stomac.

– Poftim?!

– Zed, a repetat Maia.

– Ca litera[1]? a întrebat Electra.

– Da, a răspuns Maia, chicotind. Se scrie *Z-E-D*.

Eu și Marina, care ședea la capătul opus al mesei, ne-am privit în ochi. Ea a dat din cap ca și cum ar fi încurajat întrebarea pe care știa că îmi doream cu disperare s-o adresez.

– Și numele de familie, Maia?

– Este Eszu. *E-S-Z-U*.

Am crezut că aveam să leșin.

– Maia Eszu! a exclamat Star. Cred că e un nume foarte fain!

– Nu la fel de frumos ca D'Aplièse, nu-i așa? a adăugat Electra.

M-am ridicat, dorind să mă îndepărtez de masă înainte să cad din picioare.

– Scuzați-mă, fetelor, nu mă simt prea bine! Mă duc să mă întind puțin.

– Ce-i, Pa? a întrebat Ally.

– Nimic. N-am nimic. Am mers prea mult cu barca astăzi. Cred că am făcut o mică insolație.

– Mă gândesc că lui Pa nu-i place că ai un iubit, Maia! a chițăit CeCe.

– Nu, nu-i vorba de asta! am răspuns eu cu fermitate. Nici vorbă!

Am ieșit din sufragerie și m-am dus direct în birou, unde am încuiat ușa și apoi m-am prăbușit în fotoliu.

– O, Doamne! O, Doamne! Nu se poate așa ceva. Nu se poate!

---

[1] Forma pronunțată în limba engleză a literei z

Inima îmi bătea atât de puternic, încât am crezut că avea să-mi iasă din piept. M-am dus la telefon ca să-l sun pe Georg, dar cineva a ciocănit la ușă.

– Îmi pare rău, fetelor, mă odihnesc puțin!

– Sunt Marina!

I-am deschis.

– Intră, Ma!

Ea a închis ușa în urma ei și m-a luat în brațe.

– *Courage, chéri, courage!*[1]

– Nu știu ce să spun, am murmurat, oftând.

– Nici eu, Atlas. Haide să-ți dau ceva de băut!

Marina a luat decantorul plin cu scotch Macallan făcut dintr-un singur fel de malț, importat anume din munții Scoției.

– Presupun că nu prea are rost să ne întrebăm dacă e o coincidență, a adăugat ea.

– Nu. Gândește-te că sunt atâtea universități în lume! Fiul lui Kreeg ajunge *cumva* la cea la care învață Maia și devine prietenul ei? Asta nu poate fi o întâmplare! A făcut-o special, sunt sigur! am spus eu așezându-mă pe scaun, iar Marina mi-a întins paharul cu scotch. Noroc! i-am urat, după care am ciocnit și am luat amândoi câte o înghițitură, iar gustul plăcut al alcoolului m-a făcut să mă simt mai întărit. Care-i scopul, Ma? Îmi transmite un mesaj? Ca să știu că mă urmărește? Poate că-i mai rău de-atât. Dacă intenționează să le facă ceva fetelor? Of, draga mea, micuța mea Maia…

Mi-am pus capul pe birou. Marina m-a mângâiat pe spate.

– Te rog să încerci să rămâi calm, Atlas! Nu știm toate detaliile.

– Eram pe cale să-l sun pe Georg ca să aflu vești despre Kreeg.

A mai bătut cineva la ușă și mi-am ridicat privirea. Am auzit vocea Maiei.

– Ești bine, Pa? Voiam doar să văd cum te simți!

– Las-o să intre, a murmurat Marina.

---

[1] Curaj, dragul meu, curaj! (în limba franceză în original)

M-am dus la uşă, am tras aer adânc în piept şi mi-am zugrăvit pe faţă un zâmbet larg. Apoi am deschis.

– Intră, Maia! am spus, probabil cu un pic prea mult entuziasm. Îmi pare foarte rău că a trebuit să plec de la masă şi că asta s-a întâmplat chiar în seara întoarcerii tale. Eram cam ameţit, nimic mai mult. După cum ziceam, e doar o mică insolaţie.

Maia a intrat, iar eu am închis uşa.

– Dacă zici tu…, a murmurat ea, uitându-se lung la paharul de scotch de pe birou. Însă toată lumea crede că motivul ar fi că am pomenit de prietenul meu…

Am clătinat din cap cu vehemenţă.

– Nu, Maia, absolut deloc! Vă încurajez pe toate să vă găsiţi dragostea. După cum v-am mai spus, e singurul lucru care face ca viaţa să merite trăită.

– Doar că… păreai bine-mersi, apoi am pomenit de Zed şi deodată te-ai ridicat în picioare şi ai plecat!

Am îmbrăţişat-o, dar ea n-a reacţionat.

– E doar o schimbare de dispoziţie cam ciudată, draga mea, asta-i tot. N-am nimic, nu-i aşa, Ma?

Ma a dat din cap în semn că era de acord cu spusele mele.

– Da, o să fie ca nou! Mergi înapoi la masă şi bucură-te de *chilli*! Claudia l-a făcut special pentru tine.

– Bine, Ma! a răspuns Maia, dând să plece, dar apoi, în drum spre uşă, s-a oprit locului şi s-a întors spre mine. Tată, crede-mă că Zed e cel mai drăguţ om pe care l-am întâlnit vreodată! Îmi pune atâtea întrebări despre surorile mele, despre tine, despre Atlantis… Niciodată n-am crezut că viaţa mea ar putea să intereseze atât de mult pe cineva!

A chicotit, după care a plecat.

– O, Doamne! a fost tot ce am putut să bâigui.

– Haide, stai jos! Eşti alb la faţă, a spus Ma, ducându-mă înapoi la scaun, unde am şezut o vreme, cu capul în mâini.

– Fără îndoială că Kreeg i-a cerut fiului său s-o interogheze pe Maia despre Atlantis. Sper doar că ea nu i-a spus lui Zed unde anume e locul.

– Chiar dacă a făcut-o, te rog să nu uiți că te-ai pregătit pentru așa ceva!

– Ai dreptate! Dar sunt peste zece ani de când n-am mai verificat căile de evacuare, am spus, clătinând din cap. Am crezut că Kreeg mă lăsase în pace.

– Și eu, *chéri*!

Am bătut cu degetele în birou.

– N-are rost să stăm cu frica în sân! În primul rând, vreau să inspectăm toate cotloanele casei. Trebuie să mă asigur că lifturile sunt în stare de funcționare, ca și luminile din tunelurile care duc la debarcader, am înșirat eu ridicându-mă și turnându-mi încă un pahar de scotch, după care m-am oferit să-i mai torn și Marinei, dar ea a refuzat. Îl pun pe Georg să sporească și nivelul de supraveghere a lui Kreeg! Nu vreau să fim ținte sigure. O vreme, nu mai plec în căutarea lui Elle. Doamne-ferește să vină Eszu la Atlantis și eu să nu fiu aici, ca să le protejez pe fete!

– Chiar crezi că le-ar face ceva? Copiilor tăi nevinovați?

– Nu știu de ce e capabil. Mă tem că n-are scrupule!

– Atunci, e înțelept să iei atâtea măsuri de precauție, a spus Marina luându-mă de mână. O să le protejăm, Atlas! Împreună.

CAPITOLUL 53

În următoarele săptămâni, am verificat şi consolidat toate ungherele casei. Împreună cu Ma, am trecut în revistă diverse scenarii ce descriau metodele prin care Kreeg ar fi putut ajunge la Atlantis şi ne-am tot întrebat cum să le instruim în mod optim pe fete. E o situaţie care mă îngrozeşte. Cum aş putea să le explic ce se întâmplă? Ar începe să se îndoiască de propriul tată! E o realitate la care îmi e prea greu să mă gândesc în momentul de faţă.

Cu o seară înainte ca Maia să se întoarcă la universitate, am zărit-o pe Marina, palidă, ieşind din dormitorul fiicei mele mai mari.

– Toate bune, Ma? am întrebat eu.

Nu mă văzuse pe coridor şi s-a speriat de moarte.

– Îmi pare rău, eram pe altă lume, a răspuns ea, oftând şi ducându-şi la piept mâna făcută pumn.

– Evident. S-a întâmplat ceva?

– Poftim? A, nu, nimic! Totul e în regulă.

Minciuna nu era punctul forte al Marinei, dar n-am vrut să scot nimic cu cleştele de la ea. Reticent, am lăsat-o în pace.

Georg Hoffman a fost de nădejde ca întotdeauna, angajând în Grecia o echipă care să urmărească fiecare mişcare a lui Eszu. Spre frustrarea mea, nimic nu părea să se fi schimbat, cu excepţia faptului că Lightning Communications devenise o afacere de miliarde de drahme. Dăduse naștere chiar și unei companii-mame, Athenian Holdings, care să răspundă intereselor extinse ale lui Eszu. N-aveam nici un dubiu că el alesese numele ca să mă scoată din minți. Pe vremea când eram mici, mă tachina adesea în legătură cu pasiunea mea pentru mitologia greacă. De ce ar fi ales-o pe Atena, zeița războiului, dacă nu ca să-și arate limpede poziția?

Dar, în ceea ce-l privea pe omul însuși, Georg m-a asigurat în fiecare seară că nu dădea semne că ar fi fost pe cale să călătorească la Atlantis ca să se răzbune. În schimb, părea să facă asta prin intermediul generației următoare.

Iată motivul pentru care l-am pus pe Georg să se intereseze de Zed. Am descoperit puține lucruri care să mă surprindă. Tânărul era arogant și orbit de privilegiile pe care le avea, cheltuind banii tatălui fără grija zilei de mâine, adică făcea exact lucrurile pe care eu le interzisesem cu desăvârșire fiicelor mele. Toate aveau suficienți bani în conturi asigurate de mine, ca să nu le lipsească nimic, dar nu le permiteam nici o cheltuială exagerată. În nici un caz ceva de genul mașinilor Lamborghini cu care se plimba Zed Eszu pe străzile Atenei.

Trecuse o lună de la dezvăluirea făcută de Maia, când Marina mi-a bătut la ușa biroului. De îndată ce a intrat, mi-am dat seama că nu era de bine. Își ținea umerii aplecați și nu se putea uita în ochii mei.

– Ce-i, Ma? am întrebat, iar ea mi-a întins un mare pahar de coniac, pe care mi-l turnase din decantor. O, Doamne, e cam mult! *Cu siguranță* că vrei să-mi dai o veste proastă.

– O să fie cam greu de acceptat, da.

Marina a tăcut apoi, șovăind.

– Spune-mi, te rog!

– M-am dat de ceasul morții întrebându-mă dacă să-ți dezvălui asta sau nu, Atlas. Dar am ajuns la concluzia că ți-o datorez. Trebuie să-ți mărturisesc că...

Nu putea pronunța cuvintele. A fost rândul meu să-i torn un pahar de coniac și să i-l dau.

– Dă-l pe gât!

M-a ascultat și a băut dintr-o înghițitură.

– Maia e însărcinată.

Mi-am golit și eu paharul. Apoi am încercat să rămân cât mai nemișcat, lăsându-mă cuprins de groază. A trecut ceva vreme până să mă adun.

– Mulțumesc, Ma! E bine că știu.

– Atlas, îmi pare foarte rău! Nu-mi pot imagina ce simți.

– Nu, n-ai cum! am răspuns eu, dându-mi seama că îmi încleștasem pumnii. Bineînțeles, asta mă face să mă întreb dacă nu cumva întâmplarea asta a fost, de fapt, rodul unui plan. Consecința fiind umilința supremă.

Ma a înghițit în sec.

– Nu-i exclus, recunosc.

Am izbucnit:

– Cum să fie atât de cruzi?!

Din senin, pe obraji au început să-mi curgă șiroaie de lacrimi, însoțite de suspine adânci. M-am făcut ghem, iar Marina m-a cuprins cu brațul.

– Explicația e că pentru fiecare înger trebuie îndurat un diavol.

Mi-am șters lacrimile cu batista.

– De-asta erai atât de palidă cu o seară înainte ca Maia să se întoarcă la universitate!

Marina a încuviințat din cap.

– Adevărat. Mi-a spus ce simptome avea, așa că am pus-o să facă un test. Of, *chéri*, în momentul în care am văzut că ieșise pozitiv, mi-a venit să mor! Dar nu puteam să mă arăt slabă în fața dragei de Maia. De dragul ei, trebuia să fiu puternică.

– Bineînțeles, Ma! Și nu pot să-ți spun cât de recunoscător îți sunt pentru asta, am spus, bătând-o ușor pe umăr. Nu-i vina ei, sub nici o formă! am exclamat, închizând ochii. Dar trebuie să acceptăm ideea că faptul ăsta e deosebit de îngrijorător. Ce face Maia?

Ma a oftat din rărunchi și a ridicat din umeri.

– Cred că experimentează fazele prin care trece orice adolescentă care rămâne însărcinată pe neașteptate. Frică. Rușine. Vinovăție.

Mă durea inima.

– Biata mea fetiță! Ce groaznic! Mi-aş dori s-o pot lua în braţe şi s-o strâng la piept.

Brusc, Ma a intrat în panică.

– Maia nu trebuie să afle că știi, *chéri*! Tu eşti totul pentru ea şi crede că, dacă afli, o să fii dezamăgit. N-ar suporta să se întâmple aşa ceva!

Am dat din cap în semn că înțelegeam.

– Da, Marina, iar asta pur și simplu îmi frânge inima! am spus, simţind că mi se punea un nod în gât. Sper că ştii că n-aş putea să am o astfel de atitudine faţă de copiii mei! Mi-aş dori să pot face ceva pentru Maia. Are nevoie mai mult ca oricând de dragoste, de sprijin şi de ajutor din partea tatălui ei. Iar eu nu sunt în măsură să-i ofer nimic din toate astea, am adăugat, iar vechea mea prietenă m-a strâns de mână. Zed știe de copil?

Ma a clătinat din cap.

– Nu. Iar Maia nu vrea să-i spună, a mărturisit ea, masându-și fruntea. Zed a rănit-o foarte mult pe tânăra noastră Maia! Și pentru că el urmează să absolve facultatea, i-a spus că relația lor a fost doar una trecătoare și fără însemnătate și că nu vrea să mai aibă de-a face cu ea.

Mi-am luat capul în mâini, văzând cum mi se materializau coșmarurile.

– Te rog, vorbește cu ea, Marina! Să știe că, indiferent de ce anume vrea să facă, are sprijinul tău necondiționat.

– Mă duc s-o sun.

– Așa să faci. Și îmi spui pe urmă ce anume a hotărât ea.

În vara anului 1993, Maia a încheiat ultimul semestru al celui de-al doilea an de facultate. S-a întors la Atlantis înfofolită în straturi de haine, ca să-și ascundă pântecul, deși ne aflam în plin sezon cald. Cu o săptămână înainte, îi propusesem ca, întrucât ea era cea mai mare dintre fete, să locuiască în Pavilion, adică în reşedinţa privată pe care o construisem la circa două sute de metri de casa principală şi în care stătuse cândva Marina.

– Cred că meriţi propriul tău spaţiu, draga mea! îi spusesem eu.

Ea parcă stătuse să plângă.

– Adevărat, Pa? O, mulţumesc, mulţumesc! Mi-ar plăcea la nebunie.

În timp ce mă îmbrăţişase, observasem că îşi ţinea pântecul departe de mine, ca să nu simt ce creştea în el.

Dragă cititorule, n-o să fii surprins să afli că Maia nu s-a întors la universitate ca să înceapă anul trei. Mi-a transmis că făcuse o criză urâtă de mononucleoză şi că urma să-şi reia cursurile de îndată ce se simţea în stare. Pe măsură ce-i creştea pântecul, o vedeam din ce în ce mai rar şi sufeream tot mai mult. Nu voiam decât să mă duc la Pavilion, s-o iau în braţe şi să-i spun că totul avea să fie bine. Dar mi-am spus că autonomia ei trebuia să aibă întâietate. I-am repetat frecvent Marinei să-i transmită Maiei că, dacă mi s-ar fi destăinuit, aveam s-o tratez cu înţelegere şi dragoste. Dar acea zi n-a venit.

Cu siguranţă că Ally ştia. Petrecea mult timp în Pavilion, alături de Maia, iar eu mă bucuram că Marina nu trebuia să poarte singură acea povară.

Mi s-a părut că şi altcineva îşi dăduse seama – Tiggy. Într-o bună zi, pe când îi duceam Maiei, la Pavilion, o ceaşcă de ceai şi o felie de prăjitură, am surprins-o pe Tiggy uitându-se lung la pântecul fiicei mele celei mari. Din pricina „mononucleozei", n-aveam voie să ne apropiem prea mult. Dar chiar şi de la câţiva metri, privirea micuţei Tiggy s-a lipit, pur şi simplu, de pântecul surorii ei.

Într-o seară, pe când Maia era cam prin luna a şasea de sarcină, am aflat de la Marina ce anume decisese fiica mea să facă pe viitor.

– Vrea să dea copilul spre adopţie.

N-am ştiut cum să reacţionez.

– Asta își dorește cu adevărat? am întrebat. Fiindcă dacă a luat o asemenea decizie din rușine sau din vinovăție, o să trebuiască să intervin, Ma.

Ea a încuviințat din cap.

– Asta vrea, Atlas. Din toată inima. Nu se consideră pregătită să fie mamă și crede că micuțul o să fie mai bine îngrijit de altcineva. A spus că s-a gândit la propria ei mamă și la decizia pe care aceasta a luat-o cândva. Din pricina acelei alegeri, Maia a ajuns să te aibă pe tine drept tată.

Am clătinat din cap, uluit.

– Ce tragedie! Ce mare, mare tragedie!

Marina m-a îmbrățișat.

– Știu, *chéri*! Dar un lucru bun în toată grozăvia asta e faptul că ar trebui să fii foarte mândru de fiica ta cea mare. A fost mai curajoasă și mai rezistentă decât am crezut vreodată că e posibil. E uimitoare!

– Adevărat! Știi că trebuie să fiu pragmatic, așa că am hotărât că Georg e omul cu care să vorbim despre locul în care ar trebui să fie plasat copilul Maiei. Mă aștept ca Georg să poată aranja chiar și o adopție discretă, de către o familie care să-l iubească și să-l îngrijească așa cum trebuie pe… nepotul meu, am spus, simțind cum acel cuvânt mă săgetase în suflet. Pentru că, indiferent de felul în care stau lucrurile, îmi e nepot. Trebuie să ne asigurăm că i se oferă cea mai bună viață cu putință.

– Așa facem, Atlas, așa facem!

– Îți transfer câteva mii de franci. Te rog să te oferi să plătești orice spital sau metodă prin care Maia alege să nască. După cum știi, banii nu sunt o problemă.

Copilul, un băiat, s-a născut trei luni mai târziu, la un spital particular din Geneva, iar Marina a fost alături de Maia în fiecare moment. Fără să știe nimeni altcineva, colaborasem îndeaproape cu Georg ca să mă asigur că familia adoptivă avea toate cele necesare ca să-i poată oferi pe deplin băiatului dragostea și îngrijirea pe care el și le-ar fi putut dori vreodată. Speram că bătrâna Clara Hale ar fi fost mândră de mine.

Nu mi-am văzut fiica și nici pe Marina timp de trei săptămâni după naștere, sub pretextul că erau într-o vacanță mamă-fiică, Maia fiind în „recuperare", în sfârșit, după interminabila ei mononucleoză. Atunci când, în cele din urmă, ea a ajuns la Atlantis, am ținut-o în brațe vreme îndelungată. Mă întreb dacă știa că *eu* știam. Ceva îmi spune că da.

– Acum mă pot întoarce la facultate, Pa! Mă simt mult mai bine!

– Mă bucur să aud asta, Maia! Dar întoarce-te numai după ce ești pregătită. Pavilionul te așteaptă oricând ai nevoie de el.

– Mulțumesc, Pa. Te iubesc!

– Eu te iubesc și mai mult, micuțo!

TITAN

IUNIE 2008

CAPITOLUL 54

– A știut tot timpul! O, Doamne! a strigat Maia în cabina ei, lăsând să cadă pe jos ultimele pagini ale jurnalului.

– Ce știa, Maia? a întrebat Floriano, curios.

– Știa totul despre copilul pe care l-am dat spre adopție. Copilul lui Zed Eszu.

Maia a văzut cum Floriano s-a zburlit involuntar. Dar ea n-avea ce să-i reproșeze. Atunci când îi povestise prima dată despre trecutul ei, fusese foarte blând și înțelegător. Numai că, în ultimele câteva zile, apăruseră multe explicații pentru ceea ce se întâmplase atunci.

– Îmi pare foarte rău, draga mea Maia!

A luat-o în brațe.

– Acum, retrăind totul din perspectiva tatei, întreaga situație pare stupidă. Toate lunile în care am stat în Pavilion, pretinzând că aveam mononucleoză! Bineînțeles că el știa.

– Dar n-a zis nimic, fiindcă te iubea. Enorm.

– Asta-i cel mai rău, Floriano! L-am dezamăgit. El era lumea mea, iar eu l-am dezamăgit.

– Nu. Nu spune asta, dragostea mea! Nu știai nimic despre trecutul comun al tatălui tău și al acelui Kreeg. Ai fost ținta unui ticălos. O victimă nevinovată! Nu ți se poate reproșa nimic.

Floriano s-a ridicat și s-a dus să tragă perdelele, căci se lăsa întunericul pe *Titan*.

– Pa și Georg s-au străduit să găsească o familie adoptivă potrivită. Pot afla cine e în prezent fiul meu.

Floriano s-a aplecat spre micul răcitor și a scos o bere.

– Parcă plouă cu coincidențe. Vrei ceva de băut? a întrebat-o el.

Ea a clătinat din cap în semn de refuz.

– Floriano, prețuiesc foarte mult faptul că ai stat aici, cu mine, în ultimele ore! Cred că a fost foarte plictisitor să te uiți cum citeam.

– Iubirea mea, aș sta treaz câtă vreme dormi, chiar și o săptămână încheiată, dacă veghea mea te-ar face să te simți mai ocrotită! a exclamat el, sărutând-o pe frunte. Ai toate răspunsurile la care sperai?

Maia s-a frecat la ochi. Răspunsul era un „nu" cât se poate de categoric. Încă nu știa nimic despre perioada petrecută de Pa în Rusia sau despre împrejurările misterioase în care murise mama lui Kreeg Eszu.

– Jurnalul se încheie cu peste un deceniu în urmă, în 1993.

Floriano s-a cocoțat în pat, alături de ea, și a băut o gură de bere.

– Știi ce s-a întâmplat cu diamantul? a întrebat el.

Cu atâtea întâmplări dramatice, Maia uitase complet de nestemată.

– Ei, Pa nu prea mai zice nimic de el după anii '50. Cine naiba știe pe unde o fi ajuns?

Floriano s-a întins, gândindu-se la soarta diamantului.

– Ce ciudat! Mă întreb dacă a ajuns vreodată la Kreeg.

– Poate că n-o să aflăm niciodată. Mă rog, a adăugat Maia ridicându-se din pat, vreau să mă duc înainte de cină la fete, ca să văd ce fac!

El i-a luat mâna și i-a sărutat-o.

– Bine, iubirea mea!

Maia a dat să plece, dar Floriano a tras-o înapoi și a sărutat-o tandru pe abdomen.

– Băieții tăi sunt mândri de tine! a adăugat el.

Cuvintele lui au luat-o prin surprindere. Și-a înghițit cu greu nodul care i se pusese în gât.

– Mulțumesc. Sunt puțin îngrijorată pentru Electra. Jurnalul a confirmat că era dependentă de cocaină din naștere.

Floriano a făcut ochii mari.

– *Meu Deus!*[1] Îngrozitor!

– Stai să vezi, mama lui CeCe a fost abandonată de tatăl copilului ei și a murit la scurt timp după ce a născut. Iar Ally a fost despărțită la naștere de fratele ei geamăn, fiindcă mama lor nu-și dorise decât un băiat.

– Maia...

– Și mătușa lui Tiggy a prevestit sosirea fiecăreia dintre noi în viața lui Pa, a adăugat Maia, lăsându-l pe Floriano cu gura căscată. Da, cred că sunt multe de lămurit! a conchis ea, după care s-a dus la ușă și a deschis-o, adăugând, în clipa în care era pe punctul să iasă: Iar Ma a fost cândva prostituată.

Ally D'Aplièse și Georg Hoffman au coborât pe scara principală și s-au dus pe puntea inferioară, unde se afla biroul privat al lui Atlas. În timp ce se apropiau de ușă, Georg a scos din buzunar singura cheie existentă.

– Dacă nu te superi, Ally, o să intru singur. Vreau să mă asigur că măcar o parte din dorințele lui sunt respectate.

– Nici o problemă, Georg, te aștept aici! a răspuns Ally.

– Mulțumesc! Mă întorc imediat.

Georg a intrat în birou, iar Ally și-a scos mobilul din buzunar. S-a bucurat să vadă că Hans aruncase ancora într-o zonă cu acoperire și că ea primise un mesaj de la Jack.

Bună, ești bine? Păreai cam stresată mai devreme. Sunt aici dacă ai nevoie de mine. X

Indiferent de ceea ce aflase de curând, bunătatea lui Jack mai domolea presiunea la care era supusă. S-a gândit cum să răspundă...

---

[1] O, Doamne! (în limba portugheză în original)

Nu putea să explice totul într-un mesaj scurt și nici nu trebuia ca Jack să afle ceva înaintea surorilor ei.

Îmi pare rău, sunt doar un pic agitată. Îți explic mai târziu, dacă vrei să ne întâlnim în cabina mea după cină. x

Răspunsul a venit imediat:

Perfect.

În birou, Georg a inhalat mirosul cărților legate în piele, așezate pe rafturile pe care le asocia în minte cu angajatorul lui. S-a uitat în jur, examinând nimicurile pe care Atlas le adusese din explorările sale pe glob: o pălărie Stetson din Mexic, un puc de hochei pe gheață din Finlanda și o pisică-talisman din China. Aceasta din urmă, așezată pe birou, încă își balansa lăbuța. Toate acele lucruri îi reaminteau lui Georg în mod dureros că, în cele din urmă, își dezamăgise cel mai bun prieten. De fiecare dată când el sau echipa lui reușiseră să dea de urma lui Elle Leopine, Atlas urmărise pista, oricât de firavă ar fi fost.

Din buzunarul de la piept, Georg a scos altă cheie, mai mică. Deschizând sertarul central al biroului, a luat de acolo un plic, ceea ce nu se așteptase să facă în acea călătorie. A închis ochii și s-a dus cu gândul la ultima zi în care el și Atlase se aflaseră împreună în acea încăpere.

– Georg, am terminat de scris în jurnal, spusese Atlas cu glas scăzut.

Pe zi ce trecea, el respira tot mai greu, din ce în ce mai chinuit.

– Bravo, prietene! L-ai dus la bun sfârșit!

Atlas chicotise, șuierând.

– Aproape, aș zice! Doctorii spun că se poate întâmpla în orice clipă. Nu-mi dau de trăit mai mult de trei luni.

– Toată viața ai sfidat logica, prietene!

– Adevărat! Dar nemurirea e, poate, un țel prea mare, răspunsese Atlas zâmbind. În orice caz, totul e gata. Am rezolvat aproape toate problemele. Dar, Georg…

– Da, Atlas?

– Sunt încă extrem de îngrijorat în privința lui Zed Eszu. Deși am încercat să fac o înțelegere cu el, rămâne o amenințare atât timp cât e pe lumea asta. Chiar dacă fiicele mele sunt puternice și o să fie și mai puternice după ce află adevărul despre trecutul lor, trebuie să-mi promiți că o să faci tot ce-ți stă în putință ca să diminuezi influența lui Zed! implorase el. Protejează-mi fiicele de Zed cât de bine poți!

– Îți jur, prietene!

– Mulțumesc, Georg! Ai fost... exemplar. Îți datorez atât de mult!

Atlas își înclinase capul, iar Georg se simțise gâtuit de emoție.

– A fost cea mai mare onoare! N-am făcut decât să-ți răsplătesc, cu recunoștință, bunătatea.

– M-ai făcut foarte mândru de tine! Ca și Claudia, bineînțeles. Nu există om pe lume în care să am mai multă încredere decât în voi.

– Sentimentul e reciproc, Atlas!

– Bun. Ești absolut sigur că ai înțeles instrucțiunile mele? Având în vedere întorsătura asta neașteptată, vreau să trec totul în revistă încă o dată, spusese Atlas dând să se ridice, iar Georg îi întinsese o mână ca să-l ajute. Mulțumesc! exclamase cel dintâi, ducându-se șontâc-șontâc la bibliotecă și aruncând o privire la colecția lui. Repetă-mi planul, te rog!

Georg dăduse din cap cu docilitate.

– Desigur. În primul rând, trebuie să-i dau jurnalul original surorii dispărute, după ce o să fie găsită. Acum avem toate informațiile necesare. O s-o găsesc.

Atlas ridicase dintr-o sprânceană, cu un aer întrebător.

– Ești sigur că ai desenul inelului cu smarald?

– Da.

Apoi bătrânul continuase să recite din lista pe care și-o alcătuise în minte:

– Și coordonatele Casei Argideen?

– Absolut.

Atlas luase portretul în cărbune al lui Elle și îl privise o vreme.

– Scrisorile mele către fete sunt la locul lor, la Atlantis? Alături de indiciile concrete?

– Sunt în biroul meu. Sigilate cu toatele și gata să fie predate imediat ce mă întorc.

Atlas păruse să se relaxeze puțin, dar după aceea își amintise de ceva anume.

– Și sfera armilară? Te-ai ocupat de ea?

– Da. Sculptorul termină lucrarea azi, la amiază. O să verific eu însumi inscripțiile și coordonatele.

– Excelent! Și surpriza?

– M-am ocupat, Atlas.

Bătrânul schițase un zâmbet slab.

– Abia aștept să le văd fețele, de oriunde m-aș afla! Mulțumesc, Georg! exclamase el în timp ce se întorsese la birou și începuse să-și aranjeze hârtiile, privind paginile cu părere de rău. Mi-aș dori doar să pot fi alături de ele, murmurase, clătinând din cap. Maia, Ally, Star, CeCe, Tiggy, Electra... au atât de multe de aflat despre originile lor! adăugase, privind în gol. Oare am făcut ce trebuia, Georg?

– Eu zic că da. Cu mâna pe inimă!

Atlas se așezase pe un scaun și privise oceanul prin hublou.

– Mă tulbură gândul că ar fi trebuit să le spun adevărul cu mulți ani în urmă!

– E o neliniște firească. Dar nu uita că, dacă ai fi făcut astfel, le-ai fi putut pune în pericol.

Atlas dăduse lent din cap, în semn că era de acord cu spusele avocatului său, apoi luase o înghițitură de apă. Georg fusese mâhnit să vadă cât de tare îi tremura mâna pe pahar.

– Bun, după ce mor, și numai atunci, o să le dai astea fiicelor mele, spusese Atlas, arătând cu o mână fragilă spre ultimele pagini de pe birou, pe care încă nu se uscase cerneala. Ar fi un dezastru dacă fetele ar crede vreodată că le-am amăgit în vreun fel! exclamase el, ducându-și mâna la piept.

Apoi cei doi bărbați tăcuseră o vreme. Atlas își ridicase privirea spre Georg. Deși pielea îi era zbârcită și avea părul alb, ochii lui căprui erau la fel de iscoditori ca întotdeauna.

– Știi exact ce mi-am propus să fac. N-aș fi putut niciodată să prevăd că aveam să supraviețuiesc.

– Nu. Nici eu.

Atlas deschisese un sertar din care scosese un plic format A4. Vârâse cu grijă în el noile pagini, apoi le pusese în sertar, răsucise cheia, o scosese din încuietoare și i-o dăduse lui Georg.

– Doar la momentul potrivit. După ce mor.

Atlas se ridicase din nou în picioare, de data asta, foarte greu. Georg îi oferise imediat brațul, iar vechiul lui prieten se sprijinise de el. Apoi cei doi se îmbrățișaseră și amândurora le dăduseră lacrimile.

– Mă bucur că am mai avut ceva timp, prietene! În felul ăsta, pot să-ți spun ceva ce nu ți-am zis zilele trecute.

– Ce anume?

Atlas zâmbise.

– Ce-ar fi să-i spui mai repede?

– Îmi pare rău, răspunsese Georg, mirat, nu știu la ce te referi!

Atlas își dăduse ochii peste cap.

– Pentru numele Domnului, omule! Mă refer la *Marina*.

Georg se îmbujorase pe loc.

– Of!

– O iubești de treizeci de ani. Ia-mă drept dovada că trebuie să te bucuri de fiecare clipă, *monsieur* Hoffman!

Atunci îl văzuse Georg ultima oară pe Atlas Tanit.

Iar acum a scos o batistă din buzunar și și-a tamponat ochii. Cu plicul sub braț, a încuiat sertarul și a ieșit din încăpere.

– Astea sunt? a întrebat Ally, punând deoparte telefonul și arătând spre plic.

Georg a încuviințat din cap.

– O să cer să fie fotocopiate, așa cum am făcut cu jurnalul original.

– Bine! Le spunem fetelor la cină. Astfel ca apoi să poată citi cu toatele.

Georg s-a foit, pradă agitației.

– Ally... trebuie să-ți spun că mi-e frică. Habar n-am cum o să reacționeze surorile tale. Având în vedere felul în care ai făcut-o tu, s-ar putea ca fiecare dintre ele să vrea să mă strângă de gât. Și Marina se teme. Vreau să mă asigur că nu i se reproșează nimic!

– Fii calm, Georg! Da, o să fie bulversate, ca și mine. Dar știi foarte bine că durerea se poate alina rapid. Presupun că ai vorbit cu căpitanul Hans?

– Da. A făcut ajustările de navigație necesare.

– Bun! Bine, a spus Ally, răsuflând adânc. Ne vedem la cină!

În acea seară, cele șapte surori și partenerii lor s-au adunat pe puntea superioară, alături de Ma și de Georg Hoffman, ca întotdeauna. Făcuseră efortul să se îmbrace deosebit pentru acea ocazie. Aveau să cinstească amintirea lui Pa Salt cu povestiri preferate din copilărie.

– O, dragele mele, a gângurit Ma, arătați minunat cu toatele! Nu se mai prea întâmplă să fim laolaltă. În ciuda împrejurărilor, o să prețuiesc veșnic seara asta.

După ce citiseră dezvăluirile din jurnal, fetele o înconjuraseră cu dragoste. N-avea motive să se îngrijoreze că pupilele ei ar fi judecat-o pentru trecut.

– Aș vrea să știu, Ma, dacă te-ai împăcat vreodată cu tatăl tău, Louis? a întrebat Star.

– Da, draga mea, a răspuns Ma, dând din cap și zâmbind acelei amintiri frumoase. Tatăl vostru și, bineînțeles, Georg m-au ajutat să-l revăd. Atlas m-a dus cu avionul în America, iar tata m-a întâmpinat la aeroport. Era foarte emoționat. După cum ați citit, mama mea, Giselle, era o adevărată forță a naturii și a încercat să ne țină departe unul de celălalt. Dar eu și tata am petrecut o săptămână minunată la Detroit și apoi ne-am vizitat cel puțin o dată pe an, până la moartea lui, în 1987. Eu am fost cea care a citit necrologul la înmormântarea lui.

– Minunat! Sunt sigură că ar fi fost foarte mândru de tine, a spus Star.

– Sper, *chérie*! Îmi pare rău că n-am cunoscut-o și pe Evelyn, bunica mea.

– Părea minunată, Ma, vorbesc serios! a adăugat Electra.

– A avut grijă de Pa ca o mamă, a spus Maia.

– Da, el întotdeauna vorbea cu mare drag despre ea, a continuat Ma. Așa că, într-un fel, simt că am cunoscut-o. În fiecare an, în ziua morții ei, eu și tatăl vostru aprindeam o lumânare.

După ce surorile citiseră despre fiul pe care Maia îl dăduse spre adopție, aceasta făcea mari eforturi ca să arate că nu era afectată. Dirija conversația și vorbea cu mult patos despre orice subiect.

– Ca să fiu sinceră, mai mult mă îngrijorează proiectul lui Zed, cel care se numește „Atlas". O să fie celebru în toată lumea!

– Javra aia întotdeauna a vrut doar să aibă putere asupra noastră, nu-i așa? s-a răstit Electra. Ce rahat de om! Scuze, Ma!

– De data asta nu pot decât să fiu de acord, *chérie*.

– Mi s-au părut ciudate cele citite despre mama lui, a murmurat Tiggy, gânditoare. Îmi aduc aminte că Zed mi-a spus că era mult mai tânără decât tatăl lui. Și că a murit pe vremea când el era adolescent.

– Și mie mi-a spus la fel, a confirmat Maia.

Marina a oftat și a ridicat din umeri.

– Niște închipuiri, se pare! Probabil că ăsta e singurul lucru care nu i se poate reproșa lui Zed. Să pierzi un părinte e o traumă, dar să ai un *blaireau*[1] drept tată... nu mă mir că Zed tânjea după o mamă tânără, care să-i stea alături în drumul spre maturitate.

– Putem să-i facem ceva lui Zed din punct de vedere juridic, Georg? a întrebat Tiggy. Știu că nu poți înregistra un nume de om ca marcă, dar dacă am putea dovedi cumva că e rău intenționat... nu știu. Ce părere ai?

Georg se uita în pământ și n-a răspuns.

– Georg! a insistat Tiggy.

---

[1] Dobitoc (în limba franceză în original)

– Poftim?! Iartă-mă, Tiggy, eram cu gândul în altă parte!

– Nu-i nimic, a chicotit ea. Nu-i urgent.

– De fapt, am o întrebare, Georg, a spus Star. Dar mă cam sperie răspunsul.

– Nici o problemă, Star. Te rog, întreabă-mă!

– Păi, atunci când am fost adoptată, nu-i așa că Pa nu știa despre mama mea naturală, Sylvia, care mă lăsase la mama ei?

Georg a clătinat din cap.

– Bineînțeles că nu, Star! Palatul îl anunțase pe Rupert că Patricia Brown adusese un copil la orfelinat. Abia după ce ți-ai descoperit trecutul s-a aflat că, de fapt, nu erai fiica, ci nepoata ei. Tatăl tău chiar n-a avut habar de asta.

– Ce bine! Nu eram sigură că așa au stat lucrurile, a spus Star, vizibil ușurată.

Mouse a intervenit:

– Probabil că miraculoasa ta adopție ar fi fost mai puțin fascinantă dacă Atlas ar fi știut că aveai o mamă iubitoare, care nu voia să te abandoneze.

Star s-a uitat urât la el, iar Mouse s-a făcut mic.

– Am și eu o întrebare similară, a declarat CeCe.

– Spune, te rog! a încurajat-o Georg.

– Pa chiar a lăsat datele tale la spitalul din Broome? Astfel încât, dacă Sarah sau Francis ar fi sosit, ar fi putut lua legătura cu el?

– Categoric! Am și sunat de mai multe ori la spitalul din Broome, ca să verific dacă întrebase cineva de tine.

– E bine de știut, mulțumesc, Georg! a răspuns CeCe cu glas liniștit.

– Și bunica mea, Stella? a întrebat Electra. Știu că ea și Pa s-au mai văzut. De fapt, el a fost cel care a ajuns să-i spună jumătate din povestea mea.

– Ai dreptate, Electra, da! Împreună cu echipa mea, am descoperit că Cecily ajunsese profesoară la o școală din Harlem, înființată special ca să trimită copiii de culoare defavorizați la facultățile din Ivy League. După cum îți poți imagina, fiind singura profesoară de rasă albă de acolo, era faimoasă. Oamenii chiar își aminteau de ea.

– Nu mă îndoiesc!

– În cele din urmă, a continuat Georg, am reușit să luăm legătura cu Rosalind, prietena lui Cecily, care devenise *legal* mama Stellei. Ea ne-a spus totul despre bunica ta, despre Universitatea Columbia, organizația pentru drepturile civile, o carieră la ONU... ca să nu mai vorbim despre fiica ei, Rosa.

– Mama mea, a precizat Electra, astfel încât să înțeleagă și ceilalți.

– Da. Tatăl tău i-a povestit lui Rosalind despre cartea de vizită care se găsise alături de copilul abandonat la ușa Mamei Hale. Lui Rosalind nu i-a venit să creadă. I-a zis tatălui tău că Cecily păstrase cartea de vizită ca să-i poarte noroc și că, înainte să plece în Africa, i-o dăduse Stellei, care probabil că i-a dat-o Rosei.

– Începe să mă doară capul! a spus Chrissie râzând.

– Da, e un film în sine! a adăugat Mary-Kate, luând o înghițitură de rozé.

– Am întrebat ce s-a întâmplat cu Rosa. Rosalind a confirmat că aceasta murise de o supradoză, a adăugat Georg, iar Electra și-a plecat privirea și Tiggy a cuprins-o numaidecât pe după umeri. Am rugat niște cunoștințe de la New York să facă cercetări. Și au găsit...

– Hruba, a intervenit Electra, scutindu-l pe Georg de stânjeneală.

– Da, *acel loc* pe care îl frecventa Rosa. Ni s-a spus că plângeai, iar cineva te-a luat de acolo ca să nu vină poliția și să investigheze. Ultimul lucru pe care l-a făcut mama ta a fost să pună cartea de vizită a lui Pa în mâna agresorului. Probabil că el a lăsat-o în coșul tău. Dacă stai să te gândești, mama ta te-a salvat.

Aflând de emoționanta decizie a Rosei, cei de la masă au rămas pe gânduri. Liniștea a fost curmată de majordomul care a apărut din salon și a întrebat dacă putea lua farfuriile.

– Da, mulțumesc! a confirmat Ma.

În timp ce personalul strângea vesela de lux, Maia ar fi putut jura că mâna lui Jack ajunsese discret pe genunchiul lui Ally, pe sub masă. Maia a surprins privirea surorii ei și a ridicat dintr-o sprânceană. Roșeața lui Ally i-a confirmat suspiciunea și a făcut-o să zâmbească pe furiș.

– Mai vrea cineva vin? a întrebat Charlie, primind mai multe înclinări din cap, în semn de aprobare. Grozav! Mă ocup de cel roșu. Miles, torni tu din cel alb? a întrebat el, iar Miles s-a ridicat, dar Charlie și-a dat seama că făcuse o gafă. Vai, îmi pare rău! Tu nu bei, nu-i așa? Floriano, vrei să...?

Miles a fluturat din mână ca să-l liniștească.

– Nu-ți face griji, doctore! Din fericire, statutul meu de abstinent nu mă împiedică să le torn altora în pahare.

Charlie a râs, stânjenit. Apoi el și Miles au luat sticlele și au făcut înconjurul mesei, iar CeCe s-a încruntat.

– Jurnalul s-a încheiat într-un moment foarte ciudat, nu-i așa? Surorile au fost cu toatele de acord.

– Da! a spus Star. Georg, de ce s-a oprit în 1993?

Georg părea agitat.

– Tatăl vostru a vrut ca jurnalul să rămână ca o consemnare fidelă a modului în care fiecare dintre voi a intrat în viața lui. Și, bineînțeles, ca o explicație pentru unele împrejurări ciudate cu care v-ați confruntat în copilărie.

– Să bem pentru asta! a exclamat CeCe, ridicându-și paharul plin.

– Știi ce s-a întâmplat cu diamantul? a întrebat Tiggy. În prima jumătate a jurnalului, Pa vorbea frecvent despre diamant. Dar asta, numai până când el s-a stabilit la Atlantis.

– Exact, Tigs! Oare i l-a dat înapoi lui Eszu? a întrebat Electra.

– A fost foarte discret în privința asta, chiar și cu mine, a răspuns Georg. Nu-i plăcea să vorbească despre diamant, fiindcă îl vedea ca pe un simbol a tot ceea ce pierduse în viață. Cât despre locul în care se află acum nestemata..., a murmurat el, mulțumindu-se să ridice din umeri.

– Poate că l-a aruncat în ocean? și-a dat cu părerea Star, luând o gură de vin alb.

Au rămas încă o dată tăcuți, în timp ce întreaga familie D'Aplièse trăgea concluzii cu privire la soarta misteriosului diamant.

– A mai căutat-o pe mama după 1993? a întrebat Merry. A continuat să călătorească ori de câte ori găseai o nouă pistă, Georg?

– Da, Merry, el nu s-a oprit niciodată, până la mijlocul anilor 2000, când sănătatea șubredă l-a împiedicat să mai facă atâtea zboruri. Sunteți astăzi aici doar ca urmare a eforturilor lui neobosite!

– Dar ești absolut sigur că n-a izbutit să dea de Elle? a întrebat Maia.

– N-a găsit-o niciodată, a răspuns Georg înghițind în sec.

– Mă întreb ce s-a întâmplat cu ea, a murmurat Merry, suspinând.

– Un lucru pe care încă nu-l înțeleg, a spus CeCe, e cum de ai găsit coordonatele care ne-au condus la Merry. Ceva nu se leagă! Trebuie să fi primit informații noi în urmă cu un an, informații care te-au determinat să gravezi sfera armilară.

Georg a dat din cap în semn că așa era.

– E adevărat!

Star s-a aplecat în față.

– Nu ne lăsa în suspans, Georg! Ce ai aflat?

Ezitând, el și-a tamponat fruntea cu batista.

– Era ceva legat de Zed? a insistat Maia. Având în vedere că acele coordonate duceau la o casă care aparținea familiei lui?

– Nu. N-avea de-a face cu Zed. Fetelor..., a spus Georg, trăgând aer adânc în piept. Știu că am putea proceda altfel. Dar, pentru prima dată, sunt puțin nepregătit. După cum știți, jurnalul tatălui vostru s-a încheiat în 1993. N-a mai scris în el, în mare parte datorită faptului că viața lui s-a liniștit. Cred cu adevărat că ultimele două decenii ale existenței lui au fost cele mai fericite.

– Urmează un „dar"? a întrebat Electra.

Georg a continuat:

– După prima întâlnire cu medicul lui, aflând că sănătatea începea să i se şubrezească, l-am întrebat dacă voia să scrie povestea primilor săi ani, înainte de perioada în care îşi începuse jurnalul la Paris, a spus el, oprindu-se din vorbit doar cât să ia o înghițitură de apă. Tatăl vostru mi-a spus că, deşi se gândise de multe ori la asta, amintirile din Rusia îi provocau prea multă durere. Totuşi, a vrut să fiu pregătit să acopăr orice lacună şi să răspund la întrebările pe care le-ați fi putut avea.

– Asta-i bine, pentru că încă simt că sunt enorm de multe lucruri pe care nu le ştim! s-a lamentat Star. N-avem nici măcar o relatare despre ce anume s-a întâmplat între Pa şi Kreeg pe vremea când erau copii.

Electra şi-a încrucişat brațele.

– Bine, Georg! Povesteşte-ne despre Rusia!

– Asta şi intenționez. Dar, după cum au evoluat lucrurile, o să poată să vă spună chiar el.

Georg s-a ridicat şi s-a dus în salon. Maia s-a întors spre Ally.

– Ştii ce se întâmplă? Eu şi Merry am văzut mai devreme că îi făceai morală lui Georg, pe coridor.

Ally a răspuns fără să şovăie:

– După ce mai devreme l-am văzut cu toții pe Zed la televizor, Georg şi-a pierdut cumpătul pe punte. Pe scurt, am cerut să aflu de ce.

– Ia stai, ăsta e motivul pentru care ai vrut să terminăm de citit jurnalul până astă-seară? a întrebat Electra.

Ally a încuviințat din cap. Georg s-a întors cu un teanc mare de hârtie albă, pe care a început să-l împartă în mod egal între surori.

– Ce sunt astea? Tot din jurnal? a întrebat Tiggy.

– Nu chiar, a spus Ally.

Star a privit teancul cu atenție.

– Scrisul lui Pa nu pare nici pe departe să fie în regulă! Făcuse artrită la încheieturile mâinilor fiindcă a navigat la bătrânețe, a presupus ea. Prin urmare... asta a fost scrisă mult mai recent. Am dreptate, nu-i aşa, Georg?

Avocatul a dat din cap solemn, adeverind.

– Când a scris asta? Chiar înainte de a muri? a întrebat Merry.

Georg nu i-a răspuns. În schimb, decis să nu amestece sentimentele cu datoria, și-a luat inima în dinți și a zis:

– Ceea ce aveți în față e adevărata poveste a ultimelor lui zile și a felului în care se leagă ea de începuturile lui. Trebuie să vă avertizez că, de îndată ce începeți să citiți, o să vă confruntați cu informații *diferite* de cele pe care vi le-am dat eu și Marina.

– Ma?! a întrebat Tiggy, părând jignită.

– Te rog, *chérie*, ascultă-l pe Georg!

– Aș vrea să știți că eu și Ma nu ne-am propus niciodată să vă inducem în eroare. Tot ce am făcut în ultimul an a fost dictat de tatăl vostru, iar eu și Marina doar ne-am supus planului.

– O, Doamne! a gemut Electra.

Tensiunea de la masă era palpabilă. Georg a adăugat, hotărât:

– Ați citit jurnalul și v-ați dat seama că eu și Marina îi datorăm totul. El ne-a inspirat o..., a spus Georg, alegându-și cu grijă cuvintele, ... loialitate infinită. După cum o să citiți în curând, n-am făcut decât să încercăm să vă protejăm în continuare.

– Surprize după surprize, a șoptit Maia, clătinând din cap.

– Știu, *chérie,* știu! a exclamat Ma, cu lacrimi în ochi. Dar asta e. Adevărul suprem se află în aceste ultime pagini.

Georg a răsuflat adânc.

– Trebuie să vă spun că am primit instrucțiuni stricte de la tatăl vostru să nu vă arăt aceste ultime pagini decât... într-un anumit moment... dar, după ce am discutat mai devreme cu Ally, am decis că e mai bine așa.

Star părea tulburată.

– Georg, ce urmează să aflăm? a întrebat ea.

El a clătinat pur și simplu din cap.

– Ally? a insistat Star.

– N-am citit. Am aflat doar în linii mari, de la Georg.

Îndrăzneț, Jack a cuprins-o cu brațul, ocrotitor. Georg și-a pus mâinile la spate și, în timp ce toate surorile stăteau ca pe ghimpi, a spus:

– După cum știți acum, dar pe atunci nu știați, la vârsta de optzeci și cinci de ani îl cam lăsase inima. Numai să vă provoace durere nu-și dorea! Citindu-i jurnalul, ați aflat și despre amenințarea pe care Kreeg Eszu o reprezenta și care..., a murmurat el, plecându-și capul, ... pare să fi fost perpetuată de următoarea generație. După ce și-a dat seama că i se apropia sfârșitul și că n-avea să mai fie pe pământ ca să vă protejeze el însuși, tatăl vostru a conceput un plan ca să-și salveze fiicele de o viitoare persecuție, fie din partea lui Kreeg însuși, fie din partea fiului său, Zed.

– Care a fost planul, Georg? a întrebat Tiggy, agitată.

– Să se confrunte cu Kreeg.

– O, Doamne, a murmurat Merry.

– Au murit în aceeași zi, a murmurat Maia. Ally, în ziua în care ai văzut iahtul, era și *Olympus* în apropiere?

Ally a dat din cap, adeverind.

– Deci el n-a murit la Atlantis, așa cum ai spus?! a întrebat CeCe, iritată.

– Nu, CeCe, nu.

– Sfinte Sisoe, Georg! Și presupun că și tu știai, Ma? Cum ai putut să ne trădezi în halul ăsta?! a strigat Electra.

– Știu că e tulburător, a spus Ally, dar nu-i vina lor. Povestea nu s-a terminat.

– L-a ucis Kreeg? *El* l-a ucis pe Kreeg? O, Doamne! a strigat CeCe.

– Vă rog, fetelor, trebuie să citiți! le-a implorat Georg.

– Nu putem să stăm aici și să citim, e ridicol! a protestat CeCe. Star, a adăugat ea, întorcându-se spre soră-sa, nu vrei să citești tu cu voce tare pentru toată lumea? Așa cum ai făcut-o pentru mine?

– Of, asta vreți cu toții?

Cei din jurul mesei au fost unanim de acord. Star părea extrem de agitată fiindcă i se încredințase o asemenea responsabilitate.

Mouse i-a pus, blând, o mână pe spate. Ea a răsuflat adânc și apoi a înghițit în sec.

– Bine, atunci!

– Fetelor, partenerii pot rămâne? a întrebat Chrissie. Sau o tăiem de-aici?

– Nu, rămâneți cu toții! a răspuns Maia, asigurându-se că se uita și la Mary-Kate, și la Jack. Toată lumea de aici face parte din poveste, într-un fel sau altul. Cred că ar trebui să fim cu toții aici ca să-i înțelegem sfârșitul.

– De acord! a spus Ally, sprijinindu-se de umărul lui Jack, iar ceilalți, date fiind circumstanțele excepționale, nu s-au mai arătat surprinși de atare gest.

– Miles, înainte să începem, a spus Electra, fă o faptă bună și mai adu câteva sticle de vin!

– Aș bea un gin tonic, a cerut Tiggy. Cred că asta ar fi ales Pa în momentul de față.

– Și eu vreau unul! a exclamat CeCe.

– Sună bine, a fost de părere Star.

Mouse a spus, ridicându-se:

– Bun, o să fac un rând de gin tonic tare. Haide, Miles!

Cele șapte surori au început să se pregătească pentru revelațiile care urmau. Fiecare dintre ele își avea propriile suspiciuni în privința împrejurărilor în care le murise tatăl. Oare chiar voise protectorul lor să le răpească șansa de a-și lua rămas-bun de la el? Așa ceva era de neînțeles.

După ce paharele au fost umplute și fiecare și-a ocupat locul, Star și-a dres glasul.

– Suntem gata?

– Da, a spus Ally, suntem gata!

Star și-a îndreptat atenția spre vraful de hârtii.

– Atunci, să începem! *Fiicele mele, neprețuitele mele fiice...*

ULTIMELE PAGINI ALE LUI PA

TITAN

IUNIE 2007

CAPITOLUL 55

Fiicele mele, nepreţuitele mele fiice, dacă citiţi rândurile de faţă, înseamnă că Georg şi-a făcut datoria. Deja ştiţi că nu mai sunt şi urmează să aflaţi toate împrejurările plecării mele de pe acest pământ. Fiţi sigure că vă veghez din cer în viaţa de apoi, în care, ştiţi bine, cred din toată inima.

Dacă Georg mi-a urmat instrucţiunile, atunci aţi avut parte recent de o aventură în toată regula, fiecare dintre voi descoperind atât trecutul propriu, cât şi împrejurările în care am ajuns s-o adopt. Îmi închipui că, într-o anumită măsură, aventura respectivă a fost plină de suferinţă, dar sper că v-a adus şi o mare bucurie. Fără îndoială că, citindu-mi jurnalul, aţi aflat tot ceea ce nu ştiaţi despre cum anume am ajuns să ne întâlnim. V-am îndrăgit enorm familiile biologice şi, mulţumită lor, am devenit omul care sunt.

Aş vrea să vă lămuresc: nu intenţionasem să scriu paginile astea. După cum sper să vă pot explica, lucrurile n-au mers aşa cum m-am aşteptat. Dimpotrivă.

Citindu-mi jurnalul, aţi aflat că întreaga mea existenţă a fost împovărată de viaţa altcuiva. Kreeg Eszu crede că, pe când făceam foamea în Siberia, în anii '20, eu, Atlas Tanit, i-am ucis mama şi am furat un diamant nepreţuit pe care îl avea asupra ei. Din motivul ăsta, ştiţi bine, m-a urmărit toată viaţa.

În toamna anului 2005 am suferit un mic atac de cord, dar n-am vrut să vă îngrijorez nejustificat. Numai că, în urma analizelor făcute la Geneva, medicii m-au anunțat că cel mai important organ îmi ceda și că, deși nu puteau spune cu certitudine, aș fi avut mare noroc dacă apucam nouăzeci de ani. Vestea nu m-a devastat defel. Am trăit vreme îndelungată – mai mult decât mă așteptam. A fost privilegiul vieții mele să văd cum ați crescut și ați devenit oameni remarcabili și-i mulțumesc stelei mele norocoase că mi s-a îngăduit timpul pe care l-am avut pe pământ.

Însă veștile despre sănătatea mea precară m-au convins să iau măsuri urgente. Fără prezența mea ocrotitoare, m-am temut că aveați să fiți vulnerabile la persecuția lui Kreeg sau a fiului său, Zed. Prin urmare, alături de Georg și Ma (așa cum am avut onoarea să fac în cea mai mare parte a vieții mele), am conceput un plan care, în opinia mea, o să-i împiedice pe cei doi să vă mai necăjească vreodată.

După cum v-ați dat seama, dreptatea pe care Kreeg Eszu o caută mai presus de orice e răzbunarea. E o pedeapsă pentru o faptă pe care, sunt sigur că nu trebuie să subliniez, n-am comis-o. Totuși, mi-am făcut socoteala că, dacă îi permiteam lui Kreeg să aibă parte de răzbunarea pe care o căuta de optzeci de ani, luându-mi viața, atunci am fi putut ajunge la o înțelegere, ca să mă asigur că aveați să fiți lăsate în pace. În primăvara anului 2007, l-am contactat pe Eszu printr-o scrisoare trimisă la Lightning Communications. În acea scrisoare, i-am spus că regretam tot ce se întâmplase între noi și că aș fi vrut să-i dau ocazia să „îndrepte lucrurile".

Nu m-a mirat că, în douăzeci și patru de ore, Georg a primit un telefon de la secretarul personal al lui Kreeg și a fost stabilit locul întâlnirii noastre – un golfuleț izolat, chiar în largul coastei Delos, în Marea Egee.

Ca să vă scutesc de durerea pe care v-ar fi provocat-o o astfel de situație îngrozitoare și știind că oricum mă îndreptam spre moarte, am cerut să vi se transmită că am suferit un ultim și fatal atac de cord. Am rugat-o pe Ma să vă spună că trupul meu fusese luat imediat, pus într-un sicriu de plumb și dus pe *Titan*, unde avusese loc o înmormântare privată.

Fără îndoială că acea parte a planului meu a fost cel mai greu de dus la îndeplinire. Sunt conștient de durerea și de nedumerirea pe care vi le-a provocat un astfel de anunț. Regret foarte, foarte mult nu doar asta, ci multe altele. Însă sper că puteți înțelege că n-aveam altă soluție ca să vă ascund faptul că fusesem ucis de Kreeg Eszu.

Pe 19 iunie, în portul Nisa, am luat iahtul de la Hans Gaia, cerându-i să-l recupereze din acel golfuleț al insulei Delos patru zile mai târziu. Hans a încercat din răsputeri să mă convingă de pericolele și chiar de legile care îmi interziceau să navighez de unul singur, dar eram hotărât și, în calitate de proprietar, le-am dat ordin inginerilor și ofițerilor să coboare de pe ambarcațiunea mea.

Călătoria către Delos a fost una liniștită, plină de amintiri din viața noastră împreună. Vă asigur că n-am simțit decât tihnă pe ultimul meu drum, așa cum eram convins că avea să fie.

În cea de-a treia zi, am intrat cu prudență în golful convenit și am văzut că *Olympus* mă aștepta. La prova se zărea o singură siluetă. Am întors iahtul astfel încât să fie paralel cu celălalt, am aruncat ancora și am ieșit pe punte.

Aveam în față chipul care îmi bântuise coșmarurile timp de optzeci de ani. Chipul pe care-l văzusem în cea mai cumplită zi din viața mea, în Siberia, într-o cafenea din Leipzig și în fața librăriei Arthur Morston Books. O vreme nici unul dintre noi n-a spus nimic, mulțumindu-ne să ne privim unul pe celălalt, în expectativă.

– Bună ziua, Kreeg!

– Bună, Atlas! Aștept de foarte mult timp să te văd.

– Știu. Pot să urc la bord?

Kreeg a zâmbit şi apoi a întins către mine o pasarelă metalică. I-am mulţumit printr-un gest şi m-am urcat pe ea cu paşi precauţi, părăsind iahtul *Titan* şi ajungând pe *Olympus*.

– Văd că ţi-ai pierdut din iuţeală, a constatat Kreeg, rânjind dispreţuitor.

– N-am avut-o niciodată. Îmi amintesc că mereu erai mai rapid atunci când jucam fotbal în zăpadă.

– Inevitabil! a chicotit el. Ţi-ai petrecut prea mult timp cu capul îngropat în cărţi!

Am coborât pe punte.

– Pesemne că da. Pot să te întreb dacă suntem singuri?

Kreeg a încuviinţat din cap, apoi şi-a dus încet mâna la spate. Ştiam ce urma să se întâmple. El a scos la iveală un mic pistol metalic şi l-a îndreptat spre pântecul meu.

– Îl recunoşti, Atlas? a întrebat.

Am clătinat din cap şi am răspuns pe un ton calm:

– Mă tem că nu.

– E un pistol Korovin.

Am ridicat din sprâncene.

– Bineînţeles! Primul pistol automat sovietic, dacă nu mă înşel? Toţi soldaţii aveau aşa ceva pe vremea când noi doi eram copii. Şi bolşevicii.

– Mă bucur că ţi-ai păstrat memoria intactă!

S-a apropiat lent, până când a ajuns la câţiva centimetri de mine, după care a îndreptat ţeava spre abdomenul meu.

– Pe ăsta l-am păstrat, a spus el. L-am luat de pe cadavrul unui soldat. L-am purtat la mine de-a lungul anilor, în speranţa că aveam să ne reîntâlnim.

– Înainte să mă ucizi, Kreeg, ai vrea să afli adevărul?

– Adevărul?! a repetat Kreeg, apoi a izbucnit într-un râs profund şi gutural. Ce cuvânt interesant! Nu-ţi face griji, Atlas, n-am aşteptat atât de mult timp pentru ca acum să vreau să te împuşc pe loc! Aş vrea mai întâi să discutăm despre câteva lucruri. Bun, întoarce-te! mi-a ordonat, iar eu m-am supus. Mâinile sus!

– Cum dorești, Kreeg!

Mi-a înfipt pistolul în spinare.

– Ia-o spre pupa! Am așezat acolo o masă și două scaune, pentru o ultimă conversație! a spus el, după care eu am mers încet, până când am ajuns la o masă din lemn de mahon, flancată de două scaune. Ia loc!

Mi-am tras un scaun, iar Kreeg a făcut la fel. Fără să-și descleșteze mâna de pe pistol, și-a sprijinit încheietura de masă, cu arma îndreptată spre pieptul meu.

– Ai un iaht frumos, Kreeg!

– Nu atât de grandios ca al tău! a lătrat el.

Ne-am privit în ochi. Ai lui erau plini de furie. Am încercat să-l calmez.

– Așadar, iată-mă în fața ta, neînarmat, după atâția ani de fugă. Aștept să pui în practică ceea ce ai considerat întotdeauna că e răzbunarea ta de drept. Îți cer un singur lucru, Kreeg: ca, după ce mor, să consideri că dușmănia s-a încheiat. Și vă rog pe tine și pe fiul tău să le lăsați în pace pe neprețuitele mele fiice.

Kreeg mi-a zâmbit din nou, dând la iveală, de data asta, două șiruri de dinți albiți prin tratamente stomatologice. Fața lui și-a păstrat expresia amenințătoare.

– Pentru mine, Atlas, s-a încheiat de mult!

– Într-adevăr?

Eszu a ridicat din umeri.

– Crezi că n-aș fi putut să vin la ușa ta în ultimii patruzeci de ani? Atlantis. Un palat personal cu nume pompos, tipic.

– Ai știut tot timpul unde eram?

– Bineînțeles. Încă din anii '70.

– Și de ce n-ai venit?

Kreeg a rânjit din nou.

– Toate la timpul lor.

– Pentru că îți foloseai fiul ca să-mi hărțuiască fiicele?

– E limpede că, pentru Zed, fetele tale au un anumit… farmec, a răspuns Kreeg, armând pistolul. Iar acum, spune-mi, ce ai să-mi mărturisești înainte să mori?

Am clătinat din cap.

– Încep să mă întreb ce rost are. Ți-am spus adevărul acum mai bine de optzeci de ani, în momentul în care am stat împreună lângă trupul mamei tale, am zis eu, iar Kreeg și-a încordat maxilarul și a mijit din ochi. Eram frați, Kreeg! Nu m-ai crezut atunci. De ce m-ai crede acum?

– Ce-i de *crezut*, Atlas? Nu pot să uit cum stăteai lângă mama, cu prețioasa ei icoană în mână. Mânjită de sângele ei! Icoana cu care ai lovit-o până când a murit. Punguța de piele cu diamantul, agățată la gâtul tău, confirma motivul.

M-am cutremurat amintindu-mi.

– Ți-am spus ce s-a întâmplat!

Kreeg a încruntat din sprâncene, iar nările i s-au umflat.

– Mi-ai spus că mama era prostituată!

– Nu, Kreeg! Știi bine că pe vremea aceea se culca, de nevoie, cu un ofițer superior al Armatei Roșii. Ca să facă rost de mâncare pentru noi!

S-a văzut limpede că el nu voia să-și amintească.

– Și ce-ai mai inventat? Parcă într-o noapte era beată și i-a povestit acelui ofițer despre diamant?

– Exact. Iar el a ucis-o ca să i-l ia.

– O minciună excelentă! Tu ai omorât-o ca să i-l furi!

– Nu. Jur, nici măcar nu știam că deținea un diamant! Am auzit-o doar spunând că avea ceva de mare valoare. L-a implorat pe ofițer să i-l vândă ca să avem ce mânca, Kreeg! Nu-ți amintești cât de flămânzi eram? Cât era de frig…

– Adevărul e că întotdeauna trăgeai cu urechea pe la uși, ca o umbră invizibilă…

– Ba nu! Nu-i adevărat! Știi că am avut mereu un auz fin. Tu dormeai dus, pe podea, lângă mine. Atunci l-am auzit pe ofițer intrând pe furiș și…

– GATA! a strigat Kreeg, lovind cu pumnul în masă.

– Ascultă! În noaptea aceea am încercat să-ți dovedesc că mama ta, dându-și seama de greșeala pe care o făcuse, m-a rugat să duc un lucru de valoare la ruda ei din Tobolsk, ca să-l păstreze în siguranță. Ca în cazul în care bolșevicii ajungeau să percheziționeze casa, obiectul să nu se afle acolo. Aveam o scrisoare în mână, de la mama ta. O scrisoare pe care trebuia ca eu să i-o duc acelei rude. Dar atunci când ai văzut scena crimei, nici măcar n-ai citit-o.

– Nu era nevoie! a răcnit el.

– Ai mototolit-o și mi-ai îndesat-o în gură...

– Ai MINȚIT ca să-ți salvezi pielea! *Știai* de existența diamantului! Să nu-mi spui că nu știai! Voiai să fie al tău. Așa că ai așteptat ca mama să rămână singură și ai...

Kreeg a ezitat, iar ochii i s-au umplut de lacrimi. Am răspuns pe un ton rece, dar și ferm:

– N-am știut nimic despre diamant până în acea noapte în care am fugit din casă fiindcă ai încercat să mă omori. Ce mai contează acum? N-o să mă crezi niciodată. Te rog, te implor, răzbună-te așa cum ai visat dintotdeauna!

Kreeg a început să gâfâie. Păstrând contactul vizual, a băgat mâna în buzunar și a scos o pastilă. A înghițit-o fără apă și s-a strâmbat.

– Sunt sigur că ai aflat despre diagnosticul meu. S-a anunțat la buletinele știri.

Am dat din cap, spunând:

– Da. Mi-a părut rău să aflu. Cancerul e cea mai crudă dintre boli.

A ridicat din umeri.

– Cancerul nu se compară cu ceea ce mi-ai luat în ziua aceea.

Am suspinat.

– Nu ți-am luat nimic, îți jur! Dar dacă vrei să spui că e îngrozitor să nu cunoști niciodată dragostea unei mame, atunci ai dreptate.

Kreeg a râs.

– Excelentă observație, Atlas! Și nu doar pe mama *mea* ai ucis-o. Ci și pe a ta, cu ani în urmă!

Cuvintele lui mi-au provocat o durere viscerală.

– Știu, am spus. M-am gândit de multe ori la asta și mi-am dorit ca universul să mă fi luat pe mine și nu pe ea în ziua în care m-am născut.

El s-a lăsat puțin pe spate, bucurându-se, în mod clar, de durerea mea.

– Ironia sorții a făcut ca tu să nu fi putut să supraviețuiești dacă n-ar fi fost mama mea. Ea te-a ajutat să vii pe lume.

– Știu. Mi-a spus-o de multe ori și sper că am reușit s-o răsplătesc fiind un copil cuminte, mai ales după plecarea tatălui meu.

Kreeg mi s-a uitat drept în ochi.

– Scrisoarea despre care vorbești. Cea de la mama. Păcat că n-o mai ai, Atlas!

– O am.

– Poftim?!

– Am păstrat-o ca pe o comoară. Vrei s-o citești? am întrebat, iar Kreeg a dat încet din cap în semn că da. Pot să bag mâna în buzunar?

– Încet!

Am scos cu grijă scrisoarea din buzunarul pantalonilor și am pus-o pe masă.

– Poftim. Încă mototolită și plină de urme de dinți, întipărite în acea zi cumplită!

Kreeg s-a uitat cu atenție la plic.

– E pentru Gustav Melin.

– Vărul mamei tale.

– Despăturește-o tu, Atlas! Dacă ai impresia că las arma din mână, te înșeli!

– Cum vrei.

Am luat plicul, am scos cu grijă bucata veche de hârtie și i-am dat-o lui Kreeg, care a citit-o.

Dragă Gustav,

Sper că ție și Alionei vă merge cât se poate de bine. Regret că n-am vorbit atât de des pe cât mi-aș fi dorit. Mi-a fost foarte greu de când a murit Cronus.

După cum știi, Armata Roșie ne supraveghează îndeaproape, motiv pentru care mă întreb dacă aș putea să-ți cer o favoare.

Dacă citești aceste rânduri, înseamnă că micul Atlas se află în fața ta. E un mesager de încredere și are la el un pachet de o valoare incomensurabilă.

Gustav, ești singura rudă care mi-a mai rămas. Trebuie să te rog să ai mare grijă de pachet până când se domolesc tensiunile și mai scăpăm de supraveghere.

Te-aș ruga să nu deschizi pachetul, dar, dacă o faci, atunci știu că o să fii ispitit să vinzi obiectul. Te rog, Gustav, oricât de tentat ai fi, amintește- ți că am în grijă doi băieți flămânzi! De îndată ce o să pot, o să-l vând și o să te răsplătesc cu un comision substanțial.

Trebuie să-ți cer un astfel de serviciu pentru că am făcut o gafă. I-am povestit unui soldat bolșevic despre existența obiectului în cauză. Mă tem ca acel soldat să nu încerce cumva să mi-l ia.

Te rog să-i confirmi lui Atlas dacă mă poți ajuta, iar el o să-ți dea pachetul.

Mulțumesc, Gustav! Cred că o să te dovedești un văr loial.

A ta, cu drag,

Rhea Eszu

– Recunoști scrisul mamei tale? am întrebat eu după ce Kreeg a terminat de citit.

El a dat din cap, adeverind.

– Da. Nu mă îndoiesc că e scrisoarea ei. Dar asta nu te absolvă în nici un fel. Nu schimbă nimic.

– Sper că explică întrucâtva ce s-a întâmplat în ziua aceea. Mama ta mi-a dat dis-de-dimineață scrisoarea și o punguță de piele pe care mi-a atârnat-o de gât. Jur, Kreeg, că nu știam ce era în ea!

– Aiurea! De ce ți-ar fi încredințat mama o sarcină atât de importantă? Doar ai recunoscut deja că eram mai puternic din punct de vedere fizic. Și sânge din sângele ei.

– Tocmai de-asta m-a ales pe mine. Era de făcut un drum de peste treizeci de kilometri, prin ger. Nu exista nici o garanție că aş fi supraviețuit. Ea te-a protejat.

Kreeg a mijit din ochi.

– Ce scuză convenabilă!

– E purul adevăr! Îți amintești că, oricum, nu erai acasă, fiindcă mergeai la școală în satul vecin. Doar unul dintre noi avusese șansa de a învăța acolo. Nu știu ce altceva te-ar putea convinge că ea s-a gândit doar la binele tău.

Kreeg a ridicat pistolul la câțiva centimetri de masă.

– Zi mai departe!

Am înghițit în sec.

– Îmi amintesc că am deschis ușa ca să pornesc la drum. Vântul m-a împins înapoi în antreu. Dar m-am chinuit să ies și am tras ușa după mine. Am izbutit să mă îndepărtez vreo treizeci de metri înainte să-i văd.

– Pe cine să vezi?

– Pe soldați. Pe bolșevici. Cinci la număr. Am știut că nu era de bine. Mi-a fost frică... așa că am fugit la magazia de cărbuni și m-am ascuns acolo. Atunci când s-au apropiat de casă, am văzut că în fruntea lor era bărbatul cu care se culca mama ta. Au bătut la ușă, dar ea n-a răspuns, așa că au tras un glonț în clanță și apoi au intrat. Am auzit-o țipând..., am spus, iar după aceea a trebuit să mă opresc o clipă și să mă adun, în timp ce îmi aduceam aminte de zgomote, ... iar ei au răscolit casa. Au spart vaze, veioze, au răvășit paturile... îți amintești ravagiul!

Kreeg a rămas tăcut preț de o clipă.

– Da.

– Mi se părea că nu mai terminau. Dar n-au dat de ceea ce căutau, fiindcă obiectul acela era la gâtul meu. Negăsindu-l, s-au înfuriat. Au început să zbiere la liderul lor, numindu-l mincinos şi blestemându-l că îi adusese acolo. Asta l-a făcut să se înfurie pe mama ta. Ea a încercat să-l convingă de nevinovăţia ei, dar el n-a vrut să audă. Am auzit-o implorând... ea a spus că avea un fiu, că nu trebuia să rămână orfan..., am povestit, cu lacrimi în ochi. Am auzit bufnituri, iar strigătele mamei tale au devenit din ce în ce mai slabe, până când s-a făcut linişte. Pe urmă, cei cinci au plecat pur şi simplu, întorcându-se în nămeţi, am povestit eu, dar m-am oprit puţin ca să mă adun, fiindcă nu voiam să omit nici un detaliu. După o vreme, am îndrăznit să ies din magazie. Eram atât de speriat... Am intrat și am văzut ce făcuseră. Ne distruseseră casa. Am strigat-o pe mama ta, dar nu mă aşteptam să-mi răspundă. Am găsit-o lângă icoana de lemn însângerată, pe care țareviciul i-o dăruise tatălui tău în semn de recunoştinţă pentru loialitate. Fusese arma pe care o folosiseră, fără îndoială, ca pe un ultim mod în care să-şi arate ura față de țar și de apropiații lui.

Kreeg a bătut cu degetele în tăblia mesei.

– Atunci când am intrat, tu aveai icoana în mână!

– Da. O luasem doar ca s-o dau la o parte de pe cadavru. Asta a fost tot, jur pe viața fiicelor mele!

Kreeg a îndrăznit să-și ia privirea de la mine și să se uite în larg.

– Atunci când m-am apropiat de casă, am ştiut că ceva nu era în regulă, fiindcă uşa era deschisă. M-am strecurat cât de uşor am putut, fără să ştiu pe cine aveam să găsesc înăuntru. Dar nu erai decât tu! a spus el, privindu-mă din nou. Îți aminteşti ce mi-ai zis, Atlas?

– Îmi pare rău, am șoptit, înghițind în sec.

– N-am crezut că regretai ceea ce făcuseşi, ci că îți era ciudă că te prinsesem.

– Te-ai aruncat asupra mea, Kreeg, fără să stai pe gânduri! Îmi amintesc până în ziua de azi forța cu care mi-ai smuls icoana din mână. Erai foarte puternic.

– Dar şi tu ai încercat să mi-o smulgi!

– Şi m-ai pus la pământ.

Kreeg şi-a lins buzele.

– În încăierare, ţi s-a rupt cămaşa. Atunci am văzut punguţa de piele. O observasem de multe ori la gâtul mamei. Am ştiut pe dată ce făcuseşi. Un tâlhar criminal!

– Diferenţa, Kreeg, e că tu ştiai prea bine ce era în ea. Eu, nu.

– Aşa spui tu, Atlas! Da, ştiam de diamant. Şi eu o auzisem pe mama vorbind despre el, mai puţin discret decât pretinzi. Era scăparea mea. Biletul meu spre mântuire. Şi tu mi l-ai luat. Ai luat totul! a exclamat el, clătinând încet din cap.

– Atunci am izbutit să bag mâna în buzunar şi să-ţi flutur scrisoarea în faţa ochilor. Iar tu ai încercat să mi-o îndeşi pe gât.

– Era cât pe ce!

– Da. Dacă n-aş fi reuşit să apuc icoana.

– Şi să mă loveşti cu ea.

– Să mă *apăr* cu ea! Altfel, aş fi fost mort.

Kreeg s-a enervat.

– O să îndreptăm asta curând, Atlas!

– Amândoi ştim ce s-a întâmplat după aceea. Ai rămas dezorientat pentru ceva vreme, iar eu am fugit prin troiene. Deja mă îmbrăcasem pentru o călătorie lungă! am spus, ridicând uşor din umeri. Nici nu bănuiam cât de mult avea să dureze acea călătorie…

– După ce mi-am revenit, am fugit după tine şi m-am oprit în pragul casei.

– Iar cuvintele pe care le-ai strigat m-au obsedat de atunci încolo.

– „O să te găsesc, Atlas Tanit, oriunde te-ai ascunde! Şi o să te ucid!" a repetat Kreeg.

Am dat din cap, adeverind.

– Am fugit cât am putut de mult, cât mai departe de tine. În cele din urmă, m-am prăbuşit într-un hambar părăsit. Amintirile erau atât de clare în mintea mea! Era ca şi cum aş fi retrăit iarăşi şi iarăşi fiecare moment dureros. Eram îngrozitor de speriat, Kreeg! N-aveam pe nimeni. Aşa că am hotărât să fac singurul lucru la care m-am putut gândi – să încerc să-mi găsesc tatăl.

Kreeg şi-a mângâiat bărbia.

– Anticipasem asta. Mi-am zis că, poate, iarna siberiană avea să te ucidă, dar ai supravieţuit. N-am avut niciodată ocazia să te întreb cum.

Mi-a aruncat o privire întrebătoare.

– Nu ştiu, Kreeg. Drumul prin Rusia mi-a luat optsprezece luni. Ştiam că Elveţia se afla drept la vest de Tobolsk, aşa că într-acolo m-am îndreptat.

– Cum ai ştiut în ce direcţie mergeai?

Am arătat spre cer.

– Stelele. Tata obişnuia să-mi povestească ore în şir despre Cele şapte surori. Aşa mi-am găsit drumul.

– Înţeleg cum ai găsit drumul, dar cum ai făcut faţă frigului şi foamei?

Am închis ochii.

– Cred că stelele m-au ocrotit. Întotdeauna, atunci când eram foarte slăbit, dădeam peste o cabană goală sau peste un străin amabil, care se milostivea de mine. Dar mi-e ruşine să spun că am fost obligat să fac lucruri cu care nimeni nu s-ar mândri.

– Ai furat?

Am încuviinţat din cap.

– Am furat. Am minţit. Am manipulat oameni. Dar am supravieţuit.

Kreeg m-a privit cu atenţie.

– E de necrezut că un băiat în vârstă de doar de opt ani ar putea supravieţui unei călătorii de optsprezece luni în pustietatea rusească!

Ca să-mi arăt nedumerirea, mi-am întins mâinile, dar am făcut gestul un pic prea repede, iar Kreeg a apucat pistolul mai bine.

– Am trăit în viaţa mea lucruri care mi-au confirmat că dimensiunea fizică e doar o parte din povestea umană. Nu-mi pot explica, dar cumva am supravieţuit, am spus eu, însă Kreeg a pufnit, nemulţumit de răspunsul meu. Până la urmă, n-am reuşit să ajung în Elveţia. Am sfârşit sub un tufiş dintr-o grădină pariziană, unde m-am prăbuşit.

Duşmanul meu a ţinut-o pe-a lui, în pofida adevărului:

– Aşadar, încercai să-ţi găseşti tatăl ca să-i dai diamantul! El ştia de existenţa lui şi te-a instruit să-l furi! Aţi complotat împreună!

Am respins spusele lui, zicând:

– Te înţeleg, Kreeg, dar refuzi să fii raţional! Jur pe viaţa fiicelor mele că n-am ştiut niciodată despre diamant! Nici măcar n-am ştiut că *era* un diamant decât după ce am ajuns în hambar şi m-am uitat în punguţa pe care mi-o dăduse mama ta. Şi chiar şi atunci, am crezut că era un bulgăre de onix sau dintr-o piatră semipreţioasă, fiindcă mama ta îl mânjise cu cremă neagră de ghete şi îl lăcuise cu lipiciul pe care-l folosea la sculpturile în os. Abia după ce bulgărele a început să-mi lase urme pe degete, l-am curăţat cu o cârpă şi mi-am dat seama ce se ascundea dedesubt. Uite! am exclamat, descheindu-mi încet doi nasturi de la cămaşă şi scoţând de la gât punguţa de piele ponosită.

– Ce-i asta?

– Ce crezi, Kreeg? Aş fi vrut ca tu să-mi fi dat şansa să ţi-l dau înapoi acum optzeci de ani, dar voiai să mă omori mai întâi, iar pe atunci nu voiam să mor! N-am putut să ţi-l înapoiez nici în celelalte ocazii în care m-ai vânat şi în care a trebuit să fug din nou, ca să-mi salvez viaţa. La Leipzig, atunci când ai dat foc clădirii în care locuiam, sau la librăria de la Londra. Şi iată, l-am păstrat în răstimp. Am sperat ca, dacă ar fi fost nevoie, să ţi-l pot înapoia în schimbul vieţii mele şi al siguranţei fiicelor mele.

Kreeg a luat punguţa şi a dat s-o dezlege cu o singură mână, ceea ce s-a dovedit a fi imposibil, aşa că am adăugat:

– Nu-i nevoie să ţii pistolul îndreptat spre mine, Kreeg! Am optzeci şi nouă de ani. Nici dacă aş vrea, n-aş putea fugi. Nu uita că am venit de bunăvoie.

Kreeg s-a gândit şi, după o clipă, a lăsat încet arma pe masă. A desfăcut punguţa şi a scos cu grijă conţinutul. A examinat piatra cu atenţie şi a început s-o şteargă de pantaloni. Apoi a ridicat-o în lumină, iar ea a strălucit magnific în razele soarelui mediteraneean.

Kreeg părea cu adevărat năuc.

– De ce n-ai vrut să-l vinzi?

– Nu era al meu.

– Deci recunoşti că l-ai furat!

– Nu. Recunosc că, fără voia mea, am intrat în posesia lui.

Kreeg a tăcut și, pentru prima dată, am văzut un licăr de îndoială trecându-i pe chipul bronzat.

– Prin urmare, ai păstrat diamantul. Dar nu mi-o poţi da înapoi pe mama!

– Nu pot, frate, nu! Dar, dacă nu pentru diamant, spune-mi, te rog, de ce i-aş fi dorit moartea? Doar pe ea o aveam. Crede-mă când îţi spun că am iubit-o!

Kreeg a început să se joace, săltând diamantul în palmă.

– Îţi plăcea mai mult gândul de a avea mâncare în stomac!

Mi-am luat capul în mâini.

– Cine îşi poate dovedi vreodată dragostea? Ea nu există decât în suflet şi se bizuie pe încredere. Dacă ai avea încredere în mine aşa cum cred eu că ai avut cândva, ai ști că nu i-aş fi putut face niciodată rău mamei tale.

– Frumoase cuvinte, Atlas! Întotdeauna te-ai priceput la vorbit.

– Un diamant frumos, pe care... l-am dat înapoi.

Am închis ochii. Aerul proaspăt și sărat al mării mi-a umplut plămânii și soarele mi-a încălzit fața. Involuntar, mi-am întins brațele deasupra capului și o tihnă cerească s-a pogorât peste mine. Așa că am conchis:

– Kreeg... nu mai țin greutatea lumii pe umeri. Îți sunt recunoscător pentru ocazia de a-ți spune adevărul despre ce s-a întâmplat, fie că mă crezi sau nu. Iar acum... sunt liber! Ridică pistolul, frate! Mă predau și mor fericit!

Eszu a șovăit.

– Vrei să mă întrebi ceva înainte?

M-am gândit o clipă.

– Da. Te obsedează ideea că ştiam de existenţa diamantului. Chiar acum câteva momente credeai că tata îmi spusese despre el. Kreeg, n-a făcut-o! Aşa că, te rog, spune-mi la ce te refereai.

Eszu a încuviinţat din cap.

– Cum vrei, Atlas! Mi-ai spus povestea ta. Acum o să ţi-o spun şi eu pe a mea. Încep cu naşterea ta.

CAPITOLUL 56

Tiumen, Siberia, 1918

Domnia țarului Nicolae al II-lea fusese marcată de o nemulțumire crescândă în rândul poporului, pe care țarul nu izbutise s-o domolească sau s-o înăbușe. În mare parte, furia celor mulți era pricinuită de repartizarea pământurilor, aristocrația deținând cea mai mare parte a lor.

Rușii fiind un popor profund credincios, cei mai mulți dintre ei mergeau în fiecare săptămână la biserică, unde se propovăduia că Dumnezeu îl alesese pe Nicolae drept țar. Numai că, pe măsură ce burțile rămâneau flămânde, credincioșii începuseră să se întrebe de ce conducătorul lor de drept divin avea nevoie de atât de mult pământ și de atât de multă putere ca să-și îndeplinească îndatoririle, în vreme ce familiile celor mulți n-aveau de nici unele. Astfel, mișcarea socială revoluționară începuse să ia proporții, culminând în februarie 1917, când zilele de proteste și ciocnirile violente nu-i prea dăduseră de ales țarului Nicolae al II-lea, care fusese silit să renunțe la tron. Îi lăsase imperiul pe mână fratelui său, Marele Duce Mihail Alexandrovici, care, dându-și seama de unde bătea vântul, refuzase să urce pe tron, declarând că n-avea s-o facă decât dacă o mișcare democratică ar fi justificat-o.

Drept urmare, se formase un guvern provizoriu, condus de Aleksandr Kerenski. Soluția inițială la problema familiei detronate a țarului păruse să fie exilul. Începând din februarie, posibilitățile acordării de azil păruseră relativ promițătoare. Dar, după luni de dezbateri, Marea Britanie și Franța își retrăseseră ofertele de azil politic, fiindcă soția țarului, Alexandra, era considerată filogermană.

Așadar, problema plasării familiei rămăsese nerezolvată, dar, în timpul mandatului lui Kerenski, Romanovii trăiseră într-o relativă siguranță. După revoluție, familia imperială fusese escortată la conacul guvernatorului din Tobolsk, unde i se asigurase un trai confortabil, pe seama unei subvenții guvernamentale destul de generoase. Mai mult decât atât, unii dintre membrii suitei casei imperiale primiseră permisiunea să meargă la Tobolsk împreună cu Romanovii, țarul și țarina alegându-i pe cei mai de încredere dintre ei.

Câteva luni mai târziu, avusese loc Revoluția din Octombrie. Poporul era nemulțumit de implicarea continuă a Rusiei în Primul Război Mondial și de faptul că prim-ministrul Kerenski conducea cu o mână de fier. Drept urmare, Armata Roșie bolșevică răsturnase guvernul provizoriu și preluase puterea. Bolșevicii îl numiseră în funcția de premier pe conducătorul lor carismatic, Vladimir Lenin.

Dintr-odată, situația familiei imperiale ruse devenise tot mai sumbră, soarta membrilor ei fiind intens dezbătută de bolșevici. Unii optau pentru extrădare. Alții susțineau că familia trebuia să fie condamnată la închisoare pe viață. Mulți doreau execuția, ca să elimine ceea ce ei considerau a fi cancerul care împiedica realizarea adevăratei egalități în sânul poporului rus.

După ce Lenin preluase puterea, Romanovilor nu li se mai îngăduise să petreacă prea mult timp în afara conacului guvernatorului. Familia fusese chiar împiedicată să meargă duminica la biserică. Bineînțeles că fusese suprimată și subvenția acordată odinioară de guvernul Kerenski, iar „luxul“ de a avea unt și cafea dispăruse peste noapte.

În cele din urmă, liderii partidului conveniseră că cea mai bună cale de acțiune în privința fostului țar Nicolae era un proces de fațadă la Moscova, astfel încât ei, bolșevicii, să demonstreze că dețineau întreaga putere politică. Dar pentru ca asta să se întâmple, aveau nevoie de țar în viață.

Nu exista nici o garanție. Bolșevicii de rând erau din ce în ce mai nemulțumiți de faptul că țarul încă trăia, iar în martie 1918, facțiuni rivale din rândurile lor descinseseră la Tobolsk, sporind temerile legate de siguranța familiei imperiale. Astfel, guvernul numise un comisar special, care să mute familia la aproape șase sute de kilometri spre vest, în orașul Ekaterinburg.

Comisarul Vasili Iakovlev și oamenii lui au hotărât să înceapă acea călătorie periculoasă în toiul nopții. Nicolae, Alexandra și fiica lor cea mare, Olga, au fost sculați din pat la ora două dimineața, împreună cu câtiva membri ai suitei. Apoi grupul a fost nevoit să treacă vaduri, să schimbe trăsuri și să devină ținta câtorva tentative de asasinat, zădărnicite în ultimul moment. După ce au străbătut aproape două sute cincizeci de kilometri și au înfruntat o grămadă de primejdii, familia imperială și suita ei au ajuns în orașul Tiumen, unde Iakovlev a cerut un tren care să-i ducă mai repede la Ekaterinburg.

– În tren cu tine! a lătrat el la fostul țar.

– Foarte bine, a răspuns Nicolae, luând-o pe Olga de mână.

Alexandra a mers în urma lor. Lapetus Tanit, astrologul personal al țarului și profesor al țareviciului și al surorilor acestuia, și-a cuprins soția pe după mijloc. Clymene era doamnă de companie a țarinei și mai avea puțin până să nască, iar Lapetus își făcuse griji pentru ea tot drumul. Cu toate astea, nu avuseseră de ales și ascultaseră de ordinele comisarului Iakovlev. Dacă ar fi rămas la Tobolsk, Gărzile Roșii le-ar fi venit de hac.

Clymene a dat s-o urmeze pe țarină, dar, la primul pas, a făcut o grimasă de durere. Lapetus a strâns-o de braț cu putere.

– Te simți bine, draga mea?

– Da, a oftat ea. Copilul e foarte energic azi.

– Ei, acum zicem că-i băiat? a întrebat Lapetus zâmbind.

– Stați pe loc! a strigat Iakovlev, în timp ce cuplul se apropia de tren. Numai familia lui Nicolae!

– Și ce să facem? a întrebat Lapetus.

– Intrați în vagonul ăsta!

Iakovlev a arătat spre alt vagon, care nu era legat la locomotivă.

– Majestatea Sa... știe?

Iakovlev a râs.

– Nu contează ce știe el! Haideți, în vagon! a strigat, ridicând arma.

Lapetus nu s-a clintit.

– Chiar trebuie să amenințați cu arma o femeie însărcinată?

– Bineînțeles, pentru că, la fel ca tine, se supune orbește unui nemernic de autocrat!

Lapetus a simțit o mână pe umăr.

– Haide, prietene, să mergem!

Cronus Eszu era un conte prusac și fusese membru loial al suitei casei imperiale încă de la urcarea pe tron a tatălui lui Nicolae. Cronus le preda limbi străine și cultură universală copiilor țarului. Întrucât Lapetus preda muzica și clasicii, lecțiile celor doi aveau adeseori aspecte comune, ceea ce făcuse ca Lapetus și Cronus să devină prieteni buni. Cronus era căsătorit cu Rhea – de asemenea, doamnă de companie a țarinei – și aveau împreună un fiu în vârstă de patru ani, pe nume Kreeg.

Mulți membri ai suitei șușoteau pe la colțuri că țarul Nicolae al II-lea nu ținea la Cronus la fel de mult ca tatăl lui, dar că preferase ca acesta să-i rămână în preajmă după revoluție, din pricină că avea un fiu nevârstnic, care altminteri ar fi fost condamnat la o moarte sigură.

– Ai dreptate, Cronus! a răspuns Lapetus. N-avem de ales.

Și-a ajutat soția să urce în vagonul vecin, care era întunecat, umed și cu totul abject. Apoi l-a luat pe Kreeg din brațele lui Cronus, l-a ridicat și l-a dus înăuntru.

– Aşa, micuţule! a exclamat el, uitându-se de jur împrejur. O, Doamne, ce *ger* e, nu-i aşa?

– Da, parcă e mai rău înăuntru decât afară, a răspuns Clymene.

În total, în vagon au fost urcaţi şapte membri ai suitei casei imperiale, printre care alte două doamne de companie. În urma ultimului dintre cei şapte, un soldat a trântit uşa.

De afară, Iakovlev a strigat:

– Să mergem!

Locomotiva a şuierat, scoţând aburi. Atât familia Tanit, cât şi familia Eszu au privit prin fereastra vagonului cum roţile mari au început să se învârtă, iar Romanovii au fost luaţi din gara Tiumen.

– Chiar crezi că îi duc la Ekaterinburg? a întrebat Rhea.

– Cine ştie, draga mea! a răspuns Cronus. Bolşevicii ăştia se tot ceartă şi se contrazic între ei!

– Oare o să-i mai vedem pe stăpânii noştri, Lapetus? l-a întrebat Clymene pe soţul ei, cu lacrimi strălucindu-i în ochi.

– Mă tem că nu, dragostea mea, mă tem că nu! a răspuns el, luând-o de mână.

– Bieţii copii nevinovaţi, Lapetus! Nu pot să înţeleg.

Dintr-odată, cei din vagon s-au prăvălit la pământ, loviţi puternic din spate.

– Ce se întâmplă?! a strigat Rhea de pe podea.

– Ne trag pe altă linie! a răspuns Cronus.

După câteva minute de zguduială, tamponul s-a lovit de ceva solid, vagonul s-a oprit, iar un soldat a deschis uşa, răcnind:

– Rămâneţi pe loc!

– Putem găsi ceva de mâncare pentru soţia mea? a întrebat Lapetus. Sau o pătură? După cum vedeţi, e însărcinată! Poate că nu vă convine că facem parte din anturajul ţarului, dar nu vă puteţi răzbuna pe un prunc nenăscut!

Soldatul şi-a dat ochii peste cap, dar, câteva clipe mai târziu, s-a întors aducând nişte pleduri de lână aspră şi câteva bucăţi de pâine.

– Mulţumesc! a spus cu sinceritate Lapetus.

După câteva ore pe care și le petrecuseră fără să mai dea ochii cu bolșevicii, ocupanții vagonului s-au hotărât să se culce. Erau epuizați după acea călătorie-maraton. S-au înghesuit unul în altul într-un colț al vagonului, ca să se încălzească un pic.

Destul de curând, cei din familia Eszu au început să sforăie, așa cum o făceau adesea în timp ce dormeau.

– Lapetus, a șoptit Clymene, ești treaz?

– Da, dragostea mea. Te simți bine?

S-a întins spre mâna ei.

– Da, dar am ceva să-ți spun. Crezi că toată lumea doarme?

Lapetus și-a lungit gâtul spre Cronus și Rhea, care continuau să respire liniștit. Ca să se asigure că așa era, a fluierat ușor, fără să stârnească nici o reacție.

– Da. Te ascult.

– Bine. În noaptea de dinaintea plecării de la Tobolsk, țarina mi-a cerut ceva. E o misiune pe care acum mă tem că n-o mai pot duce la capăt.

– Spune-mi.

Clymene a tras aer în piept.

– Ea știa că Iakovlev avea de gând să ne mute peste noapte. Am întrebat-o dacă dorea să ia ceva care să-i amintească de trecut și de rangul ei de suverană legitimă. S-a dus la scrin, a scos o cutiuță dintr-un sertar mic și apoi a desfăcut-o. Iar apoi..., a spus Clymene, dar Cronus a mormăit în somn, întrerupând-o, după care a început iar să sforăie, ... apoi în fața ochilor mei s-a ivit cel mai mare diamant pe care l-am văzut vreodată. Țarina mi-a spus că piatra asta prețioasă se afla în posesia familiei imperiale de generații întregi și că era bijuteria ei preferată. Mi-a spus că nu putea s-o ia cu ea, pentru că, cel mai probabil, ar fi căzut în mâinile bolșevicilor. Așa că...

– Ți l-a dat ție, a încheiat Lapetus în locul soției lui.

– Da.

– Unde e acum?

– L-am cusut în căptușeala fustei.

Lapetus a oftat.

– Nu pot decât să mă rog să ai ocazia să i-l înapoiezi.

– Nu trebuie să afle nimeni.

– Înțeleg, dragostea mea, a spus el, strângând-o mai tare de mână. N-o să afle nimeni.

În cele din urmă, epuizarea i-a făcut pe cei doi să adoarmă. Dar după o vreme Clymene s-a trezit, simțind cum o durere puternică îi străbătea pântecul. Parcă ceva îi măcina măruntaiele. A strigat de durere, iar Lapetus a sărit ca ars.

– Draga mea! Ce s-a întâmplat?

– Copilul..., a gemut Clymene.

El i-a pus o mână pe pântec.

– E totul în regulă?

– Nu știu. Mă doare...

Un alt junghi i-a spintecat pântecul, făcând-o să țipe din nou.

– Ce se întâmplă? a întrebat Cronus, amețit de somn.

– Copilul! a răspuns Lapetus, asudând de spaimă. Iubirea mea, cred că vine copilul!

Clymene părea cuprinsă de panică.

– Dar mai are o lună!

– Cred că ți s-a rupt apa. Cronus, ai putea aduce o lampă?

– Bineînțeles! E una lângă ușă.

Toți cei din vagon s-au trezit și au sărit în picioare. Clymene a țipat din nou.

– O să fie bine, draga mea, o să vezi! Sunt aici, a consolat-o Lapetus.

Cronus s-a întors cu lampa și, după ce a căutat un chibrit în buzunare, i-a dat-o lui Lapetus. Acesta din urmă a dat pătura la o parte și s-a uitat la Clymene. Spre groaza lui, a observat că lichidul nu era deloc limpede, ci roșu.

Clymene a văzut privirea șocată a soțului ei.

– Ce s-a întâmplat?

– Nimic, dragostea mea, nimic! a spus Lapetus, agitat.

– Rhea! a strigat Cronus.

Soția lui și-a aruncat păturile de pe ea și s-a dus la Clymene. Lapetus a arătat spre sânge, iar Rhea a dat din cap în semn că înțelesese.

– Vera, Galina! a strigat ea către celelalte două doamne de companie. Am nevoie de voi!

Ambele s-au supus.

– Mamă? a întrebat o voce pițigăiată. Ce se întâmplă?

– Nimic, Kreeg, a spus Cronus, ridicându-și fiul în brațe. Mergem să jucăm cărți.

– Mi-e somn, a răspuns Kreeg.

– Știu. Dar îți trece.

– Lapetus, adună cât mai multe pături. O să avem nevoie de ele ca să absorbim sângele. Vera, am nevoie și de apă!

– Dar abia avem de băut…

– La naiba, Vera, nu vezi unde suntem? a răbufnit Rhea. Găsește o cale să topești niște zăpadă.

Vera a coborât în grabă din vagon. Rhea a pipăit pe sub fusta lui Clymene, ca să-și dea seama dacă ieșea copilul. Ceea ce a găsit a alarmat-o.

– Clymene, o să fie bine! Copilul vine pe lume, dar invers, cu picioarele înainte, a spus ea, trăgând aer adânc în piept. N-o să fie ușor, dar o să te ajutăm cu toții să treci peste asta!

– De aceea e atât de mult sânge? a întrebat Galina, îngrijorată.

Rhea a încuviințat din cap.

– Picioarele copilului au sfâșiat-o.

Lapetus s-a întors, aducând un teanc de pături.

– Ce pot să fac? a întrebat el.

Rhea a întors capul astfel încât să audă doar el.

– Ține-o de mână. Mângâi-o pe cap. Roagă-te.

Lapetus a dat din cap și s-a supus. Travaliul a fost lung și dureros. De multe ori, Rhea a fost convinsă că biata Clymene avea să leșine, ceea ce ar fi însemnat sfârșitul ei și al copilului. Dar, deși n-ai fi zis, ori de câte ori părea că se lăsa învinsă, ea găsea apoi încă un dram de putere.

– Bine, Clymene! Un ultim efort și iese copilul! Dar trebuie ca efortul să fie unul mare! Împinge cât de tare poți! a strigat Rhea, iar Clymene, gâfâind, a făcut semn că înțelesese. Bine! a adăugat Rhea întorcându-se spre Lapetus. În clipa în care apare capul, cordonul ombilical o să fie înfășurat în jurul gâtului. Cum scot copilul, i-l desprinzi cât mai repede! Ai înțeles? a întrebat ea, iar Lapetus, zdruncinat, s-a străduit să dea din cap în sens afirmativ. Atunci, suntem gata! Haide, Clymene. Gata?

– Da, a îngăimat Clymene.

– Trei, doi, unu, împinge!

Țipetele femeii au străpuns însuși sufletul soțului ei. Deodată, copilul a țâșnit pur și simplu, dar mâinile pricepute ale Rheei l-au prins la timp. Lapetus era în stare de șoc, privind pruncul cenușiu-vinețiu care tocmai își făcuse loc pe lume.

– Lapetus! a strigat Rhea. Acum!

Auzind porunca femeii, Lapetus n-a mai șovăit, ci a apucat cordonul fibros, încâlcit în jurul gâtului fiului său.

– Nu fi blând! Scoate-l repede!

Deși instinctul îi spunea altceva, Lapetus a eliberat copilul cu o mișcare brutală.

– De ce... nu... plânge? a bâiguit Clymene.

Lapetus și Rhea nu-și luau ochii de la trupșorul care nu izbutise să tragă aer în piept.

– O, Doamne... Te rog..., nu..., a șoptit Lapetus.

Rhea a apucat pruncul de picior ca pe un vițel nou-născut și i-a dat o palmă puternică peste fund. Dintr-odată, copilul a părut să se trezească la viață și, în timp ce primele raze de lumină se iveau peste Tiumen, în vagon s-au auzit plânsetele unui bebeluș.

Rhea i-a dat copilul lui Clymene.

– Foarte bine, Clymene! Te-ai descurcat minunat!

Proaspăta mamă s-a uitat la copil, cu soțul ei alături.

– Bun-venit, băiețelule!

– Știai tu ce știai, Clymene! a spus Lapetus, simțind cum i se umpleau ochii de lacrimi. Sunt atât de mândru de tine!

Soția lui i-a zâmbit, așa cum o făcuse atunci când privirile lor se întâlniseră pentru prima dată în sala de bal a Palatului Alexandru.

– Nici tu nu te-ai descurcat prea rău. N-aş fi reuşit fără tine!

– Ai născut un copil perfect, Clymene!

– Dar l-am făcut împreună!

– Nu. E perfect pentru că vine din tine.

Cronus s-a apropiat, cu Kreeg în brațe.

– Felicitări, prieteni! Cu cât mai mulți în vagonul ăsta, cu atât mai bine! Şi o veste bună, Lapetus…., a spus el arătând spre un dulap. Conaționalii nu ne-au dezamăgit! Au dosit o sticlă de vodcă în dulapul ăla. Aduc un pahar ca să udăm capul copilului!

– Nici vorbă, Cronus Eszu! Adu-o aici, acum! Trebuie să-i sterilizez rănile lui Clymene. Asta-i exact ceea ce ne trebuie! a spus Rhea.

Cronus a chicotit.

– Asta e, Lapetus. A meritat să încerc!

Pe măsură ce soarele siberian se ridica pe cer, o liniște profundă s-a așternut în vagon. Cu toții, mai puțin proaspeții părinți, se prăbușiseră, extenuați de acele cinci ore, iar copilul sugea, mulțumit, la sânul lui Clymene.

– Ce cuminte e, a șoptit Lapetus.

– Îi e foame, a răspuns Clymene, zâmbind.

– Știu că, din pricina nenorocirilor care ni s-au întâmplat în ultimul timp, n-am avut răgaz ca să discutăm despre nume, a spus Lapetus. Dar acum, când s-a născut, cum îl botezăm?

– Nu i-ai promis mamei tale că o să-i dai numele ei primului tău fiu? a întrebat Clymene, chicotind.

– Adevărat. Dar nu cred că fiului nostru i se potrivește numele de *Agatha*.

– Augustus? a întrebat Clymene.

– Un pic cam pompos, nu crezi? a răspuns Lapetus. Augustus Tanit! Nu știu ce să zic…

El și-a lungit gâtul în timp ce se gândea ce nume să-i dea copilului.

– Totuși, ar fi frumos să înceapă cu „A". Ce zici de Alexei? Sau de Alexandru, în cinstea țarului?

Lapetus s-a uitat lung la soția lui.

– Vrei să-l condamnăm la moarte?!

Clymene a clătinat din cap.

– Râd de tine, dragul meu, a spus ea, apoi a tresărit dintr-odată. Au!

– Ce-i?

– Mă doare...

Clymene și-a vârât mâna sub fustă, la locul care o durea, apoi a scos-o plină de sânge. Lapetus s-a schimbat la față.

– Încă sângerezi...

Clymene a înghițit în sec.

– Da.

– Ce să fac, Clymene?

Ea și-a privit soțul în ochi și i-a pus mâna, tandru, pe obraz.

– Te iubesc, Lapetus! Din toată inima. E singurul lucru de care am fost cu adevărat sigură în viața mea.

– Și eu te iubesc, Clymene.

– Ei, bine, a spus ea, sunt foarte obosită. Atât de... obosită!

Clymene a închis ochii, iar soțul ei a început s-o mângâie pe cap.

– Odihnește-te, draga mea! Ești în siguranță, copilul nostru e în siguranță și suntem aici, împreună.

La scurt timp după aceea, mama, tatăl și copilul au căzut într-un somn adânc.

Mai târziu, i-au trezit niște urlete.

– Scularea!

Au clipit în lumina puternică ce se revărsa pe ușa deschisă a vagonului și l-au văzut pe soldatul bolșevic care stătea cu pușca îndreptată spre ei. Toți cei de față s-au ridicat, cu excepția lui Clymene, care era palidă ca o moartă.

– Draga mea! a spus Lapetus, dar ea s-a mulțumit să clipească încet.

– Ți-am cerut să te ridici, la ordinul Gărzii Roșii! a strigat soldatul.

Nou-născutul a început să plângă.

– Vă rog, soția mea e bolnavă! A născut azi-noapte. Dacă aveți puțină milă, aduceți-i un doctor! a implorat Lapetus.

Soldatul s-a apropiat încet de el.

– Milă?! Unde era mila țarului atunci când poporul murea de foame pe ogoare? a șuierat soldatul cu glas scăzut. Să se ridice imediat!

– E... în regulă, a gâfâit Clymene. Lapetus, ia copilul!

Soțul ei l-a luat, iar Rhea Eszu s-a grăbit s-o ajute să se ridice.

– Am o listă de nume! a lătrat soldatul. Următoarele persoane o să mă însoțească: Vera Orlova, Galina Nikolaeva, Clymene Tanit!

– Ce treabă aveți cu doamnele de companie? a întrebat Cronus. Le duceți la țarină?

Soldatul a zâmbit enigmatic.

– Să zicem că da.

Vera și Galina s-au agățat una de cealaltă și au început să plângă. Lapetus a simțit că sângele începea să-i fiarbă în vine.

– Domnule, după cum am spus, soția mea abia ce a născut azi-noapte. Copilul are nevoie de mama lui!

Soldatul s-a uitat la Clymene și a încuviințat din cap.

– Poate lua și copilul.

– Nu! a strigat Clymene. Nu!

Lapetus a căzut în genunchi.

– Vă rog, lăsați-o aici! Ce rău putem face în vagonul ăsta de tren? Vă implor, lăsați-ne familia laolaltă!

– Iubitul vostru Nicolae n-a ținut seama de familii și nici eu nu țin. Afară!

– Luați-mă pe mine în locul ei!

Soldatul a început să râdă în hohote.

– Nu, nu prea cred! Bărbații ar fi foarte nemulțumiți!

Lapetus s-a încordat tot.

– Vă rog! E bolnavă!

– Uită-te la mine, a spus soldatul pe un ton calm. Uită-te bine la mine. Așa arată un om căruia nu-i pasă, a adăugat el, îndreptându-se spre ușă. E simplu. Vii acum, sau o să fii împușcată.

Lapetus s-a ridicat și a îmbrățișat-o pe Clymene. Lacrimile îi șiroiau din ochi fără încetare.

– Clymene…

– Nu-i nimic, Lapetus, a șoptit ea. Nu-i nimic.

– Nu se poate! a exclamat el, plângând. Am ajuns atât de departe, dragostea mea! Atât de departe…

A strâns-o în brațe cât a putut de tare.

– Amândoi știm că, oricum, nu mi-a rămas mult timp de trăit. Nu pot opri sângerarea.

– Dacă am reuși să te ducem la un doctor…

– Avem tot atâtea șanse să facem asta câte are copilul nostru să se ridice în picioare și să meargă azi. Pentru oamenii ăștia, suntem întruchiparea a tot ceea ce urăsc ei mai mult, a spus Clymene, iar apoi, cu ultima fărâmă de putere, l-a apucat de cap pe soțul ei și l-a sărutat. Trebuie să plec acum, Lapetus. Curaj! Pentru copilul nostru.

– Promit, a șoptit Lapetus.

– Protejează-l.

– Veșnic. Te iubesc, Clymene!

– Și eu te iubesc, Lapetus! a spus ea, apoi și-a privit copilul. Ne-am cunoscut doar puțin, fiule. Îmi pare rău pentru amândoi! Mămica te iubește mai presus de orice, a adăugat, iar din ochi i-a țâșnit o lacrimă care a căzut pe obrazul fiului. N-am timp să-ți dau decât un singur sfat: fii bun, micuțule! Ăsta-i secretul fericirii, a încheiat ea, sărutându-l cu blândețe pe creștet.

Apoi Clymene Tanit a răsuflat adânc și s-a îndreptat, clătinându-se, spre ușă. Ea și celelalte două femei au fost scoase din vagon și urcate într-o trăsură. Lapetus a petrecut-o din priviri, ținându-și fiul în brațe și plângând, devastat. Vizitiul a dat bice armăsarului, iar trăsura a pornit vijelios, ducându-le cine știe unde pe Clymene și pe celelalte tinere femei.

Lapetus s-a uitat la fiul lui, care îi scâncea ușor în brațe.

– Îmi pare rău, micuțule! Îmi pare atât de rău! a exclamat el, iar apoi, pentru prima dată, copilul și-a ridicat pleoapele, dând la iveală doi ochi căprui, adânci. Ții greutatea lumii pe umeri, băiete! O să te numesc „Atlas".

CAPITOLUL 57

Ziua întreagă, familia Eszu a făcut tot ce i-a stat în putință ca să-l consoleze pe Lapetus, care căzuse pradă disperării.

– Cum o să-l hrănesc pe Atlas? O, Doamne, nu pot să-l pierd și pe el!

– Ieri am văzut capre cu iezi, a spus Rhea. La nici trei kilometri depărtare de aici. Cronus o să aducă o capră, iar laptele ei o să fie de ajuns.

– Unde s-a dus toată lumea, tati? a întrebat Kreeg.

– La o mică plimbare, atâta tot. Și eu plec la plimbare, ca să mă împrietenesc cu o capră!

Lapetus și-a apucat prietenul de braț.

– Cronus, e periculos! Nu știu unde s-au dus soldații, dar dacă te văd…

– Mă văd și gata, a răspuns Cronus cu blândețe. Dar copilul tău are nevoie de hrană, Lapetus! Ca noi toți, de altfel. Nu știm cât mai stăm aici. Trebuie s-o fac!

– Măcar lasă-mă să vin cu tine! i-a cerut Lapetus.

– Ai spus-o chiar tu: dacă sunt văzut, o să fiu împușcat, cel mai probabil. Micul Atlas nu merită să piardă doi părinți într-o singură zi, a adăugat el, punând o mână pe umărul lui Lapetus. Dar o să vezi că n-o să pățesc nimic. Iar acum, ajută-mă să rup o pătură. O să am nevoie de o funie pe care s-o leg de gâtul caprei.

Două ore mai târziu, după cum promisese, Cronus s-a întors. Era însoțit de o capră, dar și de un țap mare și de niște iezi.

– Se pare că familia nu se lasă despărțită! a anunțat el, chicotind.

Rhea a muls capra și i-a arătat în amănunt lui Lapetus cum să-l hrănească pe Atlas, înmuindu-și degetul mare în lapte și punându-l în gura fiului său, care a primit hrana cu recunoștință.

Până la sfârșitul zilei, biata capră fusese mulsă până la epuizare, iar cei cinci ocupanți ai vagonului aveau, în sfârșit, burțile pline.

Pe când soarele stătea să apună, s-a auzit sunetul îndepărtat al unor copite de cai.

– Se întorc! a spus Rhea, strângându-l în brațe pe Kreeg.

Tropotul se apropia din ce în ce mai mult. Apoi ușa vagonului s-a deschis, iar în prag s-a ivit un soldat pe care exilații nu-l mai văzuseră până atunci.

– Puteți să plecați! a decretat el.

Au amuțit cu toții.

– Poftim? a întrebat Cronus.

– N-avem treabă cu voi! Puteți pleca!

Cronus părea nedumerit.

– Pot să întreb ce s-a schimbat?

Soldatul a suspinat.

– Armata Albă trimite întăriri în zonă, ca să se confrunte cu noi. În clipa de față, sunteți cea mai mică dintre grijile noastre!

– Unde vreți să mergem? a întrebat Rhea. Ne-ați luat actele!

Soldatul a ridicat din umeri.

– Asta e problema voastră, nu a mea.

A dat să plece.

– O clipă! a exclamat Lapetus. O să circule din nou trenurile pe linia asta? Putem să folosim gara?

– Calea ferată transsiberiană a fost rechiziționată de Armata Albă. Cum credeți că trimit ăia întăriri? Sunt deja pe drum!

– Vă rog, spuneți-mi unde e soția mea! l-a implorat Lapetus.

Soldatul s-a uitat lung la el, dar n-a scos nici un cuvânt. Apoi s-a răsucit pe călcâie şi a plecat.

– Nu-mi vine să cred, a şoptit Cronus. Nici măcar ei nu par să mai ştie cine ţine frâiele...

– Ce facem acum? a întrebat Rhea.

– N-avem prea multe opţiuni, a răspuns Cronus. Fără acte de identitate, o să avem probleme. Armata Albă o să presupună că suntem Roşii. Şi viceversa.

– Cred că soldaţii bolşevici vor să rămânem aici, a gândit cu voce tare Lapetus. Ăsta e scopul. Ei ştiu foarte bine că nu putem pleca nicăieri.

– Mă tem că ai dreptate, Lapetus, a spus Cronus. Slavă Domnului pentru capre! Şi..., a adăugat el, ducându-se la dulap şi scoţând ceva de acolo, ... pentru vodcă!

Următoarea lună a fost dificilă, dar s-a creat un anumit program. Mulgeau capra de dimineaţă, apoi Cronus pleca la vânătoare. Deşi rareori se întâmpla ca într-una dintre capcanele lui să se prindă un iepure sau, mai rău de-atât, un rozător, devorau carnea. Lapetus chiar reuşise să scoată combustibilul dintr-un automobil abandonat, aşa că aveau şi foc.

După patru săptămâni, un soldat din Garda Roşie a bătut la uşa vagonului şi i-a înmânat câteva hârtii lui Cronus.

– Ce sunt astea? a întrebat el.

– Documente.

Cronus, şocat, s-a uitat la ele.

– E un singur set aici! Avem nevoie de cinci!

– Un set autorizat pentru cinci persoane, a răspuns soldatul ridicând din umeri. Trebuie să călătoriţi împreună!

Apoi el a plecat la fel de repede cum venise. În acea seară, cei trei au discutat despre ce anume le rămânea de făcut.

– E deliberat! a spus Lapetus. Vor să rămânem împreună, ca să ne urmărească mai uşor.

Cronus a dat din cap în semn că şi el gândea la fel.

– Unde mergem?

Lapetus a oftat.

– La Tobolsk. E cea mai apropiată așezare.

– Și ce o să facem după ce ajungem acolo? Poate că sună ciudat, dar aici cel puțin avem un adăpost și ne putem procura hrană, a fost de părere Rhea.

– Avem mai multe oportunități la Tobolsk. Cea mai importantă dintre ele e șansa de a câștiga bani. În privința cazării, o să trebuiască să ne mulțumim cu orice găsim.

După cum era de așteptat, drumul până la Tobolsk a fost îngrozitor. Cei cinci s-au înfășurat în pături, iar Lapetus a confecționat un brâu în care să-l poarte pe Atlas, pe sub haina de blană. Cronus a luat și capra, pe care au muls-o de mai multe ori pentru copil. Din păcate, țapul și iezii au fost tăiați pe drum, ca să fie hrăniți ceilalți. După o săptămână de umblat prin nămeți, călătorii au ajuns, extenuați, la marginea așezării, chiar la asfințit.

– Căutați case neluminate! i-a sfătuit Lapetus.

După ore întregi de căutări și de cercetări, au dat peste o căsuță, vizibil nelocuită. Puțin spus că era dărăpănată – avea ferestrele sparte, cărămida sfărâmată și o ușă care fusese forțată. Dar le ajungea.

În următoarele câteva săptămâni, cei doi bărbați s-au apucat să facă reparații, astupând ferestrele și dregând ușa. Apoi au început să-și pună problema banilor. Lapetus și Cronus s-au certat mai bine de o oră, întrebându-se la cine să se ducă în oraș, după care Rhea a sugerat o alternativă:

– Știți că mă pricep să sculptez în os. Am putea încerca să vindem sculpturile la piață. Deși mă îndoiesc că o să găsim cu ușurință colți de morsă prin locurile astea.

– Așa-i, a recunoscut Lapetus. Dar ai putea să lucrezi obiectele din oasele de la picioare ale cerbilor moscați? Pădurile sunt pline de astfel de animale.

– Și de enoți, a adăugat Cronus. Ar fi de ajuns craniile?

Rhea a încuviințat din cap, iar cei trei s-au întrebat în sinea lor cum de ajunseseră din Sala Tronului de la Palatul Alexandru, la căutatul oaselor de animale ca să-și asigure supraviețuirea.

Astfel, Cronus și Lapetus au început să vâneze animale pentru Rhea, ceea ce presupunea un dublu beneficiu, fiindcă asta le asigura și hrana. Odată ce obiectele de os erau gata, cei doi se duceau duminica la piața din Tobolsk și vindeau marfa. Într-o astfel de zi, un violonist cânta în mijlocul pieței. Lapetus l-a privit vreme de o oră, tânjind cu ardoare după viața lui de odinioară. Omul care cânta era talentat, dar avea o postură incorectă, lucru care l-a iritat pe Lapetus, în calitate de fost profesor. Luându-și inima în dinți, el s-a apropiat de violonist.

– Scuzați-mă, domnule, l-a abordat el, dați-mi voie să vă spun că sunteți foarte priceput! Dar dacă ați ține mai bine cotul, ați putea cânta mai ușor notele dificile. Îmi permiteți?

Prudent, muzicianul l-a lăsat să-i aranjeze brațul, apoi s-a pus din nou pe cântat. După un timp, a spus:

– O, Doamne, e mai bine așa! Mulțumesc!

– Cu plăcere!

Lapetus i-a zâmbit, apoi s-a întors la taraba lui.

– Dați lecții? a întrebat violonistul. Nu sunt atât de arogant încât să presupun că nu mai am ce învăța.

– Îndrăznesc să spun că da, domnule, a răspuns Lapetus, scoțând un suspin. Odinioară am fost profesor. Dar nu mai sunt.

– Ce păcat! a exclamat violonistul, ridicând din umeri. Aș primi cu bucurie niște lecții. N-aș putea plăti mult, dar v-aș da o treime din ceea ce câștig în piață.

Lapetus a zâmbit cum nu mai zâmbise de multe luni.

Câteva săptămâni mai târziu, vestea despre dibăcia lui Lapetus s-a răspândit la Tobolsk. El a început să ofere lecții de muzică oricui plătea. Și așa au izbutit s-o scoată cu toții la capăt, vreme de cinci ani încheiați.

În acest timp, familiile Tanit și Eszu au făcut tot posibilul să se integreze în societate fără să atragă atenția. Îi apăsa permanent faptul că instabilitatea politică din țară îi făcea să nu știe exact de cine depindea siguranța lor. Discutaseră de multe ori despre fuga din Rusia și despre repatrierea în țările lor de origine – Tanit, în Elveția, iar Eszu, în Prusia. Cu toate astea, orice plan de fugă părea prea periculos, mai ales cu doi băieți mici.

Pe măsură ce Atlas creștea, tatăl lui își petrecea multe ore în timpul iernilor lungi și geroase, învățându-și fiul să cânte la o vioară uzată, pe care o primise în dar de la un client. Atlas dădea dovadă de un talent de-a dreptul incredibil, iar Lapetus se emoționa ori de câte ori își asculta fiul cântând.

– Pe cuvânt, Rhea! a exclamat Lapetus după o lecție. De când sunt profesor, n-am cunoscut așa talent înnăscut. Ar putea fi un virtuoz! Clymene ar fi foarte mândră de el!

Rhea și-a tras nasul.

– Ar fi mai bine să plece cu Cronus și cu Kreeg ca să învețe să vâneze. Ne-ar prinde bine tuturor!

Atlas a încercat să nu pună la suflet remarca ei.

– Știi, l-aș învăța bucuros și pe Kreeg. La urma urmei, Cronus îl învață limbi străine pe Atlas. Poate că trebuie doar să descoperim instrumentul la care ar avea talent Kreeg!

Rhea și-a dat ochii peste cap.

Într-adevăr, în ciuda eforturilor lui Lapetus, Kreeg nu arăta prea mult interes pentru muzică. De altfel, nu-l interesa nici să învețe vreo limbă străină de la tatăl lui. Lapetus găsea că o astfel de situație era destul de tristă. Vedea strălucirea din ochii lui Cronus ori de câte ori acesta făcea lecții cu Atlas, învățându-l noțiunile de bază ale francezei, englezei și germanei. Era o mică fărâmă din existența lor de odinioară. În schimb, după cum spusese Rhea, vânătoarea era singura activitate tată–fiu de care Kreeg părea să fie preocupat.

Aproape imediat ce a putut formula propoziții, Atlas a început să întrebe despre mama lui și despre unde anume se afla ea. Venise momentul de care Lapetus se temuse, dar pentru care era bine pregătit. Aşa că într-o noapte şi-a luat fiul în braţe şi l-a dus afară, ca să privească cerul care strălucea de stele.

– Mama ta e sus, printre stele, Atlas!

– De ce? a întrebat el.

– Pentru că acolo se duc oamenii după ce îşi părăsesc trupul. Devin... praf de stele.

Cu ochii mari de uimire, fiul lui Lapetus a privit cerul imens.

– Pot s-o văd pe mami?

– Poate că da, dacă te uiţi foarte atent, a răspuns Lapetus, după care a arătat cu degetul în sus. Cred că ai putea s-o vezi printre Pleiade, Cele şapte surori!

– Şapte surori? a întrebat Atlas.

– Da. Vezi stelele acelea care sunt puţin mai strălucitoare decât celelalte? Atlas a dat din cap în semn că le vedea, iar tatăl lui a zâmbit, propunându-i:

– Haide să-ţi spun povestea lor!

Din acel moment, Atlas Tanit a devenit captivat de astre. După o vreme, tatăl lui a terminat să-l înveţe tot ceea ce ştia despre miturile şi legendele greceşti care explicau formarea lor, precum şi despre astronomia fizică din spatele acelor minuni strălucitoare.

– Nu te poţi pierde niciodată atât timp cât poţi vedea stelele, Atlas!

– Adevărat?

– Da, Steaua Polară se mişcă într-un mic cerc în jurul polului ceresc. Pentru că ea e o constantă pe cerul nopţii, o să-ţi poţi găsi drumul oricând!

I-a arătat fiului hărţi peste hărţi, pe care le cumpărase la preţuri reduse de la prietenii din piaţă. Fascinaţia lui Atlas pentru globul pământesc – la o vârstă atât de fragedă – era remarcabilă. Lapetus îşi iubea fiul mai mult decât orice pe lume şi-şi dedica fiecare oră liberă pasiunilor şi dezvoltării copilului.

Acele ore s-au înmulţit în 1922, când Marea Foamete a devastat ţara. Pieţele erau goale şi, dintr-odată, nimeni nu mai avea bani în plus ca să cumpere sculpturi în os sau să plătească lecţii de muzică. Lucrurile au devenit din ce în ce mai dificile în gospodărie. Cronus, îndeosebi, începuse să se vlăguiască, renunțând adesea la mese pentru ca ceilalți să poată mânca mai mult. Acum Kreeg rămăsese singurul care să pună capcanele.

Lapetus Tanit a început să se gândească la diamantul pe care soția lui îl cususe în căptușeala rochiei. Cât de diferită ar fi fost viața lor dacă l-ar mai fi avut! Singura șansă să scape de oroarea Rusiei plecase odată cu soția lui și acum se afla, aproape sigur, în mâinile bolșevicilor.

În iarna anului 1923, situația devenise gravă. Atlas avea cinci ani, Kreeg, nouă, iar stomacurile lor deveneau tot mai mari și mai goale.

– Nu se mai poate, Lapetus! O să murim aici! i-a spus Cronus prietenului său, prăbușindu-se pe un scaun.

– N-o să las să se întâmple așa ceva, Cronus! Am ajuns prea departe ca să ne împotmolim acum!

– Avem nevoie de un plan pentru băieți. Vine ziua în care o să fim cu toții prea slăbiți ca să-i mai putem hrăni. Trebuie să facem ceva. Acum!

– Ce propui, Cronus?

– Mi-ai vorbit despre familia ta cea bogată.

– E adevărat, părinții mei au bani. Dar sunt în Elveția. Le-am scris de mai multe ori ca să le spun că sunt în viață și că au un nepot. Cine știe dacă scrisorile au ajuns vreodată la destinație…

Cronus a dat din cap în semn că pricepea, apoi, cu o expresie gravă, și-a privit prietenul drept în ochi.

– Cred, Lapetus… că trebuie să pleci.

– Unde?

– Trebuie să te duci în Elveția. Să ceri ajutor. Altfel, n-o să supraviețuim.

Lapetus a amuțit.

– Prietene, aș face orice ca să ne fie mai bine! Dar știi fără putință de tăgadă că aș muri pe drum.

Cronus și-a dus la frunte mâna descărnată.

– Recunosc că șansele de izbândă sunt… mici. *Cert* e doar că, dacă nu facem nimic, o să pierim cu toții aici. Fiul tău, Kreeg, Rhea… Trebuie să facem tot ce ne stă în putință ca să-i salvăm!

Lapetus a privit focul care ardea în soba de fier.

– Bineînțeles! a răspuns el.

– Aș vrea să te pot însoți. Dar nu cred că am puterea necesară.

– Nu, a confirmat Lapetus. Sunt singurul care ar putea face drumul, a recunoscut el, iar ochii i s-au umplut de lacrimi. Vă rog să aveți grijă de Atlas. E un copil deosebit!

– Da, Lapetus. Promit! a spus Cronus, iar după aceea s-a ridicat și abia dacă a reușit să-și îmbrățișeze vechiul prieten. Să fii convins că o să-l revezi!

A doua zi, la prima oră, Lapetus și-a trezit fiul și i-a explicat că pleca după ajutor.

– De ce, tată? a întrebat Atlas, cu teama oglindită în ochii lui de copil.

– Fiule… mă tem că a sosit momentul în care nu mai am de ales între a rămâne sau a pleca. Nu mai rezistăm așa. Trebuie să încerc să găsesc ajutor.

Lui Atlas i s-a strâns inima și l-a cuprins disperarea.

– Te rog, tată, nu pleca! Ce ne facem fără tine?

– Ești puternic, copile! Nu la trup, poate, dar la minte – cu siguranță. Puterea asta o să te ajute să supraviețuiești cât timp sunt plecat.

Atlas s-a aruncat în brațele tatălui, iar căldura ființei acestuia l-a învăluit pentru ultima oară.

– Cât o să dureze? a reușit băiatul să întrebe, plângând din ce în ce mai tare.

– Nu știu. Multe luni.

– N-o să supraviețuim fără tine!

– Aici greșești. Dacă nu plec, cred că nici unul dintre noi n-are un viitor. Îți jur pe viața iubitei tale mame că o să mă întorc după tine… Roagă-te pentru mine, așteaptă-mă…

Supus, băiatul a încuviințat din cap. Tatăl lui a adăugat:

– Nu uita cuvintele lui Lao Tze: *Dacă nu schimbi direcția, s-ar putea să ajungi în locul spre care te îndrepți.*

– Te rog, întoarce-te, a șoptit Atlas.

– Neprețuitul meu fiu, te-am învățat cum să te lași călăuzit de stele. Dacă o să ai vreodată nevoie să mă găsești, uită-te la Pleiade, la Cele șapte surori. Maia, Alcyone, Asterope, Celaeno, Taygete și Electra o să te protejeze. Și, bineînțeles, Merope, care e o stea specială, fiindcă o poți vedea doar uneori. Ori de câte ori o s-o vezi, să știi că ești pe drumul spre casă!

CAPITOLUL 58

Tobolsk, 1926

Kreeg Eszu și-a mutat calul la F3.

– Șah mat! a spus el, zâmbind.

– Ce? a răspuns Atlas, nedumerit. Cum ai reușit să faci asta?!

– Se numește „hipopotam“, amice. Îți permite să câștigi din șase mutări, a explicat el, ridicând din umeri. Îmi pare rău!

– Mă înveți și pe mine? l-a rugat Atlas.

– Păi, de ce ți-aș dezvălui toate secretele mele? a răspuns Kreeg rânjind. Ce rost are să joc șah cu tine dacă nu pot câștiga?

– Haide, Kreeg! Vreau să știu!

– Mă mai gândesc. Poate că te învăț dacă te duci și tai lemnele în locul meu.

Atlas și-a dat ochii peste cap.

– Bine!

– Băieți! a strigat Rhea, care a intrat, clătinându-se, în camera de zi. Maxim vine în jumătate de oră. Trebuie să strângeți tabla de șah! Știți că nu-i place dezordinea.

Kreeg și-a fulgerat mama cu privirea.

– Chiar trebuie să vină azi? E mereu aici, a mormăit el.

– Da, dacă vrei să mănânci, a mormăit Rhea printre dinți.

– Ce? a întrebat Kreeg.

– Nimic. Da, Maxim trebuie să vină din clipă în clipă. Ar trebui să vă faceți nevăzuți. Nu ți-ai mai vizitat tatăl de ceva vreme, Kreeg. Du-te și roagă-te la mormânt!

Băiatul cel mare a părut abătut.

– Dar mă întristează!

– Lasă, că te înveselește Atlas! Se pricepe, nu? a spus ea apropiindu-se de Atlas și ciufulindu-i părul. Ia-ți vioara cu tine, Atlas!

Rhea a tras o dușcă din sticla de vodcă aproape goală pe care o ținea în mână. Cronus Eszu murise cam la patru luni după ce Lapetus Tanit plecase spre Elveția. Subnutrit și slăbit, se prăbușise pur și simplu în zăpadă, în timp ce verifica una dintre capcanele cu care prindeau iepuri sau rozătoare. Atlas fusese cel care îl găsise. Băiatul n-avea să uite în veci țipătul strident al lui Kreeg, care fugise în casă, după ajutor.

Cât despre Lapetus, nu se mai știa nimic despre el din ziua în care plecase, prin nămeți, în 1923. Atlas nu mai putea de dorul lui. Cu toate că el și ceilalți doi rămași în Siberia vorbeau de parcă Lapetus s-ar fi putut întoarce în orice zi, ei cunoșteau, în adâncul sufletului, soarta care se abătuse asupra lui.

Nu mult după moartea lui Cronus, lucrurile începuseră să stea mai bine, fiindcă Rhea își luase un amant bolșevic pe nume Maxim, care punea mâncare pe masă (cât de puțină, având în vedere vremurile pe care le trăiau) și, lucrul cel mai important pentru Rhea, vodca pe care începuse să se bizuie ca să vrea să mai trăiască încă o zi.

Kreeg și Atlas și-au pus cizmele de blană, fularele, căciulile și mănușile și au început să urce dealul unde îl îngropaseră pe tatăl lui Kreeg.

Atlas știa cât de greu îi era fratelui său de cruce să meargă la mormânt, așa că a încercat să schimbe două vorbe cu el.

– Ce crezi că o să fii după ce te faci mare, Kreeg?

Băiatul și-a tras nasul.

– Nu-mi pasă, atât timp cât câştig foarte mulţi bani. Vreau o casă mare, în care să-mi fie cald, iar toate dulapurile să fie pline cu mâncare!

– Ar fi bine, a fost de părere Atlas. Cred că mie mi-ar plăcea să fiu căpitan de navă. Aş putea călători prin toată lumea!

– Parcă voiai să te faci muzician.

– Da! a adeverit Atlas cu entuziasm. Poate că o să mă fac şi una, şi alta!

Kreeg a chicotit, ceea ce l-a mulţumit pe cel mic.

– Poate. Cică pe când *Titanicul* se scufunda, cvartetul de coarde a continuat să cânte. Aşa că, atunci când vaporul tău o să se scufunde, poţi să le cânţi pasagerilor o melodie!

– Vaporul meu n-o să se scufunde niciodată! a declarat Atlas, mândru.

– Aşa ziceau şi despre *Titanic*...

– Da, dar eu o să fiu mult mai atent decât a fost căpitanul Smith!

– Cum spui tu, Atlas!

Băieţii au continuat să meargă şi, în cele din urmă, au ajuns la mormântul lui Cronus, pe care Kreeg îl marcase cu o bucată mare de lemn. Au rămas tăcuţi o vreme. Kreeg se tot foia.

– Nu ştiu niciodată ce să spun, a recunoscut el.

– Ţi-e dor de tatăl tău? a întrebat Atlas.

– Bineînţeles! a răspuns Kreeg.

– Păi, spune asta.

Kreeg a tuşit.

– Mi-e dor de tine, tată! a exclamat, iar apoi s-a întors spre Atlas. Ştii, te-am auzit vorbind cu tatăl tău în faţa casei, a şoptit el. Câteodată mi se pare că staţi de vorbă.

– Aşa mi se pare şi mie.

Kreeg a dat din cap, conchizând:

– Norocul tău! În fine, haide să mergem!

A început să coboare dealul. Atlas s-a grăbit să-l prindă din urmă.

– Credeam că îl urăşti pe Maxim!

– Da, dar mai bine dau ochii cu el decât să stau aici!

– Știi că mama ta nu-l iubește, nu-i așa? a spus Atlas, iar Kreeg a ridicat din umeri. O face ca să avem pâine pe masă.

– Atunci, aș fi vrut ca pâinea să fie mai bună, a răspuns Kreeg zâmbind.

Băieții au ajuns înapoi acasă, au intrat și l-au văzut pe Maxim țintuind-o pe Rhea de perete și sărutând-o cu foc.

– Băieți, parcă v-am spus să mergeți afară! a strigat Rhea, netezindu-și fusta.

– Aici locuim, a răspuns Kreeg. Nu ne poți obliga să plecăm!

– Tocmai ai fost obraznic cu mama ta? a întrebat Maxim, întorcându-se spre Kreeg.

– N-aș fi obraznic cu mama. Pur și simplu, nu-mi place cu cine umblă.

– Kreeg..., l-a implorat Rhea.

Maxim a traversat bucătăria cu pași măsurați, apoi a ajuns față în față cu băiatul.

– Ia zi, copile! De ce?

– Fiindcă vii aici ca mistrețul la baltă!

După o pauză tensionată, Maxim și-a dat capul pe spate, râzând.

– Eu, mistreț?! Ai auzit, Rhea? Fiul tău m-a făcut porc!

Iute ca fulgerul, Maxim l-a plesnit pe Kreeg peste față cu atâta forță, încât acesta a căzut la pământ.

– Kreeg! a strigat Rhea.

– Ei, ei, Rhea, copiii trebuie să învețe să fie respectuoși cu adulții! s-a stropșit Maxim, întorcându-se cu fața la ea. Nu-i așa?

– Da, Maxim, a spus Rhea plecându-și privirea. Kreeg, ia pildă de la Atlas! Iar acum, băieți, băgați-vă în pat!

Atlas a dat fuga la Kreeg și l-a ajutat să se ridice. În mod cu totul neobișnuit, lacrimile îi șiroiau pe față. Atlas mai văzuse asta o singură dată, în ziua în care murise tatăl lui. Băieții s-au grăbit să intre în camera lor, care nu era mai mult decât o cămară.

Maxim făcuse rost de o veche saltea dublă, pe care o împărțeau. Kreeg s-a aruncat pe ea și a continuat să plângă pe înfundate.

Atlas s-a cocoțat la celălalt capăt al saltelei și și-a cuprins genunchii cu brațele.

– Te simți bine, Kreeg? Lovitura a fost foarte puternică!

– N-am nimic, a răspuns el.

– Ai fost foarte curajos! De fapt, a spus Atlas, nu cred că am văzut vreodată pe cineva care să aibă atât de mult curaj!

Kreeg s-a întors cu fața la el.

– Adevărat?

– Da! L-ai făcut mistreț pe Maxim! a spus Atlas, zâmbind.

Kreeg și-a șters nasul cu mâneca.

– Asta așa-i.

– A fost nemaipomenit!

Kreeg a ridicat din umeri.

– Mare lucru...

– Cred, a spus Atlas pe un ton prudent, că tatăl tău ar fi fost foarte mândru de tine.

Kreeg și-a plecat privirea și a tăcut o vreme.

– Poate că mâine te învăț cum să dai mat cu strategia hipopotamului.

– Asta mi-ar plăcea foarte mult!

– Bine. Oricum, sunt obosit. Haide să dormim puțin!

Băieții și-au tras păturile de la capătul saltelei și și-au pus capetele pe perne.

Kreeg s-a trezit peste noapte, descoperind că avea gura uscată și că i se încărcase limba. În timp ce se întindea, și-a dat seama că nu mai băuse apă dinaintea acelei partide de șah pe care o jucase cu Atlas. Îi era era extrem de sete. A căscat și s-a hotărât să se ducă și să ia carafa din bucătăria improvizată. Cămăruța lor era cufundată în beznă, dar pe sub ușă intra un licăr de lumină. S-a ridicat și a trecut ușurel peste Atlas, ca să nu-l trezească. Când să atingă clanța, a auzit vocea înăbușită a mamei lui. Kreeg s-a încruntat. *Nu* avea de gând să riște încă o întâlnire cu Maxim. În schimb, și-a lipit urechea de ușa din lemn și a ascultat.

– Spune-mi, Maxim, ai face-o pentru mine?

Rhea vorbea mai incoerent ca niciodată. Evident, era foarte beată.

– Mai explică-mi o dată. Vrei să vând ceva?

Și Maxim vorbea poticnit, ceea ce arăta că, de când se culcaseră cei doi băieți, el și Rhea băuseră zdravăn.

– Un diamant al Romanovilor, Maxim! N-am văzut unul mai mare în viața mea!

– Nuuu... Vinde-l singură!

– Știi că nu pot. Dacă încerc să-l vând la Tobolsk, o să se afle că am avut legătură cu mișcarea Albilor. O să se afle despre relația mea cu Romanovii. Dar dacă îl vinzi tu, care faci parte din Armata Roșie, o să se presupună că l-ai furat.

– Spune-mi, Rhea, cum ai ajuns să ai un diamant al Romanovilor?

– S-a ivit ocazia și am profitat.

– Spune-mi mai multe!

– După ce au fost luați țarul și țarina, soldații ne-au lăsat pe unii dintre noi, inclusiv pe o femeie însărcinată, să putrezim într-un vagon de tren. În noaptea aceea, gravida a intrat în travaliu, iar eu am adus copilul pe lume. E vorba despre Atlas.

Maxim a părut să râgâie.

– Continuă! a îndemnat-o el pe Rhea.

– În timp ce aduceam pe lume copilul, am simțit o umflătură tare în căptușeala rochiei mamei lui. Am pipăit, am văzut ce era și l-am pus în buzunar.

– L-ai furat?

Rhea a oftat.

– Da.

– Nu ți-a fost teamă de repercusiuni?

– Trăiesc în Rusia. Mă tem mereu de repercusiuni. Am făcut doar ceea ce am crezut că trebuia să fac ca să supraviețuiesc. În plus, proaspăta mamă sângera foarte mult. Urma să moară.

– Ce s-a întâmplat cu tatăl băiatului?

– Ți-am spus, Lapetus a plecat să caute ajutor. Avea rude în Elveția.

– Încercare de nebun! N-avea cum să reziste nici trei zile în pustietate!

Rhea a continuat:

– M-am gândit să-i dau diamantul înapoi lui Lapetus. Dar mi-am zis că dacă Clymene *i-ar fi spus* soțului ei despre diamant, Lapetus ar fi presupus că îl avea la ea atunci când soldații o luaseră din vagon, lucru care s-a întâmplat după ce ea născuse.

– Dacă i-l dădeai înapoi, ar fi știut că l-ai furat.

– Da.

– Deci, unde e diamantul?

– Ăsta-i un secret pe care ți-l spun doar dacă ești de acord să mi-l vinzi. Bineînțeles, o să-ți dau o răsplată frumușică. Și tot... ce vrei pe lângă asta.

– Să-l văd!

– Maxim, nu pot să...

– Spune-mi unde e, Rhea!

– Nu mă crezi?

– Aș vrea doar să-l văd.

– Nu-i aici.

– Nu?

– Nu. L-am ascuns în altă parte.

– Păcat. Mi-ar fi plăcut să-l văd. În orice caz, e târziu. Trebuie să plec.

Kreeg l-a auzit ridicându-se.

– Maxim... ăsta rămâne micul nostru secret, nu-i așa? N-o să spui nimănui despre diamant?

– Bineînțeles că nu. Ne vedem în curând!

S-a auzit zgomot de pași, după care ușa casei s-a trântit cu putere. Hotărând să nu mai bea paharul de apă, Kreeg s-a strecurat înapoi în pat, năucit de ceea ce tocmai aflase. Dintr-odată, și-a dat seama că, dacă ceea ce spusese mama lui era adevărat, nu numai că puteau scăpa de traiul acela mizer, dar că era cu putință ca asta chiar să se întâmple. S-a uitat lung la chipul băiatului adormit, pe care-l considera fratele său mai mic. Pieptul lui Atlas se ridica și cobora încet și ritmic.

Deși gândurile îi alergau prin cap precum niște șobolani puși pe fugă, un lucru îi era clar lui Kreeg mai presus de toate: în nici un caz nu trebuia ca Atlas să afle ce făcuse Rhea.

CAPITOLUL 59

Olympus, iunie 2007

După ce Kreeg și-a terminat povestea, am rămas tăcuți, privind Egeea cea albastră, ale cărei vălurele loveau ușor iahtul.

– Tata mi-a spus că mama a murit la naștere..., am îngăimat eu în cele din urmă.

– Te-a mințit! a exclamat Kreeg.

– Ca să mă protejeze, am spus eu cu glas gâtuit. Îți amintești momentul în care au luat-o bolșevicii?

Kreeg a încuviințat din cap.

– Era speriată? l-am chestionat eu.

Kreeg a ezitat.

– Tu n-ai fi fost?

– Ba da, am șoptit, iar după o clipă, m-am uitat la enorma nestemată de pe masă. Am păstrat diamantul până acum, crezând că era al Rheei! Dar... de fapt, fusese al mamei mele.

– Fusese al țarinei.

– Dat de bunăvoie. Dar mama ta l-a luat.

– Și apoi l-ai luat tu cu forța! a ripostat Kreeg.

– Continui să crezi că tata știa că Rhea luase diamantul de la mama și că m-a pus să-l iau înapoi pe furiș?!

– Da.

– Dacă *ar fi știut* că Rhea îl luase din rochia mamei în timpul travaliului, i l-ar fi sustras mamei tale cu mult înainte.

Kreeg s-a încruntat și a clătinat din cap.

– Tot una... Asta s-a întâmplat cu multă vreme în urmă. După noaptea în care am auzit-o pe mama vorbind despre diamant, am întrebat-o despre el într-un moment în care nu erai prin preajmă. Mi-a spus că îl păstra pentru viitorul nostru, pentru ziua în care aveam să părăsim Rusia. Nu putea să-l vândă la Tobolsk.

În timp ce povestea, o urmă de îndoială îi umbrise fața de câteva ori.

– Kreeg, am spus eu cu blândețe, vreau să te rog ceva. Îmi acorzi o ultimă cină, la bordul iahtului meu, poate? Haide să mâncăm împreună, așa cum făceam pe vremuri! N-am bucătar fiindcă am venit singur, dar în frigider se află caviarul la care amândoi visam pe vremuri, iar în cămară am o sticlă de vodcă excelentă.

Eszu s-a gândit o clipă.

– De ce nu? După cum ai zis, am crescut ca frații și am împărțit pâinea în fiecare seară – atunci când o aveam! a spus el, scoțând un chicot sinistru. Poți să-mi povestești despre viața ta și despre cum ai ajuns să-ți colecționezi fiicele din cele patru colțuri ale pământului... ca pe timbre.

Cuvintele lui nu m-au afectat.

– Pot să mă ridic și să te conduc pe *Titan*? am întrebat.

El a dat din cap în semn că era de acord. M-am ridicat și m-am îndreptat încet spre pasarela pe care el o așezase între cele două iahturi gigantice. M-am târât în patru labe și am coborât pe puntea mea. Kreeg, însă, a șovăit, neștiind unde să pună pistolul.

– Haide, dă-mi-l! l-am îndemnat eu.

– Tu mă crezi nebun! a răspuns Kreeg.

– Am înțeles. Dar dacă nu vrei să mi-l dai, lasă-l pe *Olympus*! Jur că nu sunt o amenințare pentru tine! N-am fost niciodată.

M-a privit și apoi a vârât pistolul, precaut, în buzunarul de la spate. După aceea s-a urcat pe pasarelă și mi-am dat seama că făcea un mare efort fizic. În timp ce se târa între iahturi, mâinile au început să-i tremure, poate că din cauza presiunii pe care o exercita asupra lor. Pasarela s-a clătinat, iar el și-a pierdut echilibrul. Fără să se gândească, a întins mâna, dar a constatat că n-avea de ce să se țină. Iute ca fulgerul, l-am prins și l-am tras la bord.

– Ești bine? am întrebat, în timp ce îl ajutam să coboare pe punte.

– Da! a răspuns el smulgându-și mâna și ridicându-se. Ai o barcă frumoasă! Poate că decorul e un pic cam... demodat pentru gusturile mele, dar te reprezintă.

Mi-am vârât mâinile în buzunare și am dat din umeri, nonșalant.

– Am încercat să îmbin trecutul și prezentul.

– Exact asta am vrut să spun.

Am dat drumul unui scurt hohot de râs.

– Vino, te rog!

L-am condus la masa de pe puntea principală, în partea din spate.

– Te rog, ia loc! Aduc niște mâncare.

M-am dus la bucătărie și, pe un platou, am pus caviar, somon afumat, brânză și mezeluri, împreună cu o sticlă de vodcă Russo-Baltique, pe care o păstram pentru o ocazie specială. Întorcându-mă la masă, am văzut că pistolul era din nou lângă Kreeg.

– Văd că ți-ai dezvoltat gustul pentru delicatese! a glumit el.

– Spune-i asta proprietarului iahtului de milioane de euro, de pe care tocmai am venit noi doi!

Kreeg ne-a turnat amândurora câte un păhărel de Russo-Baltique.

– *Vașe zdorovie!*[1] a spus el, ridicând paharul.

– *Vașe zdorovie!* am răspuns eu.

A rămas nemișcat, uitându-se cum îl dădeam pe gât, după care mi-a urmat exemplul.

– Kreeg, dacă aș încerca să te otrăvesc, poți fi sigur că aș folosi o vodcă mult mai ieftină!

[1] În sănătatea ta! (în limba rusă în original)

A început să râdă.

– Iată un om pe gustul meu!

Am savurat împreună caviarul și am început să golim încetul cu încetul sticla dintre noi.

– Ei, Atlas, a spus apoi Kreeg, ziceai că anumite evenimente din viața ta te-au făcut să pui la îndoială simplitatea realității din jurul nostru. Te rog să dezvolți ideea!

Am înghițit și m-am șters pe buze cu un șervet alb de in.

– În călătoriile mele prin lume, în timp ce fugeam ca să scap de tine, m-am trezit la Granada, în Spania. La vremea aceea, eram zdrobit sufletește, pe punctul de a renunța. Acolo, în marea piață din fața catedralei, am întâlnit-o pe Angelina, o țigancă tânără, care mi-a ghicit în palmă. Era... uimitoare. Mi-a spus lucruri despre viața mea pe care, pur și simplu, n-avea cum să le știe. Știa despre tine și despre faptul că mă urmăreai neîncetat pe tot globul. Apoi, mi-a spus că într-o zi aveam să fiu tatăl a șapte fiice... și că una dintre ele aștepta deja s-o găsesc. M-am emoționat. Dar să lăsăm asta.

Kreeg a mai turnat câte un păhărel, pe care l-am dat pe gât.

– Ți-ai găsit vreodată tatăl? a întrebat el.

Am clătinat din cap.

– Nu... deși mi-am petrecut mulți ani căutându-l. Până la urmă, am aflat că a murit în drum spre casă. A ajuns până în Georgia. Totuși, am primit vești de la bunica mea din Elveția. Înainte să moară, mi-a lăsat tot ce avea, inclusiv terenul de pe malul lacului Geneva, unde am construit Atlantis. Așa am început să fac avere, am povestit, zâmbind trist. Tot ceea ce atingeam părea să se transforme în aur, dar asta nu însemna nimic pentru mine.

Kreeg a pus cremă de brânză pe *blinie*[1], apoi a așezat ușurel cuțitul pe masă.

– Iar eu a trebuit să stau și să mă uit.

M-am foit pe scaun.

[1] Turtă rusească

– În fine. Povestește-mi despre soția ta.

Kreeg a tăcut puțin.

– Te referi la Ira?

– La cine altcineva?

– Ne-am cunoscut imediat după înmormântarea soțului ei. Era în doliu. Eu am consolat-o. Ce ar mai fi de spus?

A băgat în gură turta cu somon afumat.

– Te-ai căsătorit cu ea pentru bani?

Kreeg a înghițit și apoi a clătinat din cap.

– Nu. Am iubit-o.

– Atunci, îmi pare foarte, foarte rău. Ai îndurat cea mai grea durere pe care poate s-o simtă un om!

El și-a mai turnat un păhărel de vodcă.

– Poate că da. Dar moartea mamei mi-a oferit un scut care m-a protejat de ghimpii vieții. Presupun că ar trebui să-ți mulțumesc pentru asta. Oricum, mă abat de la subiect. Spune-mi cum ți-ai găsit fiicele!

În următoarele două ore, i-am povestit cum am ajuns să adopt fetele, de când mă găsise Bel sub gardul lui *monsieur* Landowski, până la cartea de vizită pe care Cecily Huntley-Morgan o păstrase ca să-i poarte noroc.

– Chiar dacă m-ai urmărit toată tinerețea, îmi dau seama acum că fuga mea continuă de tine mi-a oferit cel mai mare dar – pe fiicele mele. Iar acum îți mulțumesc pentru asta, am spus eu ridicând paharul și închinând în cinstea lui Kreeg, dar el n-a făcut la fel.

Dintr-un motiv oarecare, povestea despre cum îmi găsisem fiicele părea să-l fi neliniștit. Dacă ar fi fost să-mi ascult intuiția, aș fi zis că fostul meu frate era... zdruncinat.

– Am un singur regret, am adăugat.

– Anume? a întrebat el cu glas scăzut.

– Nu mi-am găsit niciodată cel de-al șaptelea copil neprețuit. Sânge din sângele meu... Nu știu..., am adăugat eu cu glas plin de nostalgie, dus pe gânduri. Poate că Angelina s-a înșelat și, de fapt, copilul acela nici n-a venit pe lume, am spus, iar Kreeg a rămas tăcut, umplându-și încet paharul și privindu-mă. Am cunoscut-o pe Elle, iubita mea, la Paris, pe vremea când amândoi eram copii. Poate că îți amintești că ai văzut-o cândva, eram cu prietenii într-o cafenea din Leipzig. Ai intrat și am știut că m-ai recunoscut. I-am spus lui Elle că trebuia să plecăm imediat, dar, după cum bine știi, n-am făcut-o, iar tu mi-ai dat foc la casă. A trebuit să sar pe fereastră ca să scap. Mi-am rupt brațul și n-am mai cântat niciodată la iubitul meu violoncel.

– Îmi cer scuze! a spus Kreeg. Erai foarte talentat cu arcușul. Dar nu contează, tot ai reușit să scapi.

Încurajat de vodcă, am spus cu îndrăzneală:

– Desigur, știam că tatăl tău era prusac, dar șocul pe care l-am simțit văzându-te în uniforma SS… vechiul meu prieten, fratele meu… nazist!

– Sărăcia și foamea, alimentate de amărăciune, te pot înrăi, Atlas!

M-am holbat la el.

– Nu s-a întâmplat în cazul meu.

Kreeg și-a încrucișat brațele.

– Elle era foarte frumoasă.

– Aici putem fi amândoi de acord, am spus eu, sorbind din vodcă. Cum ai scăpat din Germania după război?

– Am văzut ce urma să se întâmple în 1943 și am fugit în singurul loc unde ghearele lui Hitler nu puteau ajunge – la Londra. M-am dat drept emigrant rus – anii petrecuți la Curte mi-au oferit acoperirea perfectă. Din întâmplare, am întâlnit o prințesă Albă care fugise la Londra în 1917. Era bătrână și bogată, iar eu i-am măgulit orgoliul. M-am mutat în apartamentul ei, care duhnea a numeroase pisici pe care le răsfăța ca pe niște copii. N-a trecut mult până să mă ia în patul ei. De câte ori puteam, fugeam în barurile din Soho și atunci am început să vorbesc cu omul ăla îngrozitor, Teddy. Îți poți imagina mirarea mea când am auzit numele de Tanit!

– Și drumurile noastre s-au mai întâlnit o dată.

– N-o să uit niciodată frica din ochii tăi în clipa în care m-ai văzut peste drum, a spus Kreeg, aruncându-mi cel mai grețos zâmbet. Mi-a făcut o mare plăcere!

– După apariția ta la librărie, eu și Elle am luat decizia să părăsim pentru totdeauna țărmurile Europei și să ne făurim o nouă viață împreună în cealaltă parte a lumii – să dispărem în imensitatea Australiei, împreună cu restul imigranților. Ne doream liniște. Aveam nevoie de ea.

Kreeg a pufnit și a mai tras o dușcă.

– *Tu* aveai nevoie de liniște, deși pe mine nu mă lăsai să mă bucur de ea?

– Aranjaserăm plecarea cu vaporul și am convenit să ne întâlnim la bord. Dar... Elle n-a mai venit. Până când am căutat pe vapor și am descoperit că ea nu era nicăieri, s-a ridicat ancora, am spus eu, și, brusc, m-am simțit vlăguit. Dintre cele mai crunte momente pe care le-am trăit, în drum spre Australia am atins fundul prăpastiei. Nici măcar lunga călătorie din Siberia până în Franța nu s-a comparat cu dezolarea pe care am simțit-o... în sfârșit, îmi pierdusem speranța, am recunoscut, iar Kreeg a rămas tăcut, dar privirea i-a devenit mult mai intensă. Și totuși, am continuat, o tânără orfană mi-a salvat viața. M-a făcut să-mi amintesc de bunătatea intrinsecă a umanității. Fără bunătatea străinilor, acum n-am fi stat aici împreună, bucurându-ne împreună de ultima noastră cină.

– Eu mi-am pierdut credința în natura umană cu mult timp în urmă!

– Iar mie mi-au *redat-o* oamenii... dar noi am fost întotdeauna diferiți.

– O, da! a exclamat Kreeg, trântindu-și brusc paharul de vodcă pe masă. *Tu*, fiul perfect și bun. Eu – sânge din sângele mamei mele –, scandalagiul. Tânărul furios. A fost evident de la început că te-a iubit mai mult pe tine – băiatul liniștit, inteligent, dulce. S-a zbătut pentru tine, ți-a dat tot ce avea mai bun de mâncare...

Ba chiar a avut mai multă încredere în *tine* decât în propriul fiu ca să-i ducă diamantul lui Gustav!

Eram șocat de felul în care interpreta el trecutul.

– Percepția ta asupra realității e una deformată. Pur și simplu nu-i adevărat! Ți-am explicat deja că Rhea m-a trimis pe mine ca să te protejeze. Pentru numele Domnului, pe tine te-a trimis la școală!

– Ca să poată petrece mai mult timp cu tine!

Kreeg a apucat sticla de vodcă și a luat cinci înghițituri enorme. Pentru prima dată, am văzut clar resentimentele pe care le nutrea încă din copilărie. Chiar îmi purta pică.

– Eram diferiți, Kreeg, asta-i tot! Nici unul nu era mai bun decât celălalt.

– Te-am urât pentru credința ta infailibilă în bunătatea oamenilor. Atunci... și acum.

Am clătinat din cap.

– E singurul lucru pe care nu mi l-ai putut lua niciodată. Asta, și pe iubita mea Elle. Recunosc, te-aș fi ucis înainte să-i poți face vreun rău.

Kreeg a mormăit ceva în paharul de vodcă.

– Ce-ai spus?

Kreeg mi-a aruncat o privire urâcioasă. Se vedea că era foarte beat.

– Am spus că, de fapt, ți-am luat-o și pe ea.

– Poftim?!

Kreeg și-a adunat gândurile. Când a vorbit din nou, avea glasul mai grav, mârâit:

– Am luat-o, Atlas! Ți-am luat-o!

Tensiunea arterială începuse să-mi crească și mă luptam să rămân calm.

– Spune-mi la ce te referi. Acum!

– N-a urcat pe vapor fiindcă am răpit-o.

Am dat să vorbesc, dar am constatat că nu puteam.

– Te-am urmărit de la librărie până în port. N-ar fi trebuit să pleci de lângă ea, Atlas! Asta a fost greșeala ta.

Mi-am pus mâna pe piept, în dreptul inimii, crezând că avea să mi se oprească.

– Minți… minți…

Kreeg a ridicat un deget, amintindu-și ceva.

– Ai vrea să vezi o fotografie din ziua nunții noastre? Sunt sigur că am una pe undeva…

– Te rog, nu! O, Doamne, nu…

Și-a vârât mâna în buzunar și a scos din portofel o fotografie alb-negru, decolorată. Kreeg la tinerețe, fără urmă de zâmbet pe buze, și… da, chipul pe care nu-l mai văzusem de șaizeci de ani. Spre uluirea și devastarea mea, Elle purta o rochie de mireasă. Am simțit că leșinam.

– Cum?! Elle a mea știa ce ești, ce îmi făcuseși… Nu s-ar fi învoit niciodată să se mărite cu tine…

Kreeg s-a aplecat spre mine și mi-a spus cu glas scăzut:

– I-am explicat pur și simplu că, dacă nu venea cu mine, urcam la bord și te împușcam pe loc. Vezi tu, știam totul despre intenția ta de a pleca!

CAPITOLUL 60

Portul Tilbury, Essex, Anglia, 1949

Fusese o noapte lungă pentru Kreeg Eszu. După ce a urmărit de la Londra maşina lui Rupert Forbes, s-a uitat pe furiş la Atlas Tanit şi la frumoasa lui iubită, care se cazau la hotelul Voyager şi care apoi au ieşit la cumpărături în oraş. I-a urmărit pe doc, unde Atlas o desenase migălos, vizibil îndrăgostit până peste cap. După aceea, cei doi se întorseseră la hotel, iar Kreeg se aşezase pe o bancă de pe faleză, la nu mai mult de o sută cincizeci de metri de intrarea hotelului. Stătuse acolo toată noaptea.

Era clar că cei doi plănuiau să plece spre Australia cu RMS *Orient* în câteva ore. Noaptea lungă îi dăduse lui Eszu timp să se gândească la ce avea de făcut. În realitate, nu se aşteptase să dea atât de uşor peste Tanit. În primul rând, fratele lui de cruce nici nu se obosise să folosească un pseudonim în locul numelui de familie. Ciudat de neglijent din partea lui!

De fapt, Kreeg nici măcar nu-şi căutase duşmanul în mod susţinut, ci îşi petrecuse timpul curtând-o pe prinţesa Albă şi integrându-se în noul oraş. Dar soarta făcuse ce făcuse – ca întotdeauna când venea vorba de Atlas – şi drumurile lor se încrucişaseră din nou, mai devreme decât se aşteptase Kreeg.

Vreme de ani și ani, el visase să-și zărească fața reflectată în ochii muribunzi ai lui Atlas. Numai că văzuse prea multă moarte în război. Vieți după vieți se stinseseră pur și simplu în jurul lui, oameni care cădeau ca niște piese de domino. Uneori îi invidiase pe cei care pieriseră. Cel puțin ei nu mai aveau parte de priveliștea masacrului care-i înconjura.

Drept urmare, Kreeg ajunsese la concluzia că, pentru Atlas, moartea n-ar fi fost suficientă. Nu, pedeapsa lui Tanit trebuia să fie *viața*. Acum Kreeg tânjea ca fratele lui să simtă durerea pe care o îndurase el atunci când îi răpise neprețuita mamă. Durerea fusese... *era*... atroce. Și voia ca și Atlas s-o simtă.

Spera doar să aibă ocazia să se răzbune înainte ca Tanit și femeia lui să se îmbarce pe RMS *Orient*. În caz contrar, ar fi fost obligat să se urce pe vapor și să-i urmeze în Australia. S-a cutremurat la acel gând.

Portul Tilbury începuse să se aglomereze în jurul orei nouă dimineața, moment în care Kreeg s-a ridicat de pe bancă, a cumpărat un ziar și s-a așezat la un colț de stradă paralel cu hotelul. Inima începuse să-i bată puțin mai repede, nerăbdător să vadă cum s-ar fi putut desfășura evenimentele, așa că a încercat să se calmeze. Avea nevoie doar de o clipă în care cei doi să nu fie împreună. Da, nimic mai mult! La ora nouă și douăzeci și cinci de minute, Kreeg a zărit silueta înaltă și musculoasă a lui Atlas, care ieșea din hotel, cu o valiză în mână. Kreeg nu și-a luat ochii de la Atlas și, spre bucuria lui, a văzut că femeia blondă nu-l urmase. Tanit a urcat pe pasarelă și s-a îmbarcat.

Cinci minute mai târziu, femeia blondă a ieșit, ducând în mână o valiză și o sacoșă de hârtie bleu. Asta era șansa lui! Kreeg a înaintat iute spre ea. Folosind ziarul drept scut, a băgat mâna în buzunarul paltonului și a scos pistolul Korovin. Strângând pistolul în mână, a așezat ziarul în așa fel încât să ascundă perfect arma. Apoi s-a apropiat din ce în ce mai mult, până când s-a aflat la un pas de femeia blondă.

Avusese toată noaptea la dispoziție ca să-și plănuiască mișcarea, așa că și-a executat planul fără cusur. A apucat-o de umăr și i-a înfipt vârful pistolului în partea de jos a spatelui. Ea a icnit.

– Dacă țipi, te împușc, i-a șoptit el la ureche, iar ea a dat din cap în semn că pricepuse. Urmează-mă... i-a ordonat Kreeg, întorcând-o și uitându-se în ochii ei albaștri, îngroziți. Bună, draga mea! a strigat el. Mă bucur să te văd!

Apoi a îmbrățișat-o, cu arma îndreptată spre pieptul ei.

– Te rog, nu face asta, a spus Elle în șoaptă.

– Prea târziu, a șoptit Kreeg întorcând-o cu fața spre vapor, în timp ce o ținea ferm de braț. Vii cu mine.

– Unde, Kreeg?

– Îți explic mai târziu.

– Și dacă țip acum? E plin de oameni.

– N-ar fi înțelept. Înainte să apuci să închizi gura, am și urcat pe pasarelă și i-am tras un glonț în cap lui Atlas. Ca să nu mai vorbim de cel pe care ți l-aș înfige în coloană.

– Și dacă pur și simplu refuz să te însoțesc?

– Din nou, mă urc la bord și îl împușc pe loc.

– Oriunde ai de gând să mă duci, el o să te găsească. Știu asta.

– N-are decât să încerce. Haide, draga mea!

– Stai. Lasă-mă să-i scriu un bilet.

Kreeg a pufnit.

– Un bilet?! În care să-i explici ce ți s-a întâmplat? Ți-a spus că sunt prost? Nu m-ar mira!

– Nu. Vrei să-i provoci durere, nu-i așa? De-asta mă împiedici să urc pe vapor.

Kreeg a ridicat dintr-o sprânceană.

– Ce isteață ești!

– Ce ar putea fi mai dureros decât să creadă că am ales să-l părăsesc? Îi scriu un bilet de adio. Atunci, cel puțin, o să am o consolare în urma despărțirii... iar durerea logodnicului meu o să fie de două ori mai mare, a pledat ea, iar Kreeg a chibzuit asupra propunerii. Poți s-o numești o ultimă dorință!

– Crezi că am de gând să te omor?

– Îmi ții țeava armei lipită de spate.

Kreeg a scos un chicot sinistru.

– Scrie-ți naibii biletul!

Elle s-a aplecat să-și deschidă geanta și a scos o bucată de hârtie pe care o luase de la hotel și un pix. Kreeg s-a uitat peste umărul ei la fiecare cuvânt.

– Poftim. Ești mulțumit?

Kreeg a citit biletul.

Karma mea a fost să te cunosc pe tine.
Regăsește-ți liniștea, fără povara de a-mi purta de grijă.
Etern, a ta,
Elle xx
(Găsește-ți drumul în viață, așa cum trebuie s-o fac și eu)

Eszu a dat din cap, în semn că era de acord cu cele scrise.

– Bine, acum stai să găsesc pe cineva care să i-l dea, a spus ea.

– Ce? Nu! Haide! Plecăm acum! Oricum n-are nici un rost.

A apucat-o mai strâns de braț și a început s-o tragă după el.

– Au!

Elle a scăpat sacoșa de hârtie bleu în care se afla rochia de satin, nu înainte de a strecura biletul în ea. În timp ce Eszu o trăgea departe de mulțime, Elle s-a uitat la vapor și l-a zărit pe punte, pentru ultima oară, pe bărbatul pe care-l iubea și care privea cu nerăbdare spre port.

– La revedere, dragostea mea, a șoptit ea. Găsește-mă.

Kreeg a dus-o câteva străzi mai departe, unde a obligat-o să intre într-un Rolls Royce negru.

– Stai în față, lângă mine! i-a ordonat el, iar ea s-a supus și, de îndată ce a închis portiera, Kreeg a ridicat ziarul de pe pistol. Dacă încerci să fugi, te împușc!

Elle gâfâia, dar a rămas dârză.

– Pot să te întreb unde mergem acum?

Kreeg a rânjit.

– Te-ar surprinde să afli că nu m-am gândit la asta?

– De fapt, da, a răspuns ea.

Kreeg a pornit motorul și a început să conducă, ținând pistolul în poală, iar Elle a vorbit sin nou:

– N-a făcut ce crezi tu că a făcut, Kreeg! E un om bun. Cel mai bun!

Kreeg i-a aruncat o privire.

– A, deci ți-a spus cine sunt și de ce îl urmăresc?

– Bineînțeles! Ne cunoaștem de mici.

– Vorbești serios? Deci știi și tu ce băiețel arogant și parșiv era!

Lui Elle i-a venit o idee.

– Știi că încă are diamantul. Vrea să ți-l dea înapoi. Dacă oprești mașina, putem merge să-l luăm acum.

Kreeg a ridicat iarăși dintr-o sprânceană.

– Mai are diamantul?

– Jur pe viața mea!

Kreeg a părut indecis, dar apoi și-a încleștat din nou mâinile pe volan.

– Faptul că n-a vândut diamantul nu-l exonerează de crimă!

– Nu el a ucis-o pe mama ta, Kreeg, ci soldații bolșevici!

– Gura! s-a răstit Kreeg. Văd că te-a spălat pe creier cu minciunile lui. Atlas Tanit nu-i nevinovat, așa cum tu nu ești urâtă!

– Ce vrei să faci cu mine? a întrebat Elle, dar Kreeg a rămas tăcut. Dacă ai de gând să mă omori, te rog s-o faci repede!

El a clătinat din cap.

– Am văzut destulă moarte până acum. N-are rost să măcelărești aiurea.

– Atunci, ce ai de gând?

– Ziceai mai devreme că scopul meu e să-i fac cât mai mult rău lui Atlas.

– Da...

– N-am de gând să te omor. O să te păstrez.

CAPITOLUL 61

Titan, iunie 2007

Nu mi-e rușine să recunosc că plângeam fără s-o ascund.

– Kreeg, planul tău de o viață a izbândit! Mi-ai luat totul!

– Știu, a răspuns el cu răceală.

– Oare Elle nu și-a dat seama că, plecând cu tine, oricum mă omora pe loc?

– Poate. Dar a fost alegerea ei. I-am jurat că, dacă se căsătorea cu mine, n-aveam să te mai urmăresc. M-am ținut de cuvânt, după cum știi.

– Dar nu și fiul tău! am exclamat, scârbit. Îmi urmărește fiicele ca și cum ar fi la vânătoare de potârnichi, am spus, iar imediat mi-a trecut prin minte un gând îngrozitor. O, Doamne! Spune-mi că fiul tău nu e al lui Elle!

– Nu. Zed e fiul Irei.

Am simțit cum mi se învârtea capul.

– Biletul de la Elle... L-am păstrat atât amar de vreme ...

Cu mâini tremurânde, mi-am vârât mâna în buzunar și am scos bucata de hârtie. Kreeg a părut surprins.

– Ce?! Cum l-ai găsit? După cum ziceam, l-a scăpat pe doc.

– Am recunoscut sacoșa de hârtie bleu. Un băiat a aruncat-o la bordul vaporului care pleca.

Kreeg mi-a smuls biletul și s-a uitat atent la el, mijind din ochi în lumina stinsă a zilei. După două clipe, buzele lui subțiri s-au curbat într-un zâmbet.

– Cred că te-am crezut mai deștept decât erai, Atlas! Biletul e un mesaj. „Karma", „Regăsește", „Etern", „Elle", „Găsește"... Dacă te uiți la prima literă din fiecare rând, scrie...

M-a apucat durerea de stomac.

– „Kreeg"! am exclamat, iar el a dat din cap, adeverind. Dar asta înseamnă... Elle le-a trimis o scrisoare lui Horst și lui Astrid. Și aceea era codificată? O, Doamne, câte mi-au scăpat! m-am căinat, lovindu-mi genunchii cu pumnii. Te implor, spune-mi ce s-a întâmplat cu Elle!

Kreeg s-a lăsat pe spate.

– A murit. Asta s-a întâmplat cam la trei ani după ce ne-am căsătorit.

M-a cuprins o durere adâncă.

– Cum?! am strigat. Spune-mi totul! Trebuie să știu!

Kreeg a făcut o grimasă.

– N-a mai fost la fel după... naștere. Era din ce în ce mai slăbită. Până la urmă, gripa a răpus-o. Doctorul a spus că un bolnav trebuie să aibă *voința* de a-și reveni. Dar ea n-o avea.

– Naștere? Deci *ați făcut* un copil împreună? O, nu! am strigat, luându-mi capul în mâini. E un coșmar!

Kreeg a rămas perfect nemișcat.

– Nu. N-am făcut un copil împreună.

Mi-am ridicat privirea.

– Ce? Păi... asta înseamnă...

– Da. La scurt timp după ce ți-am răpit-o pe Elle, ea a descoperit că era însărcinată cu copilul tău. Țiganca ta a avut dreptate.

Eram numai ochi și urechi.

– Ce s-a întâmplat cu copilul nostru?

– Elle a crezut că a murit la naștere. A fost neplăcut – a fost operată la spital și n-a știut nimic. Între timp, am conceput un plan. E de înțeles că n-aveam nevoie de micul tău bastard.

– Mi-ai ucis și copilul? Cu mâinile tale?! O, Doamne, O, DOAMNE! Ce fel de monstru ești?!

– Te rog, Atlas, până și eu sunt în stare să am un dram de milă! Nici măcar eu n-aș ucide un copil cu sânge-rece! L-am lăsat la ușa unui preot. I-am dat-o prețiosului tău Dumnezeu, ca să aibă grijă de ea.

– O ea? O fată?

– Da.

– Sora dispărută! Neprețuita mea Merope...

– Am văzut în asta și o cale de a-ți râde în nas. Am pus inelul pe care i l-ai cumpărat lui Elle în coșul copilului, sperând că într-o bună zi aveai să dai cumva peste el... și să înțelegi ce pierduseși.

– Inelul cu smarald al lui Elle? Cel cu șapte vârfuri?

– Da.

Cât de repede am putut, am înșfăcat pistolul de la capătul mesei și m-am ridicat în picioare. Am îndreptat arma spre capul lui. Nu mi-e rușine să spun că furia mea nu cunoștea limite.

– Spune-mi unde era casa acestui preot, sau jur că te împușc pe loc!

Kreeg și-a ridicat mâinile. În momentul în care și-a dat seama de greșeala lui, i-am văzut spaima oglindindu-i-se în ochi.

– Nu-mi amintesc..., a murmurat el, dar eu am armat pistolul, gata să trag. Irlanda..., s-a bâlbâit, ... West Cork! Acolo am dus-o pe Elle după ce am plecat din portul Tilbury.

– De ce Irlanda? De ce s-o duci acolo? SPUNE-MI!

Dintr-odată, Kreeg și-a întins brațele.

– Am vrut un loc izolat și îndepărtat. Unul unde nu te-ai fi gândit să adulmeci... Și unde era mai bine decât la marginea Europei? În anii '50, West Cork era cât se poate de rural, Atlas. N-avea nici măcar electricitate. Era perfect.

– Perfect... am șoptit, în timp ce strângeam arma cu putere.

– Am cumpărat o casă dărăpănată în pustietate, cu banii pe care i-am furat de la prințesa Albă.

– Unde era casa?

– Lângă un oraș numit Clonakilty.

– Cum se numea?

– Casa Argideen.

– Ai luat totul… *Tot* ce era al meu!

Kreeg a sărit în picioare și m-a privit drept în ochi.

– Mi-ai ucis mama!

– În adâncul inimii, știi că n-am făcut-o. Ai folosit asta ca scuză, pentru că m-ai urât de la început. Ai crezut că ți-am furat atenția care ți s-ar fi cuvenit.

Ochii lui Eszu s-au înroșit.

– Toată lumea te iubea! Copilul perfect!

– Iar eu te iubeam *pe tine*, frate! Te-am admirat, te-am protejat, iar dacă aveai probleme, îți luam apărarea.

Acum Kreeg era cel care plângea.

– Atlas, eroul! Atlas cel puternic! Atlas cel curajos! Și Atlas cel bun…

– Nu, l-am contrazis, clătinând din cap, obosit. L-ai distrus pe cel care am fost odată. M-ai lăsat să port greutatea lumii pe umeri. M-ai pedepsit pentru tot ceea ce sunt. Nu ești mulțumit?

– N-o să fiu mulțumit decât atunci când n-o să mai respirăm același aer! Arma e acum la tine. Împușcă-mă și pune capăt poveștii ăsteia! m-a somat Kreeg, care începuse să tremure. Acum îmi dau seama că ai toate motivele s-o faci. Cu siguranță că nici măcar *tu* nu poți ierta ceea ce ți-am mărturisit azi!

M-am clătinat pe picioare, în timp ce-mi cântăream opțiunile.

– Mă gândesc. Da. Recunosc.

– Atunci, FĂ-o! a țipat Kreeg. Fii om măcar o dată! Pedepsește-i pe cei care au păcătuit împotriva ta, care au încercat să te distrugă… apasă pe trăgaci!

Am ținut pistolul la capul lui Kreeg o vreme, dar apoi mâna mi-a tremurat și am lăsat arma să cadă pe masă.

– Nu. Niciodată.

– Ce?! Nu înțeleg…

– Nu mă faci să mă schimb. Nu suntem la fel, am spus eu, luându-mi capul în mâini și răsuflând adânc de câteva ori. S-a terminat, Kreeg!

– Poftim?!

– Da. Eu... te iert. Iar acum mă duc la culcare. Sunt un om bătrân și sunt foarte, foarte obosit.

– Ce faci? a mârâit Eszu, văzând, uluit, că m-am răsucit pur și simplu pe călcâie și m-am îndreptat încet spre salon. Vino înapoi, Atlas! În seara asta îi punem capăt, într-un fel sau altul!

– *S-a terminat*, Kreeg. Gata. Punct.

Am coborât scările și m-am prăbușit pe pat.

CAPITOLUL 62

M-am trezit în momentul în care am simțit pe față lumina puternică a răsăritului elen. Întorcându-mă, mi-am dat seama că adormisem îmbrăcat, lucru pe care nu-l mai făcusem din copilărie. M-am ridicat șovăielnic, cu o bine cunoscută senzație de gheară în piept. M-am mustrat pentru răgazul pe care mi-l luasem ca să mă odihnesc, fiindcă, la Atlantis, planul meu era cu siguranță în plină desfășurare. Marina avea să le anunțe pe fete că murisem în urma unui atac de cord.

Kreeg ar fi trebuit să-mi ia viața. Dar iată că trăiam. Știam că trebuia să iau legătura cu Georg cât mai repede cu putință. M-am ridicat în picioare, am ieșit din cabină și am început să urc scara principală. Am ieșit pe punte, dar nici urmă de adversarul meu.

– Kreeg? Hei! am strigat.

Am mers de la prova până la pupa, timp în care am privit soarele splendid care se ridica la orizont. În cele din urmă, am ajuns la pasarela dintre *Titan* și *Olympus*. Mulțumit că Kreeg nu se mai afla pe iahtul meu, m-am târât pe pasarelă, în ciuda durerii tot mai mari pe care o simțeam piept.

– Kreeg? Sunt Atlas! Hei!

Nici urmă de el. Am coborât în adâncurile iahtului, continuând să-l strig. Am căutat prin cabine, inclusiv în cele ale personalului, în birouri și la bucătărie – nimeni, nicăieri. În cele din urmă, am urcat pe puntea de comandă, unde se afla cârma iahtului. În timp ce mă uitam în jur, am observat ceva. Deasupra panoului de comandă se afla o bine cunoscută punguță de piele. M-am îndreptat spre ea. Alături era un plic alb, adresat lui *Atlas*.

Am desfăcut șnurul punguței și, spre surprinderea mea, diamantul era încă înăuntru. Cu o oarecare neliniște, am deschis plicul, în care se afla o carte de vizită de pe biroul lui Kreeg.

AI CÂȘTIGAT, ATLAS. M-AM PREDAT OCEANULUI. ÎN SFÂRȘIT, S-A TERMINAT.

Am pus încet cartea de vizită în buzunarul de la piept și mi-am atârnat diamantul de gât. Tocmai cercetasem amănunțit iahtul, așa că știam că Kreeg nu se afla pe *Olympus*. „Predat oceanului"... Oare se aruncase peste bord? M-am dus la marginea punții de comandă și am privit marea, dar n-am văzut nici un cadavru, nimic ieșit din comun. Să fi fost o stratagemă?

Aveam senzația că nu. Kreeg lăsase diamantul. Dacă ar fi fugit, cu siguranță că l-ar fi luat cu el.

– Adio, Kreeg. Sper să-ți găsești totuși liniștea, am șoptit.

Ce era să fac acum? Evident, aveam datoria de a contacta paza de coastă elenă, numai că nu puteam risca să fiu găsit acolo, la bord, cu o armă asupra mea. Din ce în ce mai cuprins de panică, am pus la cale un compromis. Întorcându-mă la panoul de control, am introdus frecvența corespunzătoare pe stație.

– Paza de coastă, acesta e iahtul cu motor *Olympus*! Poziția noastră e treizeci și șapte virgulă patru latitudine nordică și douăzeci și cinci virgulă trei longitudine estică! Avem un om suspectat că a căzut peste bord! Terminat.

A urmat o scurtă pauză înainte de a primi răspunsul:

– *Olympus*, mesaj primit, confirmați poziția la Delos?

– Confirm! am răspuns.

– Îl vedeți pe cel căzut peste bord?

– Nu. Lipsește un om de pe iaht.

– Recepționat, *Olympus*! Trimitem ajutor! a anunțat vocea.

Am închis stația și m-am întors cât am putut de repede pe *Titan*, luând pasarela cu mine. Nu voiam să-mi asum riscul ca autoritățile să creadă că fusese încă o ambarcațiune în apropiere de *Olympus*. După ce m-am întors pe iahtul meu, m-am dus repede la prova și am ridicat ancora. Sforțarea mi-a suprasolicitat inima, care acum mă durea. Chiar și așa, m-am străduit să ajung degrabă pe puntea de comandă, unde am pornit motoarele și am întors iahtul cu fața spre larg. Dintr-odată, am auzit un semnal sonor dinspre tribord. Am băgat motorul în ralanti și m-am repezit la hublou. Spre groaza mea, am văzut un mic catamaran, plin cu tineri, care încerca să se dea din calea mea. Am ridicat mâna ca să-mi cer scuze, dar nu-mi puteam permite să pierd timpul. Am pornit din nou motoarele. Catamaranul s-a dat la o parte, cei de acolo blestemând, fără îndoială, iahtul nesuferit care nu-i respecta pe alți navigatori.

În timp ce mă îndreptam spre larg, mă întrebam unde să duc iahtul. Aveam nevoie de un loc liniștit în care să acostez și să chibzuiesc la un nou plan. Din păcate, o ambarcațiune care valora milioane de lire sterline nu se putea ascunde ușor. Pe când eram adâncit în gânduri, am auzit stația pârâind.

– *Titan! Titan*, recepție!

Mi s-a răcit sângele în vine. De unde știa paza de coastă că iahtul meu se afla în apropiere? M-am întrebat dacă n-ar fi trebuit să opresc motoarele și să sar peste bord, așa cum făcuse Kreeg.

– *Titan!* Aici iahtul cu motor *Neptune*! Recepție!

– *Neptune*... am șoptit. Cine ești?

Am scos binoclul și m-am uitat la babord, tribord și prova. N-am văzut nimic, așa că am plecat de pe puntea de comandă și m-am dus la pupa. Da, în spatele meu era o pată albă. Ridicând binoclul, am identific un Sunseeker mic, care părea să se îndrepte în viteză spre mine.

Întorcându-mă pe puntea de comandă, am accelerat la maximum, știind că puterea impresionantă a unui Benetti nu se compara cu cea a iahtului care mă urmărea. Dar cine să fi fost cei de pe *Neptune*?

– Repet, *Titan*, recepţie! *Neptune* are o încărcătură preţioasă la bord!

„O încărcătură preţioasă?" am repetat în sinea mea.

– Confirmăm, am auzit prin staţie, că fiica dumneavoastră, Ally, se află la bord! Se întreabă dacă aţi dori să vă opriţi la un ceai.

Era cât pe ce să cad din picioare.

„Ally? Ce naiba caută aici? Nu, nu, nu, nu…"

Tot planul meu complex se ducea de râpă.

– Haide, draga mea, am şoptit, îndemnându-mi ambarcaţiunea să mă ia mai repede de-acolo.

Staţia a pârâit din nou.

– Pa? Sunt Ally! Te vedem! Ai chef de o întâlnire în Marea Egee? Terminat!

Vocea lui Ally s-a dovedit a fi atât un tonic, cât şi o otravă. Mă linştea mult s-o aud, dar mă durea profund să nu pot să-i răspund.

Mi-a vibrat buzunarul şi am scos telefonul. Afişa un număr necunoscut. Ştiind că, după toate probabilităţile, apelul era de la Ally, care se afla la bordul navei *Neptune*, l-am ignorat. Şi totuşi, câteva clipe mai târziu, telefonul a sunat din nou, anunţându-mă că aveam un mesaj vocal. M-am grăbit să-l deschid şi am auzit din nou vocea fiicei mele.

– Hei, Pa! Ally sunt. Ascultă, n-o să-ţi vină să crezi, dar sunt chiar în spatele tău! Am un… prieten cu mine şi mă întrebam dacă ai vrea să te opreşti. Am putea lua prânzul împreună? Oricum, să-mi spui ce părere ai. Te iubesc. Pa!

– Şi eu te iubesc, Ally, am şoptit.

Am închis mesajul, cu ochii în lacrimi. În realitate, nu-mi doream decât să opresc, s-o îmbrăţişez pe Ally şi să-i spun totul. Dar, în adâncul inimii, ştiam cât de prostesc ar fi fost gestul meu. Mă aşteptasem să mor în acea zi, iar Kreeg să trăiască. Dar se întâmplase contrariul. Ca să-mi ocrotesc fiicele, *era nevoie* ca ele să creadă că pierisem. Dacă Zed ar fi aflat vreodată de prezența mea de astăzi... M-am cutremurat în momentul în care m-am gândit la consecințele pe care le-ar fi putut suporta fiicele mele.

După ce am accelerat la maximum aproape o oră, Sunseekerul lui Ally a dispărut din peisaj. Reducând viteza, am scos din nou telefonul din buzunar și l-am sunat pe singurul om în care puteam avea încredere. În care *întotdeauna* putusem să am încredere – Georg Hoffman.

– Atlas?! a răspuns el, cu sufletul la gură. Ești în viață?!

– Da, Georg. Sunt în viață. Și știi bine că asta e o problemă uriașă.

– Care e situația cu Kreeg?

– A murit. Trebuie să trecem la planul B. Imediat!

– Am înțeles, Atlas!

Fiicele mele, aici se termină cu adevărat povestea mea. Cu ajutorul lui Georg, Ma, Claudia, Hans Gaia și al multor altor membri ai „echipei" mele, *Titan* s-a întors la Nisa. Ați aflat de atacul meu de cord, de înmormântarea privată și vi s-au dat scrisorile, alături de coordonatele fiecăreia, înscrise pe sfera armilară.

Fără îndoială că întrebarea arzătoare e: „Dar unde te-ai dus, Pa?"

M-am întors pe insula Delos, ca să-mi trăiesc în tihnă ultimele zile, în mijlocul frumoasei coaste grecești. Cu ajutorul lui Georg, am cumpărat o căsuță albă, cu o magnifică vedere la mare, și am așteptat să-mi vină vremea. Să știți că, indiscutabil, ultimele mele zile au fost pline de amintiri fericite ale vieții noastre împreună pe țărmurile magice ale Atlantisului.

Acum știți totul.

Povestea lui Atlas.

Povestea lui Pa Salt.

Povestea voastră.

Cele mai mari daruri din timpul pe care l-am mai primit pe pământ au fost discuțiile cu Georg, care mi-a povestit despre odiseea fiecăreia dintre voi, inițiată ca să vă descoperiți familiile biologice. Să știți o dată pentru totdeauna: sunt extrem de mândru de voi! Deși nici una nu e sânge din sângele meu, mă bucur enorm că ați moștenit pasiunea mea pentru călătorii, spiritul meu de aventură și, mai presus de toate, dragostea mea profundă pentru umanitate și credința în bunătatea înnăscută. Îmi pare nespus de rău că a trebuit să vă amăgesc. Cunoscând acum toate împrejurările în care m-am aflat, cred că o să mă iertați.

Sper, mai presus de orice, că Georg a reușit s-o găsească pe sora dispărută. Știu că a făcut tot ce i-a stat în puteri ca să-i dea de urmă, după ce am izbutit să-i dau numele Casei Argideen și un desen cu inelul pe care i-l dăruisem cândva mamei ei.

Totuși, am sentimentul că Georg o să aibă nevoie de ajutorul vostru. Fiicele mele, după ce o găsiți, să fiți bune cu ea. Spuneți-i cât de mult o iubesc. Cât de mult am tânjit s-o găsesc. Spuneți-i că n-am renunțat niciodată s-o caut. Spuneți-i cât de fericit sunt să fiu tatăl ei, așa cum sunt și al vostru.

Am spus tot ce era de spus. Dar să știți că voi toate ați făcut ca viața mea să merite trăită. Chiar dacă am îndurat tragedii și durere, mi-ați dat mai multă speranță și fericire decât ați putea ști vreodată. Sper că povestea vieții mele v-a învățat cel puțin să țineți seama de sfaturile pe care vi le-am transmis în timp:

Profitați de fiecare zi!

Trăiți clipa!

Bucurați-vă de fiecare secundă a vieții – chiar și de cele mai dificile momente.

Cu drag,

Al vostru Pa (Salt) x

TITAN

IUNIE 2008

CAPITOLUL 63

Star a lăsat din mână ultima pagină și s-a uitat în jur. Majoritatea surorilor plângeau fără să se ascundă, iar partenerii lor le consolau. Star a simțit mâna lui Mouse pe spinare.

– N... nu știu ce să spun, s-a bâlbâit Ally.

– Nenorocitul ăla, a murmurat Electra. A luat-o pe Elle de lângă Pa... Și pentru ce?

– Merry... cum te simți? a întrebat Miles, cu un aer îngrijorat.

Ea a înghițit în sec.

– Cred că bine..., a răspuns ea cu glas gâtuit, începând să plângă. O, Doamne, îmi pare rău! a adăugat, făcându-și vânt cu mâna în dreptul ochilor.

– Of, mamă, vino la mine! a spus Mary-Kate ridicându-se și îmbrățișând-o.

– Îmi pare foarte rău, Merry! E îngrozitor ce a pățit mama ta! a adăugat Tiggy.

– Și bietul Pa! Să afle toate astea chiar la sfârșitul vieții... a spus Maia, înghițind în sec.

– Nici nu-mi pot imagina, a adăugat Ally, printre sughițuri de plâns. Nu-mi vine să cred că eram atât de aproape de el! Dacă barca lui Theo ar fi fost puțin mai rapidă...

– Ne-a protejat până în ultima clipă, a spus Star. A vrut să-și sacrifice viața ca să nu fim noi în pericol. Tipic!

– Înțelegeți de ce a trebuit să „rămână mort"? le-a întrebat Georg. Tatăl vostru era îngrozit de faptul că, dacă Zed ar fi descoperit că el fusese prezent în momentul morții lui Kreeg, v-ar fi putut face rău.

Toate fetele au dat din cap în semn că erau de acord cu raționamentul avocatului.

– Când a murit, Georg? Cu adevărat, vreau să spun? a întrebat Electra.

– Da, la cât timp după ce a sosit pe Delos s-a... *dus*? a întrebat CeCe trăgându-și nasul.

Georg s-a codit.

– L-am văzut ultima dată la trei zile după moartea lui Kreeg. L-am ajutat să cumpere proprietatea. După cum probabil că știți, insula e foarte mică și are o mare importanță mitologică. Pe ea sunt cel mult două case. I-am oferit actualului proprietar de patru ori mai mult decât valora casa, iar el s-a mutat aproape imediat, cu capre cu tot.

– Asta nu-mi răspunde la întrebare, Georg! Când a murit Pa? a întrebat Electra pe un ton vehement.

Georg a clătinat din cap și s-a uitat rugător la Ally, care s-a uitat la Ma. Aceasta s-a ridicat în picioare. Trăgând aer adânc în piept, a început să vorbească:

– Fetițele mele, e timpul să fiți curajoase! Tatăl vostru încă n-a murit.

Pe punte s-a așternut liniștea. Tiggy a făcut ochii mari, murmurând:

– Știam eu...

Electra a oftat.

– Nu... nu se poate... îmi spui că Pa Salt trăiește? Acum?

– Da, a adeverit Ma.

Vântul oceanului a suflat peste masă.

– Ne-ai ascuns asta..., a spus Star. Cum ai putut fi atât de crudă?

– *Chérie*, eu...

– E încă pe Delos? a întrebat Maia.

Georg a încuviințat din cap.

– Da, Maia. Dar e foarte slăbit.

– Discuțiile la telefon... a șoptit CeCe. Cu el vorbeai, Georg?

– Nu tocmai. Claudia a stat cu el în ultimele câteva săptămâni. De-asta n-a fost la Atlantis. Ea mă ține la curent. Tatăl vostru se stinge cu repeziciune.

– O, Doamne! a strigat CeCe.

– Acum înțeleg... a spus Star.

– Nimeni n-ar fi putut prevedea că avea să supraviețuiască atât de mult, fetelor! Am presupus că rămânea pe Delos doar câteva săptămâni. Dar a depășit previziunile tuturor doctorilor.

– Tipic..., a îngăimat Ally.

Georg a continuat:

– A refuzat orice intervenție medicală. Nu vrea să ia pastile sau să facă analize – n-a folosit nici măcar o perfuzie.

– Cum de mai e încă în viață? a întrebat Electra.

Georg s-a uitat la Ma, care i-a zâmbit lui Merry.

– Cred... Nu, *știu* că dorința de a o găsi pe sora dispărută l-a ținut pe pământ.

– Puterea de a crede, a confirmat Tiggy pe un ton plin de înțelegere.

Star s-a uitat la Ally, întrebând:

– De când știi?

– De la amiază. Am insistat ca Georg să le spună tuturor și să le dea ultimele pagini ale lui Pa, care, conform planului inițial, aveau să fie păstrate până după moartea lui.

Lui Georg îi tremurau mâinile în timp ce sorbea dintr-un pahar cu apă.

– Fetelor, credeți-mă că de mult îmi doream să vă spun adevărul! Dar știți ce a făcut tatăl vostru pentru mine. Am jurat să-i fiu loial până la ultima mea suflare.

– Există o diferență între loialitate și cruzime, Georg! a protestat CeCe.

Avocatul a dat din cap în semn că era de acord.

– În adâncul inimii, știam că trebuia să vă spun adevărul, a recunoscut el, printre lacrimi. Și mă gândeam la cât de mult ar fi însemnat pentru el să vă vadă înainte de sfârșit.

Nimeni nu știa ce să spună.

– De ce naiba nu mergem?! a întrebat Electra. Dacă e pe moarte, n-avem timp de pierdut! Adu-l pe căpitanul Hans! Dacă există vreo șansă să-l mai vedem, n-am de gând să aștept până dimineață! Toată lumea e de acord?

– Da, absolut! a răspuns Maia, ridicându-se. Avem două opțiuni. Prima e să ne înfuriem și să ne înveninăm. Asta e cel mai simplu. A doua e să acceptăm tot ceea ce s-a întâmplat. Mergem mai departe cu dragoste și cu bunătate, în ciuda nedreptăților care am putea considera că ni s-au făcut. Acum, a întrebat ea, ce ar alege Pa?

I-a întins o mână lui Tiggy, care a luat-o și i-a întins cealaltă mână lui Ally, până când cele șapte surori s-au unit precum una singură.

– Georg, a spus Ally, ai auzit ce a spus Electra. Vorbește cu Hans! Mergem să-l vedem pe Pa. Acum!

Georg s-a ridicat repede de la masă. Toată lumea era în stare de șoc. Partenerii, îndeosebi, amuțiseră. Nimic din ce puteau spune ei n-ar fi putut domoli taifunul de emoții pe care-l trăiau surorile în acel moment. În cele din urmă, Ally a fost cea care a vorbit:

– Își amintește cineva că mi s-a părut că l-am auzit pe Pa atunci când am răspuns la telefon în biroul lui? Poate că era chiar el!

Electra și-a amintit și ea ceva. A întrebat:

– Ma, atunci când m-am întâlnit cu Christian la Paris, el era în misiune pentru Pa?

Ma a dat din cap, adeverind.

– Da, *chérie*. O căuta pe Manon Landowski, nepoata lui Paul.

– De ce?

– Tatăl vostru voia pur și simplu să mulțumească pentru ultima dată, înainte de a muri, familiei care l-a salvat la începutul vieții lui. Pentru ca actul lor de bunătate să nu fie uitat de următoarele generații ale familiei Landowski.

– A găsit-o Christian?

Ma a adeverit printr-o nouă înclinare din cap.

– Da. E cântăreață și compozitoare! Christian i-a dat scrisoarea de la tatăl vostru, iar ea i-a spus că tatăl ei, Marcel, vorbise adesea cu drag despre „băiatul cel tăcut".

– Cu drag!? a exclamat Maia. Măi, să fie! Cine ar fi zis?

Zgomotul motoarelor a prins să răsune, iar Georg s-a întors.

– Hans estimează că ajungem la Delos înainte de răsărit. O sun pe Claudia ca să-i spun că venim, a anunțat el, iar apoi a tăcut preț de o clipă. Fetelor... e bine ce facem?

Omul care în ultimul an fusese sursa lor de îmbărbătare, acum părea complet zdruncinat.

– Categoric, Georg! a declarat Star.

– Putem vorbi acum la telefon cu el? Doar în caz că, până să ajungem la Delos, s-ar putea întâmpla ceva rău? a întrebat Ally.

Georg a clătinat din cap, plin de tristețe.

– S-ar chinui să vorbească la telefon. Nu prea mai are putere. De fapt, ca să-i fie cruțată inima, cred că e mai bine ca sora mea să nu-i spună că venim.

– O, Doamne! Și dacă nu rezistă până dimineață? a întrebat Star.

– O să reziste, Star! O să reziste! a asigurat-o Tiggy.

CAPITOLUL 64

Titan se apropia de Delos şi mica insulă era scăldată în lumina de dinaintea răsăritului. Era stâncoasă, cu petice de iarbă verde şi galbenă spre vârf. Acel peisaj, laolaltă cu coloanele greceşti din vechime care erau presărate pe pământ, crea o atmosferă de minune antică.

N-aveau cum să ajungă cu Benetti în micuţul port, aşa că Hans Gaia a aruncat ancora cât de aproape a putut şi le-a dat o barcă cu care să ajungă la ţărm. În timp ce Ally conducea micuţa ambarcaţiune – în care se aflau şi Georg şi Ma –, pe ponton a apărut o siluetă cunoscută. Claudia le-a ajutat pe fete să coboare din barcă şi le-a îmbrăţişat. Pe Georg, fratele ei, l-a strâns la piept cel mai tare. Menajera, rezervată de fel, s-a lăsat moale în braţele lui.

– Fetelor, a spus ea, plângând, tatăl vostru e un înger păzitor!

– Du-ne la el, Claudia! i-a cerut Maia.

I-a condus pe o cărare prăfuită, care pleca din port şi se îndrepta către poalele unui deal mare şi verde, unde ajungea să se îngusteze atât de mult, încât surorile au fost nevoite să meargă în şir indian. Pe măsură ce se apropiau de coama dealului, s-a ivit un bungalow alb, izolat. Din locul acela, priveliştea era magnifică, după cum o descrisese Pa, oferind o vedere panoramică asupra insulei antice şi a mării care o înconjura.

– Claudia, cum se simte Pa? a întrebat Ally.

– Nici măcar el nu-i invincibil. Săptămâna trecută a făcut alt atac de cord. Crezând că era ultima lui zi, i-am spus că Merry a fost găsită în cele din urmă și că veneați cu toatele în zonă, ca să depuneți o coroană de flori. Asta l-a ținut pe linia de plutire. O viață întreagă a refuzat să capituleze, dar acum..., a murmurat Claudia întorcându-se spre Merry și luând-o de mână. Draga mea, poate că ar fi mai bine ca mai întâi să le lași pe fete să-l pregătească pentru sosirea ta. E foarte firav.

Merry a dat din cap în semn că era de acord.

– Bineînțeles!

– Ma, vrei să intri tu prima și să-i spui că suntem cu toatele aici? a întrebat Maia.

– Ceva îmi spune că știe deja, a șoptit Tiggy.

– Desigur, *chérie*, a răspuns Ma, zâmbind cu tristețe. Mă duc eu mai întâi.

Împreună cu Marina, Claudia a intrat pe ușa casei reci și umbroase și a condus-o pe coridor, până la un dormitor aflat în partea din spate.

– Ești gata? a întrebat Claudia.

Ma a încuviințat din cap, apoi a deschis ușa. Pe un pat dublu din colțul camerei, Atlas moțăia, sprijinit de șase perne albe. În momentul în care Marina s-a apropiat, el a deschis ochii încet și și-a întors capul spre ea. Pielea îi era cenușie, iar ochii, înfundați în orbite. Totuși, irisurile căprui își păstraseră privirea intensă.

– *Bonjour, chéri*, a spus ea cu glas scăzut, luându-i mâna fragilă. Sunt eu, Marina.

Atlas a zâmbit pe dată.

– Bună, Ma!

Ea l-a îmbrățișat cu blândețe, puțin demoralizată să-l vadă atât de slab. Apoi a tras un scaun de lemn și s-a așezat lângă el.

– Marina... Îmi pare atât de rău.... îmi pare foarte rău... pentru tot, a șoptit el.

– Șștt, *chéri*, n-ai de ce.

– Fetele... sunt bine?

– *Minunat*, Atlas!

Vestea l-a liniştit.

– Au aflat că sunt în viaţă?

– Da, Atlas. Şi aşteaptă să te vadă.

El a părut să-şi lase umerii în jos.

– Fetele sunt aici? Pentru mine?

– Da. *Cu toatele.*

– Vrei să spui...? a murmurat Atlas, iar Marina a dat din cap, adeverind. Ea..., a rostit el cu glas gâtuit, ... ea e aici? Prima mea fiică?

– Da.

Atlas a încercat să se adune, chinuindu-se să respire.

– Fetele ştiu că sunt pe moarte?

– Nu fi ridicol, *chéri*! De parcă ai putea face vreodată ceva atât de normal!

– Ma, a spus el, strângându-i mâna puţin mai tare, nu-i nimic! Au aflat?

Marina şi-a reţinut lacrimile. Atlas îşi ocrotea fiicele până în ultima clipă.

– Da. Doresc să-şi ia rămas-bun. Ca şi mine, dragul meu, a adăugat ea, mângâindu-l uşor pe cap. Ce de necazuri ţi-au văzut ochii de-a lungul vieţii!

– Necazuri, Marina? a întrebat el, izbutind să clatine din cap. Nu. Doar viaţă şi umanitate – cu bune şi cu rele – de-a lungul a nouăzeci de ani.

– Înainte ca ele să intre aici, vreau să-ţi mulţumesc şi eu pentru că mi-ai încredinţat educaţia lor. Pentru că m-ai acceptat, deşi n-aveam nici o calificare relevantă...

– Draga mea Marina, a spus el, zâmbind, am văzut cum aveai grijă de acei copii de la Paris. Am ştiut câtă dragoste aveai în tine.

– Am făcut şi lucruri îngrozitoare... lucruri de care îmi e cumplit de ruşine!

El i-a mângâiat mâna.

– După cum le-am tot spus fetelor, nu-i judecați niciodată pe ceilalți după ceea ce *fac*, ci după *cine* sunt. Georg a venit? a întrebat el, iar Ma a încuviințat din cap, ceea ce a smuls un suspin de pe buzele lui. Te-ai întrebat vreodată de ce a simțit Georg că nu putea să-ți mărturisească dragostea lui, când, în toți anii ăștia, a fost atât de evident ce simțea pentru tine?

Ma a chicotit ușor.

– Aș minți dacă aș spune că nu. Dar există multe lucruri pe care nu le știe despre mine. Mi-e teamă să nu-i fie... *rușine* cu mine.

– Te rog să vorbești cu Georg. Amândoi trebuie să lăsați trecutul în urmă. Te rog, Marina, viața e atât de scurtă... promite-mi că o să încerci! și-a conjurat el prietena de o viață, implorând-o din priviri.

– Promit, a spus Marina, apoi a stat să se reculeagă o clipă. Spune-mi, ai energia necesară să-ți vezi fiicele?

Lui Atlas i-a revenit zâmbetul pe față.

– Dacă n-o am, o găsesc! Oare ele o să facă față?

– O, da! Am crescut niște femei puternice. Le chem înăuntru!

Marina s-a ridicat, i-a luat din nou mâna și i-a sărutat-o.

Atlas s-a lăsat pe perne și și-a adunat ultimul dram de putere. A închis ochii preț de o clipă, ca să se roage universului.

– Mulțumesc că le-ai trimis!

Ușa dormitorului s-a deschis din nou, iar lui Atlas au început să-i șiroiască lacrimile pe față în timp ce își saluta, pe rând, cele șase fiice. Le-a luat pe fiecare în brațe și le-a sărutat ușor pe creștet, așa cum făcea pe vremea când erau mici. Ele plângeau, dar cu lacrimi de bucurie, nu de durere. Deși multe vicisitudini fuseseră cât pe ce să le destrame familia, universul îi adusese împreună pentru ultima oară.

Surorile s-au așezat în jurul patului tatălui lor. Atlas era vizibil bucuros să fie înconjurat de oamenii pe care îi iubea cel mai mult pe lume.

– Fetele mele cutezătoare, deştepte şi frumoase, am vrut doar să vă apăr de rele!

– Ştim, Pa, ştim! l-a liniştit Star.

– Suntem atât de... atât de fericite să te vedem din nou! a exclamat Ally, plângând.

Atlas şi-a aţintit privirea în tavan.

– Povestea e lungă. Nu mă aşteptam să trăiesc..., a spus, întorcându-se spre ele. Dar am scris totul şi i-am dat paginile lui Georg. Deja ştiţi adevărul.

– Aşa e, Pa, a spus Electra cu blândeţe. Georg ne-a dat paginile înainte să ajungem aici.

– A, zău? s-a mirat Atlas, ridicând dintr-o sprânceană. Te rog să-mi aminteşti să-l concediez! a glumit el, iar surorile au râs pe înfundate, printre lacrimi. De fapt..., a murmurat, ... unde e?

– Afară, a răspuns CeCe. Să-l chem?

Atlas a zâmbit.

– Mulţumesc, CeCe!

Maia s-a aplecat spre tatăl ei.

– Pa, prin „moartea" ta, cu toatele am crescut şi ne-am regăsit pe noi însene. Acum ne-am maturizat, aşa cum ţi-ai dorit.

Atlas a dat uşor din cap, în semn de aprobare.

– Sunt foarte mândru de voi! Georg mi-a spus că v-aţi găsit familiile.

– Da, a răspuns Maia pe un ton tandru. Dar, mai important de-atât, ne-am găsit viitorul. Şi fericirea.

– Atunci, ăsta-i cel mai frumos cadou pe care vi l-aş fi putut face vreodată!

- Pa, am o singură întrebare, a spus Ally. În ultimul an, noi toate am avut impresia la un moment dat că te-am auzit sau că te-am văzut.

– Sau măcar mirosit, a şoptit Electra.

– Te-ai întors vreodată la Atlantis? a întrebat Ally.

– Sau ai fost la Bergen? a adăugat Star. Mi s-a părut că te-am văzut la concertul lui Ally.

Tatăl lor a zâmbit.

– Din păcate, nu, deşi v-am urmărit evoluția. Se poate spune că am fost cu voi în spirit, aşa cum o să fiu întotdeauna. Doar trebuie să priviți spre Cele şapte surori şi o să fiu şi eu acolo – Atlas, tatăl vostru, care vă veghează!

– O să fii mereu *Pa Salt* pentru noi! a spus Tiggy printre sughițuri de plâns.

El a zâmbit.

– Desigur. Încă mai miros a mare, micuță Maia?

Fetele au râs din nou. Tatăl lor voia să fie puternic pentru ele.

S-a auzit o bătaie slabă în uşă, iar Georg Hoffman a intrat în cameră.

– Bună ziua, Atlas!

– Bună ziua din nou, Georg! Ce drăguț din partea ta că ai venit să-ți iei rămas-bun a treia oară! a glumit Atlas, făcând cu ochiul, plin de bonomie. Scuzați-mă, fetelor, ați putea să faceți puțin loc?

Maia şi Ally s-au mutat, astfel încât Georg a ajuns lângă patul lui Atlas. Avocatul l-a luat de mână pe muribund, dar acesta l-a tras uşurel în brațele lui. Surorile au văzut că tatăl lor îi şoptea ceva lui Georg, care a dat din cap cu fervoare, apoi s-a ridicat.

– Mulțumesc, prietene, că le-ai adus pe toate! E cel mai frumos dar pe care puteai să mi-l faci!

– Apropo de daruri, a spus Georg, Ally, a sosit Bear!

– Pa… ai vrea să-ți cunoşti nepotul?

– Fiul tău, Ally? E aici?

Ea a dat din cap, adeverind.

– Căpitanul Hans tocmai l-a adus de pe *Titan*.

Atlas a lăcrimat.

– Vă rog, aduceți-l…

Ally a ieşit şi s-a întors cu fiul ei în brațe.

– Pa, el e Bear! Iar tu, Bear, fă cunoştință cu bunicul tău!

– Salutare, neprețuitule! Pot să-l iau în brațe? a întrebat Atlas, iar Ally a ezitat o clipă. Te rog, nu v-am scăpat pe nici una şi n-am de gând să încep acum!

Ally a zâmbit şi şi-a aşezat uşurel fiul în braţele tatălui ei.

– Bear… ce nume minunat! a exclamat acesta din urmă. O, Doamne, Ally! s-a minunat el, ridicându-şi privirea spre ea. Seamănă foarte mult cu tine!

Fetele îl priveau cum gângurea și cum îl alinta pe Bear, care cumva îi oferea un suflu suplimentar de energie, ca și cum bătrânul ar fi absorbit putere de la viața tânără pe care o legăna – și de la viitor. Înviorat, Atlas a fost în stare să-și întrebe fiicele despre partenerii lor, cu toate că Georg îi povestise totul, și să afle din gura propriilor fiice cum o duceau acum familiile pe care el le cunoștea de multă vreme.

Atunci când a considerat că era momentul potrivit, Maia s-a uitat în ochii fiecărei surori în parte. Cu toatele au simțit că venise clipa.

– Pa, a spus Maia, a mai venit cineva să te vadă. Așteaptă afară.

Respirația lui Atlas s-a accelerat. Tiggy l-a luat de mână.

– Nu-ți fie teamă, Pa! Asta e răsplata ta din partea universului!

Fetele s-au ridicat una câte una, iar el le-a trimis un sărut în timp ce ieşeau din cameră. Apoi, foarte încet, uşa s-a deschis din nou şi a intrat Merry.

– Bună ziua, Pa! a spus ea zâmbind.

S-a îndreptat spre el şi l-a sărutat uşurel pe frunte. Ochii lui Atlas erau larg deschişi. A şoptit:

– Elle…

Merry a clătinat din cap.

– Mă tem că nu. Mary a fost numele pe care mi l-a dat familia mea în Irlanda. Dar toată lumea îmi spunea „Merry", pentru că eram veselă. Fiicele tale susțin că, dacă m-ai fi găsit mai devreme, m-ai fi botezat „Merope".

Dându-și seama de coincidență, Atlas a radiat de bucurie. Uluit, i-a aruncat fiicei sale o privire lungă.

– Merope… Merry! Chiar tu?

– În carne și oase. Sânge din sângele tău!

Atlas era prea emoționat ca să vorbească, iar lacrimile îi șiroiau pe obraji. A întins mâna și Merry i-a strâns-o cu putere. Curând, a început să plângă și ea. Cei doi au stat în tăcere o vreme, tată și fiică, privindu-se unul pe celălalt pentru prima oară.

– Semeni cu mama ta, a îngăimat Atlas. Merry, era atât de frumoasă! Vezi? Iat-o!

El a arătat spre desenul în cărbune, care acum se afla pe peretele de lângă pat.

– Am văzut copia pe care o are Georg, a spus Merry. Fetele mi-au zis că m-au recunoscut în clipa în care am ajuns pe *Titan*, a adăugat ea, arătând cu capul spre desen. Toată lumea se întreba unde dispăruse originalul.

– Am rugat-o pe Claudia să-l aducă. E tot ce mi-a mai rămas de la Elle, eu..., a murmurat Atlas, gâtuit de emoție, privindu-și fiica. Acum, când ești aici, o parte din ea e cu mine. Ce miracol! Iartă-mă, draga mea, că n-am putut fi în preajmă ca să te ocrotesc! Te-am căutat cu anii, în întreaga lume. Nu m-am așteptat niciodată să fii în Irlanda, eu...

Merry și-a dat seama că el se pierduse cu firea.

– Șștt, e în regulă, Pa! Totul e în regulă acum. Deci, spune-mi despre ea, despre Elle! Povestește-mi despre mama!

Atlas a zâmbit larg.

– Ar fi o onoare!

A ținut-o de mână pe Merry și i-a spus tot ce a putut. Prima lui fiică a privit lumina ce îi dansa în ochi în timp ce-și amintea de iubirea vieții lui și de tot ce reprezenta ea pentru el. În cele din urmă, Atlas a obosit, iar Merry l-a privit cum ațipea, strângându-i încă mâna. Încet, i-a dat drumul și l-a simțit pe tatăl ei plecând în zbor de lângă ea. S-a ridicat repede și s-a dus să le aducă pe celelalte fete, ca să-și ia rămas-bun.

Ele și-au sărutat tatăl pe rând și s-au așezat în jurul patului, ținându-se strâns de mâini și plângând. În cele din urmă, atunci când soarele a început să se înalțe peste Delos, lumina s-a strecurat pe fața lui Atlas. El a deschis ochii și a zâmbit afectuos și iubitor.

– O văd. Mă așteaptă. Elle mă așteaptă…

Și astfel, după o viață de o frumusețe, durere și bunătate incomensurabile, Atlas Tanit a închis ochii pentru ultima oară.

EPILOG

Atlantis
Un an mai târziu

Cu toate că abia încăpeau, Cele șapte surori au reușit să se strecoare în mica barcă a lui Christian, care le asigura plecările și sosirile pe și de pe continent.

– Ești sigură că te descurci cu comenzile bărcii, Ally? a întrebat el.

– Da, mulțumesc! a răspuns ea, așezându-se la cârmă.

– Gata, Ma, suntem gata! a spus Maia, rotindu-se cu fața spre ponton și întinzându-și mâinile către Marina.

– *Oui, chérie!*

Ma i-a dat urna de alamă cizelată în care se afla cenușa lui Atlas. Apoi a făcut un pas în spate, iar Georg și-a așezat mâinile, drăgăstos, pe umerii ei.

– Sunteți siguri că nu vreți să veniți cu noi? Nu i-ar lua prea mult timp lui Christian să pregătească o a doua barcă! i-a îmbiat Electra.

– Mulțumesc, draga mea, dar nu! Frumos e ca voi șapte să-l conduceți pe ultimul drum, a răspuns Ma.

– Vă așteptăm cu toții aici! a asigurat-o Georg.

Ally i-a făcut semn din cap lui Christian, care a dezlegat parâma, apoi barca s-a îndreptat încet către mijlocul lacului. Era o zi de iunie caldă, uscată și senină, iar lumina soarelui strălucea pe suprafața sticloasă a apei. După ce a ales un loc retras, Ally a oprit motoarele, iar ea și surorile ei s-au bucurat de tihna și de splendoarea pe care le răspândeau apa și munții.

În mod ciudat, nici una dintre surori nu era tristă. În schimb, erau împăcate fiindcă, în sfârșit, izbutiseră să-i ofere tatălui lor despărțirea care le fusese refuzată inițial. Barca a plutit în liniște o vreme.

– Ally, vrei să...? a murmurat Maia în cele din urmă.

Sora ei a încuviințat din cap și, de sub una dintre bănci, a scos tocul flautului. A luat instrumentul, l-a dus la gură și a început să cânte. Piesa pe care o aleseseră era „Jupiter" din *Planetele* de Gustav Holst – una dintre piesele preferate ale lui Pa.

Ally a cântat cu eleganță, ca întotdeauna, iar notele au plutit peste lac, până la Atlantis. Surorile au închis ochii și fiecare în parte a vorbit cu tatăl ei. I-au mulțumit că le salvase de soarta tristă pe care ar fi putut s-o aibă și i-au mulțumit și pentru dragostea necondiționată pe care le-o arătase.

– Mulțumesc, Ally! a spus Star după ce sora ei a terminat de cântat.

– Bine, atunci! a exclamat Maia, deschizând cu grijă urna, luând un pumn de cenușă și împrăștiindu-l ușurel peste oglinda lacului. La revedere, Pa! a adăugat ea pe un ton stoic.

Urna a fost trecută de la o soră la alta. Unele dintre ele au vorbit mult timp, iar altele, deloc. În cele din urmă, cenușa a ajuns la Merry.

– Mulțumesc, a spus ea zâmbind și trăgând aer adânc în piept. Pa, deși abia te-am cunoscut, sunt foarte mândră să fiu fiica ta!

A împrăștiat o ultimă mână de cenușă în apă.

După o vreme, Ally a repornit motorul și s-au întors pe uscat. Pe peluză, dincolo de debarcader, o mare de rude și de prieteni se adunase ca să comemoreze extraordinara viață a lui Atlas Tanit. Christian a legat parâma și i-a oferit mâna Maiei, iar ea a coborât pe pontonul din lemn. Valentina a dat năvală și a cuprins-o în brațe. Floriano a urmat-o, ținând-o în brațe pe Bel, fetița lor în vârstă de trei luni, care a gângurit în clipa în care a ajuns în brațele mamei.

– Bună, scumpa mea! Haide să ne dăm la o parte, ca să poată coborî toată lumea!

Surorile s-au întors pe uscat și în brațele primitoare ale celor dragi. Era într-adevăr o zi de bun augur, în care familiile se cunoșteau între ele, iar cele patru colțuri ale globului se reuneau la Atlantis.

– Vino, Al! a spus Jack, luându-și partenera în brațele lui vânjoase.

După moartea (oficială) a tatălui ei, Jack fusese un adevărat sprijin pentru Ally. Niciodată nu se simțise atât de protejată. Atunci când se liniștiseră apele după acea zi petrecută pe Delos și toată lumea se adunase la Atlantis, Merry fusese cea care ținuse un toast în cinstea cuplului:

– Cu un pahar de șampanie în mână, aș vrea să-i felicit pe Jack și pe Ally! V-ați *deconspirat* zilele astea și… mă bucur foarte mult să vă văd atât de fericiți!

– În cinstea lor! exclamase Mary-Kate, făcându-le pe surori să chiuie, iar pe Ally, să roșească.

Acum Jack a sărutat-o tandru.

– Toată lumea de pe mal te-a auzit cântând. A fost frumos!

– O spui pentru că n-ai de ales! a glumit Ally, chicotind ușor.

– Nu, are dreptate, ai cântat magnific! Perfect până la ultima notă! a spus Thom, geamănul lui Ally, venind s-o îmbrățișeze și el.

– Vorbește serios, a confirmat Felix, care sorbea niște suc de portocale, nu Veuve Clicquot. Thom îmi atrage atenția de fiecare dată când îmi scapă o notă, a adăugat el, chicotind. Te felicit! Îl faci foarte mândru pe Pa Salt!

– Mulțumesc, Felix!

– Mami! a strigat Bear, care s-a îndreptat cu pași repezi spre Ally, în timp ce se agăța de Ma cu o mână și de Georg cu cealaltă.

– Ești prea rapid pentru bunica ta, *chéri*! a exclamat Ma.

– Şi pentru bunicul, după cum se vede, a spus Ally zâmbindu-i lui Georg. Bună, Bear!

Şi-a luat fiul în braţe.

– Se străduieşte să ţină pasul cu Rory, noul lui prieten, a precizat Jack, râzând. Fac curse!

– Îţi aduc un pahar de şampanie, Ally? a întrebat Thom.

Ea a şovăit şi s-a uitat la Jack.

– Cred că deocamdată beau suc de portocale, ca Felix.

– Vin imediat! a spus Thom, pornind către casă.

Mai sus, la marginea peluzei, Orlando Forbes se minuna de structura remarcabilă a construcţiei.

– Deosebită! Cu totul deosebită! Şi zici că aţi descoperit că a fost construită abia în anii '60?! Pur şi simplu nu-mi vine să cred, domnişoară Star! Am ochi pentru astfel de lucruri şi aş fi bănuit că e din secolul al XVIII-lea, a spus el punându-şi mâinile în şolduri. E o capodoperă arhitecturală!

– Pa s-ar bucura foarte mult să ştie că îţi place, Orlando! a răspuns Star. Bineînţeles, niciodată n-ar fi reuşit să facă toate astea fără bunicii tăi.

– Dragul de bunicuţ Rupes, nu? a întrebat Orlando.

– E limpede, curajul şi buna-cuviinţă sunt în sângele familiei Forbes! a glumit Mouse.

– Da. Ce păcat că, în cazul vostru, au sărit peste o generaţie! i-a ironizat Star, chicotind.

– Of! M-ai tăiat în carne vie, domnişoară Star! a strigat Orlando, strângându-se dramatic de piept.

– Ştii, dacă te porţi frumos, s-ar putea chiar să te las să vezi bibliotecile lui Pa, l-a îmbiat Star.

– Cum îndrăzneşti să insinuezi că mă port *vreodată* urât? a răspuns Orlando.

– Atunci când vine vorba de tine, dragă frate, nu-i nevoie de nici o insinuare! a exclamat Mouse, luând o nouă înghiţitură de şampanie.

Star i-a aruncat o privire peste umăr noii sale surori.

– Tocmai mi-a venit o idee, Orlando! I-ai fost prezentat așa cum se cuvine lui Merry?

Auzindu-și numele, Merry s-a întors.

– Despre mine vorbiți? a întrebat ea, îndreptându-se spre ei. Măi, măi, măi, a chicotit, să fie însuși vicontele? Cum merge jurnalismul în industria vinicolă?

Orlando a părut să intre la apă.

– O, Merry, mii de scuze pentru micul meu șiretlic! Și totuși, ești de acord, fără îndoială, că nu căutam decât binele suprem!

S-a înclinat și a întins mâna, iar Merry i-a strâns-o. Mary-Kate s-a apropiat de mama ei.

– O, Doamne, tu ești Orlando? Tipul care a pretins că era viconte? Ești o legendă în familia noastră!

– O, serios? a răspuns Orlando, umflându-se în pene.

– Da! Râdem de asta tot timpul. Dacă cineva trântește vreodată o minciună, noi spunem că „trage un Orlando"!

Mouse a izbucnit în râs văzând cum fratele lui se dezumfla ca un balon.

– Scuzați-mă că vă întrerup, a spus Georg, tocmai mi-am dat seama că am nevoie de o semnătură pe niște documente de moștenire. Merry, vii un pic cu mine?

– Desigur, Georg!

Merry le-a făcut cu mâna celorlalți și l-a urmat pe avocat în casă.

– Mă bucur că ai reușit în sfârșit să pleci în turul lumii, Merry!

Ea a chicotit.

– Și eu, Georg! Cu toate că n-a fost deloc itinerarul pe care mă așteptam să-l urmez! Abia aseară am venit cu avionul de la Granada.

– Am auzit. Trebuie să recunosc, mi se pare minunat că ai decis să vizitezi toate locurile prin care a trecut tatăl tău de-a lungul anilor.

Merry a dat din cap, plină de fervoare.

– Pur și simplu, am vrut să văd totul cu ochii mei. Povestea lui a fost cel mai uimitor lucru pe care l-am citit vreodată!

– Şi ai reuşit să ajungi peste tot?

– O, da, a răspuns Merry cu mândrie. Am văzut gara din Tiumen, vechiul atelier al lui *monsieur* Landowski, portul Bergen, Coober Pedy... şi lista poate continua. Acum mă simt foarte apropiată de tatăl meu.

Georg i-a pus o mână pe spate.

– Sunt sigur că te veghează. Apropo... Am auzit de la Ally şi de la Jack că *monsieur* Peter te-a însoţit în câteva dintre destinaţiile europene.

Georg a ridicat dintr-o sprânceană, iar Merry a ţâţâit din buze.

– Mă faci să roşesc, Georg!

– Îmi cer scuze. Dar mă bucur să aud veştile despre apropierea dintre voi doi, a răspuns el cu sinceritate.

– La fel cum mă bucur eu pentru tine şi Marina!

Pe faţa lui Georg s-a înfiripat un zâmbet.

– Ne iubim de peste treizeci de ani. În tot acest timp, i-am observat graţia, frumuseţea, răbdarea... dar niciodată n-am avut curajul să-i spun ceva. După cum se pare, nici ea...

Georg a condus-o pe Merry în biroul lui Atlas. Ea fusese o singură dată acolo şi tremurase în momentul în care simţise esenţa fizică, materială, a tatălui ei. Deşi întreaga staţie de computere şi de monitoare era impresionantă, ochii i se opriseră asupra comorilor personale ale lui Atlas, aşezate la întâmplare pe rafturile din spatele biroului. Zâmbise în clipa în care văzuse câteva dintre „broaştele norocoase" ale lui Grieg, o vioară veche şi uzată, precum şi un bulgăre de opal, nedesprins din rocă.

Acum ea l-a urmat pe Georg până la birou, iar el i-a înmânat un document.

– Dacă semnezi acolo unde ţi-am arătat, devii oficial una dintre moştenitoarele lui Atlas, aşa cum şi-a dorit el.

– E foarte frumos din partea fetelor că au permis asta! N-am avut niciodată aşteptări...

– După cum ştii, cele şase surori au *insistat* să fii tratată egal, a întrerupt-o Georg, iar ea a dat din cap, recunoscătoare, şi a deşurubat capacul stiloului. Apropo, chiar trebuie să ne părăseşti în seara asta, Merry? O să ne lipseşti tuturor!

– Mă tem că da, a răspuns ea, suspinând. Totuşi, numai eu plec – MK rămâne cu Jack şi cu Ally. Am promis să mă duc la Dublin ca să-l văd pe Ambrose, a adăugat, abătută. Sănătatea lui e într-adevăr în declin. A făcut atât de multe pentru mine de-a lungul anilor, încât acum trebuie să fiu alături de el!

Georg a dat din cap, cu un aer compătimitor.

– Ştiu că toată lumea de aici o să înţeleagă.

– În plus…

Merry a terminat de semnat şi apoi s-a afundat în scaunul de piele al lui Atlas, aşezat lângă fereastră.

– Da, Merry?

– Îţi aminteşti că tatăl meu îl pomeneşte în jurnal pe fratele lui Elle, adică pe unchiul meu. Atlas a scris că acesta a fost adoptat pe vremea când era copil şi că a fost dus undeva în Europa.

– Îmi amintesc, a răspuns Georg, sprijinindu-se de birou.

– Am încercat să aflu ce s-a întâmplat cu el. Am făcut nişte investigaţii.

Pe buzele lui Georg a apărut un zâmbet.

– Ai descoperit ceva?

Merry a ridicat din umeri.

– Câte ceva, da. Am început să investighez împreună cu Ambrose, doar ca să-i ţin mintea ocupată. Dar acum îmi doresc de-a dreptul cu disperare să aflu ce s-a întâmplat cu el. E improbabil, desigur, dar…, a spus ea, iar ochii i-au sclipit, … e posibil ca el să fie încă în viaţă.

Georg a dat din cap, înţelegător.

– Văd că aşchia nu sare departe de trunchi, Merry! E de la sine înţeles că, dacă doreşti vreodată să apelezi la serviciile mele, aş fi onorat să te ajut, s-a oferit el, apoi s-a uitat pe fereastră, cuprinzând cu privirea mulţimea de oameni adunaţi pe peluză, de lângă care ei doi plecaseră cu câteva momente în urmă. Am înțeles, de asemenea, că și Orlando Forbes e destul de priceput atunci când vine vorba de astfel de lucruri.

Merry a chicotit.

– Chiar așa?

Georg a dat din cap, adeverind. Conversația a fost întreruptă de vocile lui CeCe și Chrissie, care tocmai treceau pe lângă ușa deschisă a biroului.

– Știi, vreau să văd toate tunelurile secrete ale casei! a exclamat Chrissie.

– De fapt, o să punem să fie astupate, a răspuns CeCe. E timpul s-o luăm de la capăt! a exclamat ea, iar apoi i-a observat pe Georg și pe Merry. Hei! Presupun că nu l-ați văzut pe bunicul Francis pe aici, nu-i așa?

Georg a dat din cap, arătând spre fereastră.

– E pe terasă, CeCe!

– Minunat! Mersi!

Ea și Chrissie s-au dus la bucătărie și apoi au ieșit pe enorma ușă glisantă de sticlă, care dădea spre terasă. L-au găsit pe Francis Abraham stând la masa antică de bronz și au tras două scaune, ca să-i țină companie.

– Ei, fetelor! a exclamat el. Chiar mă întrebam pe unde erați. Voiam să vă mulțumesc din nou că m-ați invitat. E o onoare să îți văd casa și să comemorez viața tatălui tău, CeCe!

– Mulțumesc că ai bătut atâta drum, Francis! Mă bucur că ai venit.

CeCe a luat mâna bunicului ei și i-a strâns-o cu putere.

– Mi-ar plăcea să pictez lacul. Crezi că ar fi posibil? a întrebat el.

– Bineînțeles! Am pânze și palete la etaj. Ne ocupăm de asta mai târziu.

La celălalt capăt al mesei, Zara, fiica lui Charlie, nu mai prididea să laude Atlantisul.

– Putem să trăim aici?! E o *nebunie*!

Ea s-a așezat, iar Charlie și Tiggy i-au urmat exemplul.

– Nu știu dacă ți-ar plăcea atât de mult, a răspuns Tiggy. De fiecare dată când ai vrea să mergi la o petrecere, ar trebui să te urci în barcă.

Zara a râs.

– Atunci, o să trebuiască să dăm petreceri aici!

– Nu știu dacă biata Claudia ar face față uneia dintre faimoasele tale petreceri! a spus Charlie, ciufulindu-i părul.

– Încetează, tată! a răbufnit Zara.

– Da, încetează, Charlie! a exclamat și Tiggy, întinzând mâna și ciufulind de zor părul lui ondulat și castaniu.

– Bine, bine, am înțeles! a bătut el în retragere, apoi și-a amintit ceva. De fapt, doamnelor, mă scuzați vreo zece minute? Am promis să am o discuție rapidă cu Ally. Îți amintești unde mi-am pus geanta cea mare, Tigs?

– Cred că în bucătărie.

– Excelent. Revin imediat!

Charlie s-a ridicat și a intrat în casă. Zara i-a aruncat o privire mirată lui Tiggy, care s-a mulțumit să ridice din umeri, zâmbind.

În altă parte a proprietății, la cererea Stelei Jackson, Electra o plimba pe aceasta printr-una dintre grădinile lui Pa, iar Miles asculta fiecare cuvânt din conversația lor.

– Îmi amintesc că, atunci când ne-am întâlnit la cină, mi-a vorbit despre florile lui, și-a amintit Stella. Era foarte mândru de ele. Acum înțeleg de ce!

– Avea foarte multe talente, a spus Electra.

– Păi, da! Ia te uită la toți cei de față, care au fost aduși laolaltă de un singur om! a exclamat Stella, zâmbind. Întâlnirea de astăzi e un omagiu în toată puterea cuvântului!

– Ai dreptate. Chiar dacă, în mod uimitor, cei mai mulți dintre invitații de astăzi nici nu l-au cunoscut! Ești în minoritate, bunico!

Stella și-a dus o mână la inimă.

– Să particip la comemorarea lui e, într-adevăr, o mare onoare pentru mine. Era atât de cald la suflet și avea o bună-cuviință unică! Toate astea sunt greu de explicat în cuvinte.

– Totuşi, eu ştiu exact ce vrei să spui, a precizat Electra.

– Ce crezi că o să se întâmple cu casa? a întrebat Miles.

– Cu Atlantis? O păstrăm. Pe veci! Ori de câte ori viaţa devine prea grea, o să avem întotdeauna un adăpost la care să ne întoarcem.

– Ce frumos! s-a bucurat Stella, cu faţa luminată de un zâmbet. Exact ce şi-ar fi dorit el!

Miles, veşnic pragmatic, a continuat cu întrebările:

– Şi Ma, Claudia şi Christian? Ce o să se întâmple cu ei începând de mâine?

– Ally şi Maia au vorbit cu ei. Toţi trei vor să rămână. Atlantis e şi casa lor, nu doar a noastră. În plus, acum Ma şi Georg au o... relaţie, aşa că nu-mi fac griji că ea o să se simtă singură dacă noi, surorile, nu suntem tot timpul aici!

În casă, Georg şi Merry au auzit o bătaie la uşa biroului.

– Intră! a răspuns avocatul, iar Maia şi-a vârât de îndată capul pe uşă. Scuze, nu vă întrerup, nu-i aşa?

– Deloc, draga mea! a asigurat-o Merry.

– Mă întrebam dacă aş putea să vorbesc o clipă cu Georg.

– Bineînţeles! a exclamat Merry. Oricum, eu sunt gata să mai beau un pahar de şampanie. Continuăm mai târziu, Georg! a adăugat ea, apoi a traversat camera şi a sărutat-o pe Maia uşurel pe obraz. Ne vedem imediat!

– Mersi, Merry! a spus Maia, închizând încet uşa în urma ei. Bun! a exclamat ea, netezindu-şi rochia. S-a mai întâmplat ceva?

Georg a încuviinţat din cap.

– Voiam să vorbesc cu tine mai târziu. Ştiu că ziua asta e foarte emoţionantă...

– Stai liniştit, Georg! Ce ai aflat?

– Am primit un răspuns de la părinţi. Mă bucur să spun că e aşa cum sperai. Mama şi tatăl au spus că fiul lor – al tău – e adoptat.

Maia a simţit un gol în stomac.

– Bine.

– Dar, a continuat Georg, mi-au mai spus că vor ca el să decidă dacă dorește să afle despre tine atunci când o să împlinească optsprezece ani sau după aceea. Încă n-a manifestat interes față de mama lui naturală și, în mod înțelept, nu vor să-l tulbure.

Maia a dat din cap în semn de aprobare.

– Foarte înțelept, într-adevăr!

Georg i-a pus o mână pe umăr.

– Ești la fel de perspicace și de prudentă ca și Atlas. Ar fi fost foarte mândru de tine!

Maiei i-au dat lacrimile.

– Sper, Georg! M-am hotărât să-i scriu o scrisoare în momentul în care o să împlinească optsprezece ani și să-i dau posibilitatea să aleagă dacă dorește sau nu să-și afle trecutul. Așa cum a făcut Pa cu noi, surorile.

– Iar atunci când o s-o faci, eu o să fiu mesagerul tău credincios.

– Îți mulțumesc, Georg! a exclamat Maia, strângându-l în brațe.

Două etaje mai sus, în camera din copilărie a lui Ally, doctorul Charlie Kinnaird se uita la micul aparat pe care, la rugămintea ei, îl adusese de la cabinet.

– Gata! a confirmat el.

Jack s-a așezat pe pat, alături de Ally, strângând-o de mână.

– Deci? Ce părere ai, doctore?

Charlie a zâmbit.

– Am nevoie doar de un moment ca să fiu sigur.

Ally și-a lăsat capul pe umărul lui Jack.

– Ce mai face cerbul ăla alb al tău, Charlie? a întrebat ea.

– Îl vedem rar, dar atunci când îl vedem... ne trec fiorii de emoție! Administratorul moșiei, Cal, a vrut să-i pună un dispozitiv de urmărire, dar..., a spus Charlie, ridicând din umeri, ... am considerat că s-ar estompa oarecum magia.

Doctorul a recunoscut privirea neliniştită din ochii celor doi. Era ceva la care fusese martor de multe ori înainte. Ca să detensioneze atmosfera, a întrebat:

– Cum sunt strugurii, Jack?

– Eu zic că a fost o recoltă destul de bună anul ăsta. Urmează să ne întoarcem luna viitoare ca să ne uităm la noii muguri.

Charlie a zâmbit.

– O viață între Norvegia și Noua Zeelandă! Sunt teribil de invidios!

– Chiar trebuie să-i mulțumim lui MK, a explicat Ally. Noroc că peste iarnă se ocupă ea de toate!

I-a aruncat o privire nerăbdătoare lui Charlie. Acesta s-a dus cu aparatul la fereastră, ca să aibă destulă lumină şi să poată, astfel, să confirme rezultatul.

– Ei, bine, e oficial! Felicitări amândurora!

Jack şi Ally au izbucnit în râs şi s-au îmbrățișat.

– O, mulțumesc, Charlie! Mulțumesc!

Ally s-a ridicat, s-a dus la el şi l-a sărutat.

– Nu-i nevoie să-mi mulțumeşti! E o veste minunată. Ştiu cât de încântați o să fie cu toții.

– Sper. Mă întreb dacă...

A întrerupt-o zgomotul motorului unei bărci care se apropia pe lac. Charlie s-a întors ca să se uite pe fereastră.

– Se pare că avem un musafir! a spus el.

– Cine? a întrebat Ally în timp ce privea mica barcă ce se apropia din ce în ce mai mult de debarcader.

Jack s-a dus şi el la fereastră. Pe peluză, toată lumea se aduna ca să-l întâmpine pe oaspetele cel misterios. După ce a ajuns la ponton, a fost recunoscut.

– O, nu..., a şoptit Ally.

Afară, Tiggy îşi pironise privirea pe omul din barcă.

– Nu se poate...! a icnit ea.

– Îmi pare rău, Tiggy, a spus Electra, venind lângă ea. El e!

Îmbrăcat într-un impecabil costum gri, cu ochelari de soare de aviator și cu părul uns și dat pe spate, Zed Eszu și-a legat barca și s-a îndreptat încet spre casă.

– Mama naibii! a spus Miles, ducându-se numaidecât spre Eszu.

Imediat au pornit într-acolo și Floriano cu Mouse.

– Rămâi pe loc, băiete! a spus cel mai mare dintre frații Forbes.

– Cine ți-a dat voie să vii aici? Ai încălcat proprietatea! a strigat Marina de pe terasă.

– Ce primire călduroasă! a răspuns Zed, cu un zâmbet insinuant. Am trecut doar ca să le văd pe surorile mele preferate și să-mi exprim condoleanțele pentru moartea tatălui lor! Astăzi îi împrăștiați cenușa – am aflat asta mulțumită accesului la conturile pe care un prieten al meu le are pe rețelele de socializare.

Maia și-a făcut loc prin mulțime, vitejește, ca să-l înfrunte. În clipa în care a început să vorbească, în vocea ei nu era nici urmă de teamă:

– Poți să pleci, Zed! N-ai ce căuta aici. Ai venit ca să ne intimidezi. Dar nu mai ține.

– Să vă intimidez? Amărâtul de mine? Cum ar putea un fost iubit să facă așa ceva, scumpa mea? a întrebat Zed, iar Floriano și-a încleștat vizibil pumnii. Am vrut doar să mă asigur că ești bine după o perioadă atât de... traumatizantă!

– Știam că o să apari, a șuierat Electra. Dar, în mod ciudat, n-ai dat nici un semn de viață de când proiectul tău, Atlas, a eșuat. Din ce am citit în ziare, Lightning Communications urmează să aibă alt director general.

Zed s-a zburlit.

– E adevărat că reimaginarea infrastructurii globale de internet în timpul crizei financiare n-a fost cel mai bun pas al meu, a declarat el, sugându-și dinții. Mai ales că am fost finanțați de... Berners.

– Care s-au dus la fund! i-a reamintit Star cu plăcere.

– Da. E clar că n-am simțul afacerilor, ca tata.

– Nu ne mai e frică de tine! a spus Tiggy, luând-o de mână pe Maia.

– Zău? a făcut Zed, privind-o intens.

– Zău, n-ai nici o putere asupra noastră, Zed! a declarat Maia. Iar acum, cară-te de la Atlantis și nu te mai întoarce!

– Cum dorești, draga mea! a răspuns Zed, apoi a dat să plece, dar s-a răzgândit și s-a răsucit pe călcâie. Ei, aș putea să vă mărturisesc ceva ce nu-i în ziare? a adăugat el, rânjind ca un șarpe. Vedeți voi, am avut noroc atunci când partenerul meu de afaceri, David Rutter, a murit.

– Noroc, deși a murit?! s-a mirat Merry, clătinând din cap.

– Exact. N-aș vrea să vă faceți griji că Zed Eszu o să ajungă de izbeliște, asta-i tot.

CeCe s-a încruntat.

– David Rutter… *Jur* că știu numele ăsta!

Zed a pufnit.

– Poate că asta se întâmplă pentru că e un lucru perfect normal. Toată lumea a auzit de el! David a fost director general la Berners.

– O, Doamne, da…, a mormăit CeCe printre dinți. A murit?

Zed a dat din cap, adeverind.

– Da. Cu puțin timp în urmă, a avut un atac cerebral letal. Foarte ciudat! Omul era perfect sănătos. Avea antrenor personal, dietetician, iar într-o zi… poc! A crăpat.

– Ca și imperiul Eszu! a adăugat Ally, care tocmai sosise din casă.

– Nu chiar, draga mea! Pentru că bătrânul David mi-a lăsat ceva prin testament.

Zed și-a vârât mâna în buzunar. Cumva, CeCe știa ce urma să vadă. Zed a scos la iveală cea mai mare perlă pe care o văzuse vreodată oricare dintre ele. Culoarea ei trandafirie, pală strălucea în soare.

– Știți cât valorează această mică frumusețe? a întrebat el.

CeCe a înghițit în sec.

– Mai bine de un milion de euro, a spus ea, străduindu-se să nu-și trădeze șocul.

– Nu ești atât de proastă pe cât credeam, CeCe! Ai dreptate. Pentru că nu-i o perlă oarecare. E faimoasa perlă *Roseate*, a adăugat el, ceea ce le-a făcut pe surori să se uite una la alta cu ochii mari. A fost pierdută în Australia vreme de mulți ani, dar echipa lui David a găsit-o. Iar el mi-a lăsat-o mie înainte să moară! Vă vine să credeți?! Întotdeauna am fost convins că bătrânul ticălos mă ura. A dat vina pe proiectul Atlas pentru prăbușirea băncii.

– Uau, ce prieten bun..., a murmurat CeCe.

– Într-adevăr! Așadar, departe de a fi lipsit de bani, rămân milionar, a spus Zed, privind drăgăstos perla. O iau de la capăt, vă asigur de asta! Proiectul Atlas o să meargă mai departe. În onoarea tatălui meu.

– E timpul să pleci, Zed! a spus Maia, făcând un pas în față.

Zed și-a luat un aer trist.

– Ești sigură că n-am voie să rămân și să beau un pic de șampanie, Maia? Ca pe vremuri? a adăugat el, făcând cu ochiul.

Într-o secundă, pumnul lui Floriano a intrat în contact cu mutra lui Zed, scoțând un pocnet care te umplea de satisfacție și care a părut să reverbereze până pe întinderea lacului.

– Ai auzit-o pe Maia! Pleacă! a strigat Floriano.

Zed s-a clătinat, ținându-se de nasul însângerat.

– O să te dau în judecată pentru vătămare corporală gravă!

– Ca avocat, te asigur că încălcarea proprietății și refuzul de a pleca înseamnă că prietenul meu a acționat în legitimă apărare. Iar acum mișcă-ți fundul și întoarce-te pe nenorocita aia de barcă! a spus Miles.

Furios, Zed s-a întors pe ponton, apoi s-a urcat în barcă, a pornit motorul și a plecat în trombă.

– Toată lumea e în regulă? a întrebat Ally. Maia?

– Absolut, a spus ea sincer, înainte să dea fuga la Floriano. Eroul meu!

– Mă doare pumnul de mor! a recunoscut el, râzând. N-am lovit pe nimeni până acum.

– Floriano, îți mulțumesc că ai făcut ceea ce ne doream toate să-i facem de multă vreme! a spus Electra. Pur și simplu… nu-mi vine să cred că a apărut!

– Perla…, s-a bâlbâit CeCe, are perla…

Tiggy a pus o mână pe spatele surorii ei.

– Ești bine, Ce?

– E blestemată, Tigs! Există un zvon despre ea… poate că vă amintiți…

– O, *Doamne*! i-a spus Star surorii ei. Perla blestemată despre care ne-ai povestit? Din Australia? *Asta* era?

– Da. Nu-mi vine să cred! a bâiguit CeCe.

– *Dacă* o ia de la capăt… în orice mod ne-ar provoca… avem noi ac de cojocul lui! a spus Maia. Nu-i așa?

– Da! a confirmat Ally. Normal!

– Chiar nu trebuie să vă faceți griji că o să-l mai vedeți…, a șoptit CeCe.

Tiggy s-a uitat spre lac.

– Da, Cee, ai dreptate. N-o să-l mai vedem.

– Ascultați, a intervenit Ally, având în vedere că suntem cu toții aici…, a spus ea în timp ce se uita țintă la Jack, care a dat din cap în semn de aprobare, … ce-ar fi să vă dau o veste?

S-a întins spre partenerul ei, care a luat-o de mână.

– S-ar putea să trebuiască să te pregătești pentru asta, mamă! i-a spus Jack lui Merry.

Ally s-a adresat mulțimii nerăbdătoare:

– Eu și Jack am vorbit mai devreme cu Charlie, care mi-a confirmat că sunt însărcinată!

A izbucnit un cor de țipete și de urale. În frunte cu o Merry extaziată, aproape toată lumea i-a îmbrățișat.

– Felicitări, felicitări, felicitări!!! O, Doamne, o să fiu bunică! a spus ea, cu ochii inundați de lacrimi. Jack, de-ar fi trăit tatăl tău s-o vadă și pe-asta… S-ar fi bucurat enorm pentru tine! a exclamat ea, iar apoi s-a uitat în ochii lui Ally și a adăugat: Amândoi tații voștri s-ar fi bucurat.

– *Oh, mon dieu, chérie!* a țipat Ma. Știi ce înseamnă asta, nu-i așa?

Ally a dat din cap, adeverind.

– Da, Ma!

– Pa și Elle o să continue să trăiască prin intermediul următoarei generații, a spus Maia, însoțindu-și vorbele de cel mai larg zâmbet. E perfect!

– Mă duc să mai deschid o șampanie! a strigat Claudia. Nu că Ally ar putea să bea...

A dat fuga în casă.

– E o veste minunată! Minunată! a exclamat Georg. Și cred că a venit momentul perfect ca să fac o ultimă treabă... Mă întreb dacă aș putea să vorbesc o clipă cu Cele șapte surori!

Surorile s-au privit între ele și au pornit în urma lui Georg, care deja traversa peluza. Au mers pe lângă casă și au ajuns, în cele din urmă, la teii tunși impecabil care semnalau intrarea în grădina tainică a lui Pa. Au trecut prin ea și au fost întâmpinați de mirosul dulce de levănțică ce emana din straturile de flori bine îngrijite. În timp ce intrau, surorile s-au gândit la copilăria lor. Și-au îndreptat numaidecât privirile spre treptele care duceau la golfulețul cu pietricele, în ale cărui ape limpezi și răcoroase înotaseră în fiecare vară.

Minunata grădină era deosebit de impresionantă în acea zi. Dădea direct spre lac, cu o vedere spectaculoasă la soarele care tocmai stătea să apună între munți. Nu era de mirare că acela fusese locul preferat al lui Pa.

– Așadar, a spus Georg, doi ani mai târziu, iată-ne din nou aici!

Sfera armilară strălucea puternic în fața lor. Benzile subțiri și complexe se suprapuneau și protejau mica bilă aurie din centrul structurii – care era, de fapt, un glob străpuns de o tijă metalică al cărei capăt se termina într-un vârf de săgeată.

– Mai am un ultim lucru să vă arăt, a spus Georg îndreptându-se cu pași măsurați către sfera armilară. Am primit instrucțiuni precise de la tatăl vostru în ceea ce privește designul sculpturii, a adăugat el, vârându-și mâna între benzi și apucând globul auriu din mijloc.

Apoi el l-a răsucit ferm, până când încheietura mâinii a început să-i tremure. Uluite, fetele au privit cum globul a început să se desprindă. Georg a continuat să-l răsucească, până când a detașat cu totul jumătatea superioară.

Iar acolo, înăuntrul sferei, se afla un diamant uriaș, care făcea ca razele de lumină să danseze prin toată grădina. Fetele au amuțit. Știau foarte bine la ce se uitau.

– Uau! a exclamat Maia în cele din urmă.

– Incredibil! a bâiguit Ally.

– După cum știți, a spus Georg, tatăl vostru a purtat cu el peste tot diamantul ăsta. Chiar și atunci când murea de foame. Ar fi putut să-l vândă, dar n-a făcut-o niciodată.

– Ne-am întrebat unde ar fi putut să ajungă! a zis Tiggy râzând. Eu am presupus că, după confruntarea cu Kreeg, a ajuns pe fundul Mării Egee.

– Și eu, a adăugat Star.

– Dar a fost aici tot timpul..., a șoptit Merry.

– Așa e! a confirmat Georg. Atunci când m-am dus să-l văd pe Atlas penultima oară, el mi-a dat diamantul în păstrare și mi-a cerut să-l montez în interiorul sferei armilare. Mi-a cerut să vi-l dau la momentul potrivit. Am simțit că azi a venit acel moment.

– O ultimă lovitură de teatru..., a spus Maia.

– Și? Ce facem cu el? a întrebat Ally.

Georg s-a gândit o clipă.

– Atlas a vrut ca fiicele lui să decidă asta. Avea încredere în integritatea voastră.

– Cât valorează, Georg? a întrebat CeCe.

– Un diamant pierdut al ultimei țarine a Rusiei? a întrebat el, râzând. Nu sunt expert, dar odată ce o să fie evaluat – și o să fie – aș face un prognostic pesimist: zece milioane de euro.

– Am putea schimba vieţi cu banii ăştia! a fost de părere Maia.

Ally s-a uitat la sora ei.

– Multe, da!

– O fi o prostie, a spus Star, dar pe vremea când eram mici, eu și CeCe voiam să înființăm o organizație caritabilă. Îți amintești, Ce?

Sora ei a zâmbit.

– Fundația Cele șapte surori?

– Exact! a exclamat Star, râzând. Voiam să încercăm să ajutăm orfanii să-și găsească familii perfecte, precum era a noastră, indiferent de locul din lume în care s-ar fi aflat acei orfani.

Fetele au reflectat în tăcere, știind că *asta* voiau să facă.

– Fundația Cele șapte surori. Ce frumos! a spus Maia. Haideți!

A luat-o de mână pe Ally, care a luat-o de mână pe Star, care a luat-o de mână pe CeCe și tot așa, până când au înconjurat sfera. Fără o vorbă, Georg a ieșit tiptil din grădină.

Surorile au stat o vreme în jurul sferei armilare, simțindu-se în siguranță una în compania celeilalte. Foarte încet, cercul a început să se miște, până când a ajuns să se învârtă, iar grădina s-a umplut de râsete.

Merry l-a luat de mână pe Christian și a pășit în barcă.

– Pe curând! a strigat ea, în timp ce se îndepărta de pontonul pe care se afla nou descoperita ei familie.

Le-a făcut cu mâna entuziast și le-a trimis sărutări tuturor. După ce Christian a scos barca pe lac și a dat să ocolească peninsula, îndreptându-se spre portul Geneva, cele șase surori și domeniul Atlantis au început să dispară din peisaj.

Merry și-a îngăduit să se relaxeze, tolănindu-se pe pernele de piele moale ale ambarcațiunii, închizând ochii și bucurându-se de vântul cald, care-i adia peste față. Deschizând ochii din nou, a zărit o stâncă. Limpede ca ziua, a văzut acolo silueta înaltă a unui bărbat îmbrăcat într-o cămașă albă, care îi făcea cu mâna. Fără să stea pe gânduri, i-a făcut și ea cu mâna și i-a zâmbit cu gura până la urechi. În timp ce se uita la bărbat, și-a dat seama că îi cunoștea chipul.

Apoi, o femeie frumoasă, cu părul blond, a apărut lângă el și l-a luat de mână.

– Mamă..., a şoptit Merry, ameţită. Christian! a strigat ea. Christian! Opreşte barca! Opreşte-o!

Fără să stea pe gânduri, Christian a oprit motorul.

– E totul în regulă, Merry?

– Te rog să mergi într-acolo...

Merry a arătat spre cuplul care încă îi făcea cu mâna.

– Bineînțeles! a răspuns Christian, începând să se apropie încet cu barca de stâncă.

– Te iubesc! a strigat bărbatul.

– Și eu te iubesc, a şoptit Merry.

Christian a dus barca aproape de stânci. Merry și-a privit părinții cât a putut de mult, dar în cele din urmă imaginea s-a estompat.

Și a știut că ei s-au dus.

MULȚUMIRI

După moartea Lucindei, ne-am confruntat cu presiuni imediate din partea cititorilor, privitoare la soarta celei de-a opta cărți promise. Mama mă rugase să termin de scris seria, dar nu exista nici o garanție că rezultatul ar fi fost unul acceptabil pentru editorii ei din țară și din străinătate.

Din fericire, la prima mea întâlnire cu Jeremy Trevathan și cu Lucy Hale de la Pan Macmillan, aceștia m-au asigurat că aveau încredere în plan, iar restul lumii le-a urmat exemplul. Îi sunt deosebit de recunoscător genialei Lucy, care a continuat să mă sprijine enorm pe tot parcursul procesului de creație. De fapt, întreaga echipă de la Macmillan a fost fenomenală. Le mulțumesc în special lui Jayne Osborne, Lorraine Green, Becky Lloyd și Samanthei Fletcher.

În ceea ce-i privește pe editorii Lucindei din întreaga lume... ce pot să spun? Mama a fost în poziția aproape unică de a fi prietenă bună cu voi toți și știu că ar fi vrut să-și exprime recunoștința pentru contribuția voastră extraordinară la moștenirea „Celor șapte surori". Mulți dintre voi ați început acest proiect împreună cu ea, în urmă cu un deceniu, iar *Atlas* reprezintă sfârșitul unei călătorii remarcabile pe care ați făcut-o cu toții. Le mulțumesc celor care mi-au trimis mesaje de încurajare în timpul procesului de scriere, în special Claudiei Negele, lui Grusche Juncker, Fernando

Mercadante şi Sander Knol. De asemenea, lui Knut Gørvell, care a recunoscut deschis că nu prea avea încredere în mine, dar care a fost cel mai entuziast dintre toţi după ce a citit manuscrisul! Aş mai dori să le aduc un omagiu traducătorilor extraordinari care au lucrat cu atâta sârguinţă la seria „Cele şapte surori" de-a lungul anilor. Rolul lor e adesea subestimat, dar niciodată de Lucinda sau de mine.

Ştiam că aveam nevoie de un redactor excelent, iar Susan Opie a fost exact asta. Am descoperit că viaţa de romancier poate fi una solitară, mai ales în situaţia mea, iar gândurile, reflecţiile şi îndrumările lui Susan au fost de nepreţuit. N-aş fi reuşit fără tine!

Departe de a fi sfârşitul universului „Celor şapte surori", *Atlas* e, de fapt, în continuă expansiune. Ultimul an s-a dovedit a fi unul de educaţie în lumea cinematografiei şi vreau să le mulţumesc lui Sean Gascoine, Faye Ward, Caroline Harvey şi Benjaminei Mirnik-Voges pentru răbdarea şi expertiza lor.

Le mulţumesc lui Jacquelyn Heslop, Nathan Moore, Charles Deane, Matthew Stallworthy, James Gamblin, Ellie Brennan, David Dunning, Cathal şi Mags Dineen, Kerrie Scot, Kirsty Kennedy, Tory Hardy, Martyn Weston, Richard Staples şi Annei Evans care, în diferite moduri, mi-au oferit sprijin pe parcursul anului trecut.

Iunie 2021–iunie 2022 s-a dovedit a fi un *annus horribilis*, în care familia mea a fost lovită de încă două decese neaşteptate. Bunica mea dinspre mamă, Janet Edmonds, a murit în ianuarie 2022. Bunica a fost o persoană blândă şi plină de viaţă. De-a lungul anilor, am experimentat alături de ea episoade de râs homeric. Apoi, în mai 2022, am pierdut-o pe sora mea vitregă, Olivia. Nu doar o soră minunată, Olivia a fost asistent personal şi director editorial la Lucinda Riley Ltd. timp de mulţi ani. Era primul punct de contact pentru cititori şi comunica extraordinar de bine cu ei. De asemenea, a condus activitatea firmei cu mare eficienţă şi uşurinţă. Ar fi greşit din partea mea să nu menţionez contribuţia enormă pe care a avut-o la tot ceea ce s-a întâmplat în spatele scenei, inclusiv în cazul acestui roman. Îţi mulţumesc, Livi!

Îi datorez mulțumiri călduroase tatălui meu vitreg, Stephen, agentul care se ocupă de aspecte ale afacerii pe care eu, pur și simplu, nu le pot rezolva. În cele mai dificile circumstanțe, Stephen și-a asumat o mare parte dintre responsabilitățile practice și nu știu ce m-aș face fără el. Mulțumirile mele se îndreaptă și către Jess Kearton, care a învățat foarte repede toate aspectele legate de rolul său foarte amplu la Lucinda Riley Ltd. și e de încredere în tot ceea ce face.

Îi sunt nespus de recunoscător partenerei mele, Lily, care mi-a fost un reazem stoic în ultimele optsprezece luni. (Lily, te rog să mă ierți pentru faptul că a trebuit să-mi suporți crizele artistice timp de cinci ani!) Îi mulțumesc pisicii mele, Tiggy, pentru că a convins un fan canin că specia ei poate fi iubitoare. În sfârșit, le mulțumesc fratelui meu și surorilor mele – lui Kit, pentru că m-a făcut să râd ca nimeni altcineva, Isabellei, pentru superba ei muncă de cercetare, și Leonorei, pentru entuziasmul autentic față de carte. Mama ar fi nespus de mândră de voi toți!

Ultimele cuvinte trebuie să-i aparțină Lucindei Riley. Sper că ea n-o să se supere fiindcă le-am preluat din secțiunea *Mulțumiri*, conținută, de-a lungul anilor, în seria „Cele șapte surori“:

Vă mulțumesc în cele din urmă VOUĂ, cititorilor, a căror dragoste și susținere mă inspiră și mă fac să învăț ce-i modestia, în vreme ce călătoresc în cele patru colțuri ale pământului și vă ascult poveștile. Să scriu o serie de șapte cărți părea o idee extrem de nebunească în 2012 și nu mi-am imaginat niciodată că „Surorile“ *mele aveau să emoționeze atât de mulți oameni din întreaga lume. Le-ați primit în inimile voastre, ați râs, ați iubit și ați plâns împreună cu ele, așa cum fac și eu atunci când le scriu poveștile.*

Dacă am învățat un lucru din experiențele anului trecut, e acela e că, în realitate, nu avem decât prezentul. Dacă puteți, încercați să vă bucurați de el, indiferent de împrejurările în care vă aflați. Și nu renunțați niciodată la speranță, fiindcă aceasta e flacăra fundamentală care ne ține în viață ca ființe umane.

În colecția Blue Moon au apărut:

Jojo Moyes, *Ultima scrisoare de dragoste*
Danielle Steel, *Învingătorii*
Elin Hilderbrand, *Zvonul*
Jacqueline Susann, *Valea păpușilor*
Tatiana de Rosnay, *Se numea Sarah*
Jojo Moyes, *Înainte să te cunosc*
Nora Roberts, *Obsesia*
Jojo Moyes, *Fata pe care ai lăsat-o în urmă*
Danielle Steel, *Daruri de preț*
Danielle Steel, *Sub acoperire*
Kristin Hannah, *Privighetoarea*
Jojo Moyes, *După ce te-am pierdut*
Danielle Steel, *O viață perfectă*
Danielle Steel, *Jocuri de putere*
Martha Hall Kelly, *Când înflorește liliacul*
Danielle Steel, *Fiul risipitor*
Danielle Steel, *Aripile destinului*
Kristin Hannah, *A doua șansă*
Barbara Taylor Bradford, *Cavendon Hall*
Jojo Moyes, *Un bărbat și o femeie*
Jodi Picoult, *Pactul*
Nora Roberts, *Secrete și minciuni*
Jojo Moyes, *În căutarea unui destin*
Tracy Brogan, *Nebunie de-o vară*
Jojo Moyes, *Silver Bay*
Danielle Steel, *Moștenirea secretă*

Danielle Steel, *Blue*
Margaret Mitchell, *Pe aripile vântului (vol. I-III)*
Kristin Hannah, *Aleea cu licurici*
Tatiana de Rosnay, *Vieți secrete*
Jojo Moyes, *Eu și totuși alta*
Lucinda Riley, *Secretul Helenei*
P.Z. Reizin, *Algoritmul fericirii*
Lucinda Riley, *Trandafirul nopții*
Gill Paul, *Soția secretă*
Jojo Moyes, *Un bilet pentru Paris*
J.P. Monninger, *Harta care mă duce la tine*
Kristin Hannah, *Un nou început*
Sofia Lundberg, *Caietul cu nume pierdute*
Jodi Picoult, *Al zecelea cerc*
Carolyn Brown, *Secrete și speranțe*
Jodi Picoult, *Povestitorul*
Kristin Hannah, *Grădina de iarnă*
Kerry Lonsdale, *Viața pe care am visat-o*
Elin Hilderbrand, *În seara asta vorbește-mi de iubire*
Rosie Nixon, *Stilista*
Beth O'Leary, *Dragoste în contratimp*
Elin Hilderbrand, *Paradisul de la malul mării*
Lucinda Riley, *Cele șapte surori., Povestea Maiei*
Jodi Picoult, *Nouăsprezece minute*
Chiara Gamberale, *Caruselul iubirii*
Lauren Willig, *Soția engleză*
Kate Quinn, *Rețeaua Alice*
Miranda Beverly-Whittemore, *Vacanță în paradis*

Tatiana de Rosnay, *Anotimpul ploilor*
Helen Simonson, *Dragostea târzie a doamnei Ali*
Martha Hall Kelly, *Trandafirii pierduți*
Lori Nelson Spielman, *Mâine e o nouă zi*
Roxanne Veletzos, *Fetița pe care au lăsat-o în urmă*
Kristin Hannah, *Dincolo de stele*
Jessica Shattuck, *Văduvele de la castel*
Jojo Moyes, *Bazarul visurilor*
Jodi Picoult, *O scânteie de viață*
Nora Roberts, *Eclipsa*
Katherine Pancol, *Ochii galbeni ai crocodililor*
Gill Paul, *Fiica pierdută*
Jojo Moyes, *Dragoste într-o zi ploioasă*
Katherine Pancol, *Valsul lent al țestoaselor*
Nina George, *Mica librărie de pe Sena*
Kristin Hannah, *Drum în noapte*
Deborah Harkness, *Cartea pierdută a vrăjitoarelor*
Deborah Harkness, *Școala Nopții*
Deborah Harkness, *Cartea vieții*
Deborah Harkness, *Fiul timpului*
Kim Liggett, *Anul de grație*
Jojo Moyes, *Darul stelelor*
Pam Jenoff, *Fetele dispărute din Paris*
Emily Giffin, *Tot ce ne-am dorit*
Lucinda Riley, *Sora furtună. Povestea lui Ally*
Kristin Hannah, *Culorile vieții*
Jojo Moyes, *Vara în care te-am întâlnit*
Lucinda Riley, *Grădina cu lavandă*

Sylvia Day, *Aripi de brumă*
Santa Montefiore, *Primăvară în Toscana*
Sarah Jio, *Toate florile Parisului*
Nora Roberts, *Profeția*
Sofia Lundberg, *Un semn de întrebare este o jumătate de inimă*
Ana Johns, *Femeia cu chimono alb*
Pam Jenoff, *Povestea unui orfan*
Kristin Hannah, *Frontul de acasă*
Beth Morrey, *Dragostea lui Missy*
J.P. Monninger, *Șapte scrisori*
Kate Clayborn, *Dragostea e scrisă în semne*
Imogen Kealey, *Eliberare*
Rachel Winters, *Caut suflet pereche*
Lucinda Riley, *Sora umbră. Povestea lui Star*
Meg Waite Clayton, *Ultimul tren spre Londra*
Janet Skeslien Charles, *Biblioteca din Paris*
Nora Roberts, *Aleasa*
Sarah Dessen, *O dată pentru totdeauna*
Carolyn Brown, *Hanul cu Magnolii*
Kristin Hannah, *Între surori*
Alyson Richman, *Soția pierdută*
Rhys Bowen, *Copilul din Toscana*
Lucinda Riley, *Îngerul de la Marchmont Hall*
Kate Quinn, *Zbor în trecut*
Nicholas Sparks, *Respirație în doi*
Sarah Dessen, *Un cântec pentru tine*
Kristin Hannah, *Totul pentru dragoste*
Jojo Moyes, *Muzica nopții*

Lucinda Riley, *Sora perlă. Povestea lui CeCe*

Nicholas Sparks, *Întoarcerea acasă*

Jan Eliasberg, *Războiul lui Hannah*

Lia Louis, *Dragă Emmie Blue*

Victoria Hislop, *Cei ce sunt iubiți*

Ellen Alpsten, *Țarina*

Leila Meacham, *Zborul libelulei*

Santa Montefiore, *Vremea dragostei și a războiului*

Pam Jenoff, *Iubita comandantului*

Leila Meacham, *Trandafiri*

Jenny Ashcroft, *Întâlnire la Bombay*

Nicholas Sparks, *Jurnalul unei iubiri*

Santa Montefiore, *Casa de la malul mării*

Kristin Hannah, *Cele patru vânturi*

Lucinda Riley, *Camera cu fluturi*

Marianne Cronin, *Cei o sută de ani ai lui Lenni și Margot*

Nicholas Sparks, *Dragă John*

Tracy Rees, *Misterul fetei de zăpadă*

Trish Doller, *În derivă*

Jojo Moyes, *Dans în arenă*

Santa Montefiore, *Farul cu secrete*

Lucinda Riley, *Sora lună. Povestea lui Tiggy*

Kristin Hannah, *Un moment magic*

Pam Jenoff, *Soția diplomatului*

Emily Henry, *Două cărți și o vacanță*

Kristin Harmel, *Ultima geană de lumină*

Eva Carter, *Inimă salvată*

Lucinda Riley, *Fata de pe stâncă*

Mary Ellen Taylor, *Parfumul dulce al verii*
Nicholas Sparks, *Mesaj de departe*
Gill Paul, *Jackie și Maria*
Madeline Martin, *Ultima librărie din Londra*
Jane Coverdale, *Grădina cu iasomie*
Martha Hall Kelly, *Florile soarelui*
Pam Jenoff, *Fiica ambasadorului*
Beth O'leary, *Schimb de vieți*
Susan Meissner, *Flori aurii de toamnă*
Leila Meacham, *Somerset*
Nicholas Sparks, *Dorința*
Jenny Ashcroft, *Insula de la răsărit*
Santa Montefiore, *Florile uitării*
Kate Quinn, *Nume de cod: Trandafirul*
Nina George, *Cântec sub clar de lună*
Ali Hazelwood, *Ipoteza iubirii*
Kristin Hannah, *Țărmuri îndepărtate*
Kristin Harmel, *Cartea copiilor pierduți*
Mary Ellen Taylor, *Conacul cu amintiri*
Renée Rosen, *Cele două grații*
Lucinda Riley, *Sora soare. Povestea Electrei*
Lisa Scottoline, *Dragoste eternă*
Kristin Hannah, *Din nou acasă*
Kelly Rimmer, *Cuvinte nerostite*
Roxanne Veletzos, *Vara noastră de demult*
Barbara Davis, *Secrete din trecut*
Kristin Hannah, *Cascada îngerilor*
Santa Montefiore, *Necunoscuta din Paris*

Renée Rosen, *O vară la New York*

Lucinda Riley, *Sora pierdută*

Tracy Rees, *Timpul soarelui*

Santa Montefiore, *Ultima călătorie*

Bruno Combes, *Partea îngerilor*

Kristin Harmel, *Pădurea stelelor ce pier*

Pam Jenoff, *Tot ce am iubit*

Susan Meissner, *Secrete pentru o viață*

Ella Carey, *O viață secretă*

Emily Henry, *Întâlniri în vacanță*

Kayte Nunn, *Scrisori din trecut*

Kelly Rimmer, *Adevăruri ascunse*

Joanna Goodman, *Căminul fetelor orfane*

Rhys Bowen, *Fiicele războiului*

Pam Jenoff, *Fata cu stea albastră*

Lucinda Riley, *Scrisoarea de dragoste*

Kristin Harmel, *Locul visurilor noastre*

Diane Chamberlain, *Orășelul minciunilor*

Jade Beer, *Ultima rochie de la Paris*

Megan Chance, *Ruinele splendorii*

Santa Montefiore, *Aici și acum*

Ali Hazelwood, *Cu dragostea în minte*

Lucinda Riley, *O aventură italiană*

Mary Ellen Taylor, *Primăvară târzie*

Kristin Hannah, *Magie între două lumi*

Ella Carey, *Castelul de lângă lac*

Emily Henry, *Iubire ca la carte*

Judithe Little, *Surorile Chanel*

Ashley Poston, *Dragostea n-a murit*
Emiko Jean, *Mika în viața reală*
Tracy Rees, *Conacul Silvermoor*
Nicholas Sparks, *Tărâmul minunilor*
Santa Montefiore, *Orizonturi îndepărtate*
Lucinda Riley, Harry Whittaker, *Atlas. Povestea lui Pa Salt*